KB271993

【여러 개의 북을 두드리며】

【여러 개의 북을 두드리며】 올가 토카르추크
최성은 옮김

은행나무

한국의 독자 여러분께,

　수천 킬로미터의 거리가 우리 사이를 가로막고 있지만, 저는 여러분을 떠올리면 유난히 마음이 따뜻해집니다. 여러분이 이 책을 손에 드는 모습을 상상해봅니다. 비록 멀리 떨어져 있지만, 우리의 세계가 잠시나마 서로 마주 닿는 듯한 느낌이 전해집니다.

　문학은 그 어떤 거리도 넘어설 수 있다고 믿습니다. 이 책에 수록된 다양한 이야기들 속에서 여러분이 오래도록 간직할 무언가를 발견하시기를 바랍니다.

폴란드에서

올가 토카르추크 드림

차례

일러두기
* 본문 하단의 각주는 모두 옮긴이의 것이다.

† 눈을 뜨시오,
당신은 이미 죽었습니다

Otwórz oczy,
już nie żyjesz

C가 그 책을 산 것은 표지에 매료되었기 때문이다. 말라붙은 핏자국을 연상케 하는 기묘한 빛깔의 어두운 배경, 반쯤 열린 희미한 형체의 문을 향해 이어진 계단, 그리고 그 너머에서 새어 나오는 가느다란 빛줄기, 마치 칼자국처럼 날카롭게 그어진 그 한 줄기 섬광. 제목의 활자체 또한 이미 익숙했다. 귀퉁이를 직각으로 마감한 황금빛 서체. 그러니까 이 책은 그녀가 좋아하는 추리소설 계열이 틀림없었다. 오래전, 그녀는 애거사 크리스티를 시작으로 추리소설에 빠져들었다. 그런데 언제부턴가 그 번뜩이는 논리 정연함에 차츰 피로감을 느꼈다. 살인, 수사, 범인의 정체가 밝혀지는 과정. 이 모든 게 마치 탈출구 없는 구조물 같았고, 너무 깔끔하고 명쾌했다. 종이 인형처럼 가볍기 짝이 없는 등장인물들은 마치 체스판의 말처럼 수동적으로 무대에 올라 작가의 의도에 따라 일사불란하게 한 칸씩 이동한다.

무엇보다 이상한 건, 범죄와 처벌이라는 완결된 질서를 꿰뚫고 있는 유일한 존재는 바로 작가뿐인데도 그는 모든 걸 비밀에 부친 채 봉인된 구조를 하나씩 풀어내며 인내심을 발휘하여 서사를 이어간다는 점이다. 그래서 진부하다고 C는 생각했다.

사실 C는 자기가 정확히 무엇을 원하는지 알지 못했다. 동네 도서관의 서가나 서점의 진열대 앞에 서면 그녀는 항상 갈피를 잡지 못한 채 머뭇거렸다. 대체 원하는 게 뭔지 구체적으로 말해보라고 누군가가 추궁한다면, 그녀는 필시 눈길을 딴 데로 돌리거나, 입술을 삐죽하게 오므리거나, 속수무책이라는 듯 양손을 벌리며 어깨를 으쓱거릴 것이다. 그녀가 궁극적으로 바라는 건 좀 더 진짜 같은 인물, 좀 더 육감적인 범죄, 한층 더 복잡한 동기였다. 그리고 탐정들이 결코 눈치채지 못하는 기발한 단서가 존재하길 바랐다. 그렇다고 살육이 난무하는 도살장이나 악몽과도 같은 피의 향연을 원하는 건 아니었다. 그런 광경은 이미 텔레비전에서 질리도록 봤으니까. C는 특별한 뭔가를 바라고 있었다. 어딘가 모호하면서 한동안 숨죽이고 있다가 슬쩍 실체를 드러내는, 그런 서사를. 그러면서도 그것이 자신의 삶과도 맞닿아 있기를, 그리고 자신의 어깨를 툭툭 건드리며 밤잠을 설치게 만들기를 바랐다. 하지만 그런 요구 사항을 도서관 사서나 서점 판매원에게 시시콜콜히 설명하기란 힘든 노릇이었다.

'정말 모르겠네……'

C는 망설이며 책장을 넘기다가 결국 그 책을 골랐다.

어쨌든 추리소설을 읽는 건 즐거운 일이다. 혼란이 일정한 단계를 거치며 질서로 탈바꿈한다는 점에서는 서랍 정리와도 유사하다. 물론 때로는 그 질서 정연함에 숨이 막힐 때도 있지만.

그래서 그녀는 동네 도서관에서 늘 책을 한 보따리씩 빌려 오곤 했다. 그러고는 부엌이건 지하철이건 상관하지 않고, 게걸스럽게 그 책들을 읽어댔다. 일주일에 두세 권씩. 덜 알려진 작가들의 추리소설도 가리지 않았다. 그중에는 썩 괜찮은 작품도 있었고, 시답지 않은 작품도 있었다. 문학적 깊이가 담긴 추리소설이라고 알려진 책도 읽어보았다. 겉으로는 추리소설을 표방하면서 그 안에는 알 듯 말 듯 한 또 다른 의미가 숨어 있었다. 변종 식물처럼 기괴한 추리소설, 퍼즐처럼 조각을 맞춰야 하는 추리소설, 한 편의 서사시를 연상시키는 추리소설까지 두루 섭렵했다. 러시아의 마트료시카*처럼 한 꺼풀, 한 꺼풀씩 속살을 드러낼 때마다 다른 이야기들이 나타나는 소설도 읽었는데, 장마다 완전히 다른 의미를 지닌 이야기들이 펼쳐져서 얼핏 보기엔 사건과는 아무 상관도 없는 것처럼 보였다. 아무리 애를 써도 무슨 말인지 도저히 알아들을 수 없는 전문적인 용어나 인용이나 각주로 가득한, 논문과 유사한 추리소설을 힘겹게 독파하기도 했다. 추리소설인 척하며 인식론이나 윤리학을

---

* 러시아의 목각 민속공예품. 뚜껑을 열 때마다 전보다 크기가 조금 작은 인형이 나온다. 보통 다섯 개에서 열 개 정도의 인형이 겹겹이 들어 있다.

설파하는 듯한 책들도 있었다. 그중에는 장르의 특성을 눈앞에서 해체하고, 심지어 탐문과 추리의 성스러운 절차를 무시한 채 살인자의 정체를 덜컥 밝혀버리는, '장르 파괴범' 같은 추리소설도 있었다. 혹은 제멋에 취해 미학적인 완성도에만 골몰한 나머지, 문장 하나하나에 심혈을 기울이느라 정작 사건 서술은 뒷전인 작품들도 있었다. 때로는 그녀를 견딜 수 없을 만큼 화나게 만드는 무례하기 짝이 없는 작품을 만날 때도 있었다. 잔혹한 범죄 장면은 세세하게 묘사해놓고 범인의 정체는 끝까지 밝히지 않는 경우가 여기에 해당된다. 이건 변태나 다름없다. 시간이 갈수록 서점에는 정체를 규명하기 힘든 다양한 잡종이 나타났다. 테크노 추리소설, SF 추리소설, 로맨스 추리소설 따위들. C는 모든 걸 닥치는 대로 읽었다. 그녀는 성실한 독자였다. 한번 시작한 책은 절대 중도에 포기하지 않았다. 첫 문장을 읽는 순간, 계약서에 서명하거나 혼인 서약을 하듯 끝까지 읽겠다고 약속하는 셈이니까. 일단 시작했으면 끝장을 봐야 하는 법이니, 살인자가 모습을 드러내는 그 순간까지는 그 무엇도 우리를 갈라놓을 수 없으리라.

지하철을 타고 집으로 돌아가면서 C는 첫 페이지를 읽었다. 이야기의 도입이 그럴싸하다는 걸 확인하고는 흡족해했다. 이 책에는 그녀가 좋아하는 요소가 고루 갖추어져 있었다. 정확하고 사실적인 공간 묘사, 세세한 디테일까지 애정을 담아 그려낸 사물들, 생생하고 거침없는 인물 스케치. 대머리에다 구겨진 코듀로이 바지를 입은 누군가의 행색에 대한 사소한 언급 하나에도 C는 작가에게 고마운 마음이 들었다. 아직 몇 단락도 채 읽지 않았지만, 어둠 속에서 흔들리는 지하철 객차의 유리창 너머로 모든 장면이 또렷이 보이는 듯했다.

그러니까 이야기는 이렇게 시작된다. 플랑드르 지방의 그림처럼 아름다운 작은 고성(古城)에서 추리소설 작가들의 회합이 열리고 있다. 이 독특한 모임의 주최자이자 고성의 소유자는 '추리소설계의 여왕'으로 일컬리는, 여든을 훌쩍 넘긴 노작가 울리카다.

C는 몇 문장에 걸친 비교적 상세한 묘사 덕분에 이 노작가의 외양을 상상할 수 있었다. 뼈만 앙상히 남은 기다란 손가락을 가진, 마른 나뭇가지처럼 여위고 왜소한 노파. 어쩐지 바버라 카틀랜드*를 닮았다는 생각이 들었는데, 아마도 그녀 또한 수십 권에 달하는 책을 써서 명성을 얻었다는 점 때문일 것이다. 울리카의 푸른 실크 드레스와 과하게 빛나는 금빛 장신구가 집요하게 C의 눈앞에서 어른거렸다. C는 문득 그녀에게서 건초 향기가 풍길 것 같다고 생각했다. 왜 그런지는 설명할 수기 없었다. 하필 세상에서 가장 옅은 향기를 떠올리다니.

---

* 20세기 초반 로맨스 소설로 영국에서 폭발적인 인기를 끌었던 소설가. 특히 로맨스에 추리물을 접목한 작품들이 독자들에게 많은 사랑을 받았는데,《사랑의 포로 (The Prisoner of Love)》나《공포의 성(The Castle of Fear)》등이 그 대표적인 예라고 할 수 있다.

울리카는 플랑드르 태생이었고, 이 고성은 대대로 그녀의 가문이 소유해온 것이었으나 이프르 학살* 이후로 그 매력을 잃고 말았다. 들리는 말로는 대지에서 시체 썩는 냄새가 풍긴다고 했다.

C의 옆자리에는 한 남자가 새끼 고양이가 담긴 바구니를 무릎 위에 놓고 앉아 있었다. C는 그 남자를 흘끗 쳐다보면서 정확히 어떤 학살을 말하는 것인지 확인해볼 필요가 있겠다고 생각했다. 제1차 세계대전의 이페리트 가스**와 관련이 있는 걸까? 아마 그럴 것이다.

저명인사인 울리카는 자신이 죽으면 밤나무 숲이 딸린 이 성을 '추리소설 작가들을 위한 창작 센터'로 만들어달라는 내용의 유언장을 오래전에 작성해놓았다. 작가들이 모여 작품을 집필하고 추리소설에 관한 토론도 나눌 수 있는 보금자리를 마련하는 건 그녀가 평생 간직해온 소망이었다. 1층 현관 바로 옆에 있는 널찍한 방은 자신의 생애와 작품들을 기리는 공간으로 꾸밀 생각이었다. 다양한 사진들, 육필 원고가 담긴 유리 진열장 그리고 세계 각국의 언어로 출판된 번역본들까지. 울리카는 자신

---

* 벨기에 플랑드르 지방에 위치한 이프르에서는 제1차 세계대전 당시 영국·프랑스 연합군과 독일군 사이에 세 차례의 격렬한 전투가 벌어졌다. 특히 제2차 및 제3차 전투는 가혹한 환경과 독가스 등의 신무기 사용으로 인해 수십만 명의 희생자가 발생하여 '학살'이라는 표현이 붙을 정도로 참혹했다.

** 1915년 이프르 전투에서 독일군이 처음 사용한 생화학 무기로, 끔찍한 화상과 폐 손상을 유발하는 독가스였다.

의 서재와 공원, 멋진 르노 자동차와 더불어, 뛰어난 솜씨를 자랑하는 플랑드르 출신의 늙은 요리사(부디 그가 장수하기를!)까지도 작가들을 위해 기꺼이 제공할 의향이 있었다. 2층에는 좁은 복도를 사이에 두고 작고 어두운 방들이 이어져 있었는데, 바로 이곳이 미래의 작가들이 추리소설의 영광을 드높이기 위해 머물게 될 작업실이었다.

울리카의 운전사가 인근의 바엔 기차역으로 나가 첫 번째 손님을 맞이하는 대목에서 C는 애석하게도 책 읽기를 중단해야만 했다. 그녀는 손님을 마중하기 위해 성에서 직접 차를 보냈다는 사실이 마음에 들었다. 게다가 그 차는 짙은 남색의 르노였다. 대머리에 구겨진 코듀로이 바지를 입은 바로 그 남자가 첫 손님이었다.

C는 양손에 장바구니를 들고 4층까지 힘겹게 올라가 자신의 아파트에 들어섰다. 창문을 열자 아직 채 무르익지 않은 희미한 봄기운이 응접실로 흘러 들어왔다. 문득 화분에 심어놓은 크로톤*** 잎사귀에 매달린 몇 마리의 진딧물이 눈에 띄었다. 겨우내 혹독한 추위를 별 될 없이 견뎌낸 너석들이디. C는 고양이에게 먹이를 준 뒤 파스타를 삶기 위해 가스레인지에 물을 올렸다. 물이 끓기를 기다리면서 그녀는 부엌 한 귀퉁이에 있는 조그만 식탁 옆에 앉아 다시 책을 펼쳤다.

*** '파두'라고도 하며, 열대 아시아에서 자라는 관엽식물.

남자의 이름은 롱펠로, 영국의 유명한 추리소설 작가였다. 장거리 여행에 지친 롱펠로의 머릿속에는 만찬 전에 잠시라도 눈을 붙이고 싶다는 생각뿐이었다. 하지만 막상 목적지에 도착하여 차에 오르자, 차창 밖 프랑스 북부 특유의 쓸쓸하고 안개 자욱한 풍경이 호기심을 자극했다. 감상적인 공포물의 배경으로 그만인걸, 이런 생각이 그의 뇌리를 스치고 지나갔다.

"영지 근처에 영국 군인들의 유해가 안치된 거대한 공동묘지가 있다고 들었는데, 그게 사실이오?" 롱펠로는 뚱뚱한 운전사를 향해 물었다. 기차역에서 두 개의 커다란 트렁크를 자동차에 싣는 것을 도와준 운전사는 뒷자리에 앉은 롱펠로의 물음에 갑자기 몸을 휙 돌리면서 힘차게 고개를 끄덕였다.

그 바람에 자동차가 오른쪽으로 기울며 갓길로 빠지고 말았다. 위험천만이었다. 롱펠로가 놀라서 소리를 지르자 운전사는 사과하더니 그때부터는 쭉 입을 다물었다. 일행은 마침내 성에 도착했다.

운전사는 묵묵히 트렁크를 위층으로 옮기고 롱펠로에게 그가 묵게 될 방을 보여주었다.

롱펠로가 막 방에 들어서는 순간에 파스타를 삶을 물이 끓기 시작했고, C는 저녁 준비를 시작했다. 이미 책 읽기는 물 건너간 것이나 다름없었다. 아이들이 학교에서 돌아와 사방에 불을 밝히고 텔레비전을 켰다. 얼마 지나지 않아 C의 남편도 모습을 드러냈다. 평소와 마찬가지로 우거지상을 한 채 풀이 잔뜩 죽은 모습이었다. 식사 후 설거지를 마친 C는 다리미판을 펼쳐놓고 세상에서 가장 따분한 노동을 시작했다. 그렇게 저녁 시간이 흘러갔다. 책을 다시 손에 든 것은 늦은 밤, 남편이 잠든 뒤였다. 그는 어린 소년처럼 가늘게 코를 골았는데, 어깨에 온 세상의 고민거리를 다 짊어진 듯 보였다.

롱펠로는 자신의 방으로 홍차를 가져다 달라고 요청한 뒤 짐을 풀고는 자신이 묵게 될 방을 찬찬히 둘러보았다. 북쪽 지방 특유의 절제된 분위기가 방에서 우러나오는 듯했다. 거대한 더블베드, 집필용 책상, 아름다운 골동품 서랍장. 공원을 향해 나 있는 창문에는 보랏빛 석양이 드리워져 있고, 바래가는 밤나무 잎사귀들은 오렌지빛으로 반짝였다. 롱펠로는 자신의 방에 욕실이 없다는 사실이 불만스러웠다. 공용 욕실에 가려면 복도 끝까지 걸어가야만 했다. 홍차와 함께 버터쿠키 몇 개가 도자기 접시에 가지런히 담겨 나왔다.

C는 잠시 망설이다가 어둠 속을 헤치고 살금살금 부엌으로 갔다. 당연히 부엌 찬장에는 버터쿠키가 없었다. 하지만 오래되어 딱딱해진 팔루슈키*만으로도 충분했다. 그 시각 롱펠로는 위스키를 한잔 마시고 싶은 생각이 간절했지만, 저녁 식사 전까지는 아래층에 내려가지 않기로 마음먹었다.

그날 저녁 성에 도착한 두 번째 손님은 안마리 뒤라크였다.

<hr>

* 폴란드인들이 즐겨 먹는 가장 저렴하고 대중적인 간식. 길고 가느다란 막대 모양의 짭짤한 과자다.

손이 얼어붙을 정도로 매섭게 추운 날씨였음에도 그녀는 자신의 오픈카를 능숙하게 운전하여 진입로에 세웠다. C는 아직까지는 그녀에 대해 많은 것을 알지 못했다. 뒤라크의 소설 속 탐정들은 늘 여성이었고, 남자 동료들보다 예리한 통찰력을 뽐내곤 했다. 안마리는 파이프 담배를 피웠으며 특이한 모자를 즐겨 썼는데, 단단하고 간결한 펠트 모자일 때도 있었고 라피아와 새의 깃털을 엮어 만든 독특한 디자인의 수공예 모자일 때도 있었다. 모자 아래로 곧고 희끗희끗한 머리카락이 단정하게 흘러내렸다. 그녀는 아마도 지적인 것으로 프랑스에서 손꼽히는 여성 중 한 명일 것이다. 그녀의 작품에 등장하는 등장인물들은 항상 재치 넘치는 대사를 주고받곤 했다. 초대받은 손님들 가운데 유일하게 여성이라는 이유로 안마리는 욕실이 딸린 방을 배정받았다.

C는 크림색 벽지로 도배된 여성스럽고 밝은 방을 상상하다가 그대로 잠에 빠져들었다. 그녀의 눈앞에 스쳐 지나간 마지막 장면은, 프랑스 여인의 길고 가느다란 손가락이 물고기 주둥이 모양의 황동 수도꼭지를 트는 모습이었다.

다음 날 아침 출근길에 C는 단 한 쪽도 읽을 수 없었다. 그날따라 지하철 안이 숨 막힐 정도로 붐벼서 그녀는 순간 어지러움을 느꼈다. 인파에 떠밀려 출구를 빠져나오니 햇살을 머금은 봄비가 내리고 있었다. 빗물이 흥건하게 고인 도심의 교차로를 가로질러 사무실이 있는 건물을 향해 뛰어가면서, C는 오늘 해야 할 일들에 대해서 부지런히 생각했다. 축축하고 미끄러운 도로 위를 급히 뛰다 보니 구두 굽이 헐거워져서 곧 빠질 것만 같았다. 굽이 떨어져 나가지 않도록 주의하면서 C는 조심스레 걸음을 내디뎠다. 간신히 사무실에 도착하니 서류들이 버스럭대는 소리와 작동이 제대로 되지 않는 라디에이터가 그녀를 기다리고 있었다. 건조한 공기 탓에 머리가 옥수수 속대처럼 쪼그라들어 두통이 시작됐다. 게다가 오늘은 새로운 신용 대출 프로그램에 관한 프레젠테이션이 있는 날이다. 땀에 젖어 몸에 들러붙은 흰 비스코스 블라우스를 억지로 떼어내며 C는 문득 울리카의 푸른 실크 드레스와 그 차갑고 매끄러운 감촉이 떠올라 플랑드르가 못 견디게 그리워졌다. 오늘은 조용히 책을 읽기엔 글렀다. 저녁엔 남편과 함께 지인의 집들이에 가야 하니까. 점심시간, 모두가 매점 또는 식당으로 향하거나 사무실 구석에서 묵묵히 샌드위치를 먹을 때 C는 핸드백에서 책을 꺼내 들고 살그머니 여자 화장실로 가서 문을 잠그고는 소설을 읽기 시작했다.

만찬은 8시에 시작되었다. 이미 모두가 도착해 있었다. 울리카는 온통 푸른색으로 차려입고 믿을 수 없을 만큼 길쭉한 담뱃대를 손에 든 채, 백발에 황금빛 장신구를 번쩍이며 등장했다. 위풍당당하고 권위적이며, 냉소적이고 면도날처럼 날카로운 인상이었다. 울리카를 묘사한 몇 줄의 문장을 읽으며, C는 행간에 도사리고 있는 어떤 잔혹함의 기운을 감지했다. 하지만 그건 단지 C의 기분 탓일 수도 있었다. 팔꿈치에 둥그런 가죽 패치를 덧댄 코듀로이 재킷을 입은 롱펠로는 아직 잠에서 덜 깬 듯 멍한 상태였는데, 대부분의 영국 남자가 그렇듯 늙었다고도 젊다고도 할 수 없는 애매모호한 외모였다. 새하얀 주름 스커트에 역시 흰색의 터틀넥 스웨터를 입은 안마리는 민활하고(C는 이 "민활하다"라는 표현이 썩 마음에 들었다. 비록 그 의미를 정확히 이해하지는 못했지만) 날씬했으며, 유연해 보였다. 안마리는 여주인과 다정하게 인사를 나누었는데, 마치 딸이 엄마를, 혹은 손녀가 할머니를 대하듯 친숙해 보였다. 입속이 훤히 들여다보일 만큼 환하게 짓는 그녀의 호탕한 웃음은 마치 모두에게 이렇게 알리고 싶은 듯했다. "보세요, 나는 아무것도 감추는 게 없답니다!" 다음 차례는 프루흐트 씨였다. 왜소한 데다 비대칭적인 체구, 뻣뻣하기 이를 데 없는 몸짓. 프루흐트 씨를 만나면 사람들은 자신도 모르게 그에게서 어떤 결함이나 상처의 흔적 같은 걸 찾곤 하는데, 결국 아무 이상이 없다는 걸 깨닫고는 묘한 실망감을 느끼곤 했다. 그리고 마지막으로—아니나 다를까!—미국에서 온 호리호리한 체구의 잘생긴 흑인 청년. 근시가 심한 롱펠로는 처음에 그를 하인으로 착각할 뻔했다고 한다. 젊은이의 이름은 '루 어쩌고'였는데(외국어에 소질이 없는 C에겐 영어이름들이 영 입에 붙지 않았다) 울리카와 알게 된 지 얼마 안 된 사이였다. 울리카는 미국에서 가장 뛰어난 추리소설 작가이며, 앞으로가 더욱 기대되는 인재라고 그를 소개했다. 그리고 일행에게 루의 최신작 《신의 나무들》의 줄거리를 들려주었다. 몸이 불편해서 휠체어 신세를 지고 있는 가문의 원로 노파가 티타임 때 홍차에 은방울꽃즙을 섞어서 성가신 상속자들을 차례로 독살하는 이야기였다. 청년은 울리카의 화려한 찬사가 만족스러운 듯 입가에 미소를 머금었다. 꼬챙이에 끼워 구운 채소 요리가 전채로 나왔고, 함께 곁들여진 와인은 늘 그렇듯 C에겐 생소한 브랜드였다. 울리카는 대화의 흐름을 주도하며, 마치 냅킨 다발을 한 손에 움켜쥔 것처럼 그 자리에 모인 사람들을 손아귀에 넣고 마음대로 주무르고 있었다.

식탁에는 말없이 앉아 있는 샤츠키 양도 있었다. 울리카의 동거인으로, 그녀의 비서이자 하녀였으며, 화풀이 대상이면서 노리개와도 같은 존재였다. 나이는 갓 마흔을 넘겼을까. 통통한 체격에 얼굴에는 회색빛 그늘이 잔뜩 드리워져 있어 마치 먼지를 뒤집어쓴 마들렌 과자처럼 보였다. 블라우스의 커다란 레이스 옷깃은 온순하면서도 잔뜩 주눅 든 그녀의 얼굴에서 사람들의 시선을 빼앗았다. 누군가 그녀에게 말을 걸기라도 하면 그녀의 두 뺨은 마치 산딸기 젤리나 오븐에서 달아오른 쿠키처럼 상기되있다가, 이내 예의 그 칙칙한 잿빛으로 시들어버리곤 했다. 샤츠키 양에 대한 울리카의 태도는 '거칠다'라는 표현이 어울릴 만큼 냉랭했다.

헐거운 구두 굽에 신경을 곤두세운 채 지하철을 타고 집으로 돌아오는 동안, C는 '살인자 게임'에 대해 알게 되었다. 그녀는 다소 놀랐다. 보통 이런 자리에선 방문의 목적이라든가 세계 추리소설의 미래, 혹은 출판사의 부도덕성이나 늑장을 일삼는 에이전시의 관행에 대해 점잖은 대화를 나눌 법도 한데, 이 사람들은 거실 소파에 흩어져 앉더니 곧장 게임을 시작해버린 것이다. 그래, 독자에게 등장인물 하나하나를 가까이서 관찰할 기회를 주려는 의도가 분명하다. 이제 막 음모가 얽히기 시작할 참이다. 곧 미묘하고도 복잡한 의미를 내포한 단서들이 그 실체를 드러내리라. C는 더욱 집중해서 읽기 시작했다. 만약 양손이 비어 있었더라면, 기쁜 나머지 손뼉이라도 쳤을 것이다. 드디어 이야기가 시작되는구나! 하지만 지금은 그럴 수 없었다. 왼손에는 책을, 오른손에는 장바구니를 들고 있었던 것이다. 곁눈질로 옆자리를 살펴보니 가죽처럼 질긴 인상의 사내가 앉아 있었다. 그의 발밑에는 짧은 목줄에 묶인 도베르만이 엎드려 있었는데, C를 곱지 않은 눈빛으로 노려보고 있었다.

　게임의 규칙은 이러했다. 모두가 눈을 감으면 게임의 진행자가 주위를 빙글빙글 돌다가 손가락으로 살짝 건드려 살인자를 은밀히 지목한다. 살인자로 지명된 사람은 피해자 한 명을 골라 눈짓으로 진행자에게 알려준다. 그러면 진행자가 큰 소리로 피해자를 호명한다. 모두가 눈을 뜨면 본격적인 게임, 즉 수사와 탐문이 시작된다. 참가자들은 누가 살인자인지를 밝혀내야 한다. 만일 참가자들이 범인의 정체를 알아맞히지 못하면 살인자는 또다시 살인 기회를 얻게 되고, 알아맞히면 진행자가 새로운 살인자를 다시 지목하게 된다.

처음에 C는 게임의 규칙을 제대로 이해하지 못했다. 아니, 솔직히 말해 모든 게 엉뚱하고 기묘하게만 여겨졌다. 하지만 얼마쯤 지나고 나니 서술자의 의도를 파악할 수 있었다. 이 장면은 독자에게 등장인물들과 그들의 얽히고설킨 관계에 대한 정보를 전달하기 위한 장치였던 것이다. 그녀는 그 규칙을 있는 그대로 받아들였다. 좋아, 그럼 게임을 계속해보시지.

첫 번째 피해자는 프루흐트였고, 진행자는 당연히 울리카였다.

"프루흐트, 눈을 뜨시오. 당신은 이미 죽었습니다."

프루흐트는 자신이 첫 희생자가 된 게 몹시 불쾌한 듯 놀라움을 드러냈다. 그는 입술을 삐죽 내밀고는 코냑을 크게 한 모금 들이켰다.

"자, 시작합시다." 집주인이 손님들을 재촉했다. "여러분들 중에 프루흐트를 살해할 만한 동기를 가진 사람이 과연 누구일까요?"

그때 갑자기 루가 끼어들었다. "우리 '살해한다'라는 표현은 쓰지 맙시다. 제 생각엔 '제거한다'라든지 '해치운다'라든지, 아무튼 좀 더 완곡한 표현이 좋을 것 같습니다. '살해하다'라는 말은 아무래도 어감이 좋지 않잖아요. 실제로 누군가를 죽이는 사람도 자신의 행동을 '살해'라고 생각하지는 않으니까요. 여러분이 누구보다 잘 아시잖아요? 게다가 저도 '살해'당하고 싶진 않거든요."

롱펠로가 나직한 음성으로 반론을 제기했다. "단지 말일 뿐인

데 뭘 그래요? 유머 감각을 좀 가지시죠, 친구!"

나머지 일행도 루의 건의를 대수롭지 않게 넘겼다. 안마리가 루를 '신경증 환자'라고 생각했다는 내용이 괄호 안에 적혀 있었다.

"프루흐트 씨를 살해한 사람은 존입니다. 존 롱펠로. 왜냐하면 프루흐트 씨가 존보다 더 좋은 방을 배정받았으니까요. 그의 방이 욕실에서 제일 가깝거든요." 안마리가 큰 소리로 외쳤다.

용의자로 지목된 롱펠로는 냉정을 가장하며 무표정으로 응수했다. 울리카가 미소 지었다.

"네, 시작치고는 괜찮은 추리군요. 하지만 나는 좀 더 설득력 있는 동기가 있었으면 좋겠어요."

"질투 때문이 아닐까요?" 샤츠키 양이 자신 없는 목소리로 말하고는 곧바로 얼굴을 붉혔다.

"제가 저 자신을 좀 변호해도 될까요?" 롱펠로가 물었다.

울리카가 고개를 끄덕였다.

"네, 물론입니다. 이 게임의 묘미는 바로 거기에 있습니다. 변호하세요. 만일 당신이 진짜 범인이라 해도요. 우리를 미궁 속에 빠뜨리고, 증거의 흔적을 지우세요. 안 그러면 게임이 너무 지루할 테니까요."

영국인이 변호를 시작했다. "질투라는 동기를 여러분이 심각하게 받아들이실 거라고는 생각지 않습니다. 욕실 위치 말고 제가 프루흐트 씨를 질투할 일이 뭐가 있겠습니까? 영국과 달리 프랑스에서는 추리소설의 위상이 높지도 않고, 존중받지도 못하잖아요. 이는 곧 작가에 대한 평가로도 이어집니다. 저는 지금껏 스물네 권의 책을 썼고, 나름대로 독보적인 지위를 확보했습니다. 게다가 제 작품은 여러 언어로 번역되었어요. 사람들은 제 작품을 가리켜 '추리소설의 고전'이라고들 합니다."

프루흐트가 롱펠로의 말을 중간에 끊었다.

"분명히 해두죠. 저는 추리소설을 쓴 적이 없습니다. 단지 언어의 유희를 즐기고, 독자의 학식을 자극하며, 신화적 모티브를 가져와서 소설을 쓸 따름입니다. 추리소설이라는 장르의 가능성을 일부 차용해서 독자와 문학적인 게임을 벌이고 있는 거라고요. 그러니까 제 작품은 평범한 추리소설과는……." 여기서 프루흐트는 말을 멈추고, 텅 빈 술잔을 물끄러미 내려다보았다.

울리카가 정리에 나섰다.

"피해자는 침묵해야 합니다. 그게 규칙이에요."

그 순간 C는 아쉽게도 책장을 덮고 지하철에서 내려야 했다. 집을 향해 걸으면서도 책을 읽고 싶었지만, 불안정한 구두 굽으로 책까지 읽으며 걷는 건 자칫 위험할 수도 있겠다는 생각이 들었다. 그녀는 이 게임이 마음에 들었다. 만약 진지하게 몰입해서 게임을 한다면 일종의 집단심리치료법 같은 기능도 할 수 있겠다는 생각이 들었다. 가족들에게 게임을 제안해보면 어떨지 생각해보았다. 남편과는 하루에 다섯 마디 이상 주고받는 적이 없었다. 큰아들은 거의 집구석에 붙어 있지를 않고, 딸은 언제나 방에 틀어박혀 귀에 거슬리는 괴상하고 음울한 선율의 음악만 들었다. 심지어 고양이조차도 종일 발코니에 앉아, 동물 특유의 우수에 잠긴 눈빛으로 맞은편 고층 아파트 단지를 응시하곤 했다. 우리 식구 중 고양이를 죽일 만한 인물은 과연 누구일까?

C는 인스턴트 라사냐를 데워 빠르게 저녁을 차린 뒤, 외출용 드레스를 다림질하기 시작했다. 그러고 난 뒤에는 남편이 제일 좋아하는 셔츠를 찾느라 한참을 보냈다. 욕실 라디에이터 뒤에 처박혀 있는 셔츠를 간신히 찾아내고 보니, 때가 잔뜩 묻은 채 구겨져 있었다.

"요즘 재미있는 책을 읽고 있어." 택시 안에서 C가 남편에게 말을 건넸지만, 그는 가스차가 휘발유차보다 얼마나 경제적인지를 놓고 택시 기사와 열띤 대화 중이었다.

지인의 새집은 단독주택이었는데, 어찌나 근사한지 C는 우울해졌다. 새집의 안주인은 갓 칠한 페인트와 원목의 냄새가 채 가시지 않은 방들과 두 개의 욕실을 보여주었다. 둘 중 좀 더 큰 욕실에는 커다란 2인용 욕조가 설치되어 있었다. 욕조를 보자마자 그 안에 몸을 담그고픈 욕구가 치밀어 올랐다. 욕조를 거품으로 가득 채우고, 그 속에 앉아서 한가로이 책을 읽으며 저녁나절을 보낼 수 있다면…… 매끄러운 타일을 바른 욕조의 가장자리에 샴페인이라도 한 잔 따라 놓고서. 새집의 가장은 자부심이 가득한 얼굴로 새로 만든 벽난로에 불을 지폈다. 잠시 후 응접실에 연기가 피어오르자 집주인이 창문을 열었다. 아직은 겨울밤의 냉기가 묻어 있는 신선한 봄기운이 집 안으로 밀려 들어왔다. C는 안주인을 도와 샐러드를 내오고, 바구니에 빵을 가지런히 담았다. 남자들은 테라스에 나가 담배를 피우며 지붕 자재에 관해 토론을 벌였다.

사람들은 와인 몇 병을 비우고는 발그레하게 상기된 얼굴로 벽난로 옆에 모여 앉았다. 그들은 마침 그 자리에 없는 다른 지인들에 대해 이러쿵저러쿵 떠들어대기 시작했다. 문득 여기서 살인자 게임을 해보면 어떨까 하는 생각이 C의 머리에 떠올랐다. C는 사람들에게 조심스럽게 제안하며 게임의 규칙을 설명해주었다. 다들 마지못해 동의했다. 맨 처음 진행자의 역할을 맡은 것은 C였다. 그녀는 집주인의 등을 찔러 살인자로 지목했다. 그러자 집주인은 잠시도 지체하지 않고 곧바로 자기 부인을 '살해'했다. 게임은 실패로 끝났다. 왜냐하면 모두가 단번에 범인을 알아맞혔기 때문이다.

"참 바보 같은 게임이군그래." C의 남편이 말했다. "우리 제스처 게임이나 합시다."

새집의 안주인이 반대를 하고 나섰다. "아니, 모였다 하면 꼭 게임을 해야만 하나요? 이렇게 다 같이 만나는 것도 드문 일인데, 게임으로 시간을 허비하는 건 아깝잖아요."

그들은 와인을 한 병 더 따서 술잔에 따라 손에 든 채로, 마당에 갓 심은 철쭉과 개나리를 다 같이 실컷 감상했다.

C와 남편이 집에 돌아온 건 자정이 지나서였다. C는 침대에 누워 책을 펼쳤지만, 그녀가 확인한 것이라고는 작중 인물들이 여전히 게임을 이어가고 있다는 사실뿐이었다. 이번 게임에서 희생자는 샤츠키 양이었고, 루는 롱펠로를 범인으로 의심했다. 지난번 게임에서 샤츠키가 롱펠로를 지목한 데 대한 앙갚음일까. 하지만 그건 지나치게 단순한 동기라고 C는 생각했다. 어느덧 머릿속이 몽롱해지기 시작했다. C는 침대 옆 마룻바닥에 책을 내려놓은 채 잠이 들고 말았다.

다음 날 C는 이미 회사에 지각한 것 같다는 불안한 심정으로 잠에서 깨어났다. 하지만 잠시 후 토요일이라는 사실을 깨닫고는 안도의 한숨을 내쉬었다. 가느다란 햇살이 침실로 쏟아져 들어와 바닥에 깔린 회색 양탄자 위의 지저분한 얼룩들을 적나라하게 비추었다. C는 졸음이 채 가시지 않은 와중에도 언젠가는 저 양탄자를 빨아야겠다고 다짐했다. 그녀는 커피를 타기 위해 부엌으로 가다가 발코니에 꼼짝 않고 앉아 있는 고양이를 발견했다. 거실로 들어오는 문이 잠겨 있었다. C는 깜짝 놀라 황급히 문을 열고 고양이를 안으로 불러들였다. 오히려 느긋한 쪽은 고양이였다. 한데서 밤을 보낸 것쯤은 아무렇지도 않다는 듯, 느릿느릿 집 안으로 들어왔다. 도대체 애들은 뭘 하고 있었지? 고양이를 까맣게 잊어버리다니. 자식들도 믿을 수 없는 세상이다. C는 커피 두 잔을 타서 침대로 가지고 왔다. 한 잔은 남편의 머리맡에 있는 협탁에 놓아두었다. 좀 식겠지만, 그게 뭐 대수란 말인가. 그녀는 베개를 세워 등을 기대고는 뜨거운 커피를 후후 불어 홀짝홀짝 마시며 다시 독서에 몰입했다. 남은 생애를 이렇게 침대 속에 파묻혀 추리소설이나 읽으며 유유자적할 수 있다면…….

책 속의 인물들은 게임을 계속하고 있었다. 이번에는 프루흐트가 진행자로 나섰고, 피해자는 루였다. C는 숨겨진 동기를 밝혀내기 위해 열심히 머리를 굴렸다. 이 시점에서 서술자가 뭔가 실마리를 던지고 있다는 느낌은 있었지만 그게 뭔지는 잘 짚이지 않았다. 이 게임을 과연 진지하게 받아들이는 게 적절할까? 적어도 이렇게 상세히 기술되어 있다면, 사건의 전체적인 흐름에서 어떤 중요한 의미를 내포하고 있기 때문이 아닐까? 참 괴상한 책도 다 있군. 그녀는 치밀어 오르는 조바심을 간신히 억누르며 생각했다.

그러다 울리카가 루를 살해했음이 드러났다. (서술자가 밝혔기에 알 수 있는 사실이었다.) 하지만 손님들 중 그 누구도 이를 눈치채지 못했으므로 아무 일 없이 넘어갔다. 그들이 범인으로 의심한 건 롱펠로였다. (C는 손님들도 자신과 똑같은 생각을 했다는 사실에 흐뭇해했다. 자신의 추리가 통한 것이다.) 설마 울리카가 자신이 그토록 총애하는 미국 청년을 살해했으리라고는 그 누구도 생각지 못했다. 하지만 그 '설마'가 정말일 줄이야.

C는 조금씩 당황하기 시작했다. 그렇게 다음 날이 되었건만,

책 속에서는 도무지 아무 사건도 일어날 기미가 보이지 않았다. 애거사 크리스티의 작품이었다면 진작에 시신이 하나쯤은 발견되었으리라. 하지만 여기선 그저 여주인이 모두를 산책에 초대하고, 늦가을에 피는 크림색 장미 화단을 보여주고, 다 함께 오솔길을 걷다가 윤기가 흐르는 밤송이 따위나 주워 담을 뿐이었다. 점심 식사 후에는 잠시 자유 시간이 주어졌다. 프루흐트는 방에 틀어박혀 책을 읽었고, 안마리는 담배를 사러 바옌까지 차를 몰고 다녀왔으며, 영국인은 영국군의 공동묘지를 홀로 산책했고, 울리카는 낮잠을 잤다. 샤츠키 양은 누군가에게 편지를 썼고, 루는…… 루는 뭘 했더라? 자전거를 타고 어디론가 사라졌다. 그들은 오후 티타임 때가 되어서야 한자리에 다시 모였고, 또다시 살인자 게임을 시작했다.

그동안 추리소설을 섭렵하며 체득한 바에 따르면 바로 지금, 그러니까 전체 분량의 3분의 1이 경과한 시점에 모든 등장인물에 대한 소개가 끝나면 본격적으로 첫 번째 범죄가 일어나는 게 정석이었다. 아마도 저녁 식사 후쯤에 사건이 터질 거라고 C는 짐작했다. 그녀는 문장 하나하나, 사소한 뉘앙스조차 놓치지 않으려고 온 신경을 집중했다. 하지만 식사를 마친 후에도 그들은 천진난만하게 게임만 반복할 뿐이었다. 루가 또 한 번 희생자가 되었지만, 그의 얼굴에는 아무런 감정도 드러나지 않았으므로 도무지 의중을 파악할 수가 없었다. 의외로 범인이 쉽게 잡힌 건 순전히 생리적인 현상 덕분이었다. 식은땀과 붉어진 얼굴 덕분에 샤츠키 양이 살인자라는 게 금방 들통나버린 것이다. 애초에 그녀는 들키는 걸 별로 개의치 않는 듯했다. 이윽고 안마리까지 희생자가 되었다. 그녀는 '이건 여성을 겨냥한 음모'라는 주장을 펼쳤다. 진행자와 살인자, 희생자가 바뀌어가며 여러 조합이 나오는 동안 C는 한 가지 사실을 눈치챘다. 울리카에게는 단 한 번도 희생자의 역할이 맡겨진 적이 없다는 것. 누구도 그녀를 피해자로 지목하지 않았다. 아무리 게임이라 해도 이 성의 주인이자 저명한 작가인 울리카를 죽이는 건 무례한 일이라고 여기는 듯했다.

작가들은 거실에서 문학에 대해, 그리고 기발한 살인 수법에 대해 모처럼 진지한 대화를 나누었다. 모두의 찬탄을 받은 건, 롱펠로가 말한 '독극물을 바른 우표'였다. 요크셔의 어느 작은 마을 우체국에 근무하는 한 여직원이 자신의 집이 경매에 넘어갈 위기에 처하자 입찰자들을 이와 같은 방법으로 살해한다는 이야기였다. 그 후 다들 잠자리에 들었다. C는 오늘 밤이야말로 드디어 사건이 일어나리라고 확신했다. 과연 누가 누구를 죽일 것인가, 그리고 그 이유는 무엇일까. 흥미진진했다. 바로 그때 남편이 잠에서 깨어나 이불을 잡아당기는 바람에 침대 위에 커피가 반쯤 쏟아지고 말았다. 그녀는 화가 잔뜩 나서 욕실에 들어가 욕조에 물을 받기 시작했다. 물소리에 아이들이 깼는지, 곧 욕실 문을 두드리는 소리가 들려왔다.

C는 수돗물을 잠그고는 부엌으로 가서 예의 그 작은 식탁 옆

에 앉았다. 문득 책의 마지막 페이지를 훔쳐보고 싶다는 강렬한 유혹이 들었다. (그녀는 이제껏 그런 짓은 해본 적이 없었다. 맹세코 정말 단 한 번도!) C는 점차 책 속의 인물들에게 짜증을 느끼고 있었다. 이튿날 아침도 여전히 전날과 똑같았다. 이번에는 울리카와 샤츠키 양을 제외한 나머지 인물들이 다 함께 외출했다. 그들은 이프르에 들러 달콤한 플랑드르 맥주를 마시고 크레이프를 먹었다. (문득 C는 크레이프를 만들어 먹은 지 꽤 오래되었다는 사실을 떠올렸다.) 이 나들이에서 한 가지 새로운 사실이 밝혀졌는데, 안마리와 롱펠로가 실은 서로 잘 아는 사이였던 것이다. 구체적인 정보는 없었지만 적어도 몇 년 전부터 서로 알고 지냈으며, 한때 매우 가까운 사이였음이 드러났다. 프루흐트는 두 사람의 관계에 대해 의심의 눈초리를 보내며 뭔가 수상쩍은 냄새가 난다고 루에게 털어놓았다. 하지만 루는 상관할 바가 아니라며 프루흐트의 호기심을 일축했다. 그러자 프루흐트는 어디론가 훌쩍 사라져버렸고, 다른 손님들은 그가 돌아올 때까지 오랫동안 기다려야만 했다. 한참 만에 숨을 헐떡이며 나타난 프루흐트는 일행에게 사과했지만 어디서 뭘 하다 왔는지는 끝내 밝히지 않았다. 그들은 집으로 돌아와 차를 마시고, 각자의 방에 틀어박혀 시간을 보냈다. 루는 무려 두 시간 동안이나 욕실을 독차지했다.

　C는 욕실에 들어갈 차례를 기다리며 커피 한 잔을 더 탔다. 모두가 이미 일어나 있었다. 쿵쾅거리며 침구를 정리하는 소리,

샤워기 물줄기가 쏟아지는 소리, 남편이 아침 체조를 위해 힘겹게 잡아당기고 있는 탄력 밴드가 늘어나며 나는 소리가 들려왔다. C는 그래도 꿋꿋하게 책을 읽기로 마음먹었다. 토요일인데 이 정도는 누릴 권리가 있다고 생각했다.

그날 저녁에도 그들은 역시 게임을 했다. 이번에는 드디어 누군가가 울리카를 죽였다. 마치 그녀의 불만을 눈치라도 챈 듯이. 범인이 누구인지는 진행자인 루만 알고 있었다. 하지만 다른 이들이 범인을 맞히지 못했기 때문에, 살인자의 정체는 끝내 밝혀지지 않았다. 울리카는 눈에 띄게 기뻐했다. 이후 롱펠로와 샤츠키 양이 차례로 죽임을 당했고, 그들을 죽인 건 울리카와 안마리였다. 몸이 안 좋아 보였던 프루흐트는 게임이 끝나기 전에 먼저 잠자리에 들었다.

다음 날 아침, 또다시 모두가 멀쩡하고 건강한 상태로 눈을 떴다. C는 아침 식사에 참석한 인원을 재차 확인하고는 실망을 느꼈다.

이 책은 뭔가 잘못되었다. 이야기가 거의 반이나 경과했건만 여태껏 아무런 갈등도, 사건도 일어나지 않았다니. 정말 말도 안 되는 일이라고 C는 생각했다. 그녀는 찬찬히 표지를 훑어보면서 뒷면에 실린 서평을 읽었다. 굵게 강조된 활자들이 눈에 들어왔다. "잊을 수 없는 체험", "끝까지 긴장을 늦출 수 없다!" 도저히 이해할 수 없었다. 이건 엉터리다. C는 마지막 페이지를 훔쳐볼 마음을 거의 먹었다. 하지만 진정한 추리소설 애호가라면, 이런 짓거리야말로 범죄라는 걸 누구보다 잘 알았다. 목욕물을 버리려다 아이까지 함께 하수구에 쏟아버리는 어이없는 실수나 날이 저물기도 전에 하루를 칭송하는 어리석은 판단, 자기가 판 함정에 스스로 빠지는 일이나 다름없는 짓이다. 독자로서 진실을 하나씩 차근차근 밝혀가는 짜릿한 즐거움을 스스로 포기하는 일이고, 작가의 수고를 헛되게 만드는 것이며, 작품의 의미를 조롱하고 무시하는 행위다. C는 성실한 독자이자 장르에 대한 예의와 충절을 지키는 사람이었다. 그래서 결말을 훔쳐보고 싶은 유혹이 클수록 오히려 더욱 굳건히 버텼다. 하지만 울리카의 모든 손님이 한 명도 빠짐없이 멀쩡한 모습으로 저녁 식사 자리에 나타나자 더 이상 분노를 참을 수 없었다. 그녀는 부엌 찬장 위에 아무렇게나 책을 엎어놓고는 지금부터 토요일 오후를 가족들과 오붓하게 보내기로 마음을 바꾸었다. C는 아들에게 크레이프 만드는 걸 도와달라고 부탁했고, 덕분에 아들과 잠시나마 대화를 나눌 수 있었다. 딸은 케이크를 사 오라고 심부름을 보냈으며, 오후엔 네 식구가 둘러앉아 모처럼 티타임을 가졌다. 그러고 나서 다 함께 텔레비전 앞에 앉아 미국 드라마를 봤다. 하지만 솔직히 C는 집중하기가 힘들었다. 생각이 자꾸만 저쪽, 그러니까 플랑드르의 작은 고성, 그 안에 갇혀 있는 사람들에게로 향했다. C는 샤츠키 양을 떠올렸다. 울리카를 위해 평생 헌신한 여자. 안마리와 롱펠로는 정말 연인 사이였을까? 프루호트는 자꾸만 어디로 사라지는 걸까? C는 프루호트가 영 마음에 들지 않았기에 만약 그가 희생된다 해도 아무렇지도 않을 것 같았다. 그가 범인이라면? 오히려 그게 더 좋았다. 그가 뭔가 음모를 꾸미는 게 멀리서도 느껴질 정도였으니까.

누군가가 누군가를 죽이리라는 걸 C는 알고 있었다. 그 생각은 그녀를 불안하게 만들었다. 하지만 결국은 그리될 수밖에 없다. 그녀가 구매한 책은 다름 아닌 추리소설이었으므로. 자, 이제 몇 페이지만 넘기면 무슨 일인가가 벌어질 것이다. 더는 예상이 빗나가는 일이 없기를! C는 살그머니 부엌으로 가서 식탁 앞에 다시 앉았다. 식탁 위에는 크레이프가 잔뜩 쌓여 있었다. (모든 준비는 끝났고, 크림치즈를 골고루 바르기만 하면 되는 참이었다.) 몇 페이지를 더 읽었지만 등장인물들은 여전히 담소를 나누며 정원을 거닐 뿐이었다. 참지 못하고 몇 페이지를 건너뛰려고 책장을 넘기는데, 다음과 같은 구절이 눈에 들어왔다.

"오늘 저녁에는 제가 게임의 진행자가 되고 싶습니다." 롱펠로가 사람들을 둘러보며 말했다.

C는 얼른 책장을 덮었다. 알 수 없는 죄책감이 느껴졌다. 스스로에게 화가 났고, 실망스러웠다.

C는 오후의 나머지 시간을 지난주 신문들을 읽으며 보냈다. 그러고는 빨래를 했다. 아이들은 잽싸게 어디론가 도망쳤고, 남편은 텔레비전 화면에서 헤어날 줄을 몰랐다. 어느 틈에 날이 저물었다. 길고도 공허한 밤이 쏜살같은 시간의 질주 속에서 빠져나와, 정체 모를 불안과 기대가 드리워진 도시의 상공 위로

그 모습을 드러냈다. C는 뭔가 중요한 일을 해치워야 할 것만 같은 막연한 강박에 사로잡혔다. 그녀는 정돈된 침대 위에 그대로 털썩 드러누워서는 골똘히 생각에 잠겼다. 얼마나 시간이 흘렀을까, 갑자기 모든 일이 간단명료하게 여겨졌다. 그녀는 코트를 걸치고 신발을 신었다. 그러고는 별 어려움 없이 1층에 있는 거실에 다다랐다. 그녀는 성의 내부 구조를 훤히 꿰뚫고 있었다. 탁자 위에는 빈 코냑 잔들이 놓여 있었고, 재떨이에는 담배꽁초가 수북했다. 계단에 깔린 부드러운 융단 덕분에 발소리를 안 내고 살금살금 위층으로 올라갈 수 있었다. 2층을 통과하면서 C는 어둠 속에서 겨우 윤곽만 보이는, 굳게 닫힌 일련의 방문을 곁눈질로 슬쩍 보았다. 3층에 다다르자 두 개의 방이 나타났다. 어느 쪽이 울리카의 방인지 확신할 수 없었지만 그녀는 자신의 감을 따르기로 했다. 문이 열리면서 가볍게 삐걱거렸다. 잠시 후 눈이 짙은 갈색빛 어둠(성 바깥의 공원에는 여전히 가로등이 켜져 있었다)에 익숙해지자 좁다란 복도가 보였고, 그 뒤로 서재가 눈에 들어왔다. 한가운데에 커다란 책상이 놓여 있고 벽난로는 어슴푸레한 검붉은 불꽃을 머금고 있었다. 서재 뒤편에 양쪽으로 열리는 미닫이문이 있었는데, 침실로 이어지는 게 분명했다. 그녀는 열려 있는 문을 가볍게 밀었다. 그리고 거기서 서글픈 광경과 맞닥뜨렸다. 이빨이 하나도 없는 입을 휑하니 벌린 채 잠들어 있는 노파의 모습. 게다가 울리카는 거의 대머리나 다름없었다. 그녀의 몸뚱이는 오래되어 거무튀튀하게 변한 바나나 껍질 같았다. 침대 옆 협탁에 놓인 유리컵에는 틀니가 담겨 있었는데, 공원 가로등의 불빛을 받아 건강한 광택을 뿜내고 있었다. 그 방에서 생기가 느껴지는 건 오직 그 이빨뿐이었다. 그 위에 위풍당당하게 걸려 있는 회색빛 가발은 샤츠키 양이 정성스럽게 빗질을 해놓은 듯했다. C는 침실의 구석구석을 둘러보았으나 그녀가 필요로 하는 그것은 눈에 띄지 않았다. 그래서 다시 서재로 돌아와 책상 근처로 갔다. 마침내 기다랗고 날카로운 물건이 눈에 들어왔다. 편지봉투를 뜯을 때 쓰는 칼이었다. 그리 크지는 않았지만 매끈하고 날렵했으며, 손잡이에는 정교한 장식이 새겨져 있었다. 칼을 손에 쥐자 조각된 문양의 볼록한 곡선과 그 위에 박힌 보석의 둥그스름하고 유려한 표면이 그대로 느껴졌다. 터키석이군, 그녀는 생각했다.

C는 침실로 돌아가 침대 모서리에 살그머니 걸터앉았다. 그녀가 칼을 높이 들어 올리는 순간, 울리카는 설명하기 힘든, 자기방어를 위한 본능적인 반응으로 잠에서 깨어났다. 물론 한 일이라고는 고작 눈을 뜬 게 다였지만.

"뭐야?" 울리카가 물었다. 바로 그 순간 C는 고개를 돌리며 그녀에게 일격을 가했다.

이렇게 간단할 줄이야. C는 놀라움을 금치 못했다. 칼은 잠시 딱딱한 뭔가에 부딪혀 멈췄다가, 마치 따뜻한 버터를 가르듯 부드럽게 쑥 미끄러져 들어갔다. 울리카는 자신이 다급히 던진 질문에 대한 답을 미처 듣지도 못한 채 마지막 숨결을 내뱉었다.

이제 C는 더 이상 이 일에 관여하고 싶지 않았다. 이 죽은 육신과 이 고성, 그리고 무엇보다 자기 자신에게 혐오를 느꼈다. 범죄 영화에서 본 것처럼 그녀는 침대 시트로 칼 손잡이를 깨끗이 문질러 닦고는 서둘러 현장을 떠났다. 어디선가 욕실에서 물 내리는 소리가 들려왔다. 그녀는 돌아서서 등 뒤로 커다란 유리문을 조용히 닫았다.

다음 날 아침, C는 잠에서 깨어나자마자 향긋한 커피를 탄 뒤 부엌에 선 채로 차갑게 식은 크레이프를 먹었다. 그러고는 느긋한 희열에 젖어 베개를 머리맡에 세우고 침대에 기대앉았다. 남편은 아직 잠들어 있었다. 일요일인데 뭐 어떠랴. 그녀는 책을 펼쳤다.

"말도 안 돼. 이건 악몽이야." 안마리가 말했다.

샤츠키 양은 흠뻑 젖은 손수건에 얼굴을 파묻고 소리 없이 흐느꼈다.

"안마리, 지금 무슨 생각이 드는지 알아?" 롱펠로는 당황한 나머지 더 이상 격식을 차리지 않고 안마리에게 반말을 사용하고 있었다. "이게 무슨 뜻인지 아느냐고. 우리 중 누군가의 소행이라는 뜻이야."

"당신 미쳤군요. 그 시각에 우리 전부 자고 있었잖아요……." 다급하게 내뱉는 프루흐트의 목소리는 거의 발작이 난 듯 떨리고 있었다.

"바로 그거요, 프루흐트 씨. 우리 중 아무도 알리바이가 없다는 겁니다. 다들 자기 방에 틀어박혀 잠들어 있었으니, 뭔가를 본 사람도 없고 지난밤에 대해 말할 수 있는 사람도 없죠.”

“그렇지만 외부의 누군가가 저지른 소행일 수도 있잖아요. 그래요, 틀림없습니다.” 프루흐트가 격앙된 음성으로 외쳤다. “하인들은요? 그 왜 음침하고 괴팍스러워 보이는 플랑드르 태생의 노부부 말입니다.”

“어젯밤 그분들은 비번이었어요.” 샤츠키 양이 울먹이며 대답했다.

“하지만 간밤에 집으로 돌아왔을 수도 있죠. 그분, 그러니까 울리카 여사가 그 부부에게 잘 대해줬을까요? 어쩌면 봉급을 제때 주지 않았을 수도 있고, 그들을 학대했을지도 모르죠. 수년간 원한을 품고 있다가 마침내 어젯밤에 분노가 폭발한 게 아닐까요? 더 이상 굴욕을 참을 수가 없어서 그만……”

“브라보, 브라보, 프루흐트 씨. 정말 싸구려 추리소설이 따로 없군요.” 안마리가 한마디 한마디에 힘을 주면서 또박또박 말했다. “추측이나 짐작 따위는 빼고, 명백한 사실들만 추려봅시다.” 그러고는 루를 향해 고개를 돌렸다. “이봐요, 당신은 왜 아무 말도 하지 않는 거죠?”

루는 자리에서 일어나 담배를 꺼내 물고 어깨를 으쓱였다.

“이건 우스꽝스럽기 짝이 없는 코미디입니다.” 그가 침착하고 무덤덤한 말투로 말했다. “이 모든 걸 꾸민 장본인이 바로 울리카 여사예요. 이게 다 그녀의 짓궂은 농담이란 말입니다. 다들 모르시겠어요? 지금쯤 저 위에서 우리가 하는 말을 엿들으며 배꼽이 빠져라 웃고 있을지도 모른다고요.”

그러자 샤츠키 양이 억눌렀던 울음을 터뜨렸다.

“하지만 여사님은 돌아가셨어요. 정말로 돌아가셨다고요. 마치 도살당한 짐승처럼요.”

롱펠로는 샤츠키 양의 비유에 가볍게 인상을 찌푸렸다.

C는 자리에서 일어나 식은 크레이프를 가져오기 위해 부엌으로 가면서도 손에서 책을 놓지 않았다.

중간에 아들의 방을 힐끗 들여다보니, 아들은 옷을 입은 채 잠들어 있었다.

“샤츠키 양, 경찰에 신고는 하셨나요?” 안마리가 그녀에게 코냑 한 잔을 건네며 물었다.

비서의 이빨이 유리컵에 부딪혀 불쾌한 소리가 났다.

“아뇨, 왜냐하면 롱펠로 씨께서⋯⋯.”

“우리끼리 먼저 상황을 정리해보는 게 좋겠다고 생각했습니다.” 롱펠로가 거실 안을 서성이며 말했다. “어쨌든 우리는 문명인 아닙니까? 우선 간밤에 있었던 일을 서로 이야기해보죠. 울리카 여사를 마지막으로 본 사람이 누구죠?”

“저예요.” 샤츠키 양이 초등학생처럼 손을 번쩍 들면서 대답했다. “여사님께서 잠자리에 드는 걸 도와드렸죠. 그리고 나서 잠시⋯⋯ 빗질을 해드렸어요. 그러니까⋯⋯ 가발을요.”

“무슨 가발 말입니까?” 프루호트가 물었다.

"여사님은 가발을 쓰고 다녔어요. 몰랐어요?" 안마리가 짜증 섞인 목소리로 대꾸했다.

"제가 그런 것까지 알아야 합니까?"

"당신은 작가잖아요. 그런 것쯤은 알아차릴 수 있어야죠."

"아니, 대체 글 쓰는 거랑 가발이 무슨 상관이람? 당신은 지금 말도 안 되는 억지를 쓰고 있어요."

C의 남편은 몸을 뒤척이면서 이불을 끌어당겼다. 마지막 순간에 아슬아슬하게 커피잔을 잡은 덕분에 다행히 커피는 쏟아지지 않았다. 새하얀 침대보에 어제 흘린 커피 자국이 쓸쓸히 갈색으로 번져 있었다. C는 지난밤 살인자 게임이 끝난 뒤, 모두가 거의 비슷한 시각에 위층에 있는 각자의 방으로 돌아갔다는 사실을 확인했다. 제일 마지막으로 방에 돌아간 사람은 프루흐트였다. 그는 버베나 차를 우리느라 아래층에서 잠시 지체했으나, 수상쩍은 낌새는 전혀 없었고 곧장 자기 방으로 돌아갔다고 진술했다.

"탁자 위에 담배꽁초가 쌓여 있는 걸 본 기억이 나네요. 하지만 제가 굳이 그걸 치울 필요는 없다고 생각했습니다."

"중요한 건, 우리 중 누구라도 한밤중에 일어나 3층으로 올라가서 범행을 저지를 수 있었다는 사실이에요. 우리 중 누구라도요. 바로 그 점이 끔찍한 거죠." 안마리가 말했다.

"제가 가서 울리카 여사를 좀 봐도 될까요?" 루가 갑자기 물었다. "여사님이 죽었다는 게 도무지 믿기지 않아서요. 워낙 영리한 분이었잖아요. 자기 침대에서 살해당하다니, 그분의 명석한 두뇌와는 도무지 걸맞지 않은 일이에요.”

루는 나머지 손님들의 답변을 채 기다리지도 않고 계단을 성큼성큼 올라갔다. 모두가 일어나서 그 뒤를 따랐다.

“현장에 증거가 있을지도 몰라요. 아무것도 건드리지 않도록 조심해야 합니다.”프루흐트가 말했다.

“이건 당신 추리소설이 아니에요.”안마리가 쏘아붙이듯 속삭였다.

C는 마룻바닥에 빈 커피잔을 내려놓고는 상기된 얼굴로 계속해서 책을 읽어 내려갔다.

루가 시신 위로 몸을 숙여 그녀의 납작한 가슴에 자신의 귀를 가져다 댔다.

“가발을 쓰고 있군요. 아까는 머리에 아무것도 쓰고 있지 않았는데 말이죠.”롱펠로가 지적했다.

“제가 가발을 씌워드렸어요. 여사님은 가발 없이는 절대로 사람들 앞에 나서는 법이 없었거든요.”샤츠키 양이 해명했다.

롱펠로는 책망하듯이 그녀를 쳐다보았다.

“아무것도 건드리지 말라고 했을 텐데요.”

“가발 말고는 아무것도 안 건드렸어요. 아무것도요.”

샤츠키 양이 양손을 가슴 위에 얹으며 말했다.

루는 침대 위에 놓인 편지봉투 뜯는 칼을 손수건으로 조심스럽게 감싸 집어 올려서는 꼼꼼히 살펴보았다.

"정말 멋진 물건이군요."

"자, 이젠 울리카 여사의 죽음이 믿어지시나요?" 안마리가 빈정대는 듯한 말투로 루에게 물었다.

루는 범죄에 쓰인 흉기를 자세히 들여다보면서 아무런 대답도 하지 않았다. 터키석으로 정교하게 장식된 뱀이 칼자루를 휘감고 있었다.

"이집트에서 사셨어요. 여사님은 고고학에 관심이 많으셨거든요."

"여사님의 손을 봐요. 오른손은 힘없이 늘어져 있는데 왼손은 배 위에 올려져 있군요. 샤츠키 양, 여사님은 평소에 왼손잡이셨나요?"

"루 씨, 무슨 말을 하려는 거죠?" 롱펠로가 차분하게, 하지만 관심을 담아 물었다.

"아니요, 그냥…… 자살일 수도 있겠다는 생각이 들어서요."

C는 만족스러움에 양손을 비볐다. 그러고는 남편의 재킷에서 담배 한 개비를 꺼내 부엌으로 가서 피우기 시작했다. 잠시 후 졸음이 채 가시지 않은 얼굴로 아들이 부엌으로 들어왔다.

"엄마, 좋은 아침!" 아침 인사를 건네며 아들은 냉장고에서 주스병을 꺼냈다.

"어젯밤에 몇 시에 들어왔니?" C는 날카로운 말투로 물으면서도, 자신이 그 대답을 별로 궁금해하지 않는다는 걸 깨달았다. 어쨌든 아들은 이제 어엿한 성인이었으니까.

"엄마, 나도 이젠 어른이라고요."

그래도 한집에 사는 이상 최소한의 예의는 지켜야 한다고 말하고 싶었지만, C는 그저 한숨만 길게 내쉬었을 뿐, 아무 말도 하지 않았다. 아들은 주스병과 유리컵을 들고 자기 방으로 사라졌다. 부엌에는 다시 정적이 감돌았다.

롱펠로는 자살 가능성에 대해 회의적이었다. 그걸 해낼 만큼 울리카의 체력이 강하지 않다는 게 이유였다.

"자살을 하려면, 힘이 있어야 해요. 칼날이 거의 칼자루까지 몸속에 박혔던 것 같거든요."

"그렇다면 그 말씀은…… 여자들은 용의선상에서 제외될 수 있다는 뜻인가요?" 샤츠키 양이 물었다. 그녀의 두 뺨이 금세 벌겋게 달아올랐다.

다들 그녀를 의심스럽게 쳐다보았다.

"여사님을 마지막으로 본 사람은 당신입니다." 프루호트는 그러고는 은근한 만족감을 드러내며 덧붙였다. "논리적으로 따져보면 당신이 가장 유력한 용의자죠."

"이봐요, 푸아로 탐정님*! 결론이 너무 성급한 것 아닌가요?" 롱펠로가 얼음처럼 차가운 시선으로 프루호트를 쳐다보며 말했다. 그는 침실과 서재의 창문들을 조용히 살펴보았다. 두 개 다 안쪽에서 잠겨 있었다.

---

* 애거사 크리스티가 창조한 벨기에 출신의 사립 탐정.《오리엔트 특급 살인》《나일 강의 죽음》등 수많은 작품에서 주인공으로 활약한다.

그렇다면 범인은 1층에 있는 문을 통해 집 안으로 들어왔다는 뜻이었다. 그게 그들 중 누군가든, 아니면 여기 모인 사람들이 전혀 모르는 외부인이든지 간에. 그들이 내린 결론은 여기까지였다.

"말씀하신 하인 내외는 어디에 삽니까?" 거실로 돌아가기 위해 일행과 함께 계단을 내려가던 루가 물었다. "아침 식사 시간이 다 됐는데 왜 아직도 나타나지 않는 거죠?"

"일요일은 쉬는 날이거든요. 바옌에 있는 딸네 집을 방문한다고 했어요." 샤츠키 양이 대답했다.

"그렇다면 누가 우리 아침을 차릴 예정이었을까요? 만일 울리카 여사가…… 그러니까 제 말은 어젯밤 아무 일도 일어나지 않았다면 말입니다."

샤츠키 양이 잠시 멈칫하며 생각에 잠겼다가 말했다.

"저도 잘 모르겠네요. 여사님께서 어제 그 두 분과 이야기를 나눴거든요. 아마도 말린 고기 같은 걸 미리 준비해뒀을 거예요. 우리끼리 알아서 차려 먹을 수 있도록요."

"어쩐지 좀 이상하지 않습니까?" 프루흐트가 부엌으로 향하며 중얼거렸다. "정말이네요, 대접 두 개에 말린 고기가 담겨 있어요. 빵도 있고요. 심지어 찻주전자에는 홍차도 준비되어 있군요!" 부엌에서 프루흐트가 이렇게 외치는 게 들려왔다.

"미리 알고 있었다는 듯이 말이죠. 마치 뭔가를 예감하고 준비해둔 것처럼요. 여러분, 이것이야말로 자살을 뒷받침하는 증거가 아니고 무엇이겠습니까?" 루가 주장을 펼쳤다.

"더 이상 고민할 필요가 없을 것 같네요. 경찰서에 전화합시다." 안마리가 말했다.

롱펠로가 그녀의 팔을 붙잡았다.

"조금만 더 기다려보는 게 어떻습니까? 경찰이야 언제든 부를 수 있으니까."

샤츠키 양이 조심스럽게 입을 열었다. "그러다가 단서가 사라질 수도 있잖아요. 그러니까 범인의 냄새라든가, 다른 흔적들 같은 거요."

롱펠로는 그녀의 의견을 무시했다. 그는 일행에게 일단 아침부터 먹고 커피를 마시자고 제안했다. 그러는 동안 뭔가가 떠오를 수도 있으니까.

"배고파 죽을 것 같아." C의 남편이 부엌 문간에서 기지개를 켜며 말했다. 낡은 줄무늬 파자마를 입고 있는 남편의 모습은 꼭 양로원에서 한가로이 노년을 보내고 있는 영감처럼 보였다. 빛바랜 줄무늬가 유독 신경에 거슬렸다.

"당신이 어젯밤에 저녁도 안 먹고 잠자리에 드는 통에 나까지 아무것도 못 먹었잖아."

C는 얼음처럼 차가운 눈길로 남편을 쏘아보았다.

"이런, 이런, 눈빛으로 사람을 죽일 수 있다면 난 벌써 저세상 사람이 됐겠군그래." 이렇게 말하며 남편은 C를 껴안고는 입을 맞추었다. "아침 식사는? 오늘 일요일이잖아."

C는 오늘만큼은 독서에 방해받지 않겠다고 단호히 마음먹었다.

"우리 중 한 사람이 범인이라고 가정해봅시다." 롱펠로가 말린 고기를 입안 가득 넣은 채 말을 꺼냈다. "죄송합니다. 우선 이것 좀 삼키고요……. 자, 그러니까 범인이 우리 중 한 사람이라고 가정해보는 겁니다. 혹시 기억하십니까? 살인자 게임을 할 때 누가 울리카 여사를 가장 많이 죽였었죠? 살해 동기는요? 생각나십니까?"

"아마 다들 한 번씩은 여사님을 살해했던 것 같은데요." 안마리가 대답했다.

샤츠키 양이 의자에서 벌떡 일어서며 외쳤다.

"저는 아니에요. 지금껏 한 번도 여사님을 죽인 적 없어요."

"왜죠?" 프루호트가 말꼬리를 잡고 늘어졌다. 샤츠키 양의 얼굴은 금세 작약처럼 붉게 상기되었다.

"차마 그럴 수 없었어요. 벌써 몇 년째 제게 일자리를 주신 분이니까요."

C는 인내심이 점점 바닥나는 것을 느꼈다. 이 사람들은 계속 같은 자리를 맴돌고 있다. 이런 상황에 어떻게 한가하게 밥이나 먹을 생각을 할까? 바보들이 떼로 모였군. 그녀는 책장을 덮고는 남편에게 베이컨을 썰라고 했다. 잠시 후, 일요일 아침의 향기로운 스크램블드에그 냄새가 집 안에 퍼지자 아이들이 깨어났다. 밥을 먹이고, 상을 차리고, 식사를 준비하고, 끼니를 장만

하고, 먹고……. 내 인생의 절반은 아마도 음식과 함께 보냈으리라. 만약 내가 혼자 사는 처지라면 맹세컨대 달걀 반숙조차 만들지 않을 테다, 하고 C는 생각했다. 아침 식사 도중 C는 결국 귀가 시간 문제로 아들과 말다툼을 벌이고 말았다. 식탁에서 벌어진 작은 소란은 아들이 스크램블드에그를 먹다 말고 식탁을 박차고 나가 자기 방문을 쾅 닫는 것으로 끝났다. 곧 방에서 단조롭고 기계적인 멜로디가 흘러나왔다.

"쓸모없는 자식 같으니라고." C의 남편은 혀를 끌끌 차면서 부엌에서 나갔다.

딸은 마치 아무 일도 없었다는 듯 태연한 목소리로 C에게 자기 머리에 붉은 염색약을 발라달라고 졸랐다. C는 "그래 좋아, 하지만 우선 네가 먹은 그릇을 다 씻으면 그때 해줄게"라고 답하고는, 욕실에 들어가 문을 걸어 잠그고 다시 책을 읽기 시작했다.

"여러분은 이 상황이 좀 묘하다고 생각지 않으십니까? 명색이 추리소설 작가들인데, 우리가 책에 쓴 내용과 비슷한 일이 벌어지니 다들 이렇게 무기력하다는 게 말입니다. 모두가 속수무책이지 않습니까?" 루가 말했다.

"흥미로운 통찰이군요." 프루흐트가 맞장구쳤다.

"단서가 턱없이 부족해요. 상황이 특수한 데다 우리 중 누구도 확실한 알리바이가 없고, 범행 동기도 특정하기 어려우니……." 롱펠로가 말을 이었다.

안마리가 말린 고기 한 조각을 자신의 접시에 덜었다.

"우리 중에 살인범이 있다는 발상 자체가…… 뭔가 이상합니다."

"괜찮은 탐정이나 수사관이라면 우리를 심리학적인 방법으로 취조하겠죠, 안 그렇습니까, 여러분? 자, 차를 좀 더 드시겠습니까?" 롱펠로가 말했다.

빈 접시 위에 포크와 나이프를 가지런히 올려놓으며 샤츠키 양이 말했다.

"제 생각엔 경찰을 부르는 게 좋을 것 같아요."

그 순간 롱펠로가 손바닥으로 식탁을 내려치면서 벌떡 일어섰다. 샤츠키 양의 발언이 갑자기 그에게 뭔가를 해야겠다는 오기를 불러일으킨 것 같았다.

"여러분, 우리 자신에게 마지막 기회를 줍시다. 단서를 찾아보고, 정황을 정리해보는 거예요. 다 같이 밖에 나가서 주변을 살펴봅시다."

"대체 무슨 꿍꿍이요?" 프루흐트가 의심스럽다는 듯이 물었다.

"만약 외부인의 소행이라면 틀림없이 흔적을 남겼을 겁니다. 안 그렇습니까? 신발 자국이나 담배꽁초, 뭐 그런 것들 말이에요. 그래도 아무것도 못 찾아내면 그때 경찰에 연락합시다."

롱펠로의 열정이 묘하게 전염되었는지, 모두가 자리에서 일어났다. 그러나 루만은 예외였다.

"이렇게 여럿이서 우르르 밖에 나가면 현장을 다 짓밟고 말

거예요.”루가 자신의 손톱을 들여다보며 중얼거렸다.

“조심해서 움직일 겁니다.”벌써 현관문에 다다른 롱펠로가
응수했다.

이런, 도저히 더는 읽어줄 수가 없군그래……. C가 생각했다.
바로 그때 딸아이가 욕실 문을 손톱으로 긁어대면서 염색약을
다 섞었다고 재촉했다.

“지금 나갈게.”C가 말했다.

C는 울리카의 침실로 들어갔다. 그녀는 침대에 누워 있는 시
신을 외면하려 애썼지만, 그럴 수 없다는 걸 곧 깨달았다. 한낮
의 햇살 아래에서 본 울리카의 몰골은 더욱 초췌했고, 가발조
차 별 도움이 되지 못했다. 침대 시트 위에 놓인 바싹 마른 손가
락은 울퉁불퉁 뒤틀린 이국적인 나뭇가지를 연상시켰고, 반쯤
벌어진 입은 어둡고 축축한 지하 세계로 향하는 깊은 구멍처럼
보였다. 하지만 C는 이 시신이 이상하게도 죽음과 무관하게 느
껴진다는 걸 깨달았다. 몸뚱이는 지나치게 사실적인 조각상 또
는 밀랍 인형 같았다. 극적이긴 했지만 두려움의 대상은 아니었
던 것이다. C는 시트 위에 놓여 있는 칼을 집어 들고는 말라붙은
핏자국을 깨끗이 닦았다. 그러고는 발꿈치를 들고 살금살금 아
래층으로 내려가 반쯤 열린 문을 통해 테라스로 나갔다. 그러다
그 자리에 멈춰 섰다. 멀리서 롱펠로와 안마리가 철쭉 화단 밑
에서 뭔가를 열심히 찾고 있었다. 잠시 후 그들은 시야에서 사
라졌다. 샤츠키 양의 모습도 보였다. 그녀 또한 진지한 표정으

로 밤나무가 늘어선 오솔길의 가장자리를 샅샅이 뒤지고 있었다. 저 멀리 햇빛과 비로 인해 벌겋게 녹이 슨 그네에 걸터앉아 담배를 피우고 있는 루의 모습이 보였다. 그는 롱펠로와 안마리를 향해 큰 소리로 뭔가를 외치고 있었다. C는 뒤돌아서 현관을 통해 밖으로 나갔다. 어디선가 바스락거리는 소리가 들려왔다. 프루흐트가 울리카의 침실 창문 아래 담벼락 근처에서 막대기로 낙엽을 헤집고 있었다. C는 프루흐트에게서 불과 몇 걸음 떨어져 있었다. 그녀는 칼을 꽉 움켜쥔 채로 고양이처럼 살금살금 그에게 다가갔다. 상대가 프루흐트라는 사실에 희열마저 느꼈다. C는 처음부터 그가 마음에 들지 않았다.

"눈을 뜨시오, 당신은 이미 죽었습니다." C가 말하자 프루흐트는 움찔하며 그녀를 향해 몸을 돌렸다.

그 순간 C는 일격을 가했다. 놀란 프루흐트의 동공이 활짝 열렸다가, 곧 초점을 잃고 망연히 하늘로 향했다. 프루흐트는 마지막 숨을 헐떡이느라 분주한 나머지 그녀를 미처 보지도 못한 채 땅바닥에 털썩 쓰러졌다. C는 잠시도 지체하지 않았다. 곧장 집 안으로 들어와 식탁보로 칼을 닦은 뒤, 거실 탁자 위에 올려놓고 사라졌다.

롱펠로는 땀에 흥건히 젖어 있었다. 커다란 땀방울이 얼굴을 타고 줄줄 흘러내렸고, 턱이 미세하게 떨렸다.

얼굴이 분필처럼 새하얗게 질린 샤츠키 양은 경찰을 부르기 위해 전화를 걸기 시작했다.

"잠깐만요." 안마리가 단호한 목소리로 입을 열었다. "이제 모든 게 분명해진 것 같군요. 루, 당신이 범인이에요. 거실에서 가장 가까운 곳에 있었던 사람이 당신이잖아."

"바보 같은 소리 작작 하시죠. 거리로 따지자면 저나 당신들이나 비슷한 위치에 있었다고요. 보세요, 그네가 어디에 있는지."

"이 정도 거리쯤이야 20초면 충분히 뛰어와서 찌르고 돌아갈 수 있죠. 게다가 당신은 프루흐트와 사이가 별로 안 좋았잖아요."

"완전히 미쳤군. 지금 우리는 찬장에서 과자를 훔쳐 먹은 도둑을 찾고 있는 게 아니라고! 사람이 죽었다니까!"

"제발 부탁인데요…… 경찰을 불러요……. 무서워요, 무서워 죽겠다고요." 샤츠키 양이 울먹이듯 속삭였나.

"살인자가 아직도 이 집 근처를 배회하고 있어요. 울리카는 죽은 게 아니라 우리를 하나씩 죽이고 있는 거라고요. 혹시 그런 생각 안 들어요? 그녀가 뱀파이어일 수도 있다는……." 갑자기 이렇게 말하더니 루는 벽에 머리를 기대며 주저앉았다. "여기서 떠나야 해요."

안마리가 모두에게 위스키를 반 잔씩 따라주었다.

"루, 우리 모두 문명인 아닙니까. 그런 미개한 헛소리는 그만두시죠." 롱펠로는 이렇게 말하며 얼음도 넣지 않고 위스키 잔을 단숨에 비웠다.

루는 그런 롱펠로를 묘한 눈빛으로 바라보았다. 그 시선에는 알 수 없는 적개심이 담겨 있었다.

C는 욕실에서 나왔다. 오랫동안 그 안에서 꾸물거린 데 대한 핑계를 대기 위해 일부러 변기 물을 내렸다. 딸은 욕실 문을 등진 채 기다란 머리카락을 풀어 헤치고 앉아 있었다. C는 낡은 칫솔을 염색약에 담근 뒤, 밝은색의 긴 머리카락에 붉은 염료를 바르기 시작했다.

"붉은색이 네 얼굴에 잘 받을까?" C가 물었다. "붉은 머리는 좀 나이 들어 보이잖아……."

"잘됐네요. 전 스무 살처럼 보이고 싶거든요."

C가 가볍게 한숨을 내쉬었다. 염료가 딸의 머리카락에 선혈처럼 검붉은 가닥을 드리워놓았다. C는 이 색깔 놀이가 묘하게 마음에 들었다. 문득 잿빛 섞인 자신의 금발도 붉은색으로 바꿔보면 어떨까 싶었다. 하지만 붉은색에는 뭔가 투박하고 지나치게 노골적인 기운이 서려 있다. 그런 색으로 머리를 물들이고 나면 아마 아파트 관리인 아줌마처럼 보일 것이다. 불현듯 어디론가 나가고 싶다는 생각이 들었다. 일요일의 이 숨 막히는 따분함에서 벗어나고 싶었던 것이다. C는 명랑한 목소리로 식구들에게 외식을 제안했다. 백화점 근처에 있는 인도 식당이 어떨까. 거기라면 값도 별로 안 비싸고 양도 푸짐하니까.

"저는 약속 있는데요." 아들이 자기 방에서 소리쳤다.

상관없다. 셋이 가면 되니까.

"돌아올 땐 당신이 운전해." 맥주 생각이 날 때면 늘 그러듯 남편이 이렇게 말했다.

남편은 마음이 내킬 때는 민첩하게 반응할 수 있는 사람이다……. 갑자기 그런 생각이 들었지만, C는 잠자코 동의했다. 그래, 우리도 문명인들이니까. 그녀는 롱펠로의 말투를 흉내 내며 스스로를 타일렀다. 딸이 새로 염색한 붉은 머리를 헹구고 말릴 때까지 기다리면서 C는 두 장(章)이나 더 읽을 수 있었다.

경찰이 도착한 건 점심 식사 때였다. 폰타네 경감은 긴 트렌치코트에 챙 넓은 모자를 썼고, 그의 조수는 제복 차림이었다. 그 밖에 경찰 세 명과 전문가 두 명(한 명은 사진사였고, 다른 한 명은 묵직한 트렁크를 들고 있었다)도 함께 왔다. 한 시간이 지나자 기다란 검은색 차량이 도착해서 울리카의 시신을 싣고 갔고, 그로부터 한 시간 뒤에는 프루흐트의 시신이 어디론가 실려 갔다. 작가들과 샤츠키 양은 겁에 질린 양 떼처럼 부엌 한구석에 옹기종기 모여 있었다. 루는 성을 떠나겠다고 선언했지만 폰타네 경감의 격렬한 제지에 부딪혔다.

"내일까지 이곳에 머무르라는 건 비인간적인 처사입니다." 루가 말했다. "어쨌든 저는 이 집에서 하룻밤을 더 지내고 싶진 않습니다. 바옌에 호텔 방을 잡아주세요."

폰타네 경감은 서재에다 급히 취조실을 만들고, 한 사람씩 불러들여 차분하게 질문을 던졌다. 나중에 확인해보니 그가 한 질문들은 내용뿐 아니라 순서까지 똑같았다. 울리카와는 어떤 관계인지, 언제부터 알고 지냈으며 얼마나 자주 만났는지. 살인이 일어나던 날 밤에 구체적으로 뭘 하고 있었는지 시시각각 되짚었고, 이곳에 머무는 동안 살인의 직접적인 동기가 될 만한 특별한 일은 없었는지, 그리고 다른 손님들과는 어떤 관계인지 등에 대해서도 캐물었다. 오후에는 경찰 병력이 추가로 도착해서 성 근처와 공원을 집중적으로 수색했다. 그들은 딸네 집에 갔다는 하인 부부를 불러오기 위해 사람을 보냈다. 노부부는 그날 저녁 심장마비에 가까운 경기를 일으키며 나타났다.

"경감님, 뭐 의심 가는 대목이나 혐의점이 있습니까?" 취조가 모두 끝난 뒤 롱펠로가 경감에게 물었다.

마치 동료와 대화를 나누는 듯한 어투였고, 자신을 경감과 대등한 입장에 두고 싶어 하는 기색이 역력했다.

"설령 있다 해도 선생한테는 아무 말도 안 할 겁니다. 당신도 잘 알겠죠. 자신이 평범한 용의자가 아니라는 걸요. 당신들 모두가 추리소설 작가 아닙니까? 어떤 범죄든 간에 당신들에게는 실제보다 더 치밀하고 교묘하게 보이게 마련이겠죠."

말을 마친 폰타네 경감은 롱펠로에게 자신의 수첩에 사인을 해달라고 부탁했다.

"옆에다 '폰타네 경감에게'라고 써주십시오." 경감이 덧붙였다.

오후 티타임 때 루를 태워 가기 위해 택시가 도착했다. 그는 나머지 일행에게 작별 인사를 하며 눈도 마주치지 않았다. 롱펠로는 그가 떠난 뒤 안마리에게 말했다.

"저놈이 범인이야. 아니면 내 손에 장이라도 지질게. 울리카는 대체 어디서 저런 녀석을 데려온 거지? 저놈이 썼다는 책 읽어본 적 있소?"

"당연히 읽었죠."

안마리는 분노에 찬 목소리로 말했다. "저 사람은 미국 추리소설계의 희망이라고요. 존, 때로는 당신의 그 무지함과 자기중심적인 사고에 소름이 끼쳐요. 본인 작품 말고 다른 사람 책을 읽기는 하나요?"

"하지만 저놈은 처음부터 뭔가 이상했다고⋯⋯."

"그는 두려웠고, 당신처럼 능숙하게 공포를 감추지 못했을 뿐이에요."

롱펠로는 주머니에서 손수건을 꺼내 이마의 땀을 닦았다.

"일부러 감춘 건 아니오. 그저 호들갑 떠는 게 딱 질색이라서 말이야. 난 상황을 이해하려고 애쓰는 것뿐이오. 그러니까 저 친구가 당신이 말한 그 작가라는 게 확실한가? 저자를 전에 본 적 있소? 어쩌면 다른 누군가가 그놈 흉내를 내는 걸 수도 있잖아?" 존 롱펠로는 손수건을 사각으로 가지런히 접었다. "결론은 둘 중 하나요. 저 자식 아니면 샤츠키 양이 범인이야."

바로 그때 조수가 부엌으로 들어와 각자 방으로 돌아가라고 지시했다.

"담배는 피워도 됩니까?" 롱펠로가 짓궂게 물었다. 그는 어느 정도 평정을 되찾아가는 듯했다.

식당에서 그들은 자리가 나기를 기다려야 했다. C와 남편은 매운 양고기구이를 주문했고, 채식주의자인 딸은 치즈를 얹은 브로콜리와 시금치와 함께 볶은 버섯 요리를 주문했다. 여기에 마늘을 듬뿍 넣은 난*을 곁들였다. 그들은 거의 대화도 나누지 않고 주변 사람들을 관찰하며 묵묵히 음식을 먹었다. 계산을 치르고 나서 C는 화장실에 갔다. 손을 씻으며 거울에 비친 자신의 모습을 바라보았다. 어쩜 이렇게 평범할까. 새삼 놀라웠다. 여태 껏 그렇다고 생각 못 했었는데. 만약 나 자신이 아닌 다른 사람이었다면 절대로 눈길조차 주지 않았을 그런 외모였다. 회색빛이 감도는 금발 아래 새치를 애써 감추려는 흔한 중년 여자. 게다가 옷차림은 또 어떤가. 전형적인 사무원 복장이다. 하긴, 실제로 사무원이니까. 흔해빠진 블라우스에 재킷, 싸구려 귀걸이. 팔찌 모양의 손목시계. 아무런 특징도 없는 흐리멍덩한 립스틱 빛깔. 그건 색이라기보다는 그저 색이 스치고 지나간 잔영 같았다. 그리고 생기를 잃어가는 창백한 눈동자. 비만이라는 표현에 넘치지도 부족하지도 않은 투실투실한 몸매. 약간 나온 아랫배는 그녀 나이대에는 당연한 징후다. 책 읽을 때만 쓰는 가느다란 금테 돋보기. 걸어 다니는 무관심의 대상. 아무도 아닌 여자.

C는 달뜬 마음으로 화장실에서 나와 곧바로 호텔 로비에 들어섰다. 그녀는 루가 체크인 중인 리셉션 데스크를 당당한 발걸

* 밀가루로 만든 둥그런 인도식 빵.

음으로 지나쳤다. 열쇠에 달린 나무 키홀더에 적힌 그의 방 번호를 힐끗 보았다. 사백 몇 호, 그러니까 4층이다. 그렇게 높은 곳까지 걸어서 오르려니 숨이 찼다. 게다가 빌어먹을 구두 굽 때문에 중심을 잃고 비틀거리기 일쑤였다. 계단을 올라가는 동안 그녀는 지금 자신에게 꼭 필요한 도구를 찾았지만, 눈에 띈 건 층계참에 놓인 묵직한 도자기 꽃병뿐이었다. 그녀는 꽃병에 든 물은 서슴없이 양탄자에 쏟아버리고 꽃은 어두운 복도 저편으로 집어 던졌다. 그러고는 그 꽃병을 어떻게든 자신의 커다란 백 안에 쑤셔 넣었다. 그때 루가 벨보이와 함께 트렁크를 들고 나타났다. 그녀는 재빨리 다른 객실 앞에 멈춰 서서 문을 여는 시늉을 했다. 다행스럽게도 둘은 그녀에게 별다른 주의를 기울이지 않았다. 벨보이가 돌아가기를 기다린 뒤, 그녀는 과감하게 움직였다. 백에서 무거운 꽃병을 꺼내려 했지만 굳이 그럴 필요가 없었다. 루는 객실에 든 손님들이 으레 그렇게 하듯, 우선 발코니로 가서 창문을 활짝 열었다. C는 루를 향해 전속력으로 달려들었다. 루는 너무 놀란 나머지 미처 그녀를 돌아볼 틈도 없었다.

그녀는 가방에서 꽃병을 꺼내 방 안의 탁자 위에 조심스레 올려놓았다. 그리고 잠시 거울을 보며 머리를 매만지고는 다시 인도 식당으로 되돌아왔다.

"대체 화장실에서 뭘 하느라 그렇게 오래 걸렸어?" 남편이 빈정거리듯 물었다.

집으로 돌아왔을 땐 이미 날이 저문 뒤였다. 과식 때문인지 속이 거북했다. C는 안락의자에 몸을 파묻고 또다시 책을 읽기 시작했다.

전화를 받은 건 롱펠로였다. 성에 남은 세 사람은 함께 아래층 거실에 모여 와인을 마시고 있었다. 플랑드르 태생의 늙은 요리사가 그들을 위해 급하게 저녁 식사를 차렸으나 다들 음식에는 거의 손도 대지 않았다.

"루가 죽었다는군요." 롱펠로가 소파 위에 털썩 주저앉으며 말했다. "창문으로 뛰어내렸대요. 폰타네 경감 전화였습니다."

모두가 망연자실한 나머지 한동안 아무 말도 하지 못했다.

"당신 말이 옳았어요. 이제야 모든 게 설명되는군요. 그래, 살인자는 루였어요. 먼저 울리카를 살해했고, 프루흐트가 뭔가를 알아채자 그마저도 죽여버린 거예요. 그러고 나서 스스로 목숨을 끊은 거죠. 양심의 가책 때문에요." 안마리가 잔을 비웠다.

"부인의 날카로운 통찰력에 정말 감탄했어요." 샤츠키 양이 말했다. 그녀의 얼굴은 흥분으로 인해 시클라멘꽃처럼 빨갛게 달아올라 있었다. "그렇다면 이 악몽도 이제 끝난 거군요……. 그래도 꽤 친절한 사람이었는데 의외네요. 결코 살인자 같지는 않았어요……."

"살인자처럼 보이는 사람이 범인인 경우는 절대 없어요. 그게 바로 추리소설의 고전적인 법칙이죠. 가장 무고해 보이는 사람이 실은 가장 의심스러운 법. 그, 왜 있잖아요, 어린아이가 살인을 저지르는 이야기요. 그게 누구 작품이더라?” 프랑스 여인은 잠시 생각에 잠기더니, 곧 스스로 정답을 맞혔다. “아, 애거사 크리스티였죠.”

“자, 그럼 우리 살인자 게임을 한판 할까요?” 롱펠로가 느닷없는 제안을 했다. 그의 목소리에는 심술궂은 만족감이 깃들어 있었다.

이미 술에 약간 취한 듯했다.

“하지만 인원이 너무 적은걸요.” 샤츠키 양이 말했다.

애석하게도 그녀에겐 유머 감각이 없었다. 바로 그 순간 또다시 전화벨이 울렸다. 이번에는 안마리가 받았다.

“폰타네 경감님이 잠시 들르신다는군요. 급히 확인해야 할 사항이 있답니다.”

롱펠로는 일행의 잔을 채우고 나서 새 와인을 가지러 부엌으로 갔다. 늙은 플랑드르 요리사는 하루 종일 울다가 식사 준비를 마치기가 무섭게 자기 집으로 돌아가버리고 없었기에 그는 와인 따개를 찾느라 서랍을 일일이 뒤져야 했다. 세 사람은 경감을 기다리면서 울리카의 유언장에 관해 이야기를 나누었다. 유산의 대부분은 재단이 소유하게 된다고 샤츠키 양이 설명했다. 이 성도 사실상 어제부로 추리소설 작가들을 위한 창작 센터가 된 것이다.

“이런 걸 두고 운명의 장난이라고 하는 건가? 신의 조롱이자 범우주적인 부조리로구먼.” 롱펠로가 술잔을 만지작거렸다.

"뭐, 그래도 여기서 글을 쓰면 정말 잘 쓰이겠네요! 이상적인 장소예요!"

C는 남편에게 와인 한 병을 따자고 제안했다. 찬장에는 에그리 비카베르*뿐이었지만, 상관없었다. 둘은 잔을 부딪쳐 건배한 뒤 각자의 지정석으로 돌아갔다. 그녀는 책 속으로, 남편은 텔레비전 앞으로.

폰타네 경감은 세 사람이 단란하게 술을 마시고 있는 광경을 보고 적잖이 놀랐다. 하지만 일행이 그에게 한 잔 따라주는 걸 허락했고, 곧장 그들에게 루의 죽음이 자살이 아닐지도 모르는 새로운 정황이 발견되었다고 말했다. 순간 다들 술이 번쩍 깨는지 눈빛이 또렷해졌다. 경감은 그들에게 루의 호텔 방 안에 놓여 있던 불가사의한 꽃병에 관한 이야기를 꺼냈다. ('누군가가 처음에는 그 둔탁한 물건으로 피해자의 머리를 후려칠 생각이었던 듯하다'라는 부연 설명도 잊지 않았다.) 그러고는 주머니에서 손잡이처럼 생긴 길고 반짝이는 뭔가를 꺼내어 좌중에게 보여주었다.

"구두 굽이네!" 안마리가 반사적으로 외쳤다.

"아뇨, 아뇨, 여기 계신 숙녀분들은 용의자가 아닙니다. 이곳에서 몰래 빠져나가서 루보다 먼저 바옌에 도착했다가 다시 돌아오는 건 불가능한 일이니까요. 게다가 여러분들은 줄곧 서로

의 가시거리(可視距離) 안에 있었잖아요. 안 그렇습니까?” 말은 그렇게 하면서도 경감은 두 여인의 구두를 번갈아 살펴보고 있었다.

그러자 샤츠키 양은 또다시 백지장처럼 새하얗게 질린 얼굴로 루의 발언을 경감에게 전했다. 울리카는 어쩌면 죽은 게 아닐 수도 있다. 설사 죽었다 해도 무덤 뒤에서 그들을 살해하고 있을지도 모른다.

“샤츠키 양, 그만 좀 하세요. 그런 얘긴 더 이상 듣고 싶지 않군요.” 롱펠로가 낮고 거친 목소리로 내뱉었다. “경감님, 혹시 이렇게 생각해보셨습니까? 예를 들면 극도의 심리적 불안 상태라든지, 아니면 뭔가 다른 이유로 꽃병을 자기 방으로 들고 갔을 수도 있잖아요. 구두 굽은 청소부의 것일 수도 있고, 아니면 전에 머물던 손님이 두고 갔을 수도 있죠. 경감님께는 주제넘게 들릴지도 모르겠지만, 우리끼리는 이미 퍼즐을 맞췄거든요. 어떤 알 수 없는 동기로 인해, 그러니까 우리도 그저 짐작만 할 뿐인 어떤 이유로 루가 울리카를 죽인 겁니다. 유언장에 명시된 어떤 조항 때문일 수도 있고, 어떤 의무나 약속 때문일지도 모릅니다…….”

“어쩌면 울리카를 실망시키는 게 두려웠을 수도 있죠.” 안마리가 골똘히 생각에 잠긴 채 덧붙였다.

“……그러니까 우리도 정확히는 모릅니다. 어쨌든 프루흐트는 뭔가를 목격했든지, 알고 있었든지, 아니면 추정하고 있었던 게 틀림없어요. 그래서 루는 그를 없앨 수밖에 없었던 거죠. 그네를 타는 척했지만, 실은 기회를 엿보고 있었던 거예요. 그러다 우리가 증거를 찾는 데 열중한 틈을 타서 프루흐트에게 달려갔고, 울리카를 공격했던 바로 그 칼로 그의 목을 찌른 거라고요."

"……하지만 결국 죄책감이 그를 괴롭혔겠죠." 안마리가 끼어들었다. "자신이 한 짓을 견딜 수가 없었던 거예요. 그래서 우리 곁을 떠나 호텔로 간 거죠. 스스로 목숨을 끊을 기회를 만들기 위해서요."

폰타네 경감은 깊은 한숨을 내쉬며 그들의 추리가 매우 설득력 있다고 말했다. 하지만 승리의 분위기에 굴복하는 대신, 전혀 다른 질문을 던지기 시작했다. 예컨대 각자 자신의 독자가 몇 명쯤이나 되는지 아느냐고 물은 것이다.

"제 책의 독자가 몇 명이냐고요?" 안마리가 의아한 듯 되물었다. "그러니까 발행 부수를 물으시는 건가요?"

두 사람이 대략적인 수치를 말하자 경감은 그것을 냅킨에 받아 적었다.

"공공 도서관에 책이 비치되면 여러 명이 돌려보잖아요. 그 숫자도 고려해야죠." 롱펠로는 정확성을 요구했다.

"그렇다면 수십만 명이 될 수도 있겠군요." 경감은 환호하듯이 휘파람을 불었다. "독자들이 대략 어떤 사람들인지는 아십니까?"

"여자들이 압도적으로 많아요. 통상 여성이 남성보다 책을 더 많이 읽으니까요." 안마리가 만족스럽게 단정 지었다.

롱펠로는 아까보다 더욱 열띤 분위기로 대화에 참여했다.

"어떤 의미로는 우리와 비슷한 성향의 사람들인 것 같습니다. 서로 유사한 점이 없으면 상호 교감이 불가능하니까요. 이 문제에 대해 저는 확고한 철학을 가지고 있는데요, 추리소설을 읽는 건 일종의 심리 치료적인 보상작용입니다. 그 많은 독자들—" 롱펠로는 여기서 잠시 말을 멈추고는 경감이 냅킨에 적어놓은 숫자에 슬쩍 눈길을 던졌다. "수십만 명의 독자들을 생각해보세요. 만약 그들이 추리소설을 읽지 않았다면 분명 살인자가 됐을 겁니다." 롱펠로가 낄낄거렸다.

폰타네 경감은 적어둔 숫자에 동그라미를 치면서 싶게 한숨을 내쉬었다.

C는 불안한 나머지 몸을 가만히 두지 못했다. 곁눈질로 남편을 보니 텔레비전 앞에서 코를 골고 있었다. 많이 늙었네……. 그녀는 속으로 생각했다.

안마리는 손짓으로 '곧 돌아오겠다'는 시늉을 하고는 술기운에 휘청거리며 위층으로 올라갔다. 샤츠키 양은 홀짝거리며 연거푸 와인을 마셨다. 그녀의 눈동자가 유독 환히 빛나고 있었다. 두 남자는 글쓰기의 본질에 대해 대화를 나누었다. 폰타네 경감은 작가에게 어김없이 따라다니는 고전적인 질문을 던졌다. 작품의 영감은 어디서 얻으시나요?

"영감이 어디서 오는 건지는 사실 저도 잘 모르겠어요. 다만 저는 현실을 주의 깊게 관찰하는 습관을 갖고 있습니다. 상상력은 부차적인 것이죠." 롱펠로는 마치 청중 앞에서 강연이라도 하듯 말을 이어갔다. "성공의 90퍼센트는 근면함에서 나옵니다. 시간을 헛되이 낭비하는 인간들을 보면 안타까워요. 사실 소설은 누구든지 쓸 수 있거든요. 저는 시간 관리와 창의적인 노력을 높이 평가하는 가정에서 자랐어요. 무엇보다 논리적인 사고방식이 중요합니다. 현실은 우리가 생각하는 것보다 훨씬 논리적이니까요. 그래서……"

"잠깐 나갔다 올게." 갑자기 C가 말했다. "저녁을 너무 많이 먹었나 봐. 아까 그 매운 양고기 때문에 속이 얼얼하네."

남편은 잠시 몸을 떨더니 잠에서 덜 깬 멍한 눈길로 그녀를 흘끗 쳐다보았다. 그러고는 다시 고개를 돌려 텔레비전 화면을 향해 시선을 조준했다. 그는 고개를 끄덕였다. 그녀는 신발을 신고 옷장에서 외투를 꺼내 들었지만, 곧 필요 없겠다 싶어 다시 옷걸이에 걸었다. 15분쯤 지났을까, 어쩌면 그보다 좀 더 일찍 그녀는 집에 돌아왔다. 남편은 여전히 같은 자세였다.

"좀 나아졌어?" 남편이 물었다.

"응, 이제 괜찮아." 그녀가 대답했다.

"……그러니까 모든 일은 결국 때가 되면 이성적인 설명이 가능해지는 법이죠." 롱펠로가 말을 마쳤다.

폰타네 경감도 그의 의견에 동의했다.

"만약 그렇지 않다면 제가 이렇게 경찰에 몸담지도 않았을 겁니다. 하지만 말입니다, 해결되지 못한 채 미궁에 빠진 사건들도 있답니다. 우리 경찰서의 문서 보관소에는 그런 사건들로 가득 찬 서가가 있어요."

"이런, 매우 흥미롭군요! 언젠가 그런 사례들을 살펴보고 싶습니다. 어쩌면 꽤 좋은 글감이 될 수도 있겠는데요."

경감은 떠날 채비를 하며 현관을 향해 걸어갔다. 그러다 문 앞에서 걸음을 멈추고는 잠시 머뭇거렸다.

"저는 여러분의 책에 나오는 그런 수사관은 아닙니다. 사실 그런 인물들이 진짜 존재하는지도 의문이지만요⋯⋯."

"그게 무슨 말씀이시죠?"

"현실은 완전히 다르다는 겁니다. 여러분의 소설 속에서 범죄는 결국 하찮고 초라하며 그렇고 그런 행위로 귀결되고 말죠⋯⋯. 거기엔 진짜 공포가 빠져 있어요. 여러분은 범죄의 동기와 범인을 밝혀내는 일에만 몰두합니다. 마치 그러면 모든 게 해결되는 것처럼요. 불합리한 일련의 사건에 터무니없이 합리적인 결말을 갖다 붙이죠. 그게 정말로 가능하다고 믿으십니까? 실망스럽지 않나요?"

"실망스럽다니요? 우리는 단지 진실을 추구할 뿐입니다!"

"아, 진실이요! 도대체 진실이란 게 뭡니까?" 폰타네는 아이처럼 이마를 문지르며 말했다. "저는 오히려 그 작동 방식에 관심이 있습니다. 모든 일이 어떻게 벌어지는지, 어떤 구조와 메커니즘을 갖고 있는지.”

“어떻게요?” 롱펠로가 격한 어조로 외쳤다.

“이를테면 설명하려 들지 않고 오히려 흐릿하게 만드는 건 어떨까요? 단순화하는 대신 복잡하게 만드는 방식은요? 그런 식의 접근에 대해 어떻게 생각하시죠?”

“이런 제기랄, 대체 무슨 소릴 하는 거요?”

“그러니까 예를 들어서, 이성적으로 보이는 사건들이 실은 비이성적인 방식으로밖에 설명되지 않는다거나…….”

“경감님, 정말 무서운 말씀을 하시네요.” 갑자기 샤츠키 양이 끼어들었다. “울리카 여사님의 유령을 말씀하시는 건가요?”

“이런, 우리가 서로를 잘못 이해한 것 같군요. 뒤라크 부인께 안부 전해주세요. 어차피 내일 다시 뵙겠지만요.”

폰타네가 문을 향해 걸음을 옮겼다. 그러자 롱펠로가 손짓으로 그를 멈춰 세웠다.

“안마리를 데려오죠.” 롱펠로가 위층으로 올라가며 말했다.

“전 이제 어떻게 되는 거죠?” 샤츠키 양이 어린 계집아이처럼 울상을 지으며 물었다.

잠시 생각에 잠겨 있던 폰타네 경감은 아무런 대답도 하지 못했다. 위층에서 요란한 소리와 롱펠로의 겁에 질린 욕설이 들려왔기 때문이다.

샤츠키 양은 비명을 지르며 목에 매달리듯 경감에게 안겼고, 발작이라도 일으킨 것처럼 격렬히 흐느꼈다.

"그녀도 죽었군요, 그렇죠, 죽은 거죠? 드디어 안마리까지 죽었네요. 이제 곧 우리 모두를 죽일 거예요."

경감은 샤츠키 양을 진정시키기 위해 그녀의 머리를 쓰다듬었다.

"당신은 괜찮아요. 아무 일도 없을 겁니다. 분명히 말씀드리죠. 왜냐하면 당신은 책을 쓰지 않으니까요. 그렇죠?"

폰타네 경감은 침착한 태도로 전화기를 향해 걸어가서 경찰서의 번호를 눌렀다. 그 순간에도 경감은 자신을 뚫어지게 응시하고 있는 이상하리만치 강렬하고 묵직한 시선을 느꼈다.

C는 책장을 덮었다. 대단원까지는 이제 딱 한 페이지만 남겨둔 상태였다. C는 가볍게 기지개를 켜고는 부엌으로 가서 위장약 한 알을 물에 녹였다. 이제 더는 읽고 싶지 않았다. 그녀는 남편 옆에 조용히 앉았고, 둘은 자정까지 자동차 추격과 총격이 난무하는 할리우드 영화를 함께 봤다.

이튿날 아침, 고양이를 내보내기 위해 발코니 문을 연 순간 C는 고층 아파트 건물 앞에 멈춰 서는 경찰차 한 대를 목격했다. 남자 셋이 차에서 내리자마자 곧바로 그녀의 집으로 통하는 현관문으로 성큼성큼 발걸음을 옮겼다. 그중 한 사람은 긴 트렌치코트에 유행에 뒤떨어진 우스꽝스러운 중절모를 쓰고 있었다. 어디선가 본 듯한, 낯익은 얼굴이었다.

✝ 스코틀랜드에서 보낸 한 달　　　　Szkocki miesiąc

첫 장면은 이렇게 시작되어야 했다: 트렁크를 끌고 자갈이 깔린 진입로를 걸어가는 나. 문 앞에서 초인종을 누르자 검은 옷을 입은 가정부가 문을 열어준다. 영화나 소설의 시작은 대개 이런 식이기에 비행기 안에서 나도 그렇게 상상했다. 사실 나는 영화와 책을 통해서만 세상을 안다. 그렇다면…… 과연 내가 '세상을 안다'고 말할 수 있을까?

어떤 이유에서인지 세상은 내가 상상하는 대로 흘러가지 않는다. 아마도 내 상상력이 수용할 수 있는 것보다 훨씬 더 많은 변수가 존재하기 때문일 것이다. 영감이나 계시라면 또 모를까, 그 어떤 상상력도 변수까지 담아내지는 못한다. 하지만 또 다른 설명도 가능하니, 바로 그런 세상이 신과의 일종의 게임이라는 것이다. 신은 내게 환상과 영감을 선사하지만, 지극히 사소한 사건조차 예측하는 것은 허용치 않는다. 그가 내게 주는 건 무딘 칼과 종이 방망이 그리고 유리 못이다. 또 다른 가능성을 제기하자면, 어쩌면 상상력이 현실을 소진해버리는 걸지도 모른다. 일단 상상된 것은 더는 현실이 될 수 없는 것이다. 그리고 반대로—상상조차 못 한 일들이 현실에서 벌어진다. 그렇다면 상상과 현실은 같은 근원, 즉 현실의 도래를 기다리는 대기실 같은 곳에서 함께 비롯되는 것인지도 모른다. 마치 연통관(聯通筦)처럼.

어쩌면 내 상상력이 너무 빈약한 것일 수도 있다. 세상에는 모든 걸 단번에 완벽히 예측하거나, 적어도 대강의 윤곽이라도 미리 감지해낼 수 있는 사람들이 따로 있을지도 모른다. 천리안을 가진 사람들, 혹은 무미건조하고 독단적인 점괘를 내놓는 점술가들.

한 여성(스코틀랜드 사람이니 편의상 이름을 '스코츠먼(Scotsman)'이라고 해두자)이 런던에 있는 지인들을 통해 은밀히 소문을 퍼뜨렸다. 작가 한 명을 집으로 초대해서, 조용히(작가들은 대개 과묵하므로) 글만 쓰는 조건으로 창작 활동에 전념할 수 있는 환경을 제공하겠다는 내용이었다. 조건은 여성이면서 폴란드인일 것.

나는 그렇게 그곳에 도착했다. 그리고 모든 게 내 상상과는 확연히 달랐다.

살면서 나는 이처럼 변덕스러운 날씨는 본 적이 없었다. 벽난로 위에 놓인 소형 라디오에서는 BBC 3번 채널의 일기예보가 소심하고도 불확실하게 흘러나왔다. 마치 스스로의 말을 믿지 못해 주저하는 듯한 어투였다. 산책을 나갈 때마다 내 손은 익숙한 우산 손잡이를 찾아 쥐곤 했다. 그 한 달 내내 한 번도 파란 하늘을 본 적이 없었고, 나무 꼭대기 뒤에 숨어 있던 구름이 순식간에 하늘을 덮어버리기 일쑤였다. 그러다 예고 없이 비가 쏟아지곤 했다. 아주 잠시 동안만, 그저 보여주기 위해서라는 듯.

"정원사가 다리를 다치는 바람에 소형 전기난로로 난방을 하는 중입니다." 그녀가 내게 건넨 첫마디 중 하나였다. 그때는 그 기묘한 인과관계를 이해하지 못했지만, 아무튼 전기난로는 불과 몇 분 만에 내 방을 따뜻하게 덥혀주었다. 나는 6월에도 난방을 해야만 하는 나라에 와 있었던 것이다.

여기서는 모든 게 이미 오래전부터 확정되어 있었다. 즉흥적이거나 돌발적인 변수는 아예 허용되지 않았고, 모든 게 주어진 제자리를 고수했다. 내가 떠나온 폴란드에서 많은 것이 여러 차례 뒤집히며 혼란을 겪는 동안, 이곳에서는 사물들이 오랜 세월에 걸쳐 자신의 자리를 끈기 있게 찾아 헤매다 마침내 발견한 곳에 둥지를 틀어 안착한 듯했다. 옥으로 만든 중국의 용 조각상이 적합한 자리를 찾는 데에는 얼마나 오래 걸릴까? 100년? 200년? 피아노 위에 놓인 장신구들은 마치 그 검게 윤이 나는 악기 표면에 뿌리박힌 듯 단단히 붙어 있었다. 벽에 걸린 그림들은 어찌나 오랫동안 그 자리를 지켜왔는지 이제는 따로 눈에 들어오지도 않을 지경이었다. 나무 바닥에 완벽히 융화된 양탄자는 발 밑에서 느껴지는 부드러운 감촉으로만 남은 듯했다. 황동으로 제작된 빅토리아 양식의 램프는 스스로가 내뿜는 불빛 너머에 몸을 숨기고 있었다.

우리 둘 다 어떤 식으로로든 과거에 갇혀 있음을 나는 금방 깨달았다. 내 경우에는 내가 쓰려는 글 때문이었다. 라디오에서 비틀스의 '소녀(Girl)'를 처음으로 들으며, 햇살 가득하고 광활한 오데르강변의 평원을 하염없이 돌아다니던 여섯 살의 나, 무조건적인 아름다움에 넋을 잃었던 그 순간에 대해 쓰고 싶었던 것이다. 집주인의 경우에는 나이 때문이었다. 그 정도로 나이가 들면, 일상의 '지금, 여기'가 부르는 소리에 제때 응답하는 게 힘들어지게 마련이니까.

어쨌든 우리는 반세기 간격으로 분리되어 있었다. 차분하고 고요한 응접실이 우리 둘 사이에 어떤 교감의 장을 만들어줄 듯도 했지만, 그녀의 과거는 나로서는 상상조차 할 수 없는 것이었다. 그것은 마치 신기루처럼 가물거렸다.

나는 이미 처음부터 그녀에게 말했다. 어쩌면 조금은 무례하게 들렸을지도 모르지만, 깊은 대화를 나누는 상대로는 내가 적합하지 않을 거라고 분명히 선을 그었다.

"제 영어 실력이 보시다시피 형편없어요. 저는 외국어에 소질이 없거든요."

뜻밖에도 그녀는 실망한 기색이 없었다. 오히려 입가에 미소를 머금었다.

아침이면 나는 식당으로 내려가서 식사를 했다. 전날 쪽지에 적어서 주문해둔 메뉴가 정확히 그대로 나왔다. 보통은 계란 반숙, 토스트, 주스 그리고 커피가 전부였다. 그녀는 늘 이미 아침을 먹었거나, 어쩌면 아예 거르는 듯했다. 대신 내 옆에 앉아 내가 음식을 먹는 모습을 잠시 동안 지켜보곤 했다. 나의 착각일지도 모르겠지만, 아침에 내 식욕 상태를 살피는 그녀의 시선에서 어떤 다정함 같은 게 느껴졌다. 나는 언제나 아침에 가장 말이 많았다. 소재는 아침에 새로 온 신문이었다. 신문 속에는 코소보 전쟁의 종식, 런던의 폭동, 에드워드 왕자의 결혼 소식 같은 뉴스가 담겨 있었다. 나는 세상에 대한 개인적인 소견을 발설하지 않기 위해 일부러 입안 가득 음식을 쑤셔 넣었다.

집주인은 키가 작고, 가녀린 체구를 지녔으며, 아마 머리를 염색한 듯했다. 마치 천연 리넨 같은 그 밝은색 머리카락은 그 나이대의 사람에게는 흔치 않은 것이어서 좀 낯설게 느껴졌다. 옷은 긴 치마와 캐시미어 스웨터를 주로 입었는데, 대부분 검정 아니면 회색이었다. 저녁에는 스코틀랜드산 타탄체크 숄을 어깨에 걸치곤 했다.

나는 하루의 대부분을 글을 쓰며 보냈다. 내 앞에 펼쳐진 이 어마어마한 시간을 온전히 누리며, 배고픔 외에는 그 무엇도 나를 방해하지 않는다는 사실이 그저 놀랍기만 했다. 키보드를 두드리다 손목이 아파오면 바닥에 누워 기억의 세부 항목들을 떠올리고, 꿈을 꾸고, 지어내고, 시간이 품고 있을 모든 가능성을 탐구했다. 나는 인생에서 처음으로 나 자신에 관한 글을 썼다. 그러면서 놀랍게도 자기 자신에 대해 쓴다는 건 새로운 누군가를 창조하는 일임을 깨닫게 되었다. 관찰자이면서 동시에 피관찰자가 된다는 것은 불가능하다는 사실도. 아는 자가 동시에 앎의 대상이 되는 것도 마찬가지였다. 그래서 모든 회상에는 어느 정도의 왜곡이 섞여 있고, 모든 자서전에는 꾸며낸 대목이 담기는 것일지도 모른다.

문학이란 사회적으로 승인되고 윤리적 제약에서 벗어난, 칭송받는 거짓말이다. 아마 그것이 내가 늘 글쓰기에 매료당하는 이유일 것이다. 뭔가를 꾸며내고, 다양한 방식으로 거짓말하고, 현실을 수정하고, 여러 가능성을 고안해내는 데 있어 글쓰기만 한 게 또 있을까? 작가들이란 보편적 진리를 거부하는 무정부주의자이며 타고난 상대주의자이자 진실의 실험가이고, 대안의 발명가들이다. 지금 어떤 작업을 하고 있는지 그녀가 내게 조심스레 물었을 때, 나는 그렇게 말하고 싶었다.

집주인의 과거가 내게는 마치 오래된 흑백영화처럼 보였다. 그 과거 속에서 사람들은 현실에서보다 더 빠르고 불안하게 움직였다. 그곳의 모든 게 어쩐지 투박하고 깊이가 없어 보였다.

그리고 그녀 자신도 비현실적이었다. 항상 유령처럼 나타났다가, 층층의 미로 속으로 자취를 감추곤 했다.

아침 식사를 하고 나면 나는 방으로 돌아와 담배를 피웠다.

그녀가 담배 연기를 싫어했기에 창문은 늘 열어두었다. 행여 그 연기가 어디에 있는지도 확실치 않은 그녀의 침실로 흘러 들어갈까 봐 조심스러웠기 때문이다. 파자마를 입고 있거나 머리에 헤어롤을 감고 있을 그녀를 머릿속으로 그려보면 묘하게 안심이 되었고, 그녀와 조금은 가까워진 듯한 느낌이 들었다. 집은 점점 고요해졌다. 이따금 공원에서 잔디 깎는 기계의 소음이 희미하게 들려올 뿐, 정적이 흘렀다. 정오가 되면 내 방문 앞에 점심 식사가 담긴 바구니가 놓였다. 차를 넣은 보온병, 수프를 넣은 또 다른 보온병, 샌드위치 그리고 냅킨에 싼 포크와 나이프. 나는 뭔가를 읽으면서 음식을 대충 집어 먹곤 했다.

처음 며칠은 어색했다. 공항에서 트렁크가 분실되는 바람에 이곳에 도착했을 때 내가 소지한 건 기내에 들고 탔던 작은 손가방과 (천만다행으로) 노트북뿐이었다. 마거릿(그녀를 가정부라고 해야 할지 아니면 다른 표현을 써야 할지 잘 모르겠다. 공산주의 국가에서 자란 내게는 가정부라는 개념 자체가 낯설기 때문이다)이 목욕 가운과 칫솔, 치약을 갖다주었다. 집주인의 검정 캐시미어 스웨터와 비옷도 빌려 입을 수 있었다 며칠 동안 내 소유물이라고는 책상 위에서 열심히 빛을 내뿜는 노트북뿐이었다. 그것은 마치 휴대용 제단 같았다.

나는 글을 썼다. 이른 아침부터 시작해서, 점심을 먹는 짧은 휴식 시간을 제외하고는 계속해서 써 내려갔다. 방 안을 왔다 갔다 하면서, 창밖을 내다보면서, 불안하게 요동치는 스코틀랜드의 하늘을 바라보면서, 담배를 피우면서도 나는 쓰고 있었다. 나만의 공간을 펼쳐놓고, 시간을 되감아 내적인 시작점으로 되돌아가서는 어렴풋이 남겨진 이미지들을 힘겹게 불러내어 거기에 이름을 붙였다. 수도원. 그래, 아마도 수도원이란 이런 곳이 아닐까. 현실의 밀도가 점점 더 견고해지고, 그 유일한 근원이 내 안에 있다는 사실이 드러나며, 나 자신 말고 다른 세계는 존재하지 않음을 깨닫는 곳. 세계를 묘사한다는 건 결국 자신을 묘사하는 것이다. 진부하기 짝이 없지만, '너 자신을 알라'라는 오래된 격언이 일깨우듯 너 자신에 대해 써 내려가라. 스스로 너라고 믿는 걸 쓰는 것 외에 다른 길은 없으니.

오후 2, 3시 무렵이면 나는 늘 우산을 챙겨 서둘러 산책을 나가곤 했다. 시간이 흐르면서 비에도 익숙해졌다. 나는 나무가 무성하게 우거진 공원을 거닐었다. 축축하고 미끄러운 오솔길들이 강변에 우뚝 솟은 절벽의 가장자리를 향해 위태롭게 이어져 있었다. 거기에는 진달래 덤불과 우중충한 빛깔의 측백나무들, 오래된 나무줄기를 감고 오르는 덩굴식물들이 뒤엉켜 있었다. 발밑에서 야생 토끼들이 불쑥 튀어나오곤 했다. 어떤 토끼들은 내 발에서 불과 1미터도 안 되는 지점에 멈춰 서서는, 마치 내가 그들을 보지 못한다고 확신이라도 하듯 곁눈질로 나를 슬그머니 바라보았다. 에든버러로 향하는 비행기들이 내 머리 위로 낮게 날아갔다. 알록달록 칠해진 꼬리 덕분에 행선지를 금방 알아볼 수 있었다.

그러다 티타임에 맞춰 집으로 돌아오곤 했다. 마거릿은 항상 케이크 한 조각을 곁들인 차를 쟁반에 담아 문밖 탁자에 놓아주었다.

우리는 저녁 식사 때가 되어서야 다시 만났다. 2인용으로 차려진 식탁의 한쪽에는 내가, 맞은편에는 그녀가 앉았다.

"왜 이런 일을 하세요? 낯선 사람들을 집에 들이는 이유가 뭔가요?" 내가 물었다.

그녀는 내가 아직 묻지도 않은 두 번째 질문에 대답했다.

"난 전혀 외롭지 않아요. 여기서 충분히 평온하니까요. 당신들에겐 그러한 평온이 필요해 보이고요. 그래서 그냥 그걸 선물하는 거랍니다. 그뿐이에요."

그렇게 나는 기나긴 저녁, 끝없는 저녁을 선물받았다. 북쪽의 6월의 낮은 폴란드의 낮과는 비교도 할 수 없을 정도로 길었으므로. 잠자리에 들 때나 아침에 일어날 때나 항상 주변이 훤했다. 이따금 새벽녘에 잠에서 깨어 불안하게 시간을 확인하고 잠시 멈칫하다 다시 잠들 때도 밖은 여전히 밝았다.

냉수와 온수가 따로 나오는 이해할 수 없는 수도꼭지는 내게 당혹감과 무력감을 느끼게 했다. 그래서 머리를 감으려다 매번 목욕까지 하게 되었다. 욕조에 몸을 담근 채 벽면의 단조로운 패턴을 응시하며, 나는 거의 명상에 가까운 상태에 빠져들곤 했다.

식사 시간에 따라 균등하게 분할되고 완벽히 세분화된 시간은 나를 그 속에 붙들어두었다. 딱히 할 일도 없었고, 갑작스러운 일도 벌어지지 않았으며, 전화벨이 울리거나 우편물이 도착해서 이 괴상하기 짝이 없는 명상적인 평형상태를 뒤흔드는 일도 없었다. 모든 일은 하나하나 순서대로, 거스를 수 없는 확신에 따라 이루어졌다. 설탕 그릇이 바닥난 적도 소금이 쏟아진 적도 와인이 엎질러진 적도 없었다. 이 집은 마치 완벽한 메커니즘으로 작동하는 기계, 오래전에 태엽을 감아놓은 오르골 같았다. 하루하루를 고집스럽고 체계적으로 재생했고, 매번 같은 지점, 그러니까 수도꼭지에서 잠시 걸려 삐걱거렸다. 그 사소한 결함마저도 내게는 점차 전체적인 질서의 일부처럼 느껴지기 시작했다. 매시간의 길이는 늘 한결같았고, 매분(每分) 또한 언제나 같은 크기였다. 그래서 아득히 먼 곳으로부터 이곳에 전달되는 모든 소식이 빛을 잃고 비현실적으로 들린다는 사실은 딱히 이상한 일이 아니었다. 그것들은 머나먼 세계 저편에서 울리는 메아리처럼, 실제가 아닌 것처럼 느껴졌다. 이곳에서 집들은 자연스레 노화되었고, 다락방에는 물건들이 구호품처럼 쌓여 겹겹의 먼지를 덮고 곤히 잠들어 있었다. 빅토리아시대의 가구들은 품위를 간직한 채 묵묵히 자리를 지켰고, 중세의 궤짝들 역시 존재감을 특별히 뽐내지 않았다. 스코틀랜드는 신(神)의 공장에서 생산된 완벽한 제품처럼 여겨질 만했다.

우리는 식사에 집중했다. 고풍스러운 포크와 나이프가 달그락거렸다. 그녀는 나를 살피며 조심스럽게 질문을 던졌고, 내 안의 틈새를 부드럽게 열었다. 결코 직설적으로 묻지 않았으며 억지로 강요하는 법도 없었다. 나는 그녀의 방식에 감탄했다. 이 사람들은 어릴 적부터 이런 태도를 배우는 걸까? 아니면 이것이야말로 흔히 말하는 '영국식 냉철함'의 참모습일까―상대에게 자리를 내어주고, 그곳에서 상대가 자기 자신이 되어갈 수 있도록 배려하며, 자신이 얼마나 연약하고도 섬세한 존재인지 차근차근 깨닫게 만드는 것 말이다. 그래서 나 역시, 내가 그렇게 할 수 있다는 데 스스로도 살짝 놀라면서 그녀의 주변을 맴돌았다. 그녀에게 뭔가를 묻고 싶을 때면 나는 우선 머릿속에서 그 질문을 영어로 차분히 번역해보곤 했다. 하지만 그렇게 번역된 문장은 언제나 폴란드어 원문에서 한참이나 멀어진 듯 느껴졌다. 생각을 영어로 번역한다는 건 망원경을 거꾸로 들여다보는 일 같았다. 사물을 가까이 당겨 보는 게 아니라, 오히려 멀리 밀어내는 듯했던 것이다. 그녀와의 대화는 그래서 내게 즐거움을 안겨주었다. 문장을 "Well(글쎄요)……"로 시작하면, 그 이후에 내가 내뱉는 모든 말이 몽환적인 물음표 아래 놓이게 되고, 어떤 생각이든 상대적인 것으로 바뀌며 모호해진다. 그 '우물(well)' 속에서 모든 혁명의 씨앗은 시들고, 모든 선언의 구상이 흐트러진다.

가끔 내가 내 몸을 통제하지 못하고 있다는 사실을 자각할 때가 있었다. 나도 모르게 어떤 표정을 짓거나 손을 휘젓곤 했던 것이다.

"당신의 얼굴은 모든 걸 드러내요." 어느 날 그녀가 찻잔을 천천히 입가로 가져가며 말했다.

그 말은 칭찬처럼 들리진 않았지만, 그 순간 나는 처음으로 그녀에게서 어떤 미묘한 호감의 기색을 감지했다. 하지만 그녀의 얼굴은 아무것도 드러내지 않았다.

집주인은 내게 폴란드에 대해 묻곤 했다. 한번은 응접실에서 의례적으로 커피를 마신 뒤, 지도를 펼쳐 내가 사는 곳을 가리켜 보여주었다. 내가 그 지역의 역사적 상황에 대해 언급하자 그녀는 눈썹을 치켜올리고는 "yes, yes(네, 네)"를 조용히 반복하며 관심을 보이는 척했다. 그러자 불현듯 깨달음이 밀려오면서, 나는 이 모든 게 그녀에게는 아무 의미가 없다는 사실을 알아차렸다. 그녀는 그날따라 유난히 피곤하다고 말하며 일찍 잠자리에 들었다.

내 짐과 익숙한 물건들이 도착하기 전에, 그녀는 내게 서재를 보여주었다. 그곳은 작은 안뜰을 통해 들어가야 했기에 집의 나머지 공간과 분리되어 있었다. 서재에는 1956년판《브리태니커 백과사전》과 진녹색의 아름다운 가죽으로 제본된 세계문학 소설 전집이 있었다. 화집과 경매 카탈로그, 작은 사전과 백과사전, 몇 권의 철학 서적, 세계사와 신화에 관한 책들도 있었다. 그래서 내 책들이 아직 도착하기 전, 나는 서재에 놓인 사다리에 올라앉아 오른쪽에서부터 왼쪽까지 책들을 샅샅이 훑어보았다. 그러다 놀랍게도 폴란드와 관련된 책들만 꽂혀 있는 서가를 발견했다. 거기서 매우 흥미로운 사실들을 발견할 수 있었다. 예를 들어 "폴란드는 유럽 지도에 가끔씩 등장하는 나라이지만, 두 번 연속 같은 자리에 나타난 적은 없다"라는 문장이었다. 1958년에 출간된, 그레이브스의 서문이 붙은《신화》라는 제목의 방대한 책은 영국인 특유의 확신에 찬 어조로 '독일의 실레지아(Silesia)*'라고 단정했다. 한 미국 잡지에 실린 '폴란드 강제수용소'**에 관한 기사를 내 눈을 의심하며 읽기도 했다. 그날 저녁, 나는 마을의 한 공중전화 부스에서 집에 전화를 걸었다. 내가 여전히 존재한다는 사실을 확인하기 위해서였다.

도착한 지 일주일쯤 지나서 나는 처음으로 근교 탐방에 나섰다. 2층 버스를 타고 20분 정도 달려 로슬린에 도착했다. 내가 가진 여행안내서에서는 한 특이한 성당 때문에 이곳을 추천했다. 콜럼버스가 신대륙을 발견하기 한 세기 전에 이미 그 성당 벽에는 미국 식물 그림이 새겨져 있었으므로, 그건 스코틀랜드인들이 콜럼버스보다 먼저 신대륙에 다녀왔다는 표시라고 그 책자는 주장했다. 하지만 나는 그런 이야기에는 관심 없었다. 역사라는 건 늘 내게 별로 중요치 않게 여겨졌으니까. 내가

---

* 폴란드 남서부에 위치한 지역 실롱스크(Śląsk)의 영어식 발음. 체코와 독일 접경에 위치해 있으며, 과거에는 이 지역 대부분이 독일 영토였으나 제2차 세계대전 이후에는 폴란드 영토가 되었다.

** 대표적인 강제수용소인 아우슈비츠 수용소는 폴란드 영토에 만들어졌으나, 폴란드 수용소가 아닌 독일 나치가 만든 수용소이다.

그곳에 간 이유는 얼마 전 어떤 책에서 그 성당 안에 성배가 숨겨져 있을지도 모른다는 구절을 읽었기 때문이었다. 진짜로 거기 있을지도 모른다. 과거에 정말로 성배가 존재했다면 말이다. 적막과 고독이 가득한 방 안에서 갑자기 뭔지 모를 흥분이 나를 휘감았다. 그러다 어느 순간 집주인이 전날 밤 내게 했던 말이 떠올랐는데, 그건 거의 폭발과도 같이 나를 휩쓸었다. 로슬린에 '복제 양 돌리'를 만든 연구소가 있다는 것이었다. 양, 어린 양, 그리스도, 그리스도의 피, 성체, 유전자, 염색체, 불멸. 혹시 내가 의도치 않게 세상의 중심, 신비의 한가운데에 들어온 것은 아닐까? 비 내리는 스코틀랜드의 작은 예루살렘. 세상의 주변부이자 중심. 중심 속의 변방. 가장 뜻밖의 장소에 숨겨진 보물. 찬란한 보석으로 수놓인 우수의 가상사리, 레이스의 끝자락. 나는 2층 버스의 위층에 앉아 축축한 초록빛 평야를, 평평하고 대칭적이며 지루한 풍경들을 가로지르며 달렸다. 성당 입장료는 2.5파운드였다.

그날 늦은 오후에 나는 작은 호텔의 바에 앉아 기네스를 큰 잔으로 주문했다. 성당은 정말 아름다웠다. 나는 관광객들의 무리에 슬그머니 섞여서 킬트를 입은 가이드의 설명을 들으며 황홀한 눈으로 천장을 올려다보았다. 거기에 성배는 없었다. 그러리라고 생각하긴 했었다. 만약 성배가 거기 있었다면, 분명 느꼈을 것이다. 복제 양 돌리는 그저 또 하나의 과학 실험일 뿐이다. 그 희생된 몸뚱이에서는 아무런 수확도 나오지 않았다. 불멸을 향한 작고 보잘것없는 희망만이 남았을 뿐. 쓰고도 독한 맥주가 내 머리를 강타했다. 나는 비를 맞으며 다시 돌아왔다.

나는 짜증이 잔뜩 난 채로 폴란드에 대해 언급한 그 책을 저녁 식사 자리에 들고 갔다.

"폴란드는 유럽 지도에 가끔씩 등장하는 나라이지만……." 나는 집주인에게 그 책에 적힌 문장을 소리 내어 읽어주었다.

그녀는 귀를 기울이다가 잠시 포크를 내려놓았다.

내가 말을 이었다. "그래요, 맞는 말이에요. 우리는 마치 야행성 식물 같아요. 해마다 단 한 번, 하지의 밤에만 꽃을 피우죠. 우리의 씨앗은 강물에 실려 전 세계로 퍼져나갑니다. 우리는 전쟁이나 봉기, 역사적인 재앙이 일어날 때만 모습을 드러내요. 매일 아침 언어를 옷처럼 갈아입고요. 우리는 잡종이고, 바퀴 달린 집에 살며, 여권은 읽기조차 힘들게 생겼어요. 아, 키릴문자를 쓰는 데도 별 어려움이 없죠.* 심지어 우리의 교황**마저

---

* 폴란드어는 라틴문자를 기반으로 한다. 10세기경, 국가 수립 단계 때 기독교를 받아들이면서 로마가톨릭교를 국교로 채택했기 때문이다. 하지만 러시아로부터 워낙 잦은 외침을 겪었기에 키릴문자에도 익숙하다는 의미이다.

** 폴란드 출신의 교황 요한 바오로 2세를 가리킨다. 1978년부터 2005년까지 재임한, 20세기의 가장 영향력 있는 교황 중 한 명으로, 공산주의에 맞서 강한 태도를 보이고 세계 평화, 종교 간 대화에 힘쓴 인물이다. 전 세계를 활발히 순방하여 '이동하는 교황'으로 불렸다.

도 '이동식'이에요. 이쪽저쪽을 끊임없이 돌아다녀요. 흰옷을 입은, 어딘가 불안해 보이는 사내죠. 우리는 결코 철이 들지 못해요. 메인디시가 나오기도 전에 디저트부터 찾죠. 정말이지 신비한 민족이랍니다. 나타났다가는 또 어느 틈에 사라져버리지요. 기후 탓일 수도 있고, 끝없이 펼쳐진 평원 탓일 수도 있어요. 작은 식물 같은 우리의 문명은 장난감 북이나 깨진 납 병정 모형, 발음조차 어려운 단어 몇 개, 이런 유치한 흔적들만 남깁니다. 미래의 고고학자들을 곤혹스럽게 만들면서 말이에요."

이후 우리는 조용히 해기스(haggis)*를 먹었다. 집주인은 마거릿에게 와인을 하나 더 따르고 시켰다. 우리는 잔을 가볍게 부딪쳤다. 식사를 마치고 커피를 마실 때쯤, 그녀가 잠시 자리를 비웠다가 사진을 넣은 액자를 들고 돌아왔다. 사진 속엔 젊은 청년, 아니 아직 소년 같은 외모의 한 사내가 공군 제복을 입은 채 활짝 웃고 있었다. 밝은 금발에 어설프게 기른 익살스러운 콧수염. 밝은 눈동자가 장난기 가득하면서도 도발적인 시선으로 카메라 렌즈를 똑바로 응시하고 있었다. 그의 뒤편에는 어디인지 짐작조차 어려운 평원의 풍경이 펼쳐져 있었다.

"그의 이름은 타데우시 포니아토프스키였어요." 그녀가 말했다.

---

* 스코틀랜드 전통 음식. 양의 심장이나 허파 등을 잘게 썰어 양파와 귀리, 각종 향신료와 함께 섞은 뒤 양의 위에 넣고 오랫동안 삶아서 만든다. 대개 으깬 감자나 순무와 함께 제공된다.

집주인은 그 이름을 천천히, 완벽하게, 단 하나의 실수도 없이 발음했다. 폴란드에서 널리 알려진 성씨였다. 그녀는 사진을 탁자 위에 올려놓았고, 우리는 커피잔을 손에 든 채 (정원사가 다리를 다쳐서 난방을 할 수 없었으므로) 전기난로 옆에 나란히 앉았다. 나는 마음속으로 조심스럽게 질문 하나를 떠올리고 있었다. 이 상황에 어울릴 법한 부드럽고 자연스러운 질문, 퍼즐의 마지막 조각처럼 꼭 들어맞을 질문을. 절대 재촉하지 않고, 실제로는 아무것도 묻지 않는 듯하면서도 빈 구멍을 메워줄 수 있는 그런 질문을. 하지만 먼저 말을 꺼낸 건 그녀였다. 전쟁이 거의 막바지에 이르렀을 때 그의 비행기가 격추당했다고 했다. 심지어 어디에 떨어졌는지도 분명치 않았다고. 나는 침묵했다.

"그를 사랑했어요." 그녀가 말하는 순간, 커피잔이 살며시, 우아하게 잔 받침에 부딪혔다.

나는 놀란 표정으로 그녀를 바라보았다. 이번에도 내 얼굴에는 많은 표정이 담겨 있었으리라. 그녀가 따뜻하게 미소 지었다.

그건 어쩌면 진부한 이야기였다. 러브스토리라는 게 진부할 수 있다면 말이다. 두 사람 모두 카키색 제복을 입고 있었다. 식량 배급 카드가 있고 밤이면 대도시가 지면 너머 어둠 속으로 가라앉던 시절.

"그이 없이는 못 살 것 같다고 생각했었죠." 그녀가 마지막으로 덧붙였다. "그 사람 억양이 당신과 똑같았어요."

그래서 내가 지금 여기에 있는 것이다. 타데우시 포니아토프스키—함부르크 상공 어딘가에서 전사한 그 조종사와 공통점을 갖고 있기 때문에.

나는 아침에 다시 글을 쓰기 시작했다. 내키지 않았지만, 마지못해서. 컴퓨터 화면은 내가 써내는 한 문장 한 문장을 참을성 있게 기다렸다. 문장들을 붙잡고, 간직하고, 마치 충직한 강아지처럼 내가 던진 말들을 놓치지 않고 잡아서 되살려냈다. 오타나 잘못된 표현마저 주저 없이 묵묵히 받아들였다. 커서가 미세하게 깜빡거리며 나를 부드럽게 재촉했다. 어느 틈에 나는 과거로 이동해 있었다. 아직 아무런 고유한 성향도 갖지 않았던 나, 신분증도, 책임이나 의무도, 계획도, 습관도, 반성이나 후회도 없던 나. 나는 희미한 이미지들 속에 가려진 나 자신에 대해 썼다. 그저 감각기관들의 덩어리나 다름없는 어린 소녀, 뒤틀린 지각을 가진 그 소녀는 아무것도 이해하지 못하며, 자기가 보고 싶은 것만 본다. 세상은 하나의 물방울과 같고, 사건들에는 줄거리도, 원인도 없다. 그저 우연히, 혹은 신비로운 어떤 연상의 섬광 속에서 계속 이어질 따름이다. 컴퓨터는 조금의 의심도 없이 그 모든 걸 받아 적었다. 그 맹목적인 순종은 나를 용감하게 만들었다. 하지만 대신 내가 의심을 품었다. 도대체 나, 그러니까 나의 이야기가 누구에게 필요하단 말인가? 어째서 나는 모호하고 하찮기 짝이 없는 내 과거가 기록해둘 만한 가치가 있다고 여기는 걸까? 세상에는 써둘 만한 가치가 있는, 좀 더 의미 있는 일들이 많지 않나? 늘 그렇듯 나보다는 타인이 더 중요한 게 아닌가? 아침 식탁에서 펼쳐 보는 조간신문이 말해주듯 세상에는 이미 널리 통용되는 중요도의 위계가 엄연히 존재하지 않는가? 30년 전 어느 저녁, 역사가 주목하지도 않고, 어디에도 기록되지 않았으며, 오로지 나만 기억하는 그 순간이 과연 어떤 의미가 있단 말인가?

점심 식사가 담긴 바구니 안에는 크림색 봉투가 들어 있었는데, 그 안에 집주인이 쓴 쪽지가 있었다. 오후에 보여주고 싶은 게 있으니 3시에 식당으로 내려오라는 내용이었다. 정말 영국인답다고 나는 생각했다.

그날 집주인은 나를 위층으로 데려가 사용하지 않는 방들 중 하나로 안내했다. 한쪽 구석에 자리한 침실로, 커다란 침대에는 레이스 침대보가 덮여 있었다. 방 안에는 콜로니얼양식의 대나무 가구들이 놓여 있었는데, 뜻밖에 이국적인 느낌을 자아냈다.

그곳은 어린아이의 방이었다. 대나무 의자들에는 놀란 듯한 표정의 도자기 인형들이 앉아 있었고, 침대 위에는 하도 쓰다듬어서 털이 다 닳아버린 두 개의 곰 인형, 어딘가 슬퍼 보이는 작은 존재들이 놓여 있었다. 하지만 그녀가 내게 보여주고 싶어한 건 따로 있었다. 그것은 커다란 인형 집이었다. 지붕과 굴뚝, 10여 개의 창문과 두 개의 대문이 있는 집. 그녀는 그 집의 문을 조심스레 열었다. 그러고는 마치 연극 무대의 커튼을 열듯 정면의 외벽을 옆으로 밀자, 층층이 나뉜 내부가 우리 눈앞에 드러났다.

그 집은 모두 네 개의 층으로 이루어져 있었다. 맨 아래층에는 부엌과 식료품 저장실이 있었다. 고기와 채소를 씻는 커다란 두 칸짜리 싱크대가 있는 그곳은 고풍스러운 스타일로 꾸며져 있었다. 찬장 안은 도자기 식기로 빼곡히 채워져 있었는데, 디저트 접시들은 손톱만 한 크기였다. 벽에는 냄비와 프라이팬이 걸려 있었다. 나무로 만든 식탁은 너무 오래 사용한 나머지 낡을 대로 낡았고, 빗자루는 보이지 않는 먼지를 쓸어 담던 모양 그대로 멈춰 있었다. 그 옆에는 아주 작은 생쥐 두 마리가 앉아 있고, 검은 고양이 한 마리가 그들을 태연히 바라보고 있었다.

"밀랍으로 만든 인형들이에요." 그녀가 말했다.

식료품 저장실에는 밀랍 고깃덩이들과 햄, 토끼 사체가 갈고리에 주렁주렁 매달려 있었다. 선반 위에 놓인 코르크 마개로 봉한 병들은 기대감을 자아냈다. 혹시 와인일까? 그 옆에는 주석으로 만든 작은 쿠키 상자들, 둥글게 엮은 마늘 다발들, 채소 바구니와 양배추 몇 개 그리고 잼인지 꿀인지 모를 것이 든 유리병들이 놓여 있었다.

그 위층은 거실이었다. 벽은 섬세한 무늬가 들어간 담홍빛의 실크 벽지로 마감되어 있었고, 서랍장에는 가족사진들이 마치 작은 전시관처럼 줄지어 놓여 있었다. 탁자는 두 개였는데, 그

중 하나는 큼지막했고 정교한 조각이 새겨져 있었다. 의자들은 특별한 배열 없이 어수선하게 놓여 있었으며 피아노인지 하프시코드인지 애매한 건반악기는 뚜껑이 열려 있었다. 마치 저녁 음악회가 조금 전에 막 끝나서 모두가 저녁 식사 전에 휴식을 취하기 위해 정원에 나간 듯한 광경이었다. 벽에 걸린 그림은 몇 줄의 선으로 광활한 풍경을 재현했고, 벽난로 가까이 놓인 작은 탁자 위에는 신문이 흩어져 있었는데, 좀 더 자세히 들여다보면 〈데일리메일〉이라는 제목도 읽을 수 있었다. 그 옆에 펼쳐진 사진첩은 어찌나 실감 나게 만들어졌는지 당장이라도 두 손가락으로 조심스럽게 집어 들어서 돋보기를 들이대어 그 속에 담긴 인물들의 얼굴을 들여다보고 싶을 정도였다. 바로 옆에는 엽서들과 가위가 놓여 있었다. 위층의 침실 두 개로 이어지는 계단도 있었다. 그중 하나는 작고 어두운 방으로, 좁은 침대와 옷장, 미니 화장대가 놓여 있었다. 다른 하나에는 이 골판지 저택의 여주인이 있었다. 색이 바랜 레이스 드레스를 곱게 차려입은 그 작은 밀랍 인형은 헝클어진 금발에 빛바랜 리본 하나를 꽂은 채 호화로운 캐노피 침대* 곁에 조용히 서 있었다. 통통하면서 새하얗게 질린 듯한 얼굴에 짙고 또렷한 눈썹이 그려져 있는 인형은 무언가 생각이 깃든 표정이었다. 나는 한동안 그 표정이 무엇을 의미하는지 떠올려보려 애썼다. 익숙

---

* 각 모서리에 기둥이 있고 그 위에 장식용 덮개를 드리운 고풍스러운 양식의 침대. 왕족이나 귀족의 침실에서 흔히 볼 수 있다.

한 표정이었지만 도무지 말로 설명할 수가 없었다. 그녀의 발치에는 작은 파란색 양산이 놓여 있고, 푹신한 소파 위에는 여러 개의 모자가 흐트러져 있었다. 은박지로 만든 거울이 달린 화장대 위에 나란히 세워진 작은 유리병들과 단지들이 눈에 띄었다.

주인 인형의 침실 바로 위, 경사진 지붕 아래에는 아이의 놀이 방과 다락방이 있었다. 다락방에는 모자 상자와 부서진 가구들, 낡은 트렁크들이 어지럽게 쌓여 있었다. 아이 방 한쪽에 놓인 흔들 목마 옆에는 미니어처 인형 집이 보였는데, 그 안의 구조물들은 '모방의 또 다른 모방'으로, 너무도 작고 추상적인 나머지 그 어떤 감각으로도 포착되지 않았고, 형태마저 희미해져 가는 중이었다.

집주인은 침대 위에 조심스럽게 인형을 올려놓았는데, 그것이 그녀가 취한 유일한 동작이었다.

그녀는 그러고는 입을 열었다. "내게는 세 명의 남편이 있었어요. 첫 번째 남편은 어딘가로 사라져서 자취를 감췄어요. 그래서 두 번째 남편을 데려왔지만, 다리를 잃는 바람에 정원사로 삼았죠. 세 번째 남편과도 결국 안 좋게 끝났어요. 술에 빠져들더니 끝내 내 곁을 떠나버렸거든요."

내가 그 이야기를 그럴싸하다고 여긴 건, 그녀가 자신의 이야기를 굳게 믿고 있었기 때문이다.

"원한다면 언제든 이 방에 드나들어도 좋아요." 그녀가 덧붙였다.

하지만 나는 감히 그렇게 하지 못했다. 그 후 나는 침대에 누워 골판지로 만든 그 모조품 세상 속의 세세한 부분들을 하나하나 기억 속에서 되짚었다. 그리고 상상 속에서 그 작은 세상을 가지고 놀았다. 부엌에 있던 두 마리의 생쥐가 고양이를 피해 찬장 아래로 달아났다. 저녁 식사를 마친 후 욕실에서 옷을 벗는데, 거울에 비친 내 알몸이 보였다. 순간 내게 유방이 있다는 사실에 흠칫 놀랐다. 그 짧은 찰나에 작고 말라비틀어지고 납작한 여자아이의 몸을 보았고, 그 후 컴퓨터 화면의 유백색 불빛 아래에서 내 두 손을 내려다보며 또다시 놀랐다.

6월의 마지막 며칠 동안은 햇살 가득하고 바람이 선선한 날씨가 이어졌다. 더는 글을 쓰고 싶지 않았다. 나는 테라스에 앉아 햇볕을 쬐며 시간을 보냈다. 망원경으로 겁 많고 날쌘 야생 토끼들과 새들을 관찰했다. 몇 번인가 혼자 있는 집주인을 보았다. 그녀는 긴 막대로 커다란 금속 링을 굴리며 공원의 오솔길을 따라 걸어가고 있었다. 머리에 쓴 연한 하늘색 모자는 턱 밑에서 부드러운 리본으로 묶은 채였다.

밤은 그저 이름뿐인 양, 덧없이, 아무렇게나 흘러갔다. 황혼은 곧장 새벽이 되었고, 서쪽 하늘의 분홍빛 여명은 좀처럼 사그라들지 않았다. 어느 쪽이 해가 지는 방향이고 어느 쪽이 해가 뜨는 방향인지 나는 점점 알 수 없어졌다.

† 주체

Podmiot

모닝커피를 마시며 자신의 작품에 대한 평론서를 막 읽기 시작하는데, 사소한 오류가 눈에 띄었다. 그가 쓴 소설 《사물들의 열린 눈》은 1984년이 아니라 1982년에 출간된 게 맞았다. 저자는 무슨 이유에서인지 해외에서 검열 없이 출간된 첫 번째 판본을 누락했다. 그는 연필로 오류를 수정하고는 오늘의 첫 담배에 불을 붙여 물었다. 이제 남은 건 겨우 네 개비뿐……. 절제가 필요했다. 의사는 그의 나이엔 담배를 완전히 끊어야 한다고 권고했지만, 그는 잘 알고 있었다. 담배 없이는 글을 쓰지 못하리란 걸. 글쓰기와 담배 연기 사이엔 단순 명료한 상관관계가 있었다. 폐를 가득 채우는 순간, 연기는 아득한 기억을 자극하곤 한다. 아마도 연기와 기억이 본질적으로 흡사하기 때문이리라. 덧없는 흔적, 허공에서 한순간 원으로 이어졌다가 나선을 그리며 흩어지는 가느다란 줄, 투명하게 쌓아 올린 층위 속에서 잠시 질서를 흉내 내다 이내 사라지고 마는 속성. 약간의 집중력을 발휘하면, 이 덧없음을 불가사의한 기적처럼 단어와 문장으로 바꿀 수 있었다.

그는 몇 페이지를 넘기다가 문득 시선을 사로잡는 문장을 발견했다. "이 충격적인 소설의 주인공은 작가의 또 다른 자아로, 작가와 같은 이름을 갖고 있을 뿐 아니라 심지어 같은 주소에 살고 있다: 바르샤바 ○○ 거리 뒷골목." 그는 담배 연기를 들이마시며 그 문장을 몇 번이나 다시 읽었다. 그리고 스무 해 전, 《사물들의 열린 눈》을 쓰던 시절을 떠올렸다. 끔찍하고 절망적인 시절이었다. 세상이 끝나는 줄 알았지만, 결국 모든 게 잘 풀렸다. 하지만 잘 풀렸다는 건 뭐고, 안 풀렸다는 건 또 뭘까. 그는 이런 생각을 하며 남은 담배 네 개비를 탐욕스러운 시선으로 바라보았다. 그 시절엔 글이 술술 잘도 쓰였었다. 형언할 수 없는 절망, 삶이란 결국 별것 아니라는 막연한 허무감 그리고 세상의 부조리에 대한 자각이 오히려 글을 쓰는 데 기세를 북돋아 주었다. 그것들은 마치 다정한 어머니의 손길처럼 단어를 어루만지고, 문단을 살찌우며, 동화처럼 비현실적인 관계의 비밀을 드러내고, 선명한 이미지를 접시 위에 담아 건네듯 제공해주었다. 하지만 오늘날엔 모든 게 종잇장처럼 얄팍해졌다. 겉으로는 단단해 보여도, 오늘날 그런 것들을 막상 글로 묘사하려면 겹겹이 쌓인 쓰레기 더미를 헤집고, 바스러져가는 사건의 잔해와 순식간에 스쳐 가는 찰나의 조각들 속으로 파고 들어가야만 했다.

일상의 평범함은 지루하기 짝이 없었다. 시시한 문제들과 자질구레한 세부 항목들로 가득 차 있고, 그것들은 매일 아침 신문에서 모래 알갱이처럼 쏟아져 나와 곧바로 먼지처럼 세상 위에 내려앉았다.

삼보르스키는 자리에서 일어나 담배를 물끄러미 쳐다보다가 집을 나서기로 작정했다. 가볍게 재킷 하나만 걸쳤는데 그런대로 날씨가 제법 좋았다. 익숙한 길, 건물 사이의 골목과 통로를 지나 시내에 도착한 그는 성당이 있는 광장을 지나쳐 곧장 단골 카페에 도착했다. 가는 길에 몇 사람이 그에게 인사를 건넸고 그중에는 배낭을 멘 젊은 커플도 있었다. 삼보르스키는 그들을 향해 미소 지으며 고개를 끄덕였고, 그들은 그가 지나갈 때까지 그 자리에 서 있었다. 이런 만남은 반가우면서도 좀 불편한 기분을 안겨주곤 했다. 자신이 여전히 '자신'이라는 사실, 더는 다른 누군가가 될 수 없다는 사실을 일깨워주기 때문이다. 반면 좀 전에 배낭을 메고 지나간 젊은이들에게는 아직 무한한 가능성이 열려 있고, 인생의 수많은 배역이 선택을 기다리며 그들 앞에 놓여 있다. 마치 깜짝 선물이 숨겨진 커다란 달걀 바구니처럼. 하지만 그는 아니다. 그는 이미 어떤 존재로 규정되었다. 심지어 '끝난 인생'이라는 생각까지 들었다. 그 순간 뭔가 음산한 기운이 그의 곁을 스쳐 지나갔다. 지하실에서 새어 나오는 듯한, 서늘하고 퀴퀴한 곰팡내 나는 기운. 가끔은 자신의 이마에 황동으로 만든 명패가 박혀 있는 듯한 느낌이 들곤 했다: "스타니스와프 삼보르스키, 작가." 지금도 그랬다. 그가 카페에 들어서자 사람들의 시선이 슬그머니 그를 향했다. 하지만 이곳 사람들은 그의 존재에 익숙했으므로, 카페의 일상적인 소란은 그대로 유지되었다. 그는 카운터로 가서 여종업원들과 인사 대신 미소를 주고받은 뒤 자리에 앉았다. 그리고 커피 한 잔과 담배 한 갑으로 구성된 '블랙 모닝 세트'를 주문했다. 그러면 책상 위에 남겨둔 담배 네 개비로 저녁까지 버틸 수 있을 터였다. 단골 여종업원은 묻지도 않고 그가 평소 좋아하는 달걀 샐러드 샌드위치 두 개를 갖다주었다. "아침엔 그래도 뭔가 든든한 걸 드셔야죠." 그는 군소리 없이 받아들였다. 그러고는 신문을 집어 들고 천천히 읽기 시작했다. 자신이 세상의 중심에 있는 듯한 기분과 함께.

그 남자를 만난 건 아파트의 층계참, 자기 집 현관문 앞에서였다. 한 사내가 열쇠 구멍을 향해 몸을 숙인 채 자물쇠를 만지작거리고 있었다. 마치 거대하고 뚱뚱한 파리가 허공을 날듯이 굼뜨고 무겁게 흘러가는 몇 분 동안 작가 삼보르스키는 그저 멍하니 서 있었다. 한눈에 보기에도 낯이 익었다. 아니, 낯익다는 말로는 부족했다. 그에게는 도플갱어처럼 자신과 닮은 무언가가 있었다. 끔찍하고 혐오스러웠다. 짧게 치켜 깎은, 새치가 드문드문한 머리카락, 혈색 없는 흙빛 피부에 체크무늬 재킷, 왜소한 체격, 손질은 잘되었지만 낡은 구두까지. 작가 삼보르스키가 입을 열고 뭔가 말하려는 찰나 자물쇠가 딸깍 소리를 내

며 열렸고, 사내는 말없이 먼저 집 안으로 들어섰다. 흥분한 삼
보르스키도 그 뒤를 따랐다. 사내는 삼보르스키를 철저히 무시
하면서 책상 앞에 앉더니 연필을 들고 평론서를 읽기 시작했다.
여백에 몇 줄의 메모를 달고 문장에 밑줄을 긋는 그의 솜씨는
꽤 노련했다. 사내는 재떨이를 보더니 인상을 쓰며 밀쳐냈고,
책상 위에 남겨둔 담배 네 개비를 쓰레기통에 내던졌다. 전화벨
이 울렸지만 삼보르스키가 미처 받을 틈도 없었다. 사내가 민첩
하고도 자연스러운 손놀림으로 수화기를 들어서는, 말끝을 끌
며 "여보세요─오?"라고 말했다. 그는 상대의 말을 들으며 한껏
집중한 표정을 지었고, 그러자 이마의 주름이 더 깊어지며 그의
얼굴 전체에 진지하면서도 비극적인 인상을 더해주었다. 한동
안 침묵하던 그가 마침내 입을 열었다. "문학이란 도전입니다.
인간 존재의 한계를 설정하고 동시에 그 존재에 초월적인 차원
을 부여할 수 있는 건 문학뿐입니다. 삶, 그 자체로는 충분하지
않죠. 제가 확인할 수 있게 원고를 보내주세요." 수화기를 내려
놓은 사내는 손바닥에 이마를 기댄 채 잠시 말없이 앉아 있었
다. 그러더니 뒷짐을 진 채 천천히 방 안을 거닐기 시작했다. 그
순간 삼보르스키는 그를 증오하게 되었다.

이상하게도 사내는 밥을 먹지 않았다. 오로지 커피만 마셨
다. 나중에 보니 보드카도 들이켰다. 어느 날 아침, 삼보르스키
는 단골 카페에 있는 그를 보았다. 사내는 삼보르스키가 늘 앉
던 자리에 앉아 있었는데, 눈을 반짝이며 그의 이야기에 귀 기

울이는 젊은이들에게 둘러싸인 채였다. 삼보르스키는 걸음을 멈추고 커다란 통창 너머로 그 광경을 지켜보았다. 사내는 알 수 없는 형상들을 허공에 손짓으로 그려가며 열심히 떠드는 중이었다. 이따금 이마를 찌푸리며 말을 멈췄다가, 눈에 익은 몸짓으로 턱을 조심스레 문지르기도 했다. 그러고는 마치 유치원 교사처럼 손가락을 세우며 이야기를 이어갔다. 처음엔 삼보르스키도 당연히 안으로 들어가 따질 생각이었다. 거긴 내 자리이고, 저들은 내가 잘 아는 학생들이며, 심지어, 그래, 이제 보니 확실하군, 그건 내 손버릇이라고. 격분하여 얼굴이 벌겋게 달아오른 채 들어가려고 문으로 발걸음을 옮기려는 찰나, 그는 사내가 다소 과장된 동작으로 보드카 한 잔을 단숨에 들이켜는 모습을 목격했다. 학생들의 눈이 감탄의 기색으로 동그랗게 커졌고, 사내는 안주는 입에 대지도 않은 채 이야기를 이어갔다. 작가 삼보르스키는 평소에 술을 거의 하지 않는다. 마시고 싶지 않아서가 아니다. 오히려 그는 음주를 동경했다. 다만 몸에 잘 받지 않아 마실 수 없었을 뿐이다. 모두가 술을 퍼붓듯 들이켜는 이 나라에서 그는 타고난 금주가였던 것이다. 보드카 한 잔을 단숨에 들이켜면 곧바로 구역질이 올라왔다. "주정뱅이 같으니……" 삼보르스키가 혼잣말을 중얼거렸다. 그러면서 그 말에 깃든 쓸쓸한 경외심은 꿀꺽 삼켜버렸다. 내면 깊숙이 동요를 느낀 그는 자신의 단골 카페를 그냥 지나쳐 계속 걸었다. 길모퉁이에 과거에는 저렴한 대중식당이었지만 지금은 펍으로 바뀐 작은 술집이 있었다. 삼보르스키는 그곳에 들어가서 구석 자리에 몸을 웅크리고 앉았다. 그리고 맥주 한 잔을 주문하고 담배를 피우기 시작했다. 짧게 머리를 치켜 깎고 체인 목걸이를 주렁주렁 건 청년 몇 명이 머리를 맞댄 채 조용히 이야기를 나누고 있었다. 인조 태닝으로 피부를 구릿빛으로 그을린 여종업원은 지루해하는 표정으로 형형색색의 잡지를 들여다보고 있었다. 라디오에서는 단순하면서 리듬감 있는 음악이 흘러나왔고, "형수님, 형수님, 장난치지 말아요"라는 구절이 경쾌하게 반복되었다. 덕분에 삼보르스키는 기분이 좋아졌다. 구석의 안락한 자리에 몸을 파묻은 채 담배에 또다시 불을 붙이고는, 고리 모양의 연기를 내뿜으며, 완성된 진짜 문장들을 그 안에 실어 보냈다. 그리고 그 문장들을 하나씩, 조용히 냅킨에 옮겨 적었다.

그자는 저녁 무렵 얼굴에 술기운을 띤 채 돌아왔다. 단춧구멍에 꽂은 카네이션 한 송이는 삼보르스키의 눈에 그야말로 허세의 극치처럼 보였다. 혐오스러운 인간, 가증스러운 자. 쳐다보는 것조차 구역질이 날 지경이었다. 마치 오래된 젤라틴 덩어리로 빚어낸 것처럼 느껴졌다. 굳어버린 젤리 같은 질감, 인간의 형상을 한 차가운 돼지 족편. 그의 주변엔 어딘가 돼지 같은 기운이 감돌았다. 본능적인 자기만족과 비루한 동물적 자긍심이 뒤섞인 기운이었다. 그의 몸에 손끝 하나라도 닿으면 소름이 끼칠 것이다. 사내는 삼보르스키에게는 눈길조차 주지 않고 수화기를 들었다. 누군가에게 전화를 걸어 대학에 대한 지원 부족을 항의했고, 또 다른 통화에서는 뭔가를 지지하는 의사를 표명했다. 삼보르스키는 욕실에서 양말을 빠느라 자세한 내용은 듣지 못했다. 더 이상 그자와 얽히고 싶지 않았다. 그러다 잠시 후 침실로 들어가자, 사내가 방금 인쇄된 원고를 들여다보고 있었다. 미간에 그늘을 드리운 채 뭔가를 고치고 덧붙이는 중이었다. 그러다 불쑥 삼보르스키에게 물었다. "이 표현 말이야…… '마치 거대하고 뚱뚱한 파리가 허공을 날듯이 굼뜨고 무겁게 흘러가는 몇 분 동안 그저 멍하니 서 있었다'라는 게 대체 무슨 말이지?" 그러면서 사내는 종이를 그의 코앞에 들이밀었다. 삼보르스키는 그 종이를 홱 낚아채고는 책상 위에 놓인 나머지 원고도 황급히 챙겨 들었다. "이건 감히 끼어들 생각도 하지 마. 다른 건 다 가져가도 되는데, 이것만은 절대 안 돼." 삼보르스키가 이를 악물고 말했다. 그러자 사내는 빈정대는 듯한 미소를 지었다. "삼보레크*, 자네는 품위가 없군그래. 글은 제법 쓰는 것 같은데 품위가 없어."

정말 이상한 건, 그자는 도무지 잠을 자지 않는다는 사실이었다. 사내는 특유의 근심 어린 표정으로, 잔뜩 집중한 채 밤새도록 책상 앞에 앉아 있었다. 스탠드도 내내 켜져 있었다. 누군가가 창밖에서 들여다봤다면 작가가 작품을 집필하는 중이라고

---

* 친구나 가족이 삼보르스키를 부르는 애칭.

생각했을 것이다. 작가는 글을 쓰면서 중대한 문제에 대해 사유한다. 이야기꾼의 머릿속에서 세상과 그 의미에 대한 새로운 이야기가 실타래처럼 풀려 나온다. 그의 의식은 점차 겹겹의 시야를 열어가고, 그의 생각은 무지와 편협한 관점, 감수성의 결핍과 무능한 성찰로 인해 갇혀 있던 상자에서 서서히 빠져나온다. 그의 머릿속을 맴도는 건 인식의 경계, 역사의 부조리, 인간의 고독, 선과 악, 상대주의의 희망과 그 이면의 함정. 그리고 아름다움, 그래, 결국은 그것이다. 모든 걸 뛰어넘는 아름다움이라는 화두.

하지만 삼보르스키는 서재에 켜져 있는 그 망할 스탠드의 빛이 거슬렸다. 문틈 사이로 새어 나온 가느다란 빛줄기가 마루 위에 기묘한 선과 무늬를 펼쳐 보였다. 그러다 문득 혹독한 추위 탓인지 지난겨울 보기 흉하게 두 쪽으로 갈라져버린 부모님의 묘가 떠올랐다. 석공에게 따져야 하는 걸까? 그러다 왜인지 초등학교 시절의 선생님과 그녀가 입던 드레스가 머릿속을 스치고 지나갔다. 전쟁 이전, 지금은 우크라이나 영토인 동쪽 지방에 살던 시절. 눈앞에 드레스의 무늬가 선명하게 되살아났다. 검은 바탕에, 한가운데에 불규칙한 자줏빛 문양이 들어간 하얀 꽃들이 반복되는 무늬. 어둠 속으로 손을 뻗기만 하면 그 차가운 천을 만질 수 있을 것만 같았다. 크레톤**이었을까? 아니면

***

** 굵은 실로 촘촘히 두껍게 짠 혼방 면직물. 표면이 평평하고 광택이 있다.

실크 조젯*? 그렇게 환상에 잠겨 있던 삼보르스키는 어느새 잠이 들고 말았다. 하지만 잠에서 깨어난 순간 불쾌한 감정이 그를 엄습했다. 사내가 그의 머리맡에 서 있었던 것이다. 어느새 말쑥하게 면도를 마치고 머리까지 빗어 넘긴 모습으로 팔짱을 낀 채 자신을 내려다보고 있었다. "현대사회에서 작가의 역할이 무엇인지에 대해 뭔가 써보지 그러나." 사내가 말했다. "문학에 우리는 어떤 역할을 기대해야 할까, 삼보레크. 우리가 겪은 변화들, 그런 현실을 증언하는 게 문학의 몫 아닐까." "꺼져!" 삼보르스키가 소리쳤다. 그 말에 스스로도 놀랐다. 어릴 적부터 욕을 입에 담지 못했기 때문이다. "너나 빈둥대지 마." 사내가 맞받아쳤다. "일어나. 일어나서 쓰라고, 이 게으름뱅이야. 딴 세상에 사는 작가 양반아."

다행히 그자가 외출했다. 하지만 면도를 하던 삼보르스키는 라디오에서 흘러나오는 그자의 목소리를 듣고 말았다. 그는 문학의 역할에 대해 거창하게 말하는 중이었다. 그 순간 삼보르스키는 면도기를 턱에 댄 채 불쾌한 놀라움으로 얼어붙어버렸다. 그날 저녁, 그는 사내를 텔레비전에서 또다시 보았다. 이번엔 깊은 생각에 잠긴 듯 턱을 쓰다듬으며 포르노그래피와 안락사에 대한 자신의 입장을 피력하고 있었다. 삼보르스키는 피가 머리끝까지 솟구쳐 오르는 걸 느꼈다. 곧장 자리에서 일어나 문으

---

* 얇고 가볍고 약간 비치는 직물로, 표면에 약간의 주름이 있다. 드레이프성이 좋아서 여름철에 입는 드레스나 블라우스, 스카프와 같은 여성 의류에 자주 사용된다.

로 달려가서 모든 자물쇠를 채웠고, 그것도 모자라 무거운 서랍장을 끌어와서는 문 앞을 막았다. 늦은 밤, 사내가 밖에서 문을 두드리는 소리를 들으며 삼보르스키는 묘한 만족감에 젖었다.

며칠 동안 삼보르스키는 자신의 집에 바리케이드를 치고 틀어박혀 있었다. 전화도 받지 않고 텔레비전도 켜지 않았다. 냉장고 안에 남아 있던 음식을 다 먹어치웠고, 비누도 닳아 없어질 때까지 다 썼다. 결국 그를 무너뜨린 건 담배였다. 처음에는 참을 수 있으리라 자신했지만, 사흘째 또는 나흘째 저녁, 역부족임을 깨달았다. 그는 트렌치코트를 걸치고 모자를 귀밑까지 푹 눌러썼다. 그러고는 불안한 눈길로 주위를 살피며 모퉁이의 가판대로 뛰쳐나갔다. 다행히 그자는 보이지 않았다. 마침내 간절히 원하던 담배를 샀고, 길거리에서 곧장 한 대를 피웠다. 하지만 안타깝게도 집에 돌아와보니…… 사내가 이미 집 안에 들어와 있었다. 그는 책상에 앉아 지난 며칠간의 메모들을 흥미롭게 뒤적여 보는 중이었다. 그 순간 만약 삼보르스키에게 총이라도 있었다면 그는 단 한순간의 망설임도 없이 방아쇠를 당겼을 것이다. 칼이라도 있었다면 그에게 달려들어 등짝에 꽂아버렸을 것이다. 그러나 수중에 아무것도 없었기에 그는 담배 한 갑을 손에 든 채 그저 분노로 몸을 떨 수밖에 없었다. "도대체 나한테서 뭘 원하는 거야? 썩 꺼져버려!" 삼보르스키가 이를 갈며 소리쳤다. 사내가 어깨 너머를 힐끗 돌아보더니, 삼보르스키를 향해 우월감과 무시가 뒤섞인 눈빛을 던지며 이렇게

말했다. "방해하지 마. 지금 일하는 거 안 보여?" 그래, 그렇단
말이지. 내 책상에서, 내 원고를 갖고, 내 공간에서 '일'을 하고
있단 말이지. 작가 삼보르스키는 차오르는 분노를 억누를 수가
없었다. 눈앞이 새하얘질 만큼 화가 솟구치는 바람에 결국 사
내를 향해 달려들었다. 한 손으로는 그에게서 원고를 빼앗으려
했고, 다른 손으로는 그의 멱살을 잡으려 했다. 하지만 사내가
좀 더 빨랐다. 사내는 삼보르스키의 손목을 거칠게 움켜쥐고는
벽 쪽으로 거세게 밀쳤다. 그러자 벽에 걸려 있던 그림 액자가
바닥으로 떨어지며 유리 파편이 튀었다. 그는 마치 여자애를
벽에 밀어붙이듯 삼보르스키의 몸을 짓눌렀다. 몸집도 더 크
고, 더 잘 먹은 듯했으며, 생기도 더 도는 듯했다. 사내의 입에
서 진한 커피 냄새가 풍겼다. 그가 차갑고 흐물거리는 눈빛으
로 두려움에 질린 삼보르스키의 눈을 쏘아보았다. 그리고 거친
숨을 내쉬며 바로 코앞에 얼굴을 들이밀고 속삭였다. "내가 너
를 만들어냈다고, 알아듣겠냐, 이 빌어먹을 자식아. 내가 널 지
어냈으니, 원하면 언제든 없애버릴 수도 있어. 넌 고작해야 서
술자, 서정적 주체, 실패한 구조물, 뭐 그런 거야. 그러니 까불
지 말고 얌전히 있어." 사내는 역겨운 듯 삼보르스키를 밀쳐버
리고는 책상으로 돌아갔다. 작가 삼보르스키는 욱신거리는 손
목을 문지르며, 바닥에 흩어진 유리 조각들을 그 남자에게 방
해가 되지 않게 조심스레 주워 담기 시작했다. 분노가 차츰 가
라앉았다. 파괴된 작품을 바라보니 뜻밖에 묘한 안도감이 느껴

졌다. 모든 일은 항상 애초에 생각했던 것보다 훨씬 단순한 법
이다. 그는 문득 골목 어귀의 그 허름한 바와 바텐더의 까무잡
잡하게 그을린 피부를 떠올렸다.

더 생각할 것도 없었다. 작가 삼보르스키는 모자를 깊숙이 눌
러쓰고는 시내를 향해 걸음을 내디뎠다.

✝ 섬

Wyspa

친애하는 작가님, 보내주신 소중한 녹음기 잘 받았습니다. 정성껏 포장해주신 덕분에 우체국 보관함*에서 녹음기를 무사히 찾아올 수 있었습니다. 내게 신뢰의 의사를 밝혀주셔서 참으로 감사합니다. 자신의 이야기를 털어놓고 싶어 하면서도 주소는 끝내 밝히지 않는 사람에게 작가님께서 해주실 수 있는 일이 이것 말고 뭐가 있을까요? 몇 번이나 작가님께 전화를 걸어서는 말을 꺼내다 이유도 밝히지 않고 갑자기 전화를 끊어버리곤 하는 사람에게 말이죠. 맞아요. 그런 사람에게는 녹음기가 최선입니다. 내가 펜을 사용할 수 없게 된 건, 이미 말씀드렸지요, 글을 쓸 줄 몰라서가 아니라 관절염이라는 평범한 이유로 인해 손이 제 기능을 잃어버렸기 때문입니다.

* 수취인이 자신의 주소를 밝히지 않고 우체국을 방문하여 우편물을 수령하는 방식. 주로 여행자나 익명을 원하는 이들이 이용한다.

아시다시피(언젠가 전화 통화에서 언급했던 걸로 기억합니다만) 나는 전쟁 시절의 유랑기를 쓴 적이 있습니다. 그 책은 꽤 여러 해 전에 나왔는데, 비슷한 회고록의 홍수 속에서 묻혀버렸죠. 그 이야기는 나 자신을 위해서가 아니라 사람들을 위해 쓴 것이었습니다. 그리고 지금 내가 그 어느 때보다 확신하는 바와 같이, 그 책은 어떤 면에서는 '타인의 기대'에 부응하기도 했죠. 하지만 타인이란 존재는 언제나 가장 불확실한 수신자입니다. 그 책을 쓸 때 나는, 내 사적인 경험들을 어떤 공동의 공간 속에 배치하고 있다는 느낌을 받았습니다. 그래서 가장 개인적인 것들은 모조리 잘라내고 포장해야 했죠. 나는 이해받고 싶었습니다. 그런데 바로 그 욕망 때문에 시간을 헛되이 보낸 것 같습니다. 그 책에서 나는 진짜 속마음을 한마디도 내비치지 못했습니다. 그러니까 가장 중요한 이야기는 빼놓고, 그저 누구에게든 비슷한 연상을 불러일으킬 법한 어휘들을 늘어놓았던 것입니다. 그렇게 과거의 지도를 그려나가는 데 조금씩 말을 보태며, 그것들을 일반화해서 사람들과 공통의 과거를 구축한 셈이죠. 아마도 그게 바로 기억 아닐까요?

하지만 이따금 우리에게는 어딘가 더 깊은 곳에 닿는 일들이 일어나기도 합니다. 일반적으로 통용되는 삶의 도식과는 다른 방향으로 흐르는 일들, 공동의 지도에 구멍을 내는 일들 말입니다. 그래서 우리는 종종 당혹스러워합니다. 그런 일들을 어떻게 다뤄야 할지 알 수 없으니까요. 그것들은 어떤 '역사'에도 끼워 넣을 수가 없을뿐더러, 설령 억지로 집어넣는다 해도 그 역사를 위태로운 괄호 속에 가두게 될 겁니다. 그렇다고 그것들을 평범한 일화나 천진한 추억으로 기록할 수도 없습니다. 사람들은 그런 '기이함'을 원치 않거든요.

하지만 나는 완강히 거부하는 사람들에게조차 그런 '기이한 일들'은 꼭 필요하다고 생각합니다. 그런 일들을 통해 비로소 현실의 경계가 드러나니까요. '실재하는 것'과 '그저 가능할 뿐인 것' 사이에 놓인, 경계선상의 사건들 말이죠. 그런 의미에서 기이한 일들은 우리를 각성하게 만들고, 단조롭게 울려 퍼지는 북소리처럼 우리를 깨어 있게 합니다. 작가님, 내가 가장 두려워하는 게 뭔지 아십니까? 세상이 정말 우리가 보는 그대로일지도 모른다는 것입니다.

그러니 작가님, 부디 내 이야기를 '허구'로 만들어주셨으면 합니다. 작가님의 어떤 소설집 속에, 가능하면 환상소설들 사이 어딘가에 슬쩍 끼워 넣어주시면 그것으로 충분합니다. 어떻게 해야 할지는…… 작가님께서 누구보다 잘 아실 겁니다.

1944년, 여러 해 동안 지속된 전쟁으로 인해 유랑을 거듭하던 끝에 나는 친구와 함께 간신히 그리스에 도착했습니다. 그곳에서 서류를 준비했고, 몇십 명의 다른 난민들과 함께 작은 화물선을 타고 팔레스타인으로 밀항할 예정이었죠. 여정의 둘째 날 밤, 우리 배는 어뢰의 공격을 받았습니다. 내가 아는 한 생존자는 나 하나였습니다.

가장 먼저 떠오르는 기억은 다음과 같습니다. 나는 해변에 앉아 있습니다. 조그만 조약돌들이 해안을 온통 뒤덮고 있는데, 그 돌들은 파도에 씻기고 깎여 작은 구슬처럼 매끈하게 다듬어졌습니다. 따뜻한 비가 몸에 남은 바닷물을 씻어 내리고, 접질린 다리에서는 뻐근한 통증이 밀려옵니다.

하지만 내 마음은 여전히 그 배 위에 머물러 있었습니다. 마치 그 일이 실제로 벌어졌다는 사실을 받아들이지 못하는 사람처럼 말이죠. 아직도 나는 뱃머리의 난간 옆에 서서 물에 뛰어들기 전에 안경을 벗어야 할지, 어느 쪽으로 헤엄쳐야 할지 고민하고 있습니다. 사방에서 울려 퍼지는 절망과 공포가 뒤섞인 비명, 작고 나약한 형체들이 거대한 선체에서 하나둘 떨어져 나와 물속으로 뛰어드는 소리(커다란 식물이 흩뿌리는 씨앗 같다고, 나는 생각했습니다). 그 첨벙대는 물소리는 뜻밖에도 경쾌하게 들립니다. 목숨을 건 탈출이 아니라 그저 아이들의 물장구 소리인 것처럼 말이죠.

내 몸을 바다로 던지던 그 순간 또한 또렷이 기억합니다. 가능한 한 멀리 헤엄쳐야 한다는 절박한 다짐이 머릿속을 가득 채우고 있었습니다. 물속에 들어간 순간 위쪽에서 거대한 문 같은 게 덮쳐왔고, 잠시 후 그 문이 닫히면서 나는 세상과 단절되었습니다. 순식간에 사방이 고요해지고 초록빛 세상이 되었습니다. 시간은 급격히 멈추었다가 얼마 후 완전히 다른 리듬으로 다시 흐르기 시작했습니다. 천천히, 조심스럽게, 마치 경건한 의식을 치르듯 엄숙하게. 나는 눈을 감지 않았습니다. 혹시라도 나 자신의 죽음을 목격하지 못할까 두려웠던 것 같습니다. 그래서 나는 보았습니다. 초록빛 심해에서 갑작스레 시체들이 떠오르고, 거기서 솟아난 기포가 느릿느릿 경쾌하게 춤추던 광경을. 어떤 몸체는 팔다리를 천천히 휘저으며 나타났다가, 알 수 없는 힘에 떠밀려 위로, 수은처럼 퍼지는 수면의 빛을 향해 나아갔습니다. 또 다른 몸체는 도중에 정지한 채, 아득하고도 불가해한 심연을 응시하며 둥둥 떠 있었습니다. 그들 위로 불길한 그림자처럼 배의 윤곽이 어른거렸습니다. 수은빛 하늘의 어둑어둑한 성운 같던 그 형체는 점점 더 또렷해지고 자꾸만 커져가며 무게를 더해가고 있었습니다. 배가 가라앉는 중이었습니다.

그래서 앞만 보며 헤엄쳤습니다. 그저 배에서 멀어지기만을 바라면서. 그러다 날이 어두워졌고, 나는 어디선가 떠밀려 온 널빤지 하나에 간신히 매달렸습니다. 기진맥진한 상태로 의식을 잃은 나를 널빤지가 어디론가 실어 날랐습니다.

그렇게 나는 해변에 닿게 되었습니다. 아픈 발목을 주무르며 잠시 앉아 있는데, 햇빛이 비치기 시작했습니다. 비가 멈추자 사방이 환해졌습니다. 외투 주머니를 더듬어 안경을 찾아냈습니다. 다행히 안경은 멀쩡하더군요.

다른 많은 이들도 나와 함께 그곳에 도착했을 거라 생각했습니다. 아이 몇을 데리고 있던 여자, 사랑에 빠진 한 쌍의 연인, 휠

체어에 탄 병든 노부인과 그녀의 아들 혹은 간병인, 과묵한 젊은이들의 무리, 그리고 내 친구 야쿠프까지. 우리는 같은 트렌치코트를 입고 있었는데, 그리스의 중고 상인에게서 공짜로 얻은 것이었습니다. 야쿠프와 이야기하고 있던 중에 갑자기 충격과 끔찍한 폭음이 우리를 덮쳤었죠. 나는 휘청거리며 해변을 따라 걸음을 옮겼습니다. 바위들 사이로 무언가 움직이는 게 없는지 보느라 눈을 떼지 못한 채 걸으면서도 머릿속엔 여전히 폭음이 울려 퍼지고 있었습니다. 나는 바다 쪽으로 다가갔다가 다시 돌아오기를 되풀이하며 계속 그 일대를 서성거렸습니다.

해변에는 아무도 없었습니다. 나는 처음 도착했던 그 자리에 다시 앉았습니다. 그러자 뜻밖에도 마음이 잔잔해져서, 사람들이 올 때까지 기다리기로 마음먹었습니다.

그렇게 앉아 있다가 밤이 되었습니다. 따뜻한 바람에 마른 조약돌 위로 그제야 몸을 뉘었고, 그러다 잠이 들었죠. 하지만 불안하고 얕은 잠이었습니다. 몇 번이고 깨어나서 내 뒤에 있는 육지는 외면한 채로 수평선까지 이어진 바다부터 살폈습니다. 동이 틀 무렵, 바닷물이 불어나 부어오른 내 발끝을 적셨습니다. 그래서 나는 바위 쪽으로 몸을 옮겼습니다.

그 첫 몇 시간의 기억을 나는 매우 선명하게 간직하고 있습니다. 단 하나의 장면도 잊은 적이 없지요.

작은 게들이 내게 다가왔다가 뭔가에 놀란 듯 튀어나온 눈을 꿈틀거리며 내 앞에 멈춰 섰고, 이내 바위 밑으로 잽싸게 사라졌습니다. 폴짝거리는 작은 벌레들도 나를 찾아왔다가, 결국 제 갈 길로 돌아갔고요. 태양은 내 옷을 소금기 가득한 딱딱한 껍데기로 바꿔놓았고, 그 거친 감촉이 살갗을 따갑게 했습니다. 갈증이 났습니다. 나는 문득 비를 떠올렸습니다. 움푹한 바위틈 어딘가에 빗물이 고여 있을지도 모른다는 생각에, 절뚝거리는 다리를 끌고서 풀과 바위가 뒤섞인 비탈 쪽으로 향했지요. 그때쯤 나는 어렴풋이 눈치채기 시작했습니다. 내가 지금 있는 이곳이 바로 섬이라는 것을요. 사방에 떠도는 바다 내음 때문이었을까요. 그 냄새는 한결같았습니다. 아마 멈추지도, 속도를 늦추지도 않던 바람 탓이었을 겁니다. 바람은 이 땅을 아예 무시하는 듯했고, 단지 지나가는 길에 놓인 사소한 장애물쯤으로 여기는 듯했습니다. 나는 절뚝이며 비탈을 기어올랐습니다. 높은 곳에 오르면 내 위치를 한눈에 파악할 수 있을 것만 같았거든요. 이 예상치 못한 세상의 지형 전체가 눈앞에 펼쳐지지 않을까, 무엇보다 누군가를 만날 수 있지 않을까 기대했습니다.

첫 몇 시간, 며칠은 사람들을 기다리는 게 전부였습니다. 나는 스스로를 시각과 청각, 그러니까 감각 그 자체로 바꿔버렸습니다. 비탈의 중턱, 햇볕에 달궈진 큰 바위 밑에 앉아 바다를 응시했습니다. 바다의 넘실대는 수면 위에서 어떤 흔적이라도 찾을 수 있기를, 구명보트의 각진 형체나 갑판의 파편, 심지어 쓰레기나 널빤지, 상자 같은 어떤 사소한 흔적이라도 보이기를 기대했습니다. 수평선 어딘가에 구조선이나 화물선처럼 안전하고 사람의 흔적이 조금이라도 있는 무언가가 떠오르기를, 아니면 하늘에서 비행기라도 지나가기를 바랐습니다. 어찌나 뚫어지게 바라보았는지 눈이 따가워 눈물이 날 지경이었죠. 그사이 바위 위에 널어둔 내 트렌치코트는 말라가고 있었고, 매끈한 포플린 표면 위에 소금 결정들이 서서히 맺히고 있었습니다.

저녁이 되자 비로소 허기와 갈증이 느껴졌습니다. 그래서 물고기라도 잡을 수 있지 않을까 하는 기대를 가지고 바다로 돌아갔지요. 다행히 바위틈의 움푹한 습지마다 단물이 넘칠 만큼 고여 있었습니다. 나는 밤새 그 웅덩이 곁에서 가만히 웅크린 채 바다만을 바라보고 있었습니다. 감히 그 자리를 뜰 엄두조차 나지 않았습니다. 밤하늘 가득 수놓인 별빛은 어둠에 잠긴 광활한 바다와 선명한 대비를 이루었습니다. 그렇게 완벽한 어둠은 생전 처음이었습니다. 평생을 도시에서만 살아왔으니 당연한 일이었습니다. 그 순간 나는 자신이 얼마나 작고 하찮은 존재인지 실감했습니다. 그저 참혹한 재앙을 기적처럼 피해 살아남은 먼지 한 톨일 뿐. 그때 깨달았습니다. 죽은 자에게도 살아남은 자에게도 이 사건은 똑같이 잔혹하다는 것을. 누군가의 죽음에도, 누군가의 삶에도 그 어떤 개인적인 이유는 없었습니다. 거기에는 어떤 선택도 운명도 작용하지 않았습니다. 그저 우연이라는 기계적 법칙만이, 우주의 웅장한 기계음처럼 금속성으로 무심하게 울리며 세상을 지배할 뿐이었습니다. 이 검푸른 바다의 광막한 심연은 끔찍한 진실을 적나라하게 드러내고 있었습니다—존재한다는 것 자체에는 아무런 의미도 없다는 진실을요. '없다'와 '있다'는 동등한 가치일 뿐이었습니다. 그때, 그 공포의 순간에 나는 생각했습니다. 나는 이미 죽었노라고. 물에 빠져 죽었고, 지금의 이 상태는 내가 그토록 아무렇지 않게, 카페에서 토론하듯 떠들곤 했던 바로 그 '사후 세계'일지도 모른다고. 그래요, 나는 죽은 것이었습니다.

다음 날 낮, 그리고 밤에도 나는 꼬박 같은 자리에 앉아 있었습니다. 아무것도 먹지 않은 채 거의 온몸이 마비될 정도로 공포에 떨었습니다. 바위 쪽으로 기어가서 단물을 마시고는 다시 무감각한 상태에 빠져들기를 반복했습니다. 내 생각은 서서히 사라져갔습니다. 그리고 머릿속에 퍼진 공허함이 마치 약물에 적신 붕대처럼 나를 조용히 휘감았습니다. 머릿속에서 이어지던 대화들은 어느 한 문장에서 뚝 끊기곤 했습니다. 그러고는 지지직거리는 잡음처럼 그 문장이 반복되었습니다. 이를테면 나는 이런 말을 계속 중얼거렸습니다. "사랑해, 그리고 그 마음을 절대 멈추지 않을 거야." 하지만 정작 누구에게 말하는지조차 나는 알지 못했고, 대상을 찾아보려 하지도 않았습니다. 그런데 이상하게도 그 문장은 내 안의 텅 빈 공허를 정돈해주고 나라는 존재를 어딘가에 자리 잡게 해주는 것 같았습니다. 또 어떤 때는 이렇게 말하기도 했습니다. "자, 보세요, 자, 보세요." 누군가에게 무언가를 청하는 말이라기보다는 그냥 무언가를 가리키며 확인하듯 내뱉는 말이었지요. 자, 보세요, 여기에 이것이 있고, 저기에 저것이 있습니다. 자, 보세요, 여기 섬이 있고, 저기 바다가 있습니다. 자, 보세요, 여기 내가 홀로 있습니다. 자, 보세요, 이제 끝입니다. 당시 내가 무엇을 그토록 두려워했는지 이제야 알 듯합니다. 나는 미쳐버릴까 봐, 외로움과 굶주림과 공포 속에서 이성을 잃고 망망대해에 몸을 던져버릴까 봐 무서웠던 겁니다.

섬에 도착하기 직전 마지막 며칠 동안 어떤 일이 있었는지 세세한 부분까지 전부 또렷이 떠오릅니다. 비 내리던 항구. 서류를 담당하는, 덥수룩한 수염을 기른 사내와의 만남. 그는 지저분한 손으로 돈다발을 받아 들고는 탁자 밑에서 몇 번이고 다시 셌습니다. 굶주린 여정 끝에 입안에 황홀하게 퍼지던, 올리브유에 적신 빵의 맛. 갑자기 들떠 생기가 돌며 쉴 새 없이 떠들어대던 야쿠프, 빈대가 들끓던 허름한 호텔 방의 어둠 속에서 그가 속삭였습니다. 약속의 땅에, 햇빛 찬란한 안전한 바닷가에 도착하면 어떤 기분일까. 이른 아침, 남은 돈으로 배에서 먹을 식량을 사기 위해 우리는 시내로 나갔습니다. 그리고 늙은 그리스 여인이 아무런 대가 없이 선뜻 내어준 두 벌의 코트. 거의 똑같은 디자인이었죠. 모랫빛 포플린 원단에 각진 깃, 커다란 에보나이트 단추. 우리는 며칠을 호텔에서 머물며 기다렸습니다. 신문지에 연필로 그려 넣은 체스판, 종잇조각을 접어 만든 체스말. 그러다 기억은 더 먼 과거로 흘러갔고, 어느새 내가 사랑했던 도시로 돌아가 있었습니다. 카페, 매끄러운 대리석 탁자, 보드카 한 잔. 기름에 절인 청어 요리. 아이싱을 바른 도넛, 이가 닿자마자 살짝 부서지던 감촉. 그 안에서 터져 나오는 잼, 노르스름한 반죽의 탄력 있는 식감. 그리고 어머니. 마지막으로 본 어머니는 부엌의 식탁을 향해 몸을 숙이고 계셨고, 거기에는 잘게 썰린 흰 양파 조각들이 놓여 있었습니다. 그날 장갑을 두고 나오는 바람에 마당에서 다시 집으로 들어갔을 때, 어머니는 왜인지 불안하고 겁에 질린 듯한 기색으로 나에게 잠시 의자에 앉으라고 하셨지요. 돌이켜보면 운이 좋았습니다. 다음 장면은 내부가 훤히 들여다보이는 텅 빈 우리 집 풍경. 깨진 창문 틈으로 들이치는 바람에 흔들린 커튼은 바스락거리며 벽을 스쳤습니다. "사랑해, 그리고 그 마음을 절대 멈추지 않을 거야." 나는 마음속으로 다시 그 말을 되뇌었습니다. 마치 어머니에게 건네는 말인 것처럼. 하지만 곧바로 릴라의 모습이 떠올랐습니다. 마지막 밤, 문을 나서던 그녀의 뒷모습. 아마도 나는 그 말을 그녀에게 하고 있었던 것 같습니다. 그녀가 이미 이 세상에 없다는 걸 잘 알면서도. 나는 모래 위에 엎드려 흐느꼈습니다. 모래 알갱이들이 입술에 자꾸만 들러붙었습니다.

해가 저물고 있었습니다. 하늘은 맑았고, 차가운 금속처럼 선명했으며, 면도날처럼 날카로웠지요. 그리고 끔찍할 만큼 공허했습니다. 나는 양손을 짚고 몸을 일으켜 바위에 머리를 기댔습니다. 하늘 한가운데를 바라보며, 무언가를 떠올려보려 애썼습니다……. 어떤 구체적인 존재도, 누군가의 모습도, 신도 아닌 것을요. 그저 그때 내 눈에 보이던 것 너머의 무언가를, 어떤 광활한 공간, 끝없이 펼쳐진 무한함을 떠올렸습니다. 기도를 해보려 했습니다. "하늘에 계신 우리 아버지—" 내 입에서 나온 그 말은 마치 유리창에 부딪힌 것처럼 나를 향해 되돌아왔습니다. 어딘가 부자연스러운 울림이었습니다. "하느님—" 다시 입을 열었지만 그 말이 낯선 언어로 느껴졌고, 존재한다는 사실을 믿지도 않는 존재를 향해 말을 건넨다는 것이 민망하게 느껴졌습니다. "자, 보세요. 사랑해, 그리고 그 마음을 절대 멈추지 않을 거야." 그렇게 중얼거리고 나자, 내 생각은 다시 원래의 궤도로 돌아왔습니다.

지금 이렇게 이야기하니 별로 극적으로 들리지 않죠? 하지만 그때만큼, 뭐랄까, 그토록 철저히 갇힌 듯한 느낌을 받은 적은 이전에도, 이후에도 없었습니다. 섬에 갇혔다는 느낌도 아니었고, 나로 하여금 간신히 목숨을 부지하게 해준 그 기묘한 우연들이 얽혀 만든 상황 속에 갇힌 듯한 느낌은 더더욱 아니었습니다. 그보다는 마치 송진 속에 빠진 곤충처럼, 죽음은 비껴간 채로 여전히 삶 속에 처박힌 느낌이었달까요? 나는 내 안에 갇혀 있었던 겁니다. 그때까지는 '나'라는 존재를 궁극적이고 확고한 실체라고 여겼지만, 그 순간 잠시나마 진정한 빛 속에 드러난 자신을 볼 수 있었습니다. 그리고 문득 깨닫게 되었습니다. 내 안에 다른 누군가를 품고 있다는 사실을. 나는 하나의 껍데기, 외피에 불과했고, 그 안에서 어떤 존재가 태동하고 있었습니다. 아직 어리고 미숙하며 얇은 막처럼 연약한, 미처 준비되지 못한 존재. 언젠가 존재하게 될지도 모를, 실존의 가능성을 내포한 존재. 혹시 그런 생각 해본 적 없으신가요? 우리의 삶이란, 어쩌면 우리 스스로가 '진짜 나'라고 믿고 만들어낸 어떤 존재가 실제로 모습을 드러낼 수 있는지 시험해보는 과정일지도 모른다는 생각. 또한 우리가 삶의 성공과 실패를 판단하는 기준도 결국 그 새로운 존재가 우리 안에서 과연 얼마나 모습을 드러냈는가에 달린 게 아닐까라고도요. 그때 내가 느꼈던 게 바로 그런 것이었습니다. 금방이라도 갈라져 터져버릴 것 같고, 메말라 바스러질 것만 같았죠. 오래된 딱지, 그게 바로 내 모습이었던 겁니다.

정오 무렵, 배고픔으로 감각이 예민해진 채 잠에서 깨어났습니다. 작은 만에서 맨손으로 손바닥만 한 물고기 두 마리를 겨우 잡았습니다. 펄떡이는 녀석들을 손에 쥐었지만 어떻게 죽여야 할지 몰랐습니다. 그래서 그것들이 움직임을 완전히 멈출 때까지 몇 번이나 바위에 내던졌습니다. 정말로 죽었는지 잠시 들여다보다가, 결국 날것으로 먹었습니다.

내가 또렷이 기억하는 건 오직 그 첫 며칠, 아니, 몇 시간뿐입니다. 허겁지겁 물고기를 먹고 나서야 시간이 다시 흐르기 시작했고, 이후의 날들은 마치 허공에 매달린 실에 꿰인 구슬처럼 줄지어 흘러갔습니다. 그렇게 모든 날이 하나로 뒤엉켰습니다. 마치 그 지역의 음식을 받아들임으로써 그때의 내 처지를 받아들이게 된 것 같았습니다. 내게 주어진 삶, 두 마리의 작은 물고기라는 형태로 제안된 그 삶을 살아도 좋다고, 나 스스로가 동의한 것만 같았습니다.

낮이 조금씩 길어지고, 점차 따뜻해졌습니다. 처음에 나는 해변만 오갔습니다. 육지가 그 너머로 더 이어져 있다는 사실을 인정하고 싶지 않은 사람처럼 말이죠. 그러다 곧 알게 되었습니다. 돌로 낮은 둑을 쌓아두면, 바다가 먹거리 하나쯤은 선물처럼 남겨둔다는 사실을. 작은 물고기나 게 같은 것들을요. 물속에 잠긴 바위들에는 홍합이 덕지덕지 붙어 있다는 것도 발견했습니다. 처음 홍합을 먹었을 땐 바로 토해버렸지만, 곧 그 어리석은 반사작용을 억누르는 법을 익혔습니다. 흐물흐물한 조갯살들은 점차 아무 저항 없이 내 위장 속으로 흘러들었고, 그러다 결국 내 입맛에 맞는 별미가 되었습니다. 해변을 이리저리 헤매며 나는 종종 공황 상태에 휩싸이곤 했습니다. 어찌나 끔찍했는지 지금도 또렷이 기억납니다. 위험은 외부에서 온 게 아니라, 내 안에서부터 시작되었습니다. 내가 서서히 무너지고 있다는 두려움. 그리고 나를 지탱해주던 익숙한 상황들이 더는 존재하지 않는다는 공포. 그럴 때면 내 생각은 다시 광란의 질주를 시작했고, 그걸 잠재우기 위해 나는 또다시 의미 없는 말을 되풀이해야만 했습니다. 가끔은 기도를 해보았지만, 막상 하고 나면 기분이 더 나빠졌습니다. 뭔가 거북한 기분이었다고 할까요. 나는 늘 무신론자였거든요. 하지만 이제는 그 말조차도 빛을 잃고 서글프게 들렸습니다. "주 하느님—" 나는 몇 번이고 나직한 목소리로 수줍게 속삭이며 기도를 시작해보았습니다. 하지만 내 혀는 굳어 있었고, 내가 조심스럽게 뱉어내려는 말들의 의미를 끝내 받아들이지 못했습니다. 결국 나는 포기했습니다. 차라리 그 편이 나았으니까요. 만약 정말로 신이 존재한다면, 이 모든 일에 대해 과연 뭐라고 설명해줄까요?

나는 운 좋게 깨지지 않은 안경알을 이용해서 불을 피우는 법을 익혔고, 그 불에 아주 작은 생선들을 구워 가시째 게걸스럽게 먹곤 했습니다. 그럴 때면 내가 이 상황을 감당해내고 있다는 사실에 잠시나마 어린아이처럼 천진한 기쁨을 맛보았습니다. 언제부터인가 나는 습관처럼 혼잣말을 하게 되었습니다. 마치 내가 로빈슨 크루소라도 된 듯이 나 자신을 '로빈슨'이라 부르며 스스로에게 말을 걸었고, 나중에는 그렇게 말하고 있는 내가 누구인가 하는 문제는 뒷전이 되었습니다. 그곳엔 둘이 있었습니다. 재난 이전의 나와 재난 이후의 나. 과거에서 온 나와, 시시각각 현재로 변해가는 가장 가까운 미래의 나. 한 명은 코트에 중절모를 쓰고 르비우의 주키에프스키 거리를 걷고 있었고, 다른 한 명은 지금 여기, 옷을 반쯤 벗은 채 다리를 절룩이며 걷는 중이었습니다. 우리는 서로에게 말을 건네었고, 그렇게 해서 현실의 잔상을 간신히 붙들 수 있었습니다.

초반 며칠 밤은 바닷가에서 잠을 잤습니다. 그러다 어느 날, 나를 공포로 몰아넣은 무서운 꿈을 꾸었습니다. 바닷물이 빠져나간 자리에 시신들이 드러나는 꿈이었습니다. 해변이 온통 시체들로 뒤덮여 있었는데, 마치 말리려고 널어놓은 생선들처럼 서로 몸을 맞댄 채 누워 있었습니다. 전부 벌거벗었고 야윈 데다 잿빛이었습니다. 그때부터 나는 바다 쪽으로 내려갈 때마다 시신들이 눈앞에 나타날까 봐 두려웠습니다. 바다가 결국은 나와 함께 여행하던 이들의 시신을 해변으로 밀어 보낼까 봐 겁이 났어요. 바닷가의 낯선 형체 하나하나가 심장을 철렁 내려앉게 했습니다. 통나무 하나, 뒤엉킨 해초 더미 하나조차도.

바다는 죽은 자들의 땅이요, 젖은 하데스라는 공포, 그 어떤 신화에도 등장하지 않는 그런 발상이 나를 물가에서 멀어지게 했습니다. 어두운 모래 바닥과 수은처럼 빛나는 수면 사이 어딘가에서 죽은 자들이 떠다니고 있다는 두려움이 나를 육지에 가뒀습니다. 죽은 뒤에도 여전히 대화를 갈망하는 알 수 없는 충동에서 비롯된 망자들의 억눌린 속삭임. 반쯤 감긴 눈, 형체에 의미를 부여하려 들지 않는 시선. 고체와 부유물 사이, 그 경계에 머무는 존재. 서서히 녹아내리는 것의 신비.

내 유일한 먹거리였던 물고기도 결국엔 이 공포의 대상으로부터 온 것이었기에 덫에서 그 파닥거리는 미끄러운 몸뚱이를 꺼낼 때면 배고픔과 혐오감이 동시에 치밀어 올랐습니다. 기묘하고 변태적인 식인 행위 같은 느낌이었습니다. 나는 죽음을 먹고 살았습니다. 죽음의 부스러기를 낚아채서 그 차갑고 비린내 나는 조각을 입에 쑤셔 넣어 허기를 달랬습니다. 내 몸은 마치 복잡한 화학 실험실처럼 죽음을 생명으로, 미끌미끌하고 꽁꽁 얼어붙은 냉기를 살아 움직이는 거친 열기로 바꾸었습니다.

이곳의 모든 미래는 하나의 이미지로 귀결되었습니다: 긴 밤이 지나고 나면 바다는 죽은 자들을 뱉어내리라. 바다는 결코 살아 있는 것은 가져오지 않으리. 그것이 바다의 본성인 듯했습니다. 바다는 오직 죽은 것만을 해변에 내던집니다. 썩은 해조류, 창백하게 늘어진 해파리, 부패로 허옇게 변한 물고기, 끈적거리는 나뭇가지 따위를요.

결국 나는 해변을 떠났습니다. 그게 정확히 언제였는지, 시간이 얼마나 흐른 뒤였는지는 모르겠습니다. 2, 3주쯤 되었을까요. 여전히 부어오른 채 쑤시는 다리를 티셔츠 소매에서 뜯어낸 천으로 둘둘 감고는 섬의 내륙으로 향했습니다.

나는 점점 더 높이 올랐고, 내 여정에 맞춰 바다가 넓어졌습니다. 마침내 어느 봉우리에 이르렀을 때 나는 바다가 끝없이 펼쳐져 있다는 것을 깨달았습니다. 수평선이 하늘 어디선가 섞이며 사라졌고, 그 끝을 짐작조차 할 수 없었습니다. 그제야 나는 내가 섬에 와 있다는 사실을 확실히 실감했습니다.

혹시 이런 물리법칙에 대해 들어본 적 있으신가요? 어떤 입자가 제한된 공간에 갇히게 되면, 그런 상태에 대한 반응으로 원형 궤도를 그리며 움직이게 된다는 이론 말입니다. 당시에 나는 그런 법칙에 대해 아무것도 몰랐고, 설령 알고 있었다 해도 원자 세계의 이론이 인간 세계의 상황에 그렇게 쉽게 대입될 수 있다고는 상상조차 못 했을 겁니다. 섬에는 두 개의 바위투성이

봉우리가 있었습니다. 나는 그 봉우리들을 몇 번이나 오르려 했지만, 번번이 실패했습니다. 가시덤불이 길을 막거나 돌출된 바위가 앞을 가로막아 피해 가야 했고, 그러다 계획된 경로에서 벗어났기 때문이죠. 그렇게 오랜 시간을 걷다 보면 결국 낯익은 곳에 이르곤 했습니다. 출발점으로 되돌아온 겁니다. 아마 그래서였을 겁니다. 내가 이 섬을 의심하게 된 건. 섬이 뭔가를 내게 숨기고 있다고 말이죠. 내게 중심부를 보여주지 않으려 한다는 느낌이, 뭔가 귀중한 것을 감추고 있다는 확신이 들었습니다.

아, 나는 도시가 너무나도 그리웠습니다. 무수히 많은 굴뚝이 솟아 있는 지붕들 위로 낮게 드리운 하늘, 석탄 연기 내음, 빛나는 서리처럼 돌길 위에 서서히 내려앉던 가로등의 차가운 불빛, 마차 바퀴 소리, 자동차의 윙윙거림, 스치고 지나가는 행인들의 어깨. 추운 거리에서 따뜻하고 왁자지껄하며 담배 연기 자욱한 카페로 들어서던 순간이, 혹은 손짓 하나로 지나가던 택시를 불러 세워서는 나를 반겨줄 아늑한 집으로, 모든 게 내 몸처럼 익숙하고 자연스러운, 내밀한 '조개껍데기' 같은 공간으로 향하던 그 순간이 못 견디게 그리웠습니다.

그리고 또 하나, 도시만이 줄 수 있는 충만한 포만감도 그리웠습니다. 도시는 결코 우리를 굶어 죽게 내버려두지 않습니다. 언제 어디에나 식당 하나쯤은 눈에 띄니까요. 설령 그게 허름한 밥집이라도 말입니다. 달콤한 설탕 시럽을 바른 폴란드식 도넛을 파는 저렴한 제과점이라도, 아니면 길모퉁이에서 베이글을 파는 유대인 노파의 노점상이라도.

이곳에서 나는 이미 단조롭게 이어지는 허기에 익숙해져 있었습니다. 허기는 광활한 바다와 드넓은 하늘처럼 이 섬의 일부나 다름없는 것이 되었죠. 물고기만으로는 결코 포만감을 느낄 수 없었습니다. 굴도 그랬고, 이따금 발견되는 반쯤 썩어 발효된 무화과도 마찬가지였습니다. 나는 빵과 밀가루가, 곡물이 그리웠습니다. 달콤한 도넛을 떠올리기만 해도 입안에 침이 고였습니다. 마른 풀잎들과 거기 맺힌 오래된 씨앗들을 들여다보며, 하나의 씨앗이 아이싱을 입힌 도넛이 되기까지 그 여정이 얼마나 긴지 생각했습니다. 믿기 힘들 만큼 지난한 여정이었죠.

내가 꾼 유일하게 좋은 꿈은 먹는 꿈이었습니다. 꿈속에서 나는 쉴 새 없이 먹어댔고, 어쩌면 그래서 굶어 죽지 않았는지도 모릅니다.

이 섬에서는 꿈꾸는 일이 그 어느 때보다도 더 많은 시간을 차지했습니다. 아침에 눈을 뜨자마자 누구에게든, 심지어는 휴대폰에라도 몇 마디 내뱉지 않으면, 그렇게 세상과의 의례적인 연결 고리를 회복하지 않으면 밤의 꿈은 끝나지 않습니다. 그런 의미에서 보면, 꿈이란 현실의 반대가 아니라 말의 반대입니다. 그러니 잠에서 깨어난 뒤 아무 말도 하지 않으면 꿈은 슬그머니 오전의 시간들로 흘러들고, 시간이 지나면 점차 강해져 저녁까지도 이어질 수 있는 것이죠. 꿈이란 일반적으로 어둠 속에서 힘을 얻기에, 날이 저물면 더욱 강렬해집니다. 그러면 우리는 잠자리에 들어도 잠드는 게 아니라 그저 눈을 감고 쉬는 셈이 되는 겁니다. 줄곧 잠든 채로 꿈을 꾸고 있으니까요. 그런 상태에서는 평소라면 불안이나 동요를 일으켰을 법한 것들도 오히려 담담히 눈에 들어옵니다. 이를테면 조개껍데기들—마치 오래전에 정밀한 기계로 깎아낸 것처럼 완벽히 대칭적인 모양에 금속과 같은 광택을 머금은 그것들이 모래사장 위에 삼각형과 사각형, 혹은 별 모양 같은 기하학적인 문양을 그리며 가지런히 놓여 있는 장면. 아니면 해안선을 따라 이어지는 파도의 사인 곡선*—반복되는 리듬으로 화환처럼 섬을 둘러싸며, 그 리듬이 마치 정교한 수학 공식처럼 느껴지는 것. 또는 해돋이 전 피어오르는 하늘의 색조들—노랑에서 보라까지, 마치 광학 교과서에 실린 도판과 같은 모습. 혹은 파도에 둥글게 깎인 자갈들에 나타난 룬문자** 같은 문양들. 알파벳이었을까요? 나는 밀물이 닿지 않도록 그것들을 멀리 치워놓곤 했지만, 한동안 잊고 있다가 나중에 다시 찾으려 하면 언제나 사라지고 없었습니다.

내 생각들도 마찬가지였습니다. 눈덩이처럼 머릿속에서 뭉쳐지기 시작해, 굴릴수록 점점 커지고 강해지고 집요해졌다가, 어느 순간 갑자기 녹아 사라졌습니다. 움막을 짓겠다는 생각도

---

* 사인(sine)은 삼각함수의 하나로, 어떤 변수에 따라 주기적으로 변화하는 파형을, 여기서는 위아래로 부드럽게 물결치듯 반복되는 곡선을 의미한다.

** 고대 게르만족, 특히 북유럽의 앵글로색슨족이나 고트족 등이 사용하던 문자 체계. 주로 돌이나 나무, 금속 등에 새겨졌으며, 직선 위주의 단순하고 기하학적인 형태를 가지고 있다.

바로 그렇게 발전했습니다. 한동안은 그 생각밖에 없었습니다. 머릿속으로 설계하고, 다듬고, 계속해서 구체화했습니다. 그러다 이미지가 너무도 강렬해져 결국 실행에 옮겼습니다. 하지만 지붕과 벽 두 개를 세우고 나니 생각이 사라져버렸습니다. 그정도면 충분했던 것입니다. 움막이라는 발상은 스스로에게 지쳐버린 듯 빛을 잃었고, 나는 더 이상 그 집을 마저 지을 어떤 동기도 발견하지 못했습니다.

섬은 길쭉한 타원형이었습니다. 바다 위로 거대하고 바위투성이인 두 개의 언덕이 비대칭적인 유방처럼 솟아 있었습니다. 하나는 자갈로 덮인 완만한 능선에 풀이 무성했고, 다른 하나는 날카로운 바위투성이 언덕이었습니다.

언덕과 언덕 사이에는 숲이 우거진 골짜기가 펼쳐져 있었습니다. 그곳으로 내려가보기로 마음먹었을 때, 나는 뜻밖의 경이로움을 만나게 되리라고는 예상치 못했습니다. 거기에는 마치 하늘에서 쏟아지는 듯한 물줄기가 가파른 언덕을 따라 흐르며 만들어져 떨어지는 폭포와, 사방으로 물안개를 흩뿌리며 흐르는 개울이 있었습니다. 그 물은 커다랗고 평평한 바위를 타고 흘러내리다가, 좀 더 아래로 내려가면 햇살이 쏟아지는 얕은 연못으로 고요히 흘러들었습니다. 물은 그렇게 느릿하게 계속 흘러가 운동장에 버금가는 커다란 연못을 이루었는데, 물 빛이 너무도 청명하고 푸르른 쪽빛이라 나는 그 강렬한 색채에 잠시 넋을 잃고 말았습니다. 예기치 못한 색채의 향연 앞에서 나는 눈을 가늘게 뜨고 바라볼 수밖에 없었어요. 그러다 그 물줄기는 다시 수많은 실개천으로 갈라져 완만한 경사를 따라 섬의 동쪽 해안으로 흘러갔습니다. 그 달콤한 습기 속에서, 덩굴식물과 축축한 이끼와 조그만 늪지로 가득한 숲이 나날이 무성하게 자랐습니다. 오래되어 썩은 나무들은 지면에 울창하고 향기로운 덮개를 만들어냈습니다. 내가 본 풍경은 그랬습니다.

누구도 이 바위투성이 섬 한가운데에 이런 놀라운 선물이 숨어 있으리라 짐작하지 못했을 것입니다. 그곳은 축축하고, 은밀하며, 온통 초록으로 뒤덮인 비밀스러운 공간, 섬세하고도 감각적인 은신처였습니다. 새하얀 바닥이 보이는 얕은 연못에는 물고기들이 가득했습니다. 내가 물속으로 들어가자 물고기들은 달아나지 않고, 이질적인 형체에 놀라 오히려 내 주변을 맴돌며 헤엄쳤습니다. 나는 그 물고기들의 등을 쓸어보았습니다. 그러면 그들은 '촉각'이라는 것이 존재한다는 사실에 깜짝 놀란 듯 잠시 멈춰 서곤 했습니다. 물맛은 이상했습니다. 석회질과 광물의 맛이 느껴졌습니다. 그래서 나는 그 물이 흘러나오는 바위가 어떤 용해성 광물로 이루어져 있다는 것을 깨달았습니다. 물에 빠진 나뭇가지들이 시간이 지나면 하얀 소금 결정 같은 것으로 이루어진 기묘하고도 환상적인 껍질에 덮이는 것도 그 때문이었습니다.

나는 입고 있던 러닝셔츠로 자루를 만들어 그 안에 온순한 물고기들을 잔뜩 담았습니다. 그것으로 배를 채운 뒤, 평평한 바위에 누워 내가 잡지 않고 둔 물고기들이 물속에서 펼치는 행진을 감상했습니다. 그러다 잠이 들었습니다. 잠에서 깨어났을 때 두 개의 연못에는 이미 어둠이 드리워져 있었고, 연한 쪽빛이 짙은 남색으로 바뀌어 있었습니다. 다시 아래로 내려가기에는 이미 늦은 시간이었습니다. 그래서 나는 낮 동안 햇빛에 달궈진, 거의 수직에 가까운 바위들 쪽으로 몸을 돌렸고, 마치 누군가의 조각상을 세우기 위해 마련된 곳인 듯 움푹 파인 틈새를 찾아내어 그 안에 자리를 잡고 앉았습니다. 그러다 어둠이 완전히 내려앉았고, 밤은 수많은 소리로 나를 아찔하게 만들었지요. 마치 어둠의 입자가 내 귓가에서 터지는 것처럼 날카롭고 삐걱대는 소리였습니다.

아침이 되자, 바위 침상에서 불편하게 잔 탓인지 몸이 굳은 채 눈을 떴습니다. 연못에서 몸을 씻고 여린 햇볕 아래에서 말리던 중, 석회수가 머리카락에 하얀 앙금을 남겨놓았다는 걸 알게 되었습니다. 나는 마치 백발노인처럼 보였습니다. 나지막한 목소리로 물고기에게 미안하다는 말을 중얼거리며 나는 맨손으로 물고기를 붙잡아 감싸 쥐었습니다. 나뭇가지에 꿰기 위해서였습니다. 물고기가 놀란 듯 펄떡거렸고, 나의 배신에 화가 난 듯 몸부림쳤습니다. 나는 불을 피워놓고 해가 질 때까지 꺼지지 않도록 지켰습니다. 연못가의 갈대숲을 헤매다 보니, 물가에서 자라는 갈대의 하얀 속대는 씹을수록 단맛이 나고 아스파라거스처럼 부드럽다는 걸 알게 되었습니다. 나는 또한 점박이 알 몇 개가 들어 있는 새 둥지도 발견했습니다. 그중에서 두 개를 골라 손에 쥐며, 새들이 알이 없어졌다는 걸 눈치채지 않기를 바랐습니다. 동물은 넷까지만 셀 수 있다고 어디선가 읽은 적이 있었거든요. 나는 오랫동안 내 몸을 들여다보았습니다. 팔의 피부는 햇볕에 그을려 화끈거렸고, 몸은 눈에 띄게 야위어 있었습니다. 그제야 내 모습이 마음에 들었습니다. 전에는 통통한 편이라 늘 습관처럼 배를 집어넣고 다녔거든요. 나는 마치 카페에 있는 탁자에서 일어나 인사할 때처럼 상상의 재킷 단추를 잠그는 시늉을 했습니다. "내 이름은 E입니다." 내가 말하자 저쪽에서 대답했습니다. "로빈슨입니다." 우리는 쪼그려 앉은 채 말없이 시간을 보냈지만, 그런 존재가 함께 있다는 사실이 조금은 따뜻한 위안이 되었습니다. 그러다 얼마 못 가서 로빈슨의 환영은 사라졌습니다.

가끔은 이상한 일이 벌어지기도 했습니다. 어느 날 밤 나는 비명 소리와 처량한 흐느낌에 잠에서 깼습니다. 나무들 사이로 희끄무레하고 창백하며 생기 없는 빛줄기가 보였습니다. 손에는 돌멩이를 움켜쥐고 이빨을 딱딱 맞부딪치며, 덜덜 떨리는 다리로 그 빛을 향해 다가갔습니다. 전쟁 전에 질리도록 봤던 공포 영화의 장면들이 떠올랐습니다. 살인마가 숨어 있는 지하실로 끝내 내려가고야 마는 그 영화 속 주인공들처럼, 나도 안쪽에서부터 불길하게 빛나는 그 무서운 어둠에 끌리고 있었던 것입니다. '내 죽음도 결국은 영화의 마지막 장면 같겠군.' 그런 생각이 스쳤습니다. 그러다 나무뿌리에 걸려 넘어졌고, 순간 뭔가가 나를 덮쳤다고 생각했습니다. 나는 눈을 질끈 감은 채 한참 동안 쓰러져 있었습니다. 마치 악마의 차가운 발이 내 목덜미를 짓누르고 있는 듯한 기분이었죠. 마침내 용기 내어 고개를 들었을 때 내가 본 것은 나무에 들러붙은, 가장자리가 너덜너덜한 털버섯 덩어리였습니다. 그것들이 빛을 내고 있었던 것입니다. 하지만 아침이 되자 그 버섯들은 그저 평범한 흰 버섯으로 변해 있었습니다.

빛나는 버섯. 그건 단순히 죽은 것처럼 보이던 대상 안에서, 빛을 내뿜는, 살아 있는 존재가 보내는 신호 같았습니다. 어딘가에서 인광(燐光), 그러니까 썩은 나무 같은 것들이 스스로 발광하는 현상에 대해 읽은 기억이 납니다. 하지만 그때 내가 본 광경은 인광과는 아무런 관련이 없어 보였습니다. 오히려 그것은 어떤 비인간적인 존재에 대한 예감에 가까웠습니다. 차가우면서 원시적이고 단세포적인 생명체, 자기 자신에게만 매몰되어 있고, 인간의 육체와는 전혀 다른, 낯선 그 무엇.

아침이 되었을 때 나는 막대기를 들고 다시 그곳으로 향했습니다. 그 이끼 같은 것, 내가 '염소 수염'이라고 이름 붙인 그 버섯 덩어리를 없애버릴 작정이었죠. 하지만 실제로 마주한 그 '염소 수염'은 너무도 무해해 보였고, 거기에는 어떤 사악함도 없었습니다. 그래서 나는 감히 막대기를 휘두를 수 없었습니다.

작가님, 숲을 떠올려보세요. 그 안에는 수백 그루의 나무가 있고, 그 나무마다 수천 개의 잎이 달려 있으며, 그 잎마다 복잡하게 얽힌 잎맥이 있고, 그 속에는 섬유질의 껍질에 둘러싸인 세포들이 있으며, 그 안에 또 무언가, 그러니까 세포의 구성 성분들이 있고, 더 들어가면 원자들이 있고, 그 원자들을 이루는 기본 입자들이 있죠. 그곳, 섬에서의 내 활동이 바로 그랬습니다. 처음엔 대담하고 명료한 생각에서 출발했습니다. '움막을 짓자, 나뭇가지들을 모으자, 자리를 정하자.' 하지만 막상 뭔가를 시작하면, 세부적인 행위들이 끝도 없이 이어집니다. 전에 한 번도 가본 적 없는 낯선 공간으로의 여정이 되고, 자꾸만 더 작고, 더 섬세하고, 거의 눈에 띄지도 않을 만큼 미세한 다른 동작들로 나를 이끕니다. 그러다 보면 내 생각 또한 딴 길로 접어들곤 합니다. 때로는 괴상하고, 때로는 어찌나 단순한지 '생각'이라 부르기조차 민망한 그런 생각들로 말입니다. 이처럼 모든 활동은 무수히 작은 행위들로 이루어져 있고, 그 각각의 행위들 또한 끝없이 쪼개집니다. 그리고 이 모든 게 마치 정교하게 짜인 시간표처럼 서로 얽히고 연결되어 다음 정거장으로 안내하고, 노선을 바꾸고, 방향을 전환합니다. 해변으로 통나무 하나를 찾으러 나간 여정이 물줄기들이 합류하는 지점을 우연히 발견하는 계기가 되고, 서로 다른 물의 성질에 주목하는 기회가 됩니다. 두 개의 나뭇가지를 묶어야 하는 상황이 나로 하여금 질기고 단단한 풀잎을 찾게 만들고, 나는 그 풀을 보며 다시 파종과 추수까지 꿈꾸게 됩니다. 그런 생각을 하다 문득 허기가 느껴져 고기잡이에 나서지만 물고기 대신 평평한 돌을 건져 올리고, 그때부터 그 돌덩이는 내 식탁이 됩니다. 식탁이 생기니 의자가 필요해집니다……. 이렇듯 나의 하루하루는 혼란스럽기 짝이 없는 세세한 행위들의 연속으로 채워졌습니다. 나는 마치 나무껍질에 들러붙은 버섯처럼 섬에 기생하여 살게 되었습니다. 어쩌면 그 버섯처럼 나도 하늘에서 내리쬐는 빛을 받아 어둠 속에서 허옇게 빛나고 있었는지도 모르겠습니다.

이따금, 특히 바다를 바라볼 때면 나는 여전히 나 자신에 대해 생각하곤 했습니다. 나로 가득 찬 그 생각은 늘 1인칭이었습니다. 하지만 그 1인칭의 생각 속에서 나는 둘로 나뉘어 있었어요. 걱정하는 '나'와, 그 걱정의 대상이 되는 '나'로요. 이 뜻밖의 분열을 인식하는 순간, 나는 다시 세 번째 '나'가 됩니다. 걱정하는 사람은 누구이고, 그가 걱정하는 대상은 또 누구인가. 그렇게 나는 온갖 추측과 생각, 이미지와 감정이 얽힌 무서운 심연을 내 안에서 감지하게 되었습니다. 그 심연은 마치 체처럼 구멍으로 가득하여 모든 게 그 틈새를 통해 어딘가로 새어 나갔고, 잠시 나타났다가는 이내 사라져버리곤 했습니다. 시작도 끝도 없이 굽이치는 탁류, 소란스럽고 분노에 찬 강물처럼.

아마도 작가님은 궁금하실 겁니다. 왜 내가 이토록 시시콜콜한 것까지 털어놓는지. 어째서 곧장 본론으로, 그러니까 얼핏 보기엔 텅 빈 것처럼 보이던 그 작은 배가 나타났던 그날로 넘어가지 않는지. 왜 나뭇가지나 석양, 무기력한 내 동작들과 갈

수록 희미해져가던 생각들까지 굳이 털어놓는지. 왜 그런 것들에 작가님이 관심을 가져주시리라 생각하는지 말입니다. 이유는 간단합니다. 이 체험의 사슬 속에서 일어난 사소한 사건 하나하나가 모두 실로 무한한 의미를 지니고 있음을 확신하니까요. 바로 그 섬에서, 무균상태처럼 외부와 철저히 차단된 그 정제된 공간 속에서야 나는 비로소 깨닫게 되었으니까요. 모든 찰나가 세상의 무게만큼 소중하다는 사실을요.

나는 잠시도 쉬지 않고 끊임없이 배회했습니다. 겹겹이 포개지는 나선형의 궤적을 그리며 그렇게 섬을 돌았습니다. 그러다 눈부시게 푸른 개울의 하구, 바다와 맞닿은 곳에 이르렀고, 그 순간 언덕 위에 있는 두 개의 연못이 그리워졌습니다. 그러나 바다는 나를 자꾸만 붙잡았습니다. 만약 시야에서 바다를 놓쳐버린다면 어떻게 될까요? 나는 이 섬에 갇혀서 아무에게도 발견되지 못한 채, 산 채로 묻혀버리게 될 겁니다. 바다는 내게 희망을 주었습니다. 나는 꿈속을 헤매듯 섬을 돌고 또 돌았습니다. 마치 그것이 내 직업이라도 되는 양, 매일 눈을 뜨면 '순회'에 나섰습니다.

푸르른 개울가를 지나자 섬의 또 다른 면모가 내 앞에 드러났습니다. 좀 더 평평한 경사면에는 올리브와 무화과나무 숲이 우거져 있었습니다. 나는 짜릿한 기쁨을 느꼈습니다. 어느새 풍요로운 수확을 기대하고 있는 나 자신을 발견하고는 스스로를 책망했습니다. 어차피 그 열매들이 익었을 때쯤엔 나는 이미 이 섬에 없을 테니까요. 초록빛 무화과들이 익어가고 있었습니다. 나는 그 부드러운 속살을 들여다보며 혀끝으로 맛을 보았습니다. 그러고는 내가 나의 시간을 꿰뚫고 있기라도 한 듯 열매들을 햇볕에 말리는 방식을 궁리하면서, 멀고도 불확실한 미래까지 나의 시간을 연결해보려 했습니다. 은빛 가루가 내려앉은 단단한 올리브 열매들을 손으로 더듬어가며 찬찬히 살펴보다가 뜻밖의 쓴맛에 놀라기도 했습니다.

그렇게 식량을 찾아다니던 어느 날, 나는 문득 그 올리브와 무화과나무 숲이 돌담으로 둘러싸여 있다는 사실을 알아차렸습니다. 규칙적으로 쌓여 있는 것으로 보아 분명 인간의 손으로 만들어진 것이었습니다. 불규칙한 구획들을 이루는 그 돌담을 보면서, 어쩌면 예전에 이곳에서 양이나 염소를 방목했을지도 모른다는 생각이 들었습니다. 정확한 이유도 모르는 채 심장이 세차게 뛰었습니다. 기쁨 때문인지 실망 때문인지 알 수 없었습니다. 다시 움막으로 돌아왔지만, 더 이상 그 전처럼 평온함을 유지할 수 없었습니다. 이 섬이 오로지 내 것이라고 여겼던 믿음이 무너졌기 때문이었습니다. 어쩌면 한때 이곳에는 고독한 양치기 은둔자가 살았을지도 모릅니다. 어디엔가 움막이 있었고, 불이 피워졌고, 연기가 하늘로 피어올랐을지도 모릅니다. 그 가지런한 돌담은 공원의 나무에 새겨진 낙서처럼 투박하게 말하고 있었습니다. "내가 여기 다녀갔다."

이 비탈들, 그래요, 이건 분명 포도밭의 흔적이었습니다. 한때는 누군가가 줄을 맞춰 정성껏 포도나무를 심었겠지만, 이제는 왜소한 덤불들이 뒤엉킨 혼란 속에서 질서라고는 찾아볼 수 없었습니다. 대부분은 이미 오래전에 말라 죽어, 비틀린 검은 막대기처럼 굳어 있었습니다. 바다를 향해 가파르게 내려가는 계단식 밭도 더는 형체를 알아볼 수 없게 되어 그저 자연스러운 경사면처럼 보였습니다. 돌담은 온갖 잡초와 무성한 야생 블랙베리 덩굴에 뒤덮여서, 가시 돋친 철사를 아무렇게나 감아놓은 철조망 같았습니다. 나는 그 자연의 방벽을 따라 조심조심 걸으며 최대한 발소리를 내지 않으려 애썼습니다. 하지만 쉽지 않았습니다. 마른 나뭇가지와 죽은 줄기들이 발밑에서 바스락거리며 부서졌기 때문입니다. 만약 여기에 불이 붙는다면 이 비탈은 단 몇 분 만에 잿더미가 되고 말겠다는 생각이 들었습니다.

덤불 사이로 길처럼 보이는 뭔가가 모습을 드러냈습니다. 도로의 흔적, 아니면 그저 오래전에 말라버린 개울의 자취일지도 모르는 그것은 비탈을 가로질러 비교적 평평하게 이어지는 길쭉한 땅이었습니다. 나는 그 길 한가운데를 조용히 걸었습니다. 아무런 소리도 내지 않았지만, 황토색 먼지에 내 발자국은 또렷이 남았습니다. 마치 내가 나 자신을 뒤쫓는 것만 같아서 그 흔적에 괜스레 불안한 기분이 들었습니다.

길은 거의 시작과 동시에 갑자기 끝나버렸습니다. 나는 몇 제곱미터 남짓한, 날카로운 풀들이 듬성듬성 자란 평평한 고지에 서 있었습니다. 내 눈앞에 납작한 돌 하나가 다른 돌들에 둘러싸여 있었습니다. 그것은 마치 작은 식탁처럼 보였고, 주위의 돌들은 다소 불편한 의자처럼 보였습니다. 그 돌 너머 비탈에 움푹 꺼진 자리가 있었는데, 말라버린 샘터임에 틀림없는 그 자리 주위로 반원형 돌담의 흔적이 남아 있었습니다. 햇볕에 달궈진 그 거친 돌의 표면을 손바닥으로 만져본 후 그 위에 앉으려던 바로 그 순간, 돌에 새겨진 기호들이 눈에 들어왔습니다. 처음엔 그 표식이 무엇인지 이해가 안 가서 계속 들여다보았고, 한참이 지나서야 그것이 '문자'라는 사실을 깨달았습니다. 나는 재빨리 돌에서 손을 뗐습니다.

그 글귀는 명확히 인간의 손으로 만들어진 첫 번째 흔적이었기에 나를 두려움으로 몰고 갔습니다. 나는 그것을 손가락으로 조심스레 더듬어보았지만 그 의미는 전혀 알 수 없었고, 점점 커져가는 공포 속에서 내가 생각보다 훨씬 먼 곳까지 와 있다는 불안한 확신이 들었습니다. 어쩌면 지금 이곳은 아프리카의 해안 어디쯤이 아닐까 싶었지요. 그 문자는 이국적이었고, 마치 상형문자처럼 보였으니까요.

나는 회색 껍질처럼 말라붙은, 오래된 잎사귀들을 그 돌덩이에서 떼어냈습니다. 그러자 그 아래 무언가가 더 있다는 걸 알게 되었어요. 이번에는 글자가 아니라 그림이었습니다. 아니, 그림이라기보다는 섬세하면서도 사실적인 부조(浮彫)였지요. 해풍에 씻겨 많이 닳아 있었지만, 형상은 또렷했습니다. 나는 지금도 그 이미지를 눈앞에 생생히 떠올릴 수 있고, 아마도 평생 잊지 못할 것입니다. 그것은 인간의 형상처럼 보였지만 가늘고 날렵하면서도 어딘가 균형이 어긋나 있었습니다. 아니, 인간이라고 할 수도 없었습니다. 날개가 달려 있었으니까요. 하지만 천사일 리도 없었습니다. 벌거벗은 그 실루엣은 금방이라도 사라져버릴 듯 가벼워 보였는데, 남자아이, 기껏해야 청소년쯤으로 보였고, 성별의 징표가 또렷이 새겨져 있었습니다. 소년은 마치 땅에서 뛰어오르기 직전의 모습처럼 한쪽 다리는 구부린 채 들어 올리고 있었고 다른 쪽 다리는 여전히 땅을 딛고 있었습니다. 양손은 우아하게 벌린 채였는데, 한 손에 뭔가 길쭉한 물건을 들고 있었어요. 당장이라도 공중으로 도약할 것 같았습니다. 얼굴은 작고 갸름했으며, 눈은 놀랄 만큼 컸습니다. 아이는 나의 눈으로 나를 바라보고 있었고, 나는 아이의 눈으로 아이를 바라보고 있었습니다. 그 인상이 어찌나 강렬했는지 나는 아이의 시선에 두들겨 맞은 듯한 충격을 느끼고 잠시 정신이 아득해졌습니다. 불쾌한 통증이 두개골 아래쪽을 강타했고, 귀에는 윙윙거리는 소음이 들려왔습니다. 그래요, 나중에는 그런 생각도 했었던 것 같습니다. 햇볕이 사정없이 내리쬐는 그 작고 메마른 고지에서 일사병에 걸렸었다고, 더위에 지쳐 잠시 정신을 잃을 뻔한 것이라고.

지금까지도 나는 내가 본 게 무엇인지, 그 돌 위에 새겨진 형상이 누구였는지, 무엇을 기리려고 새긴 것인지, 어떤 것을 표현하려 한 것인지 알지 못합니다. 읽을 수 없는 언어로 쓰인 그 글 귀가 무엇을 말하려 했는지, 어떤 의미가 있긴 했는지, 그 부조가 무엇을 형상화한 것인지도 모릅니다. 그것이 단지 지루함을 달래기 위한 심심풀이나 손장난이었는지, 아니면 그 지역에 얽힌 어떤 토속신앙 때문이었는지와 상관없이 단 하나 분명한 건, 돌의 형상과 나 사이에 얽혔던 그 시선, 갑작스럽고 충격적이며 강렬했던, 인식을 초월한 그 접촉의 감각이 지금까지도 내 안에 생생히 남아 있다는 사실입니다. 그 일을 나는 수없이 곱씹어보았습니다. 우리는 과연 눈에 보이는 모든 것을 이해해야만 하는 걸까요? 기호에 담긴 모든 의미를 확신해야만 하는 걸까요?

나를 덮친 것은 공포였습니다. 머리 위 어딘가에서 무언가가 곧 떨어져 나를 짓이겨버릴 것만 같았고, 내 존재를 들켜버렸기에 이제 다시는 숨을 수 없을 것만 같았습니다. 나는 움막 쪽으로 달렸습니다. 내 물건들을 챙겨 언덕 위로 도망쳐야 한다고 생각했습니다. 어쩌면 움막을 허물어서 내가 여기 있었다는 그 어떤 자취도 남기지 말아야 할지도 모른다는 생각까지 들었습니다. 그런데 무엇보다 기이했던 것은, 그때 내 몸이 성적인 흥분으로 반응했다는 사실이었습니다. 그것 또한 나를 공포에 질리게 했습니다. 마치 내 몸이 어딘가에 있는 다른 존재의 기척을 감지하고는, 그게 비록 과거의 그림자일지라도 그 존재를 느끼며, 나의 통제를 벗어나 예전의 익숙한 의례들로 되돌아가려는 것처럼 느껴졌습니다. 그러니까 다시금 뭔가와 연결되려 하고, 공동의 리듬에 참여할 채비를 하는 것 같았어요. 나는 해변을 따라 달음질쳤고, 내가 남긴 발자국은 바다가 곧장 삼켜버렸습니다. 움막에 도착하자마자 허둥지둥 내 허접한 물건들을 주워 담기 시작했는데, 그제야 문득 깨달았습니다. 나를 그토록 공포에 몰아넣은 건 오래된 인간의 흔적이 아니었음을. 인간이란 존재는 그저 두렵거나 끌리거나 둘 중 하나였을 테니까요. 나를 진정으로 공포에 빠뜨린 건, 그 날개 달린 비인간적인 존재의 기척이었습니다. 그것은 전혀 다른 차원의 공포였습니다. 문득 한밤중에 빛나던 버섯이 떠올랐습니다. 희미한 빛 속에서 드러났던, 멈춘 듯 보이지만 그 안에 명백히 살아 있던 어떤 존재의 기척. 지금 와서 돌이켜보면, 그 날개 달린 형상이 새겨진 돌 역시 대낮에 그런 식으로 빛나고 있었던 것 같습니다. 누군가가 돌에 그림을 새기며 그 속에 압도적인 모순을 고스란히 봉인해두었던 것입니다: 죽어 있는 것이 신호를 보내고, 제자리에 머물러 있는 것이 도약을 준비하며, 존재하지 않는 것이 모습을 드러냅니다. 생명을 잃은 것이 말을 걸고, 그 소통의 행위를 통해 스스로를 다시 살아 있게 만듭니다. 나의 섬에 무언가 새로운 것이 나타난 것이었습니다. 그것이 내 뒤를 따라 기어 오면서 집요하게 관심을 요구하고 있었습니다. 그렇게 내 흔적을 따라오며, 그것을 핥아 지워내고 있었습니다. 섬 전체가 곧 그 침입자에게 굴복할 것만 같았고, 그 낯선 존재에게 스며들어 결국에는 완전히 잡아먹히고 말 것만 같았습니다. 이윽고 그 존재는 비웃듯 나를 손가락질하며 이렇게 말할 것만 같았습니다. "이봐, 거기, 너! 난 널 보고 있다고." 그 그림이 차라리 어떤 지명이 적힌 평범한 표지판이었더라면, 그러니까 이곳에 살았을지도 모를 그 목동이 올리브밭의 경계에 돌들을 쌓아 올렸을 당시의 이곳 주소가 적혀 있었더라면 한결 나았을지도 모릅니다. 하지만 나는 직감했습니다. 그 돌이 훨씬 더 많은 것을 의미한다는 사실을요. 그것은 이 섬에 오래전부터 존재해온, 인간이 아닌 어떤 존재를 가리키는 표식이고, 그 존재는 결코 헤아릴 수도, 길들일 수도 없는 것이며, 그 정체를 굳이 설명하려면 아마도 '~가 아닌'이 붙는 수많은 단어가 동원되어야 할 것이라는 사실 말입니다. 그게 무엇이든 간에 그 존재는 조용히, 은밀하게 숨어서, 그리고 어디에서나 이 섬을 지배하고 있었습니다.

한순간에 섬은 낯선 곳이 되어버렸습니다. 그동안 인내심을 갖고 차근차근 익숙해지려 애썼던 모든 게 물거품이 되었습니다. 해안의 구석구석을 익히고, 단물의 수원을 찾아 헤매고, 물고기를 잡기 위한 덫을 만들고, 작은 나뭇가지들로 정성껏 움막을 지어 올렸던 일. 섬 반대편으로 떠났던 작은 모험과, 돌 위에 널어놓고 조심스레 말리던 조개껍데기들까지. 그 모든 게 느닷없이 다른 누군가의 소유물이 되어버린 듯했습니다. 심지어 위쪽의 연못에서 헤엄치던 새하얀 물고기들조차 이제는 주인이 있는 듯했고, 그 존재의 침묵이 오히려 더 깊은 두려움을 자아냈습니다. 그때 갑작스레 누군가의 시선이 내 등에 와 닿는 걸 느꼈습니다. 그러자 돌 앞에서 맛본 이상한 흥분, 그 기괴한 발기가 부끄러워졌습니다. 나는 베개 삼아 쓰던 스웨터 조각을 집어 허리에 감고는 뒤도 돌아보지 않은 채 언덕을 오르기 시작했습니다.

나는 아래에서 보았던 것을 잊으려 애썼습니다. 이제 나는 새로운 은신처를 짓는 일에 몰두했습니다. 더는 바닷가에 끌리지 않았습니다. 뭔가가 바다에서 떠밀려 온다면, 전부 끔찍한 것들뿐일 테니까요. 밤마다 마른풀로 만든 잠자리에 누우면 그 무시무시한 이미지들을 떨쳐낼 수가 없었습니다. 망자들이 바다에서 출현하는 그 첫 장면은 이제 곧장 두 번째 장면과 연결되었습니다. 돌 위에 새겨진, 알몸에 날개가 달린 소년의 형상. 그것이 물속에서 떠오른 시신들 사이를 뛰어다니며 기다란 막대 같은 것으로 그들을 건드리면, 죽은 자들은 좀비처럼 되살아나 해변을 배회하며 이 섬에서 자신들을 데려가줄 배를 기다립니다. 내가 미쳐가고 있는 건 아닌지 무서웠습니다. 그래서 나는 도시를 떠올리려 했습니다. 풀 한 포기조차 눈에 띄지 않는 단단히 포장된 도로들, 오른쪽과 왼쪽, 이쪽과 저쪽으로 나뉜 대칭적인 구조. 밝게 불이 켜진 식당 안, 전차의 종소리. 나는 전차의 승차권을 떠올렸습니다. 명백한 형태와 단순한 문구로 이루어진 그 종잇조각을. 가격. 돈, 운행 시간표. 달력과 빨갛게 표시된 공휴일. 나는 또한 책꽂이에 가지런히 꽂힌 책들과 그 제목들까지 떠올렸습니다. 형형색색의 광고 전단지로 뒤덮인 묵직하고 단단한 기둥들. 에나멜 표지판에 적힌 거리의 이름들. 명확한 표지들로 가득 차 있는 세상. 명백한 대상을 가리키는 단어들, 인쇄된 종이 위에서 언어의 질서를 고수하며 한 언어의 어휘를 다른 언어의 말로 찬찬히 번역해내는 사전들. 그리고 백과사전이 존재한다는 안도감. 책과 서점, 친절한 사서들, 대학과 언어학자들이 있기에 그곳에서는 돌에 새겨진 글귀를 해독할 수 있을 것이라는 기대감을 가질 수 있습니다. 모든 것이 결국에는 이해될 수 있는 세상 속에 존재한다는 건 그런 것입니다. 그 글귀가 무슨 뜻인지 결코 알아낼 수 없으리라는 사실이 제일 끔찍했습니다. 만약 그 의미를 알 수만 있었다면 그토록 무섭지는 않았을 것입니다. 그걸 길들일 수 있었을 테고, 속을 꿰뚫어 보고, 그 넓이를 가늠하고, 잠수하듯 깊이 파고 들어가서 바닥을 짚고 다시 떠오를 수도 있었을 테니까요. 그러나 그것은 해독되지 않은 채로 두려움에 물든 온갖 추측 속에서 그 존재감을 점점 키워갔고, 마침내 섬 전체를 압도하기에 이르렀습니다. 만약 거기 적힌 말들이 '죽음'이나 '악마'를 뜻하는 것이었다면? 그리고 지금 이 순간에도 어딘가에서 어둡고 불길한 예언을 흘려 보내고 있는 것이라면?

그 무더웠던 여름의 어느 밤, 북서쪽 하늘이 몇 번이고 번쩍였습니다. 멀리서 낮고 묵직한 천둥소리가 들리는 듯했습니다. 폭풍우가 지나가는 걸 수도 있다고 희망 섞인 심정으로 생각했지만, 그건 분명 전쟁의 울림이었습니다. 그렇다면 전쟁은 여전히 계속되는 중이었고, 영영 끝나지 않을지도 모르겠다는 생각이 들었습니다. 어쩌면 그게 세상의 자연스러운 상태 아닐까요?

하지만 다음 날 나는 결국 내려가기로 마음먹었습니다. 왜 그런 결심을 했는지는 나 자신도 알 수 없었습니다. 언덕을 내려오면서 나는 무화과나무 숲의 그 돌에 대해서는 더 이상 생각하지 않으려 애썼습니다. 하지만 해변이 눈앞에 펼쳐졌을 때, 내가 다시 이곳으로 이끌린 진짜 이유를 깨달았습니다. 나조차도 외면하고 있었지만 너무도 강렬했던 열망 때문이었습니다. 그 열망이 어찌나 강렬했던지 실행에 옮기기 시작하자마자 손이 떨리기 시작했습니다. 나는 손에 잡히는 나뭇가지를 닥치는 대로 모으기 시작했습니다. 뗏목용으로 남겨두었던 나뭇가지들과, 심지어 언덕과 숲에서 땔감으로 가져다 놓은 것들까지 모조리. 해 질 녘까지 거대한 장작더미를 쌓은 뒤, 그날 밤 불을 지피겠다고 결심했습니다. 그 불빛으로 누구든 다가오게 만들고 싶었습니다. 설령 그게 죽음일지라도. 나는 팔과 다리가 긁히고 베이는 것도 아랑곳하지 않고 하루 종일 나무를 날랐습니다. 제법 멀리까지 갔지만, 그 돌이 있는 쪽은 일부러 피했습니다. 대신 해안선을 따라 뒤틀리고 바싹 마른 올리브나무들을 질질 끌고 왔습니다. 나는 그리스인 어부들이 저 멀리 배 위에서 내가 피운 불을 발견하는 장면을 상상했습니다. 아니면 무역선이 지나갈 수도 있을 것 같았습니다. 전쟁 중에도 그런 배들이 다닐 수 있다면 말이죠. 설령 배에 탄 사람들이 군인일지라도, 그게 독일군일지라도 상관없었습니다. 그들이 나를 어디론가 데려가주기만 한다면 곧 총살당할지라도 괜찮았습니다. 섬 전체가 자꾸만 나를 냉소적인 시선으로 비웃는 것만 같았습니다. 그래서 나는 섬에게 반항하듯 불을 피운 것입니다.

한낮이 되자 나는 물 위에서 어떤 형체를 보았습니다. 그것은 눈부시게 빛나는 태양의 반사광 사이로 아른거리며 나타났다가 사라지면서 내 시선을 교란했지만, 나는 꼼짝 않고 그 형상을 응시했습니다. 처음엔 그저 유난히 큰 나뭇조각이라고 생각했습니다. 하지만 곧 내가 보고 있는 물체가 배라는 사실을 깨달았습니다. 그것은 빈 보트였는데, 마치 실제가 아닌 것처럼, 환영처럼 보였습니다. 그런 형상을 보는 게 너무 오랜만이어서였을까요, 내 눈에는 낯설게만 느껴졌습니다. 순간 내가 환각에 빠진 게 아닐까 두려웠습니다.

물살을 헤치며 걷다가 마침내 보트를 향해 헤엄쳐 가면서도 나는 그 배가 비어 있으리라 확신했습니다. 언덕 위에서 발견한 두 개의 짙푸른 연못처럼, 단물이 흐르던 그 개울처럼, 뭔가를 간절히 떠올리고 애타게 원하고 그리워하면 어느 순간 그것이 주어지는 법이니, 그 배는 마치 선물처럼 내게 온 것일지도 모른다는 생각이 들었습니다. 그 돌에 새겨진 수수께끼 같은 작은 글자들이 작용한 것인지도 모릅니다. 어쩌면 그 글귀는 그저 '배'라는 뜻이 아니었을까요.

지금도 기억합니다. 보트 옆면에 남아 있던 페인트 자국들이 내게 준 강렬한 인상을. 그 자국들은 그 배가 인간의 손에서 탄생한 문명화된 형상이며, 의도와 계획에 따라 만들어졌다는 사실을 말해주고 있었습니다. 그러니까 그 보트는, 내가 두고 온 세계 전체를 의미했습니다. 배와 항구뿐 아니라 포장도로와 카페, 와인과 도넛, 열차 시간표와 신문, 지폐와 우체국, 세탁소와 극장까지. 나는 그 배를 향해 헤엄쳐 가면서 문득 로빈슨이라는 존재로부터 드디어 해방되었다는 느낌이 들었습니다. 그는 이제 한낱 환영처럼 느껴졌고, 애초에 우스꽝스러운 존재였을 뿐이라고 단정 짓는 순간 더 이상 무섭지 않았습니다. 그리고 생각들이 돌아왔습니다. 물속에서 이리저리 흔들리며 헤엄치는 작은 물고기 떼처럼, 무수히 많은, 살아 있는 생각들이. 그렇게 내가 다시금 돌아왔습니다.

나는 움직이지 않는 그 무거운 보트를 바위틈에서 간신히 꺼낼 수 있었습니다. 밀려오는 파도와 씨름하며, 짠물이 입으로 들어와 숨이 막히는 와중에도 나는 보트를 앞으로 밀었습니다. 왼쪽 해안이 좀 더 얕다는 것을 알고 있었기에 그쪽으로 방향을 잡았고, 발끝이 바닥에 닿는 순간부터는 몸을 한결 수월하게 움직일 수 있었습니다. 그 배는 내 가장 큰 전리품이었습니다. 나무로 만들어진 고래, 그리고 내 생명을 구해줄 방주. 조용히 밀려 들어오던 바닷물의 수위가 어느새 높아져 있었습니다. 만약 내가 한 시간만 늦었더라면 보트는 밀물에 휩쓸려 영영 사라져 버렸을지도 모른다는 생각이 들었습니다.

내 발이 물속의 바닥에 닿자 마침내 나는 배 안을 들여다볼 수 있었습니다. 그 순간, 나는 이 섬에 발을 디딘 이래 가장 두려워하던 것을 목격했습니다. 며칠째 꿈속에 나타나던 그것, 어쩌면 애초부터 이미 어렴풋이 예감하고 있었던 바로 그 광경이었습니다. 보트 안에는 시체가 있었습니다. 배 안의 고인 물에 얼굴을 처박은. 조그맣고 왜소한 몸은 소금 얼룩이 잔뜩 묻은 갈색 외투에 싸여 있었습니다. 얼굴은 보이지 않았습니다. 피로 붉게 물든 물속에서 검고 긴 머리카락으로 완전히 가려져 있었으니까요. 나는 보트를 그대로 놓아버렸고, 공포에 휩싸인 채 미친 듯이 해변 쪽으로 달려 나왔습니다. 비명도 질렀던 것 같습니다. 펄펄 끓는 모래사장을 정신없이 달렸고, 도중에 고꾸라졌지만 온몸에 모래를 뒤집어쓴 채 다시 일어나 달렸습니다. 그렇게 간신히 움막 안으로 기어 들어가, 보트가 스스로 밀려와 해안가에 닿는 모습을 그 안에서 지켜보았습니다. 이제 배는 교태를 부리듯 선체를 리듬감 있게 모래에 비벼대고 있었습니다. 마치 벌레 먹은 사과 같았습니다. 겉은 완벽해 보이지만, 속은 달콤한 과육 대신 벌레가 꿈틀대는 열매.

여자의 시신을 땅에 묻고, 앞으로는 항상 이곳을 피해 다니겠다고 결심했습니다. 이 섬도 이제 진짜 마을처럼 자기만의 묘지를 갖게 되는 셈이었습니다. 나는 그 일을 반드시 해야만 했습니다. 다른 방법이 없었습니다.

나는 자리에서 일어나 천천히 해변으로 돌아갔습니다. 보트가 모래를 긁으며 거친 소리를 냈고, 깡마르고 수염이 덥수룩한 내가 그 뜻밖이면서도 기괴한 관 안치대 앞에 서 있었습니다.

온 힘을 끌어모아야 했습니다. 그제야 내가 얼마나 기운이 없는지 깨달았습니다. 나는 보트를 모래사장으로 끌어 올린 뒤, 두 눈을 질끈 감은 채 시신의 어깨를 붙잡았습니다. 옷이 물에 흠뻑 젖어 시신은 무겁게 가라앉아 있었습니다. 간신히 절반쯤 보트 밖으로 끌어냈을 때, 꽁꽁 싸인 작은 보퉁이가 그녀의 몸에서 떨어져 나왔습니다. 그 순간 가느다란 울음, 날카로운 비명 같은 끔찍한 소리가 울려 퍼졌습니다. 그럴 리가 없다고, 말도 안 된다고 나는 속으로 되뇌었습니다. 피로 얼룩진 포대기 속에서 내가 꺼낸 건 갓난아기였습니다. 생후 며칠, 혹은 몇 달이나 되었는지 짐작조차 할 수 없었습니다. 평생 이렇게 가까이서 아기를 본 적이 없었으니까요. 나는 알 수 없는 격정에 휩싸인 채 아기를 품에 끌어안았습니다. 내 심장이 거세게 고동쳤습니다.

아기는 가볍고 작았으며, 몸을 서툴게 움직였습니다. 그 작은 몸의 미약한 움직임과 온기가 고스란히 느껴졌습니다. 행여 떨어뜨리거나 너무 세게 안을까 봐 더럭 겁이 났습니다. 악취 나는 축축한 기저귀를 풀어보니 사내아이였습니다. 짙은 빛깔의 부드러운 머리카락, 가느다란 푸른 혈관이 가득 얽혀 있는 눈꺼풀. 나는 마치 바다 괴물이나 우연히 잡아 올린 먹을 수 없는 괴상한 물고기를 보듯이 아기를 바라보았습니다. 그리고 그런 기이한 생명체의 표본을 다루듯이 바위 그늘 한쪽에 내려놓았습니다. 살아 있는, 인간의 아이를.

나는 꽤 오랫동안 모래 구덩이를 팠습니다. 모래가 자꾸만 구멍 안으로 다시 흘러내렸지만, 바위 그늘에 있는 아이의 존재가 내게 힘을 주었습니다. 아이 엄마의 시신부터 묻어줘야 아이를 데려갈 수 있을 것 같았습니다. 차마 그 여인의 얼굴을 마주 볼 용기가 내게 없다는 것도 알고 있었고요. 그 여인이 죽은 눈동 자로 나를 보게 둘 수 없었습니다. 해가 낮게 기울 무렵이 되어 서야 나는 마침내 여인을 묻을 수 있었습니다. 얕은 무덤 속에 시신을 누이고, 얼굴을 바닥 쪽으로 향하게 했습니다. 나는 그 녀를 위해 기도를 올리지 않았습니다. 연민의 감정도 없었습니 다. 그저 그녀가 두려웠습니다. 어떤 의미에서는, 긴 흑발에 얼 굴이 가려진 그 무겁고 차가운 육신을 증오하고 있었습니다. 피 와 죽음이 뒤섞인, 역한 쇠 비린내. 만약 모래 속에서 하늘을 올 려다보게 눕혀놓으면 한밤중에 벌떡 일어나 나를 죽일 것만 같 았습니다. 이 고립된 섬의 악마가 되어.

바위 쪽으로 걸어가면서, 차라리 무덤 옆에 작은 구덩이를 하 나 더 팠어야 했다는 생각을 했습니다. 하지만 막상 가까이 가 서 꿈틀대며 희미한 신음을 내뱉고 있는 아이를 보자 아직 살아 있다는 데 안도했습니다. 나는 조심스레 아기를 품에 안았습니 다. 고개가 힘없이 흔들려서, 꼭 끌어안아야만 했지요. 그리고 는 아기를 바위틈의 물웅덩이로 데려갔습니다. 서툴게 몸을 씻 기자 아이가 울음을 터뜨렸지만, 그 소리는 어딘가 힘이 없었습 니다. 마치 새끼 새의 지저귐 같은 그 연약한 울음이 내게 한없 는 연민을 불러일으켰습니다. 이렇게 어린 생명을 오래 붙들어두는 건 불가능하다는 걸 이미 알고 있었기 때문입니다. 나 자신이 원망스러웠습니다. 그냥 아이를 두고 왔으면 되었을 것을. 그러면 지금 이 죽어가는 소리를 듣지 않아도 되었을 텐데. 그저 얼마 후에 돌아가서 어미 곁에, 모래 속에 묻어주고 잊어버리면 그만이었을 텐데. 그러면 바위에 서툴게 새겨진 신인지 악마인지 모를 그 형상이 마치 세금을 징수하듯 자기 몫의 제물을 가져갔을 테지요. 갓난아이의 생명과 그 속에 담긴 모든 가능성을 통째로 빼앗아, 병든 사람이 따뜻한 수프로 기운을 차리듯 힘을 얻었을 겁니다. 영원히 굶주린 신들, 그리고 그들에게 바쳐지는 인신 공희. 이 아이처럼 아무 저항도 못 하고 신에게 스스로를 내어주거나, 혹은 배에 타고 있던 사람들처럼 억지로 신에게 끌려가는 제물들.

날이 더워서 나는 아기를 알몸인 상태로 햇볕에 말렸습니다. 그렇게 바라보고 있자니, 인간이라는 느낌이 안 들었습니다. 그저 작은 고무 장난감, 우연히 주워 온 자연의 기묘한 산물 같았습니다. 매끈하고 부드러운 감촉을 지녔지만, 전혀 현실감은 없는 존재. 아이는 미약하게 꿈틀거렸고 아주 가끔 눈을 떴습니다. 어쩌다 눈을 뜰 때면 지붕의 구멍으로 스며드는 빛을 멍하니 바라보았습니다. 그 순간 나는 깨달았습니다. 굶주림 속에서 오래도록 죽어가게 내버려두는 대신, 내가 이 아이를 죽여야만 한다는 것을. 그게 유일한 인도적 선택이라는 것을. 나는 그걸 어떻게 실행에 옮길지 궁리했습니다. 기저귀로 아이의 숨을 틀어막을까, 아니면 가장 손쉬운 방도를 택해서, 바닷가로 내려가 잠시 물속에 담가둘까. 그런 다음 모래 속에 파묻어버릴까. 그러면 해변에 나만의 시신들이 놓이게 되는 것입니다. 꿈이 이루어지는 셈이지요. 나는 그 자리에 작은 조약돌들을 올려놓으리라 결심했습니다.

하지만 그때 아이가 갑자기 울음을 터뜨렸습니다. 울음에 목이 메고 있었어요. 나는 화가 치밀어 충동적으로 바다 쪽으로 걸어갔습니다. 아이의 울음소리가 듣기 싫어서요. 내가 설치해둔 물고기 덫이 거기 있었고, 작은 물고기 몇 마리가 걸려든 것을 확인하고는 만족스러움을 느꼈습니다. 나는 물고기들을 꺼내어 돌에 내리쳐 기절시켰습니다. 그러고는 불을 피우고, 실에 구슬을 꿰듯 물고기의 몸통을 꼬치에 꿰어 불 위에서 구웠어요. 나는 아이 쪽을 바라보았습니다. 손가락으로 가시를 발라내고 하얀 살을 조심스럽게 골라낸 뒤, 그것을 으깨 부드러운 죽처럼 만들어서 아이에게 가져갔습니다. 아이는 먹는 법을 몰랐지만 내 손길을 느끼자마자 입술을 탐욕스럽게 오물거렸습니다. 갑자기 눈을 번쩍 뜨더니 고개를 이리저리 움직이며 존재하지 않는 젖꼭지를 찾아 헤매더군요. 그 모습을 보자 나는 참기 힘든, 억울한 무력감 같은 것에 사로잡혀 목 놓아 울기 시작했습니다. 생선을 삼키던 아이가 목이 메어 기침을 했고, 얼굴이 벌겋게 달아오른 채 다시 울음을 터뜨렸습니다. 이상하게도 그 울음이 나를 진정시켰습니다. 나는 아이를 번쩍 들어 품에 꼭 끌어안았습니다. 새끼 새처럼 어둡고 부드러운 솜털로 덮인 작은 머리, 가느다랗고 푸른 혈관. 부서질 듯한 연약함. 햇볕에 바랜 거친 셔츠 자락 위에서, 아이의 입술은 되살아난 듯 격렬하게 무언가를 찾고 있었습니다. 그 순간 나는 가슴에서 아랫배까지, 몸 전체를 따라 부드러운 경련이 밀려오는 것을 느꼈습니다. 마치 절정이 사그라들며 남긴 가장 미약한 마지막 파동 같았습니다. 그 느낌을 나는 분명히 기억합니다. 그 뒤로도 여러 번 느꼈습니다. 마치 내 몸이 내부에서부터 새롭게 재구성되는 듯한 느낌이었습니다. 한 번도 사용된 적 없는 장치에 전류가 흐르는 느낌. 몸에 의해, 몸 안에서 표현되는 감동. 이상하리만큼 기분 좋고, 놀라우며, 낯선, 내게는 너무도 벅찬 감정.

　나는 아기를 품에 안고 단물이 샘솟는 바위로 갔습니다. 그리고 러닝셔츠를 벗어 한쪽 끝을 물에 적신 뒤, 아기의 입에 물렸습니다. 아기는 입맛을 다시며 게걸스럽게 빨았습니다. 허공을 헤매던 아기의 눈길이 잠시 내 얼굴에 머물렀습니다. 그 눈에 무엇이 스쳤는지, 어떤 감정과 표정이 번졌는지 가늠하고 싶었습니다. 하지만 나는 아무것도 찾아내지 못했습니다. 아기는 그저 나를 알아채고 시선을 멈춘 것뿐이었습니다. 그때부터 나는 아기를 위해 존재하기 시작했습니다. 아기의 목마름을 달래줄 수 있다는 사실 하나만으로 갑자기 들뜬 마음이 일었습니다. 나는 천 조각을 물에 적셔 아이에게 빨게 하고, 또 적셔서 빨게 하기를 몇 번이나 기계적으로 반복하였습니다. 아기가 몸이 풀리

160

며 잠들 때까지. 다리가 저리는 것도 아랑곳하지 않고 나는 감히 몸을 움직이지 못한 채 그 자리에 계속 앉아 있었습니다. 그 순간부터 나는 아이에게 내 모든 걸 내어줄 준비가 되어 있었습니다. 우리의 몸이 마치 하나로 이어진 듯했고, 좀 전의 경련은 바로 그 때문이었을 것입니다. 내 온몸이 아이를 향해 펼쳐진 평평한 표면이 된 듯한 기분이 들었습니다. 바람을 맞는 거대한 돛처럼, 태양을 향해 활짝 벌어진 꽃의 눈처럼. 이제 나라는 존재는 온전히 이 작은 몸을 구심점으로 표류하고 있었습니다. 햇살이 천천히 내 다리를 스치며 올라와, 나를 삼키고 재로 만들었습니다. 땀방울이 벌거벗은 가슴을 타고 흘러내려 내 몸을 간질였습니다. 아기는 입을 반쯤 벌린 채 뺨을 내 맨살에 대고 곤히 잠들어 있었습니다.

작가님께서는 이제 무슨 일이 일어날지 이미 짐작하셨을 겁니다. 여성 특유의 직감으로요. 하지만 나는 알지 못했습니다. 햇빛에 물든 그 길고도 찬란한 순간에, 아기는 나 자신보다 더 중요한 존재가 되었습니다. 아기는 섬 전체를 정복하였고, 섬마저도 이제는 아기를 위해 존재하게 되었습니다. 아기가 죽으면 모든 게 물속으로 가라앉을 겁니다. 반드시 그렇게 될 것입니다. 우리는 아틀란티스가 되겠죠. 물고기를 잡는 일도, 몽유병자처럼 섬을 배회하는 일도 더는 의미를 잃게 될 것입니다.

오후에 아기가 다시 칭얼거리기 시작했을 때, 나는 오래된 무화과를 물에 넣고 불렸습니다. 단당이니 과당이니 하는 것들,

그 밖에 뭐든 그 안에 들어 있을 법한 성분들에 대한 이성적 사고의 찌꺼기들이 되살아났습니다. 그게 아이에게 힘을 줄 수 있지 않을까 생각했습니다. 물론 그것만으로는 부족하다는 걸 나 스스로도 알고 있었지만요. 생선을 으깨어 만든 죽과 이 무화과 물을 먹이면 단백질과 당분을 섭취시킬 수 있을지도 모른다고, 모유란 그저 자연의 평범한 의식일 뿐, 생존에 꼭 필요한 조건은 아닐 수도 있다고 스스로를 속였습니다. 그러나 이번에는 아기가 무화과 물을 마시려 하지 않았습니다. 아기의 입술이 혼란스럽게 움직였지만, 아무 소용 없었습니다. 단물이 뺨을 타고 흘러 아기의 귓바퀴에 고였습니다. 나는 조심스레 그 물기를 닦아주었습니다. 아기는 시간이 갈수록 쇠약해졌고, 손발이 차가워졌습니다. 그래서 나는 아기를 햇볕에 내놓고 얼굴만 잎사귀로 가려주었습니다. "적어도 네가 떠날 때 내가 곁에 있어줄게" 하고 흐느꼈습니다. "적어도…… 적어도……." 그러고는 아기 옆에 나란히 누웠습니다. 나 역시 발가벗은 채, 몸을 웅크려 아기를 감싸안았습니다. 그리고 반쯤 잠에 빠져들었습니다. 내 안에서 어떤 확신이 바다의 밀물처럼 차오르며 자꾸만 부풀어 올랐습니다. 아기가 죽으면 나도 죽을 거라는 확신이었습니다.

그러다 피부를 간지럽히는 미약한 애무를 느끼며 잠에서 깨어났습니다. 눈을 뜬 나는 아기가 아직 숨 쉬고 있다는 사실에 안도했습니다. 태양이 다시 자리를 옮겼고, 우리는 이제 주황빛이 서서히 잦아드는 중인 햇빛에 온몸을 드러낸 채 누워 있었습니다. 몸을 뒤집어 엎드리자, 예전에 언젠가 경험했던 통증이 느껴졌습니다. 머릿속에 어렴풋한 기억이 스쳤습니다. 오래전 여름날의 과수원, 새까만 까치밥나무 열매와 구스베리의 향기. 그것은 가슴의 통증이었습니다. 십수 년 전, 사춘기 소년의 부풀어 오른 젖꼭지에서 느껴지던 바로 그 통증, 성장기에 찾아오는 자연의 아이러니였습니다. 남자에게 유두가 있는 이유는 무엇일까요. 어째서 몸에 여성성을 상징하는 표지를 새긴 채 태어나는 걸까요? 작가님은 이에 대해 궁금해한 적 있으신가요?

나는 무릎을 꿇고 앉아, 모래투성이가 된 내 털북숭이 가슴을 내려다보았습니다. 젖꼭지가 부어올라 붉게 물들어 있었습니다. 한쪽을 손끝으로 건드리자, 그 끝에 우유 같은 액체가 한 방울 맺혔습니다. 다른 쪽도 마찬가지였습니다. 나는 몸에 들러붙은 모래를 살살 털어내면서, 내 몸에 전에는 없던, 새로운 예민한 부위가 생겼음을 알았습니다. 그곳을 통해 전해지는 감촉은 몸속 깊은 곳까지, 통증에 가까운 새로운 강도로 스며들었습니다. 피부가 더 얇아지고 더 민감해지고 더 연약해진 듯했습니다. 어쩌면 착각일지도 모르지만, 언젠가 그런 이야기를 들은 적이 있었던 것 같습니다. 햇볕을 오래 쬐면 남자의 몸에서도 젖이 분비되기도 한다는 이야기. 물론 정상적인 수유가 아니라 그저 수유의 흉내에 불과한 일종의 예행 수유, 가짜 수유 같은 것이지만요. 마치 몸이 자기 안에 숨어 있던 또 다른 가능성과 다른 모습, 깊이 잠들어 있던 잠재력을 은밀한 작용을 통해 스스로 기억해낸 듯했습니다. 나는 그 젖꼭지를, 마치 낯선 존재를 바라보듯 응시했습니다. 행여 내 숨소리가 너무 커서 아이를 놀라게 할까 봐 조심하면서.

결코 기분 좋은 느낌은 아니었습니다. 비록 아기라 할지라도, 처음으로 낯선 입술이 내 젖꼭지와 맞닿는다는 것은. 나는 어색하게 아이의 머리를 받쳐 들고 그 입술이 내 유두에 닿도록 했습니다. 하지만 아이는 너무 쇠약하고 축 처져 있어서 젖을 빨 힘조차 없는 듯했습니다. 몇 방울의 젖이 아이의 입술에 떨어졌으나, 그 입술은 아무런 반응도 보이지 않았습니다. 어쩌면 이미 너무 늦은 걸 수도 있었습니다. 그렇다면 이 모든 게 무슨 소용이겠습니까? 나는 손가락으로 젖 몇 방울을 짜서 아이의 입에 넣었습니다. 아이가 잠결에 혀를 움직였습니다. 그래서 다시 한번 시도해보았습니다. 아이의 입안과 혀, 입천장을 손가락으로 건드리며 자극했습니다. 그러자 마치 고장 났다가 다시 작동을 시작한 기계처럼 아이는 눈을 번쩍 뜨더니 뭔가를 갈망하듯 혀를 움직였습니다. 나는 다시 아이의 머리를 끌어당겨 내 젖꼭지와 아이의 입술이 서로 닿게 하려 했습니다. 하지만 부풀어 오른 젖꼭지가 곧 유방은 아니었습니다. 아이의 입술은 매달릴 곳을 찾지 못하고 이내 미끄러졌습니다. 나는 내 가슴팍의 피부를 움켜잡았습니다. 그러자 꽤 큰 젖 방울들이 반쯤 벌어진 아이의 입안으로 쏟아지기 시작했습니다. 아팠고 촉감 또한 불쾌했습니다. 마치 젖꼭지가 오랫동안 잊고 지내던 어떤 감각기관, 몸 안 깊은 곳으로 정보를 전달하는 유일한 감각의 도구가 된 듯했습니다. 작가님, 지금 이 일에 대해 말하는 게 내게 얼마나 힘든 일인지 이해하시지요? 짐작하시겠지요? 나는 이를 악문 채, 섬 저편의 언덕 너머 먼 곳을 바라보았습니다. 마치 그 아름다운 풍경이 이 쓰디쓴 경험, 나 자신의 육체가 송두리째 삼켜지는 듯한 이 불편한 감각을 달래줄 거라 믿기라도 하듯이요. 만약 본능대로 움직였다면 나는 불쾌함에 몸을 뒤로 뺐을 것입니다. 하지만 작가님, 아이는 이미 조용하고도 확실하게 젖을 빨고 있었습니다. 무아지경에 빠진 것처럼요. 그리고 잠시 후 아이는 한순간에 곤히 잠들었습니다.

여기까지가 바로 내가 작가님께 전하고 싶었던 이야기의 전부입니다. 그 후 나는 방금 겪은 일에 넋이 나간 채 몸을 웅크리고 앉아 있었습니다. 마치 강간이라도 당한 것처럼, 아니면 무슨 끔찍한 배신을 저지르고 난 것처럼. 뭔가 죄를 지은 것처럼. 사실 나는 여전히 그런 기분에서 헤어나지 못했습니다. 그러니 부디 말씀해주세요. 작가님은 이런 일에 대해 들어본 적 있으신가요? 이게 정말 가능하다고 생각하십니까?

한여름이 되자 무화과가 익었고, 얼마 안 가 올리브도 익었습니다. 할 일이 산더미처럼 쌓였습니다. 나는 일종의 수확도 했습니다. 보트에서 발견한 칼로 온종일 귀리와 비슷한 어떤 곡식의 이삭을 베어 햇볕에 말렸습니다. 그걸 몇 시간씩 돌에 갈아서 내가 '밀가루'라고 이름 붙인 가루를 얻었습니다. 그리고 마침내 '빵'이라 부를 만한 음식을 시도해보았습니다. 모닥불에 구운 그 빵은 단단하고 납작했습니다. 가을이 되자 섬에는 큰 새들이 날아들었는데, 거위의 일종 같았습니다. 나는 덩굴로 엮은 그물을 이용해 그 새들을 잡는 법을 익혔습니다. 아침부터 저녁까지, 나는 먹을 것을 찾고, 준비하고, 보존하는 데 온 시간을 쏟았습니다. 겨울을 버티지 못하리라는 사실을 알면서도 말이죠. 저녁마다 해변에 모닥불을 피웠습니다. 그러나 아무 소용없었습니다. 나는 트렌치코트를 이용해 아이를 업을 수 있는 아기띠를 만들었고, 곧 이 작은 무게에 익숙해졌습니다.

11월 초, 섬에 머문 지 여덟 달 만에 나는 모든 소지품과 식량을 보트에 싣고 해변을 떠났습니다. 다행히 가을 폭풍이 아직 시작되지 않은 때였습니다. 사흘 동안 힘겹게 노를 저어, 이웃 섬의 작은 마을에 도착했습니다. 우리 둘 다 간신히 숨만 붙어 있는 상태였습니다. 그곳 사람들은 아무것도 묻지 않고 그저 우리를 보살펴주었습니다. 그 착한 사람들 덕분에 우리는 겨울을 무사히 넘겼고, 이듬해 아테네에 도착했습니다. 전쟁이 끝난 뒤 우리는 고국으로 돌아왔습니다. 나는 아이에게 아이 엄마에 대해 꾸며댔고, 그녀가 오래전에 세상을 떠났다고 둘러댔습니다. 아이는 자기가 엄마를 기억한다고 확신했습니다. 지금 내 아들은 외국에서 살고 있고, 나는 이미 손주들까지 보았습니다.

이제 작가님은 이해하시겠지요. 무엇 때문에 내가 이렇게 익

명으로, 얼굴도 이름도 지우고 목소리만 남겨 녹음을 했는지를
요. 그날 벌어진 일을 나는 여전히 이해하지 못합니다. 나는 그
저 작고 보잘것없는 인간이니까요. 하지만 마지막으로 부탁드
립니다. 부디 이 모든 이야기를 특별한 방식으로 써주십시오.
내가 간절히 바라는 건 단 하나입니다. 내가 어떤 괴상한 변칙
의 희생자가 아니라, 기적을 경험한 사람으로 남을 수 있기를.

† 바르도의 성탄 구유　　　　　　　Bardo. Szopka

바르도는 수데티산맥에 자리한 마을로, 이곳에는 작은 계곡이 유난히 많다. 마치 대지의 얼굴에 새겨진 잔주름, 가벼운 까마귀의 발자국처럼 보인다. 이곳은 오랜 역사를 간직하고 있다. 아주 오래전 이곳에서는 자수정이나 옥과 같은 귀한 광물이 채굴되었다. 전설에 따르면 황금도 있다고 하는데, 이 깊은 산속의 평범한 돌덩이가 강한 압력과 알 수 없는 신비한 힘을 받아 스스로 속된 물질을 벗겨내고, 마치 증류라도 한 듯 정화되어, 암흑 속에서 순금으로 응결된다는 것이다. 그렇게 태어난 황금은 이곳, 산의 품속에 영원히 머문다고 한다.

과거에는 실롱스크에서 체코로 향하는 무역로가 이곳을 통과했고, 그 덕에 이 마을이 세워졌다. 마을은 계곡에 눌러앉았고 가파른 산비탈을 오를 생각조차 하지 않았다. 그렇게 유구한 세월이 흐르는 동안, 폭우 때문인지 혹은 경미한 지진 때문인지 산비탈은 몇 차례 무너져 내려 집들을 집어삼키며 주민들을 죽음에 이르게 한 적도 있었다. 지금도 마을 위쪽으로는 벌거벗은 언덕이 드리워져 있다. 나무조차 목숨 걸고 자랄 용기를 내지 못한 곳, 붉은 흙과 바위가 뒤섞인 그곳은 마치 숲의 녹음 한가운데에 있는 흉터처럼 멀리서도 눈에 띈다. 계곡 안에 바짝 끼어 들어앉은 마을은 마치 단단한 교정용 코르셋을 입은 듯하다. 양옆에서 가파른 경사면이 지탱해주지 않으면, 당장이라도 허물어질 것만 같다.

계곡 바닥에는 개천이 흐르는데, 집들이 그 물길을 따라 다닥다닥 모여서는 서로 포개지듯 자리하고 있다. 그리고 작은 다리들이 마치 고리처럼 그것들을 한데 이어준다. 이곳에는 두 개의 성당과 하나의 수도원이 있는데, 그중 성당 하나는 수십 년 전, 지적장애아들을 위한 보호소로 바뀌었다. 식당과 몇몇 작은 술집에서는 이 고장의 별미인, 아몬드를 곁들인 송어를 낸다. 초등학교 두 곳과 직업학교가 있고, 자잘한 공업 시설도 있다. 또한 온천 휴양관도 있다. 옛날에는 광천수 덕분에 방문객이 적잖이 찾아왔지만, 이제 남은 것이라곤 산책로와 해묵은 플라타너스 몇 그루, 돌 벤치로 둘러싸인 광천수 약수터뿐이다. 철쭉이 피어 있는 공원의 한 귀퉁이도 아직은 건재하다. 그리고 물론, 성탄 구유도 있다.

여러분은 서기 354년 12월 25일에 교황 리베리우스가 처음으로 크리스마스를 기념했다는 사실을 알고 있는지? 구세주의 탄생은 처음 3세기 반 동안은 아무도 주목하지 않은 채 지나갔고, 주현절*은 시들어 떨어지는 낙엽처럼 조용히 치러졌다.

그 날짜는 우연히 정해진 게 아니었다. 아마도 계절에 따른 사람들의 우울감을 염두에 두었으리라. 낮이 가장 짧아지고, 북풍이 매섭게 몰아치며, 태양이 다시는 하늘 높이 당당하게 오르지 못할 것만 같은 시기, 초록빛이란 꿈에서 본 환영처럼 비현실적으로 느껴지며, 모든 개화가 그저 아득한 일탈처럼 여겨지는 때였으므로.

성탄 구유를 만들겠다는 아이디어를 가장 먼저 떠올린 사람이 누구였든 간에, 그는 복음서의 몇 줄에 기대고, 성인들의 열정적인 기록에서 몇몇 환상을 끌어내며, 외경에 전해 내려오는 이야기 몇 토막을 떠올렸을 것이다.

구유가 생겨나는 과정은 마치 도시가 세워지는 것과 흡사했다. 하나의 표식에서 시작되어, 서서히, 인내심을 갖고 만들어졌다. 처음에는 성당에 달랑 구유만 설치되었는데, 신이 탄생한 장소라고 하기에는 너무나 평범한 말구유였다. 그다음에는 대담하게도 조그만 아기예수상이 구유 안에 놓였다. 그 후 예수의 어머니가 등장했다. 여인은 아기를 품에 안고 누워 있었고, 아기에게서 뿜어져 나오는 빛이 여인의 얼굴을 그림자 속으로 밀

<hr>

* 예수의 신성이 드러난 사건(동방박사의 경배나 세례, 또는 첫 기적)을 기념하는 1월 6일의 축일. 초기 교회에서는 크리스마스 대신 이날 예수의 탄생을 기렸다.

어 넣었다. 그렇게 이야기를 덧붙이는 과정이 시작되자, 끝없이 계속되는 흐름이 되어버렸다. 아기와 여인이 있었기에 남자가 필요했고, 사건을 지켜볼 증인들, 즉 인간뿐 아니라 동물도 필요했다. 구세주의 탄생을 기뻐하는 자연의 모습 역시 빠질 수 없었다. 따라서 동굴과 하늘과 별, 그리고 하늘의 장막 너머에서 호기심 어린 눈으로 바라보는 천사들이 차례로 등장했다.

벌거벗은 아기를 뚫어지게 바라보는 소와 당나귀의 눈망울엔 그때부터 말 없는 질문이 담겼다. 인간의 신은 과연 동물들을 위해서도 태어난 것일까? 그래, 그렇단다. 여인이 부드럽게 대답하며 손끝으로 어린 양을 가리켰다. 그때 동방박사 세 사람이 마구간으로 왔다. 빛나는 별이 마치 손가락처럼 그들에게 길을 가리켜주었던 것이다. 천사들은 아무런 거부감 없이 호기심 많은 목자와 친구가 되었다. 그렇게 점점 더 많은 사람이 모여들더니, 해마다 열리는 성대한 장(場)처럼 북적이고 소란스러워졌다.

최초의 연출가는 성 프란치스코였다. 그는 아기 예수를 향기로운 건초 위에 눕혔고, 그 작은 몸짓 하나로, 사람들에게 감동을 안겨주는 '성탄 구유'의 새 장(章)을 열었다. 연약한 인간의 육신이 우주의 거대한 사건과 맞닿는 그 지점에서 시간은 새롭게 태어난다. 이야기가 없는 시간은 죽은 것이고 존재하지 않는 것이나 다름없기에, 시간은 원형의 순환적인 리듬 속에서 같은 장면을 끝없이 재현하기를 요구한다. 기쁜 소식을 전하는 천사,

당나귀를 타고 떠나는 피난길, 쉼터를 찾아 헤매는 여정, 마침내 발견한 동굴, 그리고 여인의 몸에서 은밀히 이루어지는 어둠 속 탄생. 반복적인 리듬으로 끊임없이 내리쬐는 빛줄기. 하늘에는 반드시 길잡이 별이 떠야 하고, 동방박사의 행렬이 뒤따라야 하며, 여기에 수많은 세부 항목이 덧붙여지는 가운데 동방박사의 경배는 점차 의례적인 몸짓으로 굳어 기계적으로 되풀이된다. 하지만 그 무한한 재현 속에서도 머리를 조아리는 그들의 겸허한 몸짓은 여전히 보는 이의 눈길을 사로잡는다. 그러는 와중에 공간마저도 제 목소리를 내고 싶어 한다. 리스본, 사라고사, 프라하, 뮌헨, 빈과 올로모우츠, 브르노와 크라쿠프, 르비우와 멀리 부에노스아이레스에 이르기까지, 지상의 모든 도시가 주님의 탄생을 목격하고 그 순간에 자신의 고유한 구체성을 부여하기를 원한다. 토착 식물들, 사과나 석류, 반듯한 구획으로 나뉜 감자밭이나 주황빛으로 물든 오렌지 과수원 같은 것들로. 그리고 공간이 그러듯, 물질도 그 사건에 참여하고자 한다. 예수는 밀랍과 유리로 태어나고, 테라코타와 상아, 나무와 돌로 다시 빚어진다. 그는 때로 성냥개비만큼 작을 수도, 인간의 아기만 한 크기일 수도, 혹은 그보다 더 클 수도 있다. 왜냐하면 그는 신이므로, 인간의 척도로는 측정할 수 없기 때문이다.

바르도의 성탄 구유는 1591년 예수회 문서인 '엑스쿠르시오

글라켄시스(Excursio Glacensis)*, 크워츠코 땅의 개종'에서 처음 언급된다. 당시 구유가 정확히 어떤 모습이었는지, 또 정확히 언제 만들어졌는지는 알 수 없다. 아마도 반종교개혁의 열기에 사로잡힌 예수회 수도자들이 구유의 크기를 확대하고, 보다 화려하게 만들고자 했을 것이다. 그들은 장엄함에 집착했다. 또한 움직이고 교체 가능한 장면들을 원했다. 천사가 설득력 있게 복음을 전하려면 자연스럽게 나타났다 사라져야 했다. 소년 예수는 성전에서 손을 움직이며 설교하고, 별은 나무로 만든 하늘 위를 천상의 달팽이처럼 느릿하게 미끄러지며 지나가야 했다. 그리하여 그들은 움직이는 구유 제작의 전문가인 크사베리 니스를 티롤** 지방에서 불러왔다. 니스는 몇 해 동안 바르도의 성탄 구유를 다듬고 새롭게 개조했으나, 안타깝게도 세상을 일찍 떠났다. 다행히도 그는 재능 있는 제자를 남겼는데, 바로 그 지역의 토박이인 미하엘 클라르였다. 클라르는 스승의 작업을 이어받았다. 니스의 인물상들이 극도로 사실적이면서 세부적으로 정교했다면, 클라르는 달라진 시대상을 반영하여 그것들을 단순화하고 양식화했다. 시간이 흐르면서 성탄 구유 속 세계는 두 부류의 인간과 두 부류의 동물로 양분된 것처럼 보였다. 그

---

* 라틴어로 '크워츠코 지방 원정'이란 의미. 문맥상 크워츠코 지역으로의 선교 여행을 뜻한다.

** 알프스산맥 동부에 위치한 지역으로, 오늘날의 오스트리아 서부와 이탈리아 북부에 걸쳐 있다. 역사적으로는 합스부르크가의 지배를 받았으며, 목조건축과 조각, 민속예술과 인형극이 발달했다.

러다 클라르가 나이를 먹고 세상을 떠나자 그의 아들 미하엘이 그나치가 뒤를 이었다. 그러나 그의 손길은 아버지와는 또 달랐고, 옛 후원자들도 이미 세상을 떠난 뒤였기에 애초의 구상이 어땠는지는 알 길이 없었다. 그래서 바르도의 성탄 구유는 마치 스스로 자라나듯, 장인들의 죽음을 담담히 넘어서며 계속 이어졌다. 그 뒤에는 예슈케라는 제단 건축가가 나타나서 바르도의 성탄 구유에 깊이를 더했다. 원근 개념을 도입하고, 하늘까지 재현한 것이다. 그 후에는 크랄리키 지방 출신의 체코인이 구유를 맡게 되었는데, 당시 체코는 유럽에서 인형극의 중심지였다. 그는 티롤풍의 유행을 따라 구유 전체를 꼭두각시 인형극 같은 형태로 바꾸어놓았다. 오래된 작은 인형들은 이제 움직이는 컨베이어와 관객의 눈에는 보이지 않는 은밀한 고리에 연결되어, 손으로 돌려 작동하는 간단한 크랭크 장치에 의해 움직이게 되었다. 이 체코인 혹은 그의 뒤를 이은 누군가가 여기에 몇 장면을 더 보탰고, 그 결과 아기 예수와 성가족이 숨어 있는 동굴은 배경으로 밀려나버린 듯했다. 이제는 온갖 사람과 동물, 집, 나무, 사물로 이루어진 화려한 군중 속에서 그들을 찾아야 했으니 말이다. 군중은 빽빽이 뒤엉켜 원을 그리며 움직였고, 무대 밖으로 나갔다가 다시 같은 자리로 돌아왔다. 따라서 19세기의 유명한 구유 전문가이자 은둔자인 헬비히가 등장했을 때, 그에게 남겨진 과제는 이 바르도의 성탄 구유를 '공간적으로' 확장하는 일이었다. 그는 그것을 매우 독창적인 방식으로 해냈다. 거대한 유리 상자 안에 구유 전체를 담은 뒤, 마치 자신의 꼬리를 문 뱀처럼 스스로의 궤도를 휘감게 하면서 시작과 끝을 이어 붙인 것이다. 그렇게 함으로써 그는 직선적인 시간을 단번에 영원히 무효화해버린 셈이었다.

이 세세한 기록은 바르도에 살던 한 여인이 남긴 글에서 비롯되었다. 여기서는 그녀의 본명을 밝히지 않기 위해 편의상 마리아 코발스카*라 부르기로 한다. 이어서 언급될 사실들을 고려하면, 이런 배려는 합당한 것이다. 그녀는 그로드노** 출신의 교사이자 화가로, 다른 이주민들과 마찬가지로 전쟁이 끝난 직후인 1946년 겨울 그곳에 정착했다. 전해지기로는, 동쪽에서 서쪽으로 강제 이송***되는 와중에 어린 자식을 잃었다고 한다. 혹한의 크리스마스이브에 벌어진 비극이었다. 남편은 이미 몇 해 전에 러시아인들에 의해 동쪽으로 끌려가 소식이 끊긴 뒤였다. 안타깝게도 나는 이에 대해서는 더 이상 아는 바가 없다. 고등 미술 교육을 받은 코발스카는 자연스레 기념물을 관리하고 보존하는 임무를 맡게 되었다. 그 덕에 그녀는 성탄 구유가 있는 바로 그 건물, 절벽에 기대선 음울한 단층집에 거처를 얻게 되었다.

<hr>

*　폴란드에서 가장 흔한 여성의 이름과 성.

**　현재는 벨라루스에 속한 도시로, 역사적으로 폴란드와 러시아가 번갈아 통치했다.

***　제2차 세계대전 이후 얄타·포츠담 협정의 결과로 폴란드의 국경은 서쪽으로 대거 이동했다. 동쪽 영토(현 벨라루스, 우크라이나, 리투아니아 지역)는 소련에 편입되었고, 그 대가로 독일의 일부 서부 지역을 넘겨받았던 것이다. 이로 인해 수백만의 폴란드인이 동부의 고향을 떠나 서쪽으로 이주해야 했다.

오늘날, 전쟁 직후의 성탄 구유가 어떤 모습을 하고 있었는지 정확히는 알기 어렵다. 다만 앞서 언급한 코발스카의 기록에 의존할 수 있을 뿐이다. 그녀는 세심한 정성을 쏟아가며 가능한 모든 자료를 찾아냈는데, 대부분 독일 쪽 자료였다. 그녀는 사진들을 첨부하여 자신의 상세한 설명을 뒷받침했지만, 아쉽게도 화질이 썩 좋지는 않아서 자잘한 세부 요소들까지는 제대로 확인할 길이 없다.

분명한 건, 성탄 구유가 거의 방 전체를 차지하고 있었다는 사실이다. 그것은 마치 거대한 얼음덩어리 같은 유리 육면체였다. 그 안의 페인트로 칠한 나무 기둥 속에 기계장치가 숨겨져 있었다. 네 개의 장면 각각은 너비가 거의 2미터에 달했지만, 구유 속 세계는 그보다 훨씬 더 넓어 보였다. 앞서 장인들이 공간을 겹겹이 쌓아 올려 시야를 확장하고, 또 공간을 잘게 나누어 극적인 원근감을 만들어냈기 때문이다. 그것은 마치 합창단을 연단 위에 배치하여, '멀리' 있다는 감각을 '하늘에 더 가까이' 있다는 의미로 치환하는, 일종의 연극적 장치와 유사한 기교였다. 깊이감은 또 다른 방식으로 강화되었는데, 기둥 내벽에 그려진 놀라운 벽화 덕분이었다. 인형들을 작동하는 장치가 숨겨져 있는 그 벽면에는 동물, 사람, 악마, 괴물, 천사, 곤충, 잡종, 키메라**** 등 상상할 수 있는 온갖 존재들의 형상이 반투명한 기

**** 그리스신화에 나오는 기이한 짐승. 머리는 사자, 몸통은 양, 꼬리는 뱀 또는 용 모양이며 불을 내뿜는다.

법으로 그려져 떠다니고 있었다. 윤곽들이 서로 포개지고 색채의 얼룩들은 소용돌이치며 불어나서, 마치 끝없이 변형을 거듭하는 움직임이 한순간 정지되어 있는 듯했다. 그러나 반투명한 기법 덕분에 각각의 형체는 식별 가능했고, 서로 겹쳐 있음에도 존재감을 또렷하게 드러냈다. 그리하여 평평한 벽면에 묵직한 깊이가 더해졌으며, 수많은 존재가 또 다른 차원으로, 이번에는 아예 무한한 차원으로 뻗어나가는 것처럼 보였다. 하늘 또한 이 덧없는 형상들로 가득 차 있었다. 그들은 공간의 가장 작은 틈새까지 스며들어 풍경 전체를 수천 개의 비눗방울로 덮어버렸다. 그렇게 형상들의 눈동자가 하늘에 점점이 박혔다. 모든 존재가 서로를 바라보았고, 어떤 움직임도 그 무수히 많은 눈길을 피해갈 수는 없었다. 그렇게 증식된 시선들은 1000배의 강도로, 주의 깊게 그리고 의식적으로 관람자의 시선을 마주 보았다.

벽에 그려진 그 환상적인 이미지는 하늘과 풍경, 장면들과 인형들의 배경일 뿐 아니라, 시간의 배경이기도 했다. 이곳에서 시간은 선형의 질서와 연속성을 상실한 채, 유리 상자 안에서 소용돌이치는 공기처럼 뒤엉켜 어지럽게 맴돌았다.

이 유쾌한 혼돈 속에서 아담과 하와가 사과나무 곁에 서 있었다. 벌거벗은 채 우아한 자태를 뽐내며 사랑이 가득한 눈길로 서로를 바라보는 두 사람. 아직 원죄에 물들기 전이었다. 그러나 이미 바로 옆의 벽면에 딸기만 한 크기의 사과가 나타나 있었고 구름 뒤에서는 황금빛 칼날이 번득였다. 타락에 관한 이야기는 그렇게 어색하게 자취를 감추었고, 대신 서로 다투는 형제들이 등장하더니, 이어서 한 노인이 이국적인 짐승들을 배로 몰아넣는 장면이 예고도 없이 이어졌다. 그 옆에는 지팡이로 바위를 내려치는 모세가 있었고, 더 멀리에는 예언자들과 함께, 정체가 분명치 않아 신원 확인이 필요한 인물들이 질서 정연하게 12, 10, 7의 법칙*에 따라 배열되어 있었다. 위쪽으로 갈수록 인형의 크기가 점차 작아졌고, 가장 높은 곳, 즉 하늘 가까이에 있는 인물들은 사람과 얼추 비슷한 형태의 투박하고 아주 작은 나무 쐐기일 뿐이었다. 그러나 그 작은 눈속임을 알아채려면 우선 유리부터 떼어내고 머리를 들이민 채 돋보기로 들여다보아야만 했다.

여행객들, 따분해하는 단체 관광객들의 입장에서는 상세한 해설을 듣기보다는 성탄 구유를 대충 훑어보고 경이로움을 만끽하는 정도로 충분했다. 그러나 이곳의 유일한 안내자였던 마리아 코발스카는 관람객들을 재촉해 앞으로 다가가게 했고, 원을 그리며 구유 주변을 천천히 돌다가 출발한 자리에서 끝을 맺도록 했다. 아이들은 놀라움에 입을 벌렸고, 어른들은 감탄의 속삭임을 내뱉었다.

제멋대로 펼쳐진 하늘을 배경으로, 종교적 맥락에서 기꺼이

---

*　성서에서 12는 이스라엘의 열두지파, 10은 십계명, 7은 천지창조가 이루어진 날짜를 의미하며 완전한 수로서의 상징성을 지닌다. 이러한 숫자 배열은 성서적 질서와 신성한 체계를 암시한다.

벗어나 멀찌감치 자리한 원경에는 나무와 파피에마셰*로 만든 언덕과 마을, 광산과 공장 입체 모형들이 들어서 있었다. 이 층위의 인형들은 아직 움직이지는 않았으나, 갑자기 구체적인 생명을 얻은 것처럼 보였다. 세심하게 빚어진 작은 인물들의 모습은 다채로웠다. 제복 단추를 끝까지 채워 입은 광부들, 크리스마스 쿠키를 연상시키는 모자와 드레스 차림의 여성들, 정장을 차려입은 남성들 그리고 정체를 가늠하기 어려운 민속 의상을 걸친 이들이 풍경을 촘촘히 메웠다. 이곳에서는 우주의 정적 속에서 수많은 이야기가 한꺼번에 펼쳐졌다. 아래쪽에서는 동방박사들이 별을 따라가고 있는데, 그 별은 원형의 궤도를 그리며 그들을 구유 속 아기 예수에게로 이끌었다. 그 옆에서는 이미 성인이 된 예수가 유다의 입맞춤을 받기 위해 뺨을 내밀고 있었고, 본시오 빌라도는 빅토리아풍을 흉내 낸 세숫대야에 손을 씻고 있었다. 그 뒤로 생쥐 같은 우스운 주둥이를 가진 당나귀가 헤롯 왕 앞으로 예수의 가족을 실어 나르는 중이었는데, 그들은 종이로 만든 산비탈에서 작업 중인 광부들 사이로 가고 있었다. 광산은 마치 '열려라, 참깨'라는 주문에 응하듯 속살을 드러냈고, 그 안에는 붉은 기운이 감도는 무지갯빛 운모(雲母)**로 만든 석탄이 반짝였다. 시골집들 주변으로는 소들이

---

*   잘게 자른 종잇조각을 물과 함께 풀이나 석고와 섞어서 단단하게 굳혀 인형이나
     장식품, 모형 등을 만드는 공예 기법.
**   얇게 잘 갈라지며 은은한 광택을 내는 광물.

한가로이 풀을 뜯었지만, 그 바로 뒤편에 붉은 벽돌로 지은 공장이 우뚝 솟아 있었고, 구식 소형차들이 줄지어 달리는 도로는 아기 예수를 경배하는 수도사 무리와 위태로울 만큼 가까이 맞닿아 있었다.

이 그림 속 이야기들에는 시작도 끝도 없었다. 하나의 장면이 다른 장면에 스며들었고, 예기치 못한 어떤 사소한 요소로 인해 서로 얽히고 포개졌다. 이야기들은 마치 두 사람의 목소리로 부르는 노래처럼 서로 화답하며 반대편에 있는 장면들과 자연스레 이어졌다.

기계장치를 작동하는 건 드문 일이었다. 계절에 따라 하루에 두 번, 많아야 세 번. 그러면 그 순간 구유는 살아나곤 했다. 하지만 그 광경을 설명하기란 쉽지 않다. 움직임이 모든 것에 또 하나의 차원을 불어넣었다. 그러니까 순환하는 시간의 조각들이 덧붙여진 것이다. 연못 위로 백조가 날아오르면, 그 맞은편에서는 토끼가 굴속으로 숨어들었다. 대장간에서 망치질하는 소리는 아기 예수의 요람이 흔들리는 단조로운 리듬과 연결되었다. 길 위의 자동차들이 광부들을 광산 밖으로 끌어냈고, 민속 의상을 입은 농부들의 춤이 열두 사도의 행렬을 만들었다. 소들이 고개를 들었고, 예수의 무덤 입구를 막아놓았던 바위가 치워졌으며, 풀을 베는 농사꾼들은 낫을 높이 쳐들었다. 태양이 하늘을 가로지르며 유유히 흘렀고, 언덕 위에 세워진 풍차의 날개가 쉼 없이 돌았다. 기계의 스위치가 켜지는 순간, 인형들은 움직였지만 관람객들은 깜짝 놀라며 발걸음을 멈추었다. 그러고는 움직임의 순서를 파악해보려 애쓰며, 이 장치가 어떻게 작동하는지 추측해보려 했다. 하지만 인물과 장면의 수가 너무 많아서 결코 한눈에 담을 수 없다는 걸 곧 깨닫곤 했다. 그래서 다시 원을 그리며 걸었고, 그러는 동안 간신히 몇 개의 연결 고리만을 찾아낼 뿐이었다. 구유에 깃든 모든 비밀을 온전히 이해하는 건 불가능했다.

마리아 코발스카는 전쟁 전, 옛 실롱스크 신문에 실린 작은 기사에서 성탄 구유에 대한 첫 대외적인 언급을 발견했다. 거기에는 이렇게 적혀 있었다. "구유는 신자들에게 눈물을 참지 못할 정도로 깊은 감동을 안겨준다." 아마도 코발스카는 이 한 문장으로, 자신이 자제하지 못하고 흘린 눈물에 대한 면죄부를 얻은 듯했다. 그녀의 조수이자 관리인이었던 M 씨의 증언에 따르면, 실제로 코발스카는 구유가 움직이는 걸 처음 보았을 때 울음을 터뜨렸다고 한다.

전쟁이 끝나고 1년 정도 흐른 어느 여름날, M 씨는 군인들이 훼손한 뚜껑을 수리하고 기계장치를 돌리는 특별한 열쇠를 새로 만들었다.

애석하게도 지금은 고인이 된 M 씨를 통해, 나는 두 사람이 그 기계장치를 처음 보았던 순간에 대한 이야기를 들을 수 있었다. 그들은 금속 뚜껑을 들어 올리고는, 마치 우물 속을 들여다보듯 손전등을 비추며 뒤엉킨 스프링과 톱니바퀴, 기어를 살펴보았다. 그것은 마치 먼지가 잔뜩 낀 시계의 내부 같았다. 그런 광경은 누구에게나 오래도록 기억에 남는 법이다. 그때부터 마리아 코발스카는 그 장면을 꿈속에서 자주 보았을지도 모른다. 그것도 매번 다른 모습으로—때로는 도시만큼이나 괴이하게 비대해진 형태로, 때로는 반대로 여성용 손목시계의 반짝이는 내부처럼 축소된 형태로.

그들이 다시 구유의 내부를 들여다본 것은, 장치가 작동을 멈췄을 때였다. 코발스카는 눈길을 헤치고 M 씨를 부르러 달려왔다. 무언가 손을 쓸 수 있는 사람은 그뿐이었다. 그는 잠결에 파자마 위에 털 코트를 걸치고는 공구가 든 가방을 들고 따라나섰다. M 씨가 어떻게 그 기계를 고쳐냈는지 정확히는 알 수 없다. 그의 말에 따르면, 먼저 고무 흡입기*(아마도 코발스카의 죽은 아이가 남긴 물건이었을 것이다)로 살살 먼지를 빨아낸 다음 알코올에 적신 솜으로 기계를 닦아냈다고 한다. 그러고 나서 드라이버로 금속판 하나를 들어 올리자, 모든 게 제자리를 찾았다. 그러나 코발스카는 알고 있었다. 언젠가는 또다시 고장이 날 것이며, 그때는 바르도의 이 유명한 성탄 구유가 영영 멈춰버릴지도 모른다는 사실을. M 씨는 조만간 모든 것을 전기 시스템으로 바꾸고 원시적인 손잡이는 버리자고 제안했다. 그러면 그저 버

---

* 고무로 만든 작은 주머니 모양의 도구. 공기를 내보내거나 빨아들일 수 있어서 원래는 유아의 콧물 등을 제거할 때 쓰였다. 사진이나 정밀기계에서 먼지를 제거하는 도구로도 사용된다.

튼 하나 누르는 것으로 모든 걸 작동할 수 있을 것이다. 하지만 그런 변화에는 대대적인 보수가 필요했다. 계획은 결국 실현되지 못했다. 브로츠와프에서 온 전문가들이 끼어들면서 어떤 식의 개조도 허락하지 않았기 때문이다.

코발스카는 자신이 할 수 있는 모든 걸 했다. 예를 들어 실내 온도를 일정하게 유지하기 위해 최선을 다했는데, 그것은 결코 쉬운 일이 아니었다. 매서운 겨울에는 배급받는 석탄이 턱없이 부족하고, 여름에는 단열이 제대로 안 되는 지붕 때문에 방 안이 견딜 수 없을 정도로 뜨거워지기 때문이었다.

평화가 찾아온 지 두 해째 되던 해, 학교의 단체 견학생들이 바르도를 찾아오기 시작했다. 처음에는 인근 마을에서, 나중에는 폴란드 전역에서—매일 오후마다 인파가 몰려들어 '마법의 서른 명'이 모이기를 기다렸다. 코발스카는 그보다 인원이 적으면 절대 기계를 작동하지 않았다. 때로는 그들에게 숨조차 쉬지 말라고, 함부로 호흡을 내뿜지 말고 이산화탄소를 배출하지 말고 습도를 높이지 말아달라고 소리치고 싶은 충동을 간신히 억눌러야 했다.

얼마 뒤 그녀는 입구에 작은 기념품 가게를 차렸다. 구유가 그려진 엽서를 주문하고, 아코디언처럼 펼칠 수 있도록 여러 장의 사진을 붙여서 접은 인쇄물도 준비했다. 수데티산맥에 대한 안내서도 들여놓으려 했지만 종전 직후인 당시에는 아직 폴란드어판이 존재하지 않았다. 막 번역 작업이 시작된 참이었는데,

단순히 언어의 문제만 있는 게 아니었다. 성탄 구유를 슬라브화하고 그에 피아스트 왕조*의 색채를 입히는 작업이 함께 요구되었던 것이다. 그래서 바르도의 성탄 구유 옆 작은 가게가 학교의 단체 손님들에게 내놓을 수 있는 기념품이라고는 그게 다였다. 저녁이 되어, 거의 고대 유물처럼 보이는 큼지막한 열쇠로 구유가 전시된 건물의 정문을 잠글 때면 코발스카는 두려움에 떨곤 했다. 도둑이나 화재, 땅 꺼짐이나 산사태, 홍수, 갑작스러운 번개나 거센 돌풍이 걱정스러웠고, 눈보라에 지붕이 무너질까 봐 겁이 났다.

M 씨의 증언에 따르면, 코발스카는 온종일 구유 곁에서 시간을 보냈다. 그녀는 네 개의 벽 중 어느 하나 앞에 쭈그리고 앉아서는 고개를 이리저리 기울여 시점을 바꾸곤 했다. M 씨는 그녀가 뭘 하는지 짐작할 수 있었다. 그토록 많은 층으로 이루어져 있으니, 각도가 조금만 달라져도 시야 전체가 달라지고, 그로 인해 눈앞의 장면이 완전히 새로운 의미로 다가올 것이었다.

예를 들어 동방박사들을 보자. 구유 앞에서 그들이 아기 예수께 경배하고 그들의 말과 낙타마저 무릎을 꿇는 모습을 보면, 그것은 분명 크리스마스의 한 장면이었다. 그러나 시점을 조금 달리해서 배경과 함께 보면, 그곳은 바위투성이의 황량한

---

* 폴란드 최초의 역사적 왕조(10~14세기)로, 폴란드 민족의 기원과 정체성을 상징한다. 폴란드의 문화와 역사를 거론할 때, 슬라브적 뿌리와 고유한 국가적 전통을 강조할 때 자주 소환된다.

사막, 불쾌할 정도로 텅 빈 풍경이 된다. 마치 떠돌이 서커스단이 잠시 이동을 멈추고 쉬는 듯한 모습이었고, 단원 모두가 갈증을 달래기 위해 물을 향해 몸을 굽히는 것처럼 보였다. 아니면 또 다른 시점도 있다. 한층 위쪽으로 시선을 옮기면, 거기에는 천상의 합창대가 펼쳐져 있다. 수백의 천사들이 날개를 맞댄 채 줄지어 서 있고, 그 뒤로 황금빛 대천사들과 하늘의 액자 속에 놓인 옥좌들이 보인다. 이 풍경과 함께 보면 그 아래쪽의 화려하게 차려입은 세 남자와 수행원들은 마치 성화(聖畫) 발치에 관습적으로 그려 넣는 후원자들처럼 보였다. 구유는 그렇게 시점을 바꿔가며 온종일 즐길 수 있었고, 코발스카는 실제로 그렇게 했다.

M 씨는 코발스카에 대해 이야기하면서 늘 안쓰러워했다. 아마도 남자들 사이에서, 가족을 여의고 홀로된 여인만큼 연민을 불러일으키는 대상도 없을 것이다. 그는 코발스카의 잃어버린 아이 이야기를 여러 차례 반복하며, 그런 상처에서 벗어날 수 있는 어머니는 없다고 언급했다. 아마도 그 때문에 M 씨는 일정한 거리를 유지하며 그녀를 존중했을지도 모른다. 비록 그녀가 근무시간 이후에도, 심지어 한밤중에도 종종 그를 불러내어 모든 게 제대로 있는지, 사라진 건 없는지, 있어서는 안 될 것이 눈에 띄지는 않는지 점검하게 했음에도 불구하고 말이다. M 씨는 인생을 즐길 줄 아는 단순한 사람이었다. 그는 성탄 구유를 아름답고 정교한 물건으로 여겼고, 동시에 자신에게 안정된 일자

리까지 보장해주었으므로 고맙게도 여겼다. 그는 전시실을 청소하고 건물 전체를 관리했으며, 크고 작은 수리를 담당하고 건물 입구에 조성된 작은 정원을 돌보았다.

그는 구유에 대해 제법 잘 알았고, 많은 장면을 머릿속에 담아두었지만, 그렇다고 전체를 다 기억하지는 못했다. 이를테면 짐 보따리를 둘러멘 사람과 개, 혹은 체스를 두는 광부들의 무리 같은, 개별적인 형상들은 떠올릴 수 있었다. 그러나 전체를 통합적으로 설명할 수는 없었다. 그래서 구유에 있어야 할 무언가가 사라졌다고 코발스카가 초조하게 불평을 늘어놓을 때면 그는 가슴이 철렁 내려앉았다. 물론 누군가가 건물 안으로 들어와서 잠긴 유리 상자를 열고 그 안의 작은 인형 하나를 꺼내 간다는 것은 불가능했다. 그래서 그는 그녀가 하는 말을 아픈 영혼의 히스테리쯤으로 여겼다. 대수롭지 않은 미약한 광기라고도 생각했다. "연못에 오리들이 없었던가요?" 그녀가 불안한 목소리로 물었다. "조그맣고 알록달록한 오리들이 물에 떠 있지 않았나요?" M 씨는 오리를 본 기억이 없었다. 그러나 그녀가 완강하게 주장하자, 차츰 의심이 들기 시작했다. 어쩌면 정말 오리가 있었는데 미처 보지 못한 건 아닐까. 연못은 동전만 한 크기였으니까. 혹은 최근에 상자 속을 청소할 때, 자신이 무심코 소매로 연못 주변을 건드려서 밀알만 한 크기의 오리들이 스웨터의 거친 털실에 달라붙어 사라져버린 것일 수도 있었다.

오리. 가느다란 붓으로 색칠한, 좁쌀만 한 나무 부스러기들.

초록빛 목과 붉은 부리를 가진 그 오리들은 어느 날 구유 속에 나타났다. M 씨는 오리들이 반가웠다. 무언가가 사라지는 것보다는 새로이 더해지는 편이 훨씬 나았으므로.

코발스카는 그 무렵 종종 브로츠와프에 갔다. 대학 과정에 등록하고, 독일어를 배웠다. 코발스카가 집을 비운 동안에는 M 씨가 그녀의 집에 들러 벽난로에 불을 지폈다. 화분의 꽃들이 얼지 않도록 하기 위해서였다. M 씨에 따르면, 코발스카는 집에 물감과 캔버스 그리고 예술가에게 필요한 모든 것을 갖춘 조그만 작업실을 만들었다. 그리고 바르도의 학교에서 미술 동아리를 이끌기도 했다.

M 씨는 가끔 자기에게 남는 것들을 그녀에게 가져다주었다. 과수원에서 딴 호두 한 봉지, 텃밭에 딸기가 풍성히 열렸던 어느 해에는 딸기 한 바구니, 아내가 손수 만든 모과 잼 한 병. 그러나 M 씨는 그녀와 진정한 의미의 교류는 한 적이 없었다고 했다. 여기서 진정한 교류란, 어느 저녁 식탁에 마주 앉아, 보드카 한 병을 따서 마시며 마음을 터놓고 나누는 대화를 뜻했다. 만약 상대가 남자였다면 달랐을지 모른다. 그러나 코발스카는 누구에게나, 아이와 남편을 잃고 홀로 남겨진 여인으로 각인되어 있었다. 그런 유의 불행은 사람을 영영 고립시키는 법이다. 언젠가 그가 말했다. 신의 손길은 불행하다고 낙인찍힌 사람들을 집어 들어, 다른 이들보다 조금 더 높은 자리, 조금 비켜난 자리에 두곤 한다고. 그러면 우리는 손을 오므려 나팔처럼 만들어서

그들을 소리쳐 불러 다시 돌아오게 하고 싶어진다고.

쾌 시간이 흐른 뒤, 자잘한 수리 작업을 하던 중에 M 씨는 불현듯 깨달았다. 무언가가 구유에 계속 새로 더해지고, 무언가가 변하고 있다는 것을. 이를테면 기차가 그랬다. 천상의 합창단 바로 아래, 서둘러 덧칠한 겨울 풍경 속을 달리는 기차. 나무로 정교하게 조각한 뒤 채색한 작은 기관차와 몇 량의 화물칸들. 분명 처음에는 구유에 기차가 없었다는 것을 M 씨는 확신했다. 그리고 코발스카에게 곧장 달려가서 이 놀라운 사실을 전해야겠다고 마음먹은 바로 그 순간, 그는 명백한 진실을 깨달았다. 그 기차를 만든 이는 다름 아닌 그녀이며, 그전에 오리들을 만든 것 역시 그녀였다는 사실을. 그는 멈춰 서서 담배에 불을 붙여 물고는 자신이 하던 일로 천천히 돌아갔다. 고장 난 홈통을 수리하거나, 마당을 쓸거나, 낙엽을 태우는 일과 같은 소소한 일들. 그리고 끝내 그녀에게 자신이 눈치챘다는 기색을 내비치지 않았고, 마치 기차가 처음부터 그 자리에 있었던 것처럼 그 존재를 받아들였다. 가끔은 그녀가 자신을 바보로 여기진 않을까 걱정스럽기도 했지만, 결국 그런 것까지 마음을 쓰기에는 자신이 너무 늙었다고 생각했다. 무엇보다도 그녀는 아이를 잃은 여자였고, 그런 사람에게는 특별한 너그러움이 허락되어야 한다고 그는 생각했다.

그리하여 이듬해, 그는 자신을 주의 깊게 쳐다보는 그녀의 시선을 느끼며 상자를 열심히 닦았다. 아기 예수와 성모, 동방박사들과 마찬가지로 기차의 먼지를 털어냈고, 붉은 깃털 장식이 달린 모자를 쓴 광부들도, 조그만 정원이 딸린 집도, 그 집 테라스에 앉아 있는 가족들도, 병사들의 대열과 그 뒤를 따르는 전차도, 성전에서 가르침을 전하는 소년 예수도, 풍차도, 결혼식 피로연에서 춤추는 신랑 신부도, 폐허에 둘러쳐진 비계(飛階)[*]와 그 위에서 일하는 벽돌공들도 똑같이 정성스레 닦았다. 이제 그는 무엇이 처음부터 있었고 무엇이 새로 더해진 것인지 더는 따지지 않았다. 무엇이든 이 구유 안에 들어오면 제자리를 찾는 듯했고, 천사들로 가득한 성스러운 풍경 속에 자연스레 녹아드는 듯했다. 그렇다. 여기에서는 뭐든 함께 어울릴 수 있었다. 흰 셔츠에 핏자국이 선연한 작은 인형들도, 조그만 단두대의 가느다란 칼날도, 철조망으로 둘러싸인 광장에 서 있는 잿빛 인물들도, 총구가 빼곡한 감시탑도. 그러면 된 거라고, 그는 생각했다. 불타버린 마을과 무너진 도시의 잔해들, 그리고 성냥개비보다 더 가느다란 십자가가 박힌 미니어처 묘지들조차 제자리를 찾을 수 있었으므로. 그러니 그녀가 뜻대로 하게 내버려두자. 어쨌든 그녀가 하는 일은 좋은 일이었다. 파괴하는 게 아니라 보태는 일이었으니까. 그것은 단순히 고치거나 돌보는 것 그 이상이었다.

그렇게 몇 해가 흘렀다. 그사이 기계장치는 몇 번이나 멈췄

---

[*]　높은 곳에서 공사를 할 수 있도록 임시로 설치한 가설물.

고, 한번은 정말 심각하게 고장이 나서 멀리 폴란드 중부지방에서 전문가를 불러야 했다. 그러나 그 전문가조차 별다른 도움을 주지 못했다. 그는 구유를 닫으며 더 이상 손잡이를 돌리지 말라고 권했다. 물론 M 씨는 코발스카의 책임 아래 손상된 베어링을 고쳤고, 그 참에 톱니바퀴 두 개와 작은 지렛대 하나도 갈아 끼웠다. 멀리 바르샤바에서 구유에 관한 기사가 신문에 실렸다. 그 뒤로는 등산객 대부분이 바르도에 들러 구유를 보고 갔다. 체코를 오가는 행인들, 가족이나 친지를 만나러 가는 방문객들, 출장 나온 관리들, 심지어 경유지에 들르는 트럭 운전사들까지, 이곳을 지나는 이들 모두가 성탄 구유를 찾았다.

코발스카는 방명록을 미리 준비해서 이곳을 다녀간 사람들이 감동적인 첫인상을 적어서 남길 수 있도록 했다. 그녀는 확신했다. 구유를 보면 누구나 감동하리라. 그래서 비록 진부한 형태의 방명록일지라도 다들 흔쾌히 탁자 앞에 다가가 끈에 매달린 연필을 집어 들고 감상을 나누리라. 거기에는 이런 글이 적혔다.

"나는 크라쿠프에서 왔습니다. 지금껏 많은 성탄 구유를 보았지만, 이것은 내가 가진 모든 기대를 뛰어넘었습니다."

"나는 그단스크에서 온 마리시아예요. 여덟 살입니다. 구유에서 가장 마음에 드는 건 춤추는 결혼식과 신부예요."

"Ich heisse Thomas Schultz, das ist schön(내 이름은 토마스 슐츠, 아름답습니다)."

그 방명록은 바르도의 성탄 구유를 기억하는 유일한 기념 증표다. 1957년, 거센 봄비가 내린 뒤 비탈이 다시 무너져 내렸다. 예전부터 몇 번이나 되풀이된 일이었다. 구유가 설치된 건물은 심각하게 손상되었고, 한쪽 벽이 무너지며 내부의 구조물 전체가 파손되었다. 브로츠와프에서 온 전문가들조차 복원할 수 있는 것이 많지 않았다. 그들은 남은 부분을 해체하고 진흙 속에서 잔해들을 건져낸 뒤, 그것들을 박물관으로 옮겨 가서는 상자에 담아 보존했다. 그렇게 구유는 조각난 채로 창고에 처박혀 더 나은 시절을 기다리게 되었다. 하지만 온전한 모습으로 되살아날 수 없으리란 건 분명했다. 무엇보다도 코발스카가 세상을 떠난 뒤에는 구유의 본래 모습을 기억하는 이가 아무도 없었기 때문이다. 남은 것이라곤 흐릿한 사진 몇 장을 곁들인 그녀의 소박한 기록, 신문 기사 스크랩 몇 개와 전쟁 이전의 짤막한 언급들, 그리고 M 씨가 생전에 가물가물 떠올리던 기억뿐이었다.

그러나 언젠가 누군가가 이 구유를 재건하고자 한다면, 그 안에서 어떤 일정한 질서 혹은 하나의 사상을 발견하게 될 것이다. 그 구유에는 모든 것이 담겨야 한다. 왜냐하면 신성한 탄생은 언제, 어디서나 일어날 수 있으며, 가장 작은 사물 하나, 사소한 사건 하나까지도 그 의미 안에 포함되기 때문이다. 그렇다면 세상에 보여주어야 할 것은 신의 탄생 그 자체가 아니라, 오히려 그 탄생 앞에 펼쳐진 온 세상이다. 세상을 구유의 문 앞에 데려와, 그 안에 하나하나 들여놓아야 한다. 모든 사물, 모든 작은 존재, 모든 인간을 아기 예수 앞에 세우고 이렇게 말해야 한다. 보라, 이 사람이 요한이고, 저 여인이 마리아이며, 저들은 바오로와 토마스다. 그러니 서로를 알아보아라. 동물들도 마찬가지다. 가장 작은 곤충에서부터 코끼리와 기린에 이르기까지, 모두를 구유 앞으로 이끌어야 한다. 마치 노아의 방주에 태우듯이. 그리고 마침내 세상의 모든 존재를 구유로 불러와야 한다. 선한 것이든 악한 것이든, 오직 '존재한다'는 사실만으로 이곳에 있을 이유가 될 수 있어야 한다. 그러니 전쟁과 석탄 채굴, 축구 경기와 홍수, 은행과 기차역, 민주적인 선거, 인플레이션, 가정 폭력, 노동절 시위, 오트쿠튀르*, 승마를 즐기는 휴가, 오래된 자동차 수집, 정신분석과 핵물리학, 문학과 현대 예술까지—그 모든 것을 구유 앞에 내보여야 한다. 그리고 믿어야 한다. 그 숨 막힐 듯 정교한 질서가 이 모든 것을 하나의 풍경으로 아우르고, 하나의 거대한 장치로 이어 붙이며, 반복되는 움직임 속에 감싸 안아서, 마침내 모든 것과 모든 것을 영원히 연결해줄 것임을.

끝으로 덧붙이자면, 코발스카는 참사가 벌어진 뒤 2년 만에 세상을 떠났다. M 씨의 말에 따르면 사인은 암이었다. 그는 그렇게 '성탄 구유' 곁의 쏠쏠한 일자리를 잃었고, 그때부터는 괴상한 부업으로 연금에 보태며 살았다. 철마다 도시를 옮겨 다니는 이동식 놀이공원이 왜인지 겨울이면 바르도에 머물곤 했는

---

* 프랑스어로 '고급 맞춤복'. 장인 정신과 최고급 기술을 기반으로 한 독창적인 고급 의상 제작을 가리킨다.

데, 거기서 그는 아이들을 놀라게 하는 '공포의 집'을 담당했다. 검은 망토를 걸친 그는 쇠사슬을 덜그럭거리며 하얗게 분칠한 얼굴을 커튼 뒤에서 불쑥 내밀곤 했다. 그런데 본래 여행안내서 라는 것은 고집스러운 데다 더디게 바뀌는 탓에, 한동안은 '바 르도의 성탄 구유'를 계속해서 관광 명소로 추천했다. 안내서 를 믿고 찾아온 이들은 약간의 실망감을 맛보며 결국 이 놀이공 원으로 발길을 돌렸다. 붉은 전구 불빛에 비친 기괴한 가면들과 모퉁이에서 뛰어나오는 허술한 괴물들이 그들에게 진짜 공포 를 유발했는지는 알 수 없다. 다만 분명한 건, 관광객들이 공포 의 집에서 나와 햇빛을 마주하는 그 순간 곧장 모든 것을 잊었 다는 사실이다. 깊은 계곡도, 낯설기 짝이 없는 이 작은 마을도, 안내서에 적힌 이행되지 못한 약속들도 금세 잊혔고, 사람들은 다시 길을 떠났다. 알 수 없는 저마다의 목적지를 향해.

† 세상에서 가장 못생긴 여자　　Najbrzydsza
kobieta świata

† 세상에서 가장 못생긴 여자　　Najbrzydsza
kobieta świata

그는 세상에서 가장 못생긴 여자와 결혼했다. 그녀를 데리러 일부러 빈까지 갔다. 미리 작정했던 건 아니었다. 그녀를 아내로 맞이한다는 생각 같은 건 해본 적도 없었으니까. 그런데 그녀를 처음 본 순간, 경악과 충격을 가까스로 견뎌내고 나자 그는 더 이상 그녀에게서 눈을 뗄 수 없었다. 그녀는 혹과 돌기로 뒤덮인 커다란 머리를 갖고 있었다. 납작하고 주름이 자글자글한 이마 밑으로는 늘 물기가 가득한 실눈이 박혀 있었는데, 어찌나 작은지 멀리서 보면 가느다란 틈처럼 보였다. 여기저기가 부러진 듯 뒤틀린 콧대는 멍이 든 것처럼 끝이 시퍼런 데다 뻣뻣한 털이 듬성듬성 돋아나 있었다. 커다랗고 축축한, 부풀어 오른 입술은 항상 벌어져 있었고, 그 안으로 뾰족한 이빨이 보였다. 거기다 더해 비단실처럼 가늘고 긴 털들이 온 얼굴을 덮고 있었다.

그가 그녀를 처음 본 건 그녀가 떠돌이 서커스단의 골판지 무대 장식 뒤에서 나와 관객 앞에 모습을 드러냈을 때였다. 놀라움과 혐오가 뒤섞인 탄성이 군중 사이에서 터져 나왔고 결국 그녀의 발치까지 가닿았다. 그녀는 미소를 지은 것 같았지만, 그것은 오히려 슬픈 일그러짐으로 보였다. 그렇게 그녀는 미동도 없이 가만히 서 있었다. 수십 쌍의 눈이 자신의 얼굴을 빨아들이기라도 하듯 세세히 훑어보고 있다는 걸 의식한 채로. 그래야 집으로 돌아가서 친구나 이웃 혹은 자녀에게 이 얼굴을 묘사할 수 있을 테니 그러는 거였다. 거울 앞에 서서 기억 속 그녀의 얼굴을 자기 얼굴과 비교하며 안도의 숨을 내쉴 수 있을 테니까. 그녀는 묵묵히, 어쩌면 우월감마저 내비치며 서 있었다. 관중의 머리 너머로 집들의 지붕을 바라보면서.

충격으로 인해 한동안 팽팽한 침묵이 흘렀다. 그러다 마침내 누군가 외쳤다.

"뭐라고 말 좀 해봐!"

그녀는 군중을 바라보았다. 방금 목소리가 들려온 쪽을 응시하며 누가 그런 말을 했는지 찾고 있는 듯했다. 그 순간, 골판지 무대 뒤에서 뚱뚱한 체구의 여성 사회자가 달려 나오더니 '세상에서 가장 못생긴 여자'를 대신해서 대답했다.

"이 여인은 말을 안 합니다."

"그럼 당신이 그녀의 이야기를 들려줘요." 같은 목소리가 다시 요구하자, 사회자는 목소리를 가다듬고 이야기를 시작했다.

그렇게 첫 만남 이후 얼마의 시간이 흐른 뒤, 서커스 기획자로 이름을 떨치게 된 그는 서커스단 마차 안을 데우는 작은 철제 난로 옆에 앉아 그녀와 차를 마셨다. 그때 그는 이 여자가 생각만큼 어리석지는 않다는 걸 깨달았다. 그녀가 아무 말도 안 할 거라고 예상한 건 아니었지만, 말을 꽤 조리 있게 했다. 그는 이 자연의 일탈 같은 존재에게 끌리지 않으려 애쓰며 탐색하듯 그녀를 쳐다보았다. 그의 시선을 간파한 그녀가 말했다.

"제가 하는 말도 제 얼굴만큼이나 괴상하고 혐오스러울 거라고 생각했죠, 안 그래요?"

그는 말문이 막혔다.

그녀는 차를 러시아식으로 마셨는데, 사모바르*에서 손잡이 없는 찻잔에 차를 따르고는 한 모금씩 마실 때마다 각설탕을 깨물어 입에 넣었다.

그녀가 여러 언어를 할 줄 알면서도 그중 어느 하나도 제대로 구사하지 못한다는 걸 그는 금세 알아차렸다. 그녀는 몇 마디마다 끊임없이 언어를 바꿔가며 말을 이어갔다. 그리 놀라운 일도 아니었다. 그녀는 어릴 적부터 온갖 나라의 괴이한 이들이 모인 서커스단에서 자랐으니까. 지금껏 한 장소에 두 번 이상 머문 적이 없는 삶을 살아온 것이다.

"당신이 무슨 생각 하는지 알아요." 부어오른 듯한, 작고 축축

---

* 러시아를 비롯하여 동유럽, 중앙아시아 지역에서 사용되는 전통적인 찻물 끓이는 기구. 물을 끓이는 주전자와 차 농축액을 담는 작은 주전자를 함께 사용한다.

한 짐승 같은 눈으로 그를 바라보며 그녀가 다시 말했다.

잠시 침묵이 흘렀고, 그녀가 덧붙였다.

"어머니가 없는 사람은 모국어도 없는 법이죠. 전 여러 언어를 할 줄 알지만, 그중 어느 것도 제 언어는 아니에요."

그는 감히 아무 말도 하지 못했다. 갑자기 그녀가 불편하게 느껴지기 시작했다. 왜 그런지는 알 수 없었다. 똑똑한 체하는, 명확하고 흐트러짐 없는 그녀의 모습은 그가 예상했던 것과는 확연히 달랐다.

그래서 그는 작별 인사를 건넸다. 그러자 그녀가 뜻밖에도 아주 여성스럽고 우아한 몸짓으로 한 손을 내밀었다. 마치 귀부인처럼. 그 손은 제법 고왔다. 그는 그녀를 향해 몸을 숙였지만, 입술을 그녀의 손에 대지는 않았다.

그는 호텔 침대에 반듯이 누워 그녀를 생각했다. 눈을 부릅뜬 채, 환기가 덜 되어 눅눅한 호텔 방의 어둠을 응시하면서. 그 짙은 어둠이 그의 상상력을 자극했다. 그런 모습으로 살아간다는 건 어떤 느낌일까? 그녀의 내면은 모든 걸 어떻게 느끼고 감지할까? 돼지와 흡사한 눈으로 세상을 본다는 건 어떤 의미이려나? 뒤틀린 코로 공기를 들이마시면 우리와 똑같은 냄새를 맡을 수 있을까? 매일 세수를 하거나 몸을 닦거나 하는 습관적이고도 사소한 동작으로 스스로를 만질 때면 과연 어떤 기분이 들까?

단 한 번도 그녀가 가엾다는 생각은 들지 않았다. 만약 그녀에게 연민을 느꼈다면 그녀를 아내로 맞이할 생각 따위는 하지 않았을 것이다.

훗날 어떤 이들은 이 이야기를 불행한 러브스토리로 포장했다. 그가 마음으로 그녀의 마음속을 들여다보았고, 혐오스러운 얼굴을 가진 온화한 천사를 사랑하게 되었노라고. 하지만 실제로는 전혀 그렇지 않았다. 그날 밤, 그녀와 처음 만나 이야기를 나누었던 그 밤에 그는 단지 상상했을 뿐이다. 그런 존재와 사랑을 나누는 건 어떤 기분일지, 그녀에게 입을 맞추고 그녀의 옷을 벗기는 건 어떤 느낌일지를.

그렇게 몇 주 동안 그는 서커스단 주변을 맴돌았다. 어디론가 떠났다가도 다시 돌아오곤 했다. 그러다 마침내 단장의 신임을 얻었고, 브르노에서의 공연 계약을 성사시켰다. 그래서 그는 단원들과 함께 그곳까지 갔고, 덕분에 그들에게 '우리 중 하나'로 인정받게 되었다. 처음에는 표를 판매하는 일을 맡았지만 나중에는 뚱뚱한 여성 사회자를 대신해 무대에 올랐다. 그리고 그 일을 꽤 잘해냈다. 조잡하게 색칠한 낡은 커튼이 열리기 전, 관객들의 흥을 돋우는 역할을 그는 훌륭히 수행했다.

"자, 여러분, 눈을 감으십시오." 그가 외쳤다. "특히 여성과 어린이는 반드시요! 이 생명체의 흉측한 모습은 예민한 눈으로는 견디기 힘들거든요. 이 자연의 기형을 한 번이라도 목격한 사람은 더 이상 편히 잠들 수 없을 것이며, 밤마다 공포에 시달리며 눈을 뜰 것입니다. 어쩌면 창조주에 대한 믿음마저 잃게 될지도 모릅니다……."

그는 항상 이 대목에서 말을 멈췄다. 그 문장은 미처 끝맺지 못한 것처럼 들렸지만, 실은 더 할 말이 없었다. '창조주'라는 단어 하나면 모든 게 의미를 갖게 되리라고 그는 생각했다. 그리고 진심으로 믿었다. 다른 이들이 믿음을 잃어가고 있는 바로 그 창조주가, 자신에게는 특별한 기회를 내려주었다고. 세상에서 가장 못생긴 여자. 그건 선택받은 자에게만 허락된 선물이었다. 바보들은 가장 아름다운 여자를 두고 결투를 벌이며 서로를 쏘아 죽이고, 멍청이들은 여자의 변덕을 맞춰주느라 전 재산을 탕진한다. 하지만 그는 반대였다. 세상에서 가장 못생긴 여자가 먼저 그에게 다가왔다. 길이 든 슬픈 짐승처럼. 그녀는 세상의 여느 여자들과는 달랐다. 게다가 그에게 돈벌이의 기회도 안겨주었다. 그녀를 아내로 맞는다면, 그는 우월하고 특별한 존재가 되는 셈이었다. 그 누구도 가질 수 없는 대상을 독점할 수 있을 것이므로.

그는 그녀에게 꽃을 사주곤 했다. 특별할 것 없는, 그저 흔한 셀로판지에 싸서 싸구려 리본을 단 값싼 꽃다발이었다. 두꺼운 면 스카프나 반짝이는 리본, 초콜릿 한 상자를 선물하기도 했다. 그러고는 그녀가 리본으로 머리를 묶는 모습을 넋을 잃고 바라보았다. 그 화려한 리본은 아름답기는커녕 경악을 금치 못할 만큼 충격적이었다. 그는 그녀가 커다랗고 부풀어 오른 혀로 초콜릿을 으깨고, 진한 갈색 침이 듬성듬성한 이빨 사이로 흘러내려 거친 털이 돋아난 턱 아래로 뚝뚝 떨어지는 모습을 뚫어지게 바라보았다.

그는 그녀가 자신의 시선을 의식하지 못할 때 그녀를 바라보는 걸 좋아했다. 아침이면 몰래 빠져나가 천막이나 마차 뒤편에 숨어 있다가 울타리 판자 틈새로 몇 시간씩 그녀를 지켜보곤 했다. 그녀는 일광욕을 즐겼다. 그럴 때면 무아지경에 빠진 것처럼 오랜 시간에 걸쳐 천천히 자신의 성긴 머리카락을 빗으며, 가늘게 땋았다가 곧바로 다시 풀고 그러다 다시 땋기를 반복하곤 했다. 뜨개질을 할 때도 있었다. 햇빛을 받아 반짝이는 바늘들이 서커스의 떠들썩한 공기를 찌르듯 바지런히 움직였다. 또 어떤 날은 어깨를 드러낸 헐렁한 셔츠 차림으로 대야에 물을 받아놓고 옷을 빨기도 했다. 그녀의 어깨와 가슴팍엔 밝은색 털이 돋아나 있었는데, 동물의 털처럼 보드라워 보였다.

이렇게 몰래 엿보는 시간이 그에게는 꼭 필요했다. 그녀에 대한 혐오감이 점점 사그라들면서 햇살 아래 서서히 녹아내렸고, 뜨거운 여름날 증발하는 웅덩이의 물처럼 사라져갔다. 그의 눈은 지독한 비대칭과 어긋난 비율에, 부족함과 과잉에 점차 익숙해졌다. 가끔은 그녀가 평범해 보이기까지 했다.

그러다 불안해지기 시작하면 그는 사람들에게 말했다. 중요한 업무 때문에 출장을 간다고, 이런저런 사람을 만나야 한다고, 그러면서 그는 익숙하거나 혹은 들어본 적도 없는 이름들을 들먹이며 그들과 협상 중이라고 떠들어댔다. 그리고는 광을 낸 부츠를 신고 가장 좋은 셔츠를 다려 입은 뒤 길을 나섰다. 그러나 멀리 가진 않았다. 바로 옆 동네에 머물렀고, 때로는 누군가의 지갑을 슬쩍해서 술을 마셨다. 하지만 그런 순간에도 그는 그녀로부터 자유롭지 못했다. 도망치듯 온 자리에서조차 그는 그녀에 관한 이야기를 꺼냈다. 마치 그녀 없이는 단 한순간도 버틸 수 없는 사람처럼.

이상하게도 그녀는 그의 가장 소중한 소유물이 되어 있었다. 그는 그녀의 추한 외양 덕분에 술값을 치를 수 있었고, 그녀의 얼굴에 대한 묘사 하나로 젊고 아름다운 여자들을 매료할 수 있었다. 여자들은 발가벗은 채 그의 밑에 누워서도 그녀에 대한 이야기를 듣고 싶어 했다.

그러다 다시 서커스단으로 돌아올 때면 그는 항상 그녀의 추한 외모에 얽힌 새로운 이야기를 가진 채였다. 세상의 모든 것은 처음부터 끝까지 온전히 존재하려면 자신만의 이야기를 가져야 한다는 걸, 그는 알고 있었다. 처음엔 그녀에게 그 이야기들을 잘 외워두라고 시켰다. 하지만 곧 깨달았다. 세상에서 가장 못생긴 여자는 이야기를 잘하지 못했다. 말투는 단조로웠고, 울음을 터뜨리기 일쑤였다. 그래서 그가 그녀 대신 그녀의 이야기를 했다. 무대 한쪽에 서서, 그녀를 가리키듯 손을 들어 올리고는 낭독하듯 읊조렸다.

"지금 여러분 앞에 서 있는 이 불행한 존재…… 여러분의 순결한 눈으로는 도저히 견디기 어려울 만큼 끔찍한 모습이죠. 그녀의 어머니는 슈바르츠발트 숲 근처의 한 마을에 살았습니다. 어느 여름날, 그녀가 숲속에서 블루베리를 따고 있을 때 사나운 멧돼지 한 마리가 나타났고, 맹렬한 욕망에 휩싸인 그 짐승은 그녀를 덮치고, 그녀를 범했습니다."

이 대목에서 군중은 어김없이 숨죽인 탄식과 두려움 섞인 신음을 내뱉었다. 몇몇 여성은 황급히 자리를 뜨고 싶어 했다. 나가자고 팔을 끌어당기는 여자들과 이를 뿌리치는 남자들이 실랑이를 벌이곤 했다.

그에겐 이런 이야기가 몇 종류나 더 있었다.

"이 여인은 신의 형벌을 받은 영토에서 태어났습니다. 그녀는 병들고 불쌍한 걸인을 동정조차 하지 않은 이기적이고 사악한 사람들의 후예입니다. 주님께서는 추한 외모를 대물림하는 끔찍한 유전자로 그 마을 전체를 벌하신 것입니다."

이런 이야기도 있었다.

"이는 방탕한 여인의 자식들이 겪게 되는 운명의 굴레입니다. 바로 매독, 그 더러운 병이 다섯 대에 걸쳐 죄인을 벌하는 방식이죠."

그는 조금도 죄책감을 느끼지 않았다. 어느 이야기든, 진짜일 수도 있으니까.

그녀는 매번 똑같이 대답했다. "저는 제 부모가 누군지 모릅니다. 언제나 이런 모습이었어요. 갓난아기였을 때 서커스단에 맡겨졌죠. 그때 무슨 일이 있었는지, 이젠 아무도 기억하지 못해요."

그들이 함께한 첫 공연 시즌이 끝날 무렵, 서커스단은 동절기를 맞아 빈으로 느릿느릿 돌아오는 중이었다. 그때 그가 그녀에게 청혼했다. 그녀는 얼굴을 붉히며 몸을 바르르 떨었다. "좋아요"라고 속삭이듯 대답하고는 그의 어깨에 조심스레 머리를 기댔다. 그는 그녀의 향기를 느꼈다. 비누 향 같은 부드럽고 순한 향기. 그는 예기치 못한 이 다정한 순간을 억지로 견뎌냈고, 그녀에게서 조용히 몸을 떼어냈다. 흥분한 그는 두 사람의 미래에 대해 열심히 떠들어대기 시작했다. 여기도 가고, 저기도 가고. 그녀는 방 안을 서성대는 그를 말없이, 서글픈 눈으로 바라보았다. 그리고 마지막에 그의 손을 붙잡고 말했다. 자기는 오히려 반대로 살고 싶다고. 어딘가 외딴곳에 정착해서, 더 이상 떠돌지 않고, 누구와도 마주치지 않는 삶을 살고 싶다고. 음식을 만들고, 아이를 낳고, 정원을 가꾸며 그렇게 살고 싶다고.

"당신은 못 견딜 거야." 그가 발끈했다. "서커스단에서 자랐잖아. 당신은 누군가가 바라봐주길 갈망해. 사람들의 시선을 못

받으면 결국 죽고 말걸."

그녀는 아무 말도 하지 않았다.

그들은 크리스마스에 작은 성당에서 결혼했다. 주례를 맡은 신부는 거의 기절할 뻔했다. 그의 목소리가 떨렸다. 하객은 서커스단 사람들뿐이었다. 그가 그녀에게 고백하길, 그 역시 가족이 없고, 그녀만큼 외로운 몸이었기 때문이다.

모두가 술에 취해 의자에서 휘청거리고, 모든 술병이 비어 마침내 잠자리에 들 시간이 되었을 때, (심지어 술기운이 오른 그녀조차 그의 옷소매를 잡아당겼지만) 그는 하객들을 붙들어 앉히고는 와인을 더 가져오라고 소리쳤다. 그는 취하고 싶었지만 도무지 취할 수가 없었다. 그의 안에서 뭔가가 팽팽하게 당겨진 현처럼 긴장 속에 깨어 있었다. 구부정하게 앉을 수도, 다리를 꼴 수도 없었다. 그는 그저 등을 꼿꼿이 세운 채 앉아 있을 따름이었다. 그의 뺨은 붉게 물들었고, 두 눈은 반짝였다.

"이제 가요, 여보." 그녀가 그의 귓가에 대고 속삭였다.

그러나 그는 마치 식탁 가장자리를 꽉 붙들고 있는 것처럼, 아니 보이지 않는 압정들로 그 자리에 고정된 것처럼 한 발짝도 움직이지 못했다. 예리한 눈을 가진 이들이 그 모습을 봤다면, 그가 그녀와의 적나라한 친밀감을, 결혼이라는 이름으로 요구되는 강제적인 밀착을 두려워하고 있다고 생각했을지도 모른다. 정말 그런 것이었을까?

"내 얼굴을 만져줘요." 그녀가 어둠 속에서 속삭였지만, 그는 그렇게 하지 않았다. 대신 두 팔로 몸을 지탱한 채 그녀 위로 몸을 들어 올렸다. 그리하여 그가 볼 수 있었던 건, 방 안의 어둠보다 조금 밝은 그녀의 윤곽뿐이었다. 희미한 실루엣, 경계조차 불분명한 형체. 그는 눈을 질끈 감았다. 하지만 그녀는 그것을 보지 못했다. 그리고 그는 그녀를 가졌다. 여느 여자들과 다름없이, 늘 그래왔듯 아무 감정 없이.

다음 시즌부터 그들은 서커스단을 나와 독자적으로 활동하기 시작했다. 그는 그녀의 사진을 여러 장 찍어 전 세계로 보냈다. 그러자 전보로 답장들이 날아들었다. 공연이 끊이지 않았다. 그들은 일등석으로 여행했고, 그녀는 회색빛 촘촘한 망사를 드리운 모자를 단 한 번도 벗지 않았다. 그녀는 로마와 베네치아, 샹젤리제 거리의 풍경을 망사 너머로 보았다. 그는 그녀에게 드레스를 몇 벌 사주었고, 그녀의 코르셋 끈을 직접 묶어주었다. 유럽의 번화한 거리를 함께 걷는 그들의 모습은, 멀리서 보면 평범한 부부 같았다. 그러나 이처럼 그들에게 가장 좋은 시절이었을 때조차 그는 여전히 도망쳐야만 했다. 그는 원래 그런 인간이었다. 영원한 도망자. 어느 순간 갑자기 알 수 없는 공포가 내면에서 솟아올랐고, 머릿속 어딘가에서 참기 힘든, 쿵쾅거리는 발소리가 울려 퍼지는 듯했다. 식은땀이 흐르고 숨이 가빠졌다. 그럴 때면 그는 지폐 뭉치를 와락 집어 들고 모자를 낚아채어서는 계단을 헐레벌떡 뛰어 내려갔다. 그리고 어김없이 항구 근처 싸구려 술집으로 향했다. 그곳에 도착하는 순간 그는 곧바로 풀어졌다. 얼굴은 맥없이 흐물거렸고 머리는 헝클어졌으며, 포마드를 발라 반짝이던 머리카락 아래 감춰져 있던 벗어진 정수리가 뻔뻔스럽게 세상에 드러났다. 그는 마치 아무 일도 없다는 듯 천진하고 유쾌하게 술을 마셨고, 아무 말이나 횡설수설하다가 성깔 있는 매춘부에게 손등을 얻어맞기도 했다.

세상에서 가장 못생긴 여자가 처음으로 그에게 서운함을 토로했을 때, 그는 그녀의 얼굴이 아닌 배를 때렸다. 그녀의 얼굴을 만지는 것조차 두려웠기 때문이다.

이제 그는 더 이상 매독이나 숲속의 멧돼지 이야기는 하지 않았다. 대신 빈 의과대학 교수로부터 편지 한 통을 받은 뒤부터는 학술적인 언어로 자신의 아내를 소개했다.

"여러분, 여기 이 존재는 자연의 실수이며, 일종의 돌연변이입니다. 진화의 오류요, 동물과 인간 사이에서 길을 잃은 생물학적 연결 고리 같은 것일지도 모릅니다. 앞으로 이런 개체가 다시 나타날 확률은 지금 이 자리에 유성이 떨어질 확률만큼이나 희박합니다. 자, 이 순간 여러분은 '살아 있는 돌연변이'를 직접 마주하고 있는 것입니다."

그들은 실제로 교수의 대학 연구실에도 찾아갔고, 거기서 함께 사진을 찍었다. 그녀는 의자에 앉았고 그는 그 뒤에 서서 그녀의 어깨 위에 손을 얹은 채 포즈를 취했다.

한번은 그녀의 신체 치수를 재던 교수가 그에게 슬쩍 말을 걸었다.

"이 돌연변이가 유전될 수 있을지 궁금하군요. 두 분은 혹시 아이를 가질 생각은 해보신 적 있습니까? 시도는 해보셨는지요? 아내분은…… 그러니까…… 혹시 두 분은…… 실제로 관계를……?"

그로부터 얼마 지나지 않아, 마치 교수와 나누었던 은밀한 대화와 별 관련이 없다는 듯 그녀는 아이를 가졌다고 담담하게 말했다. 그 순간부터 그는 두 사람으로 쪼개졌다. 한편으로는 그녀와 꼭 닮은 아이가 태어나기를 바랐다. 그러면 더 많은 계약과 공연 의뢰가 들어올 테니까. 설령 그녀에게 무슨 일이 생기더라도 아이가 그를 오래도록 지켜줄 일종의 보험이 될 것이다. 어쩌면 아이는 아주 유명해질 수도 있으리라. 그러나 곧이어 그를 덮친 건 광적인 공포였다. 아이도 괴물이면 어쩌지. 아이를 그녀의 뱃속에서 꺼내어 그녀의 오염된 나쁜 피로부터 지켜내고 싶었다. 그는 그러고는 꿈을 꾸었다. 자신이 그녀의 뱃속에 있는 아들이 되어, 그곳에 영원히 갇힌 채 그녀의 냉혹한 자비에 속절없이 내맡겨진 꿈. 그녀가 그의 얼굴을 그녀 자신의 얼굴로 천천히 바꾸는 꿈이었다. 그러다 다른 꿈도 꾸었다. 자신이 숲속의 멧돼지가 되어 순결한 소녀를 짓밟는 꿈. 그는 땀에 흠뻑 젖은 채로 깨어나 간절히 기도했다. 그녀가 아이를 유산하게 해달라고.

그녀의 부풀어 오른 배는 사람들의 경계를 누그러뜨렸다. 그제야 사람들은 그녀의 흉측한 외모를 용납할 수 있는 듯했다. 이제는 그녀에게 질문도 했다. 그러면 그녀는 부끄러워하며 작은 목소리로 자신 없이 대답하곤 했다. 가까운 지인들은 아이의 성별이나 외모에 대해 내기를 하기 시작했다. 그녀는 그 모든 걸 너그러이 받아들였다.

저녁이면 그녀는 아기 옷을 바느질했다.

"있잖아요……." 어느 순간 그녀가 바느질을 멈추고는 멀리 어딘가 한 점을 응시하며 말했다. "사람들은 다들 너무도 나약하고 외로운 것 같아요. 내 얼굴을 뚫어지게 바라보며 앉아 있는 사람들을 보면, 왠지 그들이 안쓰러워요. 내면이 텅 비어서 뭔가를 자꾸 보고 그걸로 채워 넣으려는 것 같아. 가끔은 그런 생각이 들어요. 그들이 실은 날 부러워하고 있는 게 아닐까. 난 적어도 뭔가 '특별한 것'을 가지고 있잖아. 하지만 그들은…… 자기만의 고유한 뭔가를 갖지 못했으니까요."

그녀의 말에 그의 표정이 살짝 일그러졌다.

그녀는 한밤중에 평탄하게, 짐승처럼 묵묵히 아이를 낳았다. 산파는 그저 탯줄을 자르기 위해 잠깐 다녀갔을 뿐이었다. 그는 산파에게 돈다발을 쥐여주며 입을 함부로 놀리지 말라고 당부했다. 그리고 곧바로 방 안의 모든 불을 켰다. 직접 확인하고 싶어서였다. 심장이 미친 듯이 뛰었다. 아이는 끔찍했다. 엄마보다 더 흉측했다. 그는 눈을 감을 수밖에 없었다. 속이 울렁거려 목구멍까지 구토가 치밀었기 때문이다. 한참이 지나서야 그녀가 말한 대로 신생아가 여자아이라는 걸 확인할 수 있었다.

그래서 그는 길을 나섰다. 어둡고 적막한 도시로. 베를린 아니면 빈이었을 것이다. 젖은 눈이 성글게 흩날리고 있었고, 그의 구두 굽이 자박자박 처량하게 포석 길을 디뎠다. 그는 또다시 둘로 쪼개졌다—기뻐하면서도 절망했다.

술을 마시면서도 정신이 또렷했고, 꿈을 꾸면서도 두려움에 휩싸였다. 며칠 뒤 집으로 돌아왔을 때, 그는 이미 계획을 세워둔 채였다. 앞으로의 공연 일정과 홍보 전략까지. 그는 교수에게 편지를 보냈다. 사진사를 불러들였다. 사진사는 손을 떨며 계속해서 플래시를 터뜨렸고, 강렬한 섬광 속에서 끔찍한 두 존재의 추함을 박제하듯 찍어냈다.

이제 겨울만 끝나면 되었다. 개나리가 피고, 대도시의 포석 길이 마르기만 하면 되었다. 상트페테르부르크, 부쿠레슈티, 프라하, 바르샤바 그리고 멀리, 더 멀리, 마침내 뉴욕과 부에노스아이레스까지. 푸른 하늘이 커다란 돛처럼 대지 위로 팽팽히 펼쳐지기만 하면, 전 세계가 그의 아내와 딸의 추함에 감탄하며 그들 앞에 무릎을 꿇게 될 것이었다.

그 무렵 그는 처음으로 그녀의 얼굴에 입을 맞추었다. 입술은 아니었다, 절대로. 이마였다. 그녀가 어딘가 달라진 듯한, 환히 밝아진 시선으로, 어쩌면…… 거의 인간에 가까운 눈빛으로 그를 마주 보았다. 바로 그 순간, 그의 머릿속에 한 가지 질문이 떠올랐다. 하지만 차마 그녀에게 묻지는 못했다. '너는 누구지?' '도대체 넌 누구야? 누구냐고.' 그가 속으로 되뇌었다. 그리고 문득 깨달았다. 그는 언제부턴가 다른 이들에게, 그리고 면도를 하려고 거울 앞에 선 자신에게까지 같은 질문을 되뇌고 있었다. 마치 놀라운 비밀을 알아버린 것만 같았다. 세상 모든 사람은 가면을 쓰고 살아간다는 걸. 베네치아의 성대한 가면무도회에 참가한 것처럼, 우리 모두의 얼굴은 사실 가면이라는 걸. 술에 취한 밤이면 그는 엉뚱한 상상에 빠져들었다. 제정신일 때는 떠올릴 수조차 없는 망상이었다. 그 가면들을 죄다 벗겨버리면 어떨까. 붙여놓은 종이가 가벼운 마찰음을 내며 뜯겨나가겠지. 그러면 그 밑에는— 과연 뭐가 있을까? 그는 알 수 없었다. 아니, 알고 싶지 않았다. 그 무지가 너무도 고통스러워서 더는 그녀와 아이가 있는 집 안에서 버틸 수가 없었다. 그는 두려웠다. 그 기묘한 충동을 견디다 못해 어느 날 그녀의 얼굴에서 그 끔찍한 '추함'을 긁어내고 싶어질까 봐. 손끝을 더듬거리며 감춰진 경계선을, 묶어둔 끈과 접착 부위를 집요하게 찾아 헤맬까 봐. 그녀의 머리카락을 샅샅이 헤집을까 봐. 그는 결국 몰래 집을 빠져나와 술집으로 갔다. 그곳에서 다음 여정을 계획했고, 포스터의 문구를 구상했으며, 신문사에 보낼 전문(電文)을 작성했다.

하지만 이른 봄 그 무시무시한 스페인 독감이 유행했고, 그녀와 딸은 함께 병들었다. 불덩이처럼 달아오른 모녀가 나란히 누워 가쁜 숨을 몰아쉬었다. 이따금 그녀는 거의 본능처럼 아이를 품에 끌어안았다. 열에 들떠 혼미한 와중에도 아이에게 젖을 물리려 애썼다. 하지만 아이에겐 더 이상 젖을 빨 힘조차 없다는 걸, 아이가 죽어가고 있다는 걸 그녀는 알아차리지 못했다. 그리고 마침내 아이가 숨을 거두자, 그는 조심스럽게 아이를 그녀의 품에서 떼어내어 침대 끝자락에 조용히 내려놓았다. 그리고 시가에 불을 붙였다.

그날 밤 '세상에서 가장 못생긴 여자'는 잠시 정신을 차렸다. 절망에 찬 울부짖음을 터뜨리기 위해서였다. 그는 그 울음을 차마 견딜 수가 없었다. 그것은 밤의 소리, 어둠의 소리였고, 시커먼 수풀 속에서 터져 나오는 들짐승의 절규였다. 귀를 틀어막았지만 소용없었다. 결국 그는 모자를 움켜쥐고 집을 뛰쳐나갔다. 하지만 멀리 가지는 못하고 자기 집 창문 밑에서 밤새도록 서성거렸다. 그녀가 죽어가는 동안 그는 그렇게 자신의 방식대로 곁을 지켰다. 그리고 그녀의 죽음은 예상보다 빨리 찾아왔다.

그는 둘만의 침실에 틀어박힌 채, 너무나 무겁고 부담스러우며, 느닷없이 엄연한 실체가 되어버린 두 시신을 바라보았다. 존재감이 너무나 선명해서, 매트리스가 얼마나 깊게 꺼졌는지도 눈에 들어왔다. 그는 도무지 어떻게 해야 할지 알 수가 없었다. 그래서 교수에게 연락했다. 그러고는 병째 술을 들이켜며, 아무런 움직임도 없는 두 형체의 윤곽이 황혼에 서서히 지워져나가는 광경을 묵묵히 지켜보았다.

"제발…… 살려주세요." 교수가 도착해 시신을 전문적으로 살펴보는 동안, 그가 술에 취해 꼬부라진 혀로 중얼거리며 애원했다.

그러자 교수가 짜증 섞인 목소리로 단호하게 말했다. "미쳤습니까? 둘 다 이미 죽었다고요."

이윽고 교수는 서류를 한 장 내밀었다. 그는 오른손으로 서명하며 왼손으로는 돈을 받았다.

그리고 바로 그날, 항구 저편으로 자취를 감추기 전 그는 교수와 함께 모녀의 시신을 마차에 실어 대학 병원으로 운반했다. 얼마 지나지 않아 모녀는 그곳에서 비밀리에 박제되었다.

그로부터 오랜 시간이 흘렀다. 거의 20여 년 동안 모녀는 병원 건물 지하의 서늘한 수장고에 머물렀다. 그러다 마침내 '더 나은 시대'가 도래했고, 두 존재는 더 방대한 컬렉션에 포함되었다. 유대인과 슬라브인의 두개골, 두 개의 머리를 지닌 신생아들, 갖가지 형태의 샴쌍둥이들과 함께. 지금도 빈의 병리·해

부학 박물관 수장고 어딘가에서 그들을 볼 수 있다. 어미와 딸이 유리알 눈을 빛내며 장엄한 포즈를 취한 채 서 있다. 마치 새로운 종의 실패한 시작처럼.

✝ 작가와의 만남

Wieczór autorski

가장 좋은 아이디어는 항상 밤에 떠오르곤 했다. 마치 밤이 되면 그녀가 낮과는 완전히 다른 인물이 되는 것처럼. 아마도 그는 진부하다고 말했을 것이다. 그러고는 곧장 화제를 바꾸거나 아니면 "나는 말이야"로 운을 떼면서 이렇게 말했겠지. "해가 떠 있는 시간에 아이디어가 가장 명료하게 떠오르곤 해. 아침에, 첫 커피를 마신 직후, 그러니까 하루의 전반부에 말이지."

어느 날 우연히(정말 우연이란 게 있기는 한 걸까?) 신문을 읽다가, 그가 프로이센, 즉 알렌슈타인을 방문한다는 기사를 발견했다. 그가 이렇게 가까운 곳까지 온다니. 그날 밤 그녀는 잠을 이루지 못했다. 모든 게 되살아났다. 어쩌면 되살아난 게 아닐지도 모른다. 애초에 사라진 적이 없고, 늘 그 자리에 있었으니까. 그녀는 누워서 천장을 바라보며, 지금부터 자신이 하려는 일이 앞으로 어떤 방향으로 뻗어나갈지 모든 경우의 수를 가늠해보았다. 기차역, 낯선 도시의 승강장에 그녀가 서 있고, 반대편에서 그가 걸어온다. 그녀를 알아보고 흠칫 놀란 표정을 짓는다. 발걸음을 멈춘다. 그의 시선, 그리고 모자의 망사를 걷어올리는 그녀의 손길, 한때 그녀를 흥분에 떨게 했던 그 맑은 눈빛, 육체가 아니라 바로 그 눈빛에 그녀는 전율하곤 했다. 또 다른 장면. 그녀가 햇살이 가득 내리쬐는 구시가지 광장을 걷고 있다. (알렌슈타인의 광장은 어떤 분위기일까?) 그가 또 반대편에서 걸어온다. 이번에는 어떤 남녀와 함께. 그가 그녀를 알아본다. 창백한 낯빛으로, 약간 당황한 채로 그가 일행에게 양해를 구한다. "잠시만요……." 그가 떨리는 손으로 밝은색의 모자를 벗는다. (머리숱이 예전보다 줄었군. 이제 그런 나이가 된 걸까?) 그녀는 차분히 손을 내민다. 이미 한 시간째 광장을 돌며 그를 기다리고 있던 터였다.

알렌슈타인은 큰 도시일까? 너무 큰 나머지 5월의 인파 속에서 서로를 지나쳐버리는 건 아닐까? 혹은 그가 역에서 마차를 타고 곧장 호텔로 가버리는 건 아닐까? 어쩌면 그 도시에는 그런 광장이 아예 없을지도 모른다. 그날따라 비가 내릴 수도 있다. 아니면 그가 오지 않을 수도 있다. 아내의 병 때문에 막판에 여행을 취소할 수도 있다. 출판사가 그를 독일에 붙잡아둘 수도 있다. 그는 아주 저명한 작가니까. 글깨나 읽는 사람이라면 누구나 그의 이름을 알 것이다. 아니, 어쩌면 그렇지 않을 수도 있다. 그에 대해 그토록 신경 쓰는 건 그녀뿐일지도 모른다. 그녀는 신문에 실린 그에 관한 작은 기사 하나도 놓치지 않으려 애쓴다. 서점에 그의 두 권짜리 소설이 진열되어 있는지 확인하고, 그 근처를 지날 때마다 장갑 낀 손끝으로 책을 슬쩍 만져보고는, 정작 서점 주인에게는 아무 관련도 없는 다른 책에 대해 묻곤 한다.

아침이 되자 그녀의 생각은 터무니없게 느껴졌다. 아침밥을 먹으러 1층으로 내려가자 요한이 허리를 감싸안고 입을 맞춰왔다. 한 시간 뒤면 아이들의 피아노 선생이 올 것이다. 반숙 달걀을 반으로 가르는데, 자신의 손가락이 문득 눈에 들어왔다. 가늘고 깡마른 손가락, 마치 한 번도 자기 것이었던 적이 없는 듯한 그 이질적인 손을 보고 있자니 알 수 없는 회한이 솟구쳤다. 그 순간, 그녀는 스스로도 놀랄 만큼 갑작스레 선언했다. 아버지를 뵈러 단치히*에 며칠 다녀오겠다고. 남편은 딱히 놀라는 기색 없이 냅킨으로 입을 닦았다. 그러고는 식탁에서 몸을 약간 뒤로 뺀 채, 시가에 불을 붙였다. 그녀가 하녀에게 창문을 열라고 지시했다. 그러자 거리에서 마차 소리와 마차철도 소리가 들려왔다. 곧이어 집 앞 정원에 활짝 핀 라일락의 벨벳처럼 부드러운 향기가 집 안으로 스며들었다.

상자에 담긴 파나마모자, 어두운 빛깔의 조젯 스커트, 가슴

---

* 단치히(Danzig)는 현재 폴란드의 항구 도시인 그단스크(Gdańsk)의 독일식 명칭이다. 역사적으로 독일과 폴란드가 번갈아가며 지배했기에 작품의 시대적 배경이나 작중 인물의 국적에 따라 독일식 지명이 사용되기도 한다.

쪽에 프릴이 잡힌 흰 블라우스, 가장자리를 레이스로 장식한 양산. 직사각형의 작은 손가방과 커다란 가죽 트렁크. 단추로 잠그는 짧은 부츠. 실크 속옷들 사이에 넣어둔 조그만 향수병. 갈아 낄 여분의 장갑 한 켤레. 그리고 나머지 짐들. 단치히역에 도착한 그녀는 알렌슈타인행 승차권을 산 뒤, 역내 카페에서 세 시간을 기다린다. 도중에 화장실에 들렀다가 거울 속 자신의 얼굴을 마주하고는 놀란다. 이보다는 젊은 줄 알았는데. 열차에 올라 칸막이 객실에 앉는다. 그리고 가방에서 오래된 〈노이에도 이체룬트샤우〉*를 꺼내어 펼친다. 거기에 그의 단편이 실려 있다. 예전엔 거의 외우다시피 했던 이야기인데, 이제는 전혀 기억나지 않는 대목들이 있다는 걸 깨닫는다.

알렌슈타인과 베네치아가 서로를 완성하는 작은 기적이 일어난다. 10년의 시간이 흐른 지금 이 두 도시는 하나의 연속선상의 양극이 되었고, 그녀 인생의 한 부분을 관통하는 축이 되었다. 북쪽과 남쪽. 메마름과 촉촉함. 역사와 무시간성. 미래를 바라보는 눈과 과거를 응시하는 눈. 서로 상반된 것들이 만났다.

그를 처음 본 건 바닷가에서였다. 밝은색 옷차림에 중절모를 쓰고 있었다. 그녀는 그를 기억에 새겼다. 하지만 그녀는 한 번 본 사람들은 대체로 다 기억하는 편이었다. 해변에서 그는 살짝

* 1890년에 독일에서 창간된 문학·평론 잡지로, 20세기 초 유럽 문단에 큰 영향을 미쳤다.

224

산만하면서 젊은 활기가 넘쳤다. 나중에 정식으로 인사를 나눴을 때, 그는 마치 가면을 쓴 사람처럼 느껴졌다. "나는 작가입니다." 그가 자신을 그렇게 소개했지만, 그녀에게는 조금도 중요하지 않았다. 그는 어딘가 어색해하면서 그녀의 시선을 피해 눈을 돌렸다. 그녀와 그를 모두 아는 한 지인이 술기운이 살짝 오른 상태에서 그를 가리켜 "당나귀"라고 말하던 것도 떠올랐다. 결정적인 일을 다 치르고 난 뒤 처음으로 그의 호텔 욕실을 본 순간에야 그녀는 비로소 이 사람을 진짜로 알게 되었다는 느낌을 받았다. 격정적인 하룻밤이나 육체의 피상적인 접촉이 아닌, 호텔 욕실이 그의 참모습을 드러냈다. 욕조에 걸쳐진 그의 수건. 면도용품들. 손잡이가 물에 닿아 상한 듯한 면도용 빗. 비누가 담긴 나무 상자. 정지된 사물들. 그러나 육체의 현존을 증언하는 것들. 그가 아직 자고 있거나 혹은 이미 깨어 (함께 사랑을 나누며 밤을 보낸 뒤, 약간의 쑥스러움이 깃든 아침의 침묵 속에서) 그녀를 기다리고 있었을 바로 그 순간, 그녀는 조심스레 그의 물건들을 만지며 갑작스러운 감정의 파도에 휩싸였다. 차가운 거울에 머리를 기대었고 감정이 복받쳐 울음이 터질 것만 같았다. 그녀는 그 순간을 오래도록 기억했다. 아마 그게 사랑의 시작이었을 것이다. 그녀는 생각한다. 사랑이란 누군가를 온전히 알아보는 게 아닐까? 사람들이 서로의 몸을 그토록 갈망하는 것도, 단순한 쾌락 때문이 아니라 가능한 한 가장 가까운 거리까지 다가가기 위해서가 아닐까? 몸의 구석구석을 탐색하고, 모든 경계를 뛰어넘어 더 깊은 중심부로 파고드는 것, 그렇게 끝내 그 사람의 내면을 찾아내는 것.

알렌슈타인역은 그녀가 상상했던 것보다 훨씬 작았다. 아주 잠시 공황이 그녀를 엄습했다. 기차에서 내리다가 그녀는 반사적으로 기차 계단의 차가운 손잡이를 꽉 움켜잡았다. 하지만 마차가 이 도시에서 가장 좋은 호텔을 향해 그녀를 데려가는 동안 그녀는 갑자기 온 세상을 얻은 듯한 기분에 휩싸였다. 사람들, 아무것도 모르고 아무것도 직감하지 못하는, 작고 이차원적인 존재들, 부드러운 살점으로 만들어진 기계들. 그들의 초라한 가게들, 커피잔에 고인 커피의 매끄러운 표면을 살짝 스치고 지나가는 무심한 입술들, 오직 자신에게만 몰두하는 몸뚱이들, 모자에 손을 올렸다 내리기를 되풀이하는 우스꽝스러운 의례와, 지팡이와 양산을 꼭 움켜쥔 손들, 낡은 양탄자가 깔린 집에서 반복되는 따분하고 하찮은 저녁나절들, 그리고 다음 문장을 이어가지도 못하는 빈약한 사고. 그들은 한없이 작은 꼭두각시 같았다. 그런데도 마차 안에서 마치 남자처럼 느긋하게 기대앉아 창밖을 바라보던 그녀에게는 그들이 사랑스럽게 느껴졌다. 연민인 듯도 했지만, 아니었다. 그보다는 사랑에 가까운 감정이었다. 목표가 뭔지도 모르면서 부모가 짜놓은 교육과정을 충실히 수행하는 아이들을 바라볼 때 느끼는 감정과 흡사했다. 그 마차 안에서, 그녀는 그들보다 높은 곳에 있었다. 더 멀리 보고, 더 깊이 꿰뚫었다. 세상의 규칙을 정하는 건 그녀였다. 분 단위로, 몸짓마다, 사건 하나하나로 생을 창조하는 장본인.

호텔에 도착해서 꾸며낸 신상 정보를 방명록에 적으며 그녀는 데스크 직원에게 태연히 물었다.

"오늘 이 호텔에 유명 작가 T 씨가 묵는다는 게 사실인가요?"

직원이 두꺼운 안경알 탓에 일그러진 눈을 들어 그녀를 쳐다보았다. 흥분과 자부심을 애써 억누르는 듯했다.

"맞습니다. 내일 오후에 음악과 문학에 대한 강연을 하기로 예정되어 있어요." 그가 갑자기 진지한 어투로 말했다. "그분이 우리 호텔에 머문다는 사실을 제발 아무에게도 말하지 말아주세요. 물론 이 도시엔 다른 마땅한 곳이 없고, 여기가 최고의 호텔이긴 합니다만. 우린 그분을 위해 스위트룸을 비워두었어요. 며칠 전부터 청소를 마치고 기다리는 중이지요." 그가 한쪽 구석에 걸려 있는, 로마숫자 I이 적힌 열쇠를 가리켰다. "독자들이 그분의 휴식을 방해할까 봐 걱정입니다."

"그 정도로 인기가 많나요?"

"제 아내는 그분의 책을 전부 읽었답니다." 이 한마디면 모든 게 설명된다는 듯이 그가 대답했다.

"베를린에서 오는 기차는 몇 시에 도착하죠? 제가 누군가를 기다리고 있어서요."

호텔 직원은 그녀를 경계하는 듯한 눈빛으로 바라보며 시간을 알려주었다.

객실은 허름했다. 높다란 두 개의 창문이 중심가를 향하고 있었고, 창턱에는 비둘기들이 앉아 있었다.

그녀는 세수를 하고 꺼끌꺼끌한 수건으로 얼굴을 닦았다. 그러고는 블라우스를 갈아입고 머리를 빗은 뒤, 거울 앞에서 조심스럽게 머리를 묶기 시작했다. 거울이 상당히 높은 곳에 걸려 있는 바람에 눈과 이마밖에 보이지 않았다. 그녀는 손가락 끝에 향수를 살짝 묻혀 피부에 문질렀다. 아직 시간이 충분하니 잠시 거리를 산책해도 괜찮겠다고 생각했다. 쇼핑을 하거나, 진열창의 유리에 자신의 모습을 남기거나, 애매한 넓이의 시장을 둘러보거나, 파라솔 그늘 밑에 앉아 레모네이드를 마실 수도 있으리라. 그녀는 모자를 썼다. 하지만 갑자기 외출할 마음을 접었다. 그녀는 그 차림 그대로, 손에 양산까지 쥔 채 푹신한 침대에 등을 대고 누웠다. 천장에 아로새겨진 섬세한 균열이 알아들을 수 없는 비밀스러운 문장으로 신호를 보내는 듯했다.

두 사람은 하루 종일 도시를 걷고 또 걸었다. 베네치아는 숨막히게 더웠고, 축 늘어져 있었다. 운하에서는 악취가 피어올랐다. 그와 그녀는 자꾸만 걸음이 빨라지는 자신들을 발견했다. 어딘가를 향해 바삐 가는 사람들처럼. "아, 대체 무엇 때문에 이렇게 서두르는 거지?" 둘은 웃음을 터뜨리며 서로를 진정시켰다. 하지만 그들에게 중요한 건 따로 있었다. 손끝이 살짝 스치고, 어깨가 가볍게 맞닿고, 바람이 문득 서로의 향기를 실어 와 그들을 휘감는 것. 상대의 그림자가 자기 다리에 포개지기라도 하면, 그걸로 충분했다. 서로를 쳐다보지 않고 그저 어깨를 나란히 하고 걸으면서도 그들은 끊임없이 서로를 의식했다. 어떻게 이런 일이 가능할까? 그는 줄곧 자신의 가족에 대해 이야기했다. 그녀는 그게 이상했다. 자기라면, 그에게 그런 이야기를 할 리가 없었기 때문이다. 하지만 그는 끊임없이 말했다. 자신이 존재하고 있다는 걸, 자신의 혈관에 한자동맹* 상인의 유전자가 흐르고 있다는 걸 그녀에게 증명이라도 하듯 말하고 또 말했다. 그 상인들의 아이를 낳느라 지쳐버린 아내들, 콧수염을 기른 험상궂은 인상의 사업가들 그리고 그들의 아이들에 대해. 그는 시간을 '사람들'로 기억했다. 어쩌면 작가가 된다는 건 그런 것일지도 모른다. 그는 그들의 이름을, 유쾌한 입담을, 어처구니없는 실수와 별난 버릇까지 모두 기억했다. 그러고는 너그럽게도 모든 이에게 고유한 특성을 부여했다. 그녀는 믿을 수 없었다. 이 세상 사람 하나하나가 전부 다 그렇게 흥미롭다는 건 불가능하고, 이치에 어긋나는 일이다. 세상은 군중과 그 속에서 눈에 띄는 몇 안 되는 개인들로 이루어져 있다고 그녀는 믿었다. 그녀에게 있어 인간이란, 자신이 사랑하는 이들을 제외하고는, 저마다의 고유한 형태를 잃은 채 거대한 덩어리로 밀려드는 파도

---

* 12세기부터 17세기까지 북유럽과 발트해 연안을 중심으로 번영한 도시동맹으로, 무역·상업의 이익을 보호하고 확대하기 위해 결성되었다. 뤼베크, 함부르크, 브레멘 등의 도시들이 주 회원이었으며, 당시 유럽 경제와 정치에 큰 영향력을 행사했다.

나 다름없었다. 모든 사람을 사랑할 수는 없는 법이니까.

카페 혹은 텅 빈 해변의 덮개 달린 의자, 목조 덱이 깔린 부둣가에 잠시 앉아 쉴 때, 그제야 그들의 시선이 마주쳤다. 그녀는 아무 말도 할 수 없었다. 그저 그에게 안기고 싶었다. 그녀는 살갗에 와 닿는 그의 시선을 생생히 느꼈다. 그의 밝고 푸른 눈동자에는 조금의 부끄러움도 담겨 있지 않았다.

저녁이면 그들은 해변의 모래톱이 내려다보이는 테라스에 나란히 앉았다. 가로등 불빛에 노랗게 물든 나뭇잎들은 도시 한복판에 불쑥 나타난 무성한 숲 같은 느낌을 자아냈다. 친구들, 그와 그녀의 공통된 지인들, 웃고 떠드는 소란스러운 무리—그와 그녀에게 그들은 잠시 정박한 섬 같았다. 그저 육지를 밟고 싶어 닻을 내렸을 뿐, 두 사람이 원한 건 늘 항해였다.

그의 집은 우거진 우엉 덤불 속에 파묻혀 있다. 높은 울타리가 쳐진 정원으로 그녀가 몰래 다가간다. 그녀는 그가 그 안에 있다는 걸 알고 있다. 그저 보기만 하면 된다. 그러다 문득 깨닫는다. 자신이 벌거벗고 있다는 것을. 그녀는 급히 길에서 벗어나 우엉 덤불로 숨어든다. 그러고는 덤불을 헤치고 정원 뒤편으로 돌아간다. 그제야 불 켜진 거실 창문이 훤히 보인다. 파티가 열리는 중이다. 사람들이 와인 잔을 손에 들고 창 저편을 지나다닌다. 그들의 입술이 유리창이 만들어낸 침묵 속에서 부지런히 움직인다. 그리고 그 여자가 있다. 푸른 옷을 입은 아름다운 여자, 그의 아내. 그녀가 밝게 웃으며 사람들과 대화를 주고받는다. 능숙하고 자연스럽다. 문득 우엉잎들이 날카롭고 따갑게 느껴진다. 하지만 그는 없다, 수족관처럼 투명한 저 거실에. 그는 저기 없다.

돌연 정신이 들었다. 모자챙이 목덜미를 아프게 누르고 있었다. 침대에서 일어나 거울을 보니 눈이 약간 붓고 눈물이 고여 있었다. 이제 갈 시간이다.

알렌슈타인, 교차하는 두 개의 도로, 고성과 시청사 그리고 지난날 유행하던 패션을 여전히 볼 수 있는 거리. 이곳에서는 모든 이야기가 역에서 시작된다. 이곳은 살아가는 곳이 아니다. 단지 도착하는 곳일 뿐이다. 프로이센다운 질서와 아시아적인 우수(憂愁)가 깃든 공간. 물비린내가 희미하게 풍겨온다. 시계가 오후 3시를 알릴 무렵, 그녀가 커피를 주문했다. 지금쯤이면 아이들은 방에서 낮잠을 잘 것이다. 불현듯 아이들의 체취가 그리워졌다. 왜 아이들 머리카락에서는 늘 바람 내음이 나는 걸까? 종업원이 그녀를 향해 호기심과 함께 은근한 추파가 담긴 눈빛을 보이며 돈을 받아 갔다. 그녀는 천천히 역 쪽으로 걸음을 옮겼다. 그러자 조금 전까지의 평정심이 순식간에 사라졌다. 심장이 리듬에 맞춰 점점 빠르게 고동쳤다. 자신이 뭔가 납작하고 평평해진 느낌이었다. 이 순간에만 존재하는 사람, 과거도 미래도 없는, 그저 역을 향해 걸어가는 여자—그뿐인 것처럼.

승강장은 텅 빈 듯했지만, 그래도 몇 사람은 있었다. 꽃다발을 든 청년, 아이 둘을 데리고 온 여인 그리고 벤치에 앉은 한 여

행자—항상 늦게 도착하고, 기차도 지나쳐버리는 그런 부류의
여행자였다. 그녀의 뒤를 따라 곧바로 한 무리의 남자들이 들어
섰다. 근엄한 체하는 중년 신사들. 다들 약간 살집이 있다. 한 명
은 금속 테 안경을 썼고, 또 한 명은 맵시 좋게 재단한 검은 정장
차림에 한쪽 눈에 단안경을 끼고 있다(어쩐지 장례식장에 다녀
오는 사람처럼 보인다). 세 번째와 네 번째 남자는 별다를 게 없
는 평범한 인상이다. 그들은 아마도 작가를 마중 나온 알렌슈타
인 문화 협회 대표들일 것이다. 곧이어 학생 무리가 도착하자
이내 역의 분위기가 달라졌다. 갑자기 활기차고 소란스러워졌
다. 소풍이라도 가는 걸까? 아니면 프로이센 학교들에 임시 공
휴일이라도 선포된 걸까? 나이 많은 교사가 소란을 가라앉히려
애썼지만, 아무 소용 없었다.

얼마나 이상한 일인가. 베네치아에서 헤어질 때, 그는 울었다.
그녀의 손을 꼭 쥔 채 그녀를 바라보는 그의 차가운 푸른 눈에는
눈물이 그렁그렁 맺혀 있었다. 그가 말했다. "울다니, 바보 같잖
아. 곧 다시 볼 텐데." 그녀는 그가 당연히 청혼할 거라고 생각했
다. 그는 워낙 전통적인 사람이니까. 그런데 머릿속에서는 이런
생각이 맴돌았다. '청혼이라니, 그게 무슨 소용이야. 어차피 우리
는 함께할 텐데.' 그때는 다른 가능성은 상상조차 할 수 없었다.
나중에야 그녀는 깨달았다. 그의 눈물은 그 자신을 위한 것이
었다. 편지를 네 통이나 썼었노라고, 그가 다섯 번째 편지에서 고

백했다. "하지만 보내지는 않았어. 아물어야 하는 상처가 자꾸 덧나버릴 것 같았거든. 넌 정말 아름다워. 세상이 한 번도 건드리지 못한 것처럼 신선해. 넌 이 세상 사람이 아닌 것만 같아, 마치 천사처럼. 널 가질 수 없을수록 널 더욱 원하게 돼." 이 편지는 어쩐지 그녀를 불안하게 만들었다. 왜 불안한지조차 알 수 없었다. 마치 다른 누군가한테 보내는 편지 같았다.

무리가 술렁였다. 꽃다발을 든 청년이 벤치에서 벌떡 일어섰고, 검은 정장의 신사는 긴장한 듯 단안경을 손수건으로 닦았다. 노교사가 학생들을 두 줄로 세우려 했지만, 헛수고였다. 그때 그녀는 비로소 깨달았다—이 모든 사람이 기다리는 인물이 바로 그라는 것을. T는 더 이상 그녀만의 남자가 아니었다. 그는 이제 다른 이들의 것이기도 했다. 학생들, 정장 입은 신사들, 꽃다발을 든 청년, 역무원들, 호텔 직원들과 그들의 책 읽는 아내들—모두가 그를 나눠 갖고 있었다.

하지만 그들이 대체 그에 대해 뭘 안단 말인가? 그의 가장 대표적인 장편소설이나 잡지에 실린 단편들을 읽었다고 해서 그를 안다고 말할 수 있을까? 그렇다면 그들이 아는 '그'는 누구인가? 그가 쓴 모든 글에 그의 흔적은 겨우 부스러기 정도로, 아니면 설탕 장식의 가루처럼 희미하게 흩뿌려져 있을 뿐이었다. 그는 자신의 문장 속에서 살고 있었던 걸까? 그 완벽하고 명료하며 설득력 있는 문장들 속에서? 하지만 베네치아에서 함께 끝도 없이 배회하던 그때의 그는 항상 조바심을 내며 짤막하게 말하곤 했다. 그래서 그녀는 늘 그의 마음을 헤아려야 했다. 그가 내뱉는 말이 마침표인지, 아니면 채 끝맺지 않은 쉼표인지. 그가 쓴 이야기, 에피소드들 안에 정말 그가 존재할까? 그는 농담 하나 제대로 못 하는 남자였다. 그런데 어떻게 사람들을 그처럼 교묘히 속일 수 있었을까? 자신이 창조한 인물을 곧 그 자신이라 믿게 만들다니. 그게 그에겐 조금도 어려운 일이 아니었다니. 어쩌면 그들이 아니라 그녀가 착각한 걸 수도 있었다. 사랑과 욕망에 눈이 멀어, 전혀 다른 누군가를 보고 있었는지도 모른다. 그의 문장 어디에도 그는 보이지 않았다. 거기에 그는 없었다. 그가 쓴 가족 연대기의 중립적인 화자는 그가 아니었다. 그건 완전히 다른, 낯선 누군가의 목소리였다. 바로 그 점이 매혹적이었다. 살아 있는 한 인간 안에서, 세계를 창조하는 존재를, '언어의 지배자'를 찾아내려고 시도하는 것. 그가 아무것도 모른 채 자신의 품에 안겨 잠들어 있는 순간에도 그녀는 그의 숨결에서 그 존재를 찾아보려 했다. 그의 시선을 마주 보면서도 그 눈꺼풀 너머에 감춰진 광활한 공간을 들여다보길 원했다. 그가 아이스크림을 먹는 모습을 지켜보면서도 그녀는 궁금해했다. 그는 과연 다른 사람들과 똑같은 맛을 느끼고 있을까? 그의 신경도 다른 모든 이들과 똑같은 방식으로 자극을 뇌로 전달할까. 무언가 다를 거라고, 그래야만 한다고 그녀는 믿었다. 문득 베네치아에서 함께 있을 때 그가 콧수염을 길렀던 것이 떠올랐다. 그는 무의식중에 손을 자꾸만 윗입술로 가져가, 어두운 빛깔의 까칠한 수염을 손끝으로 만지작거리곤 했었다.

기차가 들어오고 있었다. 기관차에서 뿜어져 나오는 연기가 그들의 머리 위로 실체에 가까운 형상을 그려냈다. 그녀의 심장은 거세게 뛰었고, 입안은 바싹 말랐다. 그녀는 역의 구석에 있는 식당 간판 밑으로 물러서서 모자의 망사를 내렸다. 열차가 멈춰 서는 그 짧은 순간, 아무 일도 일어나지 않았다. 역 전체가 잠시 그대로 멈추었다. 네 남자의 당혹스러운 시선이 객차에서 객차로 부지런히 옮겨 다녔다. 그러다 느닷없이 사람들의 무리가 오른편, 열차의 앞쪽을 향해 움직이기 시작했다. 아이 둘을 데려온 수수한 행색의 여인도 같은 방향으로 미끄러지듯 이동하고 있었다. 그녀의 얼굴엔 홍조가 깃들어 있었다. 꽃다발을 든 남자가 선두에서, 거의 뜀박질하듯 빠르게 움직였다.

그를 발견한 건, 그가 인파에 둘러싸여 역사(驛舍)의 문 안으로 들어설 때였다. 그녀는 놀라움 속에서 깨달았다. 그가 전보다 더 다부진 체격에 각진 얼굴, 구체적인 실체로 눈앞에 나타났음을. 그토록 익숙했던 얼굴이지만, 지금은 뭔가 달랐다. 현실 속에 더 깊이 뿌리내린 듯한 인상이었다. 그의 모습은 이내 사람들에게 가려 보이지 않게 되었다. 학생들이 그에게 수첩을 내밀며 앞다투어 사인을 요청했고, 단안경을 낀 신사가 자신의 몸으로 그를 보호했다. 그렇게 그는 그 소란의 한가운데에 서 있었다. 희끗희끗한 머리에 평온한 얼굴. 마치 이제는 세상 그 어떤 일도 자신을 놀라게 할 수 없다는 듯.

그러니 지금은 때가 아니다. 나중에. 그녀의 심장박동이 서서히 가라앉았다. 그녀는 안전한 거리를 유지하며 그들을 따라 걸었다. 그리고 일행이 마차에 오르는 모습을 지켜보았다.

작가와의 만남은 시립 극장에서 열릴 예정이었다. 군데군데 붙은 전단지에는 이렇게 적혀 있었다. "저명 작가 T가 강연을 합니다……." 그녀는 강연장에 가장 먼저 도착한 사람 중 하나였다. 사람들은 천천히 모여들었다. 최고급 향수를 뿌리고 잔뜩 차려입은 여인들. 정장 조끼에 시곗줄을 늘어뜨린 그들의 배불뚝이 남편들은 초조하게 시간을 확인했다. 알렌슈타인의 부르주아들. 그리고 그보다는 소박한 옷차림을 한 사람들―아마도 교사들이거나, 지방의 자신감이 부족한 지식인들일 것이다. 역에서 보았던 청년도 있었는데, 이번에는 꽃다발 없이 빈손이었다. 활짝 웃으며 눈을 번뜩이는 여자 셋―여배우들일까? 그리고 중등학교 학생 무리. 이들이 바로 T의 독자들이다. 동프로이센 태생의, 그의 숭배자들.

"내게 인생에서 중요한 건 오직 하나, 글쓰기야. 당신은 날 이해해주리라 믿어." 그가 보낸 마지막 편지는 그렇게 끝을 맺고 있었다. 하지만 그녀는 이해할 수가 없었다. 그의 말 어딘가에 앞뒤가 맞지 않는 구석이 있었지만, 그걸 짚어낼 수가 없었다. 그녀는 부유했다. 그가 원했다면, 베네치아에서든 어디에서든 그녀와 함께 지내며 얼마든지 글을 쓸 수 있었을 것이다. 어쩌면 바로 그게 문제였는지도 모른다. 아니면 그녀의 학식이 부족했기 때문일까. 혹은 그녀의 집안이 마음에 들지 않았던 걸까. '교수'라는 말을 들으면 긴장하면서 몸을 곧추세우던 그의 모습을 그녀는 기억하고 있었다. 이상한 일이었다. 그런 사람이 겉치레에 약할 줄은 몰랐다. 결국 그는 교수의 딸과 결혼했다. 베네치아에서 함께했던 시간으로부터 채 1년도 지나지 않았는데 다른 여자에게 청혼을 하고, 다른 여자와 사랑에 빠졌다는 게 과연 가능한 일일까? 아니, 그녀는 믿지 않았다, 그가 다른 여자를 사랑한다는 건 말도 안 된다. 그건 아마도 어떤 연출, 그가 쓰고 있던 어설픈 신작의 도입부 같은 것이 아니었을까. 어차피 작가라고 항상 훌륭한 작품만 쓰는 건 아니니 때로는 실패작도 있는 법. 그 시절 그녀는 그를 위한 변명거리를 만들어내는 데 점점 능숙해졌었다. 하지만 그 어떤 변명도 결국에는 하나같이 믿기 어려웠다.

그녀는 그에게 긴 편지를 썼다. 하지만 끝내 그에게서 아무런 답장도 받지 못했다. 아마도 그는 그녀의 편지를 읽다 말고 구겨서 쓰레기통에 던져버렸을 것이다. 혹은 태워버렸는지도 모른다. 그는 자신의 전기(傳記)를 스스로 다듬고, 자신의 서사가 정해진 궤도를 따라가도록 조율해야만 했을 것이다. 하지만 삶이란 원하는 대로 흘러가는 게 아니다. 삶이 우리를 끌고 다닌다. 예측할 수 없는 어떤 목적을 향해 우리를 이끌고, 자신이 원하는 방향으로 우리를 쫓아가게 만든다. 이런저런 생각에 문득 두려워져서, 그녀는 햇살 가득한 거리로 나가 무작정 걷고 싶어졌다.

그 뒤로 그는 그녀에게 단 한 줄의 편지도 쓰지 않았다. 그녀는 그가 결혼했다는 걸, 그리고 아이가 생겼다는 걸 알게 되었다. 둘이었나, 셋이었나. 신문에서 그의 이름을 마주칠 때마다, 그녀는 기사에서 자신만을 위한 어떤 신호를 찾아 헤맸다. 그의 글을 읽을 때도 마찬가지였다. 그가 쓴 글 어딘가에 자신을 위한 은밀한 신호가 감춰져 있으리라는 강박. 그가 여전히 자신을 위해 글을 쓰고 있으며, "내게 인생에서 중요한 건 오직 하나, 글쓰기야"라고 했던 그 끔찍했던 한마디에 대해 자신의 글을 통해 해명하고 있으리라는, 그런 망상에 가까운 믿음에서 그녀는 헤어나지 못했다.

사람들이 천천히 강연장으로 들어와 자리를 잡기 시작했다. 다른 청중과 함께 입장한 그녀는 짙은 암적색 벨벳을 덮은 탁자에서 가능한 한 가장 먼 자리에 앉았다. 실내에는 자연광이 거의 들어오지 않았고, 탁자 위로 은은한 조명이 비추어졌다. 잘된 일이다. 그는 그녀를 보지 못할 것이다. 조명이 천천히 그의 눈을 가릴 테니까.

그곳의 분위기는 흡사 공연장과 비슷했다. 사람들은 소리 죽여 이야기를 나눴고, 두리번거리며 자리를 찾았다. 지방신문사의 사진사가 말없이 삼각대를 설치했다. 그러다 마침내 출입문

쪽에서 작은 웅성거림이 들려왔다. T가 문 너머에서 실제로 모습을 드러냈다. 그는 흠잡을 데 없이 깔끔했다. 그 어떤 흠도 찾을 수 없었다. 무엇이 그렇게 남들과 달라 보였는지는 알 수 없었지만. 뭔가 단정하고 말끔한 기운이 그에게서 뿜어져 나왔다. 매끈하게 면도한 창백한 얼굴, 눈부시게 흰 셔츠, 각이 살아 있는 탄탄한 깃, 은빛 안경테. 그리고 시원한 회색빛 정장. 그녀의 자리에서 그의 구두는 보이지 않았지만, 문득 10년 전 그가 신고 다니던 구두가 기억났다. 갈색에 안쪽으로 살짝 구부러진, 뾰족한 앞코를 지닌 구두. 그리고 아무것도 신지 않은 그의 맨발이 떠올랐다. 그 어떤 고백보다도 더 적나라하게 그를 드러냈던 그 나신의 발. 그녀는 그가 맨발로 강연장 안으로 걸어 들어오는 모습을 상상했다.

그는 나이를 먹었고, 달라졌다. 청중은 쳐다보지도 않았다. 그가 자세를 가다듬으며 의자에 앉자 누군가가 그에게 물병과 잔을 건넸고, 그는 그것을 옆으로 밀어놓았다. 그러고는 재킷 안주머니에서 종이 몇 장을 꺼내 조심스레 탁자 위에 펼쳐놓았다. 가볍게 헛기침을 하고 나서야 그는 비로소 천천히 시선을 들어 객석을 바라보았다. 그가 눈을 가늘게 떴다. 그녀는 순간 몸을 떨었다. 그의 눈길, 반쯤 감긴 눈꺼풀에 가려 흐릿해진 그 시선이 잠시 자신에게 머문 듯한 느낌이 들어서였다. 하지만 그는 그녀를 알아보지 못했다. 그럴 수밖에. 그녀는 꽤 멀리 있었으니까. 하지만 그녀라면, 그가 어디에 있든 그를 알아볼 수 있었을 것이다.

다른 사람들 틈에서도, 어떤 거리에서도.

"여러분." 그가 입을 열었다. "이 자리에 초청받아 여러분께 몇 말씀을 드리게 되어—"

그는 이 도시에 대해서는 한마디도 하지 않았다. 흥분한 청중을 향해 미소를 짓지도 않았고, 그들에게 다정히 시선을 건네지도 않았다. 역에서 자신을 기다려주고, 자신에게 꽃다발을 주고, 설렘으로 자신을 맞아준 것에 대해 아무런 감사도 표하지 않았다. 자신에 대한 소개도 없었고, 그가 누구이고 왜 여기에 왔는지, 이 도시가 마음에 드는지, 5월의 햇살이나 여인들의 모자, 남편들의 정장 조끼에 매달린 시곗줄에 대해 어떤 인상을 받았는지도 말하지 않았다. 말을 더듬지도, 한숨을 쉬지도, 어떤 표정을 짓지도 않았다. 명료하게 말했지만, 억양은 단조로웠다. 그가 보여준 유일한 몸짓은 나비넥타이를 손으로 매만지는 것이었다. 마치 그것이 똑바로 매여 있는지를 자꾸 확인하려는 것 같았다. 아마도 그는 청중에게 보편적인 유럽 작가로 보이기를 원하는 듯했다. 스토아적인 지혜와 중립적인 덕목을 가진 존재로. 자신을 모호함 속에 감추는 걸 미덕으로 여기는 게 틀림없었다. 넘치지도 모자라지도 않은, 귀족적인 절제와 우아함. 그녀는 그의 속내를 알아차릴 수 있었다. 그건 분명 매혹적이었다. 단, 그 가면이 곧 벗겨질 거라는 확신이 있을 때만 그러했다. 진짜 자극적인 건 바로 그 대비였다. 그녀가 그를 사랑했던 것도 바로 그 대비 때문이었다. 그리고 그는 이제 그 기술을 완벽히 터득한 채였다.

그래서 그는 차분하면서도 간결한 말투로 이야기했다. 중간중간 멈춘 동안에는 잠시 시선을 들어 푸른 눈으로 천장을 바라보았다. 그 침묵의 순간들은 마치 문장 속 쉼표나 공백, 줄표 같았다. 그는 정말로 많이 변해 있었다. 그리고 놀랍게도 그는 문학이 아닌, 음악에 대해 말했다. 아마도 몇몇 사람은 실망했을지도 모른다. 작가라면 문학에 대해 이야기해야 하는 것 아니냐는 익숙한 기대 속에서.

"……마찬가지로 음악이 단선율에서 다성부로, 다시 화성의 단계로 넘어가는 과정을 흔히 '진보'라고 여기지만, 그것은 오히려 '야만'의 산물이라고도 볼 수 있습니다……." 그녀가 알아들은 건 그 정도였다.

위에서 그녀를 내려다보는 그의 얼굴, 중력에 눌려 일그러진 표정. 소년 같은 미소—절반은 순진했고, 절반은 잔인했다. 쾌락이 아닌 고통의 찡그림. 이마에 맺힌 땀방울. 뜯겨나간 셔츠 단추 하나.

그가 강연을 마치자 모두가 일제히 일어나 박수를 쳤다. 마치 그가 오페라의 프리마돈나라도 되는 듯. 그러고 나서 몇몇이 탁자로 다가갔다. 그가 주머니에서 펜을 꺼냈고, 그 펜은 조명을 받아 반짝였다. 그가 책 위로 몸을 숙였다.

그녀는 조용히 자리를 떴다. 빠른 걸음으로 호텔 쪽을 향해 걸었다. 자신이 두 겹, 세 겹, 아니 겹겹이 외롭다는 사실을 뼈저리게 느꼈다. 절망의 가장자리에 서 있는 듯한 느낌이었다. 아무것도, 그 어떤 것도 바뀌지 않으리라. 우리는 왜 주어진 것에 대해 신께 감사하지 못하는 걸까? 가진 걸 소중히 여기는 일은 무엇 때문에 그토록 어려운 걸까? 어째서 우리는 늘 갖지 못한 것을 바라는 걸까? 도대체 인간의 마음에는 왜 이런 결함이 있단 말인가?

리셉션 데스크에는 아무도 없었다. 호텔 안은 갓 구운 케이크 냄새로 가득했다. 데스크 앞에서 한참을 기다렸지만 직원은 나타나지 않았다. 어쩌면 그들도 극장에 갔을지 모른다. 그래서 그녀는 손을 뻗어 자신의 방 열쇠를 꺼냈고, 곧바로 로마숫자 I이 적힌 열쇠도 함께 집어 들었다. 이렇게 부주의할 수가! 어떻게 열쇠를 이런 곳에 그냥 걸어둘 수 있단 말인가. 그녀는 마치 도둑처럼 계단을 향해 달려갔다.

그녀는 조심스럽게 스위트룸의 문을 열었다. 불은 켜지 않았다. 방 안은 저무는 해의 따스한 빛으로 가득 차 있었다. 넓은 발코니에, 풍성한 주름이 잡힌 커튼은 활짝 걷혀 있었고, 커다란 더블베드가 놓여 있었다. 그는 아직 짐도 풀지 못한 상태였다. 짐 가방이 침대 위에 열려 있었고 그 옆에는 막 출판된 그의 신간이 세 권 놓여 있었다. 인쇄소에서 막 나온 듯 새것 그대로였는데, 페이지도 아직 안 잘린 듯했다.* 의자 위엔 폭신하고 보드라운 수건이 놓여 있었다. 그를 위해 호텔 측이 새로 준비한 게 분명했다. 그녀는 그 수건을 조심스레 만져보았다. 옆에는 욕실이 있었다. 커다란 창문 아래 황동으로 된 프로이센식 수도꼭지가 달린 큼지막한 욕조가 놓여 있었다. 세면대는 다리 하나로 지탱되는 고풍스러운 디자인이었다. 그리고 그 위에는 그가 면도할 때마다 사용하던 비누가 담긴, 나무로 만든 케이스가 놓여 있었다. 이럴 수가. 그녀는 케이스를 조심스레 집어 들고는 냄새를 맡았다. 익숙한 향기. 하지만 그녀가 생각했던 것보다는 가슴이 덜 요동쳤다. 아, 이 향을 찾기 위해 수많은 약국을 전전하며 얼마나 헤매었던가. 하지만 갈수록 확신을 잃어갔고, 나중에는 과연 그런 비누가 존재하긴 했던 걸까 하는 의구심이 들기도 했었다. 젖은 면도용 빗도 눈에 띄었다. 외출 전에 면도를 한 게 분명했다. 칫솔 모는 말라 있었고, 타일 바닥에는 짙은 색 양말 한 켤레가 던져져 있었다. 그녀는 욕조의 가장자리에 앉았다. 그 순간 기묘한 생각이 들었다. 그가 되고 싶다는 생각. 그래야만 그를 온전히 사랑할 수 있을 것 같았다. 그의 안에서 존재하고 싶었다. 그의 몸을 그 자신의 손으로 어루만지고, 그가 미처 하지 못한 방식으로 그를 챙기고 싶었다. 만약 그의 존재 안에 우리 둘이 함께 머물 수 있다면, 그는 자신이 그토록 소중히 여기는 글을 쓰고, 나는 그를 돌볼 수 있을 것이다. 거기에는 죄도, 갈등도, 의무도 없을 것이다. 그건 그저 무해한 자기애, 욕실

---

*   과거 서양에서는 재단을 하지 않은 채 제본한 책을 독자가 직접 개봉해가면서 읽는 문화가 있었다.

이라는 경건한 장소에서 일어나는 다정다감한 몸짓일 테니. 자신의 피부를 어루만지는 건 애무가 아니다. 그건 사랑이 아니라, 그의 피부에 가장 잘 맞는 비누를 찾아가는 조심스러운 탐구일 뿐. 그녀는 생각했다. '나는 그의 몸의 모든 부분을 통째로 외울 수 있을 거야. 그의 혀로 그의 입안 구석구석을, 이빨 하나하나의 형태까지 모조리 느낄 수 있을 거야. 그의 체취도 절대 낯설지 않을 거야. 그건 내 것일 테니까. 나는 그를 품에 안아서 재울 수 있을 거야.'

아래층에서 웅성거리는 소리가 들려왔다. 그녀는 황급히 그의 방을 빠져나왔다. 그리고 계단을 통해 자신이 머무는 층으로 갔다.

그녀가 숙박비를 치르고 있을 때였다. 식당을 등지고 서 있던 바로 그때, 강연이 끝나고 돌아오는 사람들이 보였다. 그의 목소리가 들렸다. 뭔가를 말하고 있었다.

"바로 저 사람이에요, T." 데스크의 직원이 자랑스레 속삭였다. "제 아내는 저 사람 책을 다 읽었답니다."

그녀는 돌아서고 싶었다. 하지만 그럴 수 없었다. 지폐를 세던 손이 그대로 굳어버렸다.

마차에 올라탈 즈음, 그녀는 갑자기 완전히 녹초가 되어버린 기분을 느꼈다. 몸이 1톤은 된 듯 무겁게 가라앉았고, 심지어 말조차 그 무게를 느꼈는지 좀처럼 움직이려 들지 않았다.

"어디로 가십니까, 부인?" 그녀가 아무 말도 하지 않자 마침내 마부가 물었다.

"……역으로요."

알렌슈타인 같은 도시에서는, 결국 모든 일이 역에서 시작되고 역에서 끝나는 법이다.

† 예루살렘 정복.
1675년 라텐

Zdobycie Jerozolimy.
Raten 1675

† 예루살렘 정복.
1675년 라텐

Zdobycie Jerozolimy.
Raten 1675

키드론*을 파내기 위해 마을에서 동원된 사내 300명은 1675년 여름 내내 노역에 시달렸다. 그들은 줄곧 불만을 터뜨렸다. 추수철인 데다 두 번째 건초를 만들 준비를 하고 있는데 하필 이런 일을 해야 하느냐며 구시렁거렸다. 그들과 대화를 나누다 보면, 결국 모든 것은 먹는 이야기로 귀결되었다. 밀가루와 양배추, 감자, 고기. (그때마다 그들의 눈빛이 굶주린 개처럼 번뜩였다.)

그는 바이에른에서 여름을 지내고 있던 아내에게 편지를 보내며 이렇게 적었다. "이게 정말 가능한 일일까? 저들이나 우리

---

* 예루살렘 성전의 북동쪽에 있는 계곡. 구약과 신약에 여러 차례 언급되며, 유대 전통에서는 최후의 심판이 이루어질 장소로 여겨진다. 이렇듯 성서와 연관되어 있으나, 유럽 각지에서는 인공적으로 판 운하나 수로의 이름으로 자주 쓰였다. 기독교 신자인 귀족이나 영주가 자신의 영토를 정비할 때 농민들을 강제로 노동에 동원하며 이를 정당화하기 위해 이 명칭을 사용하기도 했다.

나 모두가 같은 조상, 아담과 하와에게서 비롯되었다는 게?" 그리고 다음 줄에 스스로 답을 적었다. "불가능한 일이지. 인류의 역사에는 어딘가 필연적으로 오류가 숨어 있는 게 분명해. 나는 위대한 이념에 이끌려 살아가는데, 저들은 오직 육체만을 돌보고, 모든 것을 육체로 환원해버리니까. 심지어 내가 하는 말을 저들이 알아듣는지조차 모르겠어."

사실이었다. 곁눈질로 그를 살피는 농민들의 눈에는 의심과 불신이 가득했다. 어쩌다 그들이 잠시 방심하는 찰나면 그 눈 속에는 노골적인 증오가 번득였다. 만약 십수 년 전처럼 전쟁이나 소요가 다시 일어난다면, 하느님 맙소사, 그들은 눈 하나 깜짝하지 않고 성을 향해 몰려와 닥치는 대로 부수고 약탈을 일삼을 것이다. 하지만 샹들리에나 양탄자, 중국 도자기 같은 걸 훔쳐 갈 생각은 꿈에도 하지 못하리라. 오히려 그것들을 모조리 박살 내버리는 편을 택하겠지. 아무 쓸모도 없는 사치요, 향락의 도구에 지나지 않는다고 여기며. 그는 쓸쓸한 기분이 들었다. 만일 이 성의 진귀한 보물들이 빵이나 고기, 감자와 비계로 만들어져 있었다면 그들은 소중히 여겼을지도 모른다. 그러면 혁명은 단숨에 연회로, 반란은 곧 탐식으로 탈바꿈했을 것이다. 싸움이 끝난 뒤의 정적은 방귀 소리와 덤불 속에서 새어 나오는 배변의 신음 소리로 채워졌을 테지. 지금껏 늘 그래왔듯이.

그랬기에, 음울한 얼굴의 사절단이 머뭇머뭇 찾아와서는 추수철에 해자를 파라는 건 자신들이 아는 질서에 어긋난다고 항의했을 때도 그는 조금도 개의치 않았다. 그들의 눈동자 속에는 빵 덩어리가 빙빙 맴돌았다. 곳간을 채워야 했으므로 며칠 동안은 농사에 손을 보태도록 일꾼의 3분의 1을 내보내주긴 했다. 그러나 그의 참된 의도는 다른 데 있었으니, 바로 교육이었다. 세상에는 그들의 배부름보다 신성하고, 영적이며, 훨씬 더 가치 있고 중요한 일들이 존재한다는 것을 일깨우려는 것이었다. 이념을 위해 사는 법을 배우고, 그 이념을 실현하기 위해 노력하는 법을 익히는 것, 그것이야말로 인간의 과제다. 결국 우리의 고귀한 열정이 우리를 구원할 테니.

라텐* 성은 잔혹한 전쟁을 거치며 파괴되고 유린된 상태로 그의 손에 들어왔다. 그럼에도 성은 여전히 대지에 굳건히 발을 딛고서 공원 위로 우뚝 솟아 있었다. 타버린 양모 냄새가 성안에 떠돌았다. 양탄자와 융단, 한때는 돌바닥의 냉기를 누그러뜨리던 양가죽이 모조리 불에 타며 남긴, 소름 끼치는 탄내였다. 그 그을음 섞인 악취는 이 전쟁의 광란에 지옥이 손을 보탰다는 징표처럼 여겨졌다. 한때 방화를 저질러 악명을 떨쳤던 자들의 후손들이 복구 작업에 동원되었다. 그들은 돌을 짊어진 채 언덕을 올랐고, 회반죽에 쓸 모래를 실어 날랐으며, 거대한 들보들을 다듬고 손질했다.

---

* 현재 폴란드 실롱스크이며 제2차 세계대전 이전에는 독일의 슐레지엔이었던 지역에 있는 작은 마을로, 오늘날 폴란드와 독일 국경 인근에 위치해 있다. 역사적으로 여러 차례 국경선이 변동되며 그 이름이 달라져왔다.

그는 그때의 감정을 또렷이 기억하고 있었다. 단풍이 불길처럼 타오르던 어느 가을날, 맞은편 언덕에 서서 수년에 걸친 재건의 결실을 바라보던 순간을. 수십 개의 창이 줄지어 나 있는 연한 황토색 외벽, 완만한 층계를 이루며 연못을 향해 내려가는 테라스, 장미와 포도 덩굴이 가득한 정원, 정교한 기둥들이 떠받치고 있는 온실. 무엇보다 무어 양식*의 아티카**, 그 레이스처럼 정교한 건축장식이 비단처럼 매끄러운 하늘의 가장자리를 수놓으며 숨 막히게 아름다운 풍경을 만들었다. 거친 산악지대에서는 보기 힘든 장관이었다. 그 순간 폰키나스트의 가슴 깊은 곳에서 솟아오른 건, 사랑. 그렇다, 사랑이었다. 그의 눈에 뜨거운 눈물이 차올랐다.

그는 성 주변을 거닐며, 마치 석조 건물의 몸체를 애무하듯, 돌 하나하나를 이어 붙인 이음새와 차갑고 단단한 모서리를 부드럽게 쓰다듬었다. 바로 이 사랑의 감정 덕분에 그는 5월의 축제를 고안해낼 수 있었다. 악단과 무희들, 유명한 요리사들과 고기 굽는 조리사들을 불러들이고, 불꽃놀이, 수백 장의 흰 식탁보와 은식기, 도자기와 크리스털 잔, 꽃바구니를 준비했다. 공원에는 새하얀 대리석으로 조각된 나신의 인물상들이 세워졌

---

*　중세 스페인과 북아프리카 지역의 이슬람문화에서 유래한 건축양식. 아치, 기하학적 문양, 섬세한 장식이 특징이다.

**　르네상스와 바로크 건축에서 주로 쓰인 장식용 외벽 구조물. 건물의 지붕이나 난간 위에 얹어 심미적인 효과를 주며, 주로 조각이나 문양으로 장식한다.

다. 님프와 여신들, 언제나 농민들을 두렵게 하는 존재들.

그는 세계 곳곳에 흩어진 일가친척들을 모조리 불러들였다. 귀족 혈통을 지닌 사람답게 그에게는 수많은 친족이 있었으므로, 성의 방마다 시끌벅적한 소란과 환호성, 다국어로 오가는 현란한 대화가 끊이지 않았다. 기다란 식탁들을 이어 붙여 성대한 잔칫상을 차렸고, 하녀들은 밤낮으로 설거지를 해야만 했다. 먼 곳에서 데려온 요리사들은 쉴 새 없이 분주히 움직였고, 주방 창문마다 김이 자욱하게 피어올랐으며, 새끼 돼지와 꿩, 거대한 연어들이 지글지글 소리를 내며 익어갔다. 사냥으로 잡아온 짐승의 고기는 꼬챙이에 꿰여 화염 속에서 구워졌다.

날씨 또한 5월답게 더없이 화창했다. 손님들은 공원을 거닐며 분수와 조각상들을 감상했고, 무엇보다도 '살아 있는 그림들'에서 눈을 떼지 못했다. 공원의 북쪽에서는 화려한 분장을 하고 의상을 갖춘 농민들이 '겨울'을 주제로 경이로운 우화를 연출하고 있었던 것이다. 그들은 눈처럼 새하얀 캔버스 천을 땅에 펼쳐놓고 그 위에 한 폭의 정지된 풍경을 만들었다. 한 무리의 남자들이 사냥꾼 행세를 하며 박제된 멧돼지들과 토끼들을 향해 활을 겨누는 포즈를 취했다. 그 옆에는 여인들이 베틀과 물레에 기대서 있었다. 화려하게 장식된 썰매들이 겨울 놀이의 즐거움을 한껏 드러냈다. 식탁보에 뚫린 구멍에 두 남자가 낚싯대를 드리워 얼음낚시를 재현하고 있었다. 이 마을 태생의 키 큰 노파가 겨울 그 자체를 의인화한 모습으로 등장했다. 이름이

프리다인지 그레타인지 그랬는데, 지팡이를 짚고 두툼한 곰 가
죽으로 만든 옷을 몸에 두르고 있었고, 무거운 옷자락은 땅바닥
에 끌렸다. 그 모습이 장엄하면서도 위협적으로 보였다. 두껍게
분을 바른 배우들의 얼굴에 땀방울이 송골송골 맺혔다. 5월치
고도 유난히 더운 날이었다.

흥분에 들뜬 관객들은 이어서 공원의 동쪽으로 향했다. 그곳
에서 그들을 맞이한 건 '봄'이었다. 순백의 하늘하늘한 드레스
를 입고, 풀어 헤친 금발에 꽃으로 엮은 화관을 쓴 젊은 처녀의
손에는 꽃송이가 가득 담긴 바구니가 들려 있었다. 상류층 관객
들은 자신도 모르게 "아!" 하고 탄성을 내질렀다. 청년들의 눈길
은 봄 처녀의 가느다란 발목에 머물렀고, 부인들은 그녀의 몸을
감싼 실크와 망사의 가벼운 질감에 넋을 잃었다. 그 옆에는 쟁
기질하는 남자들과 손을 넓게 펼쳐 대지에 씨앗을 뿌리는 파종
꾼들의 모습이 정지 상태로 재현되고 있었다.

남쪽 구역에서는 폰키나스트가 이름을 기억하지 못하는 한
젊은 새색시가 '여름'을 형상화했다. 그녀는 허리까지 흘러내리
는 찬란한 금발을 뽐내며, 밀 이삭으로 엮은 모자를 쓰고 화려
한 꽃무늬 드레스를 입은 채 올해 처음으로 핀 장미를 한 아름
품에 안고 꽃밭 한가운데에 서 있었다. 그녀 곁에는 밀짚모자를
쓴 추수꾼들과 풀을 베는 농부들, 몸을 굽힌 채 땅을 향해 낫을
휘두르는 여인들이 함께했다.

서쪽의 연못가에서는 '가을'이 고요한 정적 속에서 그 풍요로

운 자태를 온전히 드러내고 있었다. 바구니에는 사과와 배가 그 득 담겼고 깨끗이 닦은 당근들이 곁에 놓였으며, 알록달록한 천 조각들이 가을 단풍의 화려한 색채를 표현하고 있었다. 가을의 화신은 폰키나스트의 숨겨진 애인이자 이 일대에서 가장 아름 답다고 알려진, 붉은 머리에 풍만한 몸매의 마르첼라 오피츠였 다. 몸을 숙인 채 감자를 줍는 아낙네들과 타작마당에서 보릿단 을 향해 도리깨를 휘두르기 직전인 여인들 틈에서 마르첼라 오 피츠는 마치 여왕처럼 군림하고 있었다.

말할 필요도 없이, 모두가 황홀경에 빠졌다. 축제는 몇 날 며 칠 동안 이어졌고, 새벽이 하얗게 밝아올 때까지 아름다운 음악 이 울려 퍼졌다. 나팔의 우렁찬 울림과 바이올린의 날카로운 고 음, 오보에의 선명한 외침이 어우러져 음악에 장엄함을 더했다. 손님들의 발밑에서는 오솔길마다 곱게 깔아놓은 자갈들이 은 은하게 버스럭거렸다.

그러다 마침내 잔치의 끝이 다가왔다. 삐걱거리는 마차들이 손님들을 태우고 떠나자, 짓밟힌 잔디와 산더미처럼 쌓인 더러 운 그릇들만 남았다. 임시로 동원된 요리사들은 지친 몸을 달래 기 위해 식탁 옆에 털썩 주저앉았고, 배불리 먹은 개들은 쓰레 기가 널려 있는 회랑 바닥에 널브러진 채 꾸벅꾸벅 졸았다. 농 부들은 뻣뻣하게 굳은 허리를 펴며, 저마다의 집으로 흩어졌다. 그때 폰키나스트는 두통 때문에 소파에 누워 있던 아내에게 이 렇게 말했다.

"여보, 사랑하는 당신, 우리는 무용한 일을 해야만 하오. 그러지 않으면 우리의 삶은 저 시골 사람들처럼(그는 계곡에 자리한 마을을 가리켰다) 밋밋하고 무기력해질 거요. 인간을 짐승과 구별 짓는 것은 사유나 두꺼운 책 속의 지혜가 아니라 바로 이 비현실적인 욕구라오. 그러니 우리는 쓸모없고, 불필요하며, 금세 사라지더라도 눈부시게 빛나는 일들, 잠시라도 사람들을 감탄하게 만드는 일들을 해야 하오. 설령 곧바로 잊혀버린다 해도. 우리의 존재는 그런 불꽃으로 가득 차야 하오. 그러지 않으면 우리는 불안의 굴레에 갇혀 결국 생명력을 잃게 될 것이오."

그해 폰키나스트는 지금까지의 그 어떤 아이디어와도 견줄 수 없는 눈부신 발상을 떠올렸다.

그 구상을 실현하는 첫 단계는 7월, 키드론을 닮은 골짜기에 해자를 파는 일로 시작되었다. 그 일은 추수의 계절을 거스르며, 인간을 계절의 단조로운 리듬에 순종하게 만드는 자연의 법칙에 정면으로 맞서면서 진행되었다. 폰키나스트는 비서와 함께 늦은 시각까지 서재에 머무르며 계획을 세웠고, 8월에는 교구의 수도인 프라하를 직접 방문하여 주교와 중요한 세부 사항을 조율했다. 그곳에서 그는 모직물과 화려한 색감의 여러 직물을 주문하고, 목공예 장인들과 이야기를 나누고, 대장장이들에게 본보기로 보여줄 고대 갑옷들을 구입했다. 또한 방패와 창, 검을 마련하고, 깃발의 도안을 제작하게 했다. 9월로 접어들면서 마을의 대장간들은 이미 새로운 물건들의 생산에 돌입했다. 편자나 술통 테두리, 수레바퀴의 축 같은 일상적인 물건들은 잊힌 지 오래였다. 이제 대장간에서는 창날을 주조했고, 창의 나머지 부분은 나무를 깎아 만들었다.

아낙네들은 망토와 카프탄*을 꿰맸고, 젊은 여자들은 깃발에 괴이한 문양들을 수놓았다. 몇몇 마을은 특히 신속하게 작업을 진행했다. 폰키나스트가 그들에게 넉넉한 대가를 지불했기 때문이다. 농민들이 바라는 대로, 그는 곡식과 먹거리를 인근 성에서 조달하거나 도시의 장터에서 구입하여 나누어 주었다. 북쪽에서 남쪽으로 이어지는 골짜기마다 자리 잡은 그의 마을들은 일사불란하게 작업에 임했다. 라텐과 라테나우, 슈테나우, 알벤도르프, 자이퍼스도르프, 슈라페네크 그리고 산골짜기 곳곳에 흩어져 있는 작은 베틀 공방촌들까지. 그는 마을마다 한 명씩 책임자를 임명해서 성과를 관리하게 했고, 일주일에 한 번, 주일미사가 끝난 뒤에 그들로부터 보고를 받았다. 마을 사람들은 늘 그러듯 무뚝뚝하지만 정확하게 상황을 보고했다. 그동안 나무칼을 몇 개나 만들었고, 자기네 아낙네들이 카프탄과 빛깔 고운 망토를 몇 벌이나 꿰맸는지. 폰키나스트의 집사 겸 관리인은 곡식, 삼베, 감자, 가축에 대해 기록하는 장부에 그 숫자를 일일이 적었다. 작고 아담한 마을 쿤첸도르프에서는 목수

---

* 중동과 동유럽에서 유래한 길고 헐렁한 겉옷. 주로 허리띠로 졸라맸으며, 귀족이나 기사들이 의례용 공식 복장으로 착용했다.

들이 목제 수레바퀴 위에 마치 나무처럼 우뚝 선 거대한 공성탑*을 지었다.

그리고 이러한 준비 작업들과 병행하여, 폰키나스트는 가장 중요한 과업인 예루살렘 건설에 착수했다.

폰키나스트의 선조는 로타링기아의 고드프루아**라고들 했다. 적어도 그의 집안에서는 그런 이야기가 전해 내려왔다. 만약 피가 어떤 식으로든 '기억'을 지니고 있다는 게 사실이라면, 폰키나스트가 두 눈을 감고 내면의 고요에 잠길 때마다 떠오르는 환상의 정체가 이해될 법도 했다. 그의 눈꺼풀 안쪽에 아로새겨지듯 펼쳐지는 것은 사막 위, 이글대는 태양 아래 금빛으로 빛나는 도시의 정경이었다. 우뚝 솟은 성벽, 망루, 성문, 성당의 날카로운 첨탑, 미너렛***의 둥근 지붕. 마치 세상이라는 쟁반 위에 올려진 거대한 황금 케이크 같았다.

이러한 환상을 습기 어린 슐레지엔의 초원으로 옮겨놓겠다고 폰키나스트는 결심했다. 그는 이미 오래전에 예루살렘의 지형과 놀라울 정도로 닮은 장소를 이곳에서 찾아두었다. 동쪽과

---

* 성벽을 넘어 공격하기 위해 나무로 쌓아 올린 거대한 탑 형태의 장치. 수레바퀴 위에 설치해 이동할 수 있었으며, 병사가 타고 올라가 성벽 위로 돌격할 수 있었다.

** 제1차 십자군 원정의 지도자 중 한 사람으로, 로타링기아(현재의 벨기에, 네덜란드, 독일의 일부 지역)의 귀족 가문 출신이다. 십자군 원정 당시 예루살렘을 탈환하는 데 중요한 역할을 했다. 1099년 예루살렘을 점령한 뒤 예루살렘 왕국의 초대 통치자가 되었다.

*** 이슬람 사원의 외곽에 설치하는 첨탑으로, 기도 시간을 알리는 곳.

남동쪽에는 두 개의 깊은 골짜기가 있었고, 거기서 흐르는 시내는 날이 갈수록 예루살렘의 키드론을 닮아갔다. 남서쪽에는 시온을 재현할 수 있는 언덕이 솟아 있었다. 게다가 이 장소는 성의 테라스에서 훤히 내려다보이는 명당이었다. 마치 신이 폰키나스트의 구상에 호응하기 위해 성을 그처럼 절묘한 위치에 자리 잡게 한 듯했다.

그래서 목수들이 나섰다. '거룩한 성'의 모조를 짓기 위해서였다. 성벽만 세우고, 규모도 실제보다 훨씬 축소할 예정이었다. 도시 내부는 그저 형식적으로만 존재하게 된다. 애초의 목적이 도시를 짓는 게 아니라, 도시의 정복을 재현하는 데 있었기 때문이다. 대신 성곽에는 망루들이 세워졌다—다윗의 탑****, 원래보다 작게 만든 헤롯의 대문***** 그리고 서쪽에 야파의 문******까지.

11월 말이 되자 예루살렘은 준비가 끝났다. 어둡고 추운 겨울철에 어차피 할 일이 없었던 농민들은 각자 맡은 배역을 연습했다. 노르망디의 로베르 역은 건장한 체격에 짙고 긴 수염을 기른 대장장이 한스 호디시가 맡았다. 갑옷을 입어보는 동안에는 정말 기사처럼 보였지만, 부츠를 신고 걷는 데 익숙지 않아 움직임이 다소 어색했다. 플랑드르의 로베르 역은 오피츠에게 맡

**** 예루살렘 옛 성곽의 가장 상징적인 방어 탑 중 하나로, 성과 도시 방어의 핵심 역할을 했다.
***** 로마 시대 유적 중 하나로, 성의 방어를 위해 재건된 대문이다.
****** 예루살렘 구시가지 서쪽 성벽에 위치한 주요 문 중 하나로, 야파(현 텔아비브)로 향하는 관문 역할을 했다.

겠는데, 그는 가을의 화신이었던 붉은 머리 여인의 아버지였다.

툴루즈의 레이몽 역은 슈테나우 출신의 한 농부가 차지했다. 배역에 누구보다 몰입했던 그는 영리하고 민첩한 데다 연기에 재능을 타고나서 사람들을 놀라게 했다. 탕크레트 역은 문제가 많았다. 그 배역을 맡은 농부가 크리스마스 무렵 병에 걸려, 새해가 되자마자 세상을 떠나버렸기 때문이다. 그래서 대체할 사람을 부랴부랴 찾아야만 했다. 그리고 로타링기아의 고드프루아. 폰키나스트는 직접 배우가 되어 성을 공격하는 무리에 합류하고 싶은 강한 유혹을 느꼈다. 그러나 아내는 귀족이 농부들과 함께 들판을 뛰어다니는 건 전혀 어울리지 않는 일이라며 단호히 반대했다. 결국 그는 그 배역을 자신의 비서이자 먼 친척뻘 되는 사내에게 맡겼다. 비서는 속으로는 내키지 않았지만 거역하지 못했다.

이른바 '이교도' 배역은 처음부터 난관이었다. 이교도 역할이 어떤 것인지 알게 되자 농민들 중 그 누구도 단 몇 시간이라도 그 역할을 맡으려 하지 않았다. 그래서 폰키나스트는 파티마 왕조의 총독이자 예루살렘의 수비 대장이었던 이프티카르 역할에 거무스름한 피부를 가진 농장 머슴을 배정했다. 그리고 징집령을 내려서, 원하든 원치 않든 마을마다 반드시 열다섯 명의 '이교도'를 내놓게 했다.

첫 연습은 크리스마스 전에 이미 시작되었다. 아직 눈이 내리지 않아서일까, 모조 건물 전체가 어쩐지 초라하고 쓸쓸한 인상을 주었다.

산봉우리를 스치듯 낮게 떠 있는 12월의 어두운 하늘 때문인지, 아니면 힘겹게 정오까지 버티다가 그 후로는 어둠을 향해 서서히 사그라드는 짧은 낮 때문인지, 어쨌든 폰키나스트는 근심을 떨치지 못했다. 자신이 정말 이렇게 많은 인원을 이끌 수 있을지, 성을 향한 돌격이 제대로 이루어질 수 있을지. 무엇보다 이 느리고 게으른, 누더기 차림의 농부들이 한순간에 기사로 변신할 수 있을지.

악단은 장엄한 곡을 연습했고, 황소와 숫양이 도살되었으며, 토끼 사체는 찬 서리를 맞으며 숙성되었고, 뽑아낸 새의 깃털이 부엌 바닥을 뒤덮었다. 하지만 이게 다 무슨 소용이랴. 농민들은 리허설에서 영 기운이 없었다. 진흙탕 속에서 허우적거리며 넘어지고, 뛰라고 해도 움직이지 않았으며, 그저 집으로 돌려보내줄 때만을 기다리며 아무것도 하지 않으려 들었다. 폰키나스트는 그들을 떠올릴 때마다 분노가 치밀었다. 생각이라고는 없는 듯한 짐승 같은 인간 무리에게 참을 수 없는 혐오를 느꼈다. 사람들이 과연 예전에는 지금과 달랐을까? 먼 옛날 그들이 거룩한 주님의 무덤을 향한 긴 원정에 나섰다는 것은, 답답한 초가집에서 먹고 마시고 육체적인 욕망을 채우는 일 말고 다른 무언가가 가슴속에 뜨겁게 타올랐기 때문이 아니었을까? 그는 농부들을 마구간에 모아놓고 어린아이들을 다루듯 타일렀다. 그러나 그들은 발을 동동 구르고 저 멀리 보이는 자기 집을 애타게 쳐다보면서 헛기침만 해댔다. 그래서 폰키나스트는 최대한 쉬운 말로 그들에게 말해주었다. 주님의 도우심으로 이교도의 손에서 성스러운 도시를 탈환하기 위해, 십자군 기사들뿐만 아니라 하층민과 여자, 심지어 아이들마저도 가슴속에 깃든 숭고한 열정에 이끌려 바다와 대륙을 넘어 미지의 땅으로 나아갔다는 것을. 그는 여행의 고난과 삭막한 풍경, 거친 사막 그리고 교활한 이교도들의 모습까지 생생하게 묘사했다. 숨 막히는 무더위와 온몸 구석구석까지 파고드는 붉은 먼지, 타는 듯한 갈증과 허기 그리고 오늘날보다 훨씬 자주 일어났던 기적들에 대해서도 언급했다. 지금 우리는 메마르고 무미건조한 시대에 살고 있고, 우리의 신앙은 곰팡이 핀 빵처럼 부패했기 때문이다. 그는 가능한 한 가장 단순한 말로 설명했다. 지금 이 성스러운 연극에 참여하는 것은 영원의 신비를 재현하는 소중한 기회를 허락받은 거라고, 미사의 성찬례가 부활의 신비에 참여하는 일인 것과 마찬가지로, 우리가 예루살렘의 함락을 재현한다면 그것은 곧 실제로 그 성을 주님의 영광 안에서 정복하는 것과 마찬가지라고. 마치 그 역사적인 순간에 우리가 실제로 함께했던 것처럼. 지금처럼 세상이 이미 종말을 향해 치닫고 뜻깊은 일들이 전혀 일어나지 않는 시대가 아니라, 먼 옛날, 기적이 넘치고 신의 현존이 매일같이, 모든 사건에 깃들던 시절에 태어난 것처럼 말이다. 그러나 농민들은 귀 기울이지 않았고, 다음 연습에서는 더욱 둔하고 게을러 보였다. 그는 결국 목소리를 높여야 했다. 그의 분노는 차디찬 겨울 공기에 실려 인파 위로 퍼져나갔다가, 검푸른 가문비나무 숲에 부딪혀 메아리쳤다. 차라리 꼼짝 않고 서 있는 나무들을 설득해서 전장에 내보내는 편이 훨씬 수월할 것 같았다.

그러다 크리스마스 연휴 중 어느 밤에 불현듯 해법이 떠올랐다. 그것은 꿈이 아니라 불면이 낳은 열매였다. 불면증이야말로 언제나 최고의 아이디어를 탄생시키니까. 폰키나스트는 프랑스제 침대 시트 위에서 뒤척이며 궁리를 거듭했다. 손님들은 이미 속속 도착하기 시작했고, 모든 게 준비된 듯 보였지만 정작 배우들이 문제였다. 전투에 활기를 불어넣고, 진짜처럼 보이게 하려면 어떻게 해야 할까? 그들로 하여금 정말 간절하게 마음을 다하고 의욕을 품게 할 수는 없을까? 그는 누운 채로, 지친 눈앞에서 끝없이 변주되는 수많은 패배의 장면을 떠올렸다. 그리고 마침내 이 터무니없는 발상 자체를 후회하기에 이르렀다. 그런데 홀연히 이 모든 것의 이면이 보였다. 무엇이든 온전히 얻으려면 뭔가 희생을 치러야 한다는 것, 결국 세상은 장사꾼의 계산서와 다를 바 없다는 것. 즉 무언가를 얻으려면 무언가를 내놓아야 한다. 농민들에게는 영적인 목표가 통하지 않는다. 그렇다면 그들이 열렬히 원하고 탐하는, 눈에 보이고 손에 쥘 수 있는 무언가가 필요했다. 가짜 성벽으로 둘러싸인 허구의 예루살렘을 향해 돌격할 때, 그들이 진정으로 얻고 싶어 하는 것이 그곳에 있어야 했다. 폰키나스트는 바로 그걸 그들에게 안겨줘야 했다.

고기. 불에 구운 돼지 통구이, 팔꿈치만 한 길이의 소시지, 끈으로 칭칭 묶어 훈제한 햄, 잘게 다진 간으로 속을 채운 곱창, 선지를 넣고 끓인 잡곡을 소의 내장에 채워 넣은 순대.

공연 날짜는 주현절로 정해졌다. 크리스마스 연휴 동안 쏟아진 폭설이 앙상한 건축물을 동화 같은 성채로 변화시켰다. 전날부터 이미 슐레지엔과 포모제, 작센과 보헤미아에서 수백 명의 손님들이 몰려왔고, 축제는 성대한 무도회로 막을 올렸다. 화려하게 차려입은 커플들이 행렬을 이루며 춤을 추었고, 음악의 선율은 라텐 성 구석구석까지 울려 퍼졌다. 라인강의 와인이 술잔에 채워졌다. 이어 체코 맥주와 겨울철에 몸을 뜨겁게 데워주는 동쪽의 독한 보드카가 식탁에 올라왔다. 빵과 버터, 치즈와 온갖 케이크, 남쪽에서 어렵게 공수해 온 이국적인 과일, 굽거나 튀기거나 조린 생선, 커다란 접시에 담긴 양배추, 기름진 콩 수프 그리고 온갖 달콤한 것들 등, 풍성한 음식은 눈길을 끌었지만 동시에 실망을 자아냈다. 손님들의 눈은 본능적으로 탐스러운 양 다리나 길게 엮은 소시지 다발 혹은 기름이 뚝뚝 떨어지는 고깃덩어리를 찾고 있었다. 하지만 고기는 어디에도 없었다. 술에 취하지 않은 몇몇 손님이 이 기묘한 사실을 알아채고는 조용히 수군거렸다. 그러나 주인은 낭만주의자로 소문난 사람이었고, 손님들은 그의 낭만적인 연출을 존중하느라 고기를 내놓으라고 성화를 부릴 수가 없었다. 입술을 깨물며 창백한 얼굴로 서 있는 안주인에게 언제쯤 고기 요리가 나올지 캐묻는 것도 도리에 맞지 않았다. 그러다 결국엔 흥겨운 분위기에 휩쓸려 아무도 음식 생각을 하지 않게 되었다. 새벽녘에 이르자 술의 여운이 모든 것을 잊게 했고, 피곤한 몸들은 서로 뒤엉킨 채 달콤한 잠의 쾌락에 빠져들었다.

한낮이 되자 모피로 몸을 감싼 손님들이 테라스로 몰려나왔고, 음악이 웅장하게 울려 퍼졌다. 얼어붙은 연주자들의 손가락이 악기에서 힘겹게 뽑아낸 것은 장엄한 서곡이었다. 그 순간 모여든 관중의 눈앞에 한 폭의 아름다운 장관이 펼쳐졌다. 햇빛 속에서 눈부시게 빛나는 설경의 도시, 그 성벽 위에는 형형색색의 터번을 쓴 맘루크* 병사들이 서 있었고 성벽 아래에는 십자군이 도열해 있었다.

그때 성가대장의 근엄한 목소리가 공연의 시작을 알리는 첫 마디를 낭송하듯 노래했다.

"오, 하느님! 이교도들이 주님의 유산을 침범하여 거룩한 주님의 성전을 더럽혔나이다!"

그의 음성에 따라 십자군은 네 개의 부대로 나뉘어 테라스 밑으로 행진하며 각자의 자리로 이동했다.

"보라, 고귀한 기사들이다!" 성가대장이 우렁차게 노래하며 퍼레이드를 소개했다. 이름이 호명된 기사들은 관중을 향해 허리를 깊이 숙여 인사했다. "용맹스러운 고드프루아와 그의 형

제, 불로뉴의 외스타슈! 여기 투르네의 리톨트와 질베르가 정예 부대를 이끌고 온다! 다음은 탕크레트와 그의 부대, 그 뒤로는 플랑드르의 로베르! 그리고 가장 용감한 전사, 로타링기아의 고드프루아―"

성벽 위에 이교도 이프티카르가 모습을 드러내자 군중은 일제히 발을 구르며 고함을 질렀다. "이교도!" "죽어라!" "겁쟁이!" "개자식!"

화려한 행렬과 찬란한 의상에 압도된 관객들이 손뼉을 치며 환호했고, 여인들은 기사들을 향해 손수건을 흔들었다. 분장이 너무도 완벽한 나머지 철갑과 사슬 갑옷 속에 감춰진 이들이 사실은 제대로 씻지도 않은 시골 농민들이라는 사실을 알아차리기 힘들었다.

"주님께서 우리에게 내려주신 거룩한 성소를 되찾자!" 울려 퍼지는 목소리에 맞추어 음악은 점점 고조되었고, 십자군이 공격 태세를 갖추는 장면이 생생히 표현되었다.

"숲을 태우는 불길처럼, 산에 번지는 화염처럼, 주님의 바람으로 그들을 쫓으시고 주님의 폭풍으로 그들을 무너뜨리소서!"

마침내 돌격이 시작되었다. 그 기세가 어찌나 격렬했는지 폰키나스트는 잠시 불안해졌다. 혹시 모든 게 너무 빨리 끝나버리는 것은 아닐까? 손님들과 함께 테라스에 서 있던 폰키나스트는 흥분으로 달아오른 관중들의 몸에서 뿜어져 나오는 열기와 거세게 뛰는 그들의 심장박동을 온몸으로 느꼈다.

주 공격은 시온산과 북쪽 성벽에 집중되었다. 그러나 이교도들의 방어 또한 맹렬해서 십자군은 잠시 후퇴해야 했다. 드디어 공성 탑이 출동했다. 큰 것과 작은 것, 두 대가 성벽에 밀착되었다. 두꺼운 가죽끈에 매달린 투석기가 거대한 눈덩이를 날렸고, 이는 도시 한복판에 떨어져 아수라장을 만들었다. 동시에 남서쪽에서는 탕크레트가 부대를 이끌고 맹공을 퍼부으며 믿을 수 없는 기세로 성벽을 넘어 돌진했다. 하지만 수비군의 방어 또한 만만치 않게 거셌다. 양측 모두가 생사를 걸고 싸우는 듯했다. 얼어붙은 성벽에서 사내 몇 명이 미끄러져 그 아래 눈 더미로 곤두박질쳤으나 아무도 신경 쓰지 않았다. 성벽에 커다란 구멍이 뚫렸고, 용감한 기사들은 그곳을 통해 안으로 밀고 들어갔다. 여기저기서 고함과 비명, 고통의 울부짖음이 터져 나왔다. 누군가는 인파에 짓눌렸고, 눈 속 어딘가에서 붉은 피 얼룩이 번졌다. 화려한 터번들이 머리에서 떨어지고, 사슬 갑옷이 찢어지고, 얇은 갑옷은 부서지고, 나무 십자가가 넘어지며 용사의 등을 매질하듯 후려쳤다. 성가대장은 각본을 따라갈 수가 없었다. 현실이 이미 각본을 앞지르고 있었기 때문이다.

"노래하라, 하느님께 노래하라! 우리의 왕께 노래하라, 찬미드려라. 주님은 온 세상의 왕이시니라!"

승리는 예상대로 올바른 편, 즉 십자군 쪽으로 기울고 있었다. 그런데 어느 순간 절망감에 휩싸인 수비군들이 성의 중심부로, 테라스에서는 잘 보이지 않는 지점으로 몰려들기 시작했다. 그러자 전투의 격렬한 기세가 순식간에 그곳으로 옮겨 갔다. 손님들은 발끝으로 서서 목을 길게 뺀 채 그 광경을 바라보았다. 흥분한 몇몇 젊은이들은 난간 위에까지 올라갔다. 폰키나스트는 불안해 보였다. 그가 심복에게 눈짓을 보내자 그자는 바람처럼 아래로 달려 내려가 눈에 띄지 않게 순례자와 기사들의 무리에 섞여들었다. 전세는 확실히 수비군 쪽으로 기울기 시작했다. 십자군 기사들은 절뚝거리며 후퇴했다. 그러자 폰키나스트가 악단의 지휘자에게 신호를 보냈고, 지휘자는 그 뜻을 알아차렸다. 이제 음악은 더욱 요란하게 울려 퍼지며 요새에서 터져 나오는 아우성과 고통의 함성을 덮어버렸다. 나팔 소리는 이미 승리를 알리고 있었다. 그 선율의 기세를 거스르는 건 힘든 일이었다. 순간 전사들 사이에 잠시 혼란이 일었다. 연습 때 익히 들었던 그 선율이 그들을 제정신으로 돌아오게 한 듯했다. 십자군은 다시 전투에 나섰고, 성의 중심부에서 무언가 소란이 벌어졌다. 아마도 이교도들이 항복을 준비하는 듯했다. 전투가 마침내 대단원을 향해 치달았다. 관중들의 가슴은 자부심으로 가득 차고 감동에 벅차올랐다. 몇몇 귀부인은 조용히 눈물을 훔쳤다. 심지어 폰키나스트의 부인마저 두 뺨에 홍조를 띤 채, 사랑의 표시로 남편의 손을 꼭 쥐었다.

이제 승리의 예식이 이어질 차례였다. 이교도의 깃발을 정복자들의 발아래 던지기로 되어 있었으나 소란이 계속되자 음악은 같은 선율을 되풀이했고, 성가대장은 다음 구절을 선창할 순간을 기다려야 했다. 손님들이 조바심을 내기 시작했을 때, 갑자기 눈 벽의 부서진 틈을 통해 십자군들이 나오기 시작했다. 약간의 부상을 입었고 투구와 무기도 잃은 채인 데다 갑옷의 비늘도 여기저기 떨어져 나가서 남루한 모습이었다. 손에는 짐 보따리나 옷자락을 찢어 만든 자루들이 들려 있었다. 그들 중 많은 이들이 입술을 움직여 뭐라고 말하고 있었지만, 너무 멀어서 잘 보이지 않았다. '하느님께 영광을.' 폰키나스트는 생각했다. 십자군 앞으로 이제는 동정의 대상이 된 이교도들이 끌려 나왔고, 선두에는 그들의 지도자 이프티카르가 있었다. 갈기갈기 찢어진 옷에 등은 굽어 있고 손에는 아무것도 들려 있지 않았다. 패자들은 흘러내리는 옷을 붙잡으며 헐떡였고, 풀어진 터번에 발이 걸려 비틀거렸다. 부러진 깃발들이 십자군 기사들의 발 앞에 던져졌다. 음악이 승리의 함성처럼 우렁차게 터져 나왔고, 배우들은 환호하는 관객에게 고개 숙여 인사했다.

"복되도다, 주님께서 힘을 주시고, 마음에 주님의 길이 새겨진 자여!" 성가대장이 낭랑히 대사를 노래했다. "주님의 뜰에서 보내는 하루가 다른 곳의 1000일보다 낫도다."

폰키나스트는 손님들을 재촉하여 황급히 성안으로 돌려보냈다. 강추위에 몸이 얼었을까 염려된다면서, 따뜻한 와인과 신년 축제가 안에서 기다리고 있다고 그들을 안심시켰다. 어쨌든 전투가 끝난 뒤의 광경이 유쾌할 리 없었으니까.

그는 아무도 모르게 성을 빠져나와서는 눈길을 헤치며 격전지에 도착했다. 집으로 돌아가는 중인 농민들과 마주쳤지만, 그들은 조심스레 그의 시선을 피했다. 다들 불룩한 자루를 질질 끌고 가고 있었고, 그들의 아낙들은 여전히 눈 속을 헤집으며 짓밟혀 으스러진 소시지와 피가 엉긴 순대, 비계와 베이컨 조각들을 파내고 있었다. 그리고 구운 새끼 돼지의 살을 앞다투어 뜯어내 바구니에 정성스레 담았다. 그들은 먹었다. 모두가 먹고 있었다. 성급하게, 탐욕스럽게. 정적 속에서 들리는 거라고는 씹어대는 소리와 짧은 고함뿐이었다.

오직 그의 비서만이 눈밭에 주저앉아 부러진 목검 곁에서 흐느끼고 있었다. 찢어진 그의 이마에서 붉은 피가 뚝뚝 떨어졌다.

"우리가 해냈네!" 폰키나스트가 말했다. 불현듯 애정이 솟구친 그는 자신의 먼 친척을 끌어안으며 땅에서 일으켰다. "우리가 그 성을 차지했다고."

저녁이 너무 빨리 찾아왔다. 이 계절에 흔히 그렇듯 어둠은 순식간에 내려앉았다. 성의 창문마다 환히 켜진 불빛이 짓밟힌 눈 위에 길고 따스한 그림자를 드리웠다. 성안에서는 음악이 끊임없이 흘러나왔다. 인근 마을들도 십자군의 승리를 기념하며 잔치를 벌였다. 눈 덮인 초원마다 모닥불이 피어올랐고, 그곳에서 터져 나오는 환호성과 노랫소리가 밤공기를 흔들었다. 한 아이가 목에 소시지 꾸러미를 걸고 의기양양하게 돌아다녔다. 개들은 뼈다귀를 물고 여기저기 뛰어다니며 그 잔해를 온 마을에 흩뿌려놓았다.

† 체 게바라

Che Guevara

그 시절에는 모든 일이 어둠 속에서 벌어졌다. 그런데 그게 정말 가능할까? 낮은 잠시 얼굴을 내밀 뿐이었고, 그 순간마저도 마치 삼베 속옷이나 빳빳하게 풀을 먹인 기숙사 침대 시트, 혹은 가을 내내 양탄자용 인조실로 뜬 스웨터처럼 거칠고 투박했다. 태양은 고작 60와트 전구 하나를 켜놓은 정도의 밝기였다. 학교를 나설 땐 이미 어둑어둑했고, 이후로는 한층 더 짙은 어둠이 깔렸다. 희미하게 불을 밝힌 텅 빈 상점들은 젖은 보도 위로 노란 얼룩을 흩뿌렸다. 전차 안에도 황혼의 어스름이 내려앉았고, 노보트키 거리 주택들의 창문 너머, 두꺼운 커튼 사이로 새어 나오는 빛도 반쯤은 어둠에 가려져 있었다. 12월 초.* 바르샤바.

나는 늘 추위에 시달렸다. 정류장에 서 있을 때면 패딩 점퍼를 갈망했지만, 그건 이 세계에는 존재하지 않는 물건이었다. 그런 건 먼 우주 혹은 어딘가 멀고 낯선 해외에나 있는 것, 도저히 상상조차 할 수 없는 세계의 산물이었다. 대학 근처의 분식집, 모두가 '바퀴벌레'라 부르던 그곳에서 나는 채소 반 접시와 팬케이크 한 장을 시켜 먹었다. 그러고 나면 과식으로 눈앞이 어지러웠다. 혹시 오늘은 도넛 한 개쯤은 더 사 먹을 수 있을까? 나는 꿈꾸곤 했다. 언젠가 일을 해서 돈을 벌게 되면, 어른이 되고 안정된 삶을 꾸려가는 여성이 되면 그때는 도넛 한 쟁반을 통째로 사야지. 마르흘레프스키 거리에 있는, 최고의 도넛 가게에서. 그리고 천천히, 여유롭게, 단계적으로 먹어치우리라. 꼭대기에 얹힌 것부터 차례차례.

어느 날 강당에서 열린 집회에서, 파업 중인 자원봉사자들에게 특별 외출증이 배포되었다. 덕분에 나는 밖을 자유롭게 드나들 수 있는 특권을 누렸다. 간이침대처럼 쓰던 탁자에서 소지품을 챙겨 들고 아래층으로 내려가면 당직자가 명부에서 내 이름을 확인한 뒤 열쇠로 문을 열어주었다. 매섭게 얼어붙은 공기 속으로 나서는 순간, 불현듯 고요가 찾아왔다. 희미하고 불확실한 불빛은 마치 연구소 뜨락의 비밀을 감추려는 듯했다. 시끌벅적한 대화 소리도, 탁구공이 탁자에 단조롭게 튕기는 소리도, 벽 너머 어딘가에서 둔탁하게 울리던 기타의 선율도 모두 사라

---

*   소설에서 정확한 연도는 밝히고 있지 않지만, 1981년의 이야기다. 1981년 12월 13일, 야루젤스키 장군은 반공산주의 민주화 운동과 자유 노조를 탄압하기 위해 비상계엄을 선포했다. 이에 따라 통행금지, 검열, 대규모 체포가 이루어지고 군 장갑차가 도시 곳곳을 장악하여 사회 전반에 깊은 상흔을 남겼다. 올가 토카르추크는 당시 바르샤바 대학교 심리학과에 재학 중이었다.

졌다. 우리 모두의 목구멍을 틀어막던 먼지 섞인 건조한 공기 덩어리도 함께 사라졌다.

나는 차갑게 언 공기를 들이마셨다. 나의 환자들은 나의 구원자였다. 그들이 나를 자유롭게 해주었다. 저 멀리 프라가 지구[**]에서 그들이 내게 면죄를 베풀었고, 그 면죄부는 마치 천사의 편지처럼 비스와강을 건너고 도시 상공을 날아와, 스타프키 거리에 있는 내 머리 위에 내려앉았다. 성령의 작은 불꽃. 나는 선택받은 자였다.

나는 111번 버스가 서는 정류장으로 걸어갔다. 기념비 근처에 서 있으려니 추위에 몸이 뻣뻣하게 굳었지만, 버스가 도착하기 무섭게 마치 집에 들어선 듯 편안히 자리를 잡고 앉았다. 발은 좌석 밑의 가로대에 올려두고, 허벅지와 엉덩이를 감싸도록 외투 자락을 단단히 여민 채, 옷깃을 세워 내 숨결이 뿜어내는 온기로 몸을 덥혔다. 그렇게 나는 버스에 실려 미끄러지듯 도시를 관통했다. 눈동자가 되어, 검고 투명한 동공이 되어 도시를 관망하며.

111번 버스가 국립극장이 있는 광장을 벗어나 크라코프스키에프셰드미에시치에 거리[***]로 접어들자, 붉은 글씨로 파업을

[**]   비스와강 동쪽에 위치한 바르샤바의 역사적 지구. 전통적으로 노동자와 빈민층이 많이 거주했으며, 전쟁 중 대규모 폭격을 피한 덕분에 구시가지 풍경과 고유의 하층민 문화가 보존되었다.

[***]   바르샤바 도심에 위치한 거리로, 정부 청사와 궁전, 교회와 대학이 자리한 문화와 정치의 중심지다. 오랜 역사를 가졌으며, 바르샤바를 대표하는 명소 중 하나다.

알리는 현수막이 바르샤바 대학교 정문과 철학부 건물 앞에 걸려 있었다. 거리에는 활기와 흥분, 기묘한 희열이 가득했다. 사람들의 검은 실루엣이 둥그렇게 둘러서 있고, 불법 출판물을 파는 가판대가 늘어서 있었다. 철학부 건물 앞에는 언제나 소년 두 명이 서 있었는데, 오가는 행인들이 그들이 들고 있는 작은 상자에 담배를 던져 넣곤 했다. 대부분은 한두 개비씩 넣어주었고, 드물긴 하지만 한 갑을 통째로 주는 이도 있었다. 하지만 스타프키 거리의 심리학부 건물에 처박혀 있던 우리는 그 열기와 소란, 불빛과 온기로부터 멀리 떨어져 있었다. 우리는 음산한 건물 안에서 찌들고 무기력해져가고 있었다. 우리의 파업은, 그러니까 변두리의 저항이었다. 밥 말리의 노래가 혁명의 찬가처럼 울려 퍼졌지만, 너무 오랫동안 되풀이되다 보니 별 감흥을 주지 못했다. 마치 손잡이를 돌리면 자동으로 노래가 재생되는 배럴 오르간이나 경문이 돌아가는 티베트 불교의 전경통* 같았다. 모든 역사가 바로 여기, 바르샤바 대학교 본부가 위치한 크라코프스키에프셰드미에시치에 거리에서 이루어지고 있었다.

버스 창밖으로 노비시비아트 거리**의 분주한 오후 풍경이 펼쳐졌다. 그곳에선 항상 처리해야 할 일이 있고, 볼거리가 넘쳐

---

* 티베트 불교의 수도자들이 사용하는 작은 원통형 장치. 시계 방향으로 돌리면 그 표면에 적힌 경문을 낭송한 것과 같은 공덕을 쌓은 것으로 여겨진다.

** 바르샤바 중심부에 위치한 역사적인 거리로, 17세기에 도시 확장과 함께 조성되었다. 고풍스러운 건물과 상점, 카페가 즐비하다.

난다. 역사적인 순간일수록 무리를 이루려는 사람들의 본능은 더욱 강해지기 마련이다. 나는 노비시비아트에서 내리거나, 아니면 어두운 물이 무심하게 흐르는 비스와강을 건너 사스카켕파***로 향하곤 했다. 거기 도착하면 도시의 소음이 잦아들었고, 길바닥에 쌓인 눈은 마치 시골에서처럼 발밑에서 더 경쾌하게 뽀드득거렸다. 거리는 마치 자애로운 여인의 품처럼 사람들을 감싸안았다.

나는 세 명의 성인을 맡아 돌보았다. 내 상사 M은 그들을 '고객들'이라 불렀고, 나 역시 그렇게 했다. '환자들'이라고 말하는 건 일종의 배신이었을 것이다. 그것은 곧 저쪽 편, 체제와 한통속인 자들, 위선자와 타협주의자의 편에 서는 것이나 마찬가지였을 테니까. M은 그들을 '미치광이들' 혹은 '광인들'이라 부르기도 했는데, 나는 그 표현이 제일 마음에 들었다. 어쩐지 소박하고 친근하게 들리면서도, 마치 리넨이나 면, 검은 빵처럼 근본으로 돌아가는 듯한 단어였기 때문이다. 그 말에는 속임수가 없었고, 허튼 현학도 없었다. '조울증'이나 '편집형 조현병', '경게성 인격장애'와 같은 용어도 없었다. 단순한 말은 신뢰를 준다. 이게 진실이라고―인간은 미쳐가고 있으며, 지금껏 늘 그래왔다고 M은 말했다. 왜 그런 걸까? 그걸 알아내기 위해 우리가 공부하는 것이고, 그게 유전이나 양육 방식 또는 분자의 미묘한

*** 바르샤바를 관통하는 비스와강 동쪽에 위치한 주거 지역으로, 20세기 초반 고급 주택가가 형성되고 문화·예술인들이 많이 거주하면서 유명해졌다.

변이 때문인지, 효소나 악령 때문인지, 아니면 태곳적부터 이어져온 어떤 의식 때문인지는 강의실에서 결론을 내려야 한다고 덧붙였다. 인간은 미쳐가고 있다, 이건 두말할 필요도 없는 사실이다. 늘 그랬다. 언제나 미친 자들과 정상인들이 있었으며, 그 사이 어딘가에 우리와 같은 사람들, 인내심으로 돕는 조력자들이 있었다.

M은 탐카 거리에 있는 빌라 2층에서 우리를 지휘했지만, 실제로 얼굴을 보이는 일은 드물었다. 나는 우리를 관리하는 나이 지긋한 자원봉사자들과 주로 소통했다. 조직은 위계적으로 짜여 있었고, 나는 네트워크의 일원일 뿐이었다. 우리는 매일 오후가 되면 흩어졌다. 마치 은밀한 수도회의 일원이나 정체 모를 구급대원 혹은 정신 건강을 팔고 다니는 떠돌이장사꾼처럼. 때때로 갈피를 못 잡고 흔들릴 때면, 나는 만약 M이 이런 상황에 처했다면 어떻게 했을지를 상상했다. 덥수룩한 수염에 큼지막한 체구, 체크무늬 플란넬 셔츠 차림으로 창가에 서서 도시 전체를 내려다보던 M의 모습. 그를 떠올리면 마음이 차분해졌다. 그의 메시지는 명확했지만, 직접적으로 그렇게 말을 한 적은 없었다. 모임이 끝난 후 그의 집에서 술을 마실 때조차도 그랬다. M에 따르면, 사람들은 고통받는다. 그것이 세상의 이치니까. 하지만 때로는 아무 이유 없이 고통을 겪는다. 아무도 요구하지 않았고 아무도 이해하지 못하는데도 스스로를 희생하기도 한다. 우리의 임무는 그저 그들과 함께 있는 것이다. 그게 도움이 된다고

우리는 믿는다. 정확히 어떻게 도움이 되는지는 모르면서도.

내게는 두 곳의 거점이 있었다. 나무 그늘이 드리운 사스카켕파의 몇몇 거리. 그리고 노비시비아트 거리와 예로졸림스키에 대로*가 교차하는 지점에 있는 아마토르스카 카페. 담배 연기가 자욱하고 겨울철엔 한낮에도 늘 어둑어둑한 그 카페의 구석 자리에서 나는 차를 마시고 담배를 피우며 체 게바라를 기다렸다. 나는 보통 창가 자리에 앉았는데, 창 너머로 거리의 일부와, 늘 텅 비어 있어 불빛만 새어 나오는 옷 가게가 보였다. 투박한 체크무늬 외투를 걸친 여자들이 끈으로 짠 장바구니를 들고는 물건이 들어오기만을 기다리며 옷 가게 주변을 서성거렸다.

내 '환자'가 들어섰다. 요란한 발걸음으로, 눈빛을 번득이며, 무대에 선 배우처럼 극적인 몸짓으로. 허리에는 탄띠를 흉내 낸 띠를 두르고, 철제 군용 식기를 주렁주렁 매달고, 발목까지 내려오는 긴 외투를 걸친 채였다. 눌러쓴 털모자 위에는 철모가 얹혀 있었다. 그는 문을 열며 "Heil Hitler(히틀러 만세)!"라고 고래고래 소리쳤다. "노동에 경의를 표하라, 동포들이여!"와 같은 엉뚱한 구호를 외치거나, 그와 유사한 터무니없는 말을 내뱉기도 했다. 그러면 사람들은 그를 향해 천천히 고개를 돌리며, 비웃는 듯하면서도 너그러운, 혹은 약간의 다정함이 섞인 미소를 짓곤 했다. 가끔은 누군가가 "안녕, 체 게바라!" 하고 받아주기

* 바르샤바 중심부를 동서로 관통하는 주요 대로. 역사적으로 도시의 교통과 상업, 문화의 중심지 역할을 해왔으며, 오늘날에도 바르샤바의 대표적 거리로 손꼽힌다.

도 했다. 그러고 나면 다시 원래의 시끌벅적한 분위기로 돌아가
곤 했다.

내가 있는 자리로 오기 전, 그는 몇 사람을 붙잡고 짧은 시를
읊조리기도 하고, 차를 따라주는 종업원에게 농을 던지기도 했
다. 레몬을 넣지 않은 그 연한 차는 지나치게 달아서 마치 시럽
같았다.

"저 사람이 날 기다리고 있어." 체 게바라는 모두를 향해 외치
며 손가락으로 나를 가리켰다.

그리고 마침내 그가 내 앞에 앉아 철모와 털모자를 벗으면,
짧게 치켜 깎은 은빛 머리카락이 드러났다. 그 순간 그는 마치
극장 분장실에 들어온 배우처럼 보였다. 무대에서 내려와, 불을
끄고 한숨 돌리는 배우.

"춥네." 그는 차분한 어조로 말하며, 따뜻한 찻잔으로 두 손을
녹였다.

그러고는 미소를 지었다. 매끈하고 창백한, 어린아이 같은 얼
굴에는 어떤 일그러짐도 없었다.

"좀 어때?" 내가 물으면 그는 "좋아" 혹은 "안 좋아"라고 답했
지만, 그 말에는 사실 아무런 무게도 없었다. 그의 삶에서 좋다-
안 좋다와 같은 평가는 제멋대로 적용되었고, 오직 그 자신만의
기준과 질서에 따라 이루어졌다. 약을 복용하라고 그를 설득하
는 것 또한 불가능했다. 그는 약을 원치 않았다.

"약을 먹으면, 내가 아닌 것 같아." 그가 말했다.

M은 늘 말했다. 광기란 세상에 적응하는 하나의 기묘하고 독특한 방식일 수도 있다고. 그러니 그 자체로는 나쁜 게 아니라고. 다만, 무의미한 고통은 피해야 해. 그는 이 말을 즐겨 덧붙였고, 그러면 우리는 늘 스스로에게 묻곤 했다. 고통은 과연 언제 의미를 가지는가. 그가 즐겨 하는 말이 또 하나 있었다. "굴복하지 말 것. 특히 두려움에는."

그러므로 내 임무는 적절한 순간에 체 게바라를 병원으로 데려가는 것이었다. 고통의 증세가 제어 가능한 범위를 벗어나, 삶을 위협할 만큼 격렬해지고, 도저히 견딜 수 없는 상태로 치닫는 그 순간에. 세상이 돌연 이빨을 드러내고, 괴물로 변하며, 본색을 드러낼 때—그렇게 인간에게 적대적인 얼굴을 보일 때가 바로 그를 병원으로 옮겨야 할 타이밍이었다. 그의 집 문을 잘 잠그고 열쇠를 보관한 뒤, 병동으로 면회를 가고, 퇴원하면 그를 일상으로 되돌려놓는 것. 그게 내 역할이었다. 그러고 나면 나는 다시 관객이 되어, 체 게바라가 거리를 배회하며 행인들에게 말을 걸고, 기묘한 분장으로 일가족이나 챙이 달린 모자를 쓰고 장갑을 낀 노부인들을 멈춰 세우고 수도로 출장 온 남자들이 가방을 휘두르며 그를 피해 달아나게 하는 모습을 지켜보았다.

가끔 나는 그와 헤어진 뒤에도 차마 발걸음을 돌리지 못하고 노비시비아트 거리와 루트코프스키 거리를 따라 멀찌감치서 그의 뒤를 밟기도 했다. 그럴 때면 그의 허리에 매달린 철제 군용 식기들이 덜그럭거리며 갈팡질팡하는 비둘기들을 쫓아버렸다.

그를 거지로 여기며 동전 몇 닢을 쥐여주는 이들도 있었는데, 그는 그것들을 거리낌없이 받았다. 부끄러움 따위는 조금도 찾아볼 수 없었다. 그가 시위대에 끼어들어 익살을 부리며 행진하는 걸 목격하기도 했다. 그는 "Hände hoch(손 들어)!"라거나 "게슈타포!"라고 소리쳤다. 자신의 머리를 가득 채운, 전쟁 중에 녹음된 음성들을 그대로 재현하는 것이었다. 그의 기억은 1945년을 넘어서지 못했다. 어쩌면 그는 그렇게 현재를 철저히 무시하며, 그 때문에 자신이 안전하다고 느꼈는지도 모른다. 그는 시대에 뒤져 있었다. 그럼에도 나는 늘 두려웠다. 언젠가 그에게 불행이 닥칠 것 같았기 때문이다. 혁명은 미치광이를 좋아하지 않는다. 혁명은 언제나 웃음기 없는 진지함 그 자체이니까.

"우리 클럽에 가자." 나는 세탁실을 개조한 휴게실을 떠올리며 그에게 제안했다. 그곳은 우리가 종종 보호 대상자들과 함께 가서, 차를 마시기도 하고 체스를 두거나 탁구를 치기도 하는 곳이었다.

"거긴 별로 가고 싶지 않아."

"왜?"

"거기서는 날 미친놈이라고 생각하거든."

"네가 일부러 그렇게 굴잖아."

"그래, 알아."

"게릴라처럼 차려입고, 거리에서 고함을 지르고, 사람들 붙잡고 엉뚱한 소리나 하고……."

"응, 안다고."

"그럼 말해봐. 대체 왜 그러는 건데?"

"모르겠어. 아마 내가 진짜 미친놈인가 보지."

"어쩌면 그럴지도 몰라."

저녁 무렵이면 파업 현장에 설치된 두 대의 공중전화 앞은 늘 사람들로 북적였고, 대기 줄이 길게 늘어서곤 했다. 엄마는 마치 주문이라도 외듯이 같은 말을 되풀이했다. "집으로 돌아와라. 기차 타고 당장 집으로 와." 아빠는 전화기를 급히 빼앗으며 말했다. "자료를 좀 가져다주렴." 나는 침낭에 몸을 구겨 넣고는 라디에이터 옆 탁자 위에 누워 책을 읽었다. 바로 옆 탁자는 선배 커플이 차지하고 있었는데, 어떻게 말을 걸어야 할지 알 수 없었다. 그들은 오직 서로에게만 몰두해 있었으니까.

강당에서는 집회가 끊임없이 이어지고, 요구안들이 계속해서 표결에 부쳐졌다. 위원장은 나무로 만든 신발 굽으로 콘크리트 바닥을 쿵쿵 울리며 걸었다. 그 차갑고 거친 바닥은 오래전, 이 심리학부 건물에 게슈타포 본부가 들어서던 시절에 깔린 것이었다. 나는 혁명의 숭고한 분위기에 시시각각 빠져들었다. 나 자신이 거대한 기계 속의 작은 톱니바퀴, 한 줌의 모래알, 미세한 프랙털*, 눈보라 속의 눈송이 하나에 지나지 않음을 아는 황

---

*　임의의 한 부분의 구조가 전체와 닮은 꼴로 반복되는 복잡한 기하학적 구조.

홀한 자각. 잠시나마 자아를 벗어나 경계를 잃고 집단이라는 존재에 흡수되는 것은 내게 묘한 안도감을 안겨주었다. 우리는 강당으로 이어지는 복도에서 담배를 피워댔다. 가득 찬 재떨이 위로 연기가 끝없이 피어올랐고, 흡연자의 작은 무리들이 파도처럼 일렁였다. 누군가는 다가오고 누군가는 사라지며 그 물결은 끊임없이 모양을 바꾸었다. 그러다 문득 피로가 몰려오면서 고독에 대한 갈망이 엄습하면 나는 2층 화장실에 틀어박혀 문을 잠갔다. 그리고 군데군데 벗겨진 벽의 유성페인트 자국들을 멍하니 응시했다. 누군가 갑자기 문고리를 잡아당기는 소리가 들리고 옆 칸으로 들어가 앉는 기척이 나면 숨을 죽였다.

나는 계면쩍게 내 자리로 돌아와 《돌차기 놀이》*를 또다시 펼쳤다. 이번에는 다른 관점, 다른 해석으로 읽었다. 사건들의 순서가 늘 일정할 필요는 없다는 발견, 어쩌면 인생도 그와 마찬가지로, 사건들이 눈앞에서 뒤섞이며 우연한 배열로 다시 짜일 수도 있다는 깨달음이 나를 흔들었다. 나는 아래층으로 내려가 전화를 걸기 위해 줄을 섰다가 이내 포기하고 매점으로 향했다. 그리고 다시 돌아와 줄을 서며, 똑같은 행동을 반복했다. 이어서 다시 탁자로, 화장실로, 강당으로, 또다시 공중전화 대기

---

* 벨기에 태생의 아르헨티나 작가 훌리오 코르타사르가 1963년에 발표한 실험소설. 제시된 순서대로 읽을 수도 있고 저자가 제안한 '점프하는' 순서대로 읽을 수도 있는, 전통적인 서사 구조를 깬 다층적 구성으로 이루어져 있으며, 중남미 문학의 흐름 중 하나인 '라틴아메리카 붐'을 대표하는 작품 중 하나로 꼽힌다.

줄로, 탁자로, 매점으로……. 끝없는 순환이 이어졌다. 그러다 어느 순간, 다른 사람들도 나처럼 하고 있다는 느낌이 들었다. 규칙과 혼돈을 뒤섞으며 실험을 하고 있는 듯했다. 건물 안의 불안한 움직임도, 거리로 모여드는 사람들의 무리도, 사방에서 어지럽게 펄럭이는 깃발들도, 한낮에 갑자기 내려앉은 짙은 어둠도 그 때문인 것만 같았다.

창 너머 도시는 점점 어두워졌고, 유리창에는 서늘한 빛이 번들거렸다. 라디에이터 옆, 침낭을 덮어놓은 탁자에 누운 채 올려다본 세상은 더 이상 인간적이고 따뜻한 공간이 아니었다. 마치 시간이 세계의 부드러운 덮개를 모조리 벗겨내어, 날카롭고 흉측한 뼈대만 드러난 것 같았다. 실험에 동원된 새끼 원숭이들이 떠올랐다. 원숭이들 앞에 두 개의 어미 원숭이 모형을 놓았는데, 한쪽은 부드럽고 따뜻한 몸뚱이를 가졌지만 젖이 없었고, 다른 하나는 쇠로 만들어진 차가운 몸체를 가졌지만 인공 젖꼭지에서 젖이 흘러나왔다. 새끼 원숭이들은 굶어 죽더라도 부드러움을 선택했다. 그 연약한 몸뚱이들이 끌어안은 건, 가짜 털을 가진 모형이었다. 잠들기 전 나는 실험에 동원된 모든 생명체를 위해 기도했다. 인간들 또한 그 안에 포함되어 있었다.

그때 내게 필요했던 건 부드러움이었다. 내 두 손은 저절로 영화관이나 식당의 벨보아** 커튼을 더듬었고, 손끝은 쉽게 구

***

**   짧고 부드러운 털 느낌을 내는 인조 모피 원단으로, 주로 인형, 장난감, 커튼 등에 사용된다. 벨벳보다 내구성이 높고 관리가 쉬워 실용적이다.

할 수 없는 값비싼 셔닐*과 벨벳 천을 갈망했다. 낡아빠진 코듀로이 바지는 어찌나 쓰다듬었는지 반들반들해졌고, 빛바랜 실크 스카프를 자꾸만 만지작거리며 구겼다. 나는 부드럽고 촉촉한 봄바람과 따사로운 햇살, 모래, 진짜 커피 내음, 향기로운 비누를 간절히 원했다. 날마다 탁자 위에서 자는 바람에 뼈마디가 쑤셨고, 스웨터의 까칠한 터틀넥은 내 목 주변에 시뻘건 자국을 남겼다.

내가 돌보고 있던 사람 중에는 이고르도 있었다. 그는 나와 비슷한 또래였고, 부모님과 함께 샤세루프 거리에 있는 장식품이 가득한 집에서 살았다. 그는 종종 집을 뛰쳐나가 무임승차로 기차를 갈아타며 방랑을 즐겼다. 소박하고 얌전하고 언제나 유쾌한 사내였다. 훌쩍 여행을 떠나서도 그는 잘 지냈다. 사람들은 그에게 샌드위치나 사과, 사탕을 건넸고, 그는 남들에게 좋은 인상을 주는 법을 알고 있었다. 그는 그렇게 몇 달씩 자취를 감췄다가는 지칠 대로 지쳐서 더러워지고 헝클어진 몰골로 돌아오곤 했다. 그럴 때면 그의 어머니는 분노하며 그를 병원으로 데려갔지만, 병원은 금세 그를 퇴원시켰다. 우편배달부가 연금을 가져다주면 이고르는 또다시 기차 여행을 떠났다. 목적지도 없이, 어디든 앞으로 나아간다는 것에 도취해서 무작정 방랑했다. 그렇게 한동안 감감무소식이다가, 경찰이나 구급차가 에우크나 수바우키 같은 북동쪽의 먼 도시에서 그를 데려오기도 했다.

* 보풀실로 짜서 만든 부드러운 촉감의 직물. 특유의 보드라운 질감 때문에 커튼이나 담요, 스웨터 등에 주로 사용된다.

우리는 마치 식물을 심듯 그를 한자리에 뿌리 내리게 하려 애
썼다. 떠나지 못하게 붙들어두려 한 것이다. 나는 그와 함께 종
종 동네 클럽에 가곤 했는데, 거기서 카드놀이나 중국식 보드게
임, 십자말풀이 같은 단조롭고 지루한 게임을 질릴 때까지 했
다. 우리는 그에게 온갖 취미를 권했다. 우표 수집에서부터 모
형 비행기 조립, 열대어 키우기, 광물 채집까지⋯⋯. 하지만 이
고르는 늘 온화하게 미소 지으며 다시 기차 이야기를 꺼내곤 했
다. 그러고는 나에게 역까지 함께 산책하자고 졸랐다. 다리를
건너고 예로졸림스키에 대로를 지나서 역에 도착하면, 그와 나
는 나란히 승강장을 누비며 전광판에 표시되는 도착지가 시시
각각 바뀌는 모습을 바라보았다. 그는 다가오는 열차를 자세히
보기 위해 붉은 안전선 가까이에 서서 눈을 반짝였다. 객차의
숫자를 하나하나 세면서, 어느 칸에는 2층 침대가 있고 어느 칸
에는 간이침대만 있다는 등의 사실을 읊어댔다.

"와, 바르스**다!" 그가 마치 기도라도 드리듯 경건하게 중얼
거렸다.

"그렇게 폴란드 전국을 떠돌아다니면 안 돼." 나는 마치 그가
어린아이이고 내가 모든 이의 어머니라도 된 양 그를 타일렀다.

"알고 있어." 그가 어른스럽게 대답했다.

"위험하다고. 그렇게 살다가는 또다시 병원으로 실려 갈 거야."

** 폴란드 열차의 식당차 이름으로, 장거리 기차 여행의 상징처럼 통용되었다.

"혹시…… 내가 철도 회사 직원이 될 수 있게 도와줄 수 있어?"

"할 수 있지. 하지만 학교에 다녀야 해."

"학교에 안 가고는 방법이 없나?" 그가 실망한 눈빛으로 물었다.

그는 나를 '우리 폴란드 여왕님'이라고 불렀다.

몇 해 뒤 이고르가 내 부모님을 찾아갔다. 아마도 나랑 이야기를 나누다가 들었던 우리 마을 이름을 기억해둔 모양이었다. 그는 이른 아침, 단정히 차려입고 나타나서는 자신을 내 친구라고 공손하게 소개했다. 엄마는 그에게 아침을 대접했고, 부모님과 그는 한동안 담소를 나누었다. 이고르는 안도감을 느끼자마자 곧바로 내 부모님 앞에 하나의 우주를 펼쳐 보였다. 철도 노선과 기관차, 역과 철도 회사 직원이 끝없이 얽히는 우주. 쉴 새 없이 움직이고, 영원히 서두르며, 환승으로 이어지는 세계. 치솟는 증기구름, 선로 전환기의 날카로운 쇳소리, 기적의 울림, 부웅부웅 울려 퍼지는 메아리, 단조로운 굉음, 피스톤의 박동, 유리 지붕 아래 승강장을 누비는 인파. 제단을 향해 나아가는 참배 행렬처럼 매표소로 향하는 군중. 그곳에서 역장들의 공동체는 사제처럼 준엄하게 의식을 치르고, 제복을 차려입은 검표원들은 나름의 '영적 수련'에 나선다. 그리하여 드러난 것은 성스러운 도착역, 운명의 신비 그리고 여행으로의 구원. 여행으로, 다시 여행으로, 끝내 여행으로.

"그리고 이 댁의 따님, 폴란드의 여왕이며 심리학의 여제, 드

레브니차 마을*의 여신이시여, 이곳에서 찬미 받으소서. 살아
서도 죽어서도, 이승에서도 저승에서도 복이 있기를. 사방팔방
동서남북에 제가 축복의 주문을 걸었습니다.”

작은 마을 위로 5월의 햇살이 환히 비치고, 창밖에서는 낙엽
송 가지들이 부엌 안을 기웃거렸다. 이웃은 집 앞 골목길을 빗
자루로 쓰는 중이었다. 엄마는 갑자기 목구멍이 막힌 듯 한동안
음식을 삼키지 못했고, 아빠 입에 물린 담배도 순간 고요히 얼
어붙었다.

파업 현장에는 치릴이 있었다. 여드름투성이 얼굴에 드문드
문 거친 수염이 난, 키 크고 괴상한 청년이었다. 그는 자폐성발
달장애가 있었지만 비범한 재능 덕분에 예외적으로 대학에 입
학할 수 있었다. 그가 어두운 복도를 무표정하게 걸어갈 때면,
그와 마주친 이들은 말문이 막히고 당황한 듯 어쩔 줄 몰라 했
다. 잡담을 나누다 머쓱해하면서 고개를 돌려 유성페인트로 칠
한 벽을 바라보기도 하고, 담배를 꺼버리거나 부랴부랴 게시판
의 공고문을 읽기도 했다. 강당에서 열띤 집회가 열리면 그는
언제나 구석에 서서 바닥을 내려다보며 자기 신발 끝에서 몇 미
터 떨어진 지점만을 응시했다. 우리는 무심코 그의 시선을 따라
바닥에서 어떤 흠집이나 휴지 조각, 동전 따위를 찾았다. 그러
나 그는 아무것도 보고 있지 않았다. 멀리서 그를 보살핀 이는

---

*   바르샤바 근교의 작은 마을 이름.

학생들에게 사랑받던 B였다. 그녀는 우리에게 관용의 필요성을 끊임없이 상기시켰다. 우리는 특별한 존재이므로 외부의 사람들을 치료하며 세상을 바꾸게 될 거라고 말했다. 또한 모든 인간은 평등하고 사랑받을 자격이 있으며, '정신 질환'이라는 개념 자체가 억압적인 체제의 산물이라고도 했다.

치릴은 한번 입을 열면 느리지만 논리 정연하고 명확하게 말했다. 우리는 팽팽한 긴장 상태로 그의 말에 귀를 기울이며, 언제 튀어나올지 모를 기이한 행동이나 불길한 징후에 대비했다. 그가 말을 끝내면 잠시 정적이 흘렀고, 우리에게는 마음을 추스를 시간이 필요했다. 그러다 잠시 뒤, 평소의 웅성거림이 서서히 돌아왔다.

겉보기에는 아무것도 달라지지 않는 듯했다. 모든 것이 이렇게 끝없이 이어질 수도 있을 것만 같았다. 비상 모드로 굴러가는 삶. 어쩌면 파업이야말로 세상의 정상적인 모습일지도 모른다. 딱딱하게 굳어버린, 숨 막히는 질서 대신, 이것이야말로 지극히 당연하고 인간의 본성에 가장 가까운 상태가 아닐까. 하지만 어딘가 밑바닥에서는 모든 게 차츰 견딜 수 없는 상태로 변해가고 있었다.

어느 날 저녁, 치릴이 광란에 빠졌다. 그는 복도를 달리며 벽에다 몸을 부딪쳤고, 인간의 것이라고 할 수 없을 만큼 끔찍한 소리로 포효했다. 그 무시무시한 울음소리는 정적을 뚫고, 옛 게슈타포 본부의 벽 안에서, 어둑어둑한 중2층 복도에 음산하게 울려 퍼졌다. 그 소리가 투표와 요구안, 교대 파업이라는 이념의 꿈에서 우리를 거칠게 흔들어 깨웠다. 겁에 질린 우리는 벽에 몸을 바짝 붙였다.

치릴의 뒤를 따라 B가 달려갔다. 그녀는 그를 진정시키고, 다정하게 품에 안아 달래려 했다. 그러나 치릴은 버둥거리며 빠져나갔다. "치릴, 치릴……." 그녀는 마치 그를 재우려는 듯 단조롭게 중얼거렸다. 간신히 그의 몸을 붙잡을 수 있게 되자 그녀와 임상심리학을 전공하는 몇몇 학생이 그를 어떤 방으로 데려갔다. 인문심리학과 교수가 우리에게 해산하라고 지시했다. 그래서 우리는 길고 긴 복도와 강의실로 흩어졌지만, 어디에 있든 그 끔찍한 울부짖음은 계속 들려왔다. 나는 벽에 뭔가가 부딪치는 둔탁한 소리를 들었다. 치릴이 머리로 벽을 치고 있었다.

결국 구급차를 불렀고, 곧이어 우리는 구속복* 차림의 치릴이 끌려 나오는 모습을 보았다.

이렇게 답답하게 폐쇄된 공간에 갇히면 누구라도 미칠 수밖에 없다고 우리는 중얼거렸다. 먼지가 잔뜩 쌓이고 담배 연기로 타채진 숨 막히는 복도. 창문 너머로 보이는 풍경이라곤 앙상한 나무들 사이로 늘어선 잿빛 아파트 덩어리들뿐이었다. 땅은 마치 겨울철 군복의 위장 무늬처럼 갈색과 흰색이 뒤섞인 불규칙한 얼룩으로 덮여 있었다. 이제 제발 모든 게 끝났으면. 그만 집

---

* 환자가 자기 자신이나 타인에게 해를 끼치지 못하도록 팔을 몸통에 고정하는 특수한 의복.

으로 돌아갈 수 있었으면.

안나 아주머니는 내가 돌보는 사람 중에서 나와 가장 친하게 지내는 인물이었다. 노비시비아트 거리에 있는 블리클레 과자점* 뒤 첫 번째 대문, 넓은 안뜰, 부서진 사각형 모양으로 들어선 빌라 건물들. 모래가 깔린 놀이터, 벤치 두 개, 몇 개의 콘크리트 쓰레기통 그리고 단풍나무와 스노베리 덤불** 몇 그루. 안나 아주머니의 집은 5층에 있었다. 너무 높아서인지 그녀는 밖으로 나가기를 몹시 꺼렸다. 좁은 복도와 방 하나 그리고 작은 부엌이 딸린 집. 발코니 창은 거리 쪽으로 나 있었다. 안나 아주머니는 언제나 레이스 커튼 너머로 노비시비아트 거리를 내다보았다. 그래서 그녀의 눈에 비친 거리는 늘 흐릿하고, 불명확하고, 기하학적 무늬로 겹겹이 덮여 있었다. 그녀는 일주일에 두 번쯤 집에서 내려와 거의 비어 있는 식료품 가게에서 소소하게 장을 보고는 아마토르스카 카페에 들러 코냑 한 잔을 마시곤 했다. 커피는 이미 오래전에 끊었다. 나는 가끔 그곳에서 그녀와 약속을 잡았다. 때로는 체 게바라와 같은 자리에 앉기도 했지만, 아주머니는 별로 탐탁지 않아 했다. 체 게바라가 우스꽝스러운 표정을 지으며 장난을 치면 아주머니는 그 모습을 곱지 않

---

*   1869년에 문 연 바르샤바의 전통 카페 겸 과자점. 특히 폴란드식 도넛으로 유명하며, 노비시비아트 거리의 명소로 자리 잡았다.

**   폴란드의 주택가와 놀이터 주변에서 흔히 볼 수 있는 관목으로, 가을과 겨울에 눈덩이처럼 보이는 둥글고 하얀 열매가 열린다.

은 눈길로 바라보았다.

"제발 좀 진정하세요!" 아주머니가 날카롭게 속삭였다.

그러고는 술잔을 입술에 가져갔다. 체 게바라가 일어나서 줄에 꿰인 철제 식기와 탄피를 딸랑거리며 나가고 나면 그제야 아주머니는 이야기를 꺼냈다.

"점점 심해지고 있어. 따뜻한 우유를 마시고 발에 탕파를 대고 자도 아무 소용이 없어. 밤새도록 한숨도 못 자다가 겨우 15분쯤, 그것도 몽롱한 망상 속에서 반쯤 잠든 상태가 되기도 하는데, 무의미하고 피곤하기만 해. 아가, 어쩌면 좋지? 어떡해야 할까?" 아주머니는 내게 비장하게 물으며 야윈 손가락으로 내 손을 움켜쥐었다.

"혹시 바깥 공기를 너무 적게 쐬시는 게 아닐까요?" 나는 순진하게 물었다. 우리는 오래전부터 이런 대화를 놀이처럼 되풀이해왔다.

"아냐, 아가. 저녁마다 적어도 30분은 꼭 환기를 하는걸." 아주머니가 대답했다.

"혹시 소화가 잘 안 되는 음식을 드시는 건 아닐까요?" 내가 계속 물었다.

"아냐, 아냐. 나는 5시 이후에는 아무것도 안 먹어."

"약을 처방받아보시는 건 어떠세요?" 마침내 내가 말했다.

그러면 아주머니는 뒤로 물러나다가, 격앙된 모습으로 잠시 동작을 멈췄다.

"그건 절대 안 돼, 절대로. 그럼 무서운 일이 벌어질 거야. 잘은 모르지만, 분명 끔찍한 일이 일어날 거라고." 그녀가 가쁜 숨을 몰아쉬며 말했다.

"그럼 산책이라도 가요, 안나 아주머니."

내가 제안할 수 있는 건 고작 그뿐이었다.

우리는 폭살 거리를 지나 코페르니크 거리를 걸었고, 이어 시비엥토크시스카 거리를 따라 다시 노비시비아트 거리로 돌아오곤 했다. 때로는 반대편으로, 강 쪽으로 발걸음을 옮겼다. 강 건너편에는 매혹적인 공간이 펼쳐졌는데, 우리 둘 다 은연중에 그곳에 끌리면서도 결코 그 사실을 입 밖에 낸 적은 없었다. 우리는 강가의 덤불 속으로 들어가 강의 영원한 흐름을 따라 걷고 싶었다. 도시를 벗어나서 얼어붙은 들판을 헤치고 들길을 따라 걸어가 버드나무가 서 있는 경계를 넘어가고 싶었다. 어쩌면 바다에 닿을 수도 있지 않을까. 남쪽으로 가면, 산을 넘어 광활한 평원으로 향할 수도 있을 것이다. 처음엔 모자를 벗고, 이어 장갑을 벗고, 마침내 포도밭 가장자리에 이르면 겨울 외투마저 훌훌 벗어 던질지도 모른다. 그렇게 점점 길어지는 낮의 시간 속으로 깊이 스며들어서, 햇빛에 온몸을 맡기고 싶었다.

그녀는 날씨와 상관없이 늘 몸을 떨었다. 걸을 때 입술을 깨물며 보도블록 하나하나, 난간과 계단까지 꼼꼼히 살폈고, 구두 끝으로 톡톡 두드려보며 연석의 모서리를 확인했다. 어쩌다 금이 간 틈새나 녹슨 자국 같은 걸 발견하면 나를 향해 의미심장하면서도 슬픈 눈길을 보냈다. 우리는 도톰한 옷으로 몸을 감싼 채 나란히 걸었다.

아주머니는 나에게 주의 깊게 보라고 했다. 내가 본 도시는 언제나 잿빛이었다. 온갖 음영의 잿빛으로 뒤덮인 도시. 손끝에 닿으면 불쾌할 만큼 차갑고, 한가운데에 흉터처럼 보이는 '강'이 흘러 두 쪽으로 쪼개진 도시. 드문드문 지나가는 버스들은 다리 위를 미끄러지듯 건너갔다가 곧 되돌아왔다. 어둑어둑한 대형 진열장의 유리에 사람들의 모습이 두세 겹씩 겹쳐서 비쳤다. 그들의 입술에서 나오는 하얀 숨결은 흡사 망설임 가득한 영혼처럼 공중으로 흩어졌다.

어느 날 아주머니가 나더러 어디 사느냐고 물었다. 내가 게토 구역에 있는 자멘호프 거리라고 대답하자 그녀는 질겁하며 입을 틀어막았다.

"묘지 위에 집을 지으면 안 됐어. 게토의 폐허를 도시의 나머지 구역과 분리하고, 제대로 된 묘지나 박물관으로 만들었어야 했는데. 사실은 도시 전체가 그렇게 되었어야 마땅해. 바르샤바를 쳉스토호바* 근처, 그러니까 성모마리아가 계신 곳에 가까운 데나 나레프강**처럼 아름다운 곳으로 옮겨서 새로 지었어야 했어. 그러니 얼른 거기서 떠나렴, 아가."

---

* 폴란드 남부의 도시로, 성모마리아의 성화 '검은 성모화'가 있는 야스나구라 수도원이 위치해 있어 가톨릭 순례지로 유명하다.
** 폴란드 북동부를 흐르는 강으로, 아름다운 습지와 자연 풍경으로 잘 알려져 있다.

나는 아주머니께 그렇게 하겠다고 몇 번이나 약속했고, 그녀를 집까지 바래다주곤 했다. 그녀의 아파트는 비좁고 높아서 마치 새의 둥지처럼 보였다. 그 집에 도착하자마자 나는 아주머니의 외투에 쌓인 눈을 털어주고, 흰 사기 주전자에 마드라스 차*를 우리고, 감자를 삶기 시작했다. 그녀가 재촉했다.

"뭐든 말해줘, 아무거나 물어봐, 무슨 얘기든 해, 그렇게 날 피곤하게 만들어서 잠들게 해줘. 네가 가자마자 잠들 수 있게."

그래서 나는 두서없이 이런저런 이야기를 늘어놓았다. 파업과 다가올 변화에 대해, 그리고 사람들에 대해 말했지만, 사실 어색하기 짝이 없는 수다였다. 안나 아주머니의 아파트에서 바라본 세상은 비현실적이었고, 생기가 없어 불안해 보였다. 저 아래 세상에서는 아무 일도 벌어지고 있지 않았다. 이 높이에서는 구호를 읽을 수 없었고, 시위대의 외침은 골목골목의 미로 속으로 흩어져, 빛을 잃은 채 의미 없는 구절로 반복될 뿐이었다. 도시는 지붕과 안테나, 굴뚝으로 이루어져 있었다. 새들과 구름, 항상 흐린 하늘과 어둠을 위해서 존재할 뿐, 사람들을 위한 것은 아니었다.

"보이지, 아가야? 이제 끝이야. 보이니, 저 지평선 너머로 풍경이 흐려지는 게? 보여?"

"이런 날씨에는 항상 그렇잖아요." 나는 그녀를 안심시켰다.

* 인도 동남부의 도시 마드라스(현재의 첸나이)에서 유래한 홍차로, 20세기 폴란드에서 널리 소비되었다.

아마 그때 우리는, 원치는 않았지만 어떤 우주 전쟁에 휘말려 있었던 것 같다. 어쩌면 행성들 간의 세력이 서로 충돌했는지도 모른다. 그래, 틀림없이 그랬을 거다. 사람들은 서로를 겨누고, 가까이에서 서로에게 총질을 했다. 교황에게, 레이건에게, 존 레넌에게. 모든 것이 당장이라도 전혀 다른 무언가로, 아직은 정체를 알 수 없는 어떤 것으로 바뀔 것처럼 보였다. 현실이 요동치고 있었다. 환상과 환멸이 자리를 바꿔가며 서로에게 길을 내주었다. 햇살 머금은 바람 속에서 5월의 휘장이 나부꼈다.

"나는 꿈에서 세상을 봐." 안나 아주머니는 그렇게 말하며, 싱크대에서 우리가 마신 찻잔을 조심스레 씻고 행주로 티스푼을 하나하나 닦았다. 그녀가 덧붙였다. "나는 꿈에서 세상을 보지만, 수면에 문제가 있어. 넌 나를 도울 수 없어. 아무도 도울 수 없을 거야. 넌 그저 여기 와서 나랑 이야기를 나눌 뿐이야. 세상은 사라지고 있어. 이제 끝이야."

아주머니의 말을 믿은 건 아니었지만, 결국 나는 그녀를 현실로 끌어 내리려는 시도를 포기했다. 우리 모두가 땅에 발을 붙이고 있을 필요는 없다고 나는 스스로에게 되뇌었다. 세상이 존재하는 건 누군가가 아틀라스처럼 그 무게를 어깨에 짊어지고 있기 때문이라고 믿는 것, 그게 무슨 잘못이랴. 세상을 구원하고, 세상을 위해 목숨을 바친다고 생각하는 건 나쁜 일은 아니었다. 어떤 의미에서는 그것도 진실이었다. 관점을 달리하면, 아주 위대한 진실일 수도 있었다.

안나 아주머니의 존재론은 이랬다. 그녀는 자신의 잠이 세상을 구한다고 믿었다. 그녀가 잠들어 있는 동안 낡고 부패하고 닳아버린 세상이 다시 회복된다고 여겼다. 그녀는 자신이 잠을 자면서 만물을 죽음에서 구해낸다고 믿었다. 물론 이 비밀을 아는 이는 아무도 없었다. 사람들은 너무나 한심하게도 이차원적이니까("종잇장 같다"라고 그녀는 표현했다). 그 사실을 아는 건 오직 그녀와 나, 그리고 그녀의 의사뿐이었다. 심지어 텔레비전에 자주 등장하는 안나 아주머니의 딸조차도 모르는 일이었다. 딸이 하는 일이라고는, 엄마가 우울증과 불면증으로 몇 달간 고생하면 그녀를 병원에 데려가는 것뿐이었다.

"왜 아주머니인가요?" 내가 첫 만남에서 물었을 때, 안나 아주머니는 십자말풀이가 빽빽하게 채워진 종이를 내게 내밀며 단어가 적힌 네모 칸을 일일이 잘라내게 했다. 그리고 그 조각들을 모아 엄청난 퍼즐을 만들었다. 잠시 후 아주머니는 세례자 요한처럼 은밀하게 검지를 들어 올려 하늘을 가리켰다.

하지만 잠을 이루지 못하는 그녀가 어떻게 세상을 구하겠는가. 아주머니는 줄을 서서 기다리는 사람들의 행렬과 대학에 걸린 파업 현수막을 눈짓으로 가리켰다. 그리고 이 모든 게 은퇴한 국어 교사이자 노비시비아트의 오래된 거주자인 안나 토피엘의 불면증 탓이라고 했다.

우리는 마주 앉아 금테를 두른 아름다운 찻잔에 담긴 맛없는 마드라스 차를 마셨다. 아주머니가 말했다. 세상을 위해 그녀의 잠이 여덟 시간 정도 필요하다고. 그 정도면 결코 많은 게 아니라고 강조했다. 하지만 그녀는 겨우 한두 시간 남짓, 그것도 새벽녘에나 잠시 불안정하게 눈을 붙일 뿐이었다. 그 얕은 잠 속에서 그녀는 세상이 근심으로 뿌리째 삐걱대는 소리를 듣는다. 의사가 수면제와 기분을 개선하는 약을 처방해주었지만 그녀는 차마 그 약을 복용할 수 없었다. 원시적인 약품 따위로 현실의 준엄한 법칙을 조작할 수는 없는 일이었다. 나는 그녀의 말에 동의했다. 그러고는 카드를 꺼내어 가장 따분한 카드놀이인 휘스트*를 시작했다. 그녀에게 지루함을 안겨주고, 실낱같이 조금씩 고요를 스며들게 하고, 말을 질질 끌면서 절대 결론에 이르지 않고, 방 안의 정적을 고조하고, 물을 잔뜩 타서 차를 싱겁게 만들고, 콧노래로 자장가를 흥얼거렸다. 그것이 나만의 비법이었다.

어느 날 나는 아주머니가 잠든 모습을 보았다. 안락의자에 앉아 머리를 한쪽으로 기울인 채 잠든 그녀의 얼굴은 편안하고 아름다웠다. 나는 무심코 창가로 다가갔다. 확인하지 않을 수 없었다. 낮게 깔린 가을 구름 사이로 햇빛이 스며 나와 주택가의 지붕들 위로 따스하게 흘러내리고 있었다.

토요일 오후, 나는 체 게바라를 만나기 위해 전차를 탔다. 잠

---

* 18세기부터 유럽에서 유행한 고전적인 카드놀이. 네 명이 둘씩 두 팀으로 나뉘어 진행하며, 단순하고 반복적인 규칙 때문에 가장 지루한 카드놀이의 대명사로 언급된다.

간 들러 괜찮은지 확인만 할 작정이었다. 파업은 교대식으로 바뀌었고, 다음 날 대학에서 대규모 집회가 예정돼 있었으며, 그날 저녁에도 모임이 하나 잡혀 있었다.

체 게바라는 한동안 문을 열지 않았다. 신문지를 덧바른 문 뒤에서 그의 숨소리가 들려왔고, 문구멍에 속눈썹 스치는 소리가 났다.

"암호?" 그가 말했다.

나는 머릿속에 제일 먼저 떠오른 단어를 입속에서 굴리듯 천천히 내뱉었다. 지금은 기억나지 않지만, 아마 '하늘'이나 '잎사귀', 혹은 '철제 군용 식기' 같은 말이었을 것이다. 잠시간의 머뭇거림 끝에 자물쇠가 딸깍 소리를 내며 문이 열렸다.

그는 상태가 별로 좋지 않아 보였다. 허리에 차고 있던 수류탄이나 철모, 군용 휘장 같은 기괴한 장식들이 사라지고 잿빛 아크릴 운동복만을 걸친 체 게바라는 벌거벗은 것처럼 보였다. 그는 온몸을 떨고 있었다. 야위고 왜소한 노인. 이제야 그의 본모습이 드러난 셈이었다. 그는 아이가 아니었고, 철없이 까부는 젊은이도 아니었다. 너무 일찍 늙어버린, 비쩍 마른 노인이었다. 아이로 살아보지도 못하고 어른으로 자라지도 못한 채, 갓난아이에서 곧장 노인으로 건너뛰어버린 것 같았다. 이제야 그는 그 잃어버린 시간을 만회하려는 듯 보였다. 그는 커다란 슬리퍼를 질질 끌며, 신문지 더미에 파묻힌 원룸 안으로 나를 이끌었다. 창문은 커튼 대신 걸어놓은 낡은 담요와 수건으로 가려져 있었다. 그는 두려움 때문인지 추위 때문인지 이를 딱딱 부딪치고 있었다. 우리 둘의 입에서 만화 속 말풍선 같은 새하얀 김이 피어올랐다.

그는 저들이 아침부터 자신을 감시하고 있다고 말했다. 처음에는 거리에서 지켜보다가, 이제는 나무 위에 올라와서 쌍안경과 망원렌즈로 창문 안을 들여다보고 있다고. 그래서 창문을 가려두었다는 것이다. 나는 하마터면 입 밖으로 이런 말들을 쏟아낼 뻔했다. 이 가련한 미치광이야, 대체 누가 널 감시한단 말이야? 누가 네 목숨을 노린다는 거야? 하지만 차마 묻지 못하고 입을 다물었다. 어떤 말이든 덧붙이는 순간 그의 망상을 더욱 키울 뿐이었고, 박해자를 특정하려고 시도할수록 그 이미지를 더욱 강화할 뿐이었다. 그래서 나는 아무런 대꾸도 하지 않았다. 대신 봉지에서 하얀 바르슈치* 수프 가루를 부어 끓이기 시작했다. 그는 내가 무슨 말이라도 해주기를 바라는 듯 내게서 눈을 떼지 않았고, 그의 떨림은 점점 더 심해졌다. 나는 전기난로를 켰다.

"병원에 기고 싶어?" 머그잔에 담긴 뜨거운 수프를 마시며 내가 물었다.

그는 이미 늦었다고 대답했다.

"도움을 요청할게." 내가 말했다.

---

* 폴란드 가정에서 흔히 먹는 전통 수프. 호밀 발효액으로 맛을 내고 소시지, 감자, 달걀 등을 넣어 끓인다.

하지만 그는 문으로 달려가더니 온몸으로 막아섰다.

"안 돼. 넌 여기서 나갈 수 없어. 이미 포위망에 걸려들었으니까. 저들이 곧 문을 두드리기 시작할 거야."

나는 머뭇거리며 그에게 다가갔고, 곧 몸싸움이 벌어지리라는 걸 깨달았다. 그는 나를 놓아주지 않을 것이었다.

그가 내 생각을 읽은 듯 내 손을 꽉 움켜쥐었다. 우리 둘의 손마디가 새하얗게 질렸다. 갑작스러운 공포에 휩싸인 채 나는 생각했다. 어떻게 해야 할지는 모르겠지만, 어쨌든 혼자 힘으로 대처해야 한다. 두려움에 사로잡힌 이 남자에게 내가 차분하고도 확실한 기준점이 되어주어야 한다. 그의 떨림을 가라앉히고, 그의 두려움을 다스리고, 그를 진정시켜야 한다. 나는 그의 등에 담요를 덮어주고는 그를 끌어안았다. 그러자 나의 두려움이 연기처럼 스르르 흩어졌다. 나는 한순간 넓고 평평한 대지가 되었고, 흔들리지 않는 풍경의 한 조각이 되었다. 괜찮아. 그가 스스로 원하기 전까지는 절대 떠나지 않겠다고, 나는 그에게 약속했다. 그 순간 안나 아주머니가 떠올랐다. 그녀는 좀처럼 잠들지 못했지만 세상을 구하는 유일한 방법은 잠이라고 믿었다. 자신의 잠, 그리고 우리의 잠. 그제야 우리는 본래의 나 자신으로 돌아올 수 있을 것이라고 했다. 그렇게 우리의 잠이 모든 틈새를 이어 붙여, 악과 어둠이 스며드는 통로를 막아낼 것이라고.

"자, 체 게바라, 이제 그만 자자. 우리 자러 가자." 내가 계속 되뇌었다.

나는 마치 특별한 연도를 바치듯, 잠자리에 들 채비를 하는 사물들의 이름을 단조롭게 읊조렸다. 버스 정류장과 이정표, 가로등과 상점 입구의 계단. 자동차와 지붕 위 굴뚝, 나무와 연석, 자전거, 다리의 난간, 전차의 선로, 쓰레기통, 사탕 포장지와 담배꽁초, 다 쓴 승차권과 빈 맥주병. 그리고 사스카켕파 구역의 모든 거리—프란추스카, 오브론추프, 발레치니흐, 아텐스카, 사스카, 그리고 또 다른 구역의 거리들, 나아가 이 도시의 모든 구역과 다른 도시들. 카토비체와 그단스크. 바우브지흐와 루블린. 비아위스토크와 므롱고보. 잠이 번갯불처럼, 어둡고 따뜻한 연기처럼 대지를 스치며 흐른다. 그리고 온 나라를 기묘한 무감각에 휩싸이게 만든다. 사람들은 저마다 얼굴로 손을 올려 졸린 눈을 비빈다. 칼리시 근교의 도로에서는 차들이 갓길에 멈춰 서고, 운전자들은 눈밭에 드러누워 잠에 빠진다. 기차는 들판에 멈춰 서서 낮잠을 자고, 배들은 정박지에서 꾸벅꾸벅 졸면서 단조롭게 흔들리며, 항구의 사이렌이 잠으로의 항해를 부른다. 조선소들이 잠들고, 밤새도록 돌아가던 공장의 컨베이어 벨트가 작동을 멈춘다. 텔레비전 속 아나운서는 하품을 하고는, 졸린 눈으로 화면을 당황스럽게 지켜보고 있는 시청자들의 눈앞에서 잠자리에 든다.

나는 아이를 안듯 그를 꼭 껴안았다. 거기엔 그 어떤 부끄러움도, 어색함도 없었다. 우리 둘 다 아이처럼 똑같이 가냘프고, 똑같이 작은 존재였으니까. 사방이 신문지로 뒤덮인 그 작은 원룸 안에서 우리는 '전기 태양'*을 곁에 두고 둥실 떠 있었다. 마치 투명하고 깨지기 쉬운 벽으로 둘러싸인 하나의 분리된 우주처럼, 얼어붙은 대도시 위로 떠오른 비눗방울처럼, 보이지 않는 중심을 느릿느릿 공전하는 별처럼. 그러다 나는 그의 몸이 점점 힘을 잃고 무겁게 가라앉는 걸 느꼈다. 마치 잘 익은 열매가 땅에 떨어져 그 땅으로부터 선한 힘을 받으려는 것 같았다. 이제 더는 사탕 껍질처럼 이리저리 바람에 흩날리지 않도록. 그 순간, 우리 사이를 가로막고 있던 수문이 열리는 듯한 느낌이 밀려왔다. 강물의 거대한 문이 삐걱대며 장중하게 열렸고, 그 흔들림 속에서 우리가 뭔가 엄청난 장치를 작동하는 버튼을 눌러버린 듯했다. 이제는 그 흐름을 멈출 수 없었다. 그의 강과 나의 강이 서로를 향해 흘러들어 하나로 합쳐지고 뒤섞였다. 그 순간 나는 환희에 가까운 확신에 잠시 사로잡혔다. 그래, 원래 이렇게 되었어야 하는 거야. 내가 그의 두려움을 짊어지고, 따뜻한 물속의 얼음 조각처럼 내 안에서 녹여버리면 되는 거였어. 만약 이 모든 것을 저울에 달아 수치로 헤아릴 수 있다면, 그의 두려움과 나의 평온을 측정할 수 있다면, 균형은 분명 내 쪽으로 기울 것이다. 나는 그보다 더 넓고, 안에 더 많은 것을 품고 있으니까. 평원을 지나며 풍요로워지고 햇볕에 달궈져 온기를 머금고 있는 나의 강이 더 따뜻하니까. 이에 비하면 그는 고작 작은 시

* 폴란드에서 1970~1980년대에 흔히 쓰던 소형 전기난로. 주황색 열선이 켜지면 태양처럼 빛났으므로 은유적으로 '작은 태양'이라 불렸다.

내, 차갑고 불안한 물줄기에 지나지 않았다. 그런데 그렇게 생각하는 순간 나는 오히려 두려워졌다. 나 자신의 윤곽이 서서히 흐려지고 있음을 느꼈기 때문이다. 작은 시내가 불어나 소용돌이치며 맹렬히 덮쳐 들어오더니 바닥을 헤집었다. 온갖 찌꺼기를 실어 나르며 그 물줄기는 탁해졌고, 점점 더 거세게 밀려왔다. 그러나 이 모든 일은 수면 아래에서 벌어졌기에 겉으로는 드러나지 않았다. 체 게바라는 눈을 감고 한숨을 내쉬었다. 그는 곧 잠들 것 같았다. 하지만 그 밑바닥에서는 이미 싸움이 시작되고 있었다. 서로 밀어붙이고 강제로 파고들었으며, 폭력과 압박이 이어졌다. 겉보기엔 한없이 무해해 보이는 이 노인이 속으로는 나를 완강히 밀어내며, 강제로 나를 자신의 공포에 찬 호흡에 맞춰 숨 쉬게 했다. 물결이 원을 그리며 퍼져나가듯, 안쪽에서부터 공포의 파동이 밀려오기 시작했다. 작은 얼음 파편들이 떨림으로 바뀌며 서서히 내 온몸을 잠식했다. 나는 이 무시무시하고 괴물 같은 무언가로부터 도망치려 안간힘을 썼다. 그러나 이미 알고 있었다. 절대 도망칠 수 없다는 것을. 이것이 바로 궁극의 상태, 가장 근본적인 상태였다. 다른 모든 것은 그저 우리의 착각이었을 뿐이다.

나는 불현듯 깨달았다. 그가, 체 게바라가 옳았다. 그동안 왜 생각하지 못했을까? 저들이 우리를 감시하고 있다. 나무 위에 숨어서, 가장 끔찍한 고문실을 준비하며. 저들은 우리에 대해 모든 걸 알고 있다. 흐릿하게 일그러진 사람들, 그림자를 엮어 만든 검은 형체들. 그러나 미끈거리는 탯줄로 지구의 어두운 심장부와 연결되어 있는 존재들. 그렇다, 그들이 나무 위에 앉아 있지 못할 이유가 뭐가 있겠는가? 그들은 뭐든 할 수 있는 자들이 아닌가? 왜 창밖의 포플러 위에서 우리에게 망원경을 들이대지 못하겠는가? 나는 어떻게 그걸 줄곧 터무니없게만 여겼을까?

검은 트렌치코트를 입은 남자 수십 명이 골목을 스쳐 지나간다. 안뜰에는 경찰 수송차들이 숨어 있고, 무전기에서는 희미한 잡음이 흘러나온다. 야간 투시경의 가늘고 긴 눈동자들이 모든 창문을 겨누고 있다. 그들의 비밀 아지트에는 우리가 감히 상상조차 못 하는 수많은 장비가 산더미처럼 쌓여 있다. 그들은 우리 한 명 한 명의 맥박을 틀어쥐고 있다. 역사를 지휘하고, 보이지 않는 줄을 잡아당겨 우리를 조종한다. 우리를 세뇌하여 자신들이 보여주고 싶은 것만 보라고 강요한다. 그러면 우리는 그대로 본다. 이미 만들어놓은 문장을 우리 코앞에 들이밀고는 말하게 한다. 그러면 우리는 그대로 말한다. 그들은 가짜 신문을 찍어내어, 세상을 제멋대로 서술한다. 존재하지 않는 것을 믿도록 강요하고, 명백한 진실을 부정하도록 강요한다. 그러면 우리는 그대로 따른다. 그들은 우리의 친구로 위장한다. 심지어는, 그래, 그렇다, 나는 지금 거울 속에서 나를 바라보는 이가 진짜 나인지조차 확신할 수가 없다.

나는 벌떡 일어나 창문에 걸린 수건 커튼을 정리하고, 만일을 대비해 가스 밸브를 잠갔다. 살금살금 다가가서 문이 제대로 잠겼는지도 확인했다. 그는 다 알고 있다는 듯한 눈빛으로 내 움직임을 주시했다.

"봤지? 봤지? 내가 뭐랬어? 내가 뭐랬냐고?" 그가 계속 중얼거렸다.

우리는 새벽까지 신문지 위에 몸을 누인 채 서로를 끌어안고 있었다. 내 머릿속에서는 밤새도록 기묘한 생각들이 피어났다. 마치 한겨울 밤 유리창에 새하얀 서리꽃 무늬가 번져가듯이. 나는 그것들을 지워내려 애썼지만, 무늬는 계속해서 자라났다. 다만 시간이 흐를수록 점점 옅어질 뿐이었다. 어쩌면 다가오는 새벽이 그것들을 몰아낸 것일지도 모른다. 그러다 결국 나는 깜빡 잠들었고, 그의 목소리와 주전자의 물이 끓는 소리에 눈을 떴다.

가스레인지 앞에 선 그는 골판지로 만든 빈 권총집을 허리에 차고 있었다. 창문에 걸어놓은 수건은 이미 걷혀 있었고, 창밖에서 서늘하고 단단한 금속성의 겨울 빛이 스며들었다.

"이제 다 끝났어." 그가 말했다. "그들은 갔어. 하지만 곧 다시 올 거야."

정신이 아득했다. 담배 한 갑을 연달아 피운 것처럼, 의식을 잃었다가 가까스로 깨어난 것처럼. 나는 믿기지 않는 눈으로 방 안을 둘러봤다. 창밖의 나뭇가지들을 의심스럽게 살폈고, 여기저기 널려 있는 신문의 헤드라인을 읽었다. 불안 발작과 정신병

적 삽화*를 겪은 거라고 스스로를 진단했다. 그가 나에게 전염시켰고, 나는 감염되었다. 그가 나에게 최면을 걸었고, 나는 그의 암시에 굴복했다.

"체 게바라, 병원에 가자. 내가 전화를 걸게."

그는 아무런 저항 없이 순순히 짐을 챙기기 시작했다. 거리에 나서자 흩어졌던 내 생각들이 서서히 제자리로 돌아오기 시작했다. 젖은 개들이 몸을 털듯이, 내 안의 혼란스러운 생각들도 하나둘씩 털고 일어섰다. 흩어진 조각들이 모여들어 하나의 덩어리를 이루었고, 집합 신호에 응답하듯 줄을 맞춰 섰다. 그리고 하나씩 차분하게 번호를 외치며 정돈되어갔다. 거리는 한산했다. 하지만 오늘은 일요일, 집회가 있는 날이다. 구급차 번호가 머릿속에 맴돌았다. 그리고 안나 아주머니. 그래, 전화를 걸어 어젯밤에 그녀라도 제대로 잠을 잤는지 물어봐야겠다.

공중전화 부스에 들어가 몇 번이나 번호를 눌렀지만, 전화기가 고장 났는지 아무런 응답이 없었다. 전차도 오지 않았다. 나는 다리를 건너 도시 반대편으로 향했다. 그러다 예로졸림스키에 대로에서 천둥처럼 굉음을 내며 밀려오는 장갑차들의 행렬을 보았다.

---

*　정신의학에서 사용하는 임상 용어로, 망상·환각·사고의 와해 등 현실 검증력이 심각하게 손상되는 증상이 일정 기간 나타나는 상태를 가리킨다. 발작적으로 짧게 나타나기도 하고 장기간 지속되기도 한다.

† 나이트

Skoczek

열쇠와 먼저 씨름한 건 그녀였다. 하지만 자물쇠가 어긋나게 달려 있는지, 겨우 한쪽을 열면 다른 쪽이 여전히 잠겨 있었고, 반대로 해봐도 마찬가지였다. 바닷가에서 거센 바람이 불어와 그녀의 얼굴에 목도리를 휘감았다. 참다못한 그가 두 개의 가방을 진입로에 내려놓고는 그녀의 손에서 조급하게 열쇠를 낚아챘다. 그러고는 단번에 문을 열었다.

그들이 늘 빌려서 묵던 펜션은 바다와 맞닿아 있었고, 주변에 비슷한 여름 별장들이 옹기종기 모여 있었다. 그곳은 여름이면 사람들로 북적였고, 바람이 잘 통했으며, 파라솔과 플라스틱 의자, 라디오와 신문이 놓인 탁자가 즐비했다. 하지만 지금은 모두 치워지고 문도 굳게 잠긴 채 겨울잠에 빠져 있었다. 이번에 빌린 펜션은 좀 더 근사했다. 벽난로에, 해변으로 바로 이어지는 넓은 테라스도 있었다. 테라스에 모래가 잔뜩 쌓여 있는 걸

보고 그녀는 들어서자마자 모래부터 쓸어내기 시작했다.

"뭐 하러 치우는 거야? 이 계절에 누가 테라스에 앉는다고."

그는 장바구니에서 먹거리를 꺼내 냉장고에 차곡차곡 넣더니 곧바로 텔레비전을 켰다. 그녀가 볼멘소리로 말했다.

"아, 제발, 텔레비전은 켜지 마."

그러고는 뭔가 할 말이 더 있는 듯 멈칫거렸지만, 결국 아무 말도 하지 않았다.

그들이 데려온 암컷 폭스테리어는 활발하고 산만하며 제멋대로였다. 그가 벽난로에 불을 피울 때마다 녀석은 바구니에서 장작을 꺼내어 위로 던졌다가 다시 낚아채곤 했다.

그가 고함을 질렀다. "그만 좀 해!"

그녀가 두둔했다. "날이 춥잖아. 몸을 데우려고 저러는 거라고."

"그래. 근데 치다꺼리는 내가 다 하잖아."

"그냥 개일 뿐인데 왜 그래?"

"당신이 말한 그 '그냥 개'가 날 짜증 나게 한다고. 잠시도 가만있질 않잖아. 너무 산만해. 먹이에 뭘 좀 타서 진정시켜야 하나? 브롬제나 루미날 같은 거?"

"예전엔 저 애한테 짜증 안 냈잖아."

"이젠 짜증 나."

그녀는 자신의 가방을 들고 위층의 얼음처럼 차가운 침실로 올라갔다. 그리고 담요가 덮인 침대에 걸터앉았다. "개"라고 불린 레나타가 그녀를 따라 올라와서 담요 위로 뛰어올랐다. 그녀는 암캐의 반짝이는 갈색 눈을 들여다보았다. 목구멍이 조여왔다. 온몸을 휘감는 갑작스러운 통증. 짧고 칼날처럼 예리한 아픔이었다.

시간이 어딘가 잘못되어간다는 생각이 들었다. 시간이 풀려나 흩어지고, 겹겹이 갈라지고 있었다. 두 개의 거대한 시간의 지각판이 음울한 굉음을 내며 서로를 밀어냈고, 그 사이에 벌어진 틈새는 '그때'와 '지금'을 갈라놓는 심연이 되어 앞으로 수백만 년 동안 메워지지 않을 듯했다. '지금'은 거칠고 모가 났으며 말이 없었다. 밤에는 깊고 무거운 잠에 빠져들었고, 아침에 깨어났을 때는 꿈속에서 전쟁이라도 치른 듯 분노의 잔해가 남아 있었다. 반면 '그때'는 지금의 시점에서 돌이켜보면 끊임없이 이어지는 리듬 같았다. 매끄러운 탁자 위에서 경쾌하게 튀어오르는 탁구공 소리처럼, 다채로운 문양이 서로 뒤얽혀 한 몸을 이루는 직물처럼, 매 순간이 언제나 다른 순간의 일부와 맞물려 있었다.

그녀는 대화를 시작하기에 가장 쉬운 말이 "기억나? 그때……"라는 말임을 깨달았다. 거기에는 어떤 기계적인 에너지가 담겨 있었기 때문인데, 마치 아이를 달래며 쓰다듬는 손길 같기도 하고, 잔잔한 음악이 흘러나오는 라디오 채널을 켜는 것 같기도 했다. 고래의 노래, 폭포의 물소리, 새들의 지저귐 같은 것들. "기억나? 그때……"라는 말은 두 사람을 한자리에 불러 모았다.

그 순간은 언제나 뭉클했다. 마치 춤을 청했을 때 상대가 눈빛으로 수락하는 순간의 떨림처럼. 그래, 우리 같이 춤추자. 그때마다 분명해졌다. 그들이 서로에게 되풀이해 건네는 그 말은 이미 오래전에 굳어진 과거, 수없이 되새겨온 버전의 이야기라는 것이. 그것은 절대 흔들릴 리 없는 완벽하게 안전한 기억이었다. 과거는 이미 정해져 있어 바꿀 수 없다. 과거란 달달 외운 만트라, 기억이라는 토대 위에 작은 추억담들이 차곡차곡 쌓여가는 것. 이를테면 그가 그녀를 위해 호두를 까서 정원의 잎사귀 위에 올려두었던 일. 또는 둘이 똑같은 화이트진을 샀던 일—오래전 일이라 이제 그 청바지는 두세 치수는 작을 것이다. 혹은 그녀의 붉은 머리칼, 당시 유행하던, 헝클어진 듯한 단발의 헤어스타일. 아니면 그가 그녀를 떠나던 날, 작별을 아쉬워하다 결국 떠나는 기차를 향해 황급히 달려가던 그의 모습. 그런 이야기들은 과거로 갈수록 더 많아졌다. 시간이 흐르며 그들은 사소한 사건들을 신화로 바꾸는 능력을 점점 잃어갔고, 결국 현실은 하찮음과 평범함 속으로 내몰리고 말았다.

벽난로에 불이 붙자 두 사람은 저녁 준비에 나섰다. 마치 오랫동안 호흡을 맞춰온 듀엣처럼, 그녀는 마늘을 썰고 그는 양상추를 씻으며 소스를 만들었다. 그녀가 식탁을 차렸고, 그가 와인병의 마개를 열었다. 그 모습은 마치 춤과 같았다. 완벽한 춤, 파트너의 움직임에 너무도 익숙한 나머지 상대를 의식할 필요조차 없는 춤. 그런 춤은 추다 보면 파트너가 사라지고, 결국 혼자서 추는 것이나 마찬가지가 된다.

식사를 마친 뒤 레나타는 벽난로 곁에서 잠들었다. 구불거리는 털 위로 불꽃이 주황빛으로 흔들렸다. 이제부터 끝없이 이어질 저녁의 무게가 불현듯 감당하기 힘들게 느껴졌다. 잠들기 직전에 과식했을 때처럼, 버겁게 짓누르는 무게였다. 그의 시선은 무심코 텔레비전으로 향했고, 그녀는 갑자기 욕조에 몸을 담그고 싶어졌다. 하지만 첫날 저녁이었기에 두 사람에게는 아직 선의의 여유가 남아 있었다. 그럼에도 그는 부주의했다.

"와인 한 병 더 열까?" 그가 물었지만, 곧 깨달았다. 한 병을 더 열면, 이제 막 견고해져가고 있던 질서가 무너져 내릴지도 모른다는 것을. 그 끝에는 권태와 무거움, 답답함, 인간의 말 자체가 무의미해지는 순간이 어김없이 찾아올 테고, 도망치고 싶은 충동이 기다리고 있을 터였다. 대화의 필요는 남아 있겠지만, 몇 마디 오가고 나면 대화는 금세 의미를 잃을 것이다. 사용된 모든 단어의 뜻을 처음부터 다시 정의해야만 할 테니까. 두 사람의 언어가 서로 완전히 어긋나버린 것처럼.

"이 정도로 충분하지 않을까?" 그녀가 부자연스러울 만큼 명랑하게 대답했다.

그래서 그는 체스판을 꺼냈다. 텔레비전 옆 선반에 꽂힌 낡은 책들 틈에서 체스판을 발견했을 때 그는 안도했다. 그들에게는 체스 역시 "기억나? 그때……"로 시작하는 만트라의 일부였다.

그들은 언제나 말없이, 신중하게, 서두르지 않고, 며칠에 걸쳐 체스를 두었다. 그는 늘 그랬던 것처럼 검은 말을 쥐었고, 그녀는 담배에 불을 붙였다. 그 순간 바늘처럼 날카로운 분노가 그를 쑤셔댔다. 그녀가 집 안에서 담배 피우는 게 그는 정말 싫었다. 그러나 아무 말도 하지 않았다. 그래서 아무 일도 일어나지 않았다.

개막전이었다. 첫판은 습관처럼, 기계적으로, 다음 수가 무엇일지 뻔히 아는 채로 흘러갔다. 그녀는 자신이 그의 생각을 읽고 있다는 사실을 깨닫고는 오싹해졌다. 가벼운 메스꺼움이 밀려왔다. 와인은 아주 드라이하고 떫었다. 그녀는 그가 이기도록 내버려두었고, 그는 그녀가 일부러 졌다는 것을 알아차렸다. 그가 하품을 했다.

"이번엔 제대로, 집중해서 다시 두자. 기억나? 그때 일주일 내내 체스를 두었잖아." 그녀가 이야기를 꺼내며 말을 다시 배치했다.

"첫 번째 크리스마스, 당신 부모님 댁에서 보낸 연휴 때였지. 동네가 폭설에 파묻혀서 아무 데도 갈 수 없었잖아."

그녀는 문득 차가웠던 방의 냄새가 떠올랐다. 어머니가 천으로 덮어둔 크리스마스 과자들이 가지런히 놓여 있던 방.

두 사람이 두 수씩 두고 나자 판이 잠시 멈추었다. 그가 둘 차례였으므로 그녀는 잠시 담배를 피우러 테라스로 나갔다. 그는 울 스카프를 두른 그녀의 작고 가느다란 등을 유리창 너머로 바라보았다. 그녀가 돌아왔을 때, 그는 미동도 하지 않았다.

“오늘은 이쯤에서 그만할까?” 그녀가 말했다.

그가 동의했다.

“자러 갈까?”

그녀의 질문에 그는 다시금 부자연스러움을 느꼈다. 무심하게 들리지 않게 애쓰는 기색이 역력했기 때문이다.

“내일 날씨부터 확인하고. 그러고 나서 침대 시트를 씌울게.”

그가 텔레비전을 켜자 분위기가 왠지 평범해졌다. 각자 할 일을 하면서 긴장감이 풀렸다. 그는 맥주 캔을 따서 한 손에 들고, 다른 손으로는 리모컨을 누르며 채널을 이리저리 돌렸다. 그렇게 그는 텔레비전 속으로 사라져버렸다.

그녀는 씻으러 갔다.

전기난로가 작은 욕실을 금방 덥혀주었다. 그녀는 거울 아래 선반에 화장품 몇 개를 올려놓았다. 얼굴을 거울 가까이 가져가서 볼에 번진 붉고 가느다란 실핏줄들을 유심히 살펴보았다. 이어 목과 가슴의 피부를 꼼꼼히 살폈다. 거울 속의 눈을 마주 보며 화장솜으로 화장을 지웠다. 옷을 다 벗고 나서야 깨달았다. 이곳엔 욕조가 없다는 사실을. 욕조는 도시에 두고 왔고, 이곳에는 조개 무늬가 그려진 플라스틱 커튼으로 가려놓은 불편한 샤워 부스뿐이었다. 문득 울고 싶은 마음이 들었지만, 그녀는 자신을 탓하며 이건 히스테리일 뿐이라고 생각했다. 욕조가 없다고 울 일은 아니다.

그녀는 조용히 침실로 들어갔다. 시트는 아직 씌워져 있지 않았고, 베갯잇과 이불 커버는 차갑고 매끄러운 상태로 의자 위에 단정히 접혀 있었다. 아래층에서 텔레비전 소음이 들려왔다. 분노가 눈덩이처럼 불어난 그녀는 홧김에 침대에 시트를 씌우기 시작했다. 모서리를 붙잡고 악착같이 잡아당기며 몸을 쓰는 움직임이 분노와 맞물리며, 마치 합창하듯 서로를 고조했다. 그녀는 처음엔 그 분노가 대상도 없는 막연한 격노에 불과하다고 느꼈다. 그러나 뜻밖에도 그 분노는 마치 만화 속 한 장면처럼 한순간 날카로운 칼날로 바뀌어 아래층 거실 의자에 앉아 맥주 캔을 쥐고 있는 남자를 겨냥했고, 곧이어 성난 벌떼가 되어 목재 계단을 타고 한꺼번에 거실로 쏟아져 내렸다. 그녀는 침실 문간에 선 채로 아래층을 내려다보았다. 앉아 있는 남자의 옆모습과 머리가 보였다. 그러자 아주 잠시, 그녀의 눈에 환영이 어른거렸다. 지금 막 실체를 얻은 이 분노가 남자의 관자놀이를 사정없이 내리쳐서, 그의 몸이 굳고 이내 힘없이 등받이에 쓰러지는 환영. 마치 죽은 사람처럼.

"여보, 좀 도와줄래?" 그녀가 위층에서 소리쳤다.

"갈게." 그는 여전히 화면에서 눈을 떼지 못한 채, 마지못해 일어나며 대답했다.

그가 위층으로 올라왔을 땐 이미 그녀가 어느 정도 마음을 가라앉힌 뒤였다. 그녀는 깊게 숨을 들이마셨다.

"안 씻어?" 그녀가 지극히 차분한 어조로 물었다.

"출발하기 전에 씻었어."

그녀는 불쾌할 정도로 차갑고, 축축하기까지 한 침대 시트에 등을 대고 누웠다. 그는 불을 끄러 갔다. 테라스 문을 잠그고 쓰레기통에 비닐봉지를 씌우는 소리가 들렸다. 마침내 방으로 돌아온 그가 옷을 벗고 자기 쪽 자리에 누웠다. 두 사람은 잠시 나란히 누워 있었다. 그러다 그녀가 몸을 움직여 그의 가슴에 머리를 얹었다. 그는 그녀의 드러난 어깨를 부드럽게 쓰다듬었다. 마치 아버지가 딸에게 하듯 자상하게. 그러나 두 번째 닿은 손길에는 그 다정함이 어느새 사라져 있었다. 손길은 그저 손길일 뿐이었다. 그는 몸을 뒤집어 엎드렸고, 그녀는 그를 붙잡으려는 듯 그의 등에 손을 얹었다. 그들은 오랫동안 그런 자세로 잠들어왔다. 레나타가 나지막이 끙 소리를 내며 그들의 발치에 몸을 눕혔다.

그가 먼저 일어나 개를 밖으로 내보냈다. 거실로 매서운 찬바람이 밀려들었다. 그는 개가 바닷가 쪽으로 달려가며 갈매기 두 마리를 쫓고는 볼일을 본 뒤 돌아오는 모습을 지켜보았다. 바다에서 거센 돌풍이 불어왔다. 그는 커피를 마시기 위해 물을 올려놓고 끓기를 기다렸다. 펼쳐진 체스판을 힐끗 보고 벽난로에 아직 불씨가 남아 있는지 살폈지만, 불은 이미 완전히 꺼진 상태였다. 그는 커피를 타고 우유와 설탕을 넣었다. 그녀를 위해서였다. 그는 두 개의 머그잔을 들고 다시 위층으로 올라가 따뜻한 침대 속으로 들어갔다. 그러고는 침대 머리 판에 기대앉은 채 커피를 마셨다.

"꿈에 비행기가 나왔는데, 온통 과자로 가득 차 있었어. 밀푀유* 같은 과자였어." 그녀가 잠이 덜 깬 듯, 잠긴 목소리로 말했다. "눈이 내렸는데, 이상하게도 분홍빛이었어."

그는 무슨 대답을 해야 할지 몰랐다. 그가 꿈을 꾸는 일은 드물었고, 설령 꾸더라도 언제나 말로 풀어낼 수 없는 것뿐이었다. 그에겐 늘 마땅한 말이나 표현이 부족했다.

아침 식사 후 그는 카메라를 꺼내 두 개의 렌즈를 닦았다. 이제 산책을 나설 참이었다.

그들은 챙겨 온 짐에서 가장 따뜻한 옷을 꺼내 입었다. 플리스 점퍼와 발목을 덮는 부츠, 목도리와 장갑까지. 그러고는 목조 주택들이 자취를 감추고 바람에 흔들리는 풀들의 왕국이 시작되는 모래언덕 쪽으로 해변을 따라 발걸음을 옮겼다. 거기서 그는 쭈그리고 앉아, 파도에 떠밀려 온 나뭇가지 더미를 찍었다. 그것들은 마치 어떤 동물의 뼈처럼 보였다. 그는 카메라 렌즈를 통해 주위를 둘러보며 제자리에서 한 바퀴 천천히 돌았다. 그녀는 그를 앞질러 바닷가 가장자리를 걷고 있었다. 모래사장에 움푹 파였던 그녀의 발자국은 곧 파도에 씻겨 사라졌다. 레나타가 어디선가 나뭇가지를 물어 와서는 그녀의 다리를 툭툭 찔러댔다. 그녀가 나뭇가지를 잡으려 하자 레나타는 으르렁거

---

*　　프랑스식 페이스트리. 얇은 파이 반죽 사이에 크림을 겹겹이 넣은 과자로, '나폴레옹 파이'라고도 부른다.

리며 내놓지 않았다.

"놓을 생각이 없으면 내가 어떻게 던져주니, 이 바보 같은 녀석아." 그녀가 말했다.

레나타는 결국 물고 있던 나뭇가지를 내놓았다. 막대기는 높이 솟구쳤다가 곧 개의 입으로 다시 돌아왔다.

여자는 문득 렌즈의 둥근 눈동자가 자신을 응시하고 있음을 깨달았다. 잠시 동안 그녀는 남자의 눈에 비친 자신을 보았다. 흰빛과 잿빛이 어우러진 배경 앞에 선 작고 어두운 형체, 각진 윤곽이 또렷하게 드러난 모습. 그는 그녀를 현행범으로 붙잡은 것이었다. 내가 무슨 잘못이라도 저질렀단 말인가? 남자는 얼굴을 카메라 뒤로 감추고는 마치 권총을 겨누듯 렌즈로 그녀를 겨냥했다. 그는 늘 그녀를 찍어댔으니, 이제는 익숙해질 때도 되었을 텐데. 하지만 지금, 어제 가지런히 개켜진 침구를 보았을 때와 마찬가지로 그녀는 다시금 분노를 느꼈다. 그녀는 몸을 돌렸다. 그러자 그가 쫓아왔고, 둘은 침묵 속에 걸었다. 바람이 그 침묵을 희석해주었다. 입안으로 파고들고, 눈을 가늘게 뜨게 만들면서. 침묵이 길어질수록 할 말은 줄어들었고, 그럴수록 침묵이 주는 안도감은 더욱 커졌다. 그의 생각은 왼편 어딘가로, 바다 쪽으로 흘러갔다. 그렇게 어선의 빈 껍데기 위를 날아, 섬에, 낯선 나라에, 어딘가에 내려앉았다. 그녀의 생각은 펜션으로 향했다. 서랍과 가방 안으로 스며들었고, 달력을 힐끗 보고 계산서를 정리했다. 침묵은 별로 고통스럽지 않았다. 함께 침묵할 수 있는 누군가가 있다는 건 좋은 일이었다. 그녀는 순간 벅찬 마음으로 생각했다. '이렇게 침묵하는 것도 고도의 기술이지.' 그리고 그 말을 몇 번이나 속으로 되뇌었다. 마음에 들었다.

"저기 좀 봐." 그가 이렇게 말하며, 육지를 따라 낮게, 거의 소나무 꼭대기에 스칠 듯 흘러가는 어두운 구름을 손가락으로 가리켰다. 그는 불현듯 저 구름과 여인이 담긴 사진이 찍고 싶어졌다. 둘 다 뽀로통하게 부풀어 오른 채, 끝내 울리지 않을 천둥과 터지지 않을 번개를 품은 듯한 모습이었다.

"거기 서봐!" 그는 그녀에게 소리치면서, 물가 쪽으로 한 발 물러나 너무 가까운 거리에서 카메라를 들이댔다.

렌즈에 비친 건 바람에 일그러진 그녀의 얼굴이었다. 이마에 세로로 깊게 팬 주름, 추위에 시퍼렇게 질린 입술. 바람결에 머리카락이 얼굴에 들러붙자 그녀는 어설프게 머리카락을 쓸어넘기며 표정을 고쳐보려 했으나, 이미 늦었다. 찰칵, 셔터 소리가 먼저 울렸다. 그녀는 못마땅한 얼굴로 몸을 돌렸다.

"잠시만 그대로 있어. 지금 정말 아름답거든." 그가 몇 걸음 더 물러서자 그의 신발 속으로 물이 철벅 스며들었다.

그녀는 스스로에게 화가 났다. 자신이 괜히 포즈를 취하려 들고, 예쁘게 찍히고 싶어 한다는 사실이 불쾌했다. 그가 얼굴에 카메라를 들이대는 순간 뭔가 부당하게 우위를 점하는 듯했고, 그녀를 재고, 평가하고, 깎아내리고, 사물처럼 다루는 것 같았다. 사실 그녀는 그가 자신의 사진을 찍는 것을 좋아한 적이 없었다. 그가 카메라를 가면 삼아 그 뒤에 얼굴을 숨긴 채 렌즈를 들이대면 그녀는 늘 무방비 상태가 되곤 했다. 그의 시선은 그녀를 꿰뚫는 동시에 그녀에게 불멸을 약속하는 듯했지만, 그렇게 영원 속에 갇히는 순간 그녀는 점점 힘을 잃고 그에게 종속되어가는 기분이 들었다. 그래서 그녀는 모델이라는 직업을 가진 여자들이 이해되지 않았다. 그가 렌즈를 들이밀면 입술을 내밀며 멋들어지게 고개를 젖히는 여자아이들. 그들이 보여주는 건, 자신이 '누구인가'가 아니라, '팔아야 할 무언가'를 가졌다는 사실이었다. 마치 장터의 행상인처럼. 결국 그들은 상품일 뿐이었다. 그러니 그와 잠자리를 가졌다 한들 이상할 게 없었다. 과연 그는 알고 있을까? 카메라라는 도구 덕분에 자신이 얼마나 큰 권력을 쥐고 있는지를. 그의 얼굴은 오직 사진을 찍을 때만 살아 있는 듯 보였다. 그녀의 머릿속에, 소파에 파묻혀 맥주를 들고 텔레비전을 응시하던 그의 모습이 떠올랐다. 그 얼굴에는 공허가 드리워져 있었다. 마치 그 안에 아무도 존재하지 않는 듯.

"내 사진 찍지 마." 그녀가 우울하게 말했다. 그러자 그는 말없이 카메라를 레나타에게로 돌리고는 한동안 개를 따라 달렸다. 하지만 레나타는 자꾸만 프레임 밖으로 빠져나갔고, 지그재그로 달리며 도망쳤다.

그는 모욕당한 기분이 들었다. 이따금 그녀가 아무렇지 않게 내뱉는 몇 마디 말이 그에게는 마치 뺨을 얻어맞는 듯한 아픔을 주곤 했다. 대체 어떻게 그런 식으로 말할 수 있는 걸까? 그녀의 옆에 있으면 그는 언제나 소년, 어린아이가 된 듯했다. 언제 그녀가 자신에게 상처를 줄지 알 수 없었다. 그가 터득한 단 하나의 효과적인 대처법은, 체스에서 킹을 다른 말들 뒤에 숨기듯이 저 예측 불가한 여인을 무시하고, 지나치고, 의식적으로 외면하고, 그녀에게 말을 걸지 않고, 눈길도 주지 않고, 그녀를 피해 가고, 내버려두고, 멀찍이 밀어내는 것이다. 사진 속 인물처럼 거리를 두고, 그녀를 체스판에 가두어 희미한 잿빛 바탕 위에 놓인 각진 말처럼 만드는 것. 그러면 그녀 쪽에서 알 수 없는 반전이 일어나곤 했다. 그의 손길에 자신을 내맡기며 작아졌고, 외롭고 무력한 소녀가 되었다. 반백의 머리칼을 휘날리며 기세가 꺾인 채로 그의 품에서 힘없이 무너져 내렸다. 그리고 레나타처럼 애교를 부렸다.

그는 개를 쫓아 달려갔다. 레나타가 큼직한 나뭇가지를 주워 입에 물고 흔들며 놀아달라고 졸라댔다. 그가 가지의 한쪽 끝을 붙잡아 들어 올리자 레나타는 그대로 매달렸다. 레나타가 익히 아는 놀이였다. 이빨로 힘 겨루기. 고집 피우기 게임. 개가 매달린 나뭇가지를 그가 빙글빙글 돌리기 시작하자 레나타는 그의 허리 높이에서 허공을 날았다. 그 순간 비명이 들려왔고, 자신을 향해 허겁지겁 달려오는 그녀의 모습이 보였다. 그가 속도를 늦추자 레나타는 무사히 모래사장 위에 내려앉았다. 여자가 그에게 다가와서 얼굴을 분노로 일그러뜨린 채 소리쳤다.

"도대체 뭐 하는 거야? 미쳤어? 다치게 할 뻔했잖아! 당신은 아무 생각도 없어? 바보야, 당신? 제정신이 아니구나, 빌어먹을 멍청이 같으니!"

그녀의 욕설에 그는 말문이 막혔다. 그녀가 자신을 때릴지도 모른다고 생각했다. 레나타는 여전히 나뭇가지를 입에 문 채 휘청거리고 있었다.

"미쳤어? 그만 좀 해." 그가 나직이 내뱉고는 펜션 쪽으로 걸음을 옮겼다.

그는 울고 싶어졌다. 분노로 가득 찬 흐느낌이, 마치 뱉어내야 하는 기침처럼 속에서 차오르고 있었다. 그는 당장 펜션으로 돌아가 짐을 챙겨 떠나야겠다고 생각했다. 아니, 굳이 챙길 필요도 없다. 그냥 다 두고 차만 끌고 떠나면 그만이다. 도시로 돌아가면 된다. 이제 끝이다. 그녀는 혼자서도 잘 살아갈 것이다. 아직 젊으니까, 다른 남자를 찾고 무엇이든 하면 된다. 그는 자신이 그동안 노력해왔다는 생각에 울컥했다. 그는 정말로 노력했다.

그녀가 펜션으로 돌아왔을 때, 그는 텔레비전 앞에 앉아 맥주를 마시고 있었다. 그녀는 옷을 벗고 물을 끓였다.

"차 마실래?" 그녀가 물었다.

"아니." 그가 웅얼거렸다.

"미안해." 그녀는 말했고, 그 순간 갑자기 힘이 빠졌다. 마치 모래 위를 걷는 듯한, 발이 푹푹 빠지는 듯한 느낌이었다. 그는 단 한 번도 먼저 사과한 적이 없었다. 그녀가 담배에 불을 붙였다.

"여기서 피우지 말아줄래?" 그가 말했다.

그녀는 테라스로 나갔다. 주전자가 휘파람 소리를 내며 끓었지만 그녀는 듣지 못했다. 그가 일어나 가스불을 껐다. 텔레비전에서는 농작물 재배에 관한 프로그램이 흘러나오고 있었다. 레나타는 바구니에서 나무토막을 꺼내 공중에 던졌다가 낚아채며 혼자 놀고 있었다.

"어떻게 끝날 것 같아?" 그녀가 옆자리에 앉으며 물었다.

"뭐가 끝난다는 거야?"

"우리 사이 말이야. 이 모든 것……."

그가 어깨를 으쓱이며 대답을 피했다. 그녀를 올려다보았지만, 끊임없이 물어대는 듯한 그녀의 집요한 얼굴을 견딜 수 없었다.

"벽난로에 불 지펴야겠다."

그는 신문지를 구겨서 한쪽에 쌓고 그 위에 작은 나뭇가지들을 올렸다. 그녀가 성냥을 건넸다. 그녀가 뭔가 말을 꺼내고 싶어 하는 낌새를 느꼈지만, 그는 일부러 아무런 반응도 하지 않았다. 그녀의 말을 듣고 싶으면서도 동시에 그 말들이 다시금 통제 불능으로 흘러나올까 두려웠던 것이다. 그는 그녀를 벌주는 법을 알고 있었고, 그대로 실행했다. 위층으로 올라가 시트를 씌우지 않은 침대에 벌렁 드러누워서는 오래된 잡지를 펼쳐

읽는 척했다. 컴퓨터에 관한 기사를 발견하고 잠시 안도했으나, 내용이 눈에 제대로 들어오지 않았다. 튀르키예 휴양지 광고에 눈길이 닿자 둘이 마지막으로 함께 떠났던 그리스 여행이 떠올랐다. 모든 게 빛에 씻겨나간 듯 윤곽을 잃었고 초점이 어긋난 사진처럼 흐릿했다. 햇볕에 그을린, 거의 나체에 가까운 그녀의 몸. 호텔 방에서 나눈 사랑—그것이 그들의 마지막 장면이었다. 그는 문득 그런 자신이 당황스러웠다. 그녀의 다른 모습은 기억나지 않았다. 몇 달 전의 그 휴가가 그의 가장 오래된 기억이었다. 그들이 반복해서 읊조리던 "기억나, 그때……" 속의 두 사람은 이제 완전히 낯선 이들처럼 보였다. 그는 그 낯섦에 놀란 채로 깜빡 잠들었다.

그가 깨어났을 때 그녀는 곁에 없었다. 레나타도 없는 걸 보면 둘이 함께 해변의 모래언덕으로 산책하러 간 듯했다. 그래도 혹시 몰라 차부터 확인했다. 그대로 있었다. 그는 텔레비전을 켜고, 뉴스를 흘려들었다. 밖에는 이미 잿빛 어스름이 내려앉고 있었다. 그는 스크램블드에그를 만들어서는 텔레비전 앞에서 프라이팬째 먹어치웠다. 이어 맥주를 따고, 휴대폰에 녹음된 메시지를 확인했다. 특별한 소식은 없었다. 그녀가 들어오는 모습이 보였다. 바람에 얼굴이 벌겋게 상기되어 있었다. 레나타는 마치 오랜만에 만나는 것처럼 와락 달려들며 그를 반겼다. 여자가 텅 빈 프라이팬을 흘끗 쳐다보았다.

"벌써 먹었어?" 그녀가 불쾌함과 놀라움이 뒤섞인 목소리로 물었다. "저녁 먹은 거야?"

그제야 그는 자신이 그녀를 기다렸어야 했다는 사실을 깨달았다.

"그냥 간단히 먹었어. 마을에 있는 중식당 갈래?"

"배 안 고파." 그녀가 코트를 벗으며 말했다.

'그럼 왜 물어봤는데?' 그가 화가 나서 속으로 외쳤다. 이유는 그도 이미 알고 있었다. 뭔가 트집 잡을 구실이 필요했던 거다. '이제 곧 토라지겠지. 배가 안 고프면 안 먹으면 되잖아. 난 상관없다고.' 그렇게 그녀와 나누는 상상의 대화가 그에게 은근한 쾌감을 안겨주었다. 그는 채널을 돌렸다. 하지만 심한 눈발이 흩날리는 것처럼 화질이 엉망이었다. 다른 프로그램을 찾아보려 했지만, 채널은 겨우 두 개뿐이었다. 도망칠 곳이 없었다.

잠시 후 그녀가 욕실에서 돌아왔다. 머리를 빗고, 화장도 조금 고친 듯했다. 그녀에게서 담배 냄새가 은은히 풍겼다. 학생처럼 화장실에서 피운 모양이었다.

"우리 체스 마저 둘래?" 그녀가 물었다.

그는 동의했다. 완벽하게 대칭을 이룬 체스판의 풍경이 그를 기분 좋게 진정시켜주었다. 규칙이 존재한다는 즐거움. 한 수 한 수 곰곰이 음미해볼 수 있는 달콤한 기회. 예측 가능한 놀라움들. 그리고 미묘한 지적 쾌락을 안겨주는 통제감. 그가 벽난로에 장작을 집어넣고 있는데 갑자기 그녀가 말했다.

“저기…… 흰 나이트 한 개가 없어졌어.”

그들은 고개를 숙여 탁자 밑을 살펴보고, 의자를 밀어내며 구석구석 뒤졌다. 그는 장작 바구니 안까지 들여다보았다.

“레나타 짓이야. 그 녀석이 물고 간 거라고. 걔가 누워 있던 자리도 살펴봐.” 그가 말했다.

그녀가 개의 담요를 털었다. 장작 몇 개와 싱크대 마개가 굴러 나왔지만, 체스 말은 보이지 않았다.

“현관 쪽으로 물고 나갔나?” 그가 희망 섞인 목소리로 말했다.

그들은 체계적으로 수색을 시작했다. 그는 쓰레기통을 뒤졌고, 그녀는 테라스로 나가서 탁자를 옮겨가며 살펴보았다.

“당신이 나가기 전에는 있었어?”

그녀가 머뭇거렸다. 기억나지 않았다.

“대체 나이트를 어떻게 한 거야, 이 멍청한 녀석아?” 그녀가 개에게 몸을 숙이며 쏘아붙였다.

“물어뜯었을지도 몰라.”

그가 맥주 두 잔을 따라 왔다. 그들은 쓸모없어진 체스판을 사이에 누고 마주 앉았다. 잠시 뒤 그는 나뭇조각으로 체스 말을 대신할 수 있다는 생각을 떠올렸다. 그가 나무토막 하나를 부러뜨려 검은 칸 위에 올려놓았다. 그녀는 주저했다.

“나뭇조각으로는 도저히 못 하겠어.”

“그럼 내가 흰 말을 쓸게.”

“하지만 그러면 다시 처음부터 둬야 하잖아.”

"아냐. 더 이상 안 하고 싶어."

그녀는 지금 일어나서 각자 짐을 챙겨 집으로 돌아가는 게 최선이라고 생각했다. 그러나 그 말을 차마 입 밖에 내지 못했다. 혹시 그가 체스 말을 가져간 건 아닐까, 아니면 실수로 어딘가에 떨어뜨린 건 아닐까 하는 생각도 스쳤다. 그러나 역시 아무 말도 하지 않았다. 그저 소파에 무겁게 기대앉았다.

그녀는 알고 있었다. 이제 곧 그는 그녀를 두고 자리를 뜰 것이다. 텔레비전에 시선을 고정하거나, 위층으로 올라가 다시 잠들어버리거나, 카메라를 만지작거릴 것이다(천만다행으로 사진을 찍기엔 이미 날이 너무 어두웠다). 아니면 책을 집어 들거나, 전화를 걸거나, 사람들에게 문자를 뿌릴지도 모른다. 뭐가 됐든 피할 수 없는 일이라는 걸 그녀는 알고 있었다. 그의 파란 체크무늬 셔츠. 이상하게도 그녀는 그 셔츠에 얼굴을 파묻고 싶었다. 그러나 몸을 일으켜 다가갈 힘조차 없었다. 그의 손이 체스 말들을 하나하나 상자에 담고 있었다. 그 손등에 어두운 털이 가늘게 돋아나 있었다.

그가 그녀를 바라보았다.

"왜 우는 거야? 체스 때문이야? 아니면 그 잃어버린 나이트 때문이야?"

그가 곁에 앉더니 한 팔로 그녀를 끌어안았다. 그러나 다른 팔은 잠시 머뭇거리다가, 끝내 소파 등받이에 그대로 남았다.

"차라리 버려지는 편이 낫지, 버리는 것보다는." 그녀가 불쑥 말했다. "버림받으면 오히려 힘이 생기거든."

"난 반대라고 생각하는데." 그가 대답했다.

"당신은 이해 못 해."

"난 원래 아무것도 이해 못 하잖아."

그가 일어나 부엌으로 갔다. 와인을 마실지 물었고, 그녀는 좋다고 대답했다.

그녀는 머릿속으로 할 말을 이미 다 정리해두었다. 문장 하나하나, 그리고 그것을 뒷받침할 근거와 거기에 덧붙일 말까지 준비되어 있었다. 그는 그녀의 말에 반드시 대답해야 할 것이고, 침묵으로 모면할 수 없으리라. 그가 거실로 돌아와 그녀에게 와인 잔을 건네며 소파에 앉았다. 아마도 그는 지금 그녀가 무슨 생각을 하는지 알고 있을 것이다. 대화를 시작하면 결국 언제나처럼 말싸움으로 끝나리라는 것도. 바로 그때, 레나타가 구세주처럼 문 앞에서 낑낑대기 시작했다. 그는 자리에서 일어나 개를 밖으로 내보냈다.

"나가라, 이 바보 같은 녀석아. 체스 말은 대체 어디에 두었니?"

레나타는 컹컹 짖으며 어둠 속으로 뛰어나갔다. 열린 문 사이로 찬 바람이 밀려들며 모래가 흩날렸다. 그는 등 뒤에서 들려오는 텔레비전 소리에 불현듯 안도감을 느꼈다. 그녀가 텔레비전을 켠 것이다.

"아쉽게도 볼만한 게 없네. 그래도 영화 하나쯤은 하겠지." 그가 말했다.

그녀가 아직 와인이 남아 있는 잔에 술을 더 부었다. 갑자기 피로가 그녀를 엄습했다.

그와 마찬가지로 그녀 또한 다리를 쭉 뻗어 낮은 탁자에 발을 올렸다. 두 사람은 나란히 앉아 와인을 홀짝이며, 늙은 여인이 자신의 적들에게 비소를 먹여 하나둘씩 살해하는 우스꽝스러운 옛날 추리 영화를 끝까지 보았다. 위층으로 올라가는 그녀의 몸이 살짝 비틀거렸다.

"금방 갈게." 그가 말했다. 그러나 그녀는 그가 오지 않으리라는 걸 알고 있었다. 수없이 그랬듯 그는 밤새도록 텔레비전 앞에 앉아 있을 것이다. 화면의 음산한 불빛에 잠식되어, 그 자리에 없는 듯 멍한 표정을 지으며, 깜빡이는 영상에 고양이 같은 눈망울을 고정하고서, 늘 그랬듯이 소리는 꺼둔 채로. 그녀는 어떻게 될지 이미 알고 있었다. 안다는 건 좋은 일이었다. 평온함을 안겨주니까. 완벽한 동그라미처럼 꼭 닫힌 확신. 손안에 쥔 매끄러운 유리구슬같이 단단한. 그녀는 힘없이 잠 속으로 빠져들었다.

그는 풀밭에 눕듯이 그녀 위에 온몸을 실었다. 묵직하게. 그녀의 익숙한 향기, 친근한 부드러움이 느껴졌다. 그녀가 한숨을 내쉬었다. 그의 몸은 습관처럼 욕망으로 반응했다. 그녀는 마치 놓치지 않으려는 듯이 그를 끌어안았다. 그녀가 뭐라고 속삭였지만, 그는 알아듣지 못했다. 그의 손길이 그녀의 엉덩이를 따라 미끄러져 내려갔다.

"무거워." 그녀가 속삭였다.

순간 그가 멈칫했다. 그리고 깨달았다. 지금 자신의 몸이 누르고 있는 대상은 여자도, 아내도 아니었다. 여성의 몸이 아니었다. 자신의 아래에 누워 있는 건 한 인간, 같은 종족에 속한 다른 개체였다. 구체적이고, 개별적이며, 넘을 수 없는 경계로 둘러싸인 타인. 하지만 그 확고하고 뚜렷한 경계 너머에 있는 존재는 부서지기 쉽고 연약했다. 어린 새싹처럼, 얇디얇은 웨이퍼처럼. 성별은 사라졌고, 그녀가 여성이며 그의 아내라는 사실도 더 이상 중요하지 않았다. 오히려 형제 같았다. 고통의 동반자, 위험과 역경을 함께 겪는 동지. 낯설지만 동시에 가까운 자, 집으로 돌아올 때 손 흔들어 인사를 전하게 되는, 담 너머에서 지켜보고 있는 이웃.

그러한 깨달음이 너무나 뜻밖이어서 그는 얼굴이 달아올랐다. 욕망이 씻은 듯이 가셨다. 그는 그녀 위에서 내려와 곁에 누웠다. 팔로 그녀를 끌어안고 가만히 이불을 덮어주었다. 그녀는 울고 있었다. 나이트를 잃어버렸다고 중얼거렸다. 그는 그녀가 술에 취했다고 생각했다.

그녀는 머리가 지끈거렸다. 조용히 일어나서 아래층으로 내려가 레나타를 밖으로 내보냈다. 그는 마치 고치에 갇힌 듯 머리끝까지 이불을 말고서, 침대 가장자리, 그녀에게서 멀찍이 떨어진 곳에서 잠들어 있었다. 그녀는 비타민 한 움큼과 아스피린을 삼켰다. 몸이 개운치 않고 축 처진 느낌이었다. 그녀는 꽤 오랫동안 이를 닦았다. 자면서 눌린 머리카락이 사방으로 뻗쳐 있었다. 눈은 부어 있었다. 울었나? 그래, 울었다. 히스테리였다. 그녀는 자신의 뱃살을 세게 꼬집었다. 그 통증이 묘한 안도감을 주었다. 스스로를 향한 증오가 마음껏 흘러나올 수 있도록 빗장을 열어주는 듯했다. 어릴 적, 누구였는지는 기억나지 않지만 어떤 어른이 그런 말을 했었다. 살을 꼬집으면 몸에 암이 생긴다고. 남자애들이 여자애들의 가슴을 꼬집으며 놀릴 때 그런 말을 들었다.

그녀가 다시 아래층으로 내려갔을 때, 그는 바지는 안 입고 셔츠만 걸친 채로 소파에 앉아 신문을 읽는 중이었다. 그가 일어나 그녀에게 커피를 타주었다.

"안녕!" 그녀가 말했다.

"안녕!" 그가 대답했다.

"우리 오늘은 뭘 할까?"

"꼭 뭘 해야 해?"

"오후엔 짐을 챙겨야 하잖아."

그가 신문을 한 장 넘겼다.

"컨디션은 어때?" 그녀가 물었다.

"좋아." 그가 대답했다.

잠시 후 그가 덧붙였다.

"당신은?"

그녀는 더는 아무 말도 하고 싶지 않았다. 그래서 잡지를 뒤적이기 시작했다. 그 순간 하늘이 맑아지더니, 눈부신 빛줄기가 파도처럼 방 안으로 쏟아져 들어왔다. 그녀는 담배를 집어 들고 테라스로 나갔다. 담배를 떠올리기만 해도 속이 메스꺼웠지만, 억지로 불을 붙였다. 저 멀리 개가 보였다. 레나타, 그 정신 나간 녀석이 파도에 몸을 던지며 물결을 물어뜯으려 애쓰고 있었다. '정말 바보 같은 개야.' 그녀는 생각했다. 추위에 온몸이 떨렸다.

그는 위층으로 올라가 바지를 입었다. 지금 당장 짐을 싸서 떠나고 싶은 마음이 들었다. 급하게 처리해야 할 일이 너무 많았다. 그는 잠시 활기를 되찾았다. 침대 옆을 지나는데 가슴팍에 곰돌이 무늬가 그려진 그녀의 잠옷이 눈에 들어왔다. 그 순간, 11월의 물웅덩이에 덮인 살얼음만큼이나 가볍고 덧없는 그 찰나에, 예전의 다정함이 불현듯 솟구쳤다. 그녀가 집을 비울 때면 그는 늘 그 잠옷을 끌어안고 잠들곤 했었다. 지난밤의 욕망과 마찬가지로 다정함 역시 습관처럼 찾아왔다. 그는 고개를 저었다. 분노, 이제는 너무도 익숙한 그 파도 같은 분노가 그의 동작을 굼뜨게 만들었다. 그는 싸움에 나설 준비를 한 짐승처럼 변했다. 몸은 긴장으로 굳었고, 눈빛은 날카로워졌다. 그는 바지를 입고 허리띠를 꽉 조였다. 이제 문제는 그녀가 아니었다. 그래, 마음대로 하라지. 중요한 건 그 자신이었다. 이제 다시는 상처받지 않으리라, 절대로. 그는 과거의 고통을 떠올렸다. 그러나 이제 그 고통이 오히려 그를 더욱 강인하게 만들고 있었다. 마치 전쟁에 나갔다가 무사히 돌아온 용사처럼. 그는 계단을 내려가며 위에서 그녀를 내려다보았다. 소파에 웅크린 모습, 화장기 없는 얼굴과 퉁퉁 부은 눈. 그 순간 이상한 생각이 그의 머리에 스쳤다. 내가 그녀의 죽음을 바랐기 때문에 그녀가 이렇게 흉하게 변한 게 아닐까.

"사진 좀 찍고 올게." 그가 말했다.

그녀가 함께 가겠다고 했다. 그녀가 옷을 입는 동안 그는 테라스에서 기다렸다. 둘은 어제와 반대 방향으로 걸음을 옮겼다.

"저기 봐!" 그녀가 바람을 뚫고 큰 소리로 외쳤다. 그녀의 손가락이 가리킨 것은 그가 이미 보고 있던 풍경이었다. 짙푸른 바다 위에 길게 펼쳐진 새하얀 하늘의 띠, 그리고 하얗게 빛나는 파도의 능선, 마치 어느 중국 화가가 그려낸 수묵화 같은 풍경이었다. 이어 번개처럼 짧게 햇살이 번쩍였다.

"밤사이 폭풍이 몰아쳤나 봐." 그녀가 말했다.

해변에는 온갖 쓰레기가 널려 있었다. 해조류와 부러진 가지들, 나무토막들, 그 사이에 섞여 있는 알록달록한 플라스틱 조각들. 그녀는 그의 뒤를 따라 걸으며 그의 뒷모습이 예전 그대로처럼 보인다고 생각했지만, 그것이 실은 착각이라는 걸 알았다. 아무것도 되돌릴 수 없다. 한번 일어난 일은 다시는 일어날 수 없다. 절대로. 문득 그녀는 이 진부한 문장의 의미에 압도당

했다. 이미 지나간 일은 결코 되풀이될 수 없다는 것. 어쩔 수 없다는 것. 잠시 그녀는 그에게 달려가 옷깃을 붙잡고, 자신을 향해 그를 돌려세우고 싶었다. 그럼 무슨 일이 벌어질까? 무엇이 밝혀질까? 그녀는 걸음을 늦췄다. 그는 개와 카메라와 함께 빠른 걸음으로 그녀에게서 멀어졌다. 그녀는 더 이상 그를 따라가지 않고 모래사장 위에 털썩 주저앉았다. 바람을 등진 채 간신히 담배에 불을 붙였다. 모래 위에 앉아, 절망 속에서 차례차례 되뇌어보았다. 이제 다시는 일어나지 않을 일들을. 손길이 닿을 때마다 느껴지던 짜릿한 전율, 우연한 스침, 애타는 갈망, 오랜 기다림 끝에 맞닿던 두 손. 향기에 취하는 설렘, 그 향기에 얼굴을 파묻을 때의 포근함. 눈빛 하나로 서로의 생각을 헤아리던 일, 같은 순간 같은 생각을 나누던 기적. 고요하고 흔들림 없는 친밀함. 마치 서로의 손안이 제자리인 듯 절묘하게 포개지던 감촉. 귓불의 모양만으로 황홀해하던 나날. 밤마다 식물처럼 서로의 몸을 기어오르며, 상대의 몸을 마치 내 껍질인 듯 여기던 순간들. 끝없이 길게 이어지던 어느 아침. 한 그릇에 담긴 붉은 바드슈치를 나눠 먹던 기억. 공원 산책길에서 불현듯 밀려들던 욕망의 물살. 우리가 세상에 태어날 때 들고 오는 가방 속에는 단 한 번만 쓸 수 있는 것들이 들어 있다. 불꽃놀이처럼, 동화 속 마법처럼, 그것들은 단 한 번 반짝이며 타오르고 나면 한 줌의 재가 되어 사라져버린다.

그녀는 그가 돌아오면 이런 이야기를 하리라고 다짐했지만,

이 모든 게 진부한 발견에 불과하다는 걸 함께 펜션으로 돌아가는 길에 깨달았다. 이런 생각을 나눈다는 게 어딘지 쑥스럽다는 생각이 들었다. 그가 들으면 그저 웃어넘길 것이다. 마치 낡은 유행가의 가사를 읊조리는 것처럼 들릴 테니까. 그 이상도 그 이하도 아니었다. 그렇다, 그녀의 절망은 결국 너무도 상투적이었다. 절망조차도 오롯이 겪는 건, 인생에 단 한 번뿐인지도 모른다. 이후로 체감하는 것들은 모두 희미한 복사본일 뿐. 어쩌면 인생에는 어떤 신비로운 경계의 지점이 있어서, 자신도 모르게 그 경계를 넘어서는 순간부터는 모든 것이 이미 지나간 것의 서툰 모방이 되어버리는지도 모른다. 한때 신선하고 새로웠던 것의 시시한 패러디, 보잘것없는 변주. 삶이 내리막으로 치닫기 시작하는 그 경계가 어쩌면 오늘, 여기, 이 해변일지도 모른다. 그리고 이 순간부터, 삶에는 흐릿한 복제품과 어설픈 재현, 조잡한 모조품, 질 떨어지는 대체물만이 이어질 것이다.

그들은 아무 말 없이 집으로 향했다. 어제와 마찬가지로 바람이 침묵을 희석해주었다. 그는 레나타와 함께 앞장섰고, 그녀는 바람에 붉어진 얼굴로 뒤를 따랐다.

문 앞에 도착한 레나타가 입에 뭔가를 물고 집 안으로 들어가려 했다. 그가 발로 막았다.

"뭘 물고 왔니, 이 말썽꾸러기야? 뭘 찾았어? 썩은 뼈? 죽은 물고기?"

그는 개의 입을 억지로 벌리고는 옅은 빛깔의 나뭇조각을 끄

집어냈다. 그리고 잠시 뒤, 그게 무엇인지 깨달았다.

"이것 좀 봐, 얘가 뭘 물어 왔는지!" 그가 놀란 목소리로 외쳤다.

그녀가 다가와 침에 젖은 축축한 체스 말을 그의 손에서 받아들었다. 그리고 바닥의 깔개에 문질러 닦았다. 그것은 체스 말, 흰 나이트였다. 하지만 그들의 체스 세트에 있던 말이 아니었다. 그것은 더 작고, 더 기품 있고, 더 볼록한 몸체를 가진 말로, 아마도 손으로 조각한 수제품인 것 같았다. 벌어진 입은 위로 치켜 올라가 있었고, 몸통에는 세로로 길게 금이 가 있었다.

"어떻게 이럴 수가! 레나타, 대체 이걸 어디서 물어 온 거니?" 그가 말했다.

"바다에서 온 거야." 여자가 대답했다. "바다가 밀어낸 거지."

"그럴 리가 없는데." 그는 중얼거리며 그녀를 불안하게 힐끔 쳐다보고는 도망치듯 시선을 거두었다. "어떻게 물속에서 이런 나이트가 나올 수 있겠어? 그것도 우리가 잃어버린 것과 같은 흰 말이라니? 말도 안 돼."

두 사람은 함께 주방의 싱크대로 갔다. 그녀는 말을 조심스럽게 씻어내고 행주로 부드럽게 닦았다.

그들은 그 체스 말을 식탁 위에 올려놓고, 희귀한 곤충을 관찰하듯 한참을 바라보았다. 레나타도 같이 바라보았다. 개는 뭔가 대단한 일을 한 듯 뿌듯해 보였다. 그는 체스판의 빈칸에 억지스럽게 놓여 있던 나뭇조각 대신 그 말을 올려놓았다. 하지만 다른 말들 사이에서 그 나이트는 어딘가 이질적으로 보였다. 마치 돌연변이 같았다.

"한 판 둘까?" 그가 물었다.

"지금? 곧 떠나야 하잖아." 말은 그렇게 하면서도 그녀는 코트를 벗고 망설이듯 자리에 앉았다.

"누구 차례였더라?"

그녀는 기억하지 못했다. 둘은 펼쳐진 체스판 앞에 그렇게 잠시 마주 앉아 있었다. 그러다 그가 그녀의 시선을 피하며 조용히 말했다.

"그냥 해본 말이었어."

✝ 바르샤바의 앤드루스 교수

Profesor Andrews
w Warszawie

앤드루스 교수는 심리학의 한 학파를 대표하는 석학이었다. 깊은 사유와 높은 위상으로 앞날이 기대되는 학파였다. 여느 학파들과 마찬가지로 이 학파 역시 정신분석학에서 출발했지만, 거기서 과감히 갈라져 나와 자신들만의 방법과 이론, 고유한 역사를 만들어냈고, 나름의 생활 방식과 꿈 해석법, 자녀 양육법까지 정립했다. 앤드루스 교수는 책이 가득 든 가방과 두꺼운 겨울옷으로 채운 트렁크를 들고 폴란드행 비행기에 몸을 실었다. 폴란드의 12월은 유달리 춥고 을씨년스럽다고 들었기 때문이다.

모든 게 지극히 자연스러운 흐름 속에서 순조롭게 굴러갔다. 비행기는 하나둘 이륙했고, 사람들은 여러 언어로 대화를 나누며 스쳐 지나갔다. 머리 위로 무겁게 내려앉은 12월의 구름은 마치 겨울 성찬을 준비하듯 수백만 개의 눈송이를 땅으로 내려

보낼 채비를 하고 있었다. 눈송이 하나하나가 저마다 한 생명을 위해 마련된 새하얀 것이었다.

한 시간 전, 히스로 공항의 거울 앞에 선 교수는 자신의 행색이 외판원처럼 보인다고 느꼈다. 어린 시절 기억 속에 남아 있는 모습, 집집마다 문을 두드리며 성서를 팔던 이들. 그러나 자신이 이끄는 심리학파를 위해서라면 이런 여정도 충분히 가치 있는 일이었다. 폴란드는 지성인들의 나라였다. 그의 임무는 그저 그곳에 씨앗을 뿌려두고 일주일 뒤 집으로 돌아오는 것이었다. 그곳에 책만 남겨두면 충분했다. 어차피 영어로 책을 읽을 줄 아는 사람들이니, 이 지적인 학파의 창시자의 권위에 승복하는 건 시간문제였다.

비행기에서 교수는 승무원이 따라준, 유명한 폴란드산 보드카로 만든 칵테일을 홀짝이며 전날 밤에 꾼 꿈을 흐뭇하게 떠올리고 있었다. 그의 학파에 따르면 꿈이야말로 현실을 가늠하는 리트머스시험지 같은 것이었다. 그는 까마귀 꿈을 꾸었다. 꿈속에서 그는 그 커다란 검은 새와 장난하며 놀았다. 그는 흔히 불길한 상징으로 여겨지는 까마귀를, 스스로도 인정하기 쑥스러웠지만 마치 어린 강아지를 대하듯 다정하게 쓰다듬고 있었다. 그의 학파가 세운 꿈 해석 체계에서 까마귀는 변화를 뜻했다. 또한 새롭고 좋은 것을 의미했다. 그래서 그는 두 번째 칵테일을 청했다.

바르샤바 공항은 뜻밖에도 매우 작았고, 사방에서 찬 바람이

들이쳤다. 그는 오래전 아시아 여행 중에 사두었던 귀덮개가 달린 털모자를 챙겨온 것을 다행으로 여겼다. 그리고 곧장 자신의 베아트리체를 발견했다. 그의 이름이 적힌 종이를 들고 출구 앞에 서 있는 여인. 그녀는 아담했고, 아름다웠다. 그들은 덜컹대는 낡은 차에 몸을 실었다. 우울하게 뻗은 도시의 풍경 속을 지나며, 긴장된 기색으로 운전대를 잡은 그녀가 다가올 한 주의 일정을 설명해주었다. 오늘은 토요일, 쉬는 날이다. 함께 저녁을 먹은 뒤 그는 휴식을 취하면 된다. 내일, 일요일에는 대학에서 학생들을 대상으로 강연을 하기로 되어 있다. 그러다 그녀가 불쑥 말했다. 이곳의 분위기가 좀 불안정하다고. 교수는 창밖을 내다보았으나 특별히 이상한 조짐은 없어 보였다. 강의를 마친 후에는 한 심리학 잡지와의 인터뷰와 저녁 식사가 예정되어 있다. 월요일에는 원한다면 바르샤바 시내를 둘러볼 수 있다. 화요일에는 기억하기 어려운, 바삭거리는 소리를 내는 이름의 어떤 기관을 방문해서 정신과 의사들과 만나는 일정이 잡혀 있다. 수요일에는 크라쿠프의 대학으로 간다. 앤드루스 교수의 심리학파는 그곳에서 특별한 위상을 차지하고 있다. 목요일에는 그의 요청으로 아우슈비츠를 방문했다가, 그날 저녁 바르샤바로 돌아올 예정이다. 금요일과 토요일에는 실무를 하는 현장 심리학자들을 위한 워크숍이 종일 있다. 일요일에는 귀국이었다.

바로 그때 교수는 책이 든 가방이 없어졌다는 것을 깨달았다. 두 사람은 서둘러 공항으로 되돌아갔으나 이미 짐은 흔적도 없이 사라져버린 뒤였다. 이름이 고시아였던 그녀는 어딘가로 급히 가더니, 30분쯤이 지나서야 빈손으로 돌아왔다. 가방은 다시 런던으로 실려 가버렸는지도 모른다. 그녀는 괜찮다고, 내일 찾으러 오면 되며 분명 찾을 수 있을 거라고 태연하게 말했다. 하지만 그는 창밖을 내다보며 그녀의 들뜬 말소리를 흘려들었다. 머릿속으로 가방에 무엇이 있었는지 떠올렸다. 책과 논문 복사본, 그리고 속옷.

그날 저녁, 그들은 고시아의 약혼자와 함께 즐거운 식사를 했다. 덥수룩한 수염과 안경으로 가려진 얼굴은 영어를 아예 못해서인지 앤드루스 교수에게는 다소 음울해 보였다. 교수는 작은 만두가 띄워진 붉은 비트 수프를 먹다가 문득 깨달았다. 이게 바로 할아버지가 늘 이야기하던 그 유명한 '보르시치(Borszcz)'로군. 그의 할아버지는 '로지(Lodz)'에서 태어났다. 그녀가 웃음을 터뜨리며 그의 발음을 바로잡았다. 마치 어린아이를 가르치듯 "바르슈치(Barszcz)", "우치(Łódź)"라고 되풀이해서 말했다. 하지만 그의 혀는 그 생소하기 짝이 없는 단어들 앞에서 무력했다.

교수는 술기운이 상당히 오른 상태였다. 마침내 그들이 도착한 곳은 고층 건물이 빼곡히 들어선 아파트 단지였다. 일행은 한 건물로 들어가 엘리베이터를 타고 맨 꼭대기 층으로 올라갔다. 여자가 그에게 방을 보여주었다. 거실과 욕실 사이에 작은 주방을 끼워 넣은 원룸이었다. 복도는 너무 비좁아서 셋이 함께

서 있기조차 힘들었다. 그들은 다음 날 일정을 떠들썩하게 조율했고, 여자는 그의 잃어버린 가방을 가져오겠다고 약속했다. 그동안 그녀의 약혼자는 낮은 목소리로 누군가와 수상쩍게 전화 통화를 했다. 그리고 그들은 떠났다. 바르슈치와 술에 지친 교수는 침대에 몸을 던지고는 그대로 잠들었다. 하지만 그는 밤새도록 뒤척이며 불안하게 선잠을 잤다. 목이 말랐지만 일어날 기운조차 없었다. 계단에서 웅성거리는 소리가 어렴풋이 들려왔다. 문이 쾅 닫히는 소리, 사람들의 발소리. 어쩌면 모든 게 꿈결의 환청이었는지도 몰랐다.

잠에서 깨어난 그는 경악을 금치 못했다. 벌써 11시였다. 그는 잔뜩 구겨진 자신의 겉옷을 떨떠름하게 쳐다보았다. 비좁고 허름한 욕실에서 샤워를 한 뒤 어제 입었던 속옷을 다시 입어야 했다. 그 후 커피를 찾기 위해 찬장을 뒤졌고, 낡은 잼병에 담긴 커피 가루를 발견했다. 커피 머신이 없었으므로 컵에다 직접 넣고 물을 부어 마셨다. 이미 향이 다 날아가버린 터라 나무껍질을 달인 물처럼 텁텁했다. 전화기는 조용했다. 고시아는 분명 그의 가방을 찾고 있을 것이다. 그는 한 손에 커피잔을 들고 책장에 꽂힌 책들을 살펴보았다. 책들은 모두 폴란드어로 쓰여 있었고, 표지가 거칠고 투박했다.

고시아는 여전히 연락이 없었다. 과도한 난방 탓에 나른하게 가라앉은 공기 속에서 시간이 더디게 흘렀다. 앤드루스 교수는 창가로 다가갔다. 창밖에는 균일하게 뭉친 건물 덩어리들이 펼쳐져 있었다. 모두 같은 빛깔, 희끄무레한 잿빛 하늘과 닮은 색이었다. 심지어 거리에 쌓인 눈마저 잿빛으로 빛났다. 햇살이 힘없이 내리쬐고 있었다.

그런데 거리에 탱크가 서 있었다. 앤드루스 교수는 창문을 열었다. 너무도 믿기 힘든 광경이었다. 매서운 찬 바람이 얼굴을 강타했다. 탱크 옆에서 조그만 형체들이 어슬렁거리고 있었는데, 분명 군인들이었다. 갑자기 설명하기 힘든 불안이 그를 덮쳤다. 커피를 너무 진하게 마셨기 때문일까. 그는 주머니를 뒤적여 고시아의 전화번호가 적힌 쪽지를 꺼냈다. 그리고 정중하지만 단호하게 물어봐야겠다고 다짐하며 머릿속으로 문장을 가다듬었다─왜 여태 연락이 없었는지, 가방은 어떻게 되었는지. 그러나 수화기에서는 아무 소리도 들리지 않았다. 그는 몇 번이고 다시 번호를 눌렀다. 그다음엔 영국으로 전화를 걸어봤지만 마찬가지였다. 머릿속에 떠오르는 번호들을 모조리 눌러봤으나 허사였다. 전화기가 고장 난 게 분명했다. 하지만 그는 생생히 기억했다. 어제 고시아의 수염이 덥수룩한 약혼자가 바로 이 전화기로 누군가와 통화하지 않았던가. 분노가 치밀어 올랐다. 그는 급히 옷을 챙겨 입고 엘리베이터를 타고 내려갔다.

한 시간 가까이 똑같이 생긴 건물들 사이를 헤매고 다닌 끝에 그는 겨우 공중전화를 찾아냈다. 하지만 수중에 폴란드 동전이 한 개도 없다는 사실을 깨달았다. 그가 가진 건 지폐 두 장뿐이었는데, 그 금액의 가치가 큰지 작은지조차 가늠할 수가 없었다. 잔돈으로 바꿔줄 만한 곳을 찾아봤지만, 유일하게 눈에 띈 작은 가게는 완전히 버려진 것처럼 보였다. 일요일이니 당연하겠지. 그는 두려움에 사로잡혔다. 섣불리 숙소를 나서지 말았어야 하는 걸까. 그사이 고시아가 자신을 찾으러 왔을 테고, 어쩌면 기다리고 있을지도 모르는 노릇이었다. 그는 서둘러 돌아가기로 마음먹었으나 그제야 자신이 길을 잃었다는 사실을 깨달았다. 어느 건물에 자신의 숙소가 있는지 알 수 없었고, 주소도 기억나지 않았다. 왜 이렇게 경솔했을까. 대체 뭐 이런 나라가 다 있단 말인가. 그때 팔짱을 끼고 걸어오는 노부부가 눈에 들어왔다. 교수는 곧장 그들을 향해 발길을 옮겼다. 하지만 무엇을, 어떤 언어로 물어본단 말인가. 노부부는 줄곧 다른 쪽을 바라보며 그를 스쳐 지나갔다.

건물들 사이를 헤매는 동안 몸은 점점 더 얼어붙었고, 절망은 커져갔다. 어느새 날이 저물었지만 그는 알아채지 못했다. 그러다 우연히, 거의 기적처럼 탱크와 마주쳤다. 탱크 옆의 커다란 철제 드럼통 속에서 불길이 활활 타오르며 밝은 불빛을 뿜어내고 있었고, 총을 멘 군인들이 그 주위에 둘러서서 손을 녹이고 있었다. 그 순간 교수의 내면 깊숙이 잠자고 있던 원초적인 공포가 고개를 들었다. 그는 급히 어두운 공원 쪽으로 몸을 숨겼다. 하지만 역설적으로 바로 그 탱크 덕분에 자신이 묵고 있는 건물을 찾아낼 수 있었다. 창가에서 내려다보았던 풍경을 떠올린 것이다. 그는 안도하며, 비록 자기 집은 아니지만 지금은 자기 것인 아파트로 들어가 문을 잠갔다. 시계는 6시를 가리키고 있었다. 그의 강연이 시작되기로 했던 바로 그 시간이었다. 강연자가 빠진 강연. 아니, 어쩌면 자신은 이미 거기 있는지도 모른다. 혹시 이 모든 게 꿈은 아닐까. 피로나 장거리 비행, 혹한의 날씨, 혹은 알 수 없는 어떤 요인이 빚어낸 기묘한 의식 상태일지도 모른다. 그의 심리학파는 이런 현상들에 대해 잘 알았다.

그는 냉장고를 열어보았다. 거기에는 말라붙은 노란 치즈 한 덩이와 파테* 통조림, 버터, 그리고 달걀 두 개가 있었다. 음식을 보는 순간 앤드루스 교수의 위장이 신경계를 압도해버렸다. 잠시 후 프라이팬에서 오믈렛이 경쾌하게 지글거렸다. 그날, 그 기묘한 하루를 통틀어 삶이 그에게 건넨 가장 큰 선물은 그가 히스로 공항에서 사두었던 조니워커 한 병이었다. 교수는 그것을 반 잔쯤 따라서 거의 한 번에 들이켰다.

이튿날, 교수는 새벽빛이 희미하게 번져오는 이른 시각에 잠에서 깨어났다. 그는 알몸으로 침대에 누워 있었다. 속옷을 아껴 입으려고 마음먹고 아예 안 입고 잤던 것이다. 얼마나 오래 버텨야 할지 알 수 없는 상황이었으므로. 그는 7시가 될 때까지 기다렸다가 조심스레 수화기를 들었다. 역시 아무 신호도 들리지 않았다. 전화기는 고쳐지지 않았다. 그럼에도 교수는 어린애처럼 희망을 버리지 못하고 있었다. 현실이라는 건 결국 정신의

---

* 고기를 다져 만든 요리. 폴란드에서는 흔히 통조림 형태로 소비하며, 빵에 스프레드처럼 발라 먹는다.

투영물에 불과하다고 그의 학파는 늘 말하곤 했다. 그런데 가끔은 그 현실이 이상한 변덕을 부릴 때가 있었다. 교수는 욕조에 뜨거운 물을 받아 몸을 담그고는, 기분 좋은 온기 속에서 앞으로의 계획을 세웠다. 시내 지도를 사고 영국 대사관을 찾자. 그러면 모든 게 수월해지리라. 그리고 장도 봐야 한다. 제대로 된 음식을 먹어야 하니까.

기운을 차린 그는 옷을 챙겨 입고 1층으로 내려갔다. 그리고 탱크가 있던 방향, 아마도 대로변인 듯한 곳을 향해 걸어갔다. 그러나 탱크는 이미 사라지고 없었다. 대신 장갑차들이 줄지어 도로 위를 달리며 불길한 굉음을 내뿜었다. 행인들 모두가 이상하다는 듯한 표정으로 장갑차들을 바라봤다. 교수는 간신히 용기를 내어 그들 중 한 남자에게 다가갔다. 자기 또래쯤 되어 보이는 그 사내는 무언가가 가득 담긴 비닐봉지를 들고 있었다. 그러나 그가 자신의 말을 알아듣지 못한다는 것을 눈빛만으로도 알 수 있었다. 그래도 교수는 준비한 질문을 끝까지 마쳤고, 사내는 어쩔 줄 몰라 하며 어깨를 힘없이 들어 올렸다가 내려놓았다. 교수는 정중하게 사과하고는 발길을 돌렸다 자동차들의 소음이 크게 들려오는 방향을 향해 걸어가다 보니 곧 왕복 2차선 도로에 이르렀다. 이따금 승용차나 붉은색 버스가 지나갔다. 그러나 그들이 어디에 정차하는지, 어디로 향하는지 알 수 없었다. 자신이 지금 시내 중심가에 있는지 외곽에 있는지도.

교수는 본능을 따르기로 했다. 본능, 직관, 예감에 귀 기울이라는 가르침은 그가 대표하는 심리학파에서 특히 중시하는 원칙이었다. 그는 인도를 따라 계속 걸었고, 몸이 점점 더 얼어붙어 뼛속까지 시렸다. 그러다 마침내 여러 개의 길이 사방으로 뻗어 있는 한 광장에 이르렀다. 그곳은 이상하리만치 텅 비어 있었다. 마치 휴일이라도 된 듯했지만, 오늘은 분명 월요일 아니면 화요일이었다.

그때 드문드문 걸린 간판들 사이에서 익숙한 단어 하나가 눈에 들어왔다. 'BAR(바)'. 교수는 들뜬 마음으로 문을 열었다. 안경에 뿌옇게 김이 서리는 바람에 한동안 아무것도 보이지 않았다. 손수건으로 안경알을 닦아내고 나서야 어두침침한 실내가 눈에 들어왔다. 우울한 분위기의 작은 공간이었다. 낡고 초라한 식탁 몇 개가 놓여 있었고, 그중 한 자리에 이빨 빠진 노파가 앉아서는 아무것도 먹지 않고 그저 창밖을 멍하니 바라보고 있었다. 카운터에는 건장한 체격의 여자가 잿빛 앞치마를 두른 채 서 있었다. 하지만 음식의 흔적은 어디에도 보이지 않았다. 교수는 'BAR'라는 단어가 이곳 폴란드에서는 영어와 전혀 다른 뜻을 가지는지도 모른다고 생각했다. 그는 주저하며 헛기침을 했다. 그러자 여자가 그에게 뭐라고 말을 건넸다. 그는 음식을 먹을 수 있느냐고 물었다. 여자가 아리송해하는 눈빛으로 그를 바라보았다. 그의 말을 전혀 이해하지 못한 것이다. 잠시 어색한 침묵이 흘렀다. 교수는 민망함에 얼굴을 붉히며, 입을 크게 벌린 채 손가락으로 자신의 입을 열심히 가리켰다. "Eat, eat, food(먹을 거요, 먹을 거, 음식)." 그가 말했다. 젊은 여자는 잠시 머뭇거리더니 반쯤 열린 주방 문 안쪽으로 사라졌다. 그러고는 나이가 좀 더 들어 보이는 다른 여자를 데리고 왔다. 교수는 다시 한번 좀 전의 단순한 동작을 되풀이했다. 두 여자는 빠르고도 격앙된 어조로 이야기를 나누었다. 그들은 그를 식탁으로 안내했고, 얼마 뒤 한 명은 수프를, 다른 한 명은 정체를 알 수 없는 만두 같은 것이 담긴 접시를 그의 앞에 가져다주었다.

두 여자는 음식이 그의 입안으로 들어갈 때까지 서서 그를 지켜보았다. 요리는 맛없고 밍밍했다. 교수의 허기는 금세 가셨다. 그는 포크로 남은 만두를 뒤적이다가, 종이 냅킨으로 입술을 닦았다. 그리고 카운터로 다가가서 지갑에서 지폐 한 장을 꺼내어 젊은 여자에게 내밀었다. 그러자 여자는 교수가 보기에 꽤 많은 거스름돈을 내주었다. 여러 장의 지폐와 많은 동전이 수중에 들어왔다.

교수는 그 바를 잊기 위해 얼른 거리로 나섰다. 자신이 한심하고 우스꽝스럽게 느껴졌다. 얼른 자신의 거처로, 11층에 있는 그 방으로 돌아가고 싶었다. 지금쯤이면 전화기도 분명 고쳐졌으리라. 그때 맞은편에서 버스가 다가오더니 몇십 미터 앞에 정차했다. 사람들이 서로 밀치며 내리고 또 올라탔다. 교수는 충동적으로 달려가서 버스 안으로 뛰어들었다.

버스가 출발했다. 그러나 곧 불안이 밀려왔다. 버스는 예상한 방향으로 가지 않았다. 광장을 교묘하게 돌아서 터널로 진입하더니, 이내 다리를 건넜다. 앤드루스 교수는 아래를 내려다보았다. 강물을 따라 얼음덩어리들이 느릿느릿 떠가고 있었다. 자신을 향해 꽂히는 사람들의 시선이 싸늘하고 적대적으로 느껴져, 그는 마음을 진정시키려 애썼다. 버스가 예기치 못한 방향으로 가고 있었지만 겁먹은 티를 내지 않으려 했다. 게다가 그는 표를 사지도, 검표기에 넣어 찍지도 않은 상태였다.* 거리에 군인들이 버티고 있는 지금, 무임승차는 감옥행일 수도 있었다. 아시아에서 표 없이 차를 탔다가 감옥에 갇혀 영영 행방불명이 되었다는 사람들의 이야기를 들은 적이 있었다. 그리하여 그는 가장 가까운 정류장에서 서둘러 하차했고, 안도의 숨을 내쉬었다. 그러고는 뒤돌아 자신의 숙소를 향해 방향을 잡고 걸었다. 바람이 거세게 불었다. 귀덮개가 달린 모자의 끈을 턱 밑으로 묶어야 했다. 코끝이 거의 얼어붙을 정도로 시렸다.

마침내 그는 익숙한 광장에 이르렀고, 숙소로 가는 길을 발견했다. 매서운 추위에 손가락의 감각은 사라진 지 이미 오래였다. 그는 거의 달리다시피 했다. 그때 거리 한쪽에 다른 곳보다 훨씬 밝게 빛나는 진열창이 보였다. 그는 궁금해서라기보다는 빛과 색을 향한 그리움에 이끌려 그곳으로 다가갔다. 상점이었다. 평범한 상점. 선반 위에 알록달록한 상품들이 빼곡히 진열되어 있었다. 그는 철창이 덧대어진 유리창 너머로 낯익은 상표가 붙은 술병과 통조림, 과자, 옷가지와 장난감을 바라보았다. 아직 늦은 시각은 아니었는데 가게는 이미 닫혀 있었다. 그는 영업시간이 적힌 안내판을 읽으려 애썼다. 분명 열려 있어야할 시간인데 가게는 굳게 닫힌 채였다. 실망한 그는 진열창 너머를 멍하니 바라보았다. 바로 그때 한 남자가 지나갔다. 그의 손에는 볼품없는 전나무 한 그루가 들려 있었다. 그는 교수에게 무어라 말을 건네며 미소를 지어 보였다. 교수도 미소로 답했지만, 남자는 그대로 그를 지나쳐 사라져버렸다.

전나무를 들고 가던 사내. 문득 그것이 어떤 징조인 것처럼 느껴졌지만, 그 의미는 알 수가 없었다. 그의 이성이 어느새 상징적이고 심리학적이며 명료한 사유에서 멀어졌기 때문이다. 대신 그의 정신을 휘어잡고 있는 건 불완전한 감정의 파편들뿐이었다. 이를테면 느닷없이 치밀어 올랐다가 곧장 유치한 절망으로 돌변하는 분노. 혹은 불시에 내면 깊은 곳에서 흘러나오는, 고요하지만 사악한 웃음. 앤드루스 교수는 본래부터 자신의 감정을 관찰하는 데 탁월했고, 오랫동안 그것을 훈련해왔다. 하지만 이곳에서는 그런 능력이 아무짝에도 쓸모가 없음을 절감했다. 그는 또한 지난 이틀 동안 자신이 내뱉은 의미 있는 말이라고는 길에서 낯선 행인에게 했던 짤막한 질문 몇 마디와, 한심하기 짝이 없는 "Eat, eat, food"라는 말뿐이었다는 것을 깨달았다.

다음 날, 전화기가 여전히 불통이라는 사실을 확인한 교수는 자신의 숙소가 있는 아파트 단지 내에서 문을 연 작은 가게 하나를 발견했다. 그곳은 전에 본 가게와는 또 달랐다. 선반에는 보드카로 짐작되는 투명한 액체가 담긴 병들과 머스터드 몇 통뿐이었다. 그런데 붉은 빛깔의 무언가가 담긴 유리병들이 막 새로 진열되고 있었다. 그는 뭐라도 사야 한다고 생각했다. 계산을 마치고 막 가게를 나가려는 순간, 막대기 모양의 갓 구운 빵이 배달되었다. 그러자 가게는 순식간에 사람들로 꽉 찼다. 그는 줄 끝에 가서 섰고, 여점원은 묻지도 않고 그에게 빵 한 덩이를 건넸다. 그는 값을 치르고 거리로 나왔다. 그러나 답답하고 텅 빈 원룸으로 당장 돌아가고 싶지는 않았다. 교수는 자신도 모르게 사람들에게 끌렸고, 군중이 만들어내는 따뜻한 온기 속에 머물고 싶어졌다. 그래서 그는 길가에 놓인 허름한 철제 탁자 앞에서 발길을 멈췄다. 그 앞에도 이미 사람들이 길게 줄을 서 있었다. 그는 질서 정연하게 서 있는 사람들의 얼굴을 바라보며, 혹시 그중에 고시아가 있지 않을까 찾아보았다. 사람들의 얼굴에는 하나같이 불길한 침묵이 드리워져 있었다. 모두가 숙연하면서도 긴장으로 굳은 표정이었다. 마치 간밤에 잠을 제대로 이루지 못한 사람들처럼.

그들은 추위에 발을 동동 구르며 서 있었다. 세상에서 가장 우울한 민족. 그럼에도 그는 그들 곁에 가서 섰다. 그들이 필요해서가 아니라, 그들에게서 흘러나오는 평범한 인간의 온기에 이끌려서였다. 차디찬 공기가 그들의 숨결에 녹아내리고 있었다. 두툼한 옷으로 몸을 꽁꽁 싸맨 여성 판매원들이 큼지막한 통에서 통통하게 살이 오른 회색빛 잉어들을 건져 올리는 모습이 보였다. 그들은 잉어를 곧장 저울에 올렸다. 매서운 공기 속에서 물고기들이 몸부림치며 퍼덕거렸다. 판매원들은 매번 똑같은 말을 손님들에게 건넸다. 교수의 귀에는 그것이 마치 후렴구처럼, 주문처럼 들렸다. 그의 머릿속에서 그 단조로운 선율의 노래가 맴돌았다.

"지봉 치 나 미에이스추(산 채로 드릴까요, 여기서 잡아서 손질해드릴까요)?"

그러나 교수는 그 의미를 그저 어림짐작만 할 수 있을 뿐이었다. 손님이 고개를 끄덕이면, 판매원은 묵직한 저울추로 물고기 머리를 내리쳤다. 그러면 잉어는 잠잠해졌고, 활짝 벌어진 그물망 속에서 안식을 찾았다. 폴란드인들이 크리스마스이브에 고기 대신 잉어를 먹는다는 이야기가 생각났다.

그는 전율을 느꼈다. 마치 종교의식에 참여하는 듯한 기분이 들었다. 물고기를 죽이는 의식. "지봉 치 나 미에이스추?" 반복되는 그 질문이 최면처럼 그를 사로잡았다. 문득 자신도 그 잔혹한 반복의 흐름에 끼어들어, 다른 사람들처럼 죽은 물고기를 그물망에 담아 가고 싶다는 충동이 용솟음쳤다. 그는 자기도 모르게 줄의 끝에 가서 섰다. 그러나 개 한 마리를 데리고 4인 1조로 다니는 군인들을 보자 정신이 번쩍 들었다. 심지어 수치스럽기까지 했다. 사람들은 말없이 군인들로부터 시선을 돌려 자신의 발끝이나 허공을 바라보았다. 교수는 절망에 잠긴 채, 런던에 있는 자신의 집과 서재, 책들 그리고 전기 벽난로의 온기를 떠올렸다.

그가 머무는 아파트의 주차장에서는 크리스마스트리를 팔고 있었다. 거기에도 줄이 있었지만, 아까보다는 훨씬 짧았다. 그래서 그는 전나무를 하나 샀다. 전나무를 겨드랑이에 낀 채 숙소로 향하는 그의 모습은 다른 사람들과 별반 다를 바 없어 보였다. 그 사실이 왠지 그에게 희열을 안겨주었다. 그는 휘파람을 불며 다시 자기 집, 아니 실은 남의 집 현관으로 들어섰다. 그러고는 외투와 귀덮개 달린 털모자를 벗지도 않은 채 식탁에 앉아 투명한 액체가 담긴 병을 열었다. 그것은 식초였다. 교수는 생각했다. '맙소사! 이게 현실이라니 믿을 수가 없군. 내가 지금 정신착란을 겪고 있는 걸까. 뭔가 심각하게 잘못된 게 틀림없어.' 그는 이 모든 일이 시작된 시점을 떠올리려 필사적으로 애썼지만, 그의 이성은 사고하기를 완강히 거부했다. 결국 기억에 남은 건 비행기 안에서 맛있게 먹었던 샌드위치뿐이었다.

스스로도 의아했다. 어쩌다 이렇게까지 먹을 것만 생각하게 된 걸까. 그의 정신은 이런 종류의 생각들을 어색하게 받아들이는 중이었다. 평소 그의 생각들은 질서 정연한 사상이나 추상적인 개념의 형태로 편안한 소파에 몸을 기대듯 그의 내면에 익숙하게 자리 잡곤 했다. 그러나 지금 그의 기억을 점령한 건 철창을 덧댄 유리창 너머로 본, 가게 진열대에 즐비했던 식료품들이었다. '우습군, 믿기지 않는 일이야.' 앤드루스 교수는 평소처럼 피식 웃음을 지었다가, 곧바로 섬뜩한 공포에 사로잡혔다. 그는 방 한쪽 벽 앞에 전나무를 세워두고 그 가느다랗고 연약한 가지들을 물끄러미 바라보았다. 그리고 마침내 깨달았다. 이제는 뭔가 하지 않으면 안 된다는 것을, 조치를 취해야만 한다는 것을.

교수는 트렁크에 짐들을 차곡차곡 챙겨 넣고, 불을 껐다. 마지막으로 현관을 한 번 돌아보고는 문을 닫았다. 엘리베이터를 타고 1층으로 내려가서 우편함을 찾아냈고, 그 안에 열쇠를 간신히 집어넣었다. 그의 마음은 이미 단호했다. 무슨 수를 써서라도 대사관을 찾아가야 했다. 다른 방도가 없었다.

집 앞에서는 얼굴이 벌겋게 상기된 뚱뚱한 사내가 추위에도 아랑곳하지 않고 삽으로 눈을 치우고 있었다. 사내가 고개를 살짝 숙이며 무슨 말인가를 건넸다. 아마도 인사말이었을 것이다. 그러자 앤드루스 교수는 뜻밖의 에너지가 용솟음치는 것을 느꼈다. 그는 지난 이틀간의 이야기를 스스로도 놀랄 만큼 아무 기리낌 없이 줄줄 털어놓았다. 강연을 하기 위해 런던에서 왔으며, 꼭대기 층에 머물고 있다는 것. 안내를 맡은 여자가 전화하기로 했지만 전화기가 고장 났다는 것. 거리에 서 있는 탱크, 문 닫은 가게, 버스와 전나무, 식초가 든 유리병까지. 사내는 가만히 서서 교수의 입술을 응시할 뿐이었다. 그의 표정에서는 아무런 감정도 읽히지 않았다.

그러다 어느 순간 교수는 자질구레한 물건들로 가득 찬 낡은 아파트에 들어와 있는 자신을 발견했다. 내부가 어찌나 비좁은지 움직이기조차 힘들 지경이었다. 그는 나지막한 탁자 앞에 앉아 플라스틱 손잡이가 달린 유리잔에 담긴 차를 마시면서도, 부지런히 채워지는 술잔도 이따금 들어 올렸다. 보드카에서는 묘한 과일 향이 났다. 하지만 어찌나 독한지, 한 모금 삼킬 때마다 교수의 식도가 고통스럽게 죄여왔다. 교수는 사내와 그의 아내 (뚱뚱하고 볼이 발그레한 그녀는 김이 모락모락 나는 소시지를 접시에 먹음직스럽게 담아 내놓았다)에게 자신이 대표하는 심리학파와 그 창시자에 대해, 예감에 대해 그리고 인간 자아의 작동 방식에 대해 이야기하고 있는 자신의 목소리를 들었다. 그러다 느닷없이 불안이 엄습했고, 대사관이 떠올랐다. 그는 꼬부라진 혀로 계속 같은 말을 되풀이했다.

"Embassy, British embassy(대사관, 영국 대사관)……."

"War(전쟁)." 사내가 대답했다. 그러고는 양손으로 공기를 움켜쥐면서 손아귀에 총을 쥐고 있는 듯한 포즈를 취했다. 그는 몸을 움츠리고 눈을 가늘게 뜬 채 입으로 총소리를 흉내 내며 방아쇠를 당겼다. 고사리 화분들이 주렁주렁 매달린 한쪽 벽면이 그의 상상 속 사격에 무차별 난사당했다. "War" 하고 남자가 다시 반복했다. 비틀거리며 화장실을 향해 걸음을 옮기던 앤드루스 교수는 곧 부엌 문가에 서 있는 자신을 발견했다. 식탁 위에는 복잡한 화학 장치가 놓여 있었다. 유리관과 수도꼭지가 얽혀 있는 기묘한 장치였다. 매캐한 냄새에 속이 울렁거렸다.

집주인이 등을 살짝 떠밀며 그를 화장실로 안내했다. 막 문을 닫고 돌아서는 찰나, 욕조 안에서 커다란 물고기 한 마리가 헤엄치고 있는 게 보였다. 살아 있는 잉어였다. 그는 자신의 눈을 믿을 수 없었다. 바지춤의 단추를 움켜쥔 채, 교수는 수면 바로 아래에서 자신을 뚫어져라 응시하고 있는 납작한 눈을 똑바로 마주 보았다. 그 시선에 사로잡혀 옴짝달싹할 수가 없었다. 물고기는 느릿느릿 꼬리를 흔들었다. 욕조 위에는 빨래가 널려 있었다. 교수는 그 자리에 꼼짝 않고 서 있었다. 15분쯤 지났을까, 초조해진 집주인이 화장실 문을 두드리기 시작했다.

"쉬……." 교수가 문밖에 있는 집주인에게 조용히 하라는 신호를 보냈다. 그는 여전히 물고기와 눈을 맞추고 있었다. 그것은 두려움과 기묘한 쾌감을 동시에 주며, 의미가 충만한 듯하면서도 동시에 허망하기 그지없는 순간이었다. 교수는 겁이 났다. 그런데 이상하게도 행복했다. 물고기는 살아 있었고, 움직이고 있었고, 두툼한 입술을 달싹이며 들리지 않는 말을 내뱉고 있었다. 앤드루스 교수는 벽에 몸을 기댄 채 눈을 감았다. 아, 이 작은 화장실에 머무르고 싶다. 얼어붙은 대도시의 한가운데, 거대한 아파트 건물의 뱃속에. 아무 말도 하지 않고, 이해하지도, 이해받지도 못한 채. 납작하면서도 완벽하게 둥근 물고기의 눈동자 속을 들여다보면서. 아무 데도 가지 않고, 여기에.

순간 요란한 소리를 내며 화장실 문이 열렸고, 교수는 집주인의 따뜻하고 든든한 품에 안겼다. 그는 아이처럼 사내를 끌어안고 흐느꼈다.

잠시 뒤, 그들은 택시를 타고 차가운 햇살에 잠긴 도시를 통과하고 있었다. 앤드루스 교수는 무릎 위에 자신의 트렁크를 올려놓은 채였다. 대사관 정문 앞에서 그는 뚱뚱한 사내와 헤어졌다. 사내는 이틀째 면도를 하지 못한 그의 두 뺨에 입을 맞추었다. 교수는 그에게 작별 인사로 무슨 말을 해야 할지 알 수 없었다. 술에 취해 꼬부라진 혀를 간신히 다스리며 마침내 교수가 더듬더듬 속삭였다.

"지보 치 나 미에스추?"

폴란드인이 어리둥절한 눈빛으로 교수를 바라보았다. 그리고 대답했다.

"지봉(산 채로)."

† 낙소스의 아리아드네   Ariadna na Naksos

아니아 볼레츠카에게

그녀는 쌍둥이가 잠자리에 들면 양탄자를 걷어내고 바닥에 귀를 대곤 했다. 소리를 듣기 위해서였다. 그 목소리는 여러 겹의 단열재와 방음재, 또는 이 대형 패널식 건물 바닥 아래에 채워 넣은 무언가에 짓눌려 희미하게 전해졌지만, 그래도 여전히 강렬했다. 높은음들은 온전히 제 음색을 유지한 채 그녀의 귀에 스며들었으나, 낮은음들은 때때로 놓칠 때가 있었다. 사실 그녀에게 전율을 일으키는 건 바로 그 낮은 음역대의 소리였다. 그녀는 눈을 감고 오직 들리는 소리에만 집중하며 스르르 잠들었다가, 쌍둥이가 맨발로 종종걸음 치며 바닥을 두드리는 소리에 잠에서 깨어났다. 두 아이는 문가에 서 있었다. 잠기운으로 부은 눈, 입가의 침 자국, 발그레한 볼. 또렷하고 당당한 어린아이의 눈빛. 쌍둥이는 그녀를 지켜주는 작은 파수꾼들이다. 그럴 때면 그녀는 부끄러워하며 슬며시 몸을 일으켜서는 아이들의 코를 닦아주고 흘러내린 잠옷을 바로 입혀 요강 위에 앉히곤 했다. 부엌에서는 채소로 만든 수프가 이미 끓고 있었고, 요구르트도 적당히 발효되어 제맛을 찾아가고 있었다. 두 개의 입술은 세상의 모든 맛을 다 시도해보려는 듯 이것저것 건드리다 이내 싫증을 내곤 했다.

그녀는 아이들을 산책에 데리고 나갈 채비를 할 때마다 우왕좌왕했다. 아이들부터 옷을 입혀놓으면, 그녀를 기다리는 사이에 모자를 벗어 던지거나 신발 끈을 풀어 헤쳤다. 그렇다고 자신부터 준비하면, 쌍둥이의 외투 지퍼를 채우고 단추를 일일이 잠그는 동안 가볍게 찍어 바른 화장조차 다 지워져버리곤 했다. 이 일에는 정답이 없었다. 산책길에 나서는 일은 하루 일과 중 전략적으로 가장 중요한 순간이 되었고, 속도와 지능을 시험하는 테스트이자 세상을 지배하려는 전술적인 시도, 나아가 세상을 통제하겠다는 선언이나 마찬가지였다.

유아차까지 챙겨야 했으므로 엘리베이터를 타고 내려가는 편이 한결 편했다. 당연한 일이었다. 하지만 그럴 경우, 그 집의 문 앞을 지나는 기회는 잃게 되었다. 사실 거기에 별다른 볼거리가 있는 것은 아니었다. 수십 개의 여느 문들과 다르지 않은 칙칙한 잿빛 현관문일 뿐이었다. 그 문의 상단 한가운데에 뚫려 있는 작은 문구멍은 계단 쪽을 정면으로 겨누고 있었다. 그 유

리알 같은 눈동자 앞에서 그녀는 이따금 걸음을 늦추고 청각을
곤두세운 채 귀를 기울였다. 혹시나 그곳에서 들려올지 모를 익
숙한 목소리, 다이아몬드처럼 맑고 투명한 한 줄기의 멜로디를
기대하면서. 하지만 산책 시간은 노래가 울려 퍼지는 때가 아니
었다. 그때쯤이면 아랫집 여자는 아마도 목욕 중이거나, 친구들
에게 전화를 돌리거나, 설거지를 하고 있을 것이었다.

그래도 그녀는 한 층 아래로 걸어 내려가서 바로 그 집 앞에
서 엘리베이터를 타곤 했다. 1층에 도착하면 사내아이들을 유
아차에 태우고 산책길을 나섰다. 길을 따라 작은 광장으로 가
서 분수대를 두어 바퀴 돌고, 다시 공원과 놀이터, 모래밭으로
가거나 목적 없이 여기저기를 걸었다. 화단 주위를 빙빙 돌면
서 밤송이를 주워 모으고, 큼지막한 손바닥 모양의 잎사귀들을
모아 꽃다발처럼 엮기도 했다. 그리고 아이들에게 말을 건넸다.
띄엄띄엄 끊어지고 졸음에 겨운 말들, 논리라곤 찾아볼 수 없는
말들을. 그러다 아이들이 뒤뚱거리며 달려가서 자기들끼리 놀
기 시작하면 그제야 그녀는 자신만의 시간을 가질 수 있었다.
집으로 돌아올 때는 줄지어 서 있는 상점들 앞을 지났다. 그녀
는 그 순서를 훤히 꿰고 있었다. 구두 가게, 잡화점, '색깔'이라
는 이름의 작은 바, 식료품점. 그러나 그녀가 물건을 사는 건, 천
장까지 물건이 잔뜩 쌓여 있는 작은 가게에서였다. 그렇게 하면
충동구매를 자제하고 꼭 필요한 것들만 한꺼번에 살 수 있었기
때문이다. 유아차 손잡이에 매달린 장바구니들이 때로는 유아

차의 균형을 위태롭게 무너뜨렸다. 그래서 그녀는 보도의 턱을 지날 때마다 각별히 조심해야 했다. 쌍둥이를 위한 2인용 유아차와 이런저런 물건이 가득 담긴 장바구니들. 그것들을 엘리베이터에 싣고 9층까지 올라가야 했다. 딸그락거리는 열쇠 소리와 함께 집 안에서 익숙한 냄새가 흘러나왔다. 아이들의 체취, 세제 향, 삶은 채소 냄새.

그때쯤이면 아래층의 그 집도 적막에 잠겨 있었다. 아침부터 어디 나갈 필요가 없는 이들은 이른 오후 시간을 잠으로 보내는지, 건물 전체가 숨을 멈춘 듯 고요했다. 그녀는 그 사람들을 상상했다. 층층이, 옆으로도 겹겹이 포개진 채 거대한 루빅큐브* 속에 눌려 사는 사람들. 비좁은 부엌에 옹색하게 모여 앉아, 접이식 식탁에 팔꿈치를 올리고, 데운 수프 한 접시를 앞에 둔 모습. 간신히 소화를 시키고 나서는 짧은 낮잠에 빠져들겠지. 그 잠은 그들의 생각을 서로 어긋나고 모난 조각들로 잘게 쪼개 뿔뿔이 흩뜨릴 것이다. 이른 아침부터 집주인이 서둘러 나가느라 잔뜩 어질러진 빈집들도 있었다. 그 풍경을 떠올리기가 쉽지는 않았지만. 라디에이터가 과열되어 후끈 달아오른 공기, 움직임이라곤 오직 허공에 느릿느릿 떠다니는 먼지 입자뿐인 곳들.

쌍둥이가 밥을 먹고 나면 그녀는 둘을 작은 요강에 앉혔다. 잠시 후 그녀는 아이들과 함께 소파에 누워 단조로운 목소리로

---

* 여섯 가지 빛깔의 작은 정육면체 스물여섯 개가 모여 하나의 큰 정육면체를 이루는 퍼즐로, 각 면의 색을 맞추는 장난감이다.

익숙한 동화를 읽어주었다. 아이들은 천장을 바라보며 이야기에 귀 기울였고, 서서히 동화 속에 빠져들었다. 페인트가 벗겨진 곳의 틈새를 따라 이리저리 움직이던 아이들의 시선은 차츰 느려지다가 마침내 스르르 감겼지만, 완전히 감기는 법은 없었다. 눈꺼풀 아래로 아이들의 동그란 눈동자가 불안스레 반짝였다.

그때 그 여자가 노래를 부르기 시작했다.

시간의 흐름 속에서 두 여자는 묘하게도 하나의 박자를 공유했다. 서로 리듬이 은밀하게 포개진 채, 둘은 보이지 않는 시간의 줄기에 순순히 몸을 내맡겼다. 그녀는 조심스레 소파에서 내려와 살금살금 다른 방으로 걸어갔다. 그러고는 양탄자를 걷고 바닥에 납작 엎드려 그 여자의 노래를 들었다.

아랫집 여자는 언제나 음계 연습부터 시작했다. 때로는 길게 이어가기도 했고, 때로는 그저 목을 풀기 위해 짧게 하기도 했다. 목소리가 높이 솟아올랐다가 가라앉으며 오르락내리락했다. 음과 음 사이의 연결은 부드럽고 둥글어서 마치 촘촘히 이어진 금속 고리들 같았고, 바닥 아래 어딘가에서 그것들이 말랑한 구슬이나 젤리 공이 되어 굴러다니는 듯했다. 이윽고 새로운 선율이 물 흐르듯 자연스럽게 이어졌다. 비단과 벨벳, 부드러운 시폰, 반짝이는 태피터** 같은 형형색색의 원단이 눈앞에 주르르 펼쳐지는 듯한 느낌이었다. 선율은 아무런 힘도 들이지 않고

**　　가볍고 빳빳하며 은은하게 반짝이는 평직 견직물.

드높이 치솟으며, 이웃한 몇몇 집을 고요한 그림자처럼 감싸안았다. 바닥에 귀를 댄 그녀는 듣는다기보다는 느꼈다. 귀는 그녀 몸의 작디작은 일부일 뿐, 그녀의 배와 손, 다리도 그에 뒤지지 않게 잘 들었으므로. 피부 밑에서 신경들이 가늘게 떨렸다. 온몸이 한없이 예민해졌다.

그녀는 거의 모든 것을 알아챘다. '알아챘다'라는 건, 첫 음 몇 개만 들어도 '아, 이건 그거', '아, 이건 저거' 하고 곧바로 짚어낼 수 있었다는 의미다. 그녀에겐 그것을 달리 표현할 방법이 없었다. 그녀는 속으로 중얼거렸다. '아, 이건 아름다워', '이건 슬프네', '이건 이상하군'.

이따금 아랫집 여자는 어느 한 구절에서 갑자기 멈추고 그 부분만 여러 차례 반복하기도 했다. 흐름에서 떼어내어, 나머지와 분리한 채로, 집요하게, 지겨우리만치 몇 번이나 되풀이했다. 마치 시간을 멈추고 똑같은 순간을 복제하려는 것처럼. 윗집 여자는 그 반복에서 아무런 차이도 느끼지 못했다. 그럴 때면 아랫집 여자가 고장 난 기계처럼 느껴졌다. 어쩌면 정말 그랬는지도 모른다. 천상의 목소리를 지녔지만, 드레스 아래 감춰진 태엽을 감아야만 작동하는 인형 같은 존재.

마침내 엘리베이터가 오르내리기 시작하며 건물이 낮잠에서 깨어났다. 집집마다 문이 쾅쾅 닫혔고, 장(腸)이 연동운동을 하듯, 층마다 설치된 쓰레기 배출관이 요란한 소리와 함께 쓰레기들을 밑으로 내려보내기 시작했다. 아이들이 학교에서 돌아오며 계단에서 떠들썩하게 소란을 피웠다. 집 앞 누군가의 차에서 경보음이 울렸고, 어디선가 희미한 전화벨 소리도 울렸다. 열쇠가 자물쇠 안에서 삐걱대며 돌아가는 소리도 들려왔다. 쌍둥이도 낮잠에서 깨어났다. 곱게 간 사과를 얹은 비스킷이나 달콤한 당근, 복숭아 퓌레나 오믈렛을 먹을 시간이었다. 불을 켜야 했다. 부엌부터 시작해서 방마다 차례차례. 세탁기는 기저귀를 넣어달라며 성화를 부렸다. 아랫집 여자는 저녁 무렵의 북새통에 놀란 듯 노래를 멈췄다. 하루의 흐름이 다시 제 궤도로 들어섰고, 이제부터는 고른 리듬으로, 분침과 시침의 박자에 따라, 저녁나절이라는 거대한 메트로놈에 맞춰 일사불란하게 움직일 터였다.

이맘때면 남편도 돌아왔다. 그는 긴 군청색 코트를 현관에 걸어놓고, 손을 씻은 뒤, 아이들을 무릎에 앉혔다. 그리고 아내의 입술에 입을 맞췄다. 어느새 텔레비전이 켜졌고, 그들은 부엌의 작은 식탁에 마주 앉아 저녁을 먹었다. 남편이 말했다. 모든 게 잘 풀리면, 멋진 다이닝룸이 있는 새 아파트로 이사 갈 수 있을 거라고.

일주일에 한 번, 그들은 영화관에 갔다. 이 또한 메트로놈이 정한 리듬이었다. 그럴 때면 보모를 불러 아이들을 맡겼다. 쌍둥이는 순순히 부모를 보냈다. 그들이 집을 나서도 울지 않았고, 돌아올 때쯤이면 곤히 잠들어 있었다. 영화가 끝나면 뭔가를 먹으러 가려 했지만 늘 식당들이 이미 문을 닫은 시각이었다. 두 사람은 결국 튀르키예 바에 들러, 플라스틱 그릇에 담겨 나오는 케밥으로 일정을 마무리하곤 했다.

이것은 절대 스토킹이 아니었다. 그건 너무 거창한 표현이었다. 그녀는 그저 노래하는 아랫집 여자의 일과를 알게 되었을 따름이었다. 여자는 아침나절에는 집에 있었고, 조용했다. 정오 무렵 노래를 시작했고, 얼마 후 다시 고요가 찾아왔다. 그러다 3시쯤이면 또다시 활기가 돌았고, 노래는 한두 시간 정도 이어졌다. 그리고 적막. 저녁때쯤 그녀는 집을 나섰다. 바닥에 귀를 대고 듣고 있던 윗집 여자는 그런 그녀를 내려다보기 위해 이미 자신의 9층 집 창가에 서 있었다. 아랫집 여자는 힘차게 발걸음을 옮겼다. 발끝이 살짝 바깥을 향해 있었는데, 마치 숙련된 무용수 같았다. 멋지게 틀어 올린 검고 풍성한 곱슬머리의 일부가 어깨로 흘러내렸다. 그녀는 바람에 나풀거리는 기다란 코트를 입었고, 속에는 늘 몸매가 드러나는, 꼭 맞는 옷들을 입었다. 강렬하면서도 차가운 색깔들이었다. 산딸깃빛이나 쪽빛, 혹은 보랏빛. 그녀는 작고 검은 승용차에 올라타서 단지 너머로 사라졌다. 쌍둥이를 키우는 윗집 여자는 아랫집 여자가 돌아오는 모습을 본 적이 한 번도 없었다. 아마도 매우 늦은 시간에 돌아오는 것일 테다.

얼마 안 가서 그녀는 하루의 전반적인 리듬을 조정하는 데 성공하여, 그 여자가 집을 나서는 시간에 맞춰 아파트 단지 앞의 작은 광장에서 서성거릴 수 있게 되었다. 쌍둥이가 모래밭에서

노는 동안 그녀는 벤치에 앉아 아이들의 머리통과 아파트 출입
문 사이를 번갈아 쳐다보았다. 덕분에 아랫집 여자가 나가는 모
습을 지켜볼 수 있었다. 그 여자는 노래를 흥얼거리며 가방에서
차 열쇠를 꺼내서는, 잠시 그것을 손끝에서 굴리다가 리모컨 버
튼을 눌렀다. 자동차는 온순하게 삑삑거리며 깜빡이는 불빛으
로 응답했다. 그 여자는 가방을 뒷좌석에 던져 넣고는 차에 탔
다. 그리고 사라졌다.

그러면 윗집 여자는 아이들을 불러 집으로 돌아갔다.

그 후로 그녀는 아랫집 여자가 모습을 드러내는 시간을 예측
할 수 있게 되었다. 물론 늘 볼 수 있는 건 아니었다. 아랫집 여자
가 시간을 잘 지키는 편은 아니었으니까. 그러나 모든 게 잘 맞
아떨어지면, 둘은 보도에서 마주쳤다. 처음에는 무심하게. 하루
동안 스쳐 지나가는 낯선 사람들은 무수히 많으니까. 수많은 얼
굴, 코트와 신발, 서류 가방과 핸드백. 얼마 지나지 않아 두 여자
는 서로를 마주 보게 되었다. 얼굴에 희미한 미소가 피어났다.
그러던 어느 날, 마침내 아랫집 여자가 먼저 인사를 해왔다. "안
녕하세요." 윗집 여자는 얼굴이 빨개지며 그녀의 인사에 머뭇
머뭇 답했다. 아랫집 여자가 지나간 자리에는 늘 가벼운 꽃향기
같은 잔향이 남았다.

그렇게 시간이 흘렀다. 계절이 두 번이나 바뀌었지만, 아파트
단지의 풍경에서 달라지는 건 거의 없었다. 그곳을 지배하는 색
채는 늘 회반죽 바른 외벽의 때 묻은 흰빛이었다.

여름이 되자 그녀는 불현듯 두려워졌다. 아랫집 여자가 갑자기 떠나버려서 더는 바닥에 귀를 대고 노래를 들을 수 없게 되면 어떡하지……. 언젠가는 반드시 일어날 일이었다. 그런 곳에서 평생을 사는 사람은 없을 테니까. 하물며 성악가라면 더더욱.

한번은 아랫집 여자가 한 달간 자취를 감춘 적이 있었다. 그녀가 떠나버린 고층 아파트 건물은 온갖 목소리와 소리, 엘리베이터의 덜컹거림, 쓰레기 배출관의 기묘한 울림, 문이 쾅 닫히는 소리, 계단을 뛰어다니는 아이들의 발걸음이 만들어내는 아르페지오로 가득했지만, 그럼에도 섬뜩할 정도로 공허하고 먹먹하여 도무지 사람이 살 수 없는 공간처럼 느껴졌다.

그 무렵 그녀는 남편에게 거듭 약속과 다짐을 재촉했다. 나무들 사이에 자리한 아담한 주택, 넓은 다이닝룸, 테라스로 이어지는 출입문과 그 너머에 펼쳐지는 마당. 남편은 고개를 끄덕였지만, 이상하게도 그의 몸짓은 '결코 이루어지지 않을 일'이라는 의미로 다가왔다. 남편은 얼마 전까지만 해도 아이에게 물릴 젖으로 가득 차 있던 그녀의 가슴에 얼굴을 파묻었다. 그럴 때마다 그녀는 자신이 강하다고 느꼈다. 마치 불어난 물 위에 놓인 다리, 혹은 대서양을 횡단하는 거대한 여객선처럼, 흔들림 없는 존재가 된 것만 같았다. 그건 확실히 기분 좋은 느낌이었다. 그러나 잠들 무렵이면 늘 이상한 감정에 사로잡혔다. 그녀는 자기 자신을 껴안을 수도, 달래줄 수도 없다는 사실에 놀라며, 그때마다 자신이 스스로에게 짐이 된다고 느꼈다. 자기 안에 스스로를 가둔 듯한 기분이었다. 자신의 갈비뼈로 만든 새장 속에 갇힌 한 마리 새처럼.

토요일이면 남편이 아이들과 집에 있는 동안 그녀는 일주일 치 장을 보러 외출했다. 바퀴 달린 장바구니를 끌고 울퉁불퉁한 보도블록 위를 지나면 장바구니가 리듬감 있는 멜로디를 연주했고, 그녀는 콧노래를 부르며 그 멜로디에 또 다른 소리를 보탰다. 아스팔트 도로를 건널 때면 그 리듬은 흩어지고 사라졌다가, 장바구니가 상점들이 늘어선 구간의 자갈길 위를 구르며 소리를 낼 때쯤 다시 돌아왔다. 바퀴 달린 장바구니는 침묵하는 대지에서 숨겨진 음악을 끄집어내는 턴테이블의 바늘과 같다고 그녀는 생각했다. 콘크리트 경사면을 지날 땐 현악기의 섬세한 활 놀림이 느껴졌고, 채소 가게 근처 오래된 돌길에선 마치 고양이의 발톱으로 두드리는 듯한, 작고 신경질적인 북소리가 울려 퍼졌다. 상가의 통로에서는 부드럽게 울리는 트럼펫의 음색이 흘러나왔고, 행인들의 발길에 닳은 오솔길에서는 부드러운 벨벳 같은 바순의 울림이 피어났다. 흙과 자갈, 돌, 아스팔트, 콘크리트. 대지는 다양한 형태로 장바구니의 바퀴 밑에서 노래했다. 수천 개의 반주가 그녀의 목소리를 요구했다. 아니, 정확히 말하면 그녀가 아니라 아랫집 여자의 목소리를 원했다. 그녀가 자기 자신에게서 끄집어낼 수 있는 건, 겨우 몇 마디 웅얼거림이나 거친 속삭임 정도였으니까. 그녀는 생각했다. 우리가 우리 자신의 가슴을 스스로 껴안을 수 없듯이, 자신의 목소리를 바깥에서 듣는다는 건 불가능한 일이 아닐까. 어쩌면 세상의 눈으로 자신을 바라보거나 세상의 귀로 자신을 듣는 것, 세상의 손으로 자신의 몸을 만지는 것은 누구에게도 허락되지 않은 일일지도 모른다.

"이것 좀 봐. 가지랑 양배추를 샀어. 사과랑 자두도." 그녀가 남편에게 말했다.

그녀는 그 말을 몇 번이고 되풀이했다. 마치 멜로디의 한 구절처럼. 후렴구처럼. 쌍둥이는 노랗게 물든, 촘촘한 옥수수의 이빨을 넋을 잃고 바라보았다.

어느 날 오후, 오랜 망설임 끝에 그녀는 마침내 아래층으로 내려가서 현관문을 두드릴 용기를 냈다. 문을 연 그 여자는 전혀 놀란 기색이 없었다. 그저 말없이 그녀를 쳐다보았다. 윗집 여자가 미리 외워둔 문장의 단어 하나하나를 또박또박 발음하며 말했다.

"제 이름은 B예요. 당신이 노래하는 걸 듣고 있어요. 저는 윗집에 살아요."

아랫집 여자가 그녀를 안으로 들였다.

똑같은 구조인데도 실내 풍경은 완연히 달랐다. 부엌과 거실 사이에 벽이 없어서인지 소리가 전혀 다르게 울렸다. 종이 갓아래 전등불이 우윳빛으로 은은하게 빛났고, 커다란 흰 캔버스가 그림처럼 벽에 걸려 있었다. 나무를 간 바닥은 반들반들 윤이 났으며, 솜털이 보송한 은빛 잎사귀의 화초가 놓여 있었다.

아랫집 여자는 풍성하게 곱슬거리는 머리칼을 손가락으로 매만지면서 B를 뚫어지게 바라보았다. 나이를 가늠해보는 듯했다. 그러더니 편하게 말을 건넸다.

"그러니까 당신이 위층에 사는 그 이웃이군요. 쌍둥이 엄마요. 둘이 똑같이 생겼던데."

"똑같지 않아요." 그녀가 정정했다.

"그건 엄마만 아는 거죠."

잠시 어색한 침묵이 흘렀다. B는 거실의 가구들 쪽으로 시선을 돌렸다. 가볍고 소박한 것들이었다. 늘어진 벨벳 커튼과 묵직한 소파, 두툼한 양탄자나 벽에 걸린 짐승 가죽까지도 상상했던 터라 의외였다.

"소금 한 컵이 필요한가요? 아니면 설탕? 달걀 두 개?" 그녀는 어딘가 깊은 곳, 몸속에서 울려 나오는 듯한 웃음을 터뜨렸다. 그 웃음은 전염될 수밖에 없었다.

B도 피식 웃었다.

"아니요, 뭘 빌리러 온 게 아니에요. 그냥 당신의 노래를 듣고 있다고 말하러 온 거예요."

"아, 그렇게 잘 들려요?" 아랫집 여자가 걱정스러운 목소리로 물었다.

"아름다워요. 당신의 목소리도, 당신이 부르는 노래도."

B는 무료 음악회에 감사하다고 말했다. 그러자 아랫집 여자가 아이들을 깨웠다면 미안하다고 사과했다. B는 고개를 저었다.

"정말 아름다운걸요." B는 그렇게 말하며 문 쪽으로 물러섰다.

아랫집 여자가 차를 권했다. B는 잠시 아이들을 떠올렸다. 지금부터 30분쯤은 더 잘 것이다. 그녀는 고개를 끄덕였다. 그러고는 주방과 거실 사이에 마련된 작은 바 옆의 높다란 의자에 앉았다. 아랫집 여자는 가스레인지에 물을 올리고, 반짝이는 검은 봉지에서 말린 찻잎을 꺼내 주전자에 넣었다. 그리고 아이들에 대해, 아이들 이름이 무엇인지, 이 단지에서 사는 건 어떤지 물었다. B는 그녀의 모든 동작을 주의 깊게 지켜보았다. 찻잔이 부딪히며 차분하게 달그락대는 소리. 셀로판 포장지의 바스락거리는 소리와 과자가 접시에 또르르 굴러떨어지며 내는 섬세하고 입맛을 자극하는 소리. 그녀의 손은 크고 단단했다. 가지런히 다듬어진 손톱은 분홍빛 바탕에 우윳빛 테두리가 둘려 있었다. 프렌치 매니큐어였다. 손톱이 도자기를 두드리는 맑은 울림과 끓는 물의 속삭임이 이어졌다.

아랫집 여자는 B가 생각했던 것보다 더 크고 더 건장했다. 넓고 아름다운 쇄골에는 약간의 주근깨가 흩뿌려져 있었고, 보드라운 잿빛 블라우스에 감춰진 가슴은 풍만했다. 발에는 새하얀 양모 양말을 신고 있었다. B는 생각했다. 옷 치수는 아마도 42, 신발은 40 정도겠군. 그러고는 최근에 아랫집 여자가 가장 자주 부르던 멜로디에 대해 물었다. B는 그 선율을 따라 부르고 싶었다. 머릿속에 또렷이 남아 있었으니까. 그래서 자신의 폐에 공기를 한껏 채웠다. 하지만 그녀 자신의 손이 입을 틀어막으며 터져 나오는 노래를 멈췄다.

"어서 흥얼거려봐요." 여자가 아이처럼 해맑은 웃음을 지으며 B를 부추겼다. "자, 어서요, 노래해봐요."

그러나 B는 도저히 부를 수 없었다. 대신 손가락으로 탁자를 톡톡 두드렸다.

"아, 알겠다. 아마 알비노니의 곡일 거예요."

B는 아랫집 여자가 바로 노래를 부를 거라고 생각했지만, 그녀는 차를 마셨다. 노래가 흘러나오던 그 목구멍으로 차를 삼키기도 한다는 사실이 왜인지 B에게 낯설게 느껴졌다.

"맞아요, 알비노니." 여자가 다시 말하며, 서가에 길게 줄지어 꽂힌 음반들 사이에서 두 장을 꺼내 B에게 건넸다. 한 음반의 표지에는 그녀 자신의 얼굴이 담겨 있었고, 슈베르트와 모차르트, 비발디의 이름이 적혀 있었다. 다른 음반의 케이스에는 이렇게 적혀 있었다. "낙소스의 아리아드네", 요제프 하이든. 그녀는 손가락으로 플라스틱 CD 케이스를 가볍게 어루만지며 말했다. "바로 이 곡들을 지금 연습하고 있어요."

그러나 B의 마음에 든 건 가곡들이었다. 그녀는 집으로 돌아오자마자 곧장 음반을 틀었다. 쌍둥이들은 잠이 덜 깬 채 유아용 침대의 난간 너머로 그녀를 바라보았다. B는 아이들에게 과일을 넣은 요구르트와 비스킷을 먹였다. 나중에 비스킷의 축축한 부스러기들을 양탄자에서 주워 모아야 했다.

"Sposa son disprezzata(나는 멸시받는 아내)." 음반 속 그녀의

목소리가 그렇게 노래했다.

저녁에 둘은 서로에게 손을 흔들며 인사했다. 하나는 발코니에서, 다른 하나는 차 옆에서.

그때부터 B는 매일 밤 그녀를 기다렸다. 음악회는 대부분 늦게 끝났다. 그녀의 말에 따르면, 그 후에 친구들과 함께 와인 한 잔을 하러 간다고 했다. 늦은 시간에는 절대 밥을 먹지 않기 때문이라고 그녀는 말했다. 하지만 와인 한잔이 때로는 자정까지, 혹은 더 늦게까지도 이어졌다. 그 시간에 B는 침대 위 남편 옆에 누워 있었다. 아마도 널찍한 다이닝룸을 갖춘 집을 꿈꾸고 있을 남편 곁에 있다가, 발뒤꿈치를 들고 살며시 복도로 나가서는 계단에서 들려오는 소리에 귀를 기울였다. 몇 번은 아랫집 여자가 돌아오는 현장을 감지할 수 있었다. 엘리베이터가 올라오는 소리, 엘리베이터 문이 삐거덕거리는 소리, 핸드백에서 열쇠를 꺼낼 때 들리는 희미한 찰랑거림. 열쇠를 고쳐 쥐고 자물쇠에 넣을 때 나는 서툰 딸그락거림. 찰칵. 현관문 안쪽의 걸쇠가 움직이고, 조용히 문이 열린다. 몇 초간의 정적. 그리고 현관문이 쾅하고 닫히는 소리. 대부분 똑같은 소리가 반복되었지만, 남자의 저음이 끼어들 때도 있었다. 현관문이 닫히기 직전 들려오는 숨죽인 웃음소리. 그리고 이어지는 완전한 침묵. 그녀는 당장 양탄자를 걷어내고 바닥에 귀를 대고 싶은 강렬한 유혹을 느꼈다.

B는 그녀의 음반을 거의 외우다시피 했다. 마음속으로 함께 따라 부르다 보면 마치 그 여자가 B의 목소리로 노래하는 것만

같았다. 그녀의 목소리가 B의 목구멍에서 선율을 끌어내는 듯
한 느낌이었다. 하지만 때때로 다림질이나 욕실 청소를 하면서
무심코 정신을 다른 데 팔고 있다 보면 자신의 진짜 목소리가
불쑥 튀어나오곤 했다. 그 목소리는 멜로디를 망치고, 음을 짓
이기며, 소리를 거칠게 뭉개버릴 뿐이었다. B는 불쾌함과 놀라
움에 재빨리 입을 다물었다. 방금 노래한 게 자신이란 걸 새삼
깨닫는 순간이었다.

"나를 위해 노래해줘." 어느 날 B는 마치 제물을 바치듯, 은박
지를 덮은 접시에 속을 채워 구운 가지를 담아 건네며 그 여자
에게 말했다.

아랫집 여자는 그 말에 유쾌하게 웃음을 터뜨렸다. 그녀의 목
소리가 공기 속으로 흘러나왔다. 처음엔 조용하고 섬세하고 스
웨이드처럼 부드러웠다가, 점차 힘을 얻으며 강렬해졌다. 그 순
간 B의 시선은 그녀의 드러난 쇄골에 머물렀다. 옅은 주근깨가
흩뿌려진 얇은 피부, 가슴 사이에 잡힌 가느다란 주름들. 그 종
잇장처럼 얇은 경계 아래, 어둡고 축축한 육체의 미로 속에서
소리로 박동하는 또 다른 신비로운 삶이 이어지고 있었다. 그녀
가 두 눈을 지그시 감고 입술에서 흘러나오는 음에 온전히 빠져
들자, B의 눈에 그녀의 심장이 보이는 듯했다. 큼직하고 묵직한
살덩어리, 시간을 재고 박자를 맞추는 근육. 그것은 강인하면서
도, 동시에 연약하게 느껴졌다. 마치 그 당당한 수축과 강렬한
박동이 실제로는 떨림과 전율, 끊임없는 두근거림에서 비롯된

것처럼. 삶보다는 오히려 죽음에 가까운 것처럼. 그 순간 B는 자신이 모든 비밀을 알아버린 듯한 기분에 사로잡혔다. 그리고 그녀가 눈을 뜨면, 그 사실을 숨기지 못하리라는 예감이 들었다. 차라리 진실을 모르는 편이 나았으리라. 그녀에게서 눈을 돌려, 매끈하고 단순한 것, 가급적이면 인공적인 무언가를 바라보는 편이 더 나았다. 식탁 상판이라든가 일정한 리듬으로 작동하는 라디에이터 같은 것들을.

그녀는 깨달았다. 노래를 부르는 건 몸이요, 근육이라는 것을. 팽팽히 긴장되어 떨리는 살점들이 몸속 깊은 곳의 영원한 질서 속에 배치되어 소리를 빚어낸다는 것을. 정교하게 세워진 후두와 유전자가 설계한 공명의 공간, 그리고 살덩이로 이루어진 작은 피리들이 어우러져서 노래를 만든다는 것을. 그리고 그 중심에는 심장이 있었다. 피를 돌게 하는, 수줍고도 내밀한 물질 덩어리. 마법 같은 벨벳으로 감싸인 몸의 안쪽. 결코 닿을 수 없는 은밀한 기관들—탱탱한 동맥, 생명으로 가득 찬 완강한 연골과 끊임없이 꿈틀대는 은밀한 틈새들—을 손끝으로 스치듯 만져보는 상상은 불안을 일으켰다. 이 모든 게 B에게는 언제든 무너질 수 있는 연약한 기적처럼 다가왔다.

이유는 알 수 없지만, 그녀의 심장이 존재한다는 명백한 사실이, 부정할 수 없는 그 육체성이 B에게는 감동적이면서도 동시에 견디기 어려웠다. 주근깨가 박힌 얇은 피부 아래에서 메트로놈처럼 일하는 저 심장을 멈추게 할 수 있는 모든 고통에 대한 상상이 B를 괴롭혔다. B는 눈을 깜빡이며 차오르는 눈물을 애써 감추려 했다. 그리고 속으로 다짐했다. 이 심장을 반드시 지켜야 한다. 그 누구의 눈에도 띄지 않게 숨기고, 도시 변두리의 정원에 묻어서 아무도 손대지 못하게 해야 한다. 자신이 이 심장의 수호자가 되리라. B는 그렇게 혼란스러운 생각을 이어갔다. 터무니없는 소리라는 걸 잘 알면서도. 이게 다 음악 때문이다. 사람이 어떻게 심장 없이 살아갈 수 있겠는가?

아랫집 여자가 몸을 살짝 앞으로 숙인 채 노래를 마쳤다. 그녀는 힘든 기색을 굳이 감추지 않았다. 입술에서 비단 같은 음색이 부드럽게 흘러나올 때는 미간을 찌푸렸고, 소리를 완벽하게 마무리하려는 듯 두 손을 입가로 들어 올렸다. 선율은 알아차릴 수 없을 만큼 은밀하게 고요와 뒤섞이며 서서히 사라졌다. 그녀가 움직임을 멈추고 눈을 뜨더니 환하게 미소 지었다. 그러고는 가지가 담겨 있던 접시를 서둘러 씻어 문가에서 B에게 건네주었다.

이제 B는 남편을 영화관이 아닌 오페라극장으로 이끌었다. 두 사람 다 그곳에선 어쩐지 길을 잃은 기분이 들었다. B는 멀리서 그 여자를 봤지만, 주름이 풍성하게 잡힌 화려한 드레스와 짙은 화장이 그녀를 실제보다 훨씬 더 커 보이게 했다. 화장 때문에 눈과 눈썹, 입술이 별자리의 별들처럼 완벽하게 분리된 채 제각각 빛나서, 그녀는 마치 가면을 쓴 것처럼 보였다. 그녀의 목소리는 점점이 분산되어 낯선 관객들의 귀에 퍼져나갔다. 군중 속으로 흩어진 그 목소리는 마치 신문처럼, 수많은 이를 향하되 정작 누구에게도 말하지 않는 것처럼 느껴졌다.

공연이 끝나고 나면 두 사람은 늘 그랬듯 튀르키예 바에 들러 간단히 요기를 한 후 곤히 잠든 주택가를 자동차로 통과하여 집으로 돌아왔다. 그리고 B는 다시 엘리베이터 소리에 귀를 곤두세웠다.

다음 날, 그녀는 또다시 양탄자의 모서리를 말아 올리고 귀를 바닥에 댔다. 바닥이 오페라극장보다 나았다. 이제는 노랫말도 들렸다. "Teseo mio ben! Ove sei? Ove sei tu?(내 사랑 테세오! 어디 있나요? 어디 있죠?)" 절절한 목소리는 이렇게 읊조리기도 했다. "Ah, di vederti, o caro, gia mi stringe il desio(아, 그대를 본다는 생각만으로도 그리움이 나를 죄어옵니다, 사랑하는 이여)." 바닷가에 홀로 서서 절망하는 여인의 모습이 그려졌다. 때로는 아래층에 아무 집도 없고, 바위투성이 해안과 몰래 만(灣)을 빠져나가는 배들만이 있는 듯했다. 눈부시게 쏟아지는 햇살, 속을 울렁이게 만드는 바다의 포효. 하지만 현관문이 열리면 B 앞에 선 그녀는 언제나 평범한 모습으로 돌아와 있었다. 회색 면 블라우스를 입은 건장한 여인. 바닥에는 종이들이 어지럽게 흩어져 있었다.

"시금치를 넣은 크레이프를 가져왔어." B가 말했다. 하지만 그 눈빛에는 도저히 감출 수 없는 간절한 청이 담겨 있었다. 나를 위해 노래해줘. 어떻게 노래하는지, 어떻게 그런 소리가 나오는지 보여줘. 왜 당신은 노래할 수 있는데 나는 못하는 거지? 당신의 목소리는 어디서 나오는 거야? 왜 나는 그렇게 할 수 없는 거지? 왜 나는 죽어 있는데 당신은 이토록 생생히 살아 있는 거야?

그 여자는 음식을 먹으며 〈아리아드네〉의 초연 이야기를 해주었다. 이미 의상이 한창 제작 중이라고 했다. 가슴 아래 금빛 리본을 두른, 눈처럼 새하얀 튜닉. 머리는 고대 그리스 여신들처럼 높이 틀어 올린 뒤 구불거리는 잔머리들을 흘러내리게 하고, 팔에는 청동 팔찌를 찰 것이다. 테세우스, 그 배은망덕한 사내는 앞으로 수십 번, 어쩌면 수백 번도 넘게 그녀를 떠나리라. 그의 검엔 미노타우로스의 피가 묻어 있을 테고, 그는 결국 미궁에 치욕을 안길 테지만, 모든 것은 원점으로 돌아가 눈부시게 환한 무대 위에서 반복될 것이다. 마치 계속해서 기억을 잃고, 일어나야 할 일들이 저절로, 원을 그리듯, 바꿀 수 없이 되풀이되는 것처럼. 그녀는 그것이 마법 같을 거라고 말했다. 매번 버려지고, 모르는 채로 이별을 겪고, 그가 아무 말 없이 떠나 흔적도 없이 사라지는 걸 온몸으로 감당하는 일. 곧 아리아드네는 세상으로, 더 큰 도시로, 더 성대한 무대로 나아가 밤마다 피 묻은 검을 든 남자에게 버려질 것이다.

"물론 노래해줄게."

아랫집 여자는 반주 테이프를 틀고 소파에 앉아 찻잔을 내려다보며 아리아를 부르기 시작했다. 그러나 음악이 포르테 부분에 이르자 자리에서 벌떡 일어나더니, 방 안을 거닐며 두 손을 들어 올렸다. 그녀의 목소리는 진동하며 주위의 모든 것을 가느 다란 바늘로 꿰뚫는 것처럼 퍼져나갔다. 그러다 그녀가 눈을 감 자 목소리는 점점 희미해졌고, 이젠 부드럽게 붓질하듯이 거실 에 있는 사물들을 쓰다듬으면서 보이지 않는 먼지와도 같은 침 묵을 털어냈다.

B는 그녀의 목 근육이 팽팽히 긴장하고, 주근깨가 박힌 얇은 피부의 쇄골이 오르내리는 것을 보았다. 그녀의 호흡이 목소리 를 세심하게 조절하고 있었다. 그 순간 B는 절망감과 함께 깨달 았다. 자신은 피부와 심장, 근육과 목소리가 빚어내는 이 황홀 한 조합을 결코 이해하지 못하리라는 사실을. 그 둘 사이, 육체 와 무형(無形)의 모든 것 사이에는 메울 수 없는 깊은 틈이 벌어 져 있었다. 존재의 균열, 거대한 공백. 두 세계는 확연히 달랐다. 오로지 이런 순간에만 가까스로 맞닿을 수 있을 뿐, 결코 서로 스며들거나 이어지거나 심지어는 스칠 수조차 없었다. 왜냐하 면 두 세계는 서로 닮지 않았고, 본성 자체가 정반대였기 때문 이다. 불과 물, 물질과 반물질처럼. 그래서 단 한 번이라도 이런 절망적인 접촉 시도를 목격하고 나면, 그 후로는 모든 게 그 불 가능한 합일을 향한 그리움으로 변해버린다. 마치 어디선가 그 이루어질 수 없는 하나 됨을 경험이라도 해본 것처럼. B는 느꼈 다. 고개를 뒤로 젖히고 눈을 감은 채 노래하는 그녀 역시 같은 고통을 겪고 있으리란 걸. 미간에 맺힌 작은 주름, 목에 일직선

으로 새겨진 깊은 고랑들이 그것을 말해주고 있었다. 세상 모든 것은 서로 분리되어 있고, 따로따로 존재한다. 두 여자 또한 마찬가지였다. 마치 세상의 양극에 서 있는 것처럼.

그녀는 노래를 끝마쳤지만 눈을 뜨지 않았다. 자신이 불러낸 고요에 스스로 놀란 듯, 부엌을 등지고 가만히 서 있었다. 그 순간 B가 조심스레 그녀에게 다가가 주근깨가 흩뿌려진 그녀의 쇄골에 살며시 머리를 기댔다. 얇은 피부 아래에서 목소리가 사그라들고 가느다란 숨결로 흩어져서 몸속을 맴돌다가 이윽고 증발하는 것을 들을 수 있었다. B는 향기를 느꼈다. 따뜻하고 안전하며 부드러운, 여성 특유의 향기였다. 그 여자는 움직이지 않았다. 그러다 잠시 후 머뭇거리며 B의 얼굴을 조심스럽게 어루만졌다.

그게 다였다. 그 뒤 B는 〈아리아드네〉의 초연 무대에서 그녀를 보았다. 눈부신 조명에 잠긴, 어딘가 현실과는 동떨어진 모습이었다. 공연은 대성공을 거두어, 신문 지면에서도 그녀를 볼 수 있었다. 대규모 순회공연의 서막이었다. 아래층에는 적막이 찾아왔다.

그녀가 떠난 뒤, 가을은 좀처럼 끝날 줄을 몰랐다. 따뜻한 공기가 여전히 도시의 상공에 머물렀고, 나뭇잎들은 천천히 노랗게 물들며 떨어지기를 거부했다. 태양은 매일 모습을 드러냈지만 어쩐지 점점 기운을 잃었고, 이 기묘한 계절에 스스로도 놀란 듯 잠에 취해 있었다. 어쩌면 올해는, 확률의 법칙으로 보자면 역사상 단 한 번뿐인 특별한 해, 그러니까 겨울이 오지 않는 해가 될지도 모른다. 겨울은 그저 새벽의 경계, 낮의 지평선 너머에 잠시 머물며, 들풀 끝자락을 몇 차례 얼려놓는 데 그칠 수도 있다. 모든 게 정지된 채 허공에 떠 있을 것이다. 이미 지나간 일인지, 이제 막 다가오려는 일인지 알 수 없는 상태로.

† 등나무

Glicynia

아래층에 사는 나는 그들의 발소리를 하나하나 다 들을 수 있었다. 그녀가 결혼한 이후로 나의 일과는 오직 그것뿐이었다. 엿듣고, 그들의 움직임을 따라다니며 발걸음을 세고, 그것을 바탕으로 정교한 상상의 장면을 그려보는 일. 부엌에서 거실로, 욕실로, 또다시 부엌으로, 거실로, 침실로…… 그리고 내 어머니가 당신의 할머니로부터 물려받은, 너비 2미터 정도의 큼지막한 침대, 여전히 탄력이 남아 있는 매트리스에서 나는 삐걱거리는 소리. 물론 나는 그녀의 발걸음과 그의 발걸음을 구별할 수 있었다. (그녀의 걸음은 빠르고 가벼웠고, 그는 때때로 마치 너무 큰 슬리퍼를 신은 것처럼 발을 질질 끌며 걷곤 했다.) 발걸음들은 여기저기로 흩어졌다가 마주쳤고, 스쳐 지나가고 다시 만났다. 나는 그들의 소리를 더욱 또렷하게 듣기 위해 창문까지 닫아두곤 했다. 멀리서 들려오는 전차 소리조차 방해가 되었기 때문이다. 게다가 근처에 전차 차고지가 있어 더욱 거슬렸다. 우리는 변두리에 있는 고즈넉한 주택가에 살았다. 전쟁 전에 세워진 빌라들이 식물들에 휘감긴 채 늘어서 있었다. 이 집도 그 가운데 하나였다. 서늘한 계단이 있고 아래층과 위층으로 이루어진 집이었다. 나는 아래층에 살고, 위층은 그들에게 내주었다.

현관 계단 옆에는 커다란 등나무 덩굴이 자라고 있었다. 아름답지만 동시에 제멋대로인 식물. 여름이면 어김없이 꽃을 피우는데, 길쭉길쭉한 꽃송이들이 마치 젖꼭지처럼 축 늘어졌다. 등나무 덩굴은 해마다 쑥쑥 자라서, 매년 1미터 가까이 뻗어나갔다. 그래서 여름철에 창문이나 발코니 문을 함부로 열어두어서는 안 되었다. 덩굴줄기들은 발코니로 밀고 들어와 성긴 커튼 사이의 틈새를 찾으며 집 안을 기웃거렸다. 나는 가끔 그것들이 가구에까지 손을 뻗어, 식탁 앞 의자에 앉고 싶어 한다고 느꼈다. 아아, 나는 이 식물에게 가장 아끼는 찻잔에 차를 따라 대접하고, 기름지고 달콤한 튀르키예 과자를 내주고 싶었다.

하지만 나는 늘 혼자 차를 마셨다. 찻잔을 앞에 두고 시선을 천장으로 향하면, 위층에서 울리는 발소리를 통해 그들의 삶을 고스란히 그려낼 수 있었다. 따분하고 단조롭기 그지없었다. 내 딸은 그를 즐겁게 해주지 못했다. 오랫동안 적막이 흐르고 아무런 움직임이 없다는 건, 그들이 소파에 나란히 앉아 텔레비전을 보고 있다는 뜻이다. 그의 손은 그녀의 어깨 위에 얹혀 있고 허벅지와 허벅지가 서로 맞닿은 채일 테다. 탁자 위에 나란히 놓여 있는 그의 맥주잔과 그녀의 오렌지 주스, 그 옆에는 텔레비전 편성표가 인쇄된 신문이 펼쳐져 있으리라. 그녀는 손톱을 다듬고 있을지도 모른다. 항상 손톱에 집착했으니까. 그는, 글쎄, 책을 읽고 있으려나. 부엌이 조용하다는 건, 그들이 식사 중이라는 의미다. 어쩌다 들리는 소리라곤 의자를 드르륵 끄는 소리뿐. 둘 중 하나가 소금을 가지러 일어난 모양이다. 욕실에서 물소리가 나면 누군가가 씻고 있다는 뜻이다. 그게 누군지 나는 금세 구별할 수 있게 되었다. 그녀는 샤워 시간이 짧았고, 그는 샤워기 아래 필요 이상으로 오랫동안 서 있곤 했다. 거기서 그는 뭘 할까? 매끈한 비누처럼, 뜨거운 물줄기에 녹아내릴 것만 같은 알몸으로. 등을 구석구석 문지를까? 머리를 감을까? 아니면 맨살 위에서 굴러떨어지는 물방울을 바라보며 가만히 명상이라도 할까? 잠시 후 물소리가 멎고, 다시 조용해진다. 아마도 그는 거울 앞에 서서 면도를 하고 있을 것이다. 나는 그 장면을 선명히 떠올릴 수 있었다. 그가 잘생긴 얼굴에 면도 크림을 바른 뒤 날카로운 면도날로 그것을 조심스레 걷어내면 매끈하고 산뜻한 피부가 드러났다. 골반에 수건을 두르고 등에 물방울을 매단 채 맨발로 서 있는 그는 마치 새로 태어난 듯했다. 그럴 때면 나는 잠시 그의 뒤에서 그를 끌어안는 상상을 하곤 했다. 몸을 잃은 존재가 되어, 나는 그를 느끼지만 그는 나를 느끼지 못하는 상태로. 그는 순결하기 짝이 없고, 나는 그의 골반에 손을 뻗는다. 하지만 면도가 끝나면 어김없이 그녀가 욕실로 들어왔다. 다정하게 그의 얼굴에 크림을 발라주고는, 아마도 그를 자극하려는 듯 수건 밑으로 자신의 손을 밀어 넣었다. 곧이어 둘의 발소리는 침실로 이어졌고, 어느새 낡은 스프링이 부드럽게 삐걱거리는 소리로 바뀌었다. 결국 그들은 부부가 아닌가. 당연한 일이라고, 나는 혼잣말했다. 나는 정원으로 나갔다. 고무장갑을 끼고 화단의 잡초를 뽑았다. 손가락으로 흙에 작은 구멍을 내고 그 속에 침을 뱉었다. 힘줄처럼 질기고 끈적이는 달리아의 뿌리를 만지작거리며 살폈다. 그러다 갑작스럽게 몸을 일으키면 현기증이 났다.

내 딸은 검은 머리칼을 가진 어여쁜 여자다. 어딘가 동양적인 기운이 감돌았는데, 외모에서 사향 냄새가 풍기는 듯했다. 윤기가 흐르는 곧고 긴 흑발, 아버지를 쏙 빼닮은 동양적인 눈매. 내 딸은 스물여섯 살이지만, 나이는 단지 허상에 불과할 뿐 실제로는 더 어리다는 걸 나는 알고 있었다. 딸의 성장이 멈추는 순간을 목격했으니까. 열일곱 살 무렵의 어느 밤, 혹은 어느 낮에 그녀는 성숙의 정점에 이르렀고, 이후에는 정상의 그 평평한 구간에서 스케이트를 타듯 미래를 향해 부드럽게 미끄러져 나아갔다. 그래서 그녀는 여전히 열일곱이고, 열일곱 소녀로 죽음을 맞게 될 것이다.

딸은 임신 사실을 알게 되자마자 아래층의 나를 찾았다. 요즘 유행이라는 배가 드러난 옷차림으로, 입술을 삐죽 내밀고 임신부 특유의 자세를 취하며 두 손으로 허리를 받치고는 이렇게 말했다. "속이 안 좋아요." 나는 홍차를 끓여주거나 캐머마일 차를 우려주었다. 그녀는 이런 말도 했다. "올레크가 날 얼마나 걱정하는지 몰라요. 나를 정말 사랑한대요." 하지만 결국 그녀는 유산하고 말았다. 그는 그녀를 병원에 데려갔다가 집으로 돌아와서는 전화기에 매달려 있었고, 술병을 딸그락거리며 계단을 올라갔으며, 저녁에는 맥주를 마시면서 텔레비전을 보았다. 나는 그에게 저녁거리를 가져다주었고, 그의 차에 손가락을 넣어 휘저은 다음 그 손가락을 핥았다. 그러고는 거실 소파에 그를 눕혀 재웠다. 그는 내 밑에서, 멀찌감치 떨어져서 나를 바라보았다. 나는 그의 가죽 벨트를 느슨하게 풀어주었고, 그는 "고맙습니다"라고 웅얼거리고는 잠들었다. 그날 밤 나는 그들의 집 안을 샅샅이 뒤졌다. 옷장 속에 가지런히 놓인 속옷, 욕실의 화장품, 거울에 묻은 손자국, 욕조에 떨어진 머리카락 한 올 한 올, 고리버들 바구니에 쌓인 빨랫감, 그의 엉덩이 모양에 꼭 맞도록 부드럽게 길든 검은 가죽 지갑까지, 하나하나 찬찬히 살펴보았다.

내 몸이 방해가 되었다. 고단하기 짝이 없는 몸. 이 몸을 벗어던지고 그의 곁에 누울 수 있다면 얼마나 좋을까. 계단에서 우리가 서로를 스쳐 지나갈 때마다 이 몸이 부풀어 올랐다. 그는 지나치게 가까운 거리에서 내게 말을 건넸다. 체취가 고스란히 느껴지는 위험한 거리였다. 그의 숨결과 향기가 뒤섞여 하나의 옷처럼 우리를 휘감았다가 마치 지퍼가 벌어지듯 열리는 순간, 가능한 모든 몸짓이 우리 주변으로 펼쳐졌다. 위로의 의미로 등을 다독이는 무해한 손길부터 내 다리 사이를 파고드는 그의 손길까지. 나는 그에게 밤에는 등나무 덩굴 쪽 창문을 꼭 닫으라고, 우편함은 제때 비우라고, 이런저런 잔소리를 해댔다.

나는 그를 처음 본 순간부터 그를 욕망했다. 그게 잘못된 걸까? 딸은 어머니의 일부이고, 어머니 또한 딸의 일부다. 그러니 욕망이 범람하는 강물처럼 두 여자를 덮쳐, 낮고 은밀한 틈새의 구석구석까지 스며드는 것은 당연한 일이다. 이제 나는 나이를 먹을 만큼 먹었고, 욕망에 맞서 싸울 수 없다는 걸 잘 안다. 욕망은 수로(水路) 관리인이 된 듯이 부드럽게 다루어야 한다. 흘러가게 두고, 그 흐름에 몸을 내맡겨야 한다. 욕망은 충족할 수도, 멈출 수도 없으니까. 달리 생각하는 자는 스스로를 속이는 것이다. 그리고 그는 달리 생각했다.

하지만 먼저 딸이 돌아왔고, 나와 딸은 내 부엌에서 슬픈 춤을 함께 추었다. 서로를 끌어안고 흔들리며, 부엌을 무대 삼아 한 발에서 다른 발로 옮겨가면서 추는 단조로운 발레. 우리의 춤은 창문부터 현관문까지 이어졌다. 고통스럽게 둘로 분리되기 전, 하나였던 그 시절처럼 우리는 다시 한 몸이 되었다. 서로의 머리칼을 어루만지며 서로의 향기에 젖어들었고, 내 옷깃과 그녀의 모자에 서로 얼굴을 파묻었다. 나는 그녀의 젖가슴과 비어버린 배를 느꼈다. 하지만 그가 문간에 나타났을 때 우리는 부끄러워하며 서로에게서 떨어졌다. 그가 그녀를 데리고 갔다. 그리고 위층에서 다시 그들의 발소리가 들려왔다.

나는 그녀에게 여러해살이식물의 뿌리줄기를 캐는 법을 가르쳤고, 침대에 시트를 단번에 씌우는 법도 알려주었다. 그는 밤이면 내게 내려오곤 했다. 그때마다 늘 맥주 냄새를 풍겼는데, 아마도 나를 두려워했기 때문일 것이다. 나는 젊은 처녀처럼 다리로 그의 엉덩이를 감싸안았다. 아침이면 그의 샤워 소리가 들렸다. 예전보다 더 길었고, 더 움직임 없이 고요했다.

아마도 그는 자기 방식대로 생각했을 것이다. 모든 욕망은 충족될 수 있고, 모든 갈망은 이루어질 수 있으며, 모든 허기는 채울 수 있다고. 남자라면 으레 믿듯이.

우리는 겨울을 앞두고 창문을 닫았다. 등나무 덩굴의 줄기를 또다시 칼로 잘라내야 했다. 등나무는 잘린 줄기의 끝으로 첫가을바람의 리듬에 맞춰 유리창을 두드렸지만 소용없었다. 이미 잎을 모두 잃은 채, 창턱에서 무력하게 우리를 바라볼 뿐이었다. 라디에이터의 열기에 실내 공기가 떨렸다.

내 딸, 그녀는 과연 알고 있었을까? 그녀가 내 일부이고 나 또한 그녀의 일부였다면, 틀림없이 진실을 알았을 것이다. 가끔 그녀가 한밤중에 깨어 "엄마!" 하고 외치는 소리가 들려왔다. 그러나 그것은 호출의 의미가 아니었기에, 침대에서 벌떡 일어나 그녀에게 달려갈 필요는 없었다. 그녀가 외친 "엄마!"는 "아!"나 "오!"와 다를 바 없었다. 그러면 그가 그녀를 품에 안고 달래주었다. 그는 속삭였다. "이제 괜찮아, 어서 자."

겨울이 느릿느릿 퍼져나가며 세상을 기어코 어둡게 만들었다. 신음처럼 길게 늘어지는 밤들, 위층의 발소리에 산산이 흩어져버린 짧은 낮들. 그녀는 나를 찾지 않았고, 나도 입을 닫았다. 그녀가 집을 나설 때면 나는 창가에 서서 그녀의 목덜미를 쳐다보았다. 내가 집을 나설 땐 그녀의 시선이 내 목덜미에 와 닿는 것이 느껴졌다. 나는 그녀가 버스 정류장으로 향하는 길에 우산 끝으로 길가의 흙을 슬쩍 찔러 구멍을 내고 거기에 가볍게 침을 뱉는 모습을 보았다. 새로 씌운 침대보가 요란하게 펄럭이는 소리를 들었다.

그녀가 집에 없을 때 나는 여러 차례 그에게 커피를 타주었다. 유리컵에 설탕 두 스푼을 넣고는 단맛이 쓴맛을 덮을 때까지 오래도록 저었다. 그는 눈을 아래로 떨군 채 허겁지겁 들이켰고, 바닥까지 남김없이 비웠다. 첫걸음을 먼저 떼는 건 늘 나였다. 눈치채기 어려울 만큼 미세한 몸짓이었다. 내가 더 간절히 원했기 때문은 아니었다. 그를 죄책감에서 해방해주기 위해서였다. 그가 피해자의 입장이 되어 안심할 수 있도록, 죄를 짓기도 전에 용서받을 수 있도록. 나는 그의 엉덩이에 다리를 감으며, 집요하게 매달리는 그의 몸을 억눌러 멈추게 했다. 나는 그가 약해지길 원치 않았다. 내가 바란 것은 그가 강해지는 것이었다.

그러고 나면 어느새 그녀가 돌아와서 그에게 자기만의 커피를 타주었다. 역시 설탕 두 스푼을 넣고, 거품이 일며 벨벳처럼 부드러워질 때까지 저었다.

그렇게 봄이 올 때까지 모든 게 반복되었다. 그러다 마침내, 아무런 변화의 조짐 없이 완벽하게 지탱되던 균형이 더는 버티지 못하고 깨져버렸다. 그날 그녀와 나는 커피에 설탕을 한 스푼만 넣고 두 번째 스푼은 넣지 않았다. 같은 날에 일어난 일이었으니, 딸은 어머니의 일부이고 어머니는 딸의 일부임이 분명했다. 다른 해석은 있을 수 없었다. 그는 그렇게 두 번 죽었다. 두 번이나 살아 있지 않은 존재가 된 것이다. 그녀에게 한 번, 내게 또 한 번.

그녀는 맨발로 계단을 뛰어 내려와 내 품으로 와락 뛰어들었다. 우리는 서로를 부둥켜안고 흐느꼈다. 하나, 둘, 리듬에 맞춰 몸을 흔들며, 서로의 잠옷과 나이트가운에 몸을 묻었다. 그녀가 속삭였다. "그가 죽었어, 그가 죽었어요." 내가 말했다. "그는 살아 있지 않아, 그는 살아 있지 않아."

그러나 우리는 그가 모르는 어떤 것을 알고 있었다. 그것은 그가 살아 있을 때도 알지 못했고 죽어버린 지금도 알지 못하는 사실이었다. 죽음 이후의 삶은 죽기 이전의 삶과 마찬가지로 일종의 꿈이라는 것. 죽음이란 실은 환상일 뿐, 우리는 여전히 무대 위에서 자신의 역할을 이어갈 수 있다는 것. 그 순간 내가 먼저 시작했다. 거의 본능적으로, 마치 오래전부터 이 어려운 의식을 알고 있었던 사람처럼. 그녀는 나를 따라 했고, 곧바로 의도를 알아차렸다. 우리 둘은 함께 천장을 바라보며 그에게 돌아오라고 속삭였다. 그러다 문득 나는 우리가 왜 위쪽을 쳐다보고 있는지 의아해졌다. 죽음에는 위아래도, 좌우도, 안팎도 없는데. 그래서 나는 우리가 이 잘못을 바로잡고 죽음의 보편적인 법칙을 인정해야 한다고 말했다. 죽음은 어디에나 있으니, 죽음이 있는 곳, 곧 모든 곳을 향해 말을 건네야 한다고. 우리는 벽과 바닥을 주먹으로 두드리며, 속삭이는 대신 소리쳐 그를 불렀다. 나는 우리의 말이 정말로 그에게 닿기를, 그가 그 의미를 알아차리기를 간절히 원하며 집중했다. 게다가 나는 확신했다. 다른 사람들처럼 그도 '죽는다는 건 단지 존재하지 않게 되는 것'이라고 생각했을 거라고.

"올레크!" 나는 천천히, 또렷하게 되뇌었다. "올레크, 상황은 그보다 훨씬 더 복잡해." 존재하지 않는 이에게 용기를 심어주어 다시 존재할 수 있게끔 설득하려면 어떻게 해야 할까? 그녀, 동양적인 미모의 내 어여쁜 딸은 이 기묘하고도 뜻밖의 형이상학적인 문제를 잘 이해하고 있었다. 모든 것이 가능하며, 우리의 머릿속에는 언제든 자라날 준비가 된 현실의 뿌리들이 무성하게 뻗어 있다는 것을. 믿는 것이 곧 존재하는 것임을. 다른 원리는 없었다. 그래서 우리는 집 벽을 주먹으로 치며 분노와 절규를 토해냈다. 그녀는 마치 어린아이에게 말하듯 그를 타이르며 이성에 호소했다. "그만해, 정신 차려. 당신이 죽었다는 건 결코 사실이 아니야. 논리적으로 생각해봐." 그리고 나도 외쳤다.

"올레크, 제발 한 번만 다른 관점에서 봐줘, 아주 조금만 노력해 줘."

그리고 마침내 그가 나타났다. 그의 윤곽은 텔레비전 화면에서 막 빠져나온 것처럼 아직 흐릿했다. 그의 형체는 떨리고 있었다. 그는 화가 나 있었고, 혼란스러워 보였다. 먼저 그를 발견한 건 나였다. 연륜은 무시할 수 없으니까. 그녀는 조금 뒤에야 알아차렸다. 나는 곧바로 손을 뻗어 그를 만졌다. 그가 자신의 몸을, 욕망을 잊지 않았는지 확인하기 위해서. 다행히 모든 게 제자리를 찾아가고 있었다. 그의 윤곽이 점차 또렷해졌고, 떨림도 사라졌다. 그때, 나는 마치 포상이라도 받듯이 그를 바닥에 눕히고는 그의 입술에 강렬히 입 맞췄다. 그러자 그가 열정적으로 입맞춤에 응했다. 그의 입술이 내 입술 아래서 점점 실체를 되찾았다. 이어서 그녀가 다음 단계로 나아갔다. 그 순간 비로소 확실해졌다. 그는 살아 있었다.

바야흐로 집집마다 창문을 열어젖히는 시기, 싱싱하고 여린 등나무 새순의 향기가 어두운 실내로 스며들어 우리를 유혹하고 있었다.

† 발레리나   Tancerka

† 발레리나   Tancerka

소문에 따르면, 이 낡은 건물이 그녀의 손에 들어간 건 우연이었다. 어딘가에서 차를 몰고 오다가 기름이 떨어졌고, 때마침 날이 저물어 어쩔 수 없이 이 마을에서 하룻밤을 묵게 되었다고 한다. 듣기만 해도 낯설고 께름칙한 이름을 지닌 곳, 두슈니차에서. 한때 이곳은 분수가 딸린 공원과 식수원, 그리고 두 채의 펜션이 있는 작은 요양지였다. 한 채는 이미 흔적도 없이 사라졌고 지금은 하나만 남아 있는데, 그게 바로 이 건물이었다. 그녀는 그것을 지자체로부터 헐값에 임차하면서, 그 안에 극장을 세우겠다고 약속했다. 이름하여 두슈니차 무용 극장.

그녀는 이 낡은 건물에 무대가 있다는 사실이 마음에 들었다.

건물은 그리 크지 않았다. 목재와 붉은 벽돌로 지어진, 전형적인 프로이센 가옥이었다. 1층에는 한때 프런트가 있었을 법한 공간과 부엌, 그리고 베란다와 연결된 작은 식당이 있었다.

북쪽에는 체면을 차리는 지방 숙소라면 으레 갖추고 있는 무도회장이 있었는데, 벽에는 바닥부터 중간 정도의 높이까지 나무 판자가 덧대어져 있었다. 지금은 판자가 썩어서 떨어져 나가는 바람에 황량하기 짝이 없었다. 그리고 무대가 있었다. 그 역시 나무로 만들어져 있었고, 작고 투박했지만, 그래도 무대는 무대였다. 양쪽의 작은 출입구는 무대 뒤편처럼 보이는 공간으로 이어졌다.

위층에는 객실 몇 개와 공동욕실 두 개가 있었다. 그게 전부였다.

그녀는 비쩍 마른 체구였다. 아니, 마른 정도를 넘어 막대기처럼 앙상한 모습이었다. 그녀의 모든 게 위로 뻗어 있었다. 길쭉한 얼굴, 기다란 코, 늘 풀어 헤치고 다니는 긴 은빛 머리카락. 그래서 그녀는 어딘가 마녀 같은 인상을 풍겼다. 그 나이 또래의 여자들은 대개 단정하게 웨이브를 넣거나 소박하게 틀어 올린 머리를 했지만, 그녀는 달랐다. 작고 가냘픈 손에 긴 손가락. 늘 바지만 입는 다리 또한 가늘었다. 뒷모습만 보면 영락없는 젊은 처녀였으나 얼굴에는 세월의 흔적이 고스란히 드러났다. 그물처럼 얽힌 잔주름들이 간신히 안면 윤곽을 붙들고 있었는데, 그렇지 않았다면 얼굴선이 이미 뭉개졌을 것이다. 하지만 그녀는 한때 아름다운 여인이었음에 틀림없었다.

남편인지, 연인인지, 아니면 그저 함께 지내던 동거인이었는지는 알 수 없지만, 어쨌든 그 남자는 이곳에서 함께 극장을 시작한 지 석 달쯤 되었을 때 자취를 감추었다. 겉보기에는 분명 그녀보다 젊어 보였으나, 어쩌면 그렇게 보이도록 외양을 잘 가꿨기 때문일 수도 있었다. 콧수염을 염색했거나, 혹은 그가 즐겨 입던 새빨간 혹은 짙푸른 셔츠가 그 일대의 칙칙한 적갈색과 빛바랜 녹색 풍경 속에서 유난히 튀어 보여서 그런 착각을 일으켰는지도 모른다. 그녀가 이유 없는 짜증이나 분노에 휩싸일 때마다, 그리고 세상을 향한 원망에 몸부림칠 때마다 그는 그녀에게 이렇게 말하곤 했다.

"입 좀 다물어, 자기야."

그녀가 밤마다 달랠 방법이 없는 척추 통증에 괴로워하며 신음할 때도, 그는 그저 등을 보이며 돌아눕고는 어둠 속으로 퉁명스레 내뱉곤 했다.

"입 좀 다물어, 자기야."

그가 어떤 연유로 그녀 곁을 떠났는지는 알 수 없었다. 어쩌면 돌이킬 수 없을 만큼 심각하게 다투었는지도 모른다. 아니면 기울어가는 이 낡은 건물, 물이 새는 지붕과 깨진 베란다 창문에 질려버렸을 수도 있다. 어쨌든 그는 사라졌다.

그녀는 아무렇지도 않은 듯 행동했다. 이따금 이 마을에서 유일하게 자동차를 소유한 농장주에게 도시에서 뭔가를 사다 달라거나, 우편물을 부쳐달라거나, 전기 요금을 내달라고 부탁할 뿐이었다. 연금이든 생활 보조금이든, 돈도 정기적으로 들어왔다. 때로는 직접 읍내까지 나가서 약국에서 크림과 알약, 로션을 사 오기도 했다. 모두 서구의 유명 브랜드 제품이었다.

피부가 건조하다는 건 참으로 성가시고 불쾌한 일이었다. 유분기 있는 크림, 혹은 가능하다면 코코아버터를 자주 발라줘야 했다. 그러나 그 특유의 느끼한 향이 결국 두통을 부르곤 했다. 수분을 계속 보충해주면서, 유분을 공급하고, 잘 두드려 흡수시켜야 했다. 때로는 가장 비싼 크림조차 소용없을 때가 있었는데, 그럴 때면 오히려 흔한 올리브유가 도움이 되기도 했다. 원래부터 그런 피부를 타고난 탓이었다. 그녀는 습관처럼 얼굴과 목덜미, 어깨를 손끝으로 쓸어내렸다. 건조한 살결이 손끝 아래서 바스락거리는 듯했다. 팽팽하게 당겨진 느낌이었다. 가물어 메마른 숲에 산불이 나듯이 인간의 육신에 불이 붙을 수 있다면, 그녀는 틀림없이 횃불처럼 활활 타올랐을 것이다. 메마르고 뜨거운 그녀의 몸은 좀처럼 추위를 타지 않았다. 그녀는 자주 발끝으로 서곤 했다. 발레리나의 오래된 습관이었다. 두 팔을 들어 올려 숨을 가득 들이마시고, 우아한 발레리나의 걸음으로 천천히 앞으로 나아갔다. 마치 춤을 추듯이.

그녀는 이 낡은 건물을 특별히 수리하지는 않았다. 대신 이따금씩 마을에서 사람을 구해 청소를 시켰는데, 사생아를 키우는 실직 상태의 한 젊은 여성을 주로 불렀다. 그녀는 그 여성에게 넉넉한 대가를 지불했고, 덕분에 집은 어느 정도 정돈된 상태를 유지할 수 있었다. 사실 치울 것도 별로 없었다. 집주인이 마치 유령처럼 살았기 때문이다. 그녀는 늘 가볍고 조용하게 움직였고, 거의 먹지도 않았으며, 뭘 먹는다 해도 웬만하면 어질러놓는 법이 없었다. 위층의 자기 방에만 머물렀고, 다른 방에는 아예 들어가지도 않았다. 그러니 평소 그녀가 하는 일이라곤 자기 침대를 정리하고 가끔 얼마 안 되는 빨래를 하는 것뿐이었다. 그녀는 자신을 위해 요리를 하지도 않았다. 과일과 당근, 검은 빵, 우유에 탄 뮤즐리로 식사를 대신했다. 우유는 마을로 가서 직접 구해 왔다. 소에게서 갓 짜낸 우유를 즐겨 마셨는데, 그녀 앞에서 우유를 짜던 아낙이 그 모습을 보고는 역겨워했다. 이 나이가 되면 뼈를 챙겨야 한다고 그녀는 입버릇처럼 말하곤 했다. 골다공증이나 그 밖의 다른 위험들이 도사리고 있다고. 인간은 나이 들수록 속 빈 줄기처럼 쉽게 부러질 수 있다고.

집 안 풍경은 아무것도 바꾸지 않아 그대로였다. 프런트 뒤에는 여전히 열쇠 몇 개가 걸려 있었는데, 열쇠에 달린 투박하게 깎은 기다란 나뭇조각에 방 번호가 적혀 있었다. 가을이면 깨진 창을 통해 예전에 식당으로 쓰던 홀 안으로 마른 낙엽이 흩날려 들어왔다. 개구리들이 뛰어든 적도 있었다. 그래서 그녀는 베란다 문에 자물쇠를 채워버리고는 다시는 거기에 얼씬도 하지 않았다.

그녀가 대부분의 시간을 보내는 곳은 물론 무대가 있는 홀이었다. 거기만큼은 정성껏 치웠다. 천장에는 화려한 종이 등을 주렁주렁 달고, 벽은 파랗게 칠했다. 나무로 된 무대 바닥을 말끔히 닦게 한 뒤 그녀는 바닥의 견고함을 확인하듯 구두 굽으로 두드려보았다. 때로는 스텝을 밟기도 했는데, 그럴 때면 건물 전체에 경쾌한 리듬이 울려 퍼졌다. 딱, 따닥, 딱딱, 따닥딱딱. 전축에서는 종종 교향악이 흘러나왔고, 그 선율은 이국적인 향수처럼 공원을 넘어 마을까지 퍼져나갔다. 저녁이면 그녀는 자기 방의 작은 책상 앞에 앉아 편지를 썼다. 첫머리는 늘 같은 문장이었다. "사랑하는 아빠!" 하지만 끝까지 쓴 적은 한 번도 없었다. 미완성의 편지들이 낡은 가죽 가방 속에 차곡차곡 쌓였다. 이미 수천 통은 되어 보였다. 그녀의 작고 둥근 글씨체로 끼적인, 비슷한 내용의 문장들. 한 장을 미처 채우지 못한 글들. 시작만 있는 수천 통의 편지. 가방 속에서 보랏빛 잉크는 점차 빛을 잃어갔다.

예를 들어 그녀가 쓴 편지에는 이런 내용도 있었다.

"사랑하는 아빠, 아빠께 전할 놀라운 소식이 있어요. 제가 극장을 갖게 되었답니다! 20세기 초에 지어진 아름다운 건물이에요. 손님을 위한 객실도 있고, 커다란 유리창이 있는 식당도 있고, 무엇보다 중요한 건 무대가 있다는 거예요. 상상이 가세요, 아빠? 이제야 저는 비로소 저 자신을 위해 일하면서 마음에 드는 모든 배역을 춤출 수 있게 되었어요. 물론 제 나이에 발레리나로서의 경력은 이미 끝났다는 걸 잘 알고 있어요. 하지만 발레리나의 영혼만은 여전히 젊답니다! 계획이 아주 많아요. 가끔은 저도 무대에 설 거예요. 우리가 다투었던 일이 몹시 후회돼요. 사랑하는 아빠, 이제 우리도 나이가 들어가니 화해해야 하지 않을까요? 아빠가 춤추는 제 모습을 한 번도 보지 못하셨다는 게 제일 안타까워요. 비록 주연도 아니었고, 척추 부상 때문에 프리마발레리나가 되지는 못했지만, 그래도 저는 꽤 유명했었거든요. 여러 무대에서 단원들과 함께 박수갈채를 받았었고요. 아빠, 우리가 마지막으로 만났을 때 아빠가 화를 내며 제게 재능이 없다고 말씀하신 건 정말 잘못하신 거예요. 그건 너무 부당한 말이었어요…….”

편지는 또다시 가죽 가방 속으로 던져졌다.

두슈니차 마을 사람들에게 첫 번째 공연 초대장이 도착한 건 그녀가 이사 온 지 두세 달쯤 지나서였다. 그때까지만 해도 아직 남편이 그녀 곁에 있었다. 연둣빛 카드에 보라색 잉크로 이렇게 적혀 있었다. “오후 7시 공연. 표트르 차이콥스키의 발레 모음곡 〈백조의 호수〉 중 일부를 프리마발레리나가 춥니다.” 남편은 집집마다 초대장을 직접 돌렸고, 하트 모양의 초콜릿 상자도 함께 건넸다. 마을 사람 모두가 참석했다. 청소 일을 하는 젊은 여자도 아기와 함께 왔다. 무대가 있는 홀은 전혀 다른 모습으로 바뀌어 있었다. 두 개의 조명이 켜져 있었는데, 하나는 푸른색 얇은 색지를 씌워 물빛 안개 같은 빛을 드리웠고, 다른 하나는 위에서 빛을 쏘아 무대 중앙에 밝은 타원을 만들었다. 바닥에는 푸른빛이 감도는 반짝이는 비닐이 깔려 있었고, 정원에서 가져온 이끼와 잔디가 호숫가를 연출했다. 그 광경을 본 아기 엄마는 감탄을 터뜨렸다.

모두가 착석하자 무대 뒤편에서 아름답고 부드러운 음악이 흘러나왔다. 잠시 뒤, 하얀 튈 드레스를 입고 광택이 감도는 새틴 발레화를 신은 길고 깡마른 다리의 여인이 무대 위에 모습을 드러냈다.

그녀는 대담하게 춤을 추었다. 과감한 동작, 거침없는 제스처, 격렬한 도약에 관객 모두가 긴장했고, 혹시라도 그녀가 균형을 잃고 무대에서 넘어질까 조마조마한 마음으로 지켜보았다. 튈 드레스의 밑자락은 그녀의 가느다란 허벅지를 따라 흘러내리며 한 박자씩 늦게 그녀의 몸을 따라갔고, 하얗게 빛나는 구름처럼 그녀를 에워싸며 펄럭였다. 흰색 타이츠를 신은 다리에는 인간의 발이 달려 있지 않은 것 같았다. 마치 태어날 때부터 평범한 걸음이 허락되지 않은 존재인 것처럼. 그 기묘한 발의 대용품, 반짝이는 발레화 속에 갇힌 작은 토막 같은 발은 나무 바닥 위를 스치듯 지나가며 어딘가 인간답지 않은 몸짓으로 바닥을 두드렸다. 마치 고양이가 무대에서 뛰노는 것 같았다. 머리카락은 높이 틀어 올려 은색 머리 망으로 단단히 묶고 하얀 꽃을 꽂아 장식했다. 짙은 화장이 그녀의 얼굴을 완전히 바꿔놓았다. 음악과 튈 드레스에는 잘 어울렸지만, 얼굴만 따로 놓고 보면 섬뜩한 가면처럼 느껴졌다. 모든 게 그런 식이었다.

남편을 포함하여 아홉 명의 관객이 박수갈채를 보냈다. 발레리나는 우아하게 허리를 굽혀 인사했다. 마지막에는 관객 모두에게 오렌지 주스와 포도, 과자를 나누어 주었다. 다들 만족스럽게 집으로 돌아갔다. 물론 정말 그랬는지는 아무도 장담할 수 없지만.

"사랑하는 아빠, 오늘 이곳에서 아빠가 깜짝 놀라실 만한 일이 있었어요. 제가 무려 십수 년 만에 다시 관객 앞에서 춤을 췄답니다! 그것도 제가 가장 아끼는 작품인 〈백조의 호수〉 중 저의 대표 레퍼토리를요. 아빠가 그 모습을 한 번도 보신 적이 없다는 게 얼마나 아쉬운지 몰라요. 아빠가 제 춤에 대해 어떤 생각을 갖고 계신지는 잘 알아요. 하지만 한 번도 보지 않고 저를 부정적으로 평가하는 게 과연 공정한 일일까요? 언젠가 우리가 다시 만날 수 있기를, 아빠가 이곳에 오실 수 있기를 바라요. 물론 아빠한테는 너무 멀고도 고된 여정이겠지요. 그래도 아빠가 객석에 앉아 계신 모습을 떠올리기만 해도 너무 좋아요. 그렇게만 된다면 뭔가 특별한 춤을 추고 싶어요. 아직 뭘 출지는 정하지 못했지만요. 그러면 아빠는 어떤 기분이 드실까요? 어릴 때 아빠가 제게 하신 말 기억하시나요? 제게 음악적 감각이 전혀 없다고 하셨죠. 제 피아노 소리가 아빠를 짜증 나게 했다는 것도 알아요. 아빠는 그길 늘 '북 치는 소리'라고 하셨잖아요. 하지만 어린아이가 어떻게 제대로 된 연주를 할 수 있었겠어요? 결국 아빠는 선생님을 돌려보냈고, 저는 창틀이나 식탁을 두드리며 혼자 연주하곤 했지요. 아빠는 제 발레 수업도 비웃으셨잖아요. 그래서 엄마와 저는 그걸 비밀로 했어요. 엄마는 제가 프랑스어 보충수업을 받으러 간다고 둘러댔고, 저는 교재까지 들고 다녔어요. 그래서 아빠는 아무것도 눈치채지 못하셨죠. 여러 번 생각했어요. 아빠가 날 사랑하지 않는 게 아닐까 하고요. 하지만 왜? 내가 여자아이라서? 그게 과연 충분한 이유가 될 수 있을까? 어떻게 아빠가 자기 딸을 사랑하지 않을 수 있지? 아닐 거야. 내가 잘못 생각했겠지. 아빠의 사랑은 그저 다른 모양이었을 뿐이야. 아빠는 그저 내가 고생하지 않고, 평탄한 삶을 살기를 바라신 걸 거야. 어쩌면 아빠는 예술가란 결코 행복해질 수 없는 존재라고 여기셨는지도 모르겠어요. 하지만 아빠, 그럼에도 사람들이 예술가가 되기를 그토록 간절히 열망하는 건 딱 한 가지 이유 때문이에요. 사랑받고 싶어서. 그게 다예요. 이상한 일이죠. 사람들은 어째서인지 구두 수선공이나 제본공보다 성악가나 무용수, 작가를 더 사랑하잖아요. 그들이 아무리 숙련된 기술을 갖고 있어도 말이죠……."

그녀의 남편 혹은 동거인이었던 그 남자가 도시로 돌아가겠다고 선언하기 전날 밤, 그녀는 침대의 반대쪽 끝에 멀찌감치 떨어져 등을 보이고 누워 있는 그의 뒷모습을 애틋하게 바라보았다. 그녀는 벨벳처럼 보드랍고 뜨거운 그의 등을 감싸안았다. 지방층이 덧입혀진 그의 피부는 마치 부드러운 털옷을 두른 듯 살아 있는 온기를 품고 있어 촉감이 좋고 따스했다. 그러나 그녀의 손이 닿자마자 그는 웅얼거리면서 몸을 돌렸다. 그녀는 좀처럼 잠을 이루지 못하고 나무를 갉아대는 나무좀, 어둠 속에서 바스락대는 쥐들, 창문에 부딪히는 나방들의 합주에 밤새도록 귀를 기울였다. 창밖 어딘가에서 희미한 발소리가 울려 퍼졌고, 멀리서 올빼미의 울음소리가 들려왔다. 발이 시리고 척추가 쑤셔서 잠들 수가 없었다. 매트리스가 너무 푹신해서 마른 나뭇가지 같은 그녀의 몸은 그 속에 파묻혔다. 척추는 경고라도 하듯이 규칙적인 리듬으로 찌르는 듯한 통증을 보냈다. 날이 밝았을 때 그는 침대 가장자리에 아슬아슬하게 누워 잠들어 있었고, 그녀는 그의 몸에 바짝 붙어 있었다. 밤에도 낮과 똑같았던 것이다—그는 멀어지고, 그녀는 그를 따라갔다. 그리고 마침내 그는 떠나버렸다.

그날 그녀는 편지를 썼다.

"사랑하는 아빠, 그날 아빠가 제게 하신 말이 얼마나 제 마음을 뒤흔들었는지 꼭 말하고 싶어요. 아직도 그 말씀이 귓가에 생생해요. 아빠가 제게 상처를 주시려던 게 아니라는 걸, 그저 예술가의 삶이 얼마나 힘든지 미리 경고하고 싶으셨던 거라는 걸 알아요. 아버지가 자식을 사랑하는 건 너무나 당연한 일이니까요. 저도 어느 정도는 아빠 말씀에 동의해요. 만약 제게 다시 기회가 주어진다면 어떤 선택을 할지는 지도 모르겠거든요. 정말 모르겠어요."

이윽고 겨울이 찾아왔지만 날씨는 이상하리만치 온화했다. 침실과 부엌은 전기난로만으로도 충분히 따뜻했고, 무대가 있는 홀에서 리허설을 할 때는 작은 온풍기 두 대만 켜두어도 10분쯤 지나면 금세 훈기가 돌았다. 그녀는 연습을 이어갔다.

물론 그녀도 알았다. 음악이 언제나 자신을 앞지르고 있다는 것을. 동작의 폭을 줄이고, 도약 높이를 낮추고, 몸을 기울이는 동작은 흉내만 내야 했다.

예순을 넘긴 나이에 예전의 속도나 가벼움을 기대하는 건 무리였다. 비록 몸무게가 예전보다 늘지 않았다고 해도.

"사랑하는 아빠, 생신에 선물을 보내드리고 싶은데 뭐가 좋을지 모르겠어요. 참 이상한 일이죠? 우리 둘 다 더는 젊지 않다는 사실이요. 똑같이 나이를 먹어가고 있으니, 나란히 어깨를 맞대고 함께 걸어가는 기분이에요. 아빠는 곧 아흔을 맞으시고, 저는 한 달 뒤면 예순네 살이 되네요. 우리 사이에 늘 스물여섯 해의 간격이 있다는 것을 기억해요. 아빠가 제 소망대로 여전히 정정하고 건강하시길 간절히 바라며, 저도 그랬으면 좋겠어요. 너무 오랫동안 뵙지를 못했네요. 우리가 마지막으로 만난 게 벌써 35년 전이에요……."

물론 그녀는 이 편지도 마무리하지 못했다. 이 편지 또한 중간에서 멈춘 채로 다른 편지들과 함께 낡은 가죽 가방으로 들어가 조용히 사그라들었다.

그해 12월, 그녀는 크리스마스 공연을 준비했다. 무대에 올릴 작품은 〈호두까기 인형〉이었고, 그녀는 하루에도 몇 시간씩 꼬박 연습에 매달렸다. 그녀는 초대장을 정성스레 만들어 우편으로 보냈다. 그러니까 읍내의 우체통에 초대장을 직접 집어넣은 것이다. 마을의 군수와 인근 소도시의 시장, 늘 크림을 사는 약국의 약사 그리고 학교 선생님들에게도 보냈다. 그러나 그날 저녁 공연장을 찾은 관객은 고작 네 명뿐이었다. 마을의 농장주와 그의 아내, 그리고 오랜만에 살아 있는 몸짓이 보고 싶었던, 허리가 굽고 백발이 성성한 노파 둘이 다였다. 다른 사람들은 그녀가 춤추다 쓰러지거나 바싹 마른 나뭇가지처럼 부러지는 불편한 광경을 목격하게 될까 봐 두려웠는지도 모른다. 사람들은 언제나 기분 좋은 일에만 동참하고 싶어 하니까.

그날 밤 그녀는 자신에게 울음을 허락했다. 등을 대고 누운 채 하염없이 눈물을 흘렸다. 사막처럼 메마른 피부가 눈물을 전부 삼켜버려서, 침대 시트에는 단 한 방울도 흐르지 않았다.

크리스마스에는 몇 장의 크리스마스 카드를 받았다. 그중에는 그녀의 남편인지 동거인인지 아니면 그저 스쳐 지나간 인연이었는지 모를 그 남자, 붉은 셔츠를 즐겨 입던 사내의 카드도 있었다.

2월에 마을은 두 주 동안 눈에 파묻혔다. 그녀는 연습을 중단하고 하루 종일 침대 속에 웅크린 채로 창밖에 펼쳐진 눈 덮인 풍경을 바라보며 지냈다. 일주일쯤 지나자 누군가 세차게 문을 두드렸다. 마을의 농장주였다. 그는 격앙된 목소리로 말했다. 도대체 살아는 있는 거냐고. 집 앞에 발자국도 없고 굴뚝에서 연기도 안 올라오니, 이게 무슨 일이냐고. 마차를 타고 읍내에 가는 길인데 필요한 게 없는지도 물었다. 그녀는 포도와 올리브유, 양상추와 토마토를 많이 사다 달라고 부탁했다. 그는 대답

대신 어깨를 으쓱거렸고 저녁 무렵 비닐봉지 하나를 들고 나타
났다. 안에는 빵 한 덩이와 절인 양배추, 살라미 그리고 초콜릿
이 들어 있었다. 그녀는 그것을 모조리 먹어치웠다. 그 뒤로 그
는 날마다 찾아와, 아래층 전체를 덥히는 커다란 축열식 벽난로
에 불을 지펴주었다. 겨울에는 비고스*를 먹고 반드시 보드카
한 잔을 마셔야 한다고 말해주기도 했다. 그가 늘 그렇게 하고
있다는 것은 그를 보기만 해도 알 수 있었다.

"사랑하는 아빠, 사랑받지 못하는 사람이 어떤 기분인지 아
시나요? 무슨 일을 하든 다 잘못된 것 같고, 그만둬도 그조차 잘
못하는 것처럼 느껴지죠. 자신 안에 있는 모든 게 쓸모없게 여
겨져요. 마치 땅바닥에 버려진 낡은 헝겊 쪼가리나 종이 부스러
기처럼요. 그런 사람은 결코 평온을 얻지 못해요. 사랑받을 자
격을 얻고자 몸부림치지만, 그 소망은 끝내 이루어지지 못하죠.
어쩌면 세상의 모든 완벽주의자는 이런 '사랑받지 못한 사람들'
에게서 비롯되는지도 모르겠어요. 아무리 노력해도 결과에 만
족할 수 없고, 소처럼 일하고도 결코 성취나 보상을 맛보지 못
하니까요. 물을 체로 퍼 올리는 시시포스들의 왕국이죠."

눈이 어느 정도 녹아서 길이 다시 다닐 만해지자 그녀는 농장
주와 함께 읍내로 나가 물감과 붓을 잔뜩 사 왔다. 크고 작은 깡

---

* 폴란드 전통 요리로, 잘게 썬 고기와 절인 양배추를 오래 끓여 만든 스튜. 진한 향
과 묵직한 맛을 가졌으며 겨울철에 특히 즐겨 먹는다.

통과 형형색색의 작은 튜브들까지. 이제 집수리라도 할 거냐고, 농장주가 웃으며 말했다. "한마디하자면, 제가 보기엔 헛수고예요. 이 낡은 집은 곧 무너질 테니까. 괜히 돈만 아깝지요." 그녀는 부활절에 다음 공연을 올릴 거라고 대답했다. 이번에는 또 다른 무언가를 보여줄 거라고. 그러자 농장주는 쓸쓸하게 미소 지으며 더는 아무 말도 하지 않았다.

그 뒤로 그녀는 하루 종일 무대가 있는 홀에 틀어박혀 그림을 그리며 시간을 보냈다. 그녀가 전축에 걸어둔 곡들이 마을에까지 울려 퍼졌다. 라디오에서 흔히 들을 수 있는 단조롭고 심심한 멜로디였다. 버려진 공원의 나무에 둥지를 튼 까마귀와 갈까마귀의 노랫소리가 음악에 자연스럽게 얹혔다. 오후에는 물을 데워 몸에 묻은 물감을 씻어냈지만, 다음 날이면 또다시 온몸이 물감으로 더러워졌다. 저녁 무렵에는 약초를 우려 마시며 또다시 편지를 썼다.

그녀는 베란다에 굴러다니던 낡은 탁자들을 쌓아 올려 작업용 발판으로 사용했다. 플라스틱 양동이에 물감을 풀고, 유리병에 여러 색깔을 섞었다. 3월이 되자 날씨가 제법 풀렸다. 거의 봄기운마저 감도는 날에는 창문을 활짝 열었고, 흥얼거리며 콧노래를 부르기도 했다. 우편이나 은행 업무를 보러 읍내에 나갈 때면 어김없이 와인 한 병을 사 왔다. 그녀의 하루하루는 늘 비슷하게 흘러갔지만, 자연만은 이 반복되는 단조로운 리듬에서 벗어났다. 추위가 점점 풀리며 축축한 공기 덩어리가 마을 위에 무겁게 내려앉았다. 나무껍질은 윤기가 돌며 벨벳처럼 보드라워졌고, 지난해에 떨어진 낙엽에서는 썩은 냄새가 마치 보이지 않는 구름처럼 뭉게뭉게 피어올랐다. 마침내 공원에는 눈풀꽃이 피었다.

4월 초순, 부활절 직전에 그녀는 마을 사람 모두에게 또다시 공연 초대장을 보냈다. 농장주는 집집마다 찾아다니며 사람들에게 꼭 오라고, 자비를 베풀어달라고 말했다. 두 시간쯤 시간 내는 게 그리 힘든 일은 아니지 않냐며, 하지만 그녀에게는 큰 기쁨이 될 거라고. 겨우내 공연을 준비한 데다, 그녀는 그저 괴짜일 뿐 나쁜 여자는 아니라고도 덧붙였다. 조금 별나긴 해도 천성이 선하고, 누구에게도 해를 끼치지 않으며, 그저 춤만 추는 사람이라고. 그래서 부활절 일요일 오후, 푸짐한 명절 식사를 마친 뒤 마을 사람 아홉 명과 읍내에서 온 손님 세 명이 공연장에 모였다. 그들은 쑥스러워하며 어둑어둑한 공연장으로 들어섰고, 잔잔한 음악이 흐르는 가운데 벽에 그려진 화살표가 이끄는 대로 어스름 속에 자리를 잡았다.

마침내 불이 켜지자 모두가 숨을 죽였다. 마치 영화에서나 보던, 관객으로 가득 찬 진짜 대극장에 들어온 듯했기 때문이다. 객석과 발코니, 귀빈석이 갖추어진 웅장한 극장이 눈앞에 펼쳐졌고, 천 명은 족히 될 법한 인파의 웅성거림이 귓가에 들려오는 듯했다. 그곳은 더 이상 예전의 쓸쓸하고 낡아빠진 홀이 아니었다. 벽면이 온통 얼굴들로 뒤덮여 있었는데, 그 얼굴들은 바닥에서 천장까지 빼곡히 이어져 있었다. 오른쪽 귀빈석에는 왕관을 쓴 머리들과, 가슴에 붉은 대통령 휘장을 대각선으로 두른 사람도 보였다. 여성들의 모자와 남성들의 실크해트*가 눈에 띄었고, 그 뒤로는 평범한 얼굴들이 자리했다. 객석의 얼굴들은 대충 그려져 있어 모두 비슷해 보였지만, 귀빈석의 얼굴들은 하나하나 달랐다. 유심히 보면 금발의 매릴린 먼로나 개성 강한 헤어스타일의 엘비스 프레슬리도 있었다. 아, 사람들은 즐거워하며 손가락으로 벽화 속 인물들을 가리켰다. 콧수염을 기른 피우수트스키 장군**도 있었는데, 어쩌면 레흐 바웽사***일 수도 있었다. 가무잡잡한 얼굴, 수염 난 얼굴, 통통한 얼굴, 갸름한 얼굴. 노인도 있고 아이도 있었다. 셀 수 없이 많은 얼굴이 벽면에 가득했다. 뒤로 멀어질수록 얼굴들의 생김새는 점점 비슷해졌고, 결국에는 두 개의 점과 코와 입을 뜻하는 두 개의 선만 남았다. 하지만 그런 건 중요치 않았다. 농장주는 그 광경을 보고 웃음을 터뜨리더니, 와, 이 사람 재능이 대단한데 하고 칭찬했다. 아기는 까르르 웃다가 이내 울음을 터뜨렸다. 아마도 그 조그만

* 19세기에서 20세기 초까지 서양에서 신사들이 즐겨 쓰던 높고 둥근 원통 모양의 모자. 보통 비버 털이나 실크로 만들었다.
** 폴란드의 군인이자 정치가. 1918년, 제1차 세계대전이 끝날 무렵 폴란드의 독립을 이끈 국가원수이자 군사 지도자로서, 현대 폴란드 건국의 상징적 인물로 평가된다.
*** 폴란드의 노동운동가이자 정치가. 1980년대 자유 노조 '연대'의 수장으로서 민주화 운동을 이끌며 공산 정권 붕괴에 중요한 역할을 했고, 민주화 직후 1990년에서 1995년까지 폴란드 대통령을 지냈다.

머릿속으로 그렇게나 다양하고 수많은 얼굴이 한꺼번에 들어오는 게 감당하기 힘들었기 때문일 것이다. 음악이 시작되자 사람들은 즐거워하며 박수를 보냈다. 새하얀 튈 드레스를 입은 그녀가 우아하게 몸을 숙여 인사했는데, 그 순간만큼은 나이를 전혀 가늠할 수 없었다. 그녀는 그날따라 유난히 가볍게 춤을 췄다. 관객들도 그녀를 신뢰하게 되어, 자신들에게 절대 실망을 안기지 않을 거라고 믿게 되었다. 그녀가 넘어지거나, 가루처럼 부서지거나, 부푼 튈 드레스에 실려 풍선처럼 떠오를까 봐 걱정하지 않았다. 음악은 마치 곤충들의 윙윙거림을 흉내 내는 듯했고, 그녀는 말파리나 꿀벌로 변한 듯 양손을 파닥거리며 날갯짓을 했다. 덕분에 머리 위에 쓴 두 겹으로 된 왕관이 마치 커다란 눈처럼 보였다. 관객들은 넋을 잃고 바라보다가 환호성을 지르며 박수갈채를 보냈고 앙코르를 외쳤다.

이튿날 벽화에 대한 소문이 온 마을에 퍼졌고, 곧 인근 마을에까지 알려졌다. 그리고 5월의 긴 연휴 철이 되자 그림을 직접 보겠다며 사람들이 몰려왔다. 그녀는 정중하면서도 단호하게 말했다. 주소를 남기라고, 그러면 공연 초대장을 보내주겠다고.

그해 여름 내내 그녀는 일요일마다 공연을 올렸다. 그녀의 춤에 매료된 관객들과 관광객들을 위해서였다. 지역 방송국에서 그녀에 관한 짧은 다큐멘터리를 제작하기도 했다. 카메라는 그녀와 벽화를 번갈아 비추었고, 몇 줄에 걸쳐 나란히 앉은 실제 관객들의 모습도 화면에 등장했다. 그녀는 녹화본이 담긴 비디오테이프를 받자마자 거의 매일 저녁, 새로 산 텔레비전으로 영상을 계속 돌려 보았다. 그리고 마침내 처음으로 편지를 끝까지 썼다.

"사랑하는 아빠, 제 독무 공연을 담은 비디오테이프를 보냅니다. 부디 편견 없이 봐주셨으면 해요. 이제 우리도 화해해야 하지 않을까요. 저는 언제나 아빠를 사랑했어요. 이제야 고백하지만, 거의 매일 아빠께 보낼 편지를 써왔고, 그 편지들을 여전히 보관하고 있어요. 원하신다면 상자에 담아 보내드릴 수 있어요. 편지가 정말 많거든요. 아빠의 말씀은 결국 틀렸어요. 저는 재능이 있었어요, 다만 아빠가 그걸 알아보지 못하셨을 뿐이에요. 저는 언제나 성실했고, 지금은 제 공연을 보려고 많은 사람이 찾아와요. 제가 춤출 때마다 극장은 관객으로 가득 찬답니다. 아빠의 그 기묘한 미소가 벌써 눈앞에 그려지네요. 그게 조롱이라는 걸 알아요. 저는 항상 그 미소가 두려웠어요. 제가 이런 사람이라는 게, 그리고 제가 존재한다는 사실 자체가 부끄러웠어요. 하지만 모든 감정에는 한계가 있는 법이죠. 저는 부끄러워하기엔 너무 나이가 들었고, 아빠두 저를 무시하시기엔 너무 늙으셨어요. 이제 우리 사이도 달라질 수 있지 않을까요. 지난날의 상처를 모두 잊고, 진정한 아버지와 딸로서 지낼 수 있을지도 몰라요."

그녀가 우체국에서 소포를 부치고 돌아온 그날 저녁 무렵 전보 한 통이 도착했다. 아버지가 세상을 떠났다는 소식이었다.

그녀는 그 종이를 구겨 바닥에 내던지고는 구두 굽으로 짓밟아 찢어버렸다. 분노가 솟구쳤다. 그날 밤, 그녀는 집 안의 불을 모두 밝히고, 물감을 가져와 벽화 속 관객석의 1층 네 번째 줄에 얼굴 하나를 더 그려 넣었다. 그런 다음 그 얼굴을 향해 성호를 긋고는 또다시 춤추기 시작했다.

† 콩 점술

Wróżenie z fasoli

피오트로프스키는 그를 사스카켕파까지 태워다 주곤 했다. 하지만 집 앞까지는 가지 않고 항상 두 블록쯤 떨어진 프란추스카 거리 초입에 차를 세웠다. 말끔히 닦인 검은 리무진은 울창한 나무 그늘 속에 섞여들었지만, 그래도 지나가는 이들은 발걸음을 늦추며 그 번드르르한 차체를 수상쩍다는 듯 훑어보곤 했다. 이런 차는 흔치 않았다.

그는 홀로 걸었다. 피오트로프스키는 차에 남아 의자 등받이에 몸을 기대고 담배를 피웠다. S는 피오트로프스키가 무슨 생각을 하는지 알고 있었다. 연거푸 담배를 피워 물고 살짝 내린 창문 틈으로 연기를 내뿜으며 분명 이렇게 생각할 것이다. 저 남자한테는 애인이 있고, 지금 그 여자에게 가는 길이라고. 잿빛 종이로 아무렇게나 포장한 저 꾸러미들은 그녀에게 줄 선물이 틀림없다고. 애인이 있다는 건, 위험스럽긴 해도 어쩐지 인간적이면서 남들로부터 이해받을 수 있는 일이다. 많은 이들이 공공연하게든 은밀하게든 애인을 두고 있지 않은가. S는 모자를 깊이 눌러쓰고 코트 깃을 세웠다. 얼굴을 드러내지 않기 위해서였다. 그는 모퉁이의 작은 가게를 지나 왼편으로 꺾어서 철제 울타리를 따라 걸었다. 그렇게 걷다 보면 어느새 작은 문 앞에 다다랐다. 그때마다 그는 멈춰 서서 주위를 살폈다. 하지만 자신을 따라오는 누군가를 의식하는 듯하여 그 몸짓마저 오히려 더 눈길을 끌었다. 그는 닳아빠진 시멘트 보도를 지나 잔디가 깔린 안뜰로 들어섰고, 거기서 다시 좁은 계단으로 향했다.

남매는 아파트 1층의 방 세 개가 있는 널찍한 집에 살고 있었다. 그들은 S가 오리라는 걸 늘 알고 있는 듯했는데, 어쩌면 그의 느낌일 뿐일 수도 있었다. 아무튼 그들은 항상 준비되어 있었다. 회색 종이로 덮인 둥근 탁자 위에는 늘 같은 복사용 연필*이 놓여 있었고, 갈 때마다 길이가 점점 짧아져 있었다. 집 안에는 마룻바닥의 왁스 냄새에 소스나 양배추, 프라이팬에 달궈진 기름 같은 음식물 냄새가 뒤섞인 채 떠돌았다. 이제 노인이 된 형의 방에서는 이따금 전축에서 흘러나오는 음악이 들려왔다. 전쟁 전에 유행하던 탱고 곡조였다. S는 거울 밑에 놓인 탁자 위에 선물이 든 종이봉투를 내려놓았다. 그 안에는 주로 커피나 미국산 초콜릿, 작은 캐비아 한 병, 햄 통조림, 때로는 진짜 프랑스산 와

* 흑연 대신 특수 염료가 들어 있어 물에 적시거나 눌러쓰면 전사(轉寫)가 되는 연필.

인 같은 것들이 들어 있었다. 모두 공산당 당사에 있는 중앙위원회 매점에서 구해 온 것들이었다.

작은 키에 비쩍 마른 체구의 큰누나 야드비가는 그 귀한 선물들을 하나씩 꺼내며 연신 감탄사를 내뱉었다. 키 크고 혈색 좋은 둘째 누나 우르슐라는 언니의 어깨너머로 물건들을 살폈다. 세 남매 중 가장 어리지만 이미 일흔을 훌쩍 넘긴 그들의 막내 동생도 덩달아 힐끔거렸다. 그의 누나들은 그를 러시아식으로 '제냐'라고 부르며, 항상 어린 남동생을 대하듯 과하게 보살폈다. 제냐는 S의 방문이 반가운 눈치였다. 우르슐라는 찬장에서 보드카 한 병을 꺼내어 그와 제냐의 잔에 따라주었다. 하지만 정작 두 누나는 한 모금도 마시지 않았다. 어쩌면 그래서 제냐가 더 즐거워했는지도 모른다. 그는 보드카를 단숨에 들이켜고는 주근깨가 박힌 마른 두 손을 연신 문질러댔다. 그의 손톱은 창백할 정도로 하얘서, 마치 새하얀 얇은 막으로 덮여 있는 것처럼 보였다. 두 여인은 소파에 나란히 앉아 있었는데, 갑자기 서로 닮아 보였다. 둘 다 허옇게 센 머리에 마른 몸매를 가졌고 목 아래에 브로치를 달고 있었다. 광채를 잃고 탁해진 그 보석이 그들의 얼굴에서 마지막 남은 윤기를 빨아들이기라도 한 듯, 두 여인의 얼굴은 분칠한 것처럼 창백했다.

"바깥세상은 어때?" 제냐가 의례적으로 물으면 S는 늘 똑같이 대답했다. "형편없지만, 그래도 점점 나아지고 있어." 그렇게 시작된 대화는 날씨 이야기, 시내에 떠도는 소문이나 골목의 잡담으로 이어졌다가, 창가에서 싹만 틔우고 정작 텃밭에 내다 심어 본 적은 없는 토마토 모종에 대한 이야기로 넘어가곤 했다. 그때쯤 우르슐라가 차를 내왔다. 항상 그렇듯 별로 좋은 차는 아니었지만, 억지로라도 맛을 음미하며 묵묵히 마셔야 했다. 야드비가는 미리 사둔, 설탕 뿌린 과자를 내놓았다. 그러나 접시에 과자를 담으며 그녀가 길고 가느다란 손가락으로 과자들을 톡톡 건드리는 순간 식욕은 순식간에 사라졌다. S는 그 과자를 입에 댄 적이 한 번도 없었다. 바삭한 그 과자들이 언제나 똑같은 과자인 게 아닐까 하고 그는 생각했다. 벌써 수년째 같은 접시에 담아 내놓았다가, 그가 가고 나면 전쟁 전에 쓰던 낡은 양철 상자에 그의 다음 방문 때까지 고이 담아두는 거라고 말이다.

제냐와는 대화가 잘 이어지지 않았다. 그는 때로 엉뚱한 순간에 킥킥거렸고, 갑자기 흥분해서 벌떡 일어났다가는 곧바로 자리에 다시 털썩 주저앉곤 했다. 짧게 깎은 앞머리 탓에 제냐는 꼭 나이 든 아이처럼 보였다. 알 수 없는 병에 걸려 일찍 늙어버린 아이. 그럼에도 S는 이 집에 오면 유난히 편안해졌다. 다 함께 차를 마실 때면 그는 셔츠 칼라의 단추를 풀고 재킷을 벗어 의자에 걸어두곤 했다. 마치 카드놀이, 평범한 브리지 게임을 하러 오래된 친구 집에 놀러 온 사내가 된 것처럼. 야드비가가 그의 앞으로 큼지막한 크리스털 재떨이를 밀어주었다. 첫 담배를 피우자, S는 설명하기 힘든 어떤 치유의 과정이 자신의 몸속에서 일어나는 듯한 느낌을 받았다. 마치 앞날에 대한 계획으로 가득하고 젊고 패기 넘치던 전쟁 전의 자신, 몸도 마음도 한없이 가벼워서 아무 데도 얽매이지 않던, 무슨 일이 벌어지든 언제나 수면 위로 힘차게 떠오르던 '코르크 같은 인간'으로 되돌아간 것만 같았다.

그들은 회색 종이로 덮인 둥근 탁자 앞에 앉았다. 정확히 말하면, 그와 제냐가. 두 여자는 말린 콩이 든 주머니를 가져와서 남동생들 앞에 내려놓고는 다시 소파로 돌아갔다. 그때부터 시작이었다. 제냐는 갑자기 진지한 표정으로 몰입했다. 메마른 손바닥끼리 다시 비벼대면서 한 손으로 다른 손을 꽉 움켜쥐었다. 그러자 손에서 바스락거리는 불쾌한 소리가 났다. 마치 제냐의 몸이 오직 뼈와, 느슨하게 이어진 자잘한 마디들, 그리고 그 위에 덮인 얇은 막 같은 피부로만 이루어져 있음을 드러내기라도 하듯이. 이윽고 제냐는 말없이 종이 위에 콩을 쏟았다. 그리고 두 알씩 골라내어 옆으로 치우기 시작했다. 그가 같은 동작을 몇 번이고 되풀이하는 동안 S는 점점 졸음 섞인 나른함에 빠져들었다. 상상 속에서 그는 다시 사무실로 돌아가 직장에서의 하루를 무심히 되짚어보았다. 사무실의 건조하고 답답한 공기, 책상 밑에 깔린 페르시아 양탄자의 문양, 계단에서 스쳐 지나간 어떤 얼굴, 서명해야 할 서류들. 〈프세크루이〉*를 펼쳐놓고

* 1945년에 창간된 폴란드의 종합 문화 주간지. 시사, 음악, 문학 등 대중문화 전반을 다루며 오랫동안 대중의 인기를 끌었다. 공산주의 시대에도 비교적 자유로운 분위기와 위트 있는 표현으로 인기가 높았다. 잡지명은 '횡단면'을 뜻한다.

십자말풀이를 하던 리타의 실루엣. S는 노인의 중얼거림에 이끌려, 거의 잠결에 그 이미지들 사이를 떠돌았다. 제냐의 손가락이 집어 옮길 때면 콩알들이 서로 부딪히며 달그락거리는 소리를 냈다. 건조하면서도 귀에 감기는 듣기 좋은 소리였다. 그럴 때마다 S는 같은 생각을 했다. 너무 지쳤다고, 과로에 시달리고 있다고. 무엇보다 끔찍한 건, 자신의 모든 노력이 무의미한 차원을 넘어서 어딘지 모르게 꺼림칙하게 느껴진다는 사실이었다. 실제로 주변의 모든 것이 의심스럽기만 했다. 어느새 긴장이 풀리면서 S의 눈꺼풀이 무겁게 내려앉았다. 제냐는 복사용 연필을 손에 들고, 얼핏 보기엔 아무 의미도 없어 보이는 선들을 콩알들 사이에 이리저리 그었다. 그리고 마침내 말을 꺼냈다.

"막혔어, 막혀 있다고⋯⋯." 그가 되풀이했다.

혹은 이런 말을 하기도 했다.

"네 오른쪽에 있는 사람이 어떤 생각을 품고 있는데, 그게 너한테 위험한 변화를 일으킬 거야. 도저히 피할 수 없어. 그러니 대비하려면 그의 속셈을 알아내야 해. 네 왼쪽에 있는 사람은 지금 병들었는데, 죽을 위기에 처해 있어. 그래, 확실해. 그는 죽을 거야."

그러면 우르슐라가 어김없이 끼어들었다. "누구나 죽게 마련이잖아. 그러니 그건 정확한 정보가 아니야. 언제 죽는지 말해줘야지."

제냐는 끼어드는 말에 짜증이 났는지, 콩알들 위로 몸을 숙이고는 눈꺼풀을 힘주어 깜빡이며 퉁명스럽게 내뱉었다. "내가 그걸 어떻게 알아? 그렇게 잘났으면 누나가 와서 해봐!"

남매끼리 실랑이를 벌이는 동안 S는 궁금해했다. '오른쪽에 있는 사람'이란 누구를 말하는 걸까? '왼쪽에 있는 사람'은 또 누구란 말인가? 단순히 방의 위치를 가리키는 것인지, 아니면 제냐가 모호한 은유를 쓰고 있는 것인지 알 길이 없었다. 누가 더 '왼쪽'이고 누가 더 '오른쪽'일까. 특정한 사상이나 정치적 성향을 가리키는 걸까, 아니면 옳고 그름을 나누는 도덕적 판단을 의미하는 걸까.

그런데 죽음에 관한 이야기만큼은 어김없이 들어맞았다. S의 상관인 카스프시크 동지가 갑작스레 폐렴에 걸려, 불과 두 주만에 세상을 떠난 것이다. 일이 벌어진 뒤에야 S는 그가 '왼쪽에 있는 사람'이었다는 걸 인정했다. 그는 얼마 지나지 않아 그 사실을 남매에게 털어놓았다. 그러자 제냐는 매우 기뻐했다. "내가 뭐랬어, 뭐랬냐고!"

그랬다. 제냐가 하는 말들은 항상 일반적이고 알쏭달쏭했지만, 시간이 지나면 놀랍게도 상당 부분 맞아떨어졌다. 물론 정확히 그대로 실현되는 건 아니었다. 그의 예언은 대개 사소하고 자질구레한 것들이었다. S가 집 열쇠를 잃어버린다든지, '자동차와 관련된 누군가가 두 배로 불어나는 일이 생길 것'이라든지 (피오트로프스키에게 쌍둥이가 태어났다), 혹은 S가 잠시 뱀이 될 거라든지(S와 다투던 리타가 그를 향해 "이 냉정한 뱀 같은 인간!"이라고 소리쳤다) 하는 식이었다. S는 늘 궁금했다. 도대체 이런 일이 어떻게 가능한지, 이 기묘한 우연의 일치들을 설명할 수 있는 원리가 무엇인지. 타고난 현실주의자의 본능을 억누르며 그는 스스로를 납득시키려 무진장 애썼다. 어쩌면 콩 점괘란 아직 일어나지 않은 수많은 사건의 씨앗 같은 게 아닐까. 언젠가 미래에 펼쳐질 무수한 가능성의 씨앗, 하지만 어떻게 자라날지는 아직 알 수 없는. 콩의 씨앗은 다른 씨앗들의 성질을, 즉 다가올 사건들의 본질을 미리 감지하는지도 모른다. 그렇게 다양한 가능성들이 서로의 경계를 넘나들며 서로를 알아보는 게 아닐까. S는 그렇게 이해했다. 모든 게 명확할 수 없는 건 바로 그 때문이었다. 지나치게 분명한 예언은 도리어 의심스러운 법이다. 미래는 아직 오지 않았기에, 그것을 가리킬 언어 또한 존재하지 않는다. 이것이 제냐의 입에서 흘러나오는 그 모든 모호한 은유의 이유였다. 1953년 2월, 아니 어쩌면 1월 말쯤 제냐가 말했다. "세상이 너에게 더 나은 쪽으로 뒤바뀌게 될 엄청난 죽음이 네게 다가오고 있어." 그 순간 S의 뇌리에 떠오른 것은 먼 친척의 죽음과 유산상속 같은 일이었다. 그러나 시간이 흘러 사건이 터지고 나서야 모든 게 분명해졌다. 그것은 다름 아닌 스탈린의 죽음을 가리켰던 것이다. 그리고 1년 뒤, S는 4층에서 1층으로 자리를 옮겼고, 검은 리무진을 타고 다니게 되었다. 리타는 널찍한 새 아파트에 입주하게 되어 기쁨에 들떴다. 하지만 그게 다 무슨 소용이겠는가. 모든 진실은 언제나 일이 벌어진 뒤에야 비로소 드러났고, 제냐의 기이한 말들도 결국엔 시간이 흐른 뒤에야 그 의미를 이해할 수 있었으니.

S는 생각했다. '이런 지식이 다 무슨 소용이람? 사건이 터진 뒤에야 맞았다는 게 증명된다면, 미래를 안들 내게 무슨 도움이 될까? 할 수 있는 게 아무것도 없는데.' 그러던 어느 날 리타와 부엌에서 코냑을 마시면서(그녀는 공작새 문양의 이국적인 가운 차림에 방울 모양의 술이 달린 슬리퍼를 신은 채였고, 심지어 부엌에서조차 언제나처럼 배우인 듯 굴었다) 그는 문득 깨달았다. 정작 자신에게 중요한 건 미래가 아니라는 사실을. 본질적으로 그는 무슨 일이 일어날지에는 별 관심이 없었다. 그가 진정 알고 싶었던 것은 의미와 방향, 그리고 질서였다. "이 모든 일에 질서라는 게 있을까?" 그가 물었다. 리타는 담뱃불을 붙이며 대꾸했다. "당신이 스스로 만들어내는 만큼은 존재하지." 하지만 그 말로는 부족했다. "아니, 그보다 더 크고 더 포괄적인 것. 우리를 넘어선 어떤 질서 말이야." 리타는 당사 매점에서 산 코냑을 홀짝이며 중얼거렸다. "물론 있지. 역사의 정의(正義), 변증법, 계급투쟁…… 바보인 척하지 마."

그러나 그는 끝내 리타에게 제냐의 존재를 털어놓을 수 없었다. 제냐는 마치 서랍 깊숙이 감춰둔 음란한 사진 뭉치처럼, 부끄럽고 은밀한 비밀로 남아야 했다.

S는 가끔 피오트로프스키에게 샴페인이나 반 킬로그램짜리

커피 한 봉지를 건네곤 했다. 아무 말도 덧붙이지 않고. 그는 잘 알고 있었다. 사스카켕파를 오가는 일이 언제든 자신의 경력을 무너뜨릴 수 있다는 것을. 그를 간첩죄로 몰아세우거나 첩보원과 만난다는 혐의로 고발하는 건 일도 아니었다. 만나는 상대가 쇠약한 노인이라도 아무 상관 없었다. 콩알 몇 알로 암호화된 기밀 정보를 전달받는 행위로 조작될 수도 있었다. 그리고 그 모든 점괘 놀음 또한 인민 국가를 겨냥한 반동 행위로 둔갑되기에 충분했다.

또다시 그들을 만나고 집으로 돌아오는 길에 S는 생각에 잠겼다. 만약 정말로 미래를 내다볼 수 있다면, 아니 사실 그럴 가능성은 매우 희박하고, 거의 불가능한 일이리라. 시간은 어쨌든 3차원의 공간 속에서 A에서 B로 단선적으로 흐르며, 현실은 객관적으로 존재하니까. 객관적으로, 객관적으로, 객관적으로……. S는 그 단어를 속으로 되뇌며 곱씹었다. 그러다 문득 생각이 흐트러졌지만, 곧 다시 생각을 이어갔다. 설령 미래를 예측할 수 있다 하더라도 거기서 도출되는 건 오히려 끔찍한 진실이었다. 그리고 그때, S는 생각에 집중하면서도 동시에 두려움에 사로잡힌 채로 깨닫게 되었다. 세상에는 우리의 의지와 무관하게 작동하는, 견고한 외부의 질서가 존재한다는 것을. 우리는 우리 자신보다 훨씬 큰 움직임에 떠밀려 가고 있으며, 무엇이 중요한 일이고 무엇이 그렇지 못한지도 알지 못한 채 살아간다는 것을. 그렇다면 집 열쇠를 분실하는 일이 승진이나 해외 출장보다 덜 중요하다고 여겨지는 이유는 뭘까? 피오트로프스키의 쌍둥이가, 수시로 교체되는 당 중앙위원회의 간부들보다 세상을 위해 덜 중요한 존재들일까? 리타가 화가 나서 무심코 내뱉은 '냉정한 뱀!'이라는 외침이 과연 스탈린의 죽음 이후에 벌어진 모든 혼란보다 하찮은 걸까? 어쩌면 우리는 중요도의 참된 서열을 알지 못한 채 살아가고 있는지도 모른다. 그렇다면 어떻게 살아야 할까? 무엇을 지표로 삼아야 할까?

미래를 안다는 건 애초에 불가능한 일이고, 제냐는 그저 자신을 헛된 희망으로 현혹하고 있을 따름이며, 자신은 제정신이 아닌 노인의 말에 마치 어린아이처럼 끌려다니는 중인 것이 아닐까? 어쩌면 미래란 아예 존재하지 않는지도 모른다. 시간 너머를 내다보는 일 따위도 없고. 그저 지금 이 순간의 행동들이 빚어내는 결과만이 차곡차곡 이어지고 있을 뿐. 그렇다면 사스카 켕파를 방문하는 건 단순한 심리적 의식에 지나지 않는 셈이다. 불안 속에서 일말의 안도감을 찾으려는 행위, 어쩌면 성당에 나가는 일과 별반 다를 것 없는, 자신을 달래기 위한 작은 의례. 그런데 이런 관점은 앞의 생각들보다 더욱 끔찍했다. 그렇게 되면 우리는 결국 '지금'과 '여기'에 얽매인 포로, 혼돈의 포화 속에 스러진 고깃덩이, 타인이 꿈꾼 환상의 희생양, 무분별하게 질주하는 눈먼 레밍 떼와 다를 바 없기 때문이다.

S는 더 이상 그런 생각을 하고 싶지 않았다. 리무진이 사스카 켕파에서 출발해 비스와강을 건너는 순간, 그는 제냐와 누이들

을 잊어야만 했다. 때로 포니아토프스키 다리를 건너며 그는 스스로에게 다짐하곤 했다. 이제 다시는 제냐에게 가지 않겠다고. 그러나 1주, 2주, 한 달이 지나면 그는 또다시 같은 갈망을 느꼈다. 마치 보드카 한 잔이 당길 때처럼, 그간 지켜오던 질서를 느슨하게 만들고 싶은 충동에 사로잡혔다. 그러면 그는 피오트로프스키에게 암호처럼 한마디를 던졌다. "사스카켕파." 그리고 어둑어둑한 저녁, 다시 그곳으로 향했다. 똑같은 용량의 절망을 스스로에게 투여하기 위해. '대체 나는 뭘 원하는 거지? 빌어먹을, 뭐가 나를 이렇게 이끄는 걸까?'

다음 날 아침, 그는 또다시 당사 건물에 모습을 드러냈다. 넓은 대리석 계단을 빠르게 올라가며 바닥만 바라보았고, 남색 정장을 입은 사내들을 스쳐 지나가며 그저 고개만 가볍게 끄덕였다. 사무실에 들어서자마자 그는 책상 앞 자신의 자리에 몸을 파묻었다. 그곳은 늘 그에게 견딜 수 없는 감정을 불러일으켰다. 자신은 이 자리에 전혀 어울리지 않는 사람이라는 확신. 그리고 이 일을 버텨내기 위해 아침마다 자신 안의 어떤 특별한 부품을 억지로 작동해야 한다는 피로감. 사실 그 번듯한 집무실은 그에게 짜증 섞인 하품을 불러일으킬 정도로 지루한 공간이었다. 심리적으로 불가능한, 서로 모순된 두 가지 감정이 동시에 그를 짓눌렀다. 치명적인 권태와 동물적인 공포. 이 기묘한 배합으로 인해 그는 출근 후 한 시간 동안 땀을 비 오듯 흘렸고, 종종 셔츠를 갈아입어야 했다. (리타가 세심하게 가방에 챙겨준, 늘 똑같은 셔츠였다.) 물론 사무실 문은 꼭 잠근 채였다. 비서가 눈치채는 건 피해야 했기 때문이다. 그는 자신의 비서를 도무지 신뢰할 수가 없었다. 그러다 시간이 흐르면서 그와 그의 몸은 조금씩 타협을 이루었다. 한 잔의 코냑과 담배 몇 개비가 그 과정에 힘을 보탰다. 그는 자신이 단순한 신경쇠약, 혹은 과로에 시달리고 있다고 생각했다. "곧 괜찮아질 거야. 저절로 가라앉을 거야." 그렇게 자신에게 되뇌다 보면, 정말로 그렇게 되곤 했다.

조금 숨이 가라앉고 머리가 맑아지면 그는 창가로 다가갔다. 그리고 서서히 되살아나는 묘한 승리감을 느끼며 당사 앞의 분주한 교차로를 내려다보았다. 거기 서면 단순한 규칙들이 도로의 움직임을 어떻게 지배하는지 한눈에 보였다. 아마 세상도 별반 다르지 않으리라. 초록색과 빨간색의 신호등 불빛이 기적처럼 질서 정연하게 교차하고, 혼돈의 한가운데에는 위풍당당한 경찰이 서서 천사처럼 우아한 몸짓으로 사람들에게 가야 할 방향을 알려주고 있었다.

† 주레크   Żurek

"유아차를 가져올 걸 그랬어." 버스 정류장으로 가기 위해 눈이 오랫동안 치워지지 않은 길에 들어서며 한 여자가 다른 여자에게 말했다.

나이 든 여자의 품에는 강보에 싸인 아기가 안겨 있었다. 빠르게 짙어지는 어둠 속에서 강보의 색깔은 마치 때라도 묻은 것처럼 잿빛으로 변해갔다. 젊은 여자는 엄마의 뒤를 따라 걸으며, 눈 위에 남겨진 엄마의 발자국 위를 그대로 밟았다. 그렇게 걷는 게 훨씬 쉬웠다.

"낮에 나왔어야 하는데, 이렇게 밤중에 말고." 나이 든 여자가 말했다.

"맞아, 그랬어야 해. 하지만 시간이 없었어." 젊은 여자가 대답했다.

"그렇게 치장할 필요는 없었잖니."

"엄마도 잔뜩 꾸몄잖아."

"전혀 아냐. 그저 모자를 못 찾아서 오래 걸렸을 뿐이라고."

모녀는 간신히 버스를 잡아 탔다. 버스는 김이 잔뜩 서린 채 거의 비어 있었다. 마치 속 빈 깡통처럼 휑한 모습이었다. 뒷좌석엔 십대 소녀 몇 명이 몰려 앉아 있었다. 아마 시내 클럽에 춤추러 가는 길이겠지. 젊은 여자는 그들을 곁눈질로, 하지만 간절하게 바라보았다. 특히 가죽 재킷에 몸에 딱 붙는 청바지를 입은 한 소녀에게서 눈을 떼지 못했다. 엄마가 딸에게 조용히 무언가를 물었지만, 딸은 퉁명스럽게 대꾸했다. 그러고는 김이 자욱한 창문을 손바닥으로 문지르며 불빛이 어른거리는 어둠 저편을 응시했다. 십대 소녀들은 더 멀리까지 갔고, 모녀는 두 번째 정류장에서 내렸다. 커다란 트럭들이 굉음을 내며 쏜살같이 지나는 왕복 도로와 샛길이 만나는 곳이었다.

두 여자는 크리스마스 장식이 밝게 빛나는 모텔을 지나 생선튀김을 파는 음식점 앞에 이르렀다. 그들은 "언제나 코카콜라"라고 쓰인 간판 앞에 잠시 멈춰 섰다. 그 커다란 간판은 막 새로 단장한 집을 마치 거대한 붉은 달처럼 환하게 비추고 있었다.

"여기로 그 사람을 불러낼까, 아니면 어떻게 할래?" 엄마가 물었다.

"엄마가 다녀와. 나는 애랑 여기 있을게."

나이 든 여자가 안으로 들어갔다가, 잠시 후 다시 나왔다.

"음식점에는 없어. 집에 있나 봐."

둘은 짧게 서로를 쳐다보고는 새집의 마당 쪽으로 발걸음을 옮겼다.

그 순간 개집에 묶여 있던 개가 요란스레 짖었다. 인기척에 자동으로 불이 켜지며 마당이 환해졌다. 한창 공사 중인 어수선한 풍경을 흰 눈이 너그럽게 덮어주었다. 널빤지 더미와 비닐에 싸인 스티로폼 상자, 피라미드처럼 쌓인 벽돌들을. 브와데크 씨는 차고를 짓는 중이었다.

그때 그가 밖으로 나왔다. 듬직한 체격에 붉은 머리칼을 가진 남자였다. 그가 입은 낡은 손뜨개 스웨터는 소매 곳곳에 실밥이 풀려 있었다. 브와데크 씨는 놀란 표정으로 두 여자를 바라보았다.

"이 시간에 웬일이야?" 그가 인사도 없이 다짜고짜 물었다.

"할 얘기가 좀 있어서요." 나이 든 여자가 대답했다.

"무슨 이야기요?" 그가 더욱 놀란 듯 말꼬리를 늘어뜨리며 다시 물었다.

"우리가 좀 들어가도 될까요?" 나이 든 여자가 말했다.

브와데크 씨는 잠시 망설였지만, 거의 눈치채기 힘들 정도로 짧은 순간이었다. 결국 그는 두 여자를 안으로 들였다. 회반죽을 바른 지 얼마 안 된 현관에 들어서자 시멘트 덩어리들이 발밑에서 서걱거렸다. 일행은 어수선한 부엌으로 들어섰다. 싱크대를 손보고 있었던 듯했다. 찬장이 벽에서 떨어져 있었고, 배관과 그 연결 관들이 뒤엉킨 은밀한 속살이 훤히 드러나 있었다.

"앉아도 되죠?" 더 나이 든 여자, 할리나가 말했다.

브와데크 씨가 의자 두 개를 가져와 부엌 한가운데에 놓았다. 그리고 자신은 담배를 피워 물며, 벽에서 떼어놓은 찬장에 몸을 기댔다. 그제야 아이를 발견한 그가 미소 지었다.

"남자애야, 여자애야?"

"남자애예요, 남자애." 젊은 여자가 대답하며 아이의 몸을 감싼 강보를 조심스레 풀었다. 그리고 아이의 눈을 덮고 있던 파란색 털모자를 살짝 벗겼다. 아이는 잠들어 있었다. 그 작고 쪼글쪼글한 얼굴을 보며 브와데크 씨는 껍질 벗긴 개암을 떠올렸다. 못생긴 아기였다.

"귀엽네. 이름이 뭐야?" 그가 물었다.

"아직 없어요." 젊은 여자가 명랑하게 대답했다.

"브와디스와프*." 그녀의 엄마가 재빨리 대답했다.

"브와디스와프라고?" 남자가 눈썹을 치켜올렸다. "요즘 누가 애 이름을 브와디스와프라고 짓나?"

그는 인상을 쓰며 담배 연기를 내뿜었다.

"그래서, 무슨 일로 온 거요?"

---

* 브와데크(Władek)는 브와디스와프(Władysław)의 애칭으로, 같은 이름이라고 볼 수 있다. 폴란드에서는 친근함이나 가까운 사이임을 나타낼 때 본래의 이름에 지소형 어미를 붙여 부르는 관습이 있다.

“당신 이름이 브와디스와프이고 얘 이름도 브와디스와프예요…….”나이 든 여자가 말을 이었다.

“그래, 뭐, 브와디스와프면 어때. 안 된다는 법 있나.”

잠시 침묵이 흘렀다. 남자가 담뱃재를 바닥에 툭툭 털었다.

“그래서 어쨌다는 거요?”

나이 든 여자는 벽에 기대어 세워둔 커튼 봉 끝으로 시선을 돌리며 말했다.

“이 아이는 당신 아이예요, 브와데크. 이제 곧 크리스마스니까 세례를 받게 하고 싶어요.”

남자의 얼굴이 굳었다.

“할리나, 제정신이오? 그 애가 어떻게 내 애일 수가 있단 말이오?”

그가 고개를 돌려 소녀처럼 보이는 젊은 여자를 노려보았다.

“이봐, 이본카, 얘가 어떻게 내 애야? 도대체 둘 다 무슨 소릴 하는 거야?”

이본카는 입술을 깨물며 아기를 부드럽게 어르기 시작했다. 순간 잠에서 깨어난 아기가 찔끔하게 울음을 터뜨렸다.

“애 아빠가 대체 누군데?” 그가 물었다.

“당신이야. 당신 아이라고.”

남자가 벌떡 일어나 신발로 담배를 짓이겨 끄며 말했다.

“여기서 나가. 둘 다. 어서!”

모녀는 마지못해 일어섰다. 이본카가 파란 털모자를 다시 아기의 눈까지 내려 씌웠다.

"자, 어서, 얼른 나가라고!" 그가 재촉했다.

"좋아요, 브와데크." 엄마가 문가에서 등을 돌린 채 갑자기 말했다. "그렇다면 이 애 아빠는 당신 아들, 야체크예요."

"부활절 때 야체크가 여기 왔었잖아요." 이본카가 도발하듯 덧붙였다.

"꺼지라고!"

두 여자의 뒤에서 문이 쾅 하고 닫혔다. 그들은 발길에 짓이겨져 더러워진 눈밭 위에 말없이 서 있었다. 잠시 후 집 안의 불이 꺼졌다.

"그럼…… 이제 어떡하지?" 이본카가 엄마에게 물었다.

"어떡하긴. 별수 없지."

버스는 한 시간 뒤에나 올 예정이었으므로 두 사람은 걸어서 집에 돌아가기로 했다.

"내가 뭐랬어. 유아차를 가져오자니까. 이제부터 한 시간은 족히 걸어야 한다고."

"정류장에서 기다리다 얼어 죽느니 걷는 게 낫지."

밤에 아이는 좀처럼 잠들지 못했다. 이본카가 곯아떨어졌기에 그녀의 엄마가 보드라운 헝겊 조각의 모서리를 따뜻한 물에 적셔 아기의 입에 물려주었다. 아기는 작은 입술을 서툴게 오물거렸다. 부엌에 놓인 양철 난로의 틈새로 불빛이 아른거렸다.

아침에 두 사람은 가게에 들렀다. 이본카는 매그넘 아이스크림*을 하나 샀다. 값이 꽤 비쌌다. 엄마는 돈 때문이 아니라 차가운 걸 먹으면 몸이 식어서 젖이 돌지 않을 거라며 꾸짖었다. 이본카는 태연하게 아이스크림을 먹어치우고는 어깨를 으쓱거렸다. 아기는 하늘색 유아차에서 곤히 잠들어 있었다.

"아이고, 참 예쁜 아기네요." 가게의 주인 여자가 감탄하며 말했다. 그러고는 스웨터 위에 구김이 안 가는 흰 앞치마를 두른 채로 가게 앞 계단까지 나왔다. "아, 정말 춥네."

정오 무렵이 되자 늘 그렇듯 가게 안에 줄이 길게 늘어섰다. 하지만 이번엔 싸구려 와인을 사러 온 동네 사내들이나, 국경으로 가는 길에 콜라와 땅콩을 구입하려는 여행객들만은 아니었다. 오늘은 주부들이 케이크용 식용유와 바닐라 설탕, 마가린, 건포도를 사러 나왔다. 가게 주인은 '새의 젖' 과자**와 초콜릿을 씌운 젤리, 그리고 금빛과 보랏빛의 반짝이는 포장지에 싸인 크리스마스 사탕을 약사처럼 정성스럽게 저울에 달았다. 보석처럼 빛나는 이 먹거리들은 곧 크리스마스트리에 걸릴 것이었다. 사람들은 줄이 빨리 줄이드는지에는 전혀 관심이 없었다. 서두

---

*   벨기에산 초콜릿을 사용하는 프리미엄 아이스크림으로, 두꺼운 초콜릿 코팅이 특징이다. 1990년대 이후 폴란드에서도 인기 있는 고급 아이스크림 브랜드로 자리잡았다.

**   바닐라 맛의 부드러운 마시멜로나 크림 무스를 초콜릿으로 감싼 사각형 모양의 간식. 1930년대에 바르샤바의 제과 회사 베델이 처음 만들었으며, 지금도 폴란드에서 가장 사랑받는 디저트 중 하나다.

를 이유가 없었다. 누구든 계산대 앞에 설 차례가 되면 가게 주인과 한참씩 수다를 떨었다. 주인 여자도 숫자가 빼곡히 적힌 장부와 베이킹파우더 봉지를 잠시 밀어놓고는 계산대에 몸을 기댄 채 그들의 이야기에 귀 기울였다. 그곳에서 사람들은 돈으로 물건을 사는 게 아닌 듯했다. 돈이란 그저 의식처럼 건네는 조약돌처럼 보였다. 건포도와 베이킹파우더, 싸구려 와인의 값은 짤막한 이야기나 질문, 재치 있는 농담으로 치러졌다. 그러니 그렇게 오래 걸릴 수밖에 없었다.

진녹색의 번듯한 차 한 대가 가게 앞에 멈춰 섰다. 후면부가 높고 뒷좌석이 넉넉하게 설계된 최신 승용차였다. 차 지붕 위에는 스키가 실려 있었다. 자동차에서 내린 남자는 기능성 플리스 점퍼와 고어텍스 바지를 걸치고 우스꽝스러운 모자를 쓰고 있었다. 그는 차 안의 여자와 중학생 정도 되어 보이는 아이 두 명에게 뭐라고 말하고는 가게 안으로 가볍게 뛰어 들어오더니 줄의 맨 끝, 마투셰크 바로 뒤에 섰다.

"주레크* 있나요?" 플리스 점퍼를 입은 남자가 두 손을 비비며 물었다. 그러곤 별 상관 없는 말을 덧붙였다. "휴, 정말 춥네요."

주레크 있냐는 그 질문 한마디가 가게 안의 소란을 순식간에 가라앉혔다. 주인 여자는 한창 이어지던 손님의 하소연을 듣다

---

* 호밀 가루를 발효시켜 만든 폴란드 전통 수프로, 신맛이 나며 삶은 달걀이나 소시지를 넣어 먹는다.

말고 마지못해 남자를 향해 시선을 돌렸다.

"주레크요, 병에 든 걸로요. 아니면 유리 단지에 든 것도 괜찮고요. 여긴 어떻게들 하시는지 모르겠네요. 주로 병에 담나요? 아니면 유리 단지에?"

"주레크를 찾네요." 마트비에유코바 부인이 가게 주인에게 일러주며, 자신이 산 소소한 물건들을 비닐봉지에 옮겨 담기 시작했다.

모두가 그 낯선 남자를 힐끔거렸다. 최신 유행의 알록달록한 스노 부츠에서 눈이 녹아 바닥으로 흘러내렸다. 파란 점퍼에는 노란 글씨로 현란한 외국어 문장이 적혀 있었다. 가게 주인이 아래쪽 선반을 살폈다.

"있어요." 그녀가 말했다. "딱 한 병 남았네요."

"아, 그럼 여긴 병에 담아 파는군요. 우리 북쪽 지방에선 주레크를 유리 단지에 담거든요." 남자가 설명하며 유쾌한 표정으로 사람들의 얼굴을 찬찬히 살펴보았다. "우린 크리스마스를 맞아 오스트리아로 스키를 타러 가는 길인데, 아내가 주레크가 꼭 있어야 한다고 우겨서요. 여기기 국경을 넘기 전 마지막 가게잖아요." 그는 목소리를 낮추더니, 괜히 마투셰크에게 말을 걸었다.

그러자 마투셰크는 고개를 돌려 진열장 유리 너머에 늘어선 담배들을 무표정하게 바라보았다. 줄은 조용히 한 사람씩 앞으로 움직였다. 마트비에유코바 부인은 문가에서 거스름돈을 세고 있었다.

"주레크 없는 크리스마스라니 말이 되나요?" 남자가 다시 입을 열었다. 높고 우렁차고 자신만만한 그의 목소리는 어딘가 귀에 거슬렸다. "이건 우리 폴란드만의 별미잖아요. 유럽의 다른 나라들이며 세계 곳곳을 다 다녀봤지만 어디에도 주레크는 없더군요. 물론 다들 자기네만의 별미는 있지요. 하지만 주레크 같은 수프는 없었어요. 그래서 생각했죠. 여기서도 못 사면 이제 끝이구나. 체코에도 주레크는 없거든요."

아무도 그의 말에 대꾸하지 않았다. 남자가 발을 구르며 손에 입김을 불었다. 수다스럽던 가게 주인은 외지인의 존재에 당황한 듯 묵묵히 일에만 집중했다. 줄은 빠르게 줄었다. 너무 빠르게. 아무도 서두를 필요가 없었는데도.

"춥네요." 외지인이 마투셰크에게 말을 걸며 과장된 몸짓으로 손을 비벼댔다.

마투셰크는 그를 힐끗 쳐다보며, 거의 눈에 띄지도 않을 만큼 엷은 미소를 예의상 지어 보였다. 그러고는 다시 진열장 안 담배 쪽으로 고개를 돌렸다.

"우리는 알프스산맥에 콘도를 예약해뒀어요. 거기 리프트며 슬로프며 시설이 얼마나 좋은지 아세요? 스키를 타고 한 번 내려오는 데 한 시간은 기본이고, 그 이상도 걸린답니다. 아래 호텔에는 바와 수영장도 있고요. 식사는 각자 알아서 하는 거예요. 콘도마다 주방이 있어서, 아내가 주레크를 끓일 수 있죠. 소시지도 조금 살게요. 여기 괜찮은 소시지가 있나요?" 그의 표정에 잠시 불안이 스쳤다.

다음 차례의 여자 손님 또한 아쉬워하며 계산대를 떠났다. 주인 여자는 목까지 올려 잠갔던 스웨터의 지퍼를 살짝 내렸다.

"소시지가 있군요. 그런데 6즈워티밖에 안 하는 걸 보면 별로 좋은 제품은 아니겠네요." 남자가 말했다. 밖에서 경적이 울렸다. 남자가 문을 열자 찬 공기 한 덩어리가 가게 안으로 밀려들었다. 그는 차를 향해 뭐라고 외치고는 다시 제자리로 돌아왔다.

"아내가 신경이 곤두섰어요. 오늘 저녁까지 알프스에 도착해야 하거든요. 근데 내가 주레크를 사겠다고 여기서 이러고 있으니."

마투셰크는 담배 한 갑과 오렌지 향료, 0.5리터짜리 보드카 한 병 그리고 빵을 샀다. 가게 주인이 능숙한 손놀림으로 계산서에 숫자를 적어 넣고는 그 종이로 술병을 쌌다.

"그리고 주레크도요. 주레크 한 병이요."

순간 가게 안이 완전히 조용해졌다. 주인 여자는 주레크가 담긴 병을 두 손으로 공손하게 내밀었다. 마투셰크는 서둘러 계산을 마쳤다.

"이봐요……." 플리스 점퍼 차림의 남자가 당황한 표정으로 뭐라 말을 건넸지만, 마투셰크는 잽싸게 자신의 물건을 챙겨서 밖으로 나와버렸다.

가게 앞에는 할리나와 그녀의 정신이 살짝 온전치 못한 딸이

서 있었다. 마투셰크는 모녀에게 주레크 병을 건네며 말했다.

"이거 가져가요. 우리 집에선 크리스마스에 주레크 대신 바르슈치*를 먹거든." 그러고는 오래전에 주기로 약속한 이불을 가져가고 싶으면 오늘 저녁에 집에 들르라고 덧붙였다.

이본카는 마투셰크의 집에 들어가는 게 부끄러웠다. 그래서 계속 울타리 옆에 서서 이를 딱딱 부딪쳤다. 추위 때문인지 두려움 때문인지 알 수 없었다.

"뭘 그리 겁을 내, 바보야. 그 사람들이 널 잡아먹기라도 하겠니? 지금이 아니라 그때 겁을 냈어야지." 엄마가 딸에게 말했다.

"안에 남자들이 있어. 엄마가 들어가, 난 애랑 밖에서 기다릴게."

"남자들이 있다니 잘됐네. 이번엔 뭔가 해결될 수도 있겠어. 증인들까지 있으니. 자, 들어가자!"

아직 소녀티를 벗지 못한 딸은 마지못해 엄마를 따라 들어갔다.

부엌 식탁에는 네 명의 남자가 둘러앉아 있었다. 마투셰크가 막 마지막 술잔을 돌리는 중이었다. 덩치가 크고 뚱뚱한 그의 아내는 옆에서 거름망으로 우유를 거르고 있었다. 설탕 부스러기를 얹은 효모 케이크가 찬장 위에서 천천히 식고 있었다. 실

---

* 바르슈치에는 붉은색(비트)과 흰색(밀가루·육수) 두 종류가 있는데, 폴란드에서는 흰 바르슈치를 크리스마스 때 즐겨 먹는다.

내는 따뜻하고 아늑했다.

"여보, 그 모녀가 이불을 가지러 왔어." 마투셰크가 말하며 빈 의자 하나를 내주었다. 할리나는 의자 끝에 조심스레 앉았고, 이본카는 아기를 품에 안은 채 여전히 문간에 서 있었다.

"자, 그럼 건배." 남부 산악 지방 출신의 한 사내가 외치며 단숨에 자기 잔을 들이켰다. 그러자 다른 남자들도 말없이 따라 마셨다. 그러고는 다들 헛기침을 하면서 오렌지에이드로 목을 축였다.

마투셰크 부인이 방으로 들어갔다가 곧 부엌으로 돌아왔다. 손에는 비닐로 싸서 끈으로 묶은 보따리가 들려 있었다. 그녀는 아기에게 다정하게 말을 걸었다.

"이름이 뭐니?"

"아직 이름이 없어." 할리나가 재빨리 대답했다.

이본카는 초조한 듯 제자리에서 발을 동동거렸다.

"세례식은 언제쯤이야?"

할리나가 어깨를 으쓱였다.

"제법 쓸 만한 이불이야. 여름 내내 다락에서 바람을 쐬었어. 이불 커버는 있어?" 마투셰크 부인이 물었다.

"저 사람이 애 아빠예요." 그때 문간에 서 있던 이본카가 우울한 목소리로 말하며 고갯짓으로 남부의 산 사내를 가리켰다. 방 안에 어색한 침묵이 흘렀다.

"그래, 이본카, 어서." 엄마가 딸을 다그쳤다.

“당신이 애 아빠예요.” 소녀는 그제야 사내의 눈을 똑바로 쳐다보았다.

마투셰크 부인은 아기의 이마에서 모자를 뒤로 살짝 젖히고는 얼굴을 유심히 들여다보았다.

산 사내가 드디어 입을 열었다. “난 자식이 넷이라고. 그만해라, 애야. 너도 네가 누구랑 잤는지 모르잖니.”

“뭐라고요?” 할리나가 발끈했다.

“나랑 잤어!” 카프카가 외쳤다.

그는 술에 취해 혀가 꼬인 채였고, 눈빛은 번들거렸다. 원체 술에 아주 약한 남자였다.

“그래, 나랑 잤다고.” 그가 느릿느릿 말을 이었다. “하지만 말그대로 그냥 잤을 뿐이야. 너무 취해서 곯아떨어졌었거든. 그러니까 내 아이는 아냐.”

“브와데크한테도 갔었다면서. 뒤집어씌우려다 실패했잖아. 도대체 누구 애인지 누가 알겠어…….”

“아이는 그저 아이일 뿐이에요.” 마투셰크 부인이 말했다.

“국경 초소에 있는 군인이랑도 어울렸잖아. 다들 봤다고. 이건 건초 더미 속에서 바늘 찾기나 다름없어.” 산 사내는 빈정거리며 자리에서 일어나더니 옷걸이에서 모자를 집어 들고는 문쪽으로 향했다.

“세상에…….” 마투셰크 부인이 탄식했다. “왜 애를 제대로 단속하지 않았어요, 할리나. 이건 당신 탓이야, 당신 탓이라고요!”

"정말 그렇게 생각해요?" 할리나가 쏘아붙였다. "그럼 내가 저 애의 다리를 묶어두기라도 했어야 했다는 건가요? 그쪽이 내 입장이라면 어떻게 했을지 궁금하네. 저 애는 몸만 어른이지, 속은 아직 어린아이라고요."

"예지크?" 마투셰크 부인이 갑자기 의심스러운 눈길로 그 자리에서 가장 나이가 어린 남자, 자신의 조카를 돌아보았다.

산 사내가 문간에서 멈춰 섰다.

예지크의 얼굴이 귓불까지 새빨개졌고, 산지 사람 특유의 유난히 푸른 눈동자가 번뜩였다.

"전 아니에요, 이모. 전 조심했다고요."

카프카가 끊어질 듯 요란한 웃음을 터뜨리며 말했다.

"보드카 반병 없이는 도저히 알 수 없겠군그래. 마투셰크 부인, 술 좀 더 주세요."

마투셰크 부인은 부엌 한가운데에 망연히 서서 예지크와 산사내 그리고 남편을 번갈아 바라보았다. 왠지 그녀는 아까보다 덩치가 더 커 보였고, 몸은 육중한 가구처럼 무거워 보였다. 다들 그녀의 입에서 무슨 말이 나올지 기다렸다. 그녀는 입술을 오물거리며, 이 모든 일을 처음부터 끝까지 설명할 수 있는 적당한 말을 찾는 듯했다. 그러나 결국 그 말은 떠오르지 않았다. 그녀는 비닐 커버로 덮인 식탁을 탁 내리쳤다.

"술은 이제 그만. 다들 가세요. 내일 크리스마스이브잖아요. 집에 가서 할 일들 있을 거 아녜요."

그녀는 이불 보따리를 집어 들어 할리나의 손에 쥐여주었다. 할리나는 그것을 커다란 포대기처럼 끌어안았고, 얼굴을 비닐에 묻은 채 울음을 터뜨렸다. 마투셰크 부인은 안절부절못하며 식탁을 치우기 시작했다. 손님들은 말없이 일어나 문 쪽으로 향했다.

그때 그녀의 남편이 입을 열었다.

"잠깐만, 잠깐만."

그는 한동안 말을 잇지 못하며, 생각을 정리하고 결심을 다잡듯 식탁 위를 손가락으로 두드렸다.

"내가 저 애의 아빠요."

긴 침묵이 흘렀다. 그는 자리에 앉아 있었고, 그의 아내는 부엌 한가운데에 서 있었다. 다른 이들은 문가에, 녹아내린 눈이 고인 웅덩이 옆에 모여 서 있었다. 그때 마투셰크 부인이 느닷없이 고함을 질렀다.

"당신 미쳤어요? 당신 아이 못 가지잖아! 스무 해 넘게 우리에겐 아이가 없었고, 그 사고를 당한 뒤로 당신이 아이를 가질 수 없다는 건 다들 알고 있다고요!"

"여보, 조용히 해. 입 다물어. 이 애는 내 애야."

카프카가 비틀거리며 의자에 다가가더니 털썩 주저앉았다.

"좋아, 그럼 한잔해야지……."

이본카는 제자리에서 발을 옮겨 디디며 무표정한 얼굴로 아이를 품에 안고 천천히 흔들었다.

"하지만……." 마투셰크 부인은 무언가를 말하려다 말고, 통통한 두 손으로 앞치마 자락을 움켜쥐어 눈가에 가져다 댔다. 그러고는 문을 쾅 닫으며 밖으로 뛰쳐나갔다.

마투셰크가 찬장에서 술병을 꺼냈다. 그리고 싱크대에서 잔 여섯 개를 집어 와 보드카를 따랐다.

"이 애는 안 돼요." 할리나가 이본카를 가리키며 말했다. "아직 열여덟도 안 되었고, 모유 수유 중이거든요."

사내들은 엄숙한 침묵 속에 보드카를 들이켰다.

"그래서 세례식이 언제요?" 마투셰크가 물었다.

"신부님이 새해에 하면 좋겠다고 그러셨어요."

"그럼 새해의 세례를 위하여!" 카프카가 중얼거리며 남들보다 먼저 잔을 비웠다.

잠시 후 마투셰크는 모두에게 집에 가라고 했다. 내일은 크리스마스이브고, 다들 집에서 할 일이 있을 테니까. 할리나는 문 앞에서 소맷자락으로 눈물을 훔치며 마투셰크를 향해 미소 지었다.

"주레크 잘 먹을게요. 정말 고마워요."

두 여자는 아직 아무도 밟지 않은 깨끗한 눈밭을 가로질러 집으로 향했다. 이본카는 눈 위에 남겨진 엄마의 발자국을 따라 걸었다.

† 사비나의 소원

Życzenie Sabiny

이제 사비나에 대한 이야기를 해보려 한다. 그녀는 일주일에 한 번, 의사인 M 박사와 그의 아내 욜라, 어린 딸 카지아의 집을 청소한다. 몇 년째 계속해왔으니, 그동안 수백 번 청소를 한 셈이다. 매번 비슷한 순서다. 먼저 박사의 진료실, 여성 환자 전용 대기실 그리고 화장실을 치운다. 그다음엔 아래층 방들과 넓은 주방, 위층의 침실 두 개를 차례로 정리한다. 하나는 M 부부의 침실이고, 다른 하나는 카지아의 방이다. 드물긴 하지만 손님방을 청소할 때도 있다. 주로 명절이나 긴 연휴가 지난 뒤, 혹은 영명축일 잔치가 끝나고 나서다. 집에는 테라스도 두 군데 있다—뒤쪽과 앞쪽에. 두 곳 모두 매끈한 타일 바닥을 쓸고 닦아줘야 한다.

1년에 쉰 번 남짓 집을 청소하고, 대여섯 번쯤 집 안의 모든 창문을 닦는다. 테라코타를 깐 바닥은 1년에 스무 번가량 진공

청소기로 먼지를 빨아들인 뒤 왁스로 문질러 닦는다. 양탄자는 서너 번쯤 턴다. 사비나는 이 집의 모든 표면과 거기 놓인 물건들을 속속들이 알고 있다. 그중 나무로 된 식탁 상판과 스테인드글라스 갓이 달린 스탠드는 그녀가 좋아하는 것들이다. 하지만 어떤 것들은 질색하는데, 벽난로 주변 가득 놓인 황동 냄비들이나 늘 얼룩이 묻어 있는 조리대가 그렇다. 사랑하는 것도 있다. 카지아의 방에 깔린 분홍빛 양탄자, 티끌 하나 없이 새하얀 욕실 타일.

사비나는 금요일마다 온다. 그날 사비나의 집에서는 아이들이 목요일에 남은 팬케이크를 데워 먹는다. M 박사의 가족은 그날 생선을 먹는다. 그래서 사비나는 나중에 그을린 프라이팬을 박박 문질러 닦아야 한다. 그녀는 아침에 도착한다. 포드구제에서 출발하는 빨간 시내버스를 타고 M 박사의 고급스러운 저택 앞에서 내린다. 버스를 타고 바우브지흐를 가로질러 올 때마다 사비나는 마치 소풍길에 나선 듯 기분이 좋아진다. 아쉬운 건, 우울하고 악취 풍기는 포드구제에서 시원한 나무 그늘이 드리워져 있고 은은한 재스민 향이 감도는 슈차브노까지의 거리가 너무 짧다는 것이다. 사비나는 주로 창가 자리에 앉지만, 사람이 많을 땐 바로 '우대석'에 앉는다. 임신 중이기 때문이다. 사실 그녀는 늘 임신 상태나 다름없다. 결국 아이가 다섯이나 되니까. 그것도 모두 사내아이들! 그러므로 사비나의 임신은 그녀만의 고유한 특성이자 일상적인 상태라고 할 수 있다. 그녀에게는 입덧도, 어지럼증도, 갑작스러운 심경 변화나 비정상적인 식욕도 없다. 특별히 살이 찌거나 빠지지도 않는다. 사비나는 자신의 몸에 크게 신경 쓰지 않는다. 아침마다 크레시 원단*으로 만든 운동복이나 꽃무늬 크레톤** 원피스를 입고 하루를 시작해서, 저녁까지, 쉬지 않고, 내내 걸어 다닌다. 크레톤 원단 아래, 어딘가 깊숙한 곳에서 그녀의 몸은 알아서 자신의 임무에 몰두하고 있다. 그러니 그녀가 굳이 신경 쓸 필요가 없다.

하지만 요즘에는, 비록 드문 일이긴 하지만, 사비나는 의사 아내의 침실에 있는 큰 거울 앞에 서서 자기 몸을 들여다보곤 한다. 혹시 배 모양이 평소와 달라 보이지는 않는지 살피기 위해서다. 속설에 따르면, 딸을 가졌을 때 배는 옆으로 넓게 퍼지면서 둥글고 부드러운 모양이 된다고 한다. 아들인 경우에는 반대로 앞으로 뾰족하게 튀어나와 공처럼 단단해진다고 한다. 얼마 전, 자신의 몸을 살피던 사비나를 욜라 부인, 즉 의사의 아내가 우연히 보게 되었다. 사비나는 당황해서 얼굴이 새빨개졌다. 그래서 얼른 거울을 닦는 척했다. "임신한 모습이 잘 어울리네." 의사의 아내기 말했다. "정말 예뻐 보여."

사비나는 안주인이 아무렇게나 벗어놓은 옷들을 조심조심 정성스레 정리한다. 의자에 걸쳐진 블라우스나 원피스를 집어

---

*　인위적으로 잔주름을 낸 저렴한 합성섬유로, 운동복, 바람막이 등의 가볍고 활동적인 의류에 많이 사용된다.

**　두껍고 질긴 혼방 면직물로, 주로 커튼이나 실내복에 쓰인다.

들 때면, 그 옷들이 마치 살아 있는 존재, 집안의 반려동물이라
도 되는 듯 부드럽게 다룬다. 그리고 그것들을 나무 옷걸이에
걸어 옷장에 가지런히 넣는다. 옷장 안에는 언제나 은은한 향이
스며 있다. 사비나는 그 향을 깊이 들이마신다. 무슨 꽃인지는
알 수 없지만, 무르익은 꽃향기다. 안주인 특유의 여성스러움이
배어 있는, 섬세하고 자극적이며 범접하기 힘든 향기. 반면에
사비나는 의사의 옷을 정리하는 건 그다지 달가워하지 않는다.
셔츠나 재킷의 원단은 부인의 드레스나 정장 못지않게 보드랍
지만, 닿기 직전, 사비나의 손은 잠시 허공에서 멈춘다. 그 순간
아주 짧게 주저한다. 망설일 이유가 없음을 그녀 자신도 잘 알
면서도. 정말 아무 이유도 없다. 그래서 사비나는 그냥 하던 일
을 계속한다. 1초도 채 안 되는 순간의 그 망설임을 어떻게 표현
하면 좋을까? 거친 남자의 뺨을 스치는 듯한 감촉일까? 각지고
투박한 손 같은 것일까? 단단한 눈썹의 윤곽? 계단을 오르내리
는 고르고 묵직한 발소리? 혹은 희미한 술 냄새?

　모든 일을 마치고 나면, 사비나는 옷장을 닫으며 미닫이문 거
울에 비친 자신의 모습을 힐끔 쳐다본다.

　바로 그때, 침실 정리가 막 끝나갈 즈음에 어린 카지아가 학
교에서 돌아온다. 현관에서 아이의 기척이 들린다. 사비나는 마
치 카지아의 엄마라도 된 듯, 어린 소녀를 맞으러 아래층으로
달려 내려간다. 그 순간만큼은 다른 모든 일을 잊는다.

　카지아가 바닥에 주저앉아 운동화 끈을 푼다. 엄마의 질문에

대답하면서 사비나에게 미소를 보낸다. 어깨까지 내려오는 카지아의 밝은 머리카락은 부드럽게 말려 멋대로 곡선을 그리고 있다. 주근깨 가득한 얼굴, 맑고 환한 눈동자, 먹기 위해서가 아니라 새처럼 지저귀기 위해 만들어진 듯한 얇고 창백한 입술, 그리고 큼지막한 이빨들. 그 모든 게 사비나에겐 왠지 애틋하게 느껴진다. 사비나는 카지아의 책가방을 받아 든다. 위층에 가져다 놓기 위해서다. 카지아 방의 청소는 그 책가방을 제자리에 놓는 일부터 시작된다. 그사이 카지아는 점심을 먹는다. 곧이어 영어 선생님과, 이웃에 사는 또래 여자아이 두 명이 찾아온다. 아래층 거실에서 수업이 시작된다. 사비나의 귓가에는 남자 목소리와 여자아이들의 재잘거림, 그리고 가끔 텔레비전 소리만이 들려온다. 뚝뚝 끊기는 낯선 대화의 파편들, 도무지 알아들을 수 없는 깊고 거센 발성. 사비나는 오직 "yes(네)"라는 단어 하나만 간신히 포착하고는, 그걸로 만족감을 느낀다.

이 시간은 사비나에게 하루 중 가장 즐거운 순간이다. 카지아의 방, 카지아의 방, 그 말의 소리조차 코겔모겔*처럼 부드럽고 할바**처럼 달콤하게 들린다. 아이의 방은 온통 분홍빛이다. 발바닥에 닿는 부드러운 양탄자는 사비나에게 경건한 마음마저 불러일으킨다. 그녀는 감히 신발을 신고 그 위를 지나갈 엄

---

* 달걀노른자와 설탕을 섞어 만든 폴란드식 달콤한 크림 디저트.
** 지중해와 중동 지역, 동유럽권에서 즐겨 먹는, 참깨나 해바라기씨로 만든 진득하고 진한 단맛의 과자.

두를 내지 못한다. 무릎을 꿇은 채 조그만 퍼즐 블록이나 과자 부스러기를 하나하나 집어낸다. 그런 다음엔 두 번, 세 번 조심스럽게 진공청소기를 돌린다. 사비나는 가끔, 마음이 약해지거나 슬픔이 밀려올 때…… 아니, 뭐라고 해야 할지 모르겠다. 사비나는 그런 감정을 말로 표현하는 것에 익숙하지 않으니까. 그럴 때면……. 아, 차라리 생각하지 않는 편이 낫겠어. 그래서 그녀는 분홍빛 양탄자 위에 몸을 눕힌다. 배가 불편하지 않게 옆으로 몸을 돌린 채 잠시 그대로 누워 있어본다. 바닥에서 올려다본 방은 더욱 안전하고, 더욱 포근하게 느껴진다. 손끝으로 이끼처럼 부드러운 분홍색 실을 만지작거리며 언제까지라도 그렇게 누워 있을 수 있을 것만 같다. 몽상에 잠기고, 몸이 점점 따뜻해지면서, 생각들이 서로 뒤섞이고 자리를 바꾸는 얕은 잠에 빠져든다. 아래층에서 "yes, yes" 하는 소녀들의 목소리가 들려온다. 사비나는 몸을 일으킨다. 해야 할 일이 남았으니까. 서둘러 소녀의 침대를 정리하고, 청결한 침구로 갈아준다. 베개를 오래도록 만지작거리며 카지아의 머리에 가장 편안하게 닿도록 푹신하게 만든다. 이불을 털어 솜이 고루 펴지게 한다. 그러고 나서 신중하면서도 즐거운 마음으로 베갯잇을 고르며 머뭇거린다. 카지아의 옷장에는 여러 종류의 침구가 있다. 우산 무늬가 있는 분홍색, 코끼리 무늬의 하늘색, 매끄러운 순백색, 얼음처럼 반짝이는 핑크빛 새틴 그리고 라일락 가지가 그려진 거슬거슬한 면.

그런 다음 사비나는 카지아의 책상을 정리한다. 색연필과 연필깎이, 삐뚤빼뚤한 글씨로 빼곡히 채워진 공책들. 사과 껍질과 사탕 포장지와 오렌지 껍질을 치우고 먼지를 닦는다. 인형들을 작은 침대와 유아차에 가지런히 눕히고, 신발 두 짝을 다 신고 있는지, 뒤쪽 단추가 제대로 잠겨 있는지도 꼼꼼히 살핀다. 이 또한 매주 금요일마다 찾아오는 또 하나의 아름다운 순간이다. 인형들의 머리카락을 정돈하고 선반에 곱게 앉히는 일. 사비나는 그런 자신을 어떻게 생각해야 할지 몰라, 그저 조용히 미소만 짓는다. 하지만 뭉툭하고 약간 부어오른 그녀의 손가락은 인형 옷의 끈이나 단추를 제대로 다루지 못한다. 바로 그럴 때마다 욜라 부인이 방에 들어온다. 뭔가를 찾는 척하지만, 사실은 사비나가 카지아의 방에서 보내는 시간이 불안한 것이다.

"사비나 말이에요, 좀 유치한 것 같아요." 어느 날 욜라 부인이 남편에게 말했다. "카지아 방에서 인형 놀이를 하는 것 같아요."

"농담하지 마." 남편이 무심하게 대답하며 덧붙였다. "헤모글로빈검사 좀 하라고 전해줘. 다음 주에 내가 봐줄 수 있다고."

욜라 부인이 말했다. "사비나한테 피임 기구라도 해주지 그래요?"

"에휴, 그럴 틈이나 있겠어? 금방 또 임신할 텐데. 초음파 보러 오라고 해."

일상에는 정해진 순서가 있다. 이제 사비나는 부엌에서 차를 마시며 과자를 먹는다. 어떤 날은 설탕 묻힌 과자를, 다른 날은 코코넛 향이 나는 과자를 먹는다. 몸에 딱 달라붙는 레깅스를 입은 욜라 부인은 조금씩만 먹는다. 늘 다이어트 중이기 때문이다. 두 사람은 드문드문, 짤막한 대화를 나눈다. 사비나가 아들들 이야기를 꺼낸다. 맏아들은 이미 기술학교에 다니고 있고, 막내는 이제 막 걷기 시작했다고. 욜라 부인은 아이들의 이름을 자꾸 헷갈리면서도 아는 척한다. 마치 다 기억하고 있다는 듯 고개를 끄덕인다. 사비나에게 남편 이야기는 묻지 않아야 한다는 것도 알고 있다. 그때마다 사비나는 거짓말을 할 테니까. 남편은 잘 지낸다고, 일하러 갔다고, 집에 커튼 봉을 달았고, 심지어 케이크도 구웠다고. 철길 옆 텃밭에서 토마토를 묶어주었고, 일요일엔 온 가족이 함께 성당에 갔고, 시외버스를 타고 근교의 저수지로 놀러 가서 아이들과 물놀이를 했다고. 술은 안 마신다고. 아니, 그런 말은 하지 않을 것이다. 술을 마시든 안 마시든, 그런 이야기는 아예 입 밖에 내지 않을 것이다. 언급되지 않은 일은 존재하지 않는 일이 된다. 이것이 바로 '이름 안 붙이기' 훈련이다. 입 밖으로 튀어나오기 전에 말을 삼켜버리는 드문 능력. 그럴 때면 욜라 부인은 사비나를 몰래 곁눈질한다. 사비나가 찻잔을 입술에 가져다 대고 있다. 그 순간 그녀의 어깨는 이상하리만치 좁고 가냘파 보인다.

차를 마시고 나면, 다림질이 기다린다. 세탁을 마치고 뻣뻣해진 옷들이 한 무더기 쌓여 있다. 행주와 수건. 침구류. 양말의 짝을 맞추고, 동그랗게 말아 공처럼 만든다. 시트도 꺼내 정리한다. 세탁 중에 떨어진 단추를 꿰매기도 한다. 다리미판이 마치 카운터처럼 경계를 그으며 놓여 있다. 사비나는 그 뒤에서 저녁 무렵의 고즈넉한 풍경을 바라본다.

어린 소녀들이 영어 선생님과 작별 인사를 나누고 위층으로 올라간다. 카지아의 두 친구 중 한 아이는 짙은 머리칼에 큰 눈을 가졌다. 다른 아이는 밝은 머리칼에 통통한 분홍빛 뺨을 지녔다. 아이들이 계단을 오르며 놀이의 규칙을 정한다. 그렇게 세상을 나누어 가진다. 오늘은 내가 블란카랑 집시 여자를 맡을게. 너는 공주랑 주잔나를 맡아. 너는 선생님이고, 나는 의사. 네가 애들을 데리고 나한테 오는 거야. 아니다, 우리 그냥 '엄마놀이'를 하자. 각자 자기 집이랑 아이들이 있는 거야. 바비큐 파티에 서로 초대하고, 튀니지로 함께 여행을 가자.

사비나는 다림질을 하면서 곁눈질로 아이들을 지켜본다. 다리미는 매끄러운 자국을 남기며, 구겨진 옷가지들을 하나씩 펴 나간다.

소녀들은 장난감들을 늘어놓고는 손으로 자신들만의 구역을 표시한다. 보이지 않는 그 선을 넘을 땐 반드시 "안녕하세요"라고 인사해야 하고, 이름 뒤에는 꼭 "부인"이라는 호칭을 붙여야 한다.

사비나는 본다. 소녀들이 인형들을 분홍빛 양탄자 위에 눕히는 모습을. 좀 전에 자신이 매어놓은 드레스 끈을 풀고 인형의 옷을 벗기는 것을. 아, 아니, 완전히 벗기는 건 아니다. 인형은 결코 벌거벗을 수 없다. 매끈하고 팽팽한 분홍빛 피부, 가느다랗고 곤충 같은 바비의 몸. 인형들은 결코 나체가 될 수 없다. 인형들에게는 안과 밖이 따로 없기 때문이다. 바로 그 점이 그들의 완벽함의 근원이다. 그들은 마치 보석 같다.

소녀들은 쉬지 않고 서로에게 말을 건넨다. 하지만 사비나는 그 애들의 이야기를 듣고 있지 않다. 아니 정확히 말하면, 그 애들의 말이 아니라 멜로디에 귀를 기울인다. 새처럼 지저귀는 듯한, 그 리듬감 있고 다정한 음률만으로도 충분하니까. 다리미의 움직임이 점점 느려지고 기계적으로 변한다. 그 밑에서 새하얀 시트가 지루해한다.

만약 사비나가 갑자기 다리미를 내려놓고 세 소녀에게 유쾌하게 달려간다면 어떻게 될까? 분홍빛 양탄자 위에 그들과 함께 앉아, 플라스틱 인형의 인공적인 다정함과 안전하지만 흉내에 불과한 모성애에 자신을 내맡긴다면? 조그만 냄비에 밥을 짓고 단추만 한 접시에 음식을 담아 내놓는다면? 그러면 과연 무슨 일이 일어날까? 세상이 무너질까? 아, 사비나는 정신을 가다듬어야 한다. 자칫하면 의사의 와이셔츠 깃을 태울 뻔했다.

다림질할 때마다 사비나는 자신만의 놀이, 순수한 게임을 한다. 아무도 그것을 눈치채지 못한다. 오직 그녀의 마음속에서만 펼쳐지는, 말로는 도무지 설명하기 힘든, 상상 속의 놀이. 그래도 한번 이야기해보자. 사비나는 자신이 양탄자 위에 누워 있는 인형이라고 상상한다. 이미 그 양탄자 위에 누운 느낌을 알

기에, 등 아래로 느껴지는 부드러우면서도 탄탄한 분홍색 감촉
을 떠올리는 건 어렵지 않다. 그녀는 그 양탄자의 냄새도 익히
알고 있으므로, 그 인공적인 향기조차 생생히 느낄 수 있다. 또
한 양탄자에 누워 위를 올려다보면 무엇이 보이는지 알기에, 갑
자기 거대해진 의자와 책상 다리들, 옷장 아래 놓인 상자들로
이루어진 세계를 선명히 떠올릴 수 있다. 사비나는 자신을 향해
몸을 숙인 소녀들의 매끈한 얼굴을 바라보고, 그들의 재잘거림
을 듣는다. 대화라기보다는 대화의 조각들, 살짝 나무라는 듯한
탄성, 스웨이드처럼 부드러운 한숨, 입술 사이로 흘러나오는 숨
결의 사과 향기. 그녀는 무엇보다 소녀들의 손길을 느낀다. 어
리고 여린 손, 가느다란 손가락들의 스침, 새의 발자국처럼 가
볍고 족제비의 발걸음처럼 날랜 그 감촉을. 그들의 손길이 그
녀의 앞치마 단추를 채웠다 풀고, 그녀의 목덜미에 리본을 묶는
다. 그때 사비나는 느낀다. 온 세상이 작아지고 또 작아지는 것
을. 모든 것이 약속이라도 한 듯 불안정해지고, 고장 난 수도꼭
지에서 물이 졸졸 새듯 흐르며, 형태를 바꿔가면서 나타났다 사
라진다. 아무 일도 일어나지 않지만, 모든 일이 일어날 수도 있
는 상태. 이것이 아마 행복이 아닐까.

숲처럼 뒤엉킨 수많은 작은 손길들 아래에서, 사비나는 문득
자신의 몸을 느낀다. 자기 몸이 마치 세계지도 같다고 생각한
다. 강이 흐르고, 호수가 있고, 산맥이 솟아 있다. 영양과 코끼리
떼가 그 위를 지나간다. 그녀는 사막의 열기와 세상의 극점에서

불어오는 얼어붙은 바람을 동시에 체감한다. 그녀의 피부가 깨어난다—기분 좋은 떨림으로 응답한다. 다리미를 쥔 손이 느슨해지고, 힘이 빠진다. (그녀는 다리미를 안전한 곳에 내려놓는다.) 이마 위 머리카락이 뻣뻣해지는 듯한 기분이 든다. 아무튼 그녀는 분명히 느낀다. 머리카락을 느낄 수 있다는 사실이 그저 놀랍고 신기하다. 세 소녀의 손이 인형에게 옷을 입힌다.

다림질은 일과의 마지막 순서다. 마침 라디오에서 뉴스의 시작을 알리는 짧은 멜로디가 흘러나온다. M 부부 가족이 저녁 식사를 할 시간이다. 초인종이 울린다. 이웃집 소녀들을 데리러 엄마들이 찾아왔다. 여자들이 문가에서 잠시 이야기를 나눈다.

사비나는 운동복 주머니에 돈을 넣고 비닐봉지를 챙긴다. 이제 마트에 들러 장을 볼 차례다. 토요일 점심거리로 닭고기, 마가린, 빵 몇 덩이를 사야 한다. "아휴, 우리 애들이 빵을 얼마나 먹어대는지 몰라요." 그녀가 문가에서 욜라 부인에게 웃으며 말한다. 자갈 깔린 진입로 위에서 그녀의 발소리가 덜그럭거린다.

"사비나!" 욜라 부인이 그녀를 부른다. 사비나가 멈춰 선다. "사비나, 있잖아요……." 그녀가 잠시 머뭇거리다 말을 잇는다. "배가 더 부르면, 곧 일을 할 수 없게 될 거예요." (사비나가 이마를 찌푸린다.) "남편이랑 얘기해봤는데요……. 당신이 소원을 하나 말해주었으면 해요. 꼭 크리스마스 소원이 아니어도 괜찮아요. 우리가 들어줄게요. 그냥 뭐든, 당신이 갖고 싶은 걸 말해봐요. 실현 가능한 걸로요." 욜라 부인이 마지막 문장을 재빨리 덧붙인다.

사비나는 무슨 말인지 이해하지 못한다. 그래서 고개를 갸웃거리며 의아한 눈빛으로 욜라 부인을 바라본다.

"당신이 정말 갖고 싶은 게 있을 거 아녜요. 당신 남편이나 아이들을 위한 거 말고, 오직 당신 자신을 위한 그런 거요." 욜라 부인이 설명하자 사비나는 웃으며 얼굴을 붉힌다. 다행히 이미 어둑어둑해서 아무도 그것을 보지 못한다. 그녀의 얼굴은 잘 익은 비트처럼 붉게 달아올라 있다.

그날 저녁에 무슨 일이 있었는지는 말하지 않겠다. 그저 저녁 식사를 서둘러 먹고 나서 팬케이크를 구운 프라이팬을 닦고, 아들들의 책가방 속에 샌드위치가 남아 있지 않은지 살펴보았다고만 언급하겠다. 아이들이 바닥에서 뒤엉켜 논다. 포크를 총 삼아 서로에게 쏘아댄다. 체크무늬 비닐 식탁보가 덮인 식탁 위에는 우유가 엎질러져 있다. 그 정도면 충분하다.

한 주가 지난 뒤, 사비나는 새로 산 임부복을 입고 나타난다. 산뜻하고 향기롭다. 붉게 염색한 머리를 느슨하게 틀어 올렸다. 욜라 부인이 어딘가 과장된 태도로 문을 열어준다. 사비나의 달라진 모습에 놀란 듯하다. 그녀에게 오렌지 주스를 따라주며 묻는다. "자, 그래서? 소원은 뭔가요?" 하지만 사비나는 얼버무린다. 나중에, 청소를 마치고 나서 말하겠다고 한다. 그때 M 박사가 문간에 나타난다. 그의 손에는 작은 유리잔이 들려 있다.

"우린 벌써 알아요. 남자애인지, 여자애인지." 사비나가 음식물 찌꺼기가 묻은 그릇을 식기세척기에 넣고 있을 때 욜라 부인이 장난스럽게 말을 건넨다. "난 당신이 궁금해하지 않는 게 이상해요. 나 같으면 당장 알고 싶을 텐데." 욜라 부인이 말을 이어가며, 카지아를 임신했을 때의 이야기를 꺼낸다. 사비나는 그 이야기를 이미 알고 있다. 모든 여자는 결국 언젠가는 자신의 임신과 출산에 관한 이야기를 서로 나누게 된다. 원래 그런 법이다.

사비나는 욕실을 청소한다. 마침내 욜라 부인이 사라지고 그녀의 목소리가 집 안의 넓은 공간 속에서 잦아들자, 사비나는 두 팔을 들어 자신의 겨드랑이 냄새를 맡아본다. 그리고 거울에 비친 자신의 얼굴을 바라보며 부드러운 화장지로 번들거리는 이마를 닦아낸다. 오늘은 평소처럼 매 순간을 음미하지 않는다. 서두르느라 생각할 틈도 없다. 언제 욕조를 닦았는지도 모를 정도다. 카지아의 방도 평소처럼 다정하게 정리하지만, 오늘은 어쩐지 자신을 위해 그 방을 꾸미는 듯한 기분이 든다. 마치 보이지 않는 분홍빛 침구로 자신의 몸을 감싸는 기분이다. 다림질도 술술 풀린다. 싹싹, 쓱쓱. 사비나는 콧노래를 흥얼거리며 의사의 와이셔츠에 물을 뿌린다. "치지직!" 소리를 내며 와이셔츠의 깃이 몸을 비튼다.

결국 사비나는 모든 일을 자신이 계획한 대로 끝마친다. 소녀들은 계단에서 다시 한번 역할을 나누며 세상의 규칙을 정한다. 사비나는 위에서 아이들의 정수리를 내려다본다. 천사들, 메추라기들, 개암나무에 돋아난 봄의 새순들, 하얀 솜털이 보송보송한 포플러 씨앗들.

비로소 사비나는 부엌으로 내려간다. 욜라 부인이 담배를 피우며 잡지를 읽고 있다. 마치 사비나를 기다린 것처럼. 선량한 요정 같은 모습이다. 곧 그녀의 남편이 나타난다. "어때요? 이제 때가 됐어요?" 욜라 부인이 묻는다. 그러자 사비나가 입을 연다. 용감하게 소원을 말한다. 점점 자신감이 차오르면서, 어느 순간 키 크고 건장한 여인으로 거듭난다. '아, 쥐들…….' 욜라 부인이 속으로 생각한다. '임산부의 청을 거절하면 쥐들이 음식을 다 먹어치운다'라는 속담을 떠올린다. 그러므로 임신한 여자에게 거절은 금물이다. 음식이란 음식은 모조리 쥐들이 갉아 먹을 테니까.

사비나의 소원. 그녀는 소녀들과 함께 놀고 싶다. 인형이 되어 양탄자 위에 눕고 싶다. 아이들이 자신의 머리를 빗겨주고 손끝으로 어루만져주길. 엉킨 머리카락을 천천히 풀어주길, 목에 스카프와 끈을 묶어주길, 옷을 입혀주고 벗겨주길(그걸 위해 일부러 스웨터를 가져왔다), 그녀의 손을 쓰다듬고, 배에 귀를 대고, 그 안에서 들려오는 숨소리에 귀 기울여주길 바란다. "이번에도 분명 아들일 거예요." 사비나가 M 박사에게 말한다. 사비나는 소녀들의 애정 어린 손길을 원한다. 멀리서가 아니라 바로 귓가에서 그들의 재잘거림을 듣고 싶다. 그들의 인형이 되고 싶다, 크고 따뜻하고 배가 불룩한, 그들의 바비 인형. 비록 그런 인형은 어느 장난감 가게에도 존재하지 않지만. 그리고 그 이상을 원한다. 사비나는 어렴풋이 느낀다. 이미 어딘가에서 그런 순간을 겪은 적이 한 번 있다고. 말로 표현하긴 힘들지만, 자신이 한때 작고 무력한 사물이었다는 느낌이 든다. 그리고 다시 살아가기 위해서는 그러한 상태를 되풀이해야 한다고 느낀다. 마치 성당에서 영성체를 모시듯이. 한 번으로는 구원이 보장되지 않으니까. 강해지려면, 자신의 가장 약한 곳으로 미끄러져 들어가야 한다. 그래서 그녀는 분홍빛 양탄자 위에 누워 가구들을 아래에서 올려다보고 싶다. 소파와 책상 밑을 들여다보고, 사물들이 하늘만큼 커지도록 내버려두고 싶다. 사람들의 모습은 슬리퍼를 신은 두 다리로만 남고, 그들이 무슨 말을 하는지 이해하지 못하는 그 자리로 돌아가고 싶다. 그리고 마지막으로 아무도 이 소원을 이상하게 여기지 않기를 간절히 바란다. 아무도 비웃지 않기를. 혹시라도 이 소원이 문제가 된다면, 얼른 잊어버리고 대신 데오드란트나 새로 나온 두꺼운 스타킹, 은반지, 아니면 인도풍 가게에서 파는 원피스 따위를 바라면 그만이다.

M 박사가 손에 유리잔을 든 채 피식 웃음을 터뜨린다. 욜라 부인은 성난 기색으로 그에게 조용히 하라고 다그친다. 그러고는 엄숙하고 진지한 표정으로 사비나를 오랫동안 쳐다본다. 살

짝 당겨진 그녀의 입술이 떨리는 것처럼 보인다. 욜라 부인은 말없이 사비나의 손을 잡고 그녀를 위층으로 이끈다. 그제야 사비나의 얼굴이 붉어진다. 작약처럼, 장미처럼, 양귀비처럼, 붉은 와인처럼, 자신의 혀처럼, 그리고 자신의 몸속처럼.

† 종말 연습

Próba generalna

라디오에서 흘러나온 마지막 방송은 창문을 틀어막으라는 지시였다. 그 말을 끝으로 라디오는 침묵했다. 그런데도 그는 라디오를 부엌으로 가져와 안테나를 끝까지 뽑아 올렸고, 희망을 버리지 못한 채 주파수 다이얼을 이리저리 돌렸다. 그러다 보면 어딘가 멀리 있는 그 방송국의 신호가 잡히기도 했다. 줄무늬 스피커에서 새어 나오는 목소리는 지지직거리는 잡음과 쇳소리를 뚫고 낯선 언어로 무어라 말했다. 하지만 둘 다 한마디도 알아듣지 못했다. 그러다 목소리는 사그라졌고, 조금 뒤 되살아났지만, 점점 희미해지다가 결국 다시 잦아들고 말았다.

"꼭 계엄령 때 같군." 그가 혼잣말로 중얼거렸다.

"라디오 좀 그만 만져, 바보 같으니." 그녀가 말했다. "창문을 막으랬잖아, 못 들었어? 이런 순간에도 당신은 쓸모가 없네. 집 안을 어슬렁대는 꼴이 꼭 약 먹은 파리 같아. 당신이랑 있으면

골치가 아프다고."

그녀는 의자 위에 올라가 낡은 담요 끝을 베란다 문틈 사이로 밀어 넣었다. 하지만 담요는 계속 미끄러지며 바닥에 떨어졌다. 밖에서 갈색 불빛이 스며들었다. 마치 하수처럼 탁하고 불쾌해 보이는 불빛이었다.

"망치 좀 갖다줘, 거기 멀뚱멀뚱 서 있지만 말고. 내 팔 저린 거 안 보여?"

"입 좀 다물지 그래." 그가 웅얼거리며 현관 쪽으로 갔다. 그러고는 전화기 아래 수납장에서 공구 상자를 꺼내 망치를 찾았다.

"서둘러. 이러고 계속 서 있을 순 없잖아!" 그녀가 소리쳤다.

그가 망치 끝으로 그녀의 팔을 툭 건드렸다. 마치 그녀가 다루기 힘든 덩치 큰 짐승이라도 되는 양. 그러고는 비키라고 말했다. 그녀는 그가 서툰 손놀림으로 문틀에 작은 못을 박고 담요를 고정하는 모습을 지켜보았다. 그는 자신의 행동을 하나하나 살피는 그녀의 냉랭하고 비판적인 시선을 의식했다.

"대피소에 대해 무슨 얘기를 했어. 내가 알아들은 건 그게 전부야." 그가 못 하나를 입에 문 채 중얼거렸다. 그녀의 시선을 자신의 서투른 손놀림에서 돌리려는 의도였다.

"그건 나도 들었어. 근데 무슨 대피소? 여기 그런 게 어딨어? 미친 거 아냐?"

"스위스에는 건물마다 대피소가 있대. 그러니 일이 터지면 살아남는 건 스위스 사람뿐일 거야. 방주를 만든 노아도 결국 스위스인일 거라고. 상상이 가? 스위스인들로만 채워진 새로운 세상. 은행과 치즈, 시계가 그득하겠지. 그리고 어쩌다 밀카 초콜릿* 정도?”

그가 킬킬거리며 의자에서 내려왔다. 그런 그를 그녀가 경멸스럽게 쳐다보았다.

“당신은 정말 구제 불능이야. 성장이 멈춰버린 어린애 같아. 다른 남자들처럼.”

그는 아무 대꾸도 하지 않고, 전화기가 놓인 선반 쪽으로 다가가 수화기를 들었다.

“연결이 끊겼어.”

말은 그렇게 했지만 실은 뭔가를 들은 것 같았다. 수많은 목소리가 뒤엉켜, 마치 커다란 대합실을 채우는 웅성거림처럼 그의 귀에 한꺼번에 흘러들었다. 어떤 목소리는 다급했고, 어떤 목소리는 나른한 어조로 단조로운 이야기를 처음부터 끝까지 읊조리고 있었다. 그래, 심지어 아기 울음소리도, 멀리서 들려오는 개 짖는 소리도 섞여 있었다. 그는 수화기를 의아하게 바라보았다. 마치 거기서 무슨 해답이라도 찾을 수 있을 것처럼. 텔레비전 화면 같은 환상. 전화기 속 텔레비전. 그가 또다시 피식 웃었다. 그의 어리둥절한 표정을 눈치챈 그녀는 그에게 다가와 수화기를 빼앗더니 자신의 귀에 가져다 댔다.

---

* 1901년부터 스위스에서 생산되고 있는 초콜릿 브랜드. 보라색 포장지와 부드러운 우유 맛으로 유명하다.

"잡음뿐이잖아." 그녀가 말했다.

둘은 인조가죽으로 만든 낡은 안락의자에 나란히 앉았다. 그는 그녀가 울음을 터뜨릴까 봐, 혹시라도 딸 이야기를 다시 꺼낼까 봐 조마조마했다. 딸은 어제, 이 모든 일이 벌어지기 전에 멀쩡한 상태로 버스를 타고 바르샤바로 떠났다. 하늘이 아직 갈색으로 물들기 전, 사람들이 서로를 붙잡고 경고 방송 들었냐고 말하며 황급히 집으로 돌아가기 전이었다. 그들은 옷깃을 세운 채 비를 피해 달음질쳤다.

"계엄령 때 같아." 그가 혼잣말하듯 조용히 말했다. 살면서 한 번도 전쟁을 겪어보지 못한 게 문득 아쉽게 느껴졌다. (제2차 세계대전 때는 너무 어렸기에 아무것도 기억나지 않았다.) 큰 재난도 겪어보지 못했다. 물난리가 한 번 나긴 했지만, 아무래도 그건 전쟁과는 차원이 달랐다. 그가 기억하는 건, 그저 '전쟁 흉내'였다.

"뭐라고 했어?"

"아무것도 아냐."

"아니, 분명 뭐라고 했잖아."

"계엄령 때 같다고 했어. 그리고…… 평생 전쟁을 겪어보지 못한 게 아쉽다고 했어. 전쟁을 한 번이라도 경험해봤더라면 내가 좀 더 강해졌을지도 모르잖아."

그녀가 고개를 치켜들자 그녀의 목이 보였다. 하얗고 통통한 그 목에 새겨진 가느다란 목주름 사이에 윤기가 번들거려, 마치 얇은 목걸이를 찬 것 같았다. 그는 그 익숙한 몸짓을 알아챘다. 이제 곧 그녀는 이렇게 말할 것이다—웃기고들 있네.

"웃기고들 있네." 그녀가 정확히 그렇게 말했다. "전쟁을 원한다고? 봐, 내 말이 틀리지 않았잖아. 당신은 유치해. 한 번도 성숙한 인간이 되어본 적이 없지. 너희 남자들은 평생 철이 안 드니까. 늙으면 거기에 알츠하이머병까지 보태지잖아. 그렇게 인간이라는 슬픈 풍자화가 완성되는 거지."

그녀는 잠시 말을 멈췄다. 침묵 속에 묘한 만족감이 깃들어 있었다. 마치 은밀한 행위를 끝낸 뒤처럼. 그의 가슴에 혐오감이 파도처럼 밀려왔다.

잠시 후 그녀가 다시 입을 열었다. 울음 섞인 그녀의 목소리는 마치 우물 깊숙한 곳에서 울려 나오는 듯했다.

"대체 딸아이 생각은 왜 안 하는 거야? 세상에, 그 애는 왜 하필 지금 떠난 걸까? 우린 왜 그 애를 보내줬을까? 어쩌면 지금 어딘가 도랑에 쓰러져 있을지도 몰라. 다친 채로, 아니면 벌써……."

"이제 어린애도 아니잖아……." 그는 솟구쳐 오르는 그녀의 히스테리를 가라앉히려 애썼다.

그녀가 꼭 위험하면서도 어리석은 동물 같았다. 그는 지금 자신이 무엇을 해야 하는지 잘 알고 있었다. 그는 담배에 불을 붙였다.

"꼭 지금 피워야 해? 지금 숨 쉬기도 힘든 거 안 보여? 당신 정말 멍청한 거야?" 그녀가 고함을 질렀다.

그는 담배를 껐다가, 자기 방으로 들어가서 다시 불을 붙였다. 그러고는 작은 소파에 앉아 창문을 가린 담요를 매만져 정리한 뒤, 두 개의 어항으로 시선을 옮겼다. 하나에는 에인절피시*들이, 다른 하나에는 거피**들이 들어 있었다. 물고기들은 모두 죽어 있었다. 에인절피시들은 빛을 잃고 창백해진 상태로 수면 바로 밑에 떠 있었고, 거피들은 배를 위로 향한 채 물 위쪽으로 떠오르고 있었다.

"홀로코스트." 그가 혼잣말하듯 중얼거렸다.

그러고는 담배 연기를 깊이 들이마셨다. 그녀에게 물고기 이야기는 하지 않기로 했다. 그 결심은 이상하게도 그에게 만족감을 안겨주었다.

그녀의 목소리가 다른 방에서 들려왔다.

"그 일은 어제 정오쯤에 일어났잖아. 사방이 온통 어두워진 거 말이야. 개는 아침 일찍 떠났으니까, 어쩌면 어딘가 안전한 곳에 도착했을지도 몰라. 아니면 승객들을 전부 버스에서 내리게 한 뒤 대피시켰을 수도 있어. 기차역마다 방공호가 있다잖아. 브로츠와프 역사(驛舍) 밑에도 큰 방공호가 있대. 들어봤지? 오, 세상에, 우리가 이걸 버텨낼 수 있을까. 신이시여, 우린 곧 죽을 거야. 만약 이게 방사능이라면 우린 살아남을 수 없겠지. 아

---

*   납작한 몸과 긴 지느러미가 특징인 열대어로, 관상용으로 인기 있는 민물고기다.

**   번식력이 강하고 색깔이 다양한 작은 열대어. 가정에서 흔히 관상용으로 기른다.

무도 살아남지 못할 거야."

그녀의 목소리가 점점 흐느낌으로 변해가는 게 들렸다.

"그만해!" 그는 그녀를 향해 소리치고는 담배를 껐다.

그는 그녀의 얼굴을 제대로 보려고 몸을 기울였다. 그녀는 겨우 진정한 듯했다. 손바닥으로 입을 막고 있었다. 눈물 한 방울이 그 손 위에서 멈추더니, 살갗 속으로 스며들었다. 그녀는 손끝으로 슬며시 눈가를 훔쳤다. 그 몸짓에 순간 그의 마음이 흔들렸다. 그는 그녀가 이렇게 갑자기 나약해질 때가 좋았다. 그는 어제 자 〈비보르차〉***를 집어 들고는 바로 옆에 놓인 안락의자에 앉았다. 신문 기사 제목을 훑으며, 어딘가에 '재앙의 조짐'이 숨어 있지 않을까 찾아보았다. 하지만 그가 발견한 거라고는 기준 금리 변동과 선거 결과 예측에 관한 내용뿐이었다.

"이런 때 신문을 읽는다고? 당신 정말 아무 감정도 없는 거야?" 그녀가 물었다.

그녀의 목소리에 다시 히스테리가 실렸다.

"그만 좀 해, 이 여편네야."

"당신 알츠하이머병 걸렸지?"

"그럼 당신은 광우병이겠네."

그녀는 팔짱을 끼고 그에게서 몸을 돌렸다. 그는 이미 신문의 1면을 외우다시피 했고, 이제 막 두 번째 면을 읽기 시작했다.

*** 1989년 폴란드 민주화 이후 창간된 대표적인 일간지로, 자유주의적 논조로 잘 알려져 있다.

첫 기사는 유명한 피아니스트의 사망 소식이었고, 다음은 아카데미상 수상 결과였다. 그리고 한 여인의 부고. 두 개의 성(姓)을 가진 여자였다. 그는 곁눈질로 그녀를 훔쳐보았다. 그녀는 일어나서 창가로 다가가고 있었다. 살짝 말려 올라간 치맛자락, 성글어진 머리카락과 휑한 뒤통수가 눈에 들어왔다.

"도대체 그게 뭐였을지 궁금해. 무슨 일이 일어난 걸까? 어제 라디오에서 한 말 알아들었어?" 그녀가 물었다.

그는 시선을 아래로 내려 신문 속 부고란에 고정했다.

"재앙이나 전쟁, 혹은 혜성일 수도 있지. 빌어먹을, 누가 알겠어."

"있잖아, 생각해봤는데…… 우린 정말…… 그러니까 진짜 끔찍한 일은 한 번도 겪어본 적이 없더라. 전쟁도 없었고……."

"계엄령은 있었잖아……. 그리고 68 사태*…… 70 사태**도 있었고……."

"그 정도로는 비교도 안 되지."

그는 대답하지 않았다. 대신 물고기를 떠올리며, 그녀에게 말하지 않겠다고 다짐했다. 어쨌든 그건 그의 물고기들이니까. 어항에서 건져서 변기에 버려야지.

---

* 1968년, 폴란드 공산주의 정권의 검열에 항의하는 학생 시위에서 촉발된 정치·사회적 혼란. 이후 유대인과 지식인에 대한 탄압이 이어졌다.

** 1970년, 폴란드 정부의 식료품 가격 인상에 반발하여 일어난 대규모 노동자 파업. 정부가 이들을 유혈 진압하면서 결국 공산당 지도부가 교체되었다.

"복도에서는 뭐라고들 해?" 그녀가 다시 물었다.

"아무도 아는 게 없어. 아래층 남자 말로는 무슨 무기를 썼다나 뭐라나."

그녀의 얼굴이 굳었다. 입가에 깊게 팬 주름 탓에 마치 물에 부풀어 오른 익사자의 얼굴 같았다. 그는 다시 물고기를 떠올렸다. 그녀에게 말하지 않겠다고 다시금 생각했다.

"무기라고? 누가?"

"러시아 놈들이겠지. 아니면 또 체르노빌***일지도 몰라."

물고기들.

"우리 그냥…… 그 사람들한테 가서 같이 있을까?"

물고기들.

"누구 말이야?"

"아래층에 사는 부부."

그는 그들의 이름을 떠올리려 애썼다. 자신들과 비슷한 또래의 부부였다. 남자는 무뚝뚝했고, 여자는 외모가 제법 괜찮았다. 그는 이제 증권 관련 뉴스를 훑고 있었고 별로 자리를 뜨고 싶지 않았다

"우리 그 사람들 이름도 모르잖아."

"그게 뭐가 중요해? 이름 따위 알아서 뭐 한다고. 정말 우스워, 당신."

*** 1986년 우크라이나 체르노빌 원자력발전소에서 발생한 폭발 사고를 가리킨다. 대량의 방사능이 누출되어 유럽 전역에 영향을 미친 대규모 핵 재난이었다.

물고기들. 그녀에겐 말하지 않으리라.

"그 사람들이랑 대체 무슨 얘길 하겠다는 거야? 이미 뻔하잖아. 다 끝난 거라고. 누군가가 결국 참지 못하고 버튼을 눌렀겠지. 신사 숙녀 여러분, 이제 세상의 종말입니다."

"그래도…… 그 사람들은 혹시 뭐라도 좀 알지 않을까……." 그녀의 목소리엔 가녀린 희망이 섞여 있었다. "난 그 사람들 얼굴 정도만 알아. 남자는 제법 준수하게 생겼고, 여자는 좀 예민해 보이던데."

"그럼 당신이나 가봐."

둘 중 누구도 자리에서 움직이지 않았다. 순간 그는 생각했다. 담요로 가려놓은 창문만 아니라면, 모든 게 평소와 다름없었을 것이다. 하지만 아니다. 무언가 달라졌다. 무언가가 없었다. 무언가가 잘못되었다. 그가 불안하게 몸을 움직였다. 예전보다 어두웠다. 스탠드의 불빛이 어둠을 뚫지 못했다. 그게 문제일까? 에인절피시들이 죽어서? 전화기에서 들린 그 목소리들 때문일까? 그리고 갑자기, 아주 잠시, 공포가 그를 덮쳤다. 심장이 덜컥 내려앉는 듯한, 짧고도 예리한 공포. 그는 신문 속 주식 그래프를 보았다. 그래프가 곤두박질치고 있었다. 그와 주가, 모든 게 함께 내려앉고 있었다. 그때 그녀가 기침을 했다. 그제야 그는 안도하며 깨달았다. 아, 텔레비전 때문이었구나. 텔레비전이 꺼져 있어서 그랬던 거야. 바로 그게 뭔가 이상했던 이유였어. 그는 의자에서 벌떡 일어나 텔레비전을 켰다. 하지만 화면엔 하얀 점들만이 눈보라 치듯 일렁거렸다. 아무것도 나오지 않았다. 리모컨을 눌러 채널을 돌려봤지만 어디든 똑같았다. 그는 소리를 줄였다. 지지직거리는 잡음이 잦아들자 마음도 조금씩 진정되었다.

"왜 틀었어? 어제부터 아무것도 안 나오는데? 이미 확인했잖아. 근데 왜?"

그는 대답하지 않았다. 제자리로 돌아가 앉았다. 공포가 화면의 은빛 깜빡임 속에서 서서히 녹아 흩어졌다.

"물고기 말이야. 내 물고기들이 죽었어." 그가 말했다.

"잘됐네. 걔네가 먼저, 그다음은 우리 차례겠지."

그는 알았다. 그녀가 진심으로 기뻐하고 있다는 사실을.

"배고파."

그녀가 믿기지 않는 듯, 증오에 찬 눈으로 그를 바라봤다.

"이런 순간에 배가 고프다고? 도대체 지금 같은 상황에 어떻게 식욕이 생길 수 있지? 당신 어떻게 된 거 아냐? 당신은 화초야. 완전 화초나 다름없어. 이 알츠하이머병 환자 양반아."

"그럼 당신은 소겠네."

그는 자리에서 일어나 부엌으로 갔다. 냉장고에서 오이를 꺼내고, 빵을 썰기 시작했다. 그러다 칼을 든 손을 멈추고는 갑자기 싱크대 서랍 아래 칸을 뒤지기 시작했다. 한참 뒤 그의 손에는 스카우트 시절에 쓰던, 손잡이에 금이 간 캠핑용 나이프가 들려 있었다. 그 낡은 주머니칼을 바라보던 그는 문득 마음 한 구석이 저릿해졌다. 칼날은 무뎠지만 그래도 간신히 빵 두 조각을 잘라냈고, 오이와 함께 접시에 담았다. 그리고 그것을 들고 거실로 돌아왔다.

"이제 빵도 얼마 안 남았어. 다 먹어치우면 안 돼……. 결국엔 밖에 나갔다 올 수밖에 없겠는데. 가게에라도." 그녀가 눈발이 흩날리는 텔레비전 화면에 시선을 고정한 채 중얼거렸다.

그는 잠시 접시를 내려다보다가 빵과 오이를 잘게 잘랐다. 그리고 그녀의 몫을 접시에 덜어 손에 쥐여주었다. 그녀는 순순히 접시를 받아 들었다. 부부는 천천히 빵 조각을 씹기 시작했다. 그때 어딘가 먼 곳에서 사이렌이 울렸다. 그녀가 일어나 창가로 다가가서는 낡은 담요를 살그머니 젖히고 밖을 내다보았다. 그녀의 머리 위, 아파트 건물들 사이로 갈색빛 하늘이 가느다란 띠처럼 보였다.

"아무것도 안 보여." 그녀가 유리창을 향해 말하는 순간, 그는 재빨리 그녀의 접시에서 오이 몇 조각을 슬쩍 집어 왔다.

그들은 말없이 식사를 했다. 그녀는 마치 뭘 먹든 상관없다는 듯, 무심하게 씹고 삼켰다. 그게 그를 짜증 나게 했다. 그는 포크 끝에 빵 조각을 꽂아 입에 넣고는 천천히 꼭꼭 씹어 먹었다. 오래전 여름의 스카우트 캠프가 떠올랐다. 그때 먹은 오이와 빵 한 조각이, 그 어떤 고급 레스토랑의 정찬보다 맛있었다.

"배고픔이야말로 최고의 요리사지." 그가 입에 음식을 가득 문 채 중얼거렸다.

"내 생각엔, 그 애는 벌써 도착했을 거야. 운이 조금만 따라주었다면 아무 탈 없이 잘 갔을 테고, 지금쯤 분명 약혼자의 집에 있겠지. 아니면 둘이 방공호 같은 데 있을 거야. 바르샤바엔 전쟁 때 만들어둔 대피소가 많잖아. 그러니 분명 안전할 거야. 틀림없다니까."

그가 고개를 끄덕였다.

"차라리 이런 꼴을 보기 전에 죽는 게 나았을지도 몰라. 이제 사람들이 파리처럼 쓰러지기 시작하면 그 시체들을 누가 다 묻겠어?"

"그러게."

"그러게? 그게 다야?"

"응."

"맨날 신문 읽고, 텔레비전 보고, 그러면서 아무것도 몰랐단 말이야? 불길한 징조를 전혀 눈치채지 못했어? 어쩌면 다른 사람들은 알고 있었을지도 몰라. 우리만 몰랐던 걸지도. 그들은 대비할 시간이라도 있었을 텐데. 근데 당신은 그 멍청한 신문을 매일같이 들여다보면서도 아무것도 몰랐잖아. 당신은 정말 바보야."

그녀는 한숨을 쉬면서 빈 접시를 내려놓았다. 그리고 침을 묻혀 젖은 손끝으로 남은 빵 부스러기를 찍어 모았다.

"이제부터는 음식을 아껴야 해." 그녀가 변명하듯 덧붙였다.

그는 그녀의 움직임을 눈으로 좇았다. 그녀는 식탁 뒤로 몸을 밀어 넣은 채 킬림*과 시골 풍경화들이 줄줄이 걸려 있는 벽을 더듬고 있었다. 마침내 아무것도 걸려 있지 않은 벽면을 찾은 그녀는 그 앞에 무릎을 꿇고 두 손을 모았다.

"지금 뭐 하는 거야?" 그가 빈정거리는 듯한 미소를 지으며 물었다. 이미 그녀가 뭘 하려는지 알고 있었기 때문이다.

"닥쳐." 그녀는 눈을 감고 기도를 시작했다. "하느님의 천사여, 나의 수호자여, 언제나 제 곁에 계시리니, 아침에도 저녁에도, 낮에도 밤에도 언제나 저를 도우소서……."

"미친 여편네." 그는 혼잣말로 중얼거리며 접시들을 부엌으로 가져갔다. 잠시 접시를 씻을까 말까 망설였다. 스카우트 캠프에서 물이 없어 냄비를 모래로 닦던 기억이 떠올랐다.

"……내 영혼과 육신을 지켜주시고, 영원한 생명으로 이끌어주소서. 아멘."

그녀는 일어나서 무릎을 털었다. 그러고는 텔레비전 리모컨을 집어 들더니, 채널 몇 개를 돌려보았다. 화면마다 새하얀 눈발이 날리며 지지직거렸다. 그가 문간에 서서 물었다.

"지금 이 어둠 속에서 토마토가 어떻게 보이는지 알아?"

"어떻게 보이는데?"

"이상하게 보여. 어제 텃밭에 갔을 때만 해도 밖에 나가면 안 된다는 걸 몰랐거든. 그래서 그냥 멀뚱히 보고만 있었지."

---

* 튀르키예와 동유럽 지역에서 바닥 깔개나 벽걸이로 쓰는 직물. 폴란드에서는 장식용 태피스트리처럼 벽에 걸어두는 경우가 많다.

그는 입가에 미소를 띤 채 잠시 생각에 잠겼다.

"그래서 어땠는데?" 그녀가 자신의 안락의자로 돌아와 앉으며 물었다.

"정말 아름답더라……. 기묘한 빛을 내뿜고 있었어. 마치 토마토 넝쿨이 스스로 빛나는 것처럼 말이야. 줄기마다 붉은 열매가 주렁주렁 달려 있는데, 먹을 수 없다는 게 안타까웠어."

"그럼 좀 따 오지 그랬어. 어제까지는 아직 오염되지 않았을 수도 있잖아." 그녀가 담담하게 말했다.

"맞아, 그랬으면 지금 우리 집이 토마토 덕분에 훤했을 텐데. 근데 말이야, 만약 그걸 먹으면…… 우리 뱃속에서도 빛이 날까? 상상해봐. 우리 둘이 걸어 다니는데, 옷 속에서 빛이 새어 나오는 거야. 온몸이 반짝이고, 배가 환한 빛을 내뿜고…… 그러다 나중엔 화장실에서……."

둘은 웃음을 터뜨렸다. 그는 눈물이 날 정도로 박장대소하며 소매로 눈가를 훔쳤다. 그러고도 웃음은 몇 번이나 경련처럼 다시 터져 나왔다. 그러다 둘 다 지쳐서 결국 각자 안락의자에 몸을 기댔다.

"저 담요들이 과연 얼마나 도움이 될까? 그냥 낡은 담요일 뿐인데……." 그가 잠시 후 물었다.

"다들 창문에 담요를 걸어놨어. 저쪽 동도 그래. 어떤 도시엔 방공호가 있다던데. 혹시 들어본 적 있어?"

그가 천장을 올려다보며 의미심장하게 말했다.

"그 얘긴 벌써 했잖아."

"그럼 우리가 안 한 얘기가 뭐가 있지?"

"없어."

"있잖아, 제일 맘 아픈 게 뭔지 알아?" 그가 갑자기 물었다. "그 애와 작별 인사도 못 했다는 거야. 이제 다시는…… 볼 수 없을지도 모르잖아."

그녀가 울음을 터뜨렸다. 숨을 들이마시며 흐느꼈고, 울음소리는 갈수록 커졌다. 의자에 걸터앉은 채 몸을 반쯤 구부린 그녀는 금방이라도 바닥으로 미끄러져 내릴 것 같았다.

"그만해." 그가 말했다. 이런 반응은 예상하지 못했다.

"당신이나 그만해." 그녀가 흐느끼며 내뱉었다.

"당신은 그 애한테 늘 못되게 굴었잖아. 둘이 맨날 싸우고. 그것 말고는 할 일이 없다는 듯이."

"그래, 당신은 개한테 늘 잘했지. 당신은 모든 면에서 항상 더 잘나야 하잖아. 착한 아빠 노릇 하려고……. 한심하기는."

그는 일어나서 방을 나갔다. 담배를 피우기 위해서였다. 방 안에서 그녀의 울음소리가 계속 들려왔다. 달랠 길 없는 울음, 어린애 같은 흐느낌이었다. 그녀가 뭔가를 중얼거리는 듯해서 그는 다시 문가로 살금살금 다가갔다. 그리고 그녀가 눈치채지 못하게 조용히 귀를 기울였다.

"……태어나자마자 그 애는 계속 울었어. 산파에게 정상이나

고 물었지. 그 애는 마치 온몸이 아픈 듯이 계속 울어댔거든. 다른 애들은 모두 잠들었는데, 걔는 울고 또 울었어……. 맙소사, 우린 모두 얼마나 불행한 존재들인지, 또 얼마나 나약한지."

그는 벽에 기대어 천장을 올려다봤다. 눈물이 차오르더니 한 방울, 또 한 방울 흘러내렸다. 눈물은 모직 조끼를 타고 흘러내려 양탄자로 스며들었다. 담뱃재도 그 자리에 함께 떨어졌지만, 스며들지는 않았다. 그는 손가락에 침을 묻혀 재를 찍어 모았다. 그리고 손끝에 달라붙은 재를 어항에 털어 넣었다. 다시 방으로 돌아와 라디오의 다이얼을 돌렸다. 들리는 건 잡음뿐이었다. 그런데 그 잡음이, 마치 속삭임처럼 그녀를 진정시켰다. 잠시 한 방송국의 주파수가 잡혔고, 둘은 숨죽인 채 귀를 기울였다. 하지만 낯선 언어만이 들렸다. 그리고 곧 모든 소리가 사라졌다. 그는 조용히 자신의 안락의자로 돌아와 그녀 곁에 앉았다.

"보비크 기억나?" 그가 물었다. "그 개가 죽은 지 몇 년 됐더라?"

그녀는 잠시 머릿속으로 헤아렸다.

"너덧 해쯤 됐나? 참 짜증 나는 놈이었는데."

"그 녀석이 온갖 물건을 자기 자리로 물어다 놓던 거 기억나? 당신 새 구두도 없어졌었잖아." 그가 피식 웃었다.

"그래, 그랬지. 영리한 개는 아니었어. 맨날 아무거나 물어 오고……." 그녀는 팔짱을 낀 채 잠시 멍하니 회상에 잠겼다. "그래도 좋은 점도 있었어. 아침 일찍 산책 가자고 조르는 통에 나도 덩달아 일찍 일어나야 했으니까. 당신은 그 녀석을 데리고 나갔다가 신문도 사 오고, 고급 식품점에서 빵도 사 왔지. 보통 빵집에서 파는 빵은 맛이 없다면서. 점심 먹고 영화 보고 또 산책 가고……. 그 녀석 덕분에 우리 일상이 규칙적으로 돌아갔어. 뭐든 순서대로, 흐트러짐 없이. 아침 산책이 끝나면 꼭 건빵을 줘야 했잖아. 하루는 가게에 건빵이 떨어지는 바람에 내가 직접 구워서 오븐에 말렸지……. 아휴, 생각해보면 얼마나 바보 같은 짓이었는지. 개한테 과자를 구워주다니! 상상이나 돼?"

그가 갑자기 흥분하며 그녀의 말을 자르듯 소리쳤다.

"기억나? 보비크가 차에 치였을 때 수의사가 뭐라고 했는지?"

"잠재워야 한다고 했잖아." 그녀가 대답했다.

그는 의자에 털썩 주저앉았다. 갑자기 분노가 사그라든 듯, 묘한 만족감이 스쳤다.

"왜 동물한테는 '잠재운다'라고 하는 걸까? 결국 죽이는 건데." 그녀가 불만스럽게 말했다.

"사람은 죽고, 동물은 잠들지. 왜 그런진 모르겠어."

"그럼 물고기들도 자고 있는 거네."

그는 어항 속 죽은 물고기들을 떠올렸다. 당장 버려야 한다고 생각했지만, 그 모습을 다시 보고 싶지 않았다. 나중에 하리라.

"개들도 그들만의 의식(儀式)이 있어." 그가 말했다.

"인간들처럼."

"아니, 개들이 더하지. 인간의 심리는 그런 의식을 스스로 깨기도 하지만, 동물은 거기서 벗어날 수 없으니까."

말이 제법 멋지게 나왔다 싶어 그는 흡족했다.

"벗어날 수 없다라……." 그는 그 말을 되뇌며 소리의 울림을 즐겼다.

그들은 나란히, 그러나 서로 등을 반쯤 돌린 채 갈색 안락의자에 조용히 앉아 체크무늬 담요로 가려진 창문 쪽을 바라보았다. 잠시 후 그녀가 입을 열었다.

"그래도 참 좋았었는데……. 기억나? 보비크는 소파에 올라가면 안 된다는 걸 알면서도, 우리가 싸울 때면 꼭 거기 누워 있었잖아. 마치 우리의 관심을 끌려는 것처럼……."

"당신이 집을 나섰을 때도 늘 소파에 드러눕곤 했어." 그가 뿌듯해하며 덧붙였다.

"정말? 그 녀석이 그랬어?" 그녀가 믿기지 않는다는 듯한 표정으로 물었다.

"응. 나는 방에서 담배를 피웠고. 한 대, 또 한 대. 그런데 당신은 전혀 몰랐지. 난 담배도 피우고 맥주도 마셨어. 보비크는 소파에 드러누워 있었고 말이야."

"내가 술 냄새를 정말 몰랐을 것 같아? 당연히 느꼈지. 그냥 모르는 척했을 뿐이야. 당신이 몰래 피운 담배 냄새도 다 맡고 있었어. 그 녀석이 소파에 누워 있었다는 것만 몰랐을 뿐이야."

갑자기 그가 벌떡 일어섰다.

"찬장에 맥주가 있어."

"그건 안 돼." 그녀가 손짓으로 그를 제지했다. 그는 순순히 다시 의자에 앉았다. "나중에 마셔."

그는 울화가 치밀었다.

"나중이라니, 나중이 어디 있어? 이 둔하기 짝이 없는 여편네야. 나중 같은 건 이제 없다고."

그녀는 그의 폭발을 눈치채지 못한 듯, 차분하게 말을 이었다.

"그 애가 보비크를 데려왔잖아. 그리고 선언했지. 개랑 같이 지내든지, 아니면 자기가 이 집을 나가겠다고. 기억나?"

그는 기분이 상한 듯 잠시 입을 다물고 있었다. 하지만 결국 만족스러운 어조로 말했다.

"당신은 그때 어떻게 해야 할지, 무슨 말을 해야 할지 몰랐잖아. 그 애는 가끔 성깔을 부렸었지."

"왜 자꾸 과거형으로 말해? 대체 무슨 생각을 하는 거야? 왜 그러는 거냐고."

"그만 좀 해." 그는 일어나 자기 방으로 갔다. 그러고는 담요와 창문틀 사이를 살짝 벌리고 밖을 내다봤다. 어디나 마찬가지였다. 거리는 텅 비어 있었다.

"당장 창문 가려! 이 바보 멍청아, 진짜 아무것도 깨닫질 못하는구나……. 그러다 눈이라도 멀길 바라는 거야?" 그녀가 고개를 방문 안으로 들이밀며 소리쳤다.

"내 눈이고, 내 방이야."

그녀가 나갔다. 그는 스타킹으로 작은 뜰채를 만들어 어항 속

물고기들을 건지기 시작했다. 잠시 후 탁자 위에 죽은 물고기들이 한 무더기 쌓였다.

죽은 에인절피시들이 눈을 부릅뜬 채 천장을 바라보고 있었다. 연약한 꼬리들이 뜰채에 엉킬 때마다 그의 손이 떨렸다. 그는 눈을 질끈 감은 채 그것들을 변기에 던져 넣었다.

"어쩌면 화산이 폭발했는지도 몰라. 대기 속에 화산재가 퍼진 게 아닐까." 거실에서 그녀의 목소리가 들려왔다. "그래서 이렇게 어두운 거지. 그렇다면 오염은 없을 거야. 밖에 나갈 수도 있겠는데. 공룡들이 그렇게 멸종했다고 들었어."

그가 낮게 중얼거렸다.

"아무것도 자라질 못하니, 먹을 게 없어서 죽은 거야."

그 순간 갑자기 유리 깨지는 소리가 들렸다. 두 사람은 움직임을 멈췄다. 그는 변기 위로 몸을 숙인 채였고, 그녀는 안락의자 앞에 그대로 서 있었다.

"방금 그 소리 뭐야?" 그녀가 속삭였다.

"모두가 집에만 있진 않을 거 아냐. 가게를 털고 있는 게 아닐까?"

"식료품을 다 가져가버리겠네. 불한당 같으니…… 경찰에 신고해!"

그는 그녀를 흘겨보며 손가락으로 자신의 이마를 툭 쳤다.

"전화가 안 되잖아." 그러곤 문가로 다가가서 문구멍으로 복도를 살폈다. 잠시 후 그는 조심스레 문을 열었다. 아파트 층층이 울리는 사람들의 목소리가 메아리처럼 포개졌다.

"가서 무슨 일인지 알아볼게." 그가 그녀에게 속삭이자, 그녀는 그의 소매를 움켜잡고 얼굴을 찡그리며 그를 말렸다.

하지만 그는 그녀의 손을 뿌리치고 어두운 문밖으로 사라졌다. 그녀는 현관문을 열어둔 채로 고개를 내밀고 귀를 기울였다. 그리고 천천히 부엌으로 돌아와 식탁 위의 접시를 치웠다. 병에서 오이 피클을 꺼내 급히 한 입 베어 물었다. 그러고는 식탁 옆에 앉아, 조각상처럼 꼼짝도 하지 않았다. 잠시 후 그가 흥분한 얼굴로 돌아와서 말했다. "아래층 사람들을 초대했어."

그녀는 두 손으로 머리를 감싸 쥐었다.

"그래서 뭘 할 건데? 그 사람들이랑 무슨 얘기를 하려고?"

"곧 올 거야."

그녀는 식탁 위의 빵 부스러기를 쓸어내고, 냅킨의 주름을 반듯하게 폈다.

"그래도 다행이야, 가스는 아직 남아 있네. 물 좀 끓여."

잠시 후 문 앞에서 버스럭거리는 손님들의 발소리가 들려왔다. 조심스레 문을 두드리는 소리가 이어졌다. 아랫집 남자가 아내를 앞세우고 뒤따라 들어왔다. 그들은 서로 인사를 주고받았다.

"……스키입니다." 이웃 남자가 말했다.

"……치크입니다." 남편이 맞받았다.

(폴란드에서는 대부분의 성씨가 '스키'나 '치크'로 끝난다.)

"여러 해 동안 아래층에 살면서 한 번도 방문한 적이 없었네요. 안녕하세요."

"어서 오세요, 들어오세요. 문 닫을게요." 그녀가 말했다.

아랫집 부부는 복도에서 주춤거리다가 그녀의 안내에 따라 거실로 들어왔다. 두 사람은 나란히 안락의자에 앉았다. 잠시 어색한 침묵이 흘렀다.

"커피 드시겠어요?" 그녀가 손에 행주를 든 채 물었다.

"아, 번거롭게 해드리고 싶지 않아요……." 이웃 남자가 손사래를 쳤다.

작고 여린 체구의 아랫집 여자는 의자 끝에 아슬아슬하게 걸터앉아 있었다.

집주인은 의자를 끌어당겨 그들 곁에 앉으며 말했다.

"커피 한잔 좋지. 가스가 얼마나 더 버틸지 모르잖아요. 어쩌면 이게 우리 인생의 마지막 커피일지도 모르고요……." 그가 농담을 건넸다.

"아, 그만 좀 해." 아내가 억지로 명랑한 척하며 말했다. "가루 커피로 드시겠어요, 아니면 인스턴트로?"

"가루 커피로요, 괜찮으시다면."

그녀는 부엌으로 사라졌다. 그가 조바심을 내며 물었다.

"무슨 일인지 아세요? 대체 뭐였죠? 어떻게 된 건가요?"

"끔찍한 지진이 있었다더군요. 여기저기에서요. 유럽의 절반이 날아갔고, 네덜란드는 물에 잠겼대요. 미국이랑 일본도 사라졌다는군요."

"하지만 우리는 아무것도 느끼지 못했어요." 그녀가 커피 봉지를 손에 든 채 주방 문간에 서서 말했다.

"여긴 비지진대잖아." 남편이 단호하게 받아쳤다.

아랫집 남자가 이야기를 이어갔다.

"모든 게 다 터졌대요. 원자력발전소도……. 그래서 오염 얘기가 나오는 거예요."

"그러면 아마 화산도 터졌겠네요. 그래서 이렇게 어두운 거군. 내가 뭐랬어." 그는 커피가 담긴 쟁반을 들고 오는 아내를 돌아보며 말했다.

"우리 남편이 그런 가설을 세웠어요." 그녀가 탁자 위에 커피잔을 놓으며 말했다. "공룡들이 멸종했을 때랑 똑같은 일이 벌어진 거라고……."

그 순간 가녀린 체구의 아랫집 여자가 손수건으로 얼굴을 가린 채 무력하게 울음을 터뜨렸다. 아랫집 남자가 아내의 손을 다정하게 쓰다듬으며 말했다.

"여자들은 뭐든 더 심각하게 느끼죠. 우리 아이들은 미국에 있어요. 둘 다요. 크리스마스 때 오기로 했는데……." 그가 설명했다.

"크리스마스는 없을 거예요……." 작은 체구의 여자가 흐느끼며 말했다. 그녀의 애처로운 모습에 모두의 가슴이 먹먹해졌다. 잠시 정적이 흘렀다. 하지만 곧 네 개의 티스푼이 커피잔에 부덮히면서 그 정적은 깨졌다.

"우리 딸도 마침 어제 약혼자에게 갔어요." 주인 여자가 말했다. "아침에 출발했는데, 불과 몇 시간 뒤에 이런 일이 벌어져서 걱정이 커요."

"우리는 왜 늘 아이들을 걱정만 할까요? 걔들도 이미 다 큰 어른인데……. 정작 우리 자신은 걱정하지 않으면서." 그녀의 남편이 철학자처럼 중얼거렸다.

"어떻게 그런 말을 해? 가끔 당신은 정말 엉뚱한 소리를 한다니까……." 그녀가 말했다.

모두가 다시 한번 커피를 휘저었다. 이번엔 어딘가 초조하고 거친 동작으로. 아랫집 남자가 입을 열었다.

"그래서 라디오도 텔레비전도 안 나오는 거예요. 무슨 방사능 같은 게 전파를 차단하고 전자 기기에 영향을 준다나 봐요. 그…… 방사선인가 뭔가가 전류를 막는 거라나……." 그의 설명은 점점 산만해지다가, 끝에 가서는 흐려졌다.

"결국 우리한테 남은 건 가스뿐이네요……." 그의 아내가 조용히 말하며 커피잔을 입가로 가져갔다.

"하지만 곧 가스도 끊길 거라고 각오해야 해요."

주인 여자가 움찔했다.

"그럼 그때는 어떻게 되는 거죠? 하수구 쪽에서 벌써 냄새가 올라오고 있어요. 막히기라도 하면 어쩌죠?"

"두 분은 무슨 일을 하시나요?" 남편이 화제를 바꿨다.

"이제는 은퇴했죠, 뭐." 손님이 얼버무렸다. "공무원으로 일했어요. 버스에서 자주 뵈었었는데. 13번 버스 타고 다니셨죠?"

"네, 13번 버스를 타고 시청 근처에서 내렸죠. 학교에서 일했거든요……."

그의 아내가 끼어들었다.

"시청 밑에는 방공호가 있어서, 직원들이 모두 거기로 대피했대요. 1년 치 식수랑 통조림을 비축해두었다나 봐요. 심지어 영화관도 있다던데요."

남편이 놀란 얼굴로 아내를 쳐다봤다.

"누가 그런 헛소리를 해?"

"그냥 들었어."

그는 아내의 말을 무시하고 다시 아랫집 부부에게 말을 건넸다.

"이 담요들이 과연 도움이 될까요? 그냥 낡은 담요잖아요……. 누군가가 우리한테 어떻게 해야 하는지 알려줘야 하지 않나요?"

"방호복을 입은 사람들이 전단지를 나눠줬대요. 저쪽 블록까지 왔다더라고요." 아랫집 남자가 손을 들어 어딘가를 가리켰다. "아직 우리 쪽까진 안 왔어요. 곧 오겠죠."

"우리도 뭔가 조직을 만들어야 하지 않을까요? 공동 현관 같이 쓰는 이 라인 사람들끼리라도요. 혹시 젊을 때 스카우트 활동 같은 거 하신 적 있으세요?"

"내가 젊을 땐 그런 게 없었어요. 대신 '폴란드 청년 연합'이 있었죠."

"그 암울한 시절에도 그런 조직이 있긴 했군요." 주인 남자가 살짝 빈정거리듯 말했다.

"기억납니다. 핵폭발이 일어나면 창문 밑에 엎드려 손으로 머리를 가리라고 했었죠."

"그게 얼마나 도움이 되겠어요. 지금 창문에 담요 걸어둔 거랑 똑같은 거죠."

그는 창가로 가서 담요를 살짝 걷고는 밖을 내다보았다.

"이 갈색 공기에서 어떤 냄새가 날지 궁금하네요. 무슨 냄새가 나긴 할 텐데……. 오존 냄새? 탄내?"

"화산재 냄새일지도 모르죠." 아랫집 남자가 거들었다.

주인 남자는 벽에 부착된 책장 앞으로 가서 뭔가를 찾기 시작했다. 그리고 화집 한 권을 꺼냈다. 잠시 혼자 넘겨보면서 찾는 그림이 있는지 확인하는 듯하더니, 어떤 페이지를 펼쳐 모두에게 보여줬다.

"한스 멤링의 '최후의 심판'*이에요. 사람들이 무덤에서 일어나고, 대천사 가브리엘은 불타는 검을 들고 있죠. 지옥에선 인간의 형체들이 불 속으로 떨어지고 있고요. 지옥 위의 하늘은 붉고, 시커먼 잿더미가 여기저기 솟아 있습니다."

"아니, 그걸 왜 보여주는 거야? 제정신이야?" 아내가 당황하

* 독일 태생의 플랑드르 화가 한스 멤링이 그린 대형 3단 제단화. 중세 후기 종교미술의 대표작 중 하나로 꼽힌다.

며 묻더니 손님들을 향해 말했다. "남편이 왜 이런 걸 보여주는지 모르겠어요."

"난 귀신이나 악마는 무섭지 않아요. 내가 두려워하는 건 인간뿐입니다." 아랫집 남자가 기세 좋게 말했다. "이번 일도 아마 누군가가 일으킨 걸 거예요. 결단을 내린 거죠."

"하지만 아까는 지진이라면서요……."

"뭐가 됐든 간에 지진도 그냥 일어나는 게 아니잖아요……. 지구온난화니 뭐니, 다 원인이 있는 거라니까요."

주인 여자가 커피잔을 내려놓으며 말했다.

"세상엔 인간의 힘으로는 어쩔 수 없는 일들이 있어요. 사실 대부분의 일들이 그렇죠. 인간은 아무것도 모르고, 아무것도 이해하지 못해요. 그러니 계획을 세워봤자 아무 소용 없어요. 일어날 일은 결국 일어나니까요. 인간은 자기 자신조차 이해하지 못해요. 감정이니 본능이니, 그런 것들이 우리를 지배하고 있지요……. 우린 정원에 토마토를 심었어요. 그 토마토들은 이제 막 익었거든요. 바로 지금이 가장 먹음직스러울 때인데…… 이젠 그걸 따러 갈 수도 없잖아요. 모든 게 계획대로 흘러가지 않고 뒤죽박죽됐어요."

그사이 작은 체구의 아랫집 여자는 넋이 나간 듯한, 겁먹은 눈으로 복제된 그림을 뚫어져라 바라보았다. 이마에는 땀방울이 맺혀 있었다. 그녀는 커피에 손도 대지 않았다.

"몸이 좀 안 좋네요." 그녀가 자신의 남편에게 말했다. "우리 이제 그만 갈까요?"

그녀의 남편도 그제야 정신을 차린 듯했다.

"지금 몇 시죠?"

"7시…….." 주인 여자가 머뭇거리다가 덧붙였다. "저녁이요.
저녁 7시."

그러자 두 손님은 자리에서 일어섰다.

"이만 가볼게요. 첫 방문인데 너무 오래 있는 건…… 아휴, 내
가 또 무슨 소릴 하는 건지. 내일은 우리 집에 오시겠어요?"

문간에서 작별 인사와 함께 마지막 대화가 오갔다.

"혹시 뭔가 새로운 소식을 들으시거든……."

"연락드리겠습니다."

부부는 다시 각자의 낡은 안락의자에 앉아, 익숙하게 몸을 기
대었다. 낯선 사람들이 쓰던 커피잔들은 멀찌감치 밀어놓은 채
였다.

"그 사람들은 뭐 하러 데려온 거야?"

하지만 그는 아무 대답도 하지 않았다. 그저 오래된 신문을
흥미로운 듯 들춰볼 뿐이었다.

"오늘 뉴스 뒤에 영화를 방영할 예정이었는데……."

"그 사람들 말이야, 별로 다를 게 없던데. 우리처럼 겁에 잔뜩
질리고 별 볼 일 없는 사람들이었어. 그 여자 봤지? 상태가 말이
아니었잖아."

그는 또 묵묵부답이었다. 그녀가 자리에서 일어나 화집을 제자리에 꽂았다.

"아무 생각도 안 할 땐 무섭지 않은데, 막상 생각을 하게 되면 그때부터 두려워지기 시작해." 그녀가 말했다. "텔레비전이라도 나오면 좋을 텐데. 그 영화 제목이 뭐였더라?"

그는 신문을 내려놓고 머리를 뒤로 젖혔다. 그리고 두 눈을 감았다.

"모르겠어."

"무슨 말이든 좀 해봐."

그는 꿈쩍도 하지 않았다.

그녀는 자리에서 일어나 다시 기도할 공간을 찾기 시작했다. 그리고 이전과 같은 자리에, 하지만 이번에는 담요로 가려놓은 창문을 향해 얼굴을 돌린 채 무릎을 꿇었다. 그는 실눈을 뜨고 그녀를 몰래 지켜봤다.

"하느님의 천사들이여……." 그녀가 그를 흘낏 쳐다보자 그는 황급히 눈을 감았다. "하느님의 천사들이여, 우리의 수호자들이여, 언제나 우리 곁에 계시리니, 아침에도 저녁에도, 낮에도 밤에도 언제나 우리를 도우소서……."

"뭐 하는 거야, 저 킬림한테 기도라도 하는 거야?" 그가 낮은 목소리로 말했다.

"우리의 영혼과 육신을 지켜주시고 보호하시어 우리를……."

"천사도 없고 신도 없어. 인간은 먼지에서 와서 결국 먼지로 돌아가는 거라고."

"……영원한 생명으로 이끌어주소서. 아멘."

그녀는 자리에서 일어나 습관적으로 무릎을 털고는 다시 의자에 앉았다.

"문득 그런 생각이 들었어. 우리한테 천사라는 존재는 말이야, 우리 개한테 우리가 가지는 의미와 비슷한 의미를 지닌 존재인 것 같아. 우리를 보살펴주고, 우리한테 더 좋은 게 뭔지도 속속들이 알고 있잖아. 보비크는 자기한테 좋은 게 뭔지 몰랐어. 그래서 구충제도 삼키지 않으려 했지……. 어쩌면 지금 우리한테도 비슷한 일이 벌어지고 있는 게 아닐까? 그분이 우리를 씻어내고 있는지도 몰라. 우리 안의 해충을 박멸하듯이."

"누가?" 그가 눈을 떴다.

"신이."

"제정신이 아니군."

그녀가 화가 나서 그를 노려보았다.

"당신 정말 못됐어. 고약해."

"난 환상 따윈 품지 않아."

그녀는 자리에서 일어나더니 커피잔들을 챙겨 부엌으로 가져갔다.

"당신은 정말 비열하고 쪼잔한 인간이야. 미끈미끈한 뱀 같아." 그녀가 말했다.

그들은 거의 암흑에 가까운 어둠 속에서 각자의 안락의자에 몸을 기댄 채 앉아 있었다. 현관에 매달린 조그만 전등만이 희미하게 빛나고 있었다. 그녀는 늘어나고 빛바랜 가운을 입고 있었고, 그는 줄무늬 잠옷 차림이었다. 그가 작은 초 한 개를 가져와 탁자 위에 올려놓고 불을 밝혔다. 그녀는 손에 크림을 바르다 말고 놀란 눈으로 그를 바라보았다.

"전기를 아껴야지." 그가 은밀하게 속삭였다.

"어두워지면 난 이상하게 마음이 불안해지곤 했어. 어둠 속에선 모든 게 더 나쁘고 더 무서워 보이잖아. 그런데 아침이 되면 내가 왜 그렇게 두려워했는지 스스로 이상할 정도였어……. 지금은 온종일 계속 어둡잖아. 혹시 애한테 무슨 일이라도 생긴 건 아니겠지?"

"아무 일도 없을 거야."

그는 촛불 아래에서 세 종류의 알약을 나누어 작은 약통에 정성스럽게 옮겨 담았다. 내일 복용할 분량이었다.

"그 애 말고 우리가 아직 사랑하는 사람이 또 있을까?" 그녀가 잠시 후에 조용히 물었다.

그는 손끝으로 약을 든 채 동작을 멈추고 말했다.

"무슨 말이야?"

"우리한테 아직…… 걱정할 사람이 남아 있냐는 거지……."

"걱정을 그만큼 했는데도 아직 모자라?"

그는 다시 약을 정리하기 시작했다. 그녀는 크림 뚜껑을 닫고 창가로 다가가서 담요 끝자락을 조심스레 들어 올렸다.

"차가 오고 있어!" 그녀가 불현듯 외쳤다.

그가 의자에서 벌떡 일어나 창가로 달려왔다.

"어디? 보여줘."

둘은 나란히 서서 창문 틈새에 얼굴을 가까이 댔다.

"내가 말했잖아. 사람들은 결국 집에만 있지 못하고 밖으로 나올 거라고. 이렇게 갇혀 지내는 건 너무 비인간적이거든. 차라리 그냥 죽는 게 낫지."

"저 사람들 아마 가게를 털기 시작할걸. 식량을 뺏다가 싸움이 나겠지."

그녀가 그를 바라보았다.

"우리도 나가서 뭐든 구해 와야 해. 이 상태가 오래가면 뭘 먹고 버틸 건데?"

"혹시 이게 영원히 끝나지 않을 수도 있다는 생각은 안 해봤어?"

그는 다시 탁자로 돌아가 약을 마저 챙겼다. 그녀는 크림을 들고 욕실로 갔다. 두 사람은 복도에서 마주쳤다.

"오늘 밤엔…… 내 방에서 같이 잘래? 그럼 마음이 좀 놓일 것 같아." 그녀가 말했다.

"당신 코 골잖아……. 난 잠을 못 잘 거야."

두 사람은 서로에게 등을 돌려 각자의 방으로 걸어갔다. 그러다 그녀가 문고리에 손을 얹은 채 멈춰 섰다.

“있잖아…… 보비크도 천국에 갈 수 있을까?”

“미쳤군.” 그가 나지막하게 중얼거렸고, 둘은 동시에 방문을 닫았다.

† 여러 개의 북을 두드리며

Gra na wielu
bębenkach

그러니까 내 모습은 이렇다. 크지도 작지도 않은 키에, 뚱뚱하지도, 그렇다고 마르지도 않은 몸매. 밝지도 어둡지도 않은 머리카락. 눈동자 색도 애매하다. 아직 늙은 건 아니지만, 더는 젊지도 않다. 옷차림은 평범하다. 그래서 군중 속에 있으면 금세 사라진다. 동네 모퉁이 카페에 오래 앉아 있으면 낯선 이들이 옆자리에 앉기도 하지만, 내게 별다른 관심을 주지는 않는다. 나 역시 그들에게 먼저 말을 걸지 않고, 그들을 쳐다보지도 않는다. 조용히 맥주나 커피를 마시고 자리를 뜬다.

그런데도 나는 늘 내가 특별하고 세상에 단 하나뿐인 존재라고 여겨왔다.

이 도시에 처음 도착했을 때, 내 짐 가방에는 이름표가 달려 있었다. 다이어리에는 여러 장의 신용카드가 들어 있었고, 다양한 숫자와 비밀번호가 적혀 있었다. 페이지마다 수많은 사람들의 이름과 주소, 전화번호로 가득했다. 가방 안에는 오랫동안 써온 향수, 즐겨 입는 브랜드의 옷과 믿고 쓰는 화장품이 들어 있었다. 공항에서 지하철로 이동하며 나는 어떤 남자와 가벼운 대화를 나눴다. 그 우연한 대화 중에 우리는 같은 문장을 반복했다. "이건 좋아요", "저건 싫어요". "이건 마음에 듭니다", "저건 별로네요". 그 말들이 얼마나 주관적인 판단에 치우쳐 있는지 잊은 채, 우리는 모든 걸 단정 짓고 있었다. "이건 정말 훌륭해요", "저건 너무 어리석어서 도저히 용납할 수 없네요". 그런 식의 대화는 묘하게 즐거웠다. 단지 '존재한다'는 사실만으로는 부족했던 우리였기에. 우리는 '특정한 누군가', 혹은 '절대적으로 유일한 존재'가 되고 싶었던 것이다.

내가 묵고 있는 아파트는 언뜻 보기엔 암울해 보였다. 높은 천장까지 비추는 조명이라고는 희미한 스탠드 불빛뿐이었고, 균형이 어긋난 공간 구조 탓에 처음엔 밤에 화장실을 찾으려다 어둠 속에서 헤매기도 했다. 바닥에는 군데군데 얼룩이 있었다. 아마도 이 집의 전 주인들, 붓에서 물감을 뚝뚝 흘리며 작업하던 예술가들이 남긴 흔적일 것이었다. 분필 색처럼 희끗희끗한 벽은 내 마음을 불안하게 했고, 어디든 색을 더해달라며 조용히 나를 재촉했다. 마음이 여린 사람에게는 창밖 풍경 때문에 더 심란하게 느껴졌을지도 모른다. 한쪽 창문 너머로는 아직 잎이 돋아나지 않은 나무들로 둘러싸인 빈 광장이 내려다보였다. 주인들이 던진 막대를 쫓아 달리는 개들과 함께 개똥이 여기저기 널려 있고, 호기심 많은 까치들이 어슬렁대는 광장이었다. 낮에는 청소년들이 어울려 공을 찼다. 검은 차도르를 두른 소녀들은 금발의 소년들만큼이나 능숙하게 공을 몰았다. 낮이 점점 길어지던 어느 봄날, 검게 그을린 피부에 풍성한 콧수염을 기른 남자들이 광장에 모닥불을 피웠다. 그들은 한껏 심취한 표정으로 잔디를 밟으며 춤을 추었다. 몇 줄로 늘어선 남자들은 서로의 뒤를 따라가며, 마치 체육 시간의 단체 연습처럼 부지런히 움직였다.

다른 쪽 창문에서는 두 개의 첨탑이 솟은 성당이 보였다. 탑 꼭대기마다 한 명의 천사가 위풍당당하게 서 있었다. 5월이 되어 까마귀 둥지를 품은 나무들이 시야를 가리기 전까지, 나는 매일 아침 그 풍만하고 활기찬 천사의 형체들을 마주했다. 그들은 소리 없이 기상나팔을 불어 도시 전체를 깨웠다.

나는 그 천사들의 관심이 탐났다. 그들에게 무심한 사람들에게 쏟는 그들의 시선에 질투가 났다. 그래서 벌거벗은 채 방 안을 돌아다니기도 했다. 그들의 새하얀 눈길이 나를 향하게 만들고 싶었던 것이다. 일주일에 한 번, 주일마다 나의 성당에서 종이 울렸다. 그 소리는 요란하고 신경질적이었지만, 그 종교적 과시는 의도한 효과를 내지 못했다. 광장을 가로질러 성당으로 향하는 사람은 겨우 몇 명뿐이었다. 성당은 자신의 과장된 웅장함이 부끄러운 듯 주변의 녹음 사이로 스며들려 애썼고, 당황하며 도시의 동쪽에 있는 강을 향해 뒷걸음질 치는 것처럼 보였다. 아마도 고층 빌딩 숲 사이에 조용히 몸을 숨기고 싶었을 것이다.

부엌 창문은 널찍하고 고요한 안뜰을 향하고 있었다. 그 뜨락은 벽돌담으로 둘러싸여 세상과 분리되어 있었는데, 도심의 오아시스처럼 그늘이 깊게 드리워져 있고 한적했다. 오래된 단풍나무들과 보리수나무들 사이에는 바퀴 달린 수레와 알록달록 칠해진 판잣집이 늘어서 있었다. 뼈대만 남은 녹슨 자전거와 이국적인 과일 상자, 낡은 골프채, 폐타이어가 그 집들을 받치듯 어수선하게 쌓여 있었다. 그곳 사람들은 처음부터 나를 사로잡았다. 그래서 나는 대부분의 시간을 부엌에서 보냈다. 특히 식사할 때마다 그들에게 그 시간을 온전히 할애했다. 식탁을 창가로 끌어다 놓고, 아침밥과 점심밥을 천천히 씹어 넘기며 그들을 눈에 담았다. 판잣집 사이를 드문드문 오가는 그들의 움직임을 주시했다. 그들에게는 흔한 분주함도, 어떤 서두름도 없었다. 햇살이 내리쬘 때면 밖으로 나와 계단에 걸터앉은 채 얼굴을 볕에 익혔다. 아이들은 조용히 놀았고, 소리치는 법이 없었다. 심지어 그들의 개조차도 어딘가 고요했다. 엉성하게 엮어 만든 테라스 위에서 새들의 어지러운 날갯짓을 관조하는 철학자 같은 개였다.

어떤 오후에는 이 알록달록한 판잣집에 사는 사람들이 작은 음악회를 열기도 했다. 커다란 스피커를 밖에 내놓고 오래된 블루스나 파바로티의 음반(유감스럽게도 그의 노래를 어설프게 따라 부르기도 했다)을 틀곤 했는데, 어둠이 내려앉으면 오페라에서 단조롭고 음울하며 사무치게 쓸쓸한 테크노 음악으로 바꿔 틀었다. 그 선율은 마치 연기처럼 안뜰 위로 피어올라서, 성당 첨탑에 서 있는 천사들을 불안하게 했다.

나는 창문을 통해 그 사람들을 바라보며 천천히 그들을 알아갔다. 한 시간에 한 번쯤 원고 뭉치에서 눈을 떼고 자리에서 일어나 굳은 몸을 풀곤 했는데, 그럴 때면 창가로 다가가서 그들을 보았다. 신선한 무를 씹으며, 딸기와 이제 막 나오기 시작한 황자두를 맛보며, 서양자두와 사과, 소금물에 삶아 버터를 바른 옥수수를 먹으며 나는 그들을 점점 알아갔다. 날이 따뜻해지자 그들의 생활은 판잣집 밖으로 완전히 옮겨 갔다. 유목민처럼 알코올버너나 깡통에 불을 피워 음식을 만들었다. 맥주를 마시고 마리화나를 피우며 하늘을 향해 연기를 내뿜었다. 그리고 어둠이 완전히 내려앉으면, 그들은 북을 꺼냈다. 크고 작은 북들, 그리고 오케스트라에서나 볼 수 있을 법한 거대한 북을. 그런 북은 오케스트라 연주 중에 딱 두세 번만 울리지만, 그 소리는 쇠고리처럼 심장을 강하게 조였다가 곧 부드럽게 풀어주곤 한다.

그들은 내가 저녁을 먹는 동안 북을 쳤다. 나는 의자를 창 쪽으로 끌어다 앉았다. 식탁 위에 냅킨과 식기를 가지런히 놓고는, 와인 한 잔을 곁들여 먹었다. 마치 외국의 낯선 식당에 와 있는 손님처럼 등을 한껏 곧게 세우고서. 하루 또 하루가 지나며 나는 서서히 깨달았다. 그들의 북소리는 낮에도 절대 멈추지 않는다는 것을. 다만 낮에는 각자의 집 안에서 저마다 따로 연주했고, 어떤 소리는 햇살 속에서 조용히 사그라들기도 했을 뿐이었다. 그러다 날이 저물면, 밤에만 꽃을 피우는 그 유명한 이국의 선인장처럼 북소리는 다시 피어나, 온전한 하나의 오케스트라가 되었다.

나는 그 광경을 지켜보았다. 북들은 항상 원을 그리며 놓여 있었다. 마치 스스로 연주되는 악기들 같았다. 북을 치다가 싫증이 난 이는 어둠 속 판잣집들 사이로 사라졌고, 그 자리를 다른 누군가가 대신했다. 새로이 나타난 연주자는 아직 활기에 넘쳤고, 이미 울리고 있는 리듬에 합류하거나 반대로 그 흐름을 바꾸기도 했다. 그때까지만 해도 나는 아직 분열되지 않은, 온전한 하나의 존재였다. 잠들기 전에는 얼굴에 크림을 문질러 발랐고, 창문을 열어 밤공기를 집 안에 들였다. 자는 동안에는 꿈을 꾸었다. 아침이면 그 꿈을 기록하고 커피를 마셨다. 그리고 책상 앞에 앉아서 작업을 했다. 책을 읽고, 메모하고, 편지를 썼다. 편지에는 늘 같은 방식으로 서명했다. 계획을 세우고, 장보기 목록을 작성했다. 그리고 하나씩 차근차근 실행에 옮겼다. 하지만 매일 저녁 저 북소리를 듣고 있노라면 세상이 조금씩 달리 보이기 시작한다. 경종을 울리는 북소리, 경고를 보내는 북소리, 그리고 잠을 깨우는 북소리.

나는 도시 외곽에서 어학원 하나를 찾았다. 지인이 추천해준 곳이었다. 그렇게 멀리 떨어져 있는 곳이어서 오히려 잘됐다고 생각했다. 전철을 타고 도시를 통과하는 일은 언제나 나를 진정시키고 내 마음을 달래주기 때문이다. 전철에서는 도시가 한눈에 들어오지 않는다. 대신 서로 떨어져 흩어져 있는 건물들만이 보일 뿐이다. 게다가 그 건물들은 언제나 공사 중이라 난장판이다. 기중기가 서 있고, 알록달록한 가림막들이 거리와 건물을 구분 짓고 있다. 가끔은 막 완공된 거리들이 눈에 들어왔다. 얼마 전까지만 해도 흰 석회와 시멘트 자국이 남아 있었을 그 거리들에는 여전히 아무도 살지 않았다. 마치 완전히 새롭고 현대적인 그 공간으로 들어갈 용기를 가진 사람이 아직 한 명도 없는 것처럼. 어쩌면 미래에는 이런 식으로 도시가 완전히 텅 비게 될지도 모른다. 새 집이 늘어날수록 그곳에서 살고 싶어 하는 사람의 수는 줄어들 테니까. 집은 많아지고 사람은 줄어드는, 단순하면서도 불가사의한 원리, 건축업자라면 모를 리 없는 원리다. 아니면 사람들은 새것에 대한 두려움 속에서, 고집스럽고도 절망적으로, 허물어져가는 집과 버려진 건물, 혹은 공원 한쪽에 조심스레 늘어선 판잣집에 둥지를 틀고 살아가게 될 것이다. 그러면 텅 빈 은빛 고층 건물들은 그저 하늘을 쓸쓸히 반사하고, 느리게 흘러가는 구름들의 춤만을 비추겠지. 인간의 온기가 닿지 않은 그 덧없는 움직임을.

처음으로 전철을 타고 도시를 가로질렀을 때, 묘한 기분이 들었다. 열차의 움직임, 창밖 풍경, 철로를 따라 부드럽게 미끄러지는 바퀴 소리가 내 존재의 윤곽을 흐릿하게 만드는 것만 같았다. 차창 밖으로 펼쳐지는 도시는 어딘가 모르게 어수선하고 형태가 분명치 않았다. 그래서 나 또한 서서히 윤곽을 잃어갔다. 도시는 마치 거대한 체펠린비행선* 같았다. 하늘 위를 미끄러지듯 흘러가며, 스쳐 가는 구름의 형세와 바람결에 따라 모습을 바꾸는 그런 부유체. 겉으로는 언제나 같은 도시인 듯했지만, 이상하게도 나는 날마다 새로운 세부 사항들을 발견하곤 했다. 밤사이 빈 광장에는 유리로 된 건물들이 솟아올랐다. 지하철역들은 순서를 지키지 않았다. 어떤 역은 다른 역을 앞질러 나타나고, 또 어떤 역은 무대에 등장하기를 주저했다. 상점들은 더 노골적이었다. 그것들은 당당하게 자리를 옮겨 다녔고, 영업시간 또한 전혀 예측할 수 없었다. 내가 사는 거리에서는 어제 있었던 가게가 오늘도 그 자리에 있을지 확신할 수 없었다. 설령 여전히 있다고 해도, 일주일 전에 거기서 산 와인이나 빵을 지금도 찾을 수 있다는 뜻은 아니었다. 사람들도 금세 싫증을 냈다. 가구를 잔뜩 실은 대형 트럭이 늘 지나다녔다. 이 동네에서 저 동네로 이사 다니는 사람들이었다. 박물관의 소장품들조차 이주를 거듭했다. 그로 인해 가장 곤란을 겪는 건 관광객들이었다. 그들은 박물관을 세상에서 가장 안정적이고 견고한 장소로

*　20세기 초 독일의 체펠린이 발명한 경식비행선. 금속 골조 안에 가스를 채워 띄우는 구조로, 하늘을 유영하듯 떠다니는 대형 비행선이었다.

알고 있기 때문이다. 다른 도시에서는 그럴지 몰라도, 이곳에서는 아니었다.

그래서 나는 주의를 기울여야 했다. 나는 바라보아야 했다. 지켜봐야 했다. 도시가 내 통제를 벗어나지 않도록 관찰해야 했다. 끝없이 이어지는 변두리, 차고들로 가득한 구획, 쓸쓸한 회색빛 아파트 단지들을 지나며 나는 서서히 깨달았다. 내가 행복감을 느끼고 있다는 것을. 그건 아마도 나의 가장 자연스러운 존재 방식이었을 것이다. 흐릿한 시선으로 멀리서 바라보기, 삶에 끼어들지 않고 그 단면만 훑어보기, 스쳐 지나가며 힐끗 응시하기. 전철을 타고 도시를 누비는 나는 마치 늙은 관광객 같았다. 에어컨이 갖춰진 관광버스에 앉아 있는. 어두운 유리창 너머로 희미하게 비치는 유령 같은 존재들. 빠르게 지나가는, 사건의 목격자들. 내가 바로 그런 존재였다. 창밖으로 흘러가는 이미지들, 몇 개의 몸짓으로 압축된 일상의 짧은 장면들—이곳에서 볼 수 있는, 사람들 사이의 유일한 소통 방식을 목도했다. 나무들은 이어지며 단순한 선으로 변했고, 공원들은 하나의 부드럽고 엷은 초록빛 띠를 이루었다. 시선이 머무를 대상이 없다는 사실이, 내 안의 팽팽하고 과도한 '나'를 조용히 누그러뜨렸다. 나는 그 '지나감'에 몸을 맡겼다. 외부의 모든 사물이 하나로 섞이고 균일해지는 그 흐름에. 전철의 창밖에서 사물의 세부 사항들은 하나둘 그 가치를 잃고, 서서히 소멸했다.

그래서였을까, 멀리 떨어진 역에서 내려 15분 남짓 걸어가야 할 때면, 때때로 특별한 갈망이 찾아왔다. 구체적인 세부 사항에 대한 목마름. 그럴 때면 나는 본능적으로 신문 가판대로 향했다. (인쇄된 활자야말로 세부 사항의 진정한 승리이므로.) 아니면 거리에서 꽃을 파는 행상 앞에 멈춰 섰다. 그러면 여행길에서 흐려진 눈이 다시금 또렷해졌고, 보랏빛 잎맥이 살아 있는 프리지어와 장미 꽃잎의 크림색 반점을 바라보며 마음을 달랠 수 있었다.

전철 창문을 통해 바라본 도시는 더 이상 도시처럼 보이지 않았다. 그저 건물들로 무질서하게 채워진 공간, 지하철 출구를 중심으로 밀집된 점들의 집합체일 뿐이었다. 나는 당연히 불안했다. 내가 보는 세상이 모두가 말하는 것과 달랐기 때문이다. 이 도시에 사는 사람들 모두가 감탄하며 소리쳤다. 도시, 도시! 그 말 속엔 분명, 그들만이 공유하는 어떤 일관된 개념이 담겨 있는 것 같았다. 이곳이 완전히 낯설기만 한 나에게는 도무지 이해할 수 없는 개념이었다. 혹시 그들에게는 보이는 무언가가 내 눈에만 안 보이는 걸까? 뒤엉킨 지하철 노선의 끈에 들쭉날쭉한 구슬처럼 꿰어 있는, 불규칙하게 흩어진 그 장소들 사이의 신비로운 연결 고리가. 도시, 도시, 이곳 사람들은 자부심과 흥분에 들뜬 목소리로 되풀이했다. 나로서는 전혀 알 수 없는 어떤 의식에 다 함께 참여하면서. 그러나 그들의 대열에는 외지인들 또한, 더욱 열정적으로 합류했다. 그들은 공원에서 지도를 펼쳐놓고 도시를 탐구했다. 혈관처럼 연결된 도시의 도로망을 손가락으로 더듬었다. 말라붙은 운하의 바닥을 걸어 다녔으며, 심지어 몇 년 전에 무너진 건물의 파편들을 사들이기까지 했다. 혹시 그들 중에도 나 같은 이들이 있을까? 길을 잃었으되, 그래도 바깥 세계에서 흔히 '도시'라 부르는, 이 아득한 꿈의 어떤 형체라도 붙잡아보겠다는 선의를 품은 채 헤매는 사람들 말이다.

어학원에 가기 위해서는 전철을 세 번 갈아타야 했다. 가는 길에 나는 샌드위치를 먹곤 했다. 그리고 그러는 동안 탑승객들을 관찰했다. 그러다 문득 깨달았다. 그들 가운데 어느 누구도 하나로 응집된 존재가 아니라는 것을, 완전한 전체를 이루고 있지 못하다는 것을. 저마다 자신을 규정짓는 특징을 하나씩은 지니고 있었다. (아마도 어머니들이 자신의 아이를 낯선 아이들과 혼동하지 않게 하기 위함일 것이다.) 그러나 거기까지였다. 나머지는 그저 흐릿했다. 불분명하고 경계가 없었다. 검은 피부의 남자, 속눈썹이 아름다운 소년, 얼굴이 넓적한 여자, 물기 어린 눈동자의 노인. 사람이란 그저 몇몇 특징들의 묶음이 아닐까? 다양한 색채로 반짝이는 시간이 흘러 통과하는 장소에 불과한 존재기 아닐까?

만약 누군가가 위에서 내려다보며 이 도시에서의 내 이동 경로를 추적할 수 있다면, 내 뒤를 따라다니며 그 복잡한 행적을 종이에 그려 넣거나, 아니면 (내가 잠들어서 아무것도 못 느낄 때) 새에게 가락지를 달듯이 내 몸에 표식을 달아두었다가 내가 남긴 흔적을 나중에 컴퓨터 화면으로 확인할 수 있다면—그것이 남성의 자취가 없는 궤적임을 분명 알아차렸을 것이다. 나는 주로 여자들만 만났다. 어떻게 그런 일이 가능했을까? 이 도시의 남자들은 다 어디로 사라진 걸까? 왜 그들의 숫자는 그렇게 적은 걸까? 길에서 마주쳤을 때도 그들은 어딘가 덧없고, 산만하고, 형식적이며, 일시적인 미완성의 존재처럼 보였다. 마치 연한 연필로 흐릿하고 부드럽게 그려진 존재처럼. 나는 어쩌면 그들이 도시 외곽 어딘가에 자신들만의 구역을 따로 가지고 있을지도 모른다고 생각했다. 아니면 붉은 벽돌로 지어진 견고한 정부 청사 안에 틀어박혀 바쁘게 일하고 있거나. 그곳에서 도시를 통치하고 있을지도 모른다. 그들의 낮고 굵은 목소리가 진동하며 도시의 끊임없는 웅성거림을 만들어내는 걸 수도 있었다. 혹시 다음 전쟁을 준비하고 있는 건 아닐까? 한때 나는 잘못된 생각을 품었었다. 하늘 위에서 공중 경찰이 남성과 여성의 구역을 구분하기 위해 도시에 보이지 않는 경계선을, 투명한 띠를 설치한 것이라고. 물론 그건 사실이 아니었다. 흐릿함은 얼굴이나 개개인의 특성뿐 아니라 성별에도 적용되었으니까. 나는 남자 발레리나, 남자 팜파탈, 남자 오페라 디바를 보았다. 그들의 사진은 건물 외벽에 걸린 채, 공사장을 반쯤 가리고 있었다. 화장한 얼굴, 좁은 엉덩이를 감싼 튈 드레스, 납작한 가슴—그들은 여자보다 더 여성스러웠다. 그들의 모습을 계속 바라보던 나는 마침내 확신이 흔들리기 시작했다. 어쩌면 그들은 남장 여자들이었을지도 모른다. 실제로는 여성스러운 남자를 연기하는 발레리나거나 아니면 남성적인 여성을 흉내 내는 여자들이 아니었을까. 훗날 나는 확실히 알게 되었다―이 도시는 본질적으로 안드로진*적이라는 것을. 이곳은 두 개의 무고한 성(性)을 가르는 거칠고 세속적인 경계를 너무도 쉽게 지워버렸다. 그런 구분을 아직도 추앙하는 이들은 세상의 가장자리에 남은 속물들뿐이었다.

저택들이 드문드문 흩어져 있는 한적한 동네, 그곳에 어학원이 있었다. 절제된 건축양식 덕분일까, 어쩐지 내 고향의 집들이 떠올랐다. 나는 작은 공원을 지나 경쾌하게 걸었다.

수업은 지면보다 약간 낮은 곳에 위치한 1층 교실에서 진행되었다. 창밖으로 공원의 굵은 나무줄기들과 창문 옆을 지나가는 사람들이 보였다. 실제로 보이는 건 그들의 하반신, 즉 다리뿐이었지만. 키 작은 아이들만이 우리를 볼 수 있었다. 길고 매끈한 책상에 앉아, 코르넬리아의 날카로운 눈빛이 지켜보는 가운데 무언가를 외우고 있는 우리의 모습을 말이다.

나의 선생인 코르넬리아는 두 개의 언어를 번갈아 사용했다. 나는 어느 쪽도 제대로 이해하지 못했다. 그녀는 매력적인 억양으로 두 언어를 섞어 쓰다가 결국엔 라틴어까지 동원하곤 했다. 나는 그녀의 회색빛 눈동자와 입술의 움직임을 뚫어지게 바라보았다. 마치 내가 청각장애인이라도 된 듯이. 나는 그렇게 해

---

*　남성과 여성의 경계를 넘어 양쪽의 성질을 함께 지닌 존재.

서 그녀의 지시 사항과 강의 내용을 읽어냈다. 처음에는 우리의 의미가, 그녀의 것과 나의 것이 서로 어긋날까 두려웠다. 마치 두 개의 평행선이 서로를 그리워할 줄도 모르고 서로를 만날 일도 없이 영원히 무한 속을 달리듯이.

나는 매 수업 때마다 무엇을 배우게 될지 알지 못했다. 그 점이 바로 코르넬리아의 수업 방식의 핵심이었다. 예기치 않게 다가와야 기억 속에 더 깊이 새겨진다고 그녀는 믿었다. 수업 초반에 그녀는 우리에게 북 치는 작은 소년에 대한 노래를 가르쳤다.

북 치는 작은 소년이 우리에게 말했네
한겨울 깜깜한 밤에:
내가 이곳에 가져온 건
금도 보석도 아니에요.
오직 내 노래뿐—
타람 타람 탐탐.

다른 어느 날에는 칠판에 외국어 불규칙동사들을 써 내려갔다. 초반의 수업 중 하나는 내게 많은 생각거리를 던져주었다. 우리는 주먹만 한 점토 덩어리를 건네받았고, 코르넬리아는 우리에게 각자의 스카프로 눈을 가리게 하더니 그 점토로 무언가 좋은 것, 아주 친밀한 대상을 빚어보라고 했다. 나는 작은 동물을 만들고 싶었다. 이 도시에서 동물이 매우 그리웠기 때문이다. 작은 사슴, 아니면 강아지라도 좋았다. 그런데 막상 스카프를 벗고 보니, 내 손아귀에 놓인 건 낯선 얼굴이었다.

도시는 바로 그런 얼굴들로 이루어져 있었다. 나는 천천히 깨달았다. (어쩌면 바로 그게 코르넬리아의 의도였을 것이다.) 도시는 건물이나 골목, 지하철 출구로 이루어진 게 아니라, 얼굴들의 연속이라는 걸. 마치 컴퓨터 시뮬레이션처럼 서로 포개지며 이어지는 얼굴들의 끝없는 흐름. 도시는 그렇게 뒤섞인 얼굴들로 이루어져 있다. 이들은 각기 다른 구역에 흩어져 있지만, 때로는 어떤 우연한 계기로 잠시 서로를 비추는 순간도 있다. 예를 들어 에스컬레이터에서—한 얼굴은 내려가고, 다른 얼굴은 올라가며. 반대 방향으로 향하는 열차 안에서—하나는 오른쪽으로, 다른 하나는 왼쪽으로 스쳐 가며. 회전문에서—하나는 앞으로, 다른 하나는 뒤로 나아가며.

얼굴들의 연속성, 그것은 매혹적인 현상이다. 모든 얼굴이 서로 닮아 있기 때문이다. 나는 궁금했다. 이 유사성과 반복성의 법칙이 가우스곡선*의 형태를 띠고 있을지, 아니면 단조롭고 균등한 분포를 나타낼지. 어쩌면 그것을 단순한 수학 공식으로 표현할 수 있지 않을까. 그 어떤 문학보다도 설득력 있는 방식으로.

---

* 평균값을 중심으로 좌우 대칭인 종 모양의 곡선. 대부분의 값이 중앙에 몰려 있고, 양쪽 끝으로 갈수록 적어진다.

코르넬리아는 우리에게 자주 이야기했다. 세상 도처에 유사성이 존재한다고. 그저 관점의 차이일 뿐, 모든 존재는 서로 닮아 있다고. 유사성은 사물들을 연결하여 정교한 그물처럼 엮고, 부드러운 질서 속에서 유지될 수 있도록 세계의 뒤엉킨 머리카락을 매만진다. 코르넬리아의 말에 따르면, 사람들은 흔히 우리의 경험이 원인과 결과의 연속으로 이루어져 있다고 믿는다. 모든 사건이 일정한 순서에 따라 이어지며 보기 좋고 조화로운 사슬을 만들어서, 그 사슬이 현실을 에워싸고 있다는 것이다. 하지만 그녀는 손가락을 들어 올리며 덧붙였다. 그보다 더 큰 착각은 없다고. '원인과 결과'라는 개념은 이성을 지탱하는 일시적인 받침대에 불과하다고. 비유하자면, 그것은 에스컬레이터 같은 것이라고 했다. 우리를 위로 실어 날라주긴 하지만, 스스로 한 걸음씩 내딛는 힘과 노력은 빼앗아버린다는 것이다. 그녀는 이어서 걷기를 예로 들었다. 왼발의 움직임이 꼭 오른발의 걸음의 원인일까? 오른발의 걸음이 왼발의 걸음의 결과일까? 그녀는 이렇게 묻고는 스스로 대답했다. 물론 아니다. 걸음들은 서로 닮아 있기에 더불어 공존하며, 그 닮음이 '걷기'라는 흐름을 만들어낸다는 것이다. 닮은 것들은 서로를 끌어당긴다. 그리고 반대되는 것들 역시 마찬가지다. 결국 반대란 것 또한 '뒤집힌 유사성'에 지나지 않는다고, 그녀는 결론지었다.

우리는 그 말에 뭐라고 대답해야 할지 몰랐다.

코르넬리아는 우리 모두에 대해 공책에 적어두었다. 이름과

성, 나이, 눈동자의 색깔까지. 우리의 성취와 실수도 거기에 하나하나 기록되어 있었다. 그녀는 언제나 그 공책을 토대로 우리를 차례대로 지목하여 대답하게 했다.

"Corinne, je suis fatiguée, I am tired, Ich bin müde."* 내가 말했다. 몸이 안 좋아요, 집에 가야겠어요. 오늘은 도무지 제 자신 같지가 않네요. 그럴 때면 코르넬리아는 전자 체온계를 꺼내 내 이마에 대곤 했다. 그리고 만족스러운 표정으로 말했다. "열은 없어요." 그녀는 내 눈을 유심히 들여다보았다. (그녀의 눈은 회색이었고, 내 눈은 아무 색도 아니었다.) 그리고 단호하게 말했다. "설령 지금 당신이 당신 자신이 아니라 해도, 누군가로는 존재해야만 해요. 완전히 '아무도 아닌 존재'로는 있을 수 없으니까요. 사람은 늘 특정한 누군가로 규정돼요. 매우 피곤한 일이지만 어쩔 수 없어요. 별다른 특징이 없다는 것조차 하나의 특징이에요. 옷을 벗고 있다 해도 여전히 당신은 '벌거벗은 당신'일 뿐이고, 의식을 잃어도 당신은 '의식 없는 당신'이에요. 심지어 죽음조차 그걸 지워주지 않아요. 그땐 그저 '죽은 당신'일 뿐이니까요."

허튼소리, 나는 속으로 중얼거렸다. 그리고 지하철을 타고 가며, 창밖으로 스쳐 지나가는 거대한 건설 현장의 풍경 속에 나를 스며들게 만드는 상상을 했다. 방법은 있다. 자신을 무시

---

* "나는 지쳤어요"라는 말을 각각 프랑스어, 영어, 독일어로 말한 것.

하면 된다. 자신의 반복성과 예측 가능성을 철저히 외면하면 된다. 결정의 지점을 나의 내부에서 외부로, 나를 벗어나 세상으로, 공원으로 옮긴 다음 우연에 맡기면 된다. 물론 그건 힘든 일일 것이다. 모든 것을 자신과 연관 짓지 않는 법을 배워야 하고, 즉각적인 반응에서 벗어나야 하며, 자기 자신을 다른 여느 사물 중 하나인 양 여겨야 한다. 생각의 일관성을 버리고, 혓바닥에 고이는 침처럼 그때그때 떠오르는 우연한 판단을 내뱉어야 한다. 습관도 중독도 모두 떨쳐버려야 한다. 그리고 언제나 이렇게 말해야 한다. "몰라. 정말 모르겠어. 난 아무 의견도 없어."

이 이상한 갈망은 어디서 비롯된 걸까. 나는 이 모든 게 도시 탓이 아닐까 의심했다. 인간과 장소 사이에는 어떤 필연적인 연관성이 존재하며, 그건 이미 학문적으로도 증명된 사실이다. 도시는 사람에게 영향을 미친다. 파리는 우리를 자유분방하게 만들고, 동시에 한결 세련되게 만든다고 한다. 뉴욕은 반대로 모든 걸 구체화하고 현실로 끌어내린다고 한다. 그런데 이 도시는 달랐다. 경계가 없고, 모호하고, 끊임없이 변했으며, 흘러가고 있었다. 들뜬 유람선처럼 활기차게 내 곁을 흘러 지나갔다. 어떤 고유한 성질도 가지고 있지 않았기에 오히려 더 매혹적이었다. 그 불확실함으로 우리 모두를 제 그물 속으로 끌어들였다. 규정되지 않았기에 가장 기이한 욕망도 이루어줄 수 있을 듯했고, 형태가 없었기에 상상할 수 있는 그 어떤 가능성도 실현해줄 수 있을 것 같았다. 또한 중심도 가장자리도 없었기에, 그 안에서는 누구나 자유롭고 평등해질 수 있었다.

나는 코르넬리아의 현학적인 설교에 점점 지쳐갔다. 언제부
턴가 수업에 빠지기 시작했고, 가더라도 늦기 일쑤였다. 나는
어릴 적부터 시간과 사이가 좋지 않았다. 시간은 언제나 내 손
아귀를 빠져나갔고, 그 불가해한 흐름으로 나를 불안하게 만들
었다. 그러던 어느 날 시간은 갑자기 내게 고통으로 다가왔다.
아주 짧은 찰나의 순간에, '지금'이라는 말이 무엇을 의미하는
지 깨달은 것이다. '지금'이란 곧 '다시는 아니다'라는 뜻이었다.
존재하는 것이 바로 그 순간 존재를 멈추는 것. 썩은 계단처럼,
발을 내딛는 순간 무너져 내리는. 그러므로 '지금'은 끔찍하고
무시무시한 개념이다. 존재의 잔혹한 진실을 적나라하게 드러
내므로.

그때 나는 대여섯 살쯤 되는 아이였다. 집 앞에 앉아 토마토
를 먹는 중이었다. 오후였고, 햇살은 이미 공원 쪽 그늘로 서서
히 스며 들어가 수없이 많은 작은 입자들로 흩어지고 있었다.
그리고 그 모든 건, 되돌릴 수 없었다. '지금'이란 예전에 내리던
눈, 까마귀의 울음, 4월의 잔인한 냉기 같은 것이었다. 내가 묵
고 있는 아파트 앞의 강아지 공원에 핀 라일락 같은 것이었다.
나는 그 꽃이 만개하는 순간을 한 번도 보지 못했다. 작디작은
자줏빛 봉오리들이 막 피어나기 시작할 때, 이미 시드는 기색
도 함께 찾아오기 때문이었다. 두 해 전에 있었던 일식도 라일
락의 개화와 비슷했다. 태양을 가리는 달의 검은 원반은 언제나

‘도달 직전’이거나 ‘이미 지난 뒤’일 뿐이었다. 완벽한 일치의 순간이란 존재하지 않았다. 그것은 단지 한 상태에서 다른 상태로 건너가는 찰나, 수학적으로 산출된 추상적인 허상에 지나지 않았다. 또한 사회적인 약속이자 편의를 위해 붙여진 이름, 어림잡은 근사치에 불과했으며, 마음을 달래고 질서를 유지하기 위해 고안된 일종의 ‘팝팩트’, 즉 대중이 합의한 유사 진실이나 다름없었다.

나는 이런 의문을 코르넬리아에게 털어놓았다. 우리는 왜 우리 자신에 대해, 과거형이나 미래형만 사용해서 말하면 안 되는 걸까? 무언가를 말해야 한다면 그게 오히려 가장 진실하고 정직한 방법 아닐까? 하지만 코르넬리아에게는 늘 그렇듯 확고한 견해가 있었다. ‘지금’을 소유한다는 것, 그것이야말로 인간에게 주어진 가장 큰 특권이라고 그녀는 말했다. 우리가 진정으로 가질 수 있는 건 오직 그것뿐이라고. 그래서 언어가 만들어졌다고 했다. 과거에서 미래로 흘러가는 사건들을 조정하고, 시간을 다스리고, 잠시나마 시간의 흐름을 멈추기 위해. 우리가 “나는 존재한다”라는 말을 진심을 다해 내뱉는 바로 그 찰나를 위해. 그러므로 ‘지금’을 갖는다는 건, 곧 자기 존재를 자각한다는 뜻이 된다. 소용돌이의 한가운데, 고요한 태풍의 눈 속에 서서 회오리치는 사건들을 응시하는 것, 그 속에서 끊임없이 되풀이되는 원형의 질서를 발견하는 것. 그리고 그녀는 덧붙였다. 그런 특별한 깨달음을 얻기 위해서는 큰 대가를 치러야 한다고. 사건과 시간이 격렬히 소용돌이치는 그 한복판에 서게 되면 더 이상 자기 자신을 볼 수 없게 되고, 사실상 자신으로부터 사라져버리기 때문이다.

아마 그것이 우리 둘의 마지막 대화였을 것이다. 나는 그녀에게서도 사라져버리고 말았다. 무단결석을 하기 시작한 것이다. 아침에 집을 나설 땐 어디로 가야 할지 분명 알고 있었지만, 몇 블록 걷다 보면 금세 목적지를 잊곤 했다. 다채로운 색상의 환상적인 스타킹을 신은 여성의 다리, 횡단보도를 건너 인근 공원으로 향하는 개들, 쌍둥이를 태운 2인용 유아차, 도심의 교통 체증을 간신히 뚫고 지나가는 소방차, 손에 든 빈 술병을 쨍그랑대는 노숙자—그 모든 것이 나를 멈춰 세웠다. 그러다 해 질 녘에 집으로 돌아오면, 강아지 공원 근처에서 친숙한 북소리가 다시 나를 불렀다. 내 이웃들은 여전히 밤새도록 깨어 있었다.

어느 날 저녁, 사방이 완전히 어두워졌을 때 나는 검은 옷을 입었다. 조금이라도 눈에 덜 띄기 위해서였다. 그리고 마당으로 내려갔다. 그들은 철제 드럼통을 둘러싸고 앉아 있었다. 통 안에서는 쓰레기 같은 게 타올랐다. 대부분은 낮은 목소리로 이야기를 나누고 있었고, 어떤 이들은 맥주를 마시며 빈 캔을 어둠 속으로 던졌다. 몇몇은 팽팽히 당겨진 북의 가죽을 손바닥으로 두드려댔다. 그들이 지치면 즉시 다른 이들이 그 자리를 이어받았고, 리듬은 끊임없이 바뀌었다. 북들이 어둠 속에서 서로를 더듬더듬 찾는 듯했다. 시간이 짙은 어둠에 스며들수록 더 많은 손이 북소리에 합류했다. 리듬은 점점 또렷해지고 강렬해졌다. 무릎이나 손바닥에 얹을 수 있을 만큼 작은 북들도 있었는데, 그 작고 불안한 악기들은 유난히 자주 리듬을 깨뜨렸다. 마치 주의를 끌고 싶어 안달이 난 아이처럼, 재잘대는 참새처럼. 그날 밤 나는 아직 연주에 동참할 용기를 내지 못했다. 긴 벤치의 끝에 앉아, 거의 눈에 띄지 않을 만큼 어둠에 묻혀 있었을 것이다. 불빛이 머무는 순간마다 그저 내 얼굴만이 희미하게 드러났다가 사라지는 밝은 얼룩처럼 보였으리라. 그러다 잠시 쉬어가는 순간이 되어 북소리가 멈추었을 때, 나는 그들에게 지슈카의 이야기를 들려주었다. 오래전 내 고향 근처에는 세상 전체를 향해 전쟁을 선포한 미치광이가 살았다. 그는 제법 큰 군대를 모으기까지 했지만, 결국 적들에게 붙잡혀 죽임을 당했다. 숨을 거두기 전 그는 이런 유언을 남겼다. 내가 죽거든, 내 가죽으로 북을 만들라. 그 소리로 남은 전우들을 싸움터로 이끌라. 퉁…… 퉁퉁…… 퉁퉁……. 두세 번의 북소리가 가볍게 뒤따랐다. 그들이 나를 빤히 쳐다봤다. 내가 들려준 짧은 이야기가 어느새 하나의 실체가 되어, 작은 선물처럼 그들 앞에 놓인 듯했다.

새벽 무렵 누군가가 스네어드럼을 가져왔다. 미니스커트 차림에 망사 스타킹을 신은 젊은 여자가 그 북을 내 목에 걸어주며, 리듬을 타고 박자를 맞추는 법을 알려주었다. 그날 이후 나는 거의 매일 저녁 그곳을 찾았다. 사람들은 나를 '지슈카'라고 불렀다.

소녀티를 벗지 못한 그 젊은 여자의 이름은 카롤리나였다. 낮에는 아이를 품에 안거나 화려한 무늬의 포대기에 싸서 등에 업고 나타났다. 그녀는 길고 늘씬한 다리를 드러내길 좋아했다. 짧은 미니스커트에, 끈으로 묶는 긴 가죽 부츠, 몸에 딱 맞는 가죽 재킷 차림이었다. 하지만 나중에는 완전히 다른 모습으로 나타났다. 짧게 치켜 깎은 머리에 알록달록 물들인 땋은 머리 장식을 달고, 선명한 주황빛 드레스를 몸에 휘감은 채 나타나 미끄러지듯 천천히 거리를 걸었다. 그렇게 강아지 공원을 지나 좀 더 먼 곳까지 걸어가서는 어느 카페의 야외 탁자에 자리를 잡았다. 그녀는 그곳에서 자신과 닮은 사람들과 느긋하게 이야기를 주고받았다. 심지어 아이에게 젖을 물리면서도 대화를 멈추지 않았다.

나도 가끔 그녀의 탁자에 앉았다. 나는 우유가 들어간 커피나 화이트와인을 주문했다. 우리는 나란히 앉아 한가로이 거리의 풍경을 바라보았다. 소심한 자동차들이 광기에 가까운 속도로 달려가는 보행자들을 피해 겁먹은 듯 달아나는 모습을.

카롤리나는 타고난 북 연주자였다. 북을 두드릴 땐 항상 신중해야 한다고 그녀는 말했다. 초보자에게는 일종의 '깨어 있는 꿈' 같은 상태가 종종 찾아오는데, 그것은 리듬에 도취되기 때문이라고. 그렇게 되면 의식의 일부가 그 리듬에 잠식되어 잠들고, 온전한 의식을 갖지 못한 상태가 된다는 것이다. 그녀는 내게 정신을 되찾는 법도 가르쳐주었다. 꿈을 꾸고 있는지 깨어 있는지 알아차리려면, 자신의 손을 들여다보면 된다. 그게 나를 현실로 데려와줄 거라고, 그러면 내가 지금 '존재한다'는 걸 알게 될 거라고 덧붙였다.

새벽녘에 북을 두드리다 정신이 아득해질 때면, 혹은 낮에 창문 밑에서 북소리가 들려올 때면 나는 그 리듬 속으로 빠져들곤 했다. 때로는 북소리가 내 일상에 스며들기도 했다. 식사 도중에도 불쑥 리듬이 나를 덮쳤다. 그럴 때면 나는 포크와 나이프를 내려놓고 냅킨으로 입을 닦은 뒤, 조용히 내 손을 들여다보았다.

카롤리나는 또한 이렇게 말하곤 했다. 우리가 꿈을 꾸고 있는 것인지, 아니면 세상이 우리 앞에 드러나고 있는 것인지 결코 확신할 수 없노라고. 사람들은 보통 '잠듦'과 '깨어남'을 경계로 꿈과 현실을 나눈다. 아주 단순한 이론이다. 잠자는 동안 벌어지는 일들은 '꿈'이고, 낮에 활동할 때의 일들은 '드러남'이라는 것이다. 하지만 그녀가 처음 사용한 그 낯선 동사, '드러나다'라는 말은 어쩐지 마음에 들지 않았다. 존재의 '드러남'이라니……. 그건 마치 무언가가 '실제로 존재'한다기보다 그저 '그렇게 보일 뿐인 상태'라는 것처럼 들렸다. 마찬가지로 '내 앞에 드러난다'라고 말하면, 그것이 진짜 존재한다는 것인지 아니면 단지 내가 그렇게 인식하고 있다는 뜻인지 분명치 않았다. 그렇다면 '잠들다'의 반대말로는, 그에 걸맞은 다른 적절한 단어가 있어야 하지 않을까.

그해 가을, 세상 모든 것에서 변화의 기운이 느껴졌다. 육안으로 선명히 보일 정도였다. 앞코가 뾰족한 구두가 네모나고 뭉툭한 구두를 밀어냈고, 보라색이 카키색과 경쟁했으며, 검은색이 서서히 상점 진열대들을 뒤덮으며, 신경질적인 붉은색을 도시의 변방으로 몰아냈다.

나는 거의 매일 저녁 그들에게로 내려갔다. 지루한 일과를 마친 후였다. 원고 뭉치에 파묻혀 종이를 이리저리 옮기고, 메모를 하고, 별 의미도 없는 문장과 단락을 공들여 다듬는 작업을 끝내고 나면 냉장고에서 맥주 한 캔이나 과자 상자를 꺼내 들고 집을 나섰다.

거기에 있는 사람들은 거의 매번 달랐다. 누군가는 새로 나타나고, 누군가는 떠났다. 철제 드럼통 속에서 피어오르는 불길이 사람들의 얼굴선을 흔들며 새로이 빚어냈다. 북들도 매번 바뀌었다. 나는 특히 낡고 털이 빠진 로멜포트*를 가장 좋아했다. 긴 몸통에 장중한 모양의 북이었다. 가죽 막의 한가운데에 구멍이 뚫려 있고, 그 틈으로 기다란 줄이 꿰여 있었다. 그 줄을 당기면 북은 마치 살아 있는 듯 말하고, 고해하고, 흐느끼며 노래했다.

* 네덜란드와 벨기에에서 전해 내려오는 전통적인 마찰식 북. 속이 빈 통을 얇은 막으로 덮고 그 중앙에 꽂은 갈대나 끈을 문질러서 소리를 낸다. 축제나 명절 때 흔히 아이들이 연주했으며, 낮고 거친 소리가 특징이다.

그 북이야말로 진정한 왕이었다. 소년 둘이 함께 들고 와 양쪽에서 부드러운 북채로 연주하던 큼지막한 튀르키예 북은 감히 견줄 수도 없었다. 로멜포트를 연주하려면 줄을 서야 했다. 다들 그 거칠고 감각적인 마찰의 리듬에 몸을 맡긴 채 자신을 잊고 싶어 했기 때문이다. 새벽 무렵이 되자 손은 이미 저려왔고 땀방울이 눈으로 흘러내렸으며 기진맥진했지만, 몸은 여전히 멈출 줄 몰랐다. 아무리 두드리고 또 두드려도 도무지 충분하지가 않았으므로.

어느 날, 한 아름다운 흑인 소녀가 인도식 북 다마루를 들고 왔다. 양쪽에 두 개의 공이 가느다란 끈으로 달려 있는 북이었다. 소녀가 그 북을 손으로 돌리자, 공들이 팽팽히 당겨진 막을 번갈아 때리며 불안하고 초조한 리듬을 만들었다. 그 리듬은 마치 곧 닥쳐올 천둥의 전조 같았다. 지평선 너머에서 웅크린 채, 금방이라도 몸을 뒤집어 우박처럼 쏟아질 순간을 기다리는 천둥. 소녀는 다마루를 돌리며 우리 곁을 맴돌았다. 모두가 세상의 정화를 암시하는 대격변에 동참하고 싶어 했다. 딸랑이처럼 생긴 작은 티베트 북 또한 경고하듯 울리며 긴장을 자아냈다. 그 단조로운 딸랑거림은 마치 애도의 시나 깊은 탄식처럼 들렸다. 늘 그렇듯 적당히 술에 취한 누군가가 나타나, 제일 안전하고 익숙한 악기인 탬버린을 움켜쥐었다. 아무도 그를 막지 않았다. 그가 유치원생 시절로 돌아갔다고 믿게 내버려두었다. 그는 점점 더 흥분하며 주먹으로 탬버린의 가죽을 내리쳤다. 금속 고리들이 요란하게 흔들렸고, 그 날카로운 소리는 견딜 수 없을 만큼 커지며 공간을 채워갔다. 술에 취한 탬버린의 박동이 우리를 깨어나게 한 뒤면 곧이어 군대식 북의 일종인 스네어드럼이 가세했고, 분위기는 점점 위태롭게 고조되었다. 스네어드럼은 분명하게 말하고 있었다. 다가오는 천둥은 우리가 매일 새롭게 치러야 하는 싸움의 절정이며, 결국 피할 수 없는 투쟁의 순간임을.

소란은 점점 고조되어, 마침내 참을 수 없는 지경에 이르렀다. 그 순간 다른 모든 악기가 한꺼번에 가세했다. 거친 숨소리처럼 울리는 아프리카의 둔둔, 사람의 말을 흉내 내는 듯한 이디오폰, 오직 여성들만 연주하는 팀파니, 쌍북으로 이루어진 작은 나카르*에다, 집에서 아무 재료로나 급히 만든 북들이 하나둘 더해졌다. 여기에 장난감 가게에서 산 어린이용 작은 북과, 물고기 모양의 세련된 목탁 같은 이국적인 북들까지 동참하면서, 비로소 진정한 '충만의 교향곡'이 울려 퍼졌다. 리듬들은 서로 포개지고 부딪혔다가 다시 어긋났다. 어떤 리듬은 새로운 순환을 열었고, 또 다른 리듬은 비대칭의 불균형을 만들었다가 곧 스스로 정돈하며 닫혀버렸다. 우리는 각자 저마다의 떨림과 불안한 움직임을 간직하면서도, 바깥에서 밀려오는 리듬을 '나'의 비루한 울림보다 더 중요한 어떤 것으로 받아들이고 있었다. 그

---

* 페르시아, 인도, 중동 등지에서 연주되는 작은 쌍북. 말총과 동물 가죽으로 만든 두 개의 북을 짝지어 친다.

렇게 리듬은 우리를 휩쓸고 지나가며 우리 자신을 쓸어버렸고, 다가올 폭풍우를 맞을 준비를 시켰다. 그리고 마침내 폭풍우가 몰아쳤을 때, 우리는 반쯤 눈을 감고 믿기지 않는다는 표정으로 그 쏟아지는 빗줄기에 온몸을 내맡겼다.

그리고 마침내 모든 것이 잠잠해졌다. 남은 건 오직 하나, 어린아이의 장난감 북 소리뿐이었다. 그 여린 소리가 시간을 가지런히 정리했다. 시계처럼 규칙적으로, 대칭에 맞춰—똑딱, 똑딱. 리듬은 시간을 처음부터 다시 만들어냈다. 이런 일이 한밤중에 몇 번이고 되풀이되었다. 음악은 차올랐다가 사그라들고, 다시 시작되었다가 또 잦아들었다. 새벽 무렵이면 늘 누군가 한 명이 파수꾼처럼 남아 그 마지막 박동을 지켰다. 북소리가 끊기지 않도록.

그것이 이 도시에서 내게 일어난 일 중 단 하나의 변치 않는 일이었다. 그 북소리 덕분에 이 도시가 아직도 제 형태를 유지하고 있는 것인지도 몰랐다. 물론 정작 도시는 그게 누구 덕분인지조차 모를 테지만.

나는 카롤리나와 친구가 되었고, 원고와 씨름하는 시간이 점점 줄어들었다. 대신 거의 매일 그녀가 사는 무허가 거주지의 허름한 판잣집으로 갔다. 우리는 함께 텔레비전을 보았고, 그녀가 외출할 때면 나는 그녀의 아이를 돌보았다. 포대기에 아이를 싸서 둘러멘 채로 다른 판잣집들을 찾아가서는 낡은 소파에 걸터앉아 이웃들과 함께 조용히 텔레비전을 봤다. 그들에게는 여섯 대의 텔레비전이 있었다. 그중 하나는 마당 한편의 나무 아래에 놓여 있었는데, 비가 오면 땅에 꽂힌 커다란 검은 우산이 비를 막아주었다. 텔레비전마다 서로 다른 프로그램이 흘러나왔다. 그래서 여기저기 채널을 돌리다 보면, 마치 온 세상을 한눈에 바라보는 듯한 기분이 들었다. 전쟁, 버뮤다제도에서의 성형수술, 사바나의 야생동물, 인간의 섹스, 북한군의 퍼레이드, 끝없이 이어지는 패션쇼까지. 사람들은 나를 종종 카롤리나로 착각했다. 특히 내가 아이를 데리고 나타나면 더욱 그랬다. 나는 굳이 그 착각을 바로잡지 않았다. 우리는 늦은 오후면 강아지 공원의 벤치에 나란히 앉아, 머리부터 발끝까지 차도르를 두른 여성들과 실로 짠 얇은 모자를 쓴 수염 난 노인들의 모습을 지켜보곤 했다.

한번은 그녀가 내게 물은 적이 있었다. 생각하지 않을 수 있는 방법을 아냐고. 물론 안다고 나는 대답했지만, 아마도 말뿐이었을 것이다. 그때 나는 벤치 등받이에 몸을 기댄 채 신발 끝에 시선을 고정하고 있었다. 그리고 서서히, 생각들로 이루어진 내 안의 숲 속으로 빠져들었다. 어떤 생각들은 진득하면서 탄력적이었고, 다른 생각들은 나약하고 덧없었다. 그 생각들은 서로 사슬처럼 이어지고, 싹을 틔우고 가지를 치며 서로 엉키다가, 끝자락이 프레츨처럼 혹은 검은 감초 사탕처럼 감기고 꼬였다. 그러다 이내 젤리처럼 굳었고, 그 속에서 작은 기포들이 천천히 피어올랐다. 우리는 모두 속임수 같은 이미지의 흐름에 불과하다고, 카롤리나는 어떤 황홀감에 취해 자주 되뇌곤 했다. 특히 누군가에게 아이를 맡기고 조용히 마리화나를 피울 때면 더욱 그랬다. 세상에 고정된 지점 같은 건 없고, 정해진 방향도 중심도 없어. 오직 끊임없는 흐름, 그리고 무언가가 생겨났다가 한순간에 사라지는 움직임만 있을 뿐. 만약 우리가 각 순간의 내부로 깊이 들어간다면, 존재의 토대라고 믿어온 조각들이 사실은 '이미 지나가버린 것'과 '아직 오지 않은 것' 사이의 텅 빈 간극임을 깨닫게 될 거야. 세상은 공허로 이루어져 있고, 안타깝게도 그것을 표현할 수 있는 언어는 없어. 우리가 현실이라고 부르는 모든 것, 심지어 우리 자신조차도 그러한 공허가 일으키는 순간적인 경련, 무(無)의 완전한 고요를 깨뜨리는 떨림일 뿐이야. 그래서? 내가 물었다. 그녀는 언제나처럼 담배를 깊게 빨아들이고는 아름다운 고리 모양의 연기를 오랫동안 내뿜었다. 잠시 침묵이 흐른 뒤 그녀가 입을 열었다. 우리에게 남은 건, 아무것도 없어. 그저 이렇게 살아갈 뿐. 이 모든 것이 실제로 존재하는 것처럼 행동하면서. 비현실적이고 허무에 익숙하지 않은 우리의 몸이 그걸 바라니까. 방금 전까지 우리가 의심했던 진실이 여전히 유효하다고 믿으며 살아가는 거야. 감각과, 그 감각이 이끄는 세계에 순응하면서, 그것을 절대적인 법칙으로 받아들이면서. 마치 세브르*의 도자기처럼, 완벽하게 빚어졌으나 언

---

*   프랑스 파리 근교의 도시로, 18세기부터 왕립 도자기 제작소가 있던 곳이다. '세브르 도자기'는 정교한 기술과 완벽한 형태의 상징으로 여겨졌다.

제라도 부서질 수 있다는 철학적 원형을 되새기면서. 매일 아침, 눈꺼풀에 내려앉은 허무를 지워내고 흔들리는 환상의 흐름 속으로 다시 몸을 던져야 해. 그 흐름에 자신을 맡기고, 스스로 형형색색의 신기루가 되는 거지. 하지만 진실은 잊지 말아야 해.

나는 우선 흑발의 땋은 머리가 달린 모자를 샀다. 그걸 쓰는 순간, 내 눈동자마저 어두워진 듯했다. 거울 앞에서 모자를 쓰자마자 내 안에서 어떤 '소녀스러움'이 튀어나오는 게 보였다. 그 모자에 더해 골반에 겨우 걸쳐지는 통바지를 입고 무겁고 투박한 신발을 신은 채, 나는 자전거를 타고 불안정한 도시로 나갔다. 거기서 나는 정말 '소녀스러운 존재'가 되어 있었다. 사람들이 나를 그렇게 보아주었기 때문이다. 그들의 눈에 비친 내 모습이 그러했고, 그들이 나를 그렇게 인식할수록 나는 나 자신에게도 점점 그런 모습이 되어갔다. 나는 이제 더는 담배를 피우지 않았고, 책상 위의 원고나 중요한 도표를 들여다보지도 않았다. 대신 발길이 이끄는 대로, 시끄러운 음악과 나와 닮은 사람들로 가득한 곳으로 향했다. 클럽 앞에 모인 많지 않은 사람들 틈으로, 시내 호숫가의 공원으로, 패션과 브리트니 스피어스에 관한 사이트를 열어보며 즐길 수 있는 인터넷 카페로. 내 목소리는 점점 높아지고 가늘어졌으며, 내 피부는 점점 매끄러워져서 바람과 물의 향기에 더 예민하게 반응했다. 그렇게 나와 비슷한 이들을 만나, 그들과 이야기를 나누며 투명하고 얇은 시간을 채웠다. 나는 다음 날 저녁에 다시 만나자고 약속하면서도 내가 그 자리에 정말 나갈지 결코 확신하지 못했다.

잠시나마 다른 누군가가 될 수 있다는 건 얼마나 큰 안도감을 안겨주는지. 이 도시에서는 그게 어려운 일이 아니었다. 도시는 온갖 상점과 창고로 넘쳐났고, 스타일과 색상도 셀 수 없이 다양했다. 빈티지 옷 가게도 있었다. 누군가가 벗어놓은 옷들이 다른 이들의 변신을 위해 순환되는 곳. 립스틱과 붙임머리, 매니큐어와 염색약, 동굴처럼 컴컴한 문신 시술소와 어둡고 아늑한 치료사의 상담실까지. 하지만 단지 옷을 갈아입거나, 머리색을 바꾸거나, 콧구멍과 입술에 은빛 피어싱을 하는 것만으로는 충분치 않았다. 무엇보다, 나 자신을 무효화해야 했다. 아무도 아닌 채로 잠들고 아무도 아닌 채로 눈을 뜨는 법을 배워야 했다. 타인들의 길은 서로 만나고 교차하며 끝없이 뻗어 있었다. 그렇다면 우리가 서로 길을 바꿔 걷지 못할 이유가 어디 있겠는가? 집을 나설 때는 A였지만, B가 되어 다른 집으로 귀가하는 그런 삶 말이다.

나는 튀르키예 시장에서 헐값에 산 원단으로 긴 드레스를 만들어 입고, 남은 천으로는 진짜 차도르를 만들었다. 눈썹은 헤나로 짙게 물들였다. 지하철을 타고 이국적인 동네로 가서 인파 속에 섞여들었다. 잘 익은 멜론의 촉감을 손끝으로 느껴보았고, 콧수염 난 남자들과 눈이 마주치면 곧바로 시선을 아래로 떨구었다. 아이가 줄줄이 딸린 가족 무리에 슬그머니 섞여, 마치 친분이 덜한 먼 친척인 양 그들의 뒤를 따랐다. 그리고 그들이 사는 고층 아파트의 현관 앞까지 갔다. 때로는 슬그머니 안으로 따라 들어가 소파에 앉아서 달고 진한 차를 마셨다. 그러고는 탁자 위에 놓인 수공예품을 완성하기도 했다. 아기 양말, 뜨개 모자, 손수건 가장자리의 섬세한 레이스 장식 따위를. 언제부턴가 나도 모르게 그들의 어려운 언어로 말을 건네기 시작했고, 주방에서 소금에 절인 땅콩을 날라 오는 걸 돕거나 달콤한 시럽에 적셔 먹는 작고 동그란 반죽을 으깬 곡물로 빚기 시작했다. 하지만 날이 저물면 숨이 막힐 듯 답답해졌고, 내 안의 무언가가 나를 떠밀었다. 그래서 나는 몇 시간 동안은 또 다른 존재가 되었다. 체크무늬 셔츠를 입고 야구 모자를 눌러쓴 소년으로 변신해서, 다른 사람들 틈에 섞여 펠트로 끝부분을 감싼 북채로 튀르키예 북을 힘껏 두드렸다.

그렇게 변신하는 일은 어렵지 않았다. 나는 마술사가 모자에서 토끼를 꺼내듯 서로 다른 존재들을 내 안에서 언제든 꺼낼 수 있었다. 만들어낸 것도 연기한 것도 아니었다.

토요일이면 나는 몸도 제대로 씻지 않은 늙은 노숙자가 되어 벼룩시장을 헤매면서 깨진 찻잔이나 금 간 거울 같은 것들을 찾아다녔다. 다른 사람들이 나를 경계하면서 멀찌감치 물러서는 게 좋았다. 오직 나만을 위한 여백을 그처럼 충만하게 느낀 적은 지금껏 단 한 번도 없었다.

한 달에 한 번쯤은 호텔에서 묵었다. 그럴 때면 나는 남성 사업가로 변신했다. 재떨이를 꽁초로 가득 채울 만큼 담배를 피워 댔고, 텔레비전으로 달러 환율을 확인했다. 화장실에는 면도 크림의 흔적과 향수 냄새를 남겼다. 객실 청소부에게는 늘 관례보다 조금 더 많은 팁을 주었다. 존재하지 않는 누군가를 그녀가 기억해주기를 바라면서.

그건 나를 지치게 하지 않았다. 절대로. 사실 그 모든 변신에는 아무런 노력도 들지 않았다. 나는 연기하지도, 꾸미지도 않았다. 그건 연극이 아니었으므로. 모든 수고는 타인들이 대신해주었다. 애초에 그건 '나'에 관한 문제가 아니었기에, 타인들의 시선이 나를 어떻게 인식하느냐에 달려 있었던 것이다. 그게 모든 비밀의 핵심이었다. 아마 그래서였으리라. 이를 어렴풋이 깨닫기 시작했을 무렵, 나는 거대한 상점들, 중앙에 에스컬레이터가 설치된 웅대한 백화점으로 자주 향했다. 그곳에서 나는 움직이는 계단을 오르내리며 끊임없이 떠돌았다. 다른 사람들도 아마 나와 같은 생각을 했을 것이다. 그런 곳에서는 남들뿐 아니라 자기 자신으로부터도 숨을 수 있다는 것을. 끝없이 자신의 주위를 맴돌며, 흩어진 감각의 조각들을 하나씩 맞춰 억지로 '나'라는 형체를 조립해야 하는 그 고달픈 노동에서 잠시나마 벗어날 수 있다는 것을.

그래서 나는 미끄러지듯 걸었다. 다른 모든 이들—혼돈에 빠진 형제자매들, '현현하는' 동지들, 이 거대한 놀이의 공모자들과 함께. 시계와 가방, 향수와 양말, 프랑스 치즈와 유행하는 구두들 사이를 유유자적 거닐었다. 마치 내 시선에 덧붙여진 보잘 것없는 잔상인 듯이. 향기를 머금은 매대들 사이를 떠돌고, 가 냘픈 손끝으로 금전등록기의 자판을 두드리며 섬세한 선율을 연주하는 아름다운 판매원들을 무심히 지나쳤다. 옷들이 빽빽 하게 걸린 미로 속을 헤매기도 했다. 그것들은 마치 일시적으로 생명을 잃은 존재들처럼 보였다. 창고 대기실에서 잠들어 있다 가 언젠가 어느 무심한 몸이 찾아와 그 안으로 파고들면 비로소 살아 숨 쉬는 인간으로 거듭날 것만 같았다. 나는 도자기와 유 리, 은빛으로 반짝이는 식기, 부드러운 수건과 이불 더미 사이 를 쉬지 않고 떠돌았다. 그리고 움직이는 계단을 따라 아래층으 로 미끄러져 내려가며 인파의 출렁임에 몸을 맡겼다. 지하층 어 딘가, 카페와 비스트로가 늘어선 곳에서 커피 한 잔으로 잠시 숨을 돌리고는 다시 위층으로 성실하게 올라갔다. 그리고 다시 금 자신을 흐릿하게 만들었다. 윤곽이 녹아내리고, 희미해지고, 어두워지고, 닳았으며, 그렇게 서서히 사라져갔다.

나는 큼지막한 보폭으로 당당하게 걸었고, 그런 내 모습이 커 다란 유리창에 수없이 비쳤다. 수천 명, 어쩌면 수백만 명의 우 리가 거기에 있었다. 지하철 입구마다 북을 두드리는 사람들이 앉아 있었다.

가발들, 네온빛으로 물들인 붙임머리와 검은 차도르, 그리고 얼굴에 세월의 품격과 경험에서 우러나는 온화함을 더해주는 자연스러운 백발까지. 나는 또한 하루 종일 원고 뭉치와 씨름하고 이따금 전화 통화를 하며 시간을 흘려보내는 '아무것도 아닌 여자'이기도 했다. 그 여자는 저녁이면 화장실 거울 앞에 서서 화장솜으로 남은 화장을 지우다가 문득 깨닫는다. 얇은 피부 밑에 단단하고 믿음직한 무언가가 있다는 사실을. 그것은 두개골이었다. 그런 생각과 함께 그녀는 잠자리에 들었다.

그 여자는 가끔 카롤리나의 아이를 데리고 우리 곁으로 왔다. 그리고 벤치에 앉아 이상한 이야기를 들려주었다. 자신이 죽은 뒤 자신의 거죽으로 북을 만들어달라고 부탁한 한 남자의 이야기였다. 하지만 이제는 우리 중 누구도 그의 이름을 기억하지 못한다.

여러 개의 리듬으로 흔들리며 살아가는
우리들의 초상

소설집《여러 개의 북을 두드리며》(2001)에는 열아홉 편의 중·단편이 실려 있다. 이 이야기들은 각각의 완결된 서사라기보다, 서로 울림을 주고받는 리듬의 공명처럼 다가온다. 주제와 이미지, 사유가 반복적으로 변주되는 가운데, 우리는 일관된 질문과 마주하게 된다. 나는 누구인가? 세계는 무엇으로 이루어져 있는가? 그리고 이 모든 것을 어떻게 이야기로 풀어낼 것인가?

토카르추크는 이 질문들에 대해 곧바로 답을 제시하지 않는다. 대신 불안정한 정체성, 현실과 허구의 경계가 끊임없이 흔들리는 상태를 다양한 서사적 실험을 통해 보여준다. 그가 인터뷰에서 이 책을 두고 "서술자를 훈련시키기 위해 끊임없이 근육을 단련했던, 일종의 체육관 같은 책"이라고 고백한 것은 이러한 실험적 성격을 단적으로 드러낸다.

《여러 개의 북을 두드리며》는 단일한 리듬이나 하나의 관점으로 수렴되지 않는다. 여러 개의 북이 만들어내는 각기 다른 소리와 박자, 서로 어긋나는 시간과 시선들 속에서, 인간은 하나의 고정된 자아가 아니라, 끊임없이 흔들리며 매 순간 다른 자신을 연주하듯 살아가는 존재로 그려진다.

이 소설집은 크게 세 부분으로 나눌 수 있다.

1부: 현실과 허구의 경계에 대한 성찰

초반부에 실린 네 편의 작품은 문학과 작가, 서술자를 전면에 내세우며 읽기와 쓰기, 허구와 현실의 복잡한 관계를 탐구하고, 메타픽션적 실험을 본격화한다. 이야기가 스스로의 허구성을 드러내는 순간, 서사는 더 이상 의미를 투명하게 전달하는 수단이 아니라, 그 작동 방식 자체가 질문받는 장치로 전환된다. 이 과정에서 독자는 자신이 읽고 있는 이야기 속으로 직접 들어가 서사에 개입하고(〈눈을 뜨시오, 당신은 이미 죽었습니다〉), 작가는 작품을 창작하는 과정에서 진실과 조작의 경계 앞에 서서 망설인다(〈스코틀랜드에서 보낸 한 달〉).

〈섬〉에서는 이 같은 사유가 다른 방식으로 변주된다. 여기서 서사는 작가인 '나'의 목소리를 통해서가 아니라, 무인도에 표류한 한 남자가 자신의 체험을 녹음기에 진술하는 형식으로 펼쳐진다. 이 남자의 육성은 작가의 해설이나 개입 없이도 한 편의 문학으로 성립하며, 서술의 주체가 반드시 '작가'일 필요는 없다는 사실을 입증한다. 이는 곧 문학이 특정한 권위에 의해 독점되지 않는 영역임을 선언하는 것으로 읽힌다.

이러한 문제의식은 〈주체〉에서 한층 더 과감하게 확장된다. 작가가 창조한 화자가 작가를 잠식하고, 글을 쓰는 '나'와 글에 등장하는 '나' 사이에서 자아의 균열이 노골적으로 드러난다. 특히 토카르추크는 작가와 화자의 위치를 교묘하게 뒤집으면서, 작가가 모든 것을 통제하는 전통적인 서사 방식에 정면으로 도전한다. 이야기를 만들어내는 주체가 누구인지, 서사의 권한이 어디에 있는지를 끊임없이 흔들면서, 서사 자체의 안정성을 의도적으로 해체하고자 한 것이다.

여기서 '주체'는 더 이상 고정된 중심이 아니며, 언제든 이동하고 교체될 수 있는 불안정한 위상으로 묘사된다. 이는 소설집 전체를 관통하는 핵심 사유, 곧 자아의 비고정성을 자연스럽게 암시한다.

2부: 역사의 주변부로 향하는 시선

중반부에 실린 네 편의 작품—〈바르도의 성탄 구유〉〈세상에서 가장 못생긴 여자〉〈작가와의 만남〉〈예루살렘 정복. 1675년 라텐〉은 1부에서 제기된 메타픽션적 사유를 역사적·집단적 차원으로 확장하고 있다. 개인의 정체성 문제를 우리가 세계를 이해하는 방식과 자연스럽게 연결하며, 사유의 범위를 공동의 기억과 서사로 넓혀간다. 네 편 모두 바로크 시대와 계몽주의 시대를 배경으로 하고 있지만, 특정한 시공간에 고정되어 있지 않고, 그 경계를 넘나든다.

토카르추크는 역사적 사실을 충실히 재현하기보다는, 공식적인 역사에서 배제된 주변부의 삶과 개인적 신화에 주목한다. 여성과 하층민, 서커스단 단원, 점령당한 민족 등 기록되지 못한 인물들이 주인공이다. 여기서 역사와 신화는 엄격히 구분되지 않는다. 모든 역사는 결국 이야기의 형태로 존재하며, 누가, 어떤 위치에서 말하느냐에 따라 전혀 다른 의미를 가지게 된다.

비인간화된 현대사회에서 삶을 더욱 깊고 충만하게 만드는 원동력은 결국 신화와 상징, 환상성에 있다. 이때 상상력은 인간 존재를 지탱하는 동력이자 행동을 촉발하는 원천으로 작동한다. 토카르추크는 일찍이 "신화는 결코 일어난 적이 없지만, 늘 현재진행형인 이야기"라고 단언하며, 신화에 대한 자신의 문학적 신념을 분명히 밝힌 바 있다. 중반부에 수록된 작품들에서 그는 기록되지 못한 익명의 존재들을 신화적 상상력을 통해 다시금 호출하고 복원한다. 이러한 시도는《태고의 시간들》에서부터 시작되어, 토카르추크의 문학이 일관되게 추구해온 지향점이기도 하다.

토카르추크에게 허구란 현실을 비추는 거울이 아니라, 현실을 구성하는 적극적인 장치다. 그래서 현실은 객관적 사실들의 총합이 아닌, 언제나 서사화된 경험, 즉 이야기를 통해서만 인식된다. 이성과 효율이 지배하는 현대사회에서 토카르추크는 낯섦과 기묘함을 지켜내고, 무뎌진 감성을 활성화하며, 신화적 상상력을 수호하는 것이 작가의 역할임을 일깨운다. 나아가 우리가 여전히 꿈꾸는 능력을 잃지 않고, 메마른 일상에서도 경이로움을 감지할 수 있는 한, 누구나 이야기꾼이자 창조자가 될 수 있다고 거듭 강조한다.

3부: 일상의 리얼리즘과 존재의 흔들림

후반부에 수록된 열한 편은 당대 폴란드의 일상적 공간을 배경으로 하지만, 그 리얼리즘은 결코 견고하지 않다. 〈바르샤바의 앤드루스 교수〉〈낙소스의 아리아드네〉〈등나무〉〈콩 점술〉〈주레크〉 등에서, 익숙하게만 여겨지던 일상은 서서히 균열을 일으키며 낯설어지고, 환상과 현실의 경계가 흐려진다.

〈체 게바라〉에서는 정신이상자의 망상처럼 보이던 장면들이, 실제로는 공산주의 정권이 민주화 운동을 탄압하기 위해 계엄령을 선포하기 직전 폴란드 사회의 폭력적인 현실이었음이 밝혀진다.

3부의 핵심은 정체성의 해체이다. 특히 표제작 〈여러 개의 북을 두드리며〉에서 화자는 스스로를 하나의 고정된 인격으로 인식하지 않는다. 타지에서 끊임없이 다른 사람으로 오해받고, 여러 존재로 변신을 거듭하며, 마침내 '나'라는 경계를 거의 지워버리는 상태에 이르게 된다.

세상에 고정된 지점 같은 건 없고, 정해진 방향도 중심도 없어. 오직 끊임없는 흐름, 그리고 무언가가 생겨났다가 한순간에 사라지는 움직임만 있을 뿐. 만약 우리가 각 순간의 내부로 깊이 들어간다면, 존재의 토대라고 믿어온 조각들이 사실은 '이미 지나가 버린 것'과 '아직 오지 않은 것' 사이의 텅 빈 간극임을 깨닫게 될 거야.

(《여러 개의 북을 두드리며》 548쪽)

반복적으로 울려 퍼지는 북소리는 시간과 자아를 구성하는 리듬인 동시에, 그것을 해체하는 에너지로 작동한다. 북의 울림은 그 자체로 어떤 의미를 전달하지는 않지만, 존재를 박동하게 만드는 육체적이고 원초적인 경험을 통해 인간을 사유 이전의 상태로 되돌려놓는다. 이를 통해 우리는 세계를 고정된 실체로 인식하기보다, 리듬과 흐름, 반복되는 움직임 속에서 생성되는 가변적이면서 역동적인 과정으로 마주하게 된다.

여러 개의 북, 여러 개의 나

《여러 개의 북을 두드리며》에는 중심 사상도, 중심 공간도, 중심 서사도 없다. 세계는 주변부들의 집합체이며, 다중적 시점들이 얽힌 그물망으로 그려진다.

이 도시는 달랐다. 경계가 없고, 모호하고, 끊임없이 변했으며, 흘러가고 있었다. 들뜬 유람선처럼 활기차게 내 곁을 흘러 지나갔다. 어떤 고유한 성질도 가지고 있지 않았기에 오히려 더 매혹적이었다. 그 불확실함으로 우리 모두를 제 그물 속으로 끌어들였다. 규정되지 않았기에 가장 기이한 욕망도 이루어줄 수 있을 듯했고, 형태가 없었기에 상상할 수 있는 그 어떤 가능성도 실현해줄 수 있을 것 같았다. 또한 중심도 가장자리도 없었기에, 그 안에서는 누구나 자유롭고 평등해질 수 있었다.

(〈여러 개의 북을 두드리며〉 536~537쪽)

자아 또한 장소와 상황, 타인의 시선에 따라 수시로 달라진다. "그때까지만 해도 나는 온전한 하나의 존재였다"(〈여러 개의 북을 두드리며〉 524쪽)라는 독백은 향후 화자가 겪게 될 분열의 상태를 암시한다. 낯선 장소에서 화자는 '하나의 나'라는 고정관념을 내려놓고, 성별과 민족, 사회적 지위의 경계를 넘나들며, 자기 내부에 잠재해 있던 여러 인물을 호출한다. 그 모습은 마치 "모자에서 토끼를 꺼내"는 마술(〈여러 개의 북을 두드리며〉 551쪽)처럼 보이지만, 이는 새로운 누군가를 창조하거나 흉내 내는 연기라기보다는, 스스로를 비워내는 실천에 가깝다.

집을 나설 때는 A였지만, 전혀 다른 존재인 B가 되어 귀가하는 삶(〈여러 개의 북을 두드리며〉 550쪽). 이와 같은 변화의 경험은, 세계가 단 하나의 이야기로 수렴되지 않듯, 인간 역시 단일한 자아로 환원될 수 없다는 인식을 전제로 한다. 토카르추크에 따르면, 자아란 단단히 고정된 실체가 아니라, 수많은 이미지와 기억, 사건들이 교차하며 그때그때 일시적으로 응집한 상태를 의미한다.

우리는 하나의 '나'를 살아내고 있다고 믿지만, 실상 인간은 다양한 가능성과 역할, 서로 다른 인격들이 느슨하게 결합된 상태로 존재하며, 상황에 따라 각기 다른 리듬으로 자신을 드러낸다. 그래서《여러 개의 북을 두드리며》는 제목 그대로, 마치 여러 개의 북을 동시에 연주하듯 다양한 템포의 이야기들과 서로 다른 음색의 서사들을 펼쳐 보이며 독자의 감각을 뒤흔든다. 고정된 자아를 잠시 내려놓고 세계의 박동에 자신을 내맡기는 태도, 바로 이것이 이 작품이 제안하는 미학이다. '이것이 진실이다'라고 단언하는 대신, 토카르추크는 묻는다:

당신은 지금 어떤 리듬으로 존재하고 있는가?

《방랑자들》과의 연관성 — 별자리 소설

《여러 개의 북을 두드리며》에서 시작된 사유와 형식의 실험은 이후 후속작《방랑자들》(2007)을 통해 구체화되고 심화된다. 그런 의미에서 두 작품은, 내적 구조와 세계관에서 놀라울 만큼 긴밀하게 연결되어 있다.

《여러 개의 북을 두드리며》에 수록된 열아홉 편의 이야기 속

인물들은 끊임없이 자리를 옮기고, 역할을 바꾸며, 자신이 누구인지 새롭게 규정한다. 여기서 이동은 단순히 공간을 옮기는 행위가 아니라, 자아를 하나의 모습으로 고정하는 모든 틀에서 벗어나려는 적극적인 실천이다.

이러한 이동의 감각은 《방랑자들》에서 더욱 확고한 사유로 확장된다. 《방랑자들》에서 인간은 태생적으로 정주하지 않는 존재로 묘사된다. 움직이기 때문에 살아 있고, 멈추는 순간 굳어버리는 존재. 공항과 기차, 호텔과 환승 구역, 해부실과 인체 박물관 같은 공간들은 머물기 위한 장소가 아니라 지나가기 위한 장소이며, 이곳에서 자아는 일시적으로 형성되었다가 사라지기를 되풀이한다.

《여러 개의 북을 두드리며》가 자아의 흔들림을 하나의 실험으로 보여준다면, 《방랑자들》은 그 흔들림을 인간이라는 존재 자체의 필연적인 조건으로 설명한다. 애초에 우리는 하나의 고정된 존재로 머물 수 없으며, 움직이는 동안에만 잠시 '자신'이 될 수 있다는 것이다. 그러므로 인간은 더 이상 세계의 중심도, 의미의 주체도 아니다. 그저 세계의 흐름에 잠시 몸을 맡기는 존재, 여러 개의 북소리에 반응하는 존재일 뿐이다. 이것이 바로 토카르추크 문학이 제안하는 급진적인 감응의 태도이자, 유동성과 불확실성을 전제로 세계를 이해하고자 하는 동시대적 사유라고 할 수 있다.

116편의 다양한 텍스트로 이루어진 《방랑자들》에서 토카르추크는 독자로 하여금 개별적인 조각 글들을 자유롭게 이어 붙이고 그 사이의 관계를 스스로 발견하도록 이끄는, 이른바 '별자리 소설(Constellation Novel)'이라는 형식을 선보였다. 이 형식은 우리가 평소에는 의식하지 못하지만 운명이나 우연이라는 이름으로 불현듯 실감하게 되는, 상호 간의 연결성과 미묘한 영향 관계에 대한 작가의 오랜 사유에서 비롯된다. 서로 무관해 보이는 사실들을 엮어 그 안에서 질서와 패턴을 발견하려는 접근은 《방랑자들》 전반을 관통하는 창작의 동력이다.

이러한 맥락에서 《여러 개의 북을 두드리며》는 토카르추크가 이후 본격적으로 시도하게 될 '별자리 소설'의 출발점에 놓인 작품집이라고 할 수 있다. 각각의 단편은 흩어져 있는 듯 보이지만, 반복되는 이미지와 주제, 사유의 결을 통해 서로를 은근히 호출하기 때문이다. 따라서 이 책을 읽는 또 다른 재미는, 각각의 단편을 고립된 에피소드로 받아들이기보다 작가가 숨겨 놓은 연결 고리를 찾아내어 밤하늘의 별을 잇듯 자신만의 윤곽을 그려보는 데 있다.

토카르추크는 깜박거리는 다중성과 함께, 평생 소진되지 않을 무한한 잠재력이 인간 내면에 깃들어 있다고 본다. 우리의 정신에 내재한 다원성과 상상 속에 출현하는 수많은 인물의 형상은 두려움의 대상이 아니라, 오히려 우리가 세계와 맺고 있는 관계의 흔적이다. 별자리처럼 흩어져 있으면서도 서로를 비추는 이러한 연결의 감각은 토카르추크 문학을 지탱하는 핵심적인 세계관이라 할 수 있다.

실제로 작품집 곳곳에 이러한 연결의 실마리가 촘촘히 배치되어 있다. 초반부의 〈스코틀랜드에서 보낸 한 달〉에 등장하는 인형의 집은 중반부의 〈바르도의 성탄 구유〉 속 정교한 구유 모형으로 이어지고, 다시 후반부의 〈사비나의 소원〉에서 인형들에 대한 주인공의 집착으로 변주된다. 1981년 12월 바르샤바의 비상계엄을 배경으로 한 〈체 게바라〉와 〈바르샤바의 앤드루스 교수〉는 동일한 역사적 순간을 공유하며, 개인이 감내해야 하는 실존적 고독과 소외의 문제를 다룬다는 점에서 초반부 〈섬〉과의 연결 고리도 발견할 수 있다. 또한 〈콩 점술〉에서 언급되는 '냉정한 뱀 같은 인간'이라는 표현은 〈종말 연습〉에서 부부의 언쟁 속 욕설로 되돌아오며, 〈낙소스의 아리아드네〉에 등장하는 쌍둥이 아이들은 〈콩 점술〉에서 예언을 통해 상기된다. 〈나이트〉에서 흰 체스 말을 물고 나타난 개 레나타는 〈종말 연습〉 속 부부의 회상에 등장하는 반려견 보비크와 자연스럽게 포개어진다.

표제작 〈여러 개의 북을 두드리며〉는 소설집 전체와의 연결을 의식적으로 드러내며, 흩어져 있던 사유와 성찰을 하나로 수렴한다. 이 책이 하나의 거대한 공명 구조 속에 놓여 있음을 보여주고자 한 것이다. 세상에 편재한 유사성과 연관성에 대해 작품 속 화자는 이렇게 말한다.

세상 도처에 유사성이 존재한다고. 그저 관점의 차이일 뿐, 모든 존재는 서로 닮아 있다고. 유사성은 사물들을 연결하여 정교한 그물처럼 엮고, 부드러운 질서 속에서 유지될 수 있도록 세계의 뒤엉킨 머리카락을 매만진다.

(〈여러 개의 북을 두드리며〉 534쪽)

이러한 인식은 앞에 수록된 작품을 다시 불러오는 방식으로 구체화된다. 이를테면 성별의 경계를 넘나드는 안드로진에 대한 언급은 남성이라는 정체성의 한계를 초월하여 아기의 생명을 구해내는 사내를 그린 〈섬〉을 떠올리게 한다. 또한 소녀티를 벗지 못한 카롤리나와 포대기에 싸인 아이의 모습은 〈주레크〉에 등장하는 어린 엄마, 그리고 아빠 없는 아이와 묘하게 겹쳐지며, 화자가 카롤리나의 아이를 친모처럼 돌보는 장면은 〈섬〉과 〈주레크〉에서 혈연을 초월한 새로운 유형의 가족 관계가 형성되는 과정과 긴밀하게 호응한다.

작품의 마지막에 이르러 화자인 '나'는 끝내 자신을 비워내며 '아무것도 아닌 여자'로 탈바꿈한다. 그리고 마지막 단락에서 더 이상 '나'가 아니라 '그 여자'로 지칭되며 타자화된다. 이와 동시에, 그때까지 단수로 유지되던 서술 시점이 1인칭 복수 대명사인 '우리'로 전환된다. 자아의 경계가 해체되는 순간, 시점 또한 개인의 내부에서 집단의 목소리로 이동하는 것이다.

나는 또한 하루 종일 원고 뭉치와 씨름하고 이따금 전화 통화를 하며 시간을 흘려보내는 '아무것도 아닌 여자'이기도 했다. (…)

그 여자는 가끔 카롤리나의 아이를 데리고 우리 곁으로 왔다. 그리고 벤치에 앉아 이상한 이야기를 들려주었다. 자신이 죽은 뒤 자신의 거죽으로 북을 만들어달라고 부탁한 한 남자의 이야기였다. 하지만 이제는 우리 중 누구도 그의 이름을 기억하지 못한다.

〈여러 개의 북을 두드리며〉 553~554쪽

소설집《여러 개의 북을 두드리며》는 죽은 뒤 자신의 살가죽으로 북을 만들어 그 소리로 사람들을 전쟁터로 이끌라는 유언을 남긴 한 남자의 이야기로 끝을 맺는다. 이 대목을 옮기면서 문득 그런 생각이 들었다. 어쩌면 문학 또한 그런 북과 닮아 있는 게 아닐까. 스스로는 소리를 내지 않지만 숙련된 연주자의 손길을 만나는 순간 비로소 울리며, 누군가의 삶을 뒤흔들고 움직이게 만드는 북과 같은 것일지도.

2026년 4월

최성은

여러 개의 북을 두드리며

1판 2쇄 발행 2026년 5월 4일

지은이·올가 토카르추크
옮긴이·최성은
펴낸이·주연선

(주)은행나무
04035 서울특별시 마포구 양화로11길 54
전화·02)3143-0651~3 | 팩스·02)3143-0654
신고번호·제 1997—000168호(1997. 12. 12)
www.ehbook.co.kr
ehbook@ehbook.co.kr

ISBN 979-11-6737-644-2 (03890)